해동유요

주해본

해동유요 - 주해본

초판 인쇄 2019년 11월 8일
초판 발행 2019년 11월 15일

지은이 정소연, 이종석 | **펴낸이** 박찬익 | **책임편집** 유동근
펴낸곳 ㈜ **박이정** | **주소** 서울시 동대문구 천호대로 16가길 4
전화 02) 922~1192~3 | **팩스** 02) 928~4683 | **홈페이지** www.pjbook.com
이메일 pijbook@naver.com | **등록** 2014년 8월 22일 제 305-2014-000028호

ISBN 979-11-5848-534-4 (93810)

정소연
이종석
엮음

海東遺謠

해동유요 주해본

(주)박이정

일러두기

◉ 최대한 원문 그대로를 훼손하지 않고 살려서 옮겼다. 때때로 오기(誤記)로 보이는 국문 표기 및 한자 표기가 있으나 작품 원문에는 그대로 두고 주석에서 바로잡았다.

◉ 원본의 한자가 현재 주로 사용되는 것과 달라서 본서의 본문에서는 현재의 한자를 가급적 보이고, 원본의 한자(이체자)는 매 면마다 우측 하단에 다음의 형식으로 밝힌다.

　　예) 眞 → 真

　　좌측은 현대 한자, 우측은 원본의 한자

◉ 원본에 청점과 홍점이 많이 보이는데, 청홍점이 없는 부분은 본문의 해석에 (　)로 표시하였다.

이 책이 나오기까지 자료 사용을 허락해주신 김태범 전 교장선생님,

강화도의 김재형 님과 김재진 님, 한국예술종합학교의 손태도 선생님,

자료 정리에 도움을 준 진영희, 권혜정, 전현선, 황성혜, 간자정, 박인진, 김다예

선생 등 이화여자대학교 국어교육과 원생들, 책의 출판을 허락해주신

박찬익 사장님과, 편집에 큰 도움을 주신 유동근 선생님 등 여러 분들께

감사의 말씀을 드립니다.

차 례

1. 漁父詞 九章(어부사 구장)[1]

本十二章而聾岩李賢輔[2]撰改爲九章(본십이장이농암이현보찬개위구장)[3]

雪鬢漁翁(설빈어옹)이 住浦間(주포간)ᄒ야 自言居水(자언거수) 勝居山(승거산)을
빅써나쟈 빅써나쟈 早潮纔落(조조재락) 晚潮來(만조래)라
지국총 지국총 어ᄉ와ᄒ여 倚舡漁父(의강어부) 一肩高(일견고)라

靑菰葉上(청고엽상)의 涼風起(양풍기)오 紅蓼花邊(홍료화변)의 白鷺閑(백로한)을
닷드러라 닷드러라 洞庭湖裡(동정호[4]리)에 駕歸風(가귀풍)이라
지국총 지국총 어ᄉ와ᄒ야 帆急前山(범급전산) [忽後山(홀후산)이라][5]

盡日泛舟(진일범주) 煙裡去(연리거)ᄒ니 有時搖棹(유시요도) 月中還(월중환)이라
돗드러라 돗드러라 我心隨處(아심수처) 自忘機(자망기)라
지국총 지국총 어ᄉ와ᄒ여 鼓[枻乘流(고설승류) 無定期(무정기)라]

萬事無心(만사무심) 一釣竿(일조간)ᄒ니 三公不換(삼공불환) 此江山(차강산)이라
돗지어라 돗지어라 山雨溪風(산우계풍) 捲釣絲(권조사)라
[지국총 지국총 어ᄉ와ᄒ니] 一生蹤迹(일생종적)이 在[滄浪(재창랑)이라]

1) 漁父詞 九章(어부사 구장): 기존의 〈어부가〉를 이현보(李賢輔, 1467~1555)가 개작한 것으로 《악장가사》 소재 〈어부가〉와도 다르다. 어부의 삶에 가탁하여 강호에서의 풍류를 담은 것으로, 12가사 중 한 작품. 국내외 시인들의 한시를 집구한 점이 특징으로 원시(原詩)의 지향과 집구시인 〈어부사〉의 지향이 같지 않다.

2) 이현보: 호는 농암(聾巖). 홍귀달(洪貴達)의 문인이며 후배인 이황(李滉), 황준량(黃俊良) 등과 친하였다. 만년에 병을 평계로 고향에 돌아와 시를 지으며 지냈다. 조선시대에 자연을 노래한 대표적인 문인으로, 전해오던 〈어부가〉를 장가 9장, 단가 5장으로 고쳐 지은 것이 대표작이다.

3) 本十二章~九章: (번역하면) 본래 12장이나 농암 이현보가 고쳐 9장이 됨.

4) 洞庭湖(동정호): 중국 호남성(湖南省) 북부에 있는 중국 동정호는 아름다운 경관과 함께 악양루(岳陽樓)가 있어서 더욱 이름이 알려졌고, 소상팔경(瀟湘八景)이 많은 문인, 화가들에게 소재가 되었음.

귀밑머리 하얀 어부가 물가에 살면서 물에 사는 것이 산에 사는 것보다 낫다고 하네
(배야 떠나자! 배야 떠나자! 아침 썰물 빠지니 저녁 밀물 들어오네)
(찌그덩 찌그덩, 으쌰하며 배에 기댄 어부의 한쪽 어깨가 높구나)

푸른 줄풀 잎 위에는 시원한 바람 일어나고, 붉은 여뀌풀 주변에는 백로가 한가하네
(닻 들어라! 닻 들어라! 동정호 속으로 바람 타고 들어가리)
(찌그덩 찌그덩, 으쌰하며 돛 급히 올리니 앞산이 금방 뒷산되네)

(종일 배를 타고 안개 속을 가다가, 때때로 노 저으며 달빛 가운데에 돌아오네)
(돛 들어라 돛 들어라. 내 마음 가는 곳 따라 저절로 모든 것을 잊네)
찌그덩 찌그덩, 으쌰하며 노 두드리고 흐르는 물에 맡기니 정한 때가 없구나

(만사에 무심히 낚싯대 드리우니 삼공벼슬과도 이 강산을 바꾸지 않으리)
(돛 내려라 돛 내려라. 산에 비오고 시내에 바람 부니 낚싯줄을 거두노라)
(찌그덩 찌그덩, 으쌰하며 일생의 종적이 푸른 물결에 있네)

---

5) [ ]:《해동유요》원문에서 희미하거나 잘 보이지 않아《농암집》을 참고하여 채움. 원문에서
    이 작품부분의 훼손이 가장 심한 편임. 이후[]로 표시된 부분은 이와 같음.
*   해석의 ()부분은 원문에 청홍점이 없는 부분을 표기한 것이다. 이 의미에 대한 자세한 내용
    은 정소연(2016),《해동유요》에 나타난 19세기 말 20세기 초 시가 수용 태도 고찰」,『고전
    문학과 교육』32집, 한국고전문학 교육학회, 287-326면; 손태도·정소연(2019),『해동유요
    영인본』, 박이정 참고.

● 이체자

章→章, 雪鬢→雪鬢, 纔落→纔落, 來→来, 倚→倚, 高→髙, 青菰葉→青菰葉

涼→凉, 起→起, 蓼→蓼, 邊→邉, 鷺→鷺, 庭→庭, 歸→歸, 急→急, 盡→盡

煙→烟, 搖→揺, 還→還, 隨→随, 忘→忘, 機→機, 鼓→皷, 換→換, 絲→絲,

迹→跡

東風斜日(동풍사일)의 楚江深(초강심)ᄒ니 一汽苔磯(일기태기) 滿柳陰(만류음)이라
어여라 어여라[6] 綠萍身[世(녹평신세) 白鷗心(백구심)이라]
[지국총 지국총 어스와ᄒ여 隔岸漁村(격안어촌) 三兩家(삼량가)라]

濯纓歌罷(탁영가파) 汀州靜(정주정)ᄒ니 竹逕柴門(죽경시문) 猶未開[7](유미개)라
빗씌여라 빗씌여라[8] 夜泊秦淮(야박진회) 近酒家(근주가)라
지국총 [지국총 어스와ᄒ니] 瓦甌蓬[底](와구[9]봉저)에 獨[酌時(독작시)라][10]

醉來睡着(취래수착)[11] 無人喚(무인환)ᄒ니 流下前灘也不知(류하전탄야부지)라
빗미여라 빗미여라 桃花流水(도화류수) 鱖魚肥(궐어비)라
지국총 지국총 어스와ᄒ니 滿江風月(만강풍월) 屬漁舡(속어강)이라

夜寂水寒(야적수한) 魚不食(어불식)ᄒ니 滿舡空載(만강공재) 明月歸(명월귀)라
닷지워라 닷지워라 罷釣歸來(파조귀래) 不繫舡(불계강)[12]이라
지국총 지국총 어스와ᄒ니 風流未必載西施(풍류미필재서시)라

一自持竿(일자지간) 上釣舡(상조강)으로 世間名利(세간명리) 盡悠悠(진유유)라
빗부텨라 빗부텨라 繫舡猶有去年痕(계강유유거년흔)이라
지국총 지국총 어스와ᄒ니 欸乃一聲(애내일성)에 山水綠(산수록)이라

---

6) 어여라 어여라:《농암집》에는 '이퍼라 이퍼라'.
7) 開:《농암집》에는 '關(관, 닫다)'으로 되어 있는데 이현보는 '關'이 문맥상 더 자연스럽다고
   여긴 것으로 보임.
8) 빗씌여라 빗씌여라:《농암집》에는 '빗 셔여라 빗 셔여라'. 이현보는 문맥상 '빗 셔여라 빗 셔
   여라'가 타당하다고 여긴 것을 보임.
9) 瓦甌(와구): 질그릇 사발.
10) 濯纓歌罷(탁영가파)~獨酌時(독작시)라: 이 제6장의 노래는 현재 부르는 12가사의 〈어부
    사〉에는 빠져 있음.

동풍 불고 해저물어 초강의 밤이 깊으니, 이끼 낀 물가에 버드나무 그늘 가득하네
(어여라 어여라. 부평초 신세, 백구의 마음이라)
(찌그덩 찌그덩, 으쌰! 언덕 너머 어촌에 두세 집 보이네)

(〈탁영가〉 끝나고 물가 고요하니, 대숲길 사립문은 아직 열리지 않았네)
배 띄워라 배 띄워라. 진회에 배를 대니 주막이 근처네
(찌그덩 찌그덩, 으쌰! 배 안에서 질그릇 사발로 홀로 술을 마시네)

취해서 잠들어도 부르는 이 없으니 앞 여울 따라 떠가도 알지 못하리
배 매어라 배 매어라. 복숭아꽃 물 위에 흐르고 쏘가리는 살쪘구나
(찌그덩 찌그덩, 으쌰! 강바람과 달이 고깃배에 가득하네)

밤이 깊고 물이 차니 고기가 물지 않아, 빈 배에 밝은 달만 가득 싣고 돌아오네
닻 내려라 닻 내려라. 낚시를 마치고 돌아오며 배는 매어 놓지 않네
(찌그덩 찌그덩, 으쌰! 풍류에 서시같은 미녀가 필요한 것은 아니네)

낚싯대 잡고 배에 오르니 뒤로 세상의 명리는 모두 아득하네
배 붙여라 배 붙여라. 배를 매니 작년의 흔적이 있는 듯하네
찌그덩 찌그덩, 으쌰! 한 소리에 산수도 푸르구나

---

11) 着:《농암집》에는 '著'로 되어 있는데 의미상 차이는 없음.
12) 不繫舡(불계강):《농암집》에는 '繫短蓬'으로 되어 있으나,《해동유요》에는 '不繫舡'으로 되어 있음.

◉ 이체자
楚→楚, 滿→滿, 陰→隂, 罷→罷, 靜→静, 逈→逈, 柴→柴, 秦→秦, 甌→甌, 醉來睡→醉来睡, 喚→嗅, 流→流, 灘→灘, 花→花, 鱖魚→鱖魚, 滿→滿, 魚→魚, 罷→罷, 繫→繫, 西→西, 盡→盡, 猶→猶, 痕→痕, 欵→欵, 聲→聲, 綠→綠

2. 春眠曲(춘면곡)[1] 羅以端(나이단)[2]

春眠(춘면)을 느지 씌야 竹窓(죽창)을 半開(반개)ᄒ니

庭花(정화)은 灼灼(작작)ᄒ야 가는 나븨 머므는 듯

岸柳(안류)는 依依(의의)ᄒ야 석근 닉를 씌엿는 듯

窓(창) 밧긔 덜 긘 술을 두세 盞(잔) 먹은 後(후)의

豪蕩(호탕)ᄒ 미친 興(흥)을 부질업시 ᄌ아내여

白馬金鞭(백마금편)으로 冶遊園(야유원)을 츠자가니

荷香(하향)은 濕衣(습의)ᄒ고 月色(월색)은 滿庭(만정)ᄒ듸

狂客(광객)인 듯 醉客(취객)인 듯 興(흥)을 계워 머므는 듯

徘徊顧眄(배회고면)[3]ᄒ야 有情(유정)이 셧노라니

白花桂欄(백화계란) 놉흔 樓(누)의 綠衣紅裳(녹의홍상) 一美人(일미인)이

紗窓(사창)을 半(반)만 열고 玉顏(옥안)을 잠깐 드러

웃는 듯 씽긔는 듯 嬌態(교태)ᄒ야 마자 드러

秋波(추파)을 暗注(암주)ᄒ고 綠綺琴(녹기금) 빗기 안아

淸歌(청가) 一曲(일곡)으로 春興(춘흥)을 비아내니

---

1) 春眠曲(춘면곡): 봄날 야유원에 놀러 갔다가 만난 이성을 잊지 못해 꿈에서나마 님과 재회하여 즐거운 한 때를 보낸다. 꿈을 깬 후 님에 대한 그리움과 이별의 고통으로 마음 아파하며 다시 만나기 위해 공명에 힘쓸 것을 다짐하는 내용으로 12가사 중 한 작품.

2) 羅以端(나이단): 이희징(李喜徵, 1587~1673). 18세기 초 이하곤(李夏坤, 1677~1724)이 《두타초(頭陀草)》와 《남유록(南遊錄)》에 전남 장흥의 여러 곳에서 '춘면곡'을 들었다는 기록을 남기면서 강진(康津) 진사(進士) 이희징을 그 작자로 밝혔음.

3) 顧眄(고면): 잊을 수가 없어 돌이켜 봄.

(봄잠을 늦게 깨어 대나무 창 반쯤 여니)

뜰의 꽃은 활짝 피어 가던 나비가 머무는 듯

언덕의 버들은 우거져 성긴 안개를 띠었구나

(창밖의 덜 익은 술을 두세 잔 먹은 후에)

호탕한 미친 흥을 부질없이 자아내어

좋은 말과 좋은 채찍을 들고 야유원을 찾아가니

연꽃의 향기는 옷에 배고, 달빛은 뜰에 가득한데,

광객인 듯 취객인 듯 흥에 겨워 머무는 듯

이리저리 거닐면서 돌아보며 유정하게 섰노라니

온갖 꽃이 있는 난간 높은 집에 곱게 차려 입은 한 미인이

비단 창을 반만 열고 아름다운 얼굴을 잠깐 들어

웃는 듯 찡그리는 듯 아양을 부리며 맞이하네

추파를 은근히 던지고 녹기금을 비스듬히 안아

맑은 노래 한 곡으로 봄의 흥을 자아내니

●이체자

眠→眠, 庭花→庭花, 岸→岸, 盞→盞, 後→後, 豪蕩→豪蕩, 興→興, 鞭→鞭

遊→遊, 園→園, 濕→湿, 滿庭→滿庭, 醉→醉, 興→園, 徊→徊, 顧眄→顧眄

情→情, 桂→桂, 樓→樓, 綠→綠, 美→美, 嬌態→嬌態, 綠綺→綠綺, 興→興

雲雨陽臺(운우양대)上(상)의 楚夢(초몽)⁴⁾도 多情(다정)ᄒ다

스랑도 그지 업고 緣分(연분)도 깁플시고

이 스랑 이 緣分(연분)을 比(비)홀 딕 전혀 업서

너은 곳치 되고 나는 나븨되야

三春(삼춘)이 디나도록 떠나지 마쟈더니

人間(인간)의 일이 만코 造物(조물)조차 多猜(다시)ᄒ야

新情(신정)이 未洽(미흡)ᄒ야 애도롤 쁜 離別(이별)이야

淸江(청강)의 씻는 鴛鴦(원앙) 우러네고 써나는 듯

狂風(광풍)의 놀난 蜂蝶(봉접) 가다가 돌치는 듯

夕陽(석양)은 다 져믈고 征馬(정마)는 슬피 울 저

羅衫(나삼)을 뷔혀잡고 黯然(암연)이 여흰 後(후)의

미친 ᄆᆞᆷ 살틀흔졍⁵⁾ 님 계신 딕 버려 두고

슬픈 노래 긴 한숨을 벗을 사마 도라오니

肝腸(간장)이 다 그츠니 목숨인들 保全(보전)ᄒ랴

어와 더 님이야 싱각ᄒ면 怨讐(원수)로다

一身(일신)의 病(병)이 되고 萬事(만사)의 無心(무심)ᄒ니

書窓(서창)을 구지 닷고 섬쩌이 누어시니

花容月態(화용월태)는 眼前(안전)의 森列(삼열)ᄒ고

---

4) 雲雨陽臺(운우양대)~楚夢(초몽): 초나라 양왕이 꿈 속에서 신녀(神女)와 동침한 일과 관
    련하여 운우지정(雲雨之情)이라고도 하는데 남녀 간의 정(情)을 나누는 것을 말함.
5) 살틀흔졍: 원문 훼손으로 잘 보이지 않아,《주해 악부》(임기중 편, 정재호, 김흥규, 전경욱
    주해(1992), 고대민족문화연구소)를 참고하여 기입함.

양대 위에서 신녀와 운우지정을 나누던 초나라 왕의 꿈이 다정하구나

사랑도 끝이 없고, 연분도 깊으니

이 사랑 이 연분을 비할 데가 전혀 없네

너는 꽃이 되고 나는 나비 되어

청춘이 다하도록 떠나지 말자더니

(인간의 일이 많고, 조물주조차 시기하여)

(새로 사귄 애정을 다 합하지 못하고, 애달프게 이별하였네)

맑은 강에 떠 있는 원앙이 울며 떠나는 듯

세찬 바람에 놀란 벌과 나비가 가다가 돌아보는 듯

석양이 다 저물고 나그네의 말이 슬피 울 때

비단 적삼을 부여잡고 침울한 마음으로 이별한 후에

맺힌 마음 살뜰한 정(情)을 님 계신 데 두고

슬픈 노래 긴 한숨을 벗을 삼아 돌아오니

(간장이 다 썩었으니 목숨인들 보전하겠는가)

(아 저 님이여. 생각하면 원수로구나)

(몸에 병이 되고, 만사에 무심해져)

서재의 창을 굳게 닫고 허약하게 누어 있으니

아름다운 자태는 눈앞에 아른거리고

● 이체자

雲雨陽臺 → 雲兩陽臺, 楚夢 → 楚夢, 緣分 → 緣分, 猜 → 猜, 離別 → 雉別, 駕 → 鳶

蜂蝶 → 蜂蝶, 陽 → 陽, 衫 → 衫, 然 → 然, 腸 → 膓, 怨 → 怨, 怨讐 → 怨讐, 態 → 態

粉壁紗窓(분벽사창)은 枕邊(침변)의 依舊(의구)로다

花叢(화총)에 露濕(노습)ᄒ니 別淚(별루)를 쑤리는 듯

柳幕(유막)의 煙籠(연롱)ᄒ니 離恨(이한)을 먹음은 듯

空山夜月(공산야월)의 杜鵑(두견)이 啼血(제혈)홀 지

슬푸다 뎌 새 소래 내 말 ᄀ치 不如歸(불여귀)라

三更(삼경)⁶⁾의 못 든 ᄌᆷ을 四更量(사경량)의 비러 드러

相思(상사)ᄒ던 우리 님을 ᄭᅮᆷ 가온대 邂逅(해후)ᄒ니

千愁萬恨(천수만한) 못다ᄒ야 一場蝴蝶(일장호접) 흐터지니

아릿다온 玉鬢紅顔(옥빈홍안) 겻희 얼풋 셔인는 듯

어와 慌惚(황홀)홀샤 ᄭᅮᆷ을 常時(상시) 삼고지고

歔欷(허희)撫枕(무침)ᄒ야 님 계신 디 ᄇ라보니

雲山(운산)은 疊疊(첩첩)ᄒ야 千里目(천리목)을 ᄀ리왓고

曉月(효월)은 蒼蒼(창창)ᄒ야 兩鄕心(양향심)의 빗쵀엿다

새벽 서리 지ᄂᆞ 들의 외기러기 우러녈 지

반기던 님의 消息(소식) 힝혀 올가 ᄇ라더니

蒼茫(창망)ᄒ 구름 밧긔 뷘 소ᄅᆡ 쑨이로다

弱水三千(약수삼천) 머닷 말이 이런 ᄶᅵ를 니름이라

佳氣(가기)ᄂᆞ 杳然(묘연)ᄒ고 歲月(세월)이 如流(여류)ᄒ니

엇그제 二月(이월) ᄭᅩ치 眼前(안전)의 블것더니

님이 계시는 곳이 베갯머리에 어렴풋하구나

꽃에 이슬이 맺히니 이별의 눈물을 뿌리는 듯

버들가지에 연기가 자욱하니 이별의 한을 머금은 듯

적막한 달밤에 두견새가 슬피 울 때

슬프다 저 새소리 내 말같이 님이 못오는구나

삼경까지 못 든 잠을 사경 즈음 겨우 들어

(그립던 우리 님을 꿈속에서 만나니)

천만근심이 다 흩어지니

아리따운 님의 얼굴 얼핏 서있는 듯

아 황홀하구나 꿈을 생시로 삼고 싶구나

한숨짓고 베개를 어루만지며 님 계신 데 바라보니

구름 낀 산이 첩첩이 쌓여 천리안을 가리었고

새벽달은 창창하여 그대와 나를 비추는구나

새벽 서리 내리는 달밤에 외기러기 울어댈 때

반가운 님의 소식 행여 올까 바랐지만

아득한 구름밖에 빈소리 뿐이로구나

약수 삼천리 멀다고 하는 말은 이런 때를 이르는 것이라

좋은 날은 묘연하고, 세월이 흐르는 물같으니

엊그제 2월의 꽃이 눈앞에 붉었더니

●이체자

粉→粉, 枕邊→枕邊, 舊→舊, 叢→叢, 露濕→湿露, 別→別, 煙籠→炬籠, 離→雅

杜鵑→杜鵑, 歸→歸, 量→良, 邂→邂, 場→塲, 慌→慌, 歟→歟, 雲→雲, 疊→疊

曉→曉, 兩鄉→兩鄉, 茫→茫, 佳→佳, 然→然, 歲→歲, 流→流

그 덧세 倏忽(숙홀)ㅎ야 落葉(낙엽)이 秋聲(추성)이라

이리져리 그리면셔 어이ㅎ야 못보던고

山頭(산두)의 半月(반월)되야 님의 ᄂᆞᆺ치 빗최고져

石上(석상)에 枯桐(고동)되야 님의 무릅 볘엿고져[7]

어와 내일이야 다 못 될 일이로다

肝腸(간장)이 鐵石(철석)인들 이리ㅎ고 어이ㅎ며

人命(인명)이 至重(지즁)ㅎᆫ들 이리ㅎ고 사을손가

書中(서즁)의 有女(유여)랏말 나ᄂᆞᆫ 暫(잠)깐 드럿더니

ᄆᆞ움을 곳쳐먹고 慷慨(강개)를 다시 내여

蕩子(탕자)의 功名(공명)을 ᄉᆞᆺᄉᆞᆺ치 일운 後(후)의

그저야 님을 만나 百年同調(백년동조) ᄒᆞ리라

---

7) 枯桐(고동)되야 님의 무릅 볘엿고져: 오동나무로 거문고와 같은 악기를 만들기 때문에 이렇게 표현함.

그 사이 재빠르게 낙엽이 가을 소리 내는구나

이리저리 그리워하면서 어이하여 못 보는가

산머리의 반달이 되어 님의 얼굴에 비치고 싶구나

돌 위의 오래 된 오동나무가 되어 님의 무릎을 베고 싶구나

(아 내 팔자야 다 안 될 일이로다)

(간장이 철석같이 딱딱하고 강한들 이리하고 어이하며)

(사람의 운명이 지극히 중한들 이리하고 살텐가)

여인의 얼굴이 책 위에 나타난다는 말은 나도 잠깐 들었으니

(마음을 고쳐먹고 강개의 마음을 다시 내어)

호탕한 사내의 공명을 꿋꿋하게 이룬 후에

그제서야 님을 만나 평생 함께 살리라

●이체자

倏→倏, 葉→葉, 聲→聲, 腸→腸, 鐵→鐵, 書→書, 暫→暫, 慨→慨, 蕩→蕩

後→後, 調→調

3. 僧歌(승가)[1] 南都事(남도사)[2]

어와 보안지고 뎌 禪師(선사)님 보안지고

반갑기도 그지업고 깃부기도 測量(측량) 업닉

女子(여자)의 嬌容(교용)으로 男子服色(남자복색) 무스일고

뎌러 툿 고은 樣子(양자) 헌 縷飛(누비)의 뼛인 擧動(거동)

十五夜(십오야) 불근 돌이 쩨구름의 뼛엿눈 둣

臘雪(납설)中(중) 寒梅花(한매화)가 老松(노송)이 フ렷눈 둣

大毛段(대모단)[3] 簇頭里(족두리)를 어이흐야 마다흐고

粗略木(조략목) 핫곡갈을 굵게 縷(누)벼 써이시며

潤朱羅(윤주라)[4] 羅兀(나올)[5]을낭 무스일노 마다흐고

全羅道(전라도) 細(세)대 삿갓 즐게 겨러 뼈이시며

仙衫麟帶(선삼린대) 繡(수) 할 옷슨 어이흐야 마다흐고

뵈昌(창)옷 두루막기 意思(의사)업시 니버시며

六花紅裳(육화홍상) 綾羅裙(능라군)[6]을 무스일노 마다흐고

---

1) 僧歌(승가): 여승에게 보내는 노래. 우연히 만난 여승을 짝사랑하여 승려라는 것을 안타까워하며 상사병에 걸린 자신의 마음을 토로하는 내용임.

2) 南都師(남도사): 남휘(南徽, 1671~1732). 임천상(任天常, 1754~1822)이 편찬한《시필(試筆)》이란 책에 "都事(도사) 南徽(남휘)는 용맹하고 지략이 있고, 의기를 좋아했다. 어렸을 때 방탕하게 놀기를 즐겨서 행동을 자제하지 않았다. 언젠가 여승을 만났는데 몹시 아름다워 〈승가〉를 지어 유혹하여 마침내 집에 데리고 와 첩을 삼았다. 지금 세상에 전해지는 〈승가〉가 바로 이것이다." 이 내용은《추재기이(秋齋紀異)》의 기사 내용과도 부합한다.《추재기이(秋齋紀異)》에는 '삼첩승가(三疊僧歌)'란 기사가 실려 있다. "南參判(남 참판)이 소년 시절에 길을 가다 여승을 보았는데, 집에 돌아와서도 잊지 못해 긴 노래를 지어 사랑하는 마음을 호소했다. 그 여자도 답하는 노래를 지어 세 편을 주고받았다. 이후 그 여자가 머리를 기르고 남씨 집안의 첩이 되었다. 지금도 승가 세 편이 세상에 전한다."

3) 大毛段(대모단): 대모(玳瑁)로 만든 비단. 대모는 거북의 등딱지로 공예품·장식품 등에 귀하게 쓰임.

4) 閏朱羅(윤주라): 潤州羅(윤주라)의 음차인 듯함. 견직물.

아 보고 싶구나 저 선사님 보고 싶구나

(반갑기도 그지없고 기쁘기도 헤아릴 수 없네)

여자의 교태를 띤 모습으로 남자의 차림새가 무슨 일인가

(저렇듯 고운 모습 헌 누비에 싸인 거동)

음력 보름날 밤의 밝은 달이 뗴구름에 싸인 듯

납일에 내리는 눈 가운데 차가운 매화가 늙은 소나무에 가린 듯

대모로 만든 비단 족두리를 어이하여 마다하고

조략한 나무 고깔을 굵게 누벼 쓰고 있으며

비단 너울을 무슨 일로 마다하고

전라도의 가는 대나무로 만든 삿갓을 잘게 엮어 쓰고 있으며

비단 적삼과 수놓은 허리띠는 어이하여 마다하고

베옷 두루마기를 뜻없이 입었으며

붉은 비단 치마를 무슨 일로 마다하고

---

5)   羅兀(나올): 너울의 음차인 듯함.
6)   綾羅裙(능라군): 능라, 곧 두꺼운 비단과 얇은 비단으로 된 치마.

◉ 이체자

僧歌→**僧謌**, 都→**都**, 禪師→**禪師**, 量→**量**, 嬌容→**嬌容**, 服色→**服色**,

樣→**樣**, 縷飛→**縷飛**, 擧→**舉**, 臘雪→**臘雪**, 花→**花**, 老→**老**, 段→**段**,

簇→**簇**, 略→**畧**, 潤→**閠**, 衫→**衫**, 麟帶→**獜帶**, 思→**㿉**, 綾→**綾**, 裙→**裙**

麤布(추포)[7]속것 常木(상목)[8]바지를 열적게도 괴여시며

十二雲鬟(십이운환) 어듸 두고 돌水朴(수박)[9]이 되여시며

紕段(비단)[10]唐鞋(당혜)[11] 어듸 두고 六(육)총 草鞋(초혜) 신엇는고

容貌(용모)의 곱고 뮙기 治粧(치장)으로 가랴마는

뎌 花容虛老(화용허로)ᄒ기 긔 아니 늣거오냐

ᄀᆞ득의 보횐 樣子(양자) 粉(분)슬을 올니고져

ᄀᆞ득의 블근 입의 臙脂(연지) 빗츨 도치고져

十八珠(십팔주) 白玉彈月(백옥탄월) 져 귀예 ᄃᆞ라두고

八字靑山春色(팔자청산춘색)으로 져 눈습 짓고라져

如雲綠髮(여운녹발)을 一二年(일이년) 길너내여

玉龍簪(옥룡잠) 金鳳釵(금봉채)[12]로 압 丹粧(단장) 꾸여두고

石雄黃(석웅황)[13]眞珠套心(진주투심)[14] 뒷허울 내고라져

長裳(장상) 短木細大針(단목세대침)[15]의 手品(수품)[16]도 갓거니와

기역니은디긋니을 諺書(언서)도 니글시고

家門(가문)을낭 뭇지 마오 萬戶侯(만호후)의 少嬌女(소교녀)라

大賢後(대현후)도 誤入(오입)거든 뎌 當身(당신)을 責任(책임)홀까

아름다온 어딘 配匹(배필) 굴희고 고쳐 골나

글 잘ᄒ고 활 잘 쏘는 兩班(양반)書房(서방)을 마치고져

---

7) 麤布(추포): 발이 굵고 거칠게 짠 품질(品質)이 낮은 베.

8) 常木(상목)바지: 상목으로 만든 바지. 상목은 품질이 좋지 못한 무명베.

9) 돌水朴(수박): 여승의 머리를 비유한 말.

10) 紕段(비단): 비단(緋緞)의 음차로 추정됨.

11) 唐鞋(당혜): 가죽신의 한 가지. 코와 뒤꿈치에 당초문(唐草文)을 놓아 만든 마른 신.

12) 金鳳釵(금봉채): 의미상 '비녀' 등을 가리키는 글자가 와야 함.

13) 石雄黃(석웅황): 누런빛을 내는 광물.

14) 眞珠套心(진주투심): 족두리 가운데 부분에 진주를 박은 것.

15) 短木細大針(단목세대침): 짧고 나무로 된 가느다랗고 큰 바늘.

베 속곳과 베 바지를 부끄럽게도 사랑하시며

여자의 탐스러운 쪽진 머리를 어디에 두고 돌수박이 되었으며

비단 가죽신을 어디에 두고 여섯 번 묶은 짚신을 신었는가

용모의 곱고 밉기는 치장으로 가리는데

저 꽃다운 용모 헛되이 늙게 하기가 그 아니 애석하냐

가뜩이나 뽀얀 얼굴 분을 올리고저

가뜩이나 붉은 입술 연지 빛을 고치고저

열여덟 구슬, 백옥의 활 모양 달을 저 귀에 달아두고

八자 모양으로 푸른빛의 눈썹을 그리고저

(구름 같은 고운 머리카락을 1, 2년 길러내어)

옥용 비녀와 금봉 비녀로 앞 단장을 꾸며두고

석웅황 진주투심으로 뒷모양을 내고저

긴치마 만드는 바느질 솜씨도 갖추었거니와

ㄱㄴㄷㄹ 한글도 익히셨군요

가문을낭 묻지 마오 세력 있는 집안의 아리따운 소녀라

대현후도 계집질하거든 이런 당신을 나무라겠는가

아름다운 어진 배필 가리고 다시 골라

글 잘하고 활 잘 쏘는 양반 서방 맞이하고저

---

16) 手品(수품): ① 손솜씨, ② 손재주

● 이체자

麤 → 麁, 鬟 → 鬟, 紕段 → **紕段**, 唐鞋 → 唐鞋, 虛 → 虗, 樣 → **様**, 粉 → 粉, 脂 → 脂

彈 → **彈**, 青 → 青, 色 → 色, 雲 → 雲, 綠髮 → 綠髮, 龍簪 → 龍簪, 丹 → **丹**

雄黃 → 雄黄, 眞 → **真**, 投 → **投**, 書 → **書**, 門 → 门, 萬 → 萬, 侯 → **侯**, 嬌 → 嬌

賢 → **賢**, 誤 → **誤**, 配 → **配**, 兩 → 両

香名(향명)¹⁷⁾을 블셔 듯고 혼번 귀경 願(원)이더니
明天(명천)¹⁸⁾이 쯧슬 안지 鬼神(귀신)이 感動(감동)혼지
月老(월노)¹⁹⁾의 佳緣(가연)²⁰⁾인가 三生(삼생)의 怨讐(원수) l 런가
斗渼(두미)골 좁은 길에 남 업시 둘히 만나
秋波(추파)를 보내올 지 눈에 가시 되닷 말가
廣(광)느르 흠쯰 건너 馬場門(마장문) 도라들 제
긔 어인 가름 길히 南北(남북)으로 눈 핫던고
纖纖玉手(섬섬옥수)로 鐵竹杖(철죽장) 머무로고
ᄀ는 목 계유 여러 下直(하직)을 告(고)홀 적의
平安(평안)이 行次(행차)흐오 後(후)에 다시 보새이다
혼 거름 두거름에 길히 漸漸(점점) 머러오이
以前(이전)의 쓰든 말이 이 어이 잰거이고
혁²¹⁾ 잡고 도라 보니 限(한) 업슨 情(정)이로다
春郊(춘교)의 우는 새는 肝腸(간장)을 부으는 듯
長堤(장제)의 푸른 물은 別愁(별수)를 홋쑤린 듯
어린 듯 醉(취)흔 두시 물께 실녀 도라오이
草堂秋夜寂寞(초당추야적막)흔듸 혬가림도 하도할샤
寒梅花(한매화) 옴겨다가 窓外(창외)예 뛰오고져
白蓮花(백련화) 썻거다가 綠池(녹지)의 심으고져

---

17) 香名(향명): 향기(香氣)로운 이름이라는 뜻으로, 꽃다운 처녀(處女)의 이름을 일컫는 말.
18) 明天(명천): ① 내일, ② 모든 것을 다 아는 하나님, 여기에서는 후자의 뜻.
19) 月老(월노): 월하노인(月下老人). 혼인을 관장하고 부부의 인연을 맺어 주는 신.
20) 佳緣(가연): ① 아름다운 인연, ② 부부 관계나 연인 관계를 맺게 된 연분.
21) 혁: 말안장 양쪽에 장식으로 늘어뜨린 고삐. '革'을 음만 적은 것으로 보임.

그대 이름 벌써 듣고 보고자 하였더니
하나님이 뜻을 알았는지, 귀신이 감동을 하였는지
월하노인이 이어준 연분인가 삼생의 원수인가
(두미 계곡 좁은 길에 남들 없이 둘이 만나)
추파를 보내올 적에 눈엣가시가 되었다는 말인가
(광나루 함께 건너 마장문을 돌아들 때)
그 어찌 갈라지는 길이 남북으로 나뉘었던가
(섬섬옥수로 철과 대나무로 만든 지팡이를 짚어 머무르고)
가느다란 목소리를 겨우 열어 하직을 고할 적에
평안하게 행차하시오 후일에 다시 봅시다
한 걸음 두 걸음에 길이 점점 멀어가니
(이전에 꿈뜨던 말이 어이 그리 빨라졌는가)
고삐를 잡고 돌아보니 한없는 정이로다
(봄들판에서 우는 새소리는 간장을 베는 듯)
(긴 둑의 푸른 물은 이별의 괴로움을 흩뿌리는 듯)
어른거리는 듯 취한 듯이 말에게 실려 돌아오니
초당의 가을밤이 적막한데, 생각이 많고 많구나
겨울 매화를 옮겨다가 창 밖에 피게 하고 싶고,
백련화를 꺾어다가 푸른 연못가에 심고 싶구나

◉ 이체자

鬼→兔, 佳緣→佳縁, 怨讐→怨讐, 渼→渼, 廣→廣, 塲門→膓门, 鐵→鐵

杖→杖, 直→直, 後→後, 情→情, 腸→膓, 醉→醉, 堂→堂, 花→花, 綠→緑

三春(삼춘)에 깁픈 病(병)이 骨髓(골수)에 박혀시이

쑴에는 뵈것마는 씌치면 虛事(허사)로다

못보아 病(병)이 되고 못니저 怨讐(원수)로다

九回肝腸(구회[22]간장)萬曲愁(만곡수)을 담을 딕 전혀 업서

三千里弱水(삼천리약수) 길히 靑鳥(청조)[23]를 계요 어더

한줌 잔 누에 속의 허튼 실 ▽툰 辭說(사설)

一幅花牋(일폭화전) 내여다가 細書成行(세서성행) ᄒ여두고

行人(행인) 臨發(임발)홀 지 다시 보고 니른 말이

西窓(서창)의 히 지도록 回信(회신)을 기드리니

答書(답서)는 ᄏ니와 ᄭ짓기나 마르되야

無情(무정)도 홀셰이고 野俗(야속)다 홀이로다

혼자 손펵 못울기는 녯 말을 드럿더니

ᄶ ᄉ랑 외줄김을 날을 두고 니름인가

禪師(선사)님 혜여보소 내 아이 에엿분가

偶然(우연)이 만나보고 空然(공연)이 죽게 되면

이 거시 뉘 탓실고 不傷(불상)토 아니ᄒ가

大丈夫(대장부)의 흔 목숨을 살나낸들 엇더ᄒ리

---

22) 回: 원문에는 '冊'로 되어있는데, '曲' 또는 '回'로 볼 수 있을 듯함. 바로 다음 단어에도 '曲' 이 나오지만 같은 한자의 이체자가 늘 동일하지는 않는 것이《해동유요》의 특징임.

23) 靑鳥(청조): 반가운 소식을 이르는 말. 동방삭이 푸른 새를 보고 서왕모의 사자라고 한 한 무(漢武)의 고사에서 유래함.

(봄 석 달 동안 깊은 병이 뼛 속 깊이 박혔으니)

꿈에는 뵈었지만, 잠에서 깨면 허사로다

(못 보아 병이 되고 못 잊어 원수로다)

굽이굽이 서린 창자 많은 시름을 담을 데가 전혀 없어

약수 삼천리 길에 반가운 소식을 겨우 얻어

(한잠 잔 누에 속의 허튼 실 같은 말)

한 폭의 꽃무늬 종이를 내어다가 세세하게 줄 맞추어 글을 써 두고

행인이 출발할 때 다시 보고 이르기를

서창에 해 지도록 회신을 기다리니

(답서는커녕 꾸짖기나 마소서)

(무정하기도 하고, 야속하기도 하구나)

(외손뼉은 못 운다는 옛말을 들었더니)

짝사랑 혼자 즐김은 나를 두고 이르는 것인가

(선사님 생각해 보소 내가 가엾지 않은가)

우연히 만나보고 공연히 죽게 되면

(이것이 누구 탓일꼬 불쌍하지도 아니한가)

대장부의 한 목숨을 살려내면 어떠하리

◉ 이체자

骨髓→骨髓, 虛→虗, 回→囬, 辭→辤, 賤→戔, 臨發→臨發, 回→囬, 答→荅

禪→禅, 然→然, 傷→傷, 丈→丈

4. 僧答歌(승답가)[1]

어와 긔 뉘신고 桂陽豪傑(계양호걸) 아니신가

내 일흠 언지 알며 내 얼굴 언지 보고

無心(무심)이 가는 날을 반기기는 무슴 일고

머리 싹근 즁의 樣子(양자) 덜 뮈온 디 어듸이셔

뎌듸도록 눈의 거러 病(병)이조차 드르신고

어버이 일흔 後(후)의 셜운 모음 둘 듸 업셔

削髮爲僧(삭발위승)ᄒ여 世念(세념)을 긋처시니

春風秋月(춘풍추월)은 몃 번이나 디나가며

玉窓櫻桃花(옥창앵도화)는 몃 봄이나 픠여진고

光陰(광음)을 헬작시면 三七(삼칠)이 前年(전년)일쇠

窈窕淑女(요조숙녀) 아이어든 君子好逑(군자호구) 어이되며[2]

桃天芳年(도천방년)[3] 느젓거든 標梅(표매)[4]를 願(원)홀소냐

飮食(음식)과 잘 자리의 늠의 술을 맛 모로이

됴흔 衣服(의복) 고은 書房(서방) 꿈에나 싱각홀가

돐바회 져녁편의 兩班(양반) 만나 절ᄒ기와

살쓰지 이녁편에 써날 적 人事(인사)ᄒ기

내 몸이 즁이어든 즁의 行實(행실) 아이홀가

ᄒ르씰 同行(동행)ᄒ야 風彩(풍채)을 欽仰(흠앙)ᄒ이

---

1) 僧答歌(승답가): 앞의 僧歌(승가)에 대한 답으로 여승이 남성에게 보낸 것으로 부모를 잃고 이미 승려가 되어 세상을 끊었으니 잊어달라는 내용.

2) 窈窕淑女(요조숙녀)~어이되며:《시경(詩經)》〈주남(周南) 관저(關雎)〉에 나오는 말로, 아리따운 아가씨는 군자의 배필이라는 말.

3) 桃天芳年(도요방년):《시경》〈주남 도요(桃天)〉에 '桃之夭夭(도지요요) 灼灼其華(작작기화)'에서 나온 말로 복숭아잎이 부드러울 때, 곧 시집가기 알맞은 시기를 말함.

4) 標梅(표매):《시경》〈소남(召南) 표유매(摽有梅)〉에 나오는 말로 시집갈 시기를 놓치지 않으려는 내용을 담고 있음.

(아 거기 누구신가 계양에 사는 호걸 아니신가)

(내 이름은 언제 알았으며 내 얼굴은 언제 보고)

무심하게 가는 나를 반기는 것은 무슨 일인가

머리 깎은 중의 모습 덜 미운 데가 어디 있어서

저렇게까지 눈에 들어 병조차 들었는가

(어버이를 잃은 후에 서러운 마음 둘 데가 없어)

(삭발하고 중이 되어 세상 생각을 끊었으니)

(봄바람과 가을 달은 몇 번이나 지나가며)

(옥창 밖의 앵두꽃은 몇 번이나 피고 지었는가)

세월을 헤아리자면 스물한 살이 작년일세

아리따운 아가씨가 아니거든 군자가 좋아할바가 어찌되며

시집가기 좋은 때 늦었거든 시집가기를 원하겠는가

(음식과 잠자리의 남의 사는 맛을 모르거든)

(좋은 의복 고운 서방 꿈에나 생각할까)

닭바위 저녁에서 양반 만나서 절하기와

살곶이 이녘에서 떠날 때에 인사하기는

내 몸이 중이기에 중의 행실로 한 것이 아니하겠는가

(하룻길 동행하여 풍채를 흠모하여)

◉ 이체자

僧答歌→僧荅謌, 桂陽豪傑→桂陽豪傑, 様→様, 後→後, 髮→髮, 寫→為

念→念, 花→花, 陰→陰, 窈→窈, 芳→芳, 服→服, 書→書, 兩→両

心中(심중)에 픔은 懷抱(회포) 잇돗던지 업돗던지

空然(공연)이 離別(이별)ᄒ고 佛堂(불당)에 도라오니

섭섭ᄒ 니 내 ᄆᆞᆷ 업다ᄒ면 거즛말이

無端(무단)ᄒ 一封書(일봉서)은 어드로셔 왓닷말고

반기ᄂᆞ 돗 쎼혀보니 못닛ᄂᆞ 情(정)이로다

慇懃(은근)ᄒ 깁픈 쯧즌 感謝(감사)도 ᄒ거이와

즁더려 ᄒ신 말ᄉᆞᆷ 힝혀 아니 ᄂᆞᆷ 알게고

手答(수답)을 알외리라 붓 잡고 안즌 말이

心神(심신)이 慌惚(황홀)ᄒ이 무슨 말ᄉᆞᆷ 알외려니

無情(무정)타 ᄒ실 줄은 나도 짐쟉 ᄒ엿거니

쑤짓더라 ᄒ신 行下(행하) 曖昧(애매)ᄒᆞᆫ들 어니 훌고

世緣(세연)이 未盡(미진)ᄒ야 還俗(환속)을 ᄒᄂᆞᆯ진들

鹵鈍(노둔)[5]ᄒ 才質(재질)노 妾(첩)의 道理(도리) 엇지 ᄒ며

迷劣(미렬)ᄒ 人事(인사)로 ᄂᆞᆷ의 싀앗[6] 되야 살까

醫術(의술)을 내 아던가 病患(병환)을 어이 알며

藥名(약명)을 모로거든 ᄂᆞᆷ의 목숨 살나닐가

날 갓튼 사름을낭 다시 싱각 마로시고

千金(천금) 가튼 貴體(귀체)를 다시곰 安保(안보) 하오쇼셔

---

5)   鹵鈍(노둔): 魯鈍/駑鈍의 오기로 보임. 둔하고 어리석어 미련하다는 뜻임.
6)   싀앗: 남편의 첩(妾).

마음 속 품은 회포 있었든지 없었든지

공연히 이별하고 불당에 돌아오니

섭섭한 이 내 마음 없다 하면 거짓말이지만

연락 없이 온 한 통의 편지는 어디에서 왔단 말인가

(반기는 듯 떼어보니 못 잊는 정이로다)

은근한 깊은 뜻은 감사하거니와

중에게 하신 말씀 행여 남이 알지 않겠는가

(손수 답을 아뢰려고 붓 잡고 앉으니)

심신이 황홀하여 무슨 말씀을 아뢰올까

무정하다 하실 줄은 나도 짐작하였지만

(꾸짖었다고 하신 말씀 애매한들 어찌하리)

세상 연분이 다하지 못하여 속세로 돌아가면

노둔한 재질로 첩의 도리를 어찌하며

미혹되고 용렬한 사람의 일로 남의 남편의 첩이 되어서 살 수 있겠는가

의술(醫術)을 내가 알던가 병환을 어찌 알며

(약의 이름을 모르거든 남의 목숨 살려 내겠는가)

나 같은 사람을랑 다시 생각 말으시고

(천금 같은 귀한 몸을 다시 편안히 보전하소서)

● 이체자

然 → 然, 離別 → 离别, 書 → 書, 慇懃 → 慇懃, 謝 → 謝, 答 → 答, 慌 → 慌, 曖昧 → 曖昧

緣 → 緣, 盡 → 盡, 還 → 還, 魯鈍/駑鈍 → 鹵鈍, 醫 → 醫

5. 自答歌(자답가)¹⁾

禪師(선사)님 말 긋치고 이내 말 드러보소

그딕 일홈 알것마는 煩(번)거ᄒ야 못 니르고

얼굴을 몰를진들 반갑기야 아니ᄒ며

머리를 싹가신들 樣姿(양자)조차 變(변)홀소냐

自然(자연)이 눈의 들고 절노셔 애ᄉᆞᆺᄂ다

아마도 그런 줄은 내라도 모룰노다

어버이 일흔 子息(자식) 즁이 다 될작시면

우리나라 八道(팔도) 사름 나무니 몃 낫치리

觀音菩薩(관음보살)阿彌陁佛(아미타불) 一萬番(일만번) 외오시고

竹篦(죽비)와 磬子(경자)를 無數(무수)히 두드린들

글노셔 成佛(성불)ᄒ며 죽은 父母(부모) 사라올가

아름다온 남편 어더 子孫(자손)이 滿堂(만당)ᄒ면

父母(부모)의 넉시라도 그를 아이 두긋길가

고사리 삽쥬취를 맛나다 ᄒ거이와

양복기 념통散炙(산자) 어내야 나을 손고

모밀자ᄂᆡ 비段(단)²⁾ 씬을 宗要(종요)³⁾롭다 ᄒ거니와

鴛鴦枕(원앙침)⁴⁾ 胡蝶夢(호접몽)이 어내야 죠흘 손고

---

1) 自答歌(자답가): 남성이 여성의 〈승답가〉를 받고 다시 답을 한 것으로 부귀와 자손을 얻어 함께 사는 것이 복이라고 말하고 있음.

2) 비段: '緋緞(비단)'으로 보임.

3) 宗要(종요): 종지(宗旨). 요긴하다는 뜻.

4) 鴛鴦枕(원앙침): 원앙이 새겨진 베개로, 부부가 함께 베고 자는 베개.

(선사님 말 그치고 내 말좀 들어보소)

그대의 이름 알지마는 번거로워 못 이르고

(얼굴을 모른다 한들 반갑지 아니하겠으며)

(머리를 깎은들 모습조차 변할손가)

(자연스레 눈에 들고 저절로 애끓는다)

아마도 그런 줄은 나도 몰랐도다

어버이 잃은 자식 다 중이 된다면

우리나라 팔도 사람 남을 이 몇이나 될꼬

관음보살 아미타불 일만 번 외우시고

죽비와 경자를 무수히 두드린들

그것으로 성불하며 돌아가신 부모가 살아서 올까

(아름다운 남편 얻어 자손이 집에 가득하면)

부모의 넋이라도 그를 아니 좋아하실까

고사리 삽주나물을 맛있다고 하거니와

양볶음과 염통산적 어느 것이 나은고

모밀자내 비단끈을 긴요하다 해도

원앙침 호접몽이 어느 것이 좋겠는가

● 이체자

答歌→荅謌, 禪師→禅師, 樣→様, 變→変, 然→然, 觀→観, 薩→薩

彌陀佛→弥陁仸, 萬番→萬畨, 篦→篦, 磬→磬, 數→数, 滿→滿, 散炙→散炙

駕→鴌, 枕→枕, 蝴→蝴, 蝶→蝶

行實(행실)을 닷글션졍 싀父母(부모) 못 고이며

人事(인사)를 출힐션졍 마노라 새오실가

너 갓튼 고은 계집 너쑨이라 ᄒ랴마ᄂ

저마다 有福(유복)ᄒ야 내 눈에 다 들소냐

世上(세상)의 갓 쓴 사름 나쑨이라 하랴마ᄂ

文武兼全(문무겸전) 豪傑士(호걸사)야 우리밧긔 ᄯ오 잇ᄂ냐

앗가온 뎌 얼굴을 虛(허)ᄯ오이 보낼셰라

楚襄臺(초양대) 仙女(선녀)도 朝雲暮雨(조운모우) 되여잇고[5]

銀河水(은하수) 織女星(직녀성)도 牽牛(견우)를 맛낫거든

禪師(선사)님 무ᄉ 節(절)로 뎌대도록 구시ᄂ고

三間佛堂(삼간불당)의 고초히 혼자 안자

世味(세미)를 모로시고 念佛(염불)만 자초다가

내 人生(인생) 죽근 後(후)의 셜워ᄒ리 뉘이시리

沙空坐(사공좌)로 니러안쳐 홍독ᄭ새로 특을 바텨

채籠(롱)[6]의 入棺(입관)ᄒ야 더운 불의 츤 직되면

空山裏(공산리) 구즌 비예 우ᄂ 鬼(귀)ᄭ것 네 아닌다

내 말을 올히 녀겨 ᄆ음을 두루 혀면

富貴(부귀)도 ᄒ려니와 男子(남자)도 만흐려니

生前(생전)을 헬쟉시면 琴瑟(금슬)이 調和(조화)ᄒ고

百年(백년)을 偕老(해로)ᄒ고 晝夜(주야)로 즐길 적의

子子孫孫(자자손손)이 헌 머리의 니 쇠ᄃ시

---

5) 楚襄~되여있고: 중국 초나라의 양왕이 무산(巫山)의 신녀(神女)를 만나 사랑을 나누었다
   는 고사(故事). 신녀가 초양왕에게 '아침에는 구름이 되고 저녁에는 비가 되어, 곁에 머물
   겠노라'고 하여 무산몽(巫山夢)·무산운우(巫山雲雨) 등으로도 쓰임.
6) 채籠(롱): 싸릿개비로 함 같이 만든 채 그릇.

행실을 닦으면서 시부모님 못 모시겠으며

인간사를 짐작하고 알면서 마누라 시새움을 하겠는가

그대 같은 고운 계집은 너뿐이라 하랴마는

(저마다 복이 있어 내 눈에 다 들겠느냐)

세상의 갓 쓴 사람 나뿐인가 하랴마는

문무를 겸한 기개 큰 선비야 우리밖에 또 있겠느냐

(아까운 저 얼굴을 헛되이 보낼세라)

(초양왕과 무산의 선녀도 사랑한다고 되어 있고,)

은하수 직녀성도 견우를 만났거든

선사님은 무슨 곡절로 저토록 구시는가

세간의 불당에 외롭게 혼자 앉아

세상맛을 모르시고 염불만 쫓다가

(그대 인생 죽은 후에 서러워할 사람이 누가 있으리)

(모래 공터에 일어나 앉아 홍두깨로 턱을 받쳐)

채롱에 들어가 더운 불에 찬 재가 되면

적막한 빈 산 궂은비에 우는 귀신은 자네가 아닌가

(내 말을 옳다 여겨 마음을 두루 헤아리면)

(부귀도 할 것이요, 아들도 많으려니)

(생전을 헤아릴 것이면 부부 간의 금슬이 좋아서)

백년을 해로하고 주야로 즐길 적에

자자손손이 헌 머리에 이가 꼬이듯이

● 이체자

兼→萧, 豪傑→豪傑, 虛→虗, 楚襄臺→楚襄墓, 雲→雲, 雨→兩, 牽→牽

節→節, 念→念, 後→浚, 坐→坐, 籠→籠, 裏→裡, 鬼→鬼, 富→冨

琴瑟→琴瑟, 老→老

긔는 놈 듯는 놈이 膝下(슬하)의셔 노니다가
死後(사후)를 헬쟉시면 一身(일신)이 계유 츳며
錦衣(금의)예 斂襲(염습)[7]ᄒ여 九果(구과)로 祭祀(제사) 바다
流蘇寶帳(유소보장) 뒤 셰우고 奴僕(노복)이 우러네면
彼此(피차)의 懸隔(현격)ᄒ미 霄壤(소양)이나 다를 손가
슬푸다 이 내 病(병)이 엇지ᄒ면 ᄒ릴손고
아마도 禪師(선사)님 만나 雲雨情(운우정)을 밋게 되면
藥(약) 아냐도 나으려니 禪師(선사)님 德(덕)이 될까 ᄒ노라

---

7) 斂襲(염습): 죽은 사람의 몸을 씻어 옷을 입히고 염포(殮布)로 염습(殮襲)하는 것을 표현
    한 것으로 보임.

기는 놈, 달아나는 놈이 슬하에서 노닐다가

(사후를 헤아릴 것이면 일신이 겨우 차며)

(비단 옷으로 염습하여 9가지 과일로 제사 받아)

(화려한 비단 휘장 뒤에 세우고 종들이 울어대고)

생사가 다르나, 하늘이나 땅이나 다를 바가 있겠는가

(슬프다 이 내 병이 어찌하면 할 수 있겠는가)

(아마도 선사님 만나 운우지정을 맺게 되면)

(약이 아니어도 나으려니 선사님의 덕이 될까 하노라)

● 이체자

膝 → 膝, 死後 → 死浅, 斂襲 → 斂襲, 流 → 流, 蘇 → 蘓, 寶 → 寶, 隔 → 隔

霄壤 → 霄壤, 德 → 徳

6. 雲林處士歌(운림처사가)¹⁾ 清陰(청음)²⁾

人間(인간)이 瀟灑(소쇄)커늘 世事(세사)을 쓸이치고
紅塵網(홍진망)³⁾을 쒸여나셔 定處(정처) 업시 브린 몸이
山(산)이야 구름이야 千里萬里(천리만리)를 드러가니
層巖絶壁(층암절벽)의 에구분 늙은 솔이
淸風(청풍)의 興(흥)을 계워 우즘우즘 ᄒᆞᄂᆞᆫ 樣(양)은
九龍(구룡)소⁴⁾ 늙은 龍(용)이 如意珠(여의주)를 두토ᄂᆞᆫ 듯
桃花(도화)를 쩍거 쥐고 山水間(산수간)의 드러가니
白鷗(백구)야 ᄂᆞ지 마라 녯 벗인 줄 모르ᄂᆞᆫ다
斷崖鳥道(단애조도)ᄂᆞᆫ 구름 속의 連(연)ᄒᆞ엿고
綠柳黃鶯(녹류황앵)은 春風(춘풍)의 分別(분별) 업셔
九十韶光(구십소광)⁵⁾을 간 듸마다 자랑ᄒᆞ니
羲皇淸境(희황청경)⁶⁾이 늣거오미 그지업다
無情(무정)ᄒᆞᆫ 歲月(세월)은 물 흐르듯 ᄒᆞ난 次(차)의
有意(유의)ᄒᆞᆫ 골먹이ᄂᆞᆫ 오락가락 ᄒᆞ는고야
雲林(운림)의 드러오니 내 벗이 뉘이시리
淸風明月(청풍명월)을 갑슬 주고 사랴마ᄂᆞᆫ
날과 有信(유신)ᄒᆞ야 간 곳마다 ᄯᆞ로ᄂᆞᆫ고

---

1) 雲林處士歌(운림처사가): 이 작품은 김상헌(金尙憲, 1570~1652)이 1614년(광해군 7년)
에 파직당한 후, 인조반정으로 정계 복귀를 하던 1624년 사이의 은둔 기간에 지은 것으로
보임. 광해군 말기의 세상에 대한 실망으로 자연에 은둔하는 처사의 삶을 닮았음.
2) 淸陰(청음): 김상헌의 호. 김상헌은 《청음집》, 《야인담록》, 《남한기략》 등의 저술이 있고, 그
외 가사 〈운림처사가〉와 몇 편의 시조가 전해지고 있음.
3) 紅塵網(홍진망): 속세의 번거로움을 그물로 비유한 것임.
4) 소: 연못. '沼'를 뜻함.
5) 九十韶光(구십소광): 90일 간의 화창하고 밝은 봄 날(봄 빛).
6) 羲皇淸境(희황청경): 희황은 복희씨로, 복희씨는 팔괘를 만들고 고기잡이를 가르쳐 세상
을 태평하고 편안하게 만들었다고 하는데, 이런 세상을 희황청경으로 표현하고 있음.

(인간이 맑고 깨끗하거늘 세상 일들을 쓸어버리고)

번거로운 속세에 뛰어 들어 정처 없이 버린 몸이

산이야 구름이야 천리만리 들어가니

(층암절벽의 굽은 늙은 소나무가)

청풍의 흥에 겨워 우쭐우쭐 하는 모양은

구룡소의 늙은 용이 여의주를 다투는 듯

복숭아 꽃을 꺾어 쥐고 산수 사이에 들어가니

백구야 날지 마라 옛 벗인 줄 모르느냐

(낭떠러지와 험한 길은 구름 속에서 잇닿아 있고)

푸른 버들과 노란 꾀꼬리는 봄바람에 가림이 없어

90일 간의 밝은 봄빛을 간 데마다 자랑하니

(복희씨의 시대와 같은 맑은 세상에 북받쳐 벅차오름이 그지없네)

무정한 세월이 물 흐르듯 하는 차에

뜻 있는 갈매기는 오락가락 하는구나

구름이 걸쳐 있는 숲에 들어오니 내 벗이 누가 있으리

맑은 바람 밝은 달을 값을 주고 사겠냐마는

나와 신의가 있어 간 곳마다 따르는가

◉ 이체자

雲→雲, 處→處, 淸陰→淸陰, 間→间, 瀟灑→瀟灑, 塵→塵, 定→㝎, 巖→岩

絶→截, 興→興, 樣→樣, 龍→龍, 鷗→鷗, 斷→冊, 崖→崖, 綠→綠, 黃→黃

分別→分別, 義→義, 歲→歲

어와 즐겁고야 이거시 어듸메오

됴타도 ᄒ려니와 녯 사름 니른 말이

宅不處仁(택불처인)이면 焉得智(언득지)라[7] ᄒ여시니

索居閑處(색거한처)[8]를 이 곳이라 ᄒ리로다

볼셔 못온 줄은 오늘이야 ᄭᆡᄃᆞᆺᄭᅢ라

悔噬臍而莫及(회서제이막급)[9]이니 늬우츤들 엇지ᄒ며

已往(이왕)을 不諫(불간)[10]ᄒ니 將來(장래)를 可追(가추)로다

孫興公(손흥공)의 山水賦(산수부)를 목 내여 묽게 읇고

이지야 허리 펴쟈 이 아니 즐거온냐

이내 몸 依支(의지)ᄒ랴 數間草屋(수간초옥)을

巖穴(암혈)의 얼거미야 白雲(백운)이 덥펴시니

靑山(청산)은 四壁(사벽)이오 구름은 가쾨로다[11]

石鼎(석정)의 煮食(자식)[12]ᄒ고 丹穴(단혈)의 採芝(채지)[13]ᄒ니

山中幽興(산중유흥)[14]이 이대도록 精楚(정초)ᄒ랴

이리와 閑暇(한가)홈도 惟天之命(유천지명)이로다

내 배혼 才(재)조 업서 巖下(암하)의 누어신들

---

7) 宅不處仁(택불처인) 焉得智(언득지): 어진 곳을 택하여 처하지 않으면 어찌 지혜롭다 하겠는가.《논어》〈이인(里仁)〉에 '擇不處仁(택불처인), 焉得知(언득지)'가 나옴.

8) 索居閑處(색거한처): 사람을 피하여 한적한 곳에서 혼자 기거함.

9) 悔噬臍而莫及(회서제이막급): 사람들이 사향노루의 향이 든 배꼽을 취하면 노루가지기 배꼽을 물어뜯어도 이미 늦어 돌이킬 수 없다는 말.

10) 不諫(불간): 고칠 수 없음.

11) 가쾨로다: 嘉兆(佳兆)이로다. 좋은 징조로다. 화자는 수간초옥같은 작은 집에 자기 몸이 거하지 못하고 벽이 산이고, 구름이 지붕인 넓은 자연이 자기 몸을 의탁할 집이라고 함. 흔히 선비들이 청빈, 안빈낙도를 즐겨 읊는 강호가도의 표현으로 '수간초옥'을 들지만, 화자는 이보다 더 나아가 인간이 지은 집이 아니라 자연을 그대로를 집이라고 하는 풍류를 보여주고 있음.

아 즐겁구나 이 곳이 어디인가

(좋다고도 하려니와 옛 사람이 이른 말이)

'어진 곳을 택하여 처하지 않으면 어찌 지혜롭다 하겠는가'라 하였으니

사람을 피한 한적한 곳을 이곳이라 하리로다

벌써 못 온 줄은 오늘에야 깨닫도다

일이 그릇된 뒤에 뉘우친들 어찌하며

지난 일은 고칠 수 없으니 다가올 일을 추구하리로다

손흥공이 지은 〈산수부〉를 소리내어 맑게 읊고

이제야 허리 펴니 이 아니 즐거운가

(이내 몸 의지(依支)하랴 작은 초가를)

석굴에 얽어매어 흰 구름이 덮었으니

푸른 산이 사방의 울타리요 구름은 좋은 징조로다

돌솥에 삶아 먹고, 구덩이에서 풀을 채집하니

산 중의 그윽한 흥취가 이토록 깨끗하랴

이러한 한가함도 오직 하늘의 명이로다

(내가 배운 재주가 없어 바위 아래에 누워있은들)

---

12) 煮食(자식): 삶아 먹음.

13) 採芝(채지): 지초(芝草)를 채집함.

14) 山中幽興(산중유흥): 산중의 그윽한 흥취.

● 이체자

宅→宅, 處→處, 閑處→閑處, 莫→莫, 往→徃, 諫→諫, 將→将, 追→追

賦→賦, 支→之, 數間草→數間草, 壁→壁, 鼎→鼎, 煮→煮, 採→採, 楚→楚

暇→暇

君臣大義(군신대의)야 현마 아조 니즐소냐

에엿쑨 人生(인생)들은 慾心(욕심)의 술 醉(취)흐야

潛(잠)기고 다시 潛(잠)겨 씌두르미 全(전)혀 업뇌

歎羊角之光陰(탄양각지광음)[15]을 百年(백년)만 넉엿더니

蝸牛角之功名(와우각지공명)[16]을 泰山(태산)도곤 크게 녁겨

紅塵華路(홍진화로)[17]의 불꼿희 넘나들며

浮雲(부운) ᄀ튼 富貴(부귀)를 어이 그리 두툴것가

若飛蛾之撲燈(약비아지박등)이오 似赤子之入井(사적자지입정)이라

꿈 ᄀ튼 人生(인생)을 늬ᄀ치 싀여지며

뫼 ᄀ치 싸힌 財物(재물) 구름 ᄀ치 흐터지고

六畜(육축)[18]의 殃及(앙급)흐여 둙개지이 다 죽으니

富貴榮華(부귀영화)을 무름 곳이 全(전)혀 업다

探花(탐화)[19]의 눈 어두어 블꼿친 줄 몰나 보고

옷 버슨 어린 阿㜅(아해)[20] 陽地(양지) 겻맛 넉이느냐

富貴貧賤(부귀빈천)이 名有天命(명유천명)이라

草衣(초의)가 내 分(분)이니 錦衣(금의)를 싱覺(각)흐랴

惡衣惡食(악의악식)을 삼긴대로 먹어시면

---

15) 歎羊角之光陰(탄양각지광음): '角'은 원문에 '甲'으로 되어 있는데 오기로 보임. 羊角風(회
오리바람)처럼 빠른 세월을 탄식함.
16) 蝸牛角之功名(와우각지공명): 蝸角(와각)은 달팽이의 촉각, 곧 아주 작은 것으로 사소한
공명의 다툼을 말함.
17) 紅塵華路(홍진화로): 세속의 부귀공명의 길을 추구하는 인생.
18) 六畜(육축): 집에서 기르는 대표적인 여섯 가지 가축 곧, 소, 돼지, 닭, 개, 말, 양.
19) 探花(탐화): 꽃을 보고 즐기기 위하여 찾아다님, 사랑하는 여자를 찾아다님(여색을 탐함)
을 비유적으로 이르는 말.
20) 阿㜅(아해): 兒孩(아해)를 말함. 어린아이.

군신 간의 마땅한 도리야 설마 아주 잊겠는가
가엾은 인생들은 욕심에 취하여
잠기고 다시 잠겨 깨달음이 전혀 없네
백년만도 빠른 세월이라 여겼더니
사소한 공명의 다툼을 태산보다 크게 여겨
(세속의 부귀공명의 불꽃에 넘나도들며)
뜬 구름 같은 부귀를 어이 그리 다툴 것인가
나방이 날아 등불에 덤벼드는 것이오, 갓난아기가 우물에 들어가 빠지는 것과 같네
꿈같은 인생은 연기같이 사라지며
산같이 쌓인 재물은 구름같이 흩어지고
(육축에 재앙이 미쳐 닭, 개까지 다 죽으니)
(부귀영화를 물을 곳이 전혀 없네)
여색을 탐해 타는 불꽃인줄 몰라보고
옷 벗은 어린 아이처럼 햇빛든 땅으로만 여기느냐
부귀빈천이 다 하늘에 달렸으니
풀옷이 내 분수이니 비단 옷을 생각하랴
좋지 못한 옷과 음식을 생긴 대로 먹었으면

●이체자

醉→醉, 潛→潜 歎→歎 蝸→蝸, 塵→塵, 華→華, 路→路 富→冨, 若→若

飛→非, 蛾→蛾 撲→撲 榮→荣, 陽→陽, 貧賤→貧賎, 分→分, 覺→覺

惡→恶

어닉 제 뉘라셔 是非(시비)의 걸닐소니

고은 옷 만난 飮食(음식) 내 分(분) 업슨 奴婢(노비)들과

田畓(전답)과 家舍(가사)을 慾心(욕심)으로 이로려고

香餌(향이)²¹⁾를 둘게 넉여 避(피)홀 줄 모르는가

三代(삼대)以前²²⁾(이전) 聖帝明王(성제명왕) 賢臣果良佐(현신과²³⁾량좌)들이

노호로²⁴⁾ 政事(정사) 믹자 天下(천하)를 다스리니

人心(인심)이 淳厚(순후)ᄒ고 天下(천하)ᄂ 太平(태평)ᄒ야

齊家治國(제가치국)을 無爲而化(무위이화)²⁵⁾ᄒ실 식

雨順風調(우순풍조)ᄒ야 日月光華(일월광화)ᄒ니

處處群生(처처군생)들은 衣食(의식)이 豊足(풍족)ᄒ고

田野農民(전야농민)들은 含哺皷腹(함포고복)ᄒ야

擊壤歌(격양가)²⁶⁾를 부르면셔 足之舞之(족지무지) ᄒᄂ고야

陽地(양지) 겻틱 누어이셔 聖恩(성은)을 모로더니

三代(삼대) 以後(이후) 慵君暗主(용군암주) 亂臣賊子(난신적자) 相繼(상계)ᄒ니

時異事變(시이사변)ᄒ야 移風易俗(이풍역속)ᄒ니

---

21) 香餌(향이): ① 냄새가 좋은 미끼, ② 사람의 마음을 유혹(誘惑)하는 재물(財物) 따위를 비
유하여 이르는 말.

22) 三代(삼대): 중국 역사의 하, 은, 주 시대.

23) 果: '-과'의 음차임.

24) 노호로: 繩(승), 곧 결승문자(結繩文字)로, 숫자나 역사적 사건 등을 새끼나 가죽끈을 매어
그 매듭의 수효나 간격에 따라서 나타낸 일종의 문자. 끈의 매듭, 길이, 빛깔로 약속이나 사
실을 기록해 두던 원시적인 기억 보조 수단임.

25) 無爲而化(무위이화): 아무것도 하지 않음으로써 교화한다는 뜻으로, 억지로 꾸밈이 없어
야 백성들이 진심으로 따르게 된다는 말.

26) 擊壤歌(격양가): 태평세월을 기리어 땅을 두드리며 부르는 노래.《제왕세기(帝王世紀)》에
이르기를, 요(堯) 임금 때 8, 90세 노인들이 '日出而作(일월이작) 日入而息(일입이식) 鑿井
而飮(착정이음) 耕田而食(경전이식) 帝力於我何有哉(제력어아하유재)' 곧, 해 뜨면 일하

어느 때 누가 시비에 걸릴쏘냐

(고운 옷 맛난 음식, 내 분수에 없는 노비들과)

(논밭과 집을 욕심으로 이루려고)

향이를 달게 여겨 피할 줄 모르는가

삼대 이전의 성스러운 황제와 사리에 밝은 왕들, 어진 신하들이

(노(繩)로 정사를 맺어 천하를 다스리니)

인심이 순후하고 천하가 태평하여

가정과 나라를 아무 것도 하지 않아도 저절로 잘 다스려질 때

비바람이 순조롭고 일월이 밝게 빛나니

곳곳의 많은 사람들은 옷과 음식이 풍족하고

시골의 농민들은 배불리 먹어 배를 두드리며

격양가를 부르면서 손발을 놀리며 춤을 추는구나

양지 곁에 누워 있어 성은을 모르더니

삼대 이후 사리에 어두운 임금과 어지럽히는 신하, 부모를 해치는 자식이 서로 잇따르니

시대가 달라지고 풍속이 바뀌어

고 해 지면 편히 쉬네. 우물 파 물 마시고 논밭 갈아 밥 먹으니, 임금님의 힘 어찌 내게 미친다 하리.'라는 기록이 남아 있음.

●이체자

是→是, 婢→婢, 舍→舍, 避→避, 聖→聖 賢→賢, 爲→為, 雨→雨, 調→調

群→羣, 農民→農民, 含→舍, 鼓→皷, 擊壤→擊壤, 足→足, 聖恩→聖恩, 亂→亂

繼→継, 異→異, 變→變

賢愚貴賤(현우귀천) 업시 奢侈(사치)를 崇尙(숭상)키로
盛衰興亡(성쇠흥망)를 朝得暮失(조득모실)ᄒ니
大平時節(대평시절) 天子(천자)라도 戰國(전국)이 되닷말가
神農氏(신농씨) 書契(서계)[27] 짓고 蒼頡(창힐)[28]이 作字(작자)홀 지
人倫大義(인륜대의) 三綱五常(삼강오상) 一時(일시)의 지어내니
노흐로 미즌 政事(정사) 文墨(문묵)[29]으로 記錄(기록)ᄒ니
王化(왕화)도 分明(분명)ᄒ야 察察(찰찰)[30]흔 타시로다
堯之日月(요지일월) 舜之乾坤(순지건곤) 네와 엇지 달나시며
皐陶稷契(고요직설)[31]은 어듸 가고 못 볼소니
淫雲(음운)이 蔽塞(폐색)ᄒ니 日月(일월)이 어두에라
狂風(광풍)의 놀난 草木(초목) 업더져 이우러셔
쇠나기의 불회 벗겨 ᄒ마 거의 다 죽으니
草木(초목)이 다 죽으면 山川(산천)이 埋沒(매몰)ᄒ고
山川(산천)이 埋沒(매몰)ᄒ면 飛禽走獸(비금주수)들이
依托(의탁)이 專(전)혀 업닉

현명한 자나 어리석은 자나, 귀한 자나 천한 자 구별 없이 사치를 숭상하기로

(흥망성쇠가 덧없으니)

태평시절의 천자가 전쟁하는 나라가 되었다는 말인가

(신농씨가 서계를 짓고, 창힐이 한자를 만들 때)

인류의 삼강오륜을 만드니

(노(繩)로 맺은 정사를 시문이나 서화로 기록하니)

(왕의 교화가 분명하고 꼼꼼한 덕분이로다)

요순임금의 태평시대 예와 어찌 다르며

(고요, 직, 설은 어디 가고 못 볼쏘냐)

하늘을 덮은 검은 구름이 닫아서 막았으니 일월이 어두워라

(광풍에 놀란 초목이 엎드러지고 기울어)

(소나기에 뿌리 씻겨 벌써 거의 다 죽으니)

초목이 다 죽으면 산천이 매몰되고

산천이 매몰되면 날짐승과 길짐승들이

의탁할 데가 전혀 없네

● 이체자

賤→賤, 盛衰興亡→**盛袞興凶**, 節→**節**, 戰→**戰**, 契→**契**, 作→**作**, 記錄→**記錄**

皐陶→**皐陶**, 契→**契**, 汪→**滛**, 草→**草**, 沒→**沒**, 飛→**飛**, 獸→**獸**, 專→**專**

혜고 다시 혜니 天地(천지)의 ㄱ이 업다

내 혼자 이러흔가 늠 大都(대도)[32] ㄴ 날 ㄱ튼가

어와 우운지고 이내 일 虛事(허사)ㄴ로다

내 근심 마자 ㅎ고 人間(인간)을 써나와셔

내 무슨 일이라고 이대도록 슬허ㅎ리

雲林(운림)의 드러완 지 日月(일월)이 하오라니

今世天子聖主(금세천자성주) 긔 뉘라 ㅎ시는고

이 히는 어늬 히며 이 둘은 어늬 둘고

山中(산중)의 蓂莢(명협)[33] 업셔 節(절) 가는 줄 모르더니

忘世間之甲子(망세간지갑자)ㅎ고 醉壺裡之乾坤(취호리지건곤)[34]이라

柴扉(시비)의 개 즈슨들 이 山中(산중)의 긔 뉘오리

土床(토상) 우희 좀을 자며 헌 縷飛(누비) 내 分(분)이오

瓦樽(와준)의 술이 ㄱ득 豆粥(두죽)이 새롭도다

麻衣(마의)로 草座(초좌)ㅎ니 一身(일신)이 安靜(안정)ㅎ다

茅簷(모첨)의 晝靜(주정)ㅎ고 桂樹(계수)의 風淸(풍청)커늘

葛巾布衣(갈건포의)로 幽興(유흥)을 못 이긔여

---

32) 大都(대도): 많은 사람들.

33) 蓂莢(명협): 중국 요임금 때에 뜰에 났다는 상서로운 풀. 초하루에서 보름까지는 한 잎씩 나고 16일부터 말일까지는 한 잎씩 진다고 함. 이로써 날짜를 알려준다고 하여 책력풀, 달력풀이라고도 함.

34) 醉壺裡之乾坤(취호리지건곤): 술 항아리 속의 인생이란 뜻으로 늘 술에 취해 있거나, 별천지(別天地), 선계(仙界)를 뜻하기도 함.

(생각하고 다시 생각하니 천지에 끝이 없네)

나 혼자 이러한가 남들 모두가 나 같은가

아 우스운지고 이내 일 허사로다

내 근심 말자 하고 인간세상을 떠나와서

내 무슨 일이라고 이토록 슬퍼하리

깊은 숲 속에 들어온 지 세월이 많이 되었으니

(지금 세상의 천자 성주 그 누구라 하시는가)

이 해는 어느 해이며, 이 달은 어느 달인가

산중에 명협풀이 없어서 계절 가는 줄 모르더니

세상의 세월을 잊고, 별천지에 취해있네

사립문에 개 짖은들 이 산중에 그 누가 오겠는가

(흙바닥 위에서 잠을 자며 헌 누비는 내 분수요)

진흙잔에 술이 가득, 콩 죽이 새롭도다

삼베옷으로 풀 위에 앉으니 일신이 편안하고 고요하다

띠로 인 처마에 낮이 고요하고, 계수나무에 바람이 맑거늘

거친의복으로 그윽한 흥취를 못 이기어

◉ 이체자

都→**都**, 虛→**虗**, 聖→**聖**, 箕→**箕**, 節→**節**, 忘→**忘**, 壺→**壷**, 裏→**裡**, 柴→**柴**

土→**土**, 縷→**縷**, 瓦樽→**瓦樽**, 座→**座**, 靜→**静**, 簹→**簹**, 桂樹→**桂樹**, 葛→**葛**

靑藜杖(청려장)³⁵⁾ 힘을 삼마 솔 아래 구븐 길노
우러러 長嘯(장소)³⁶⁾ᄒ고 任意(임의)로 도라보며
靑山(청산) 여윈 골노 石逕(석경)을오 드러가니
玄藹(현애)³⁷⁾는 滿疊(만첩)³⁸⁾흔듸 靑嵐(청람)³⁹⁾이 ᄀ려 잇고
劍閣宇宙(검각우주)의 디는 ᄒᆡ 걸닌 빗치
西王母瑤池上(서왕모요지⁴⁰⁾상)의 山水屛(산수병)을 둘너는 듯
푸르거든 희지 마나 희거든 붉지 마나
푸른거슨 靑山(청산)이오 불근거슨 落照(낙조)로다
松根(송근)을 비겨 누어 遠山(원산)을 ᄇ라보니
거문고 가진 阿奚(아해) 酒器(주기)를 늣게 메고
구름속의 날 ᄎ즈니 赤松子(적송자)⁴¹⁾ 오돗던가
林下仙(임하선) 아니시면 巢父(소부)와 許由(허유)⁴²⁾로다
이 밧긔 제 뉘라셔 이 山中(산중)의 날 ᄎ즈리
머리를 두루혀셔 巖穴(암혈)을 여어보니
山中(산중)의 늙은 어룬 烏巾(오건)을 젓게 쓰고
道服(도복)⁴³⁾을 니믜 ᄎ고 靑衣童(청의동)⁴⁴⁾ 압셰우고

---

35) 靑藜杖(청려장): 명아주 대로 만든 지팡이.
36) 長嘯(장소): 길게 휘파람 붊.
37) 玄藹(현애): 울창한 초목.
38) 滿疊(만첩): 겹겹이 둘러싸임.
39) 靑嵐(청람): 멀리 보이는 산의 푸르스름한 기운.
40) 瑤池(요지): 신선이 산다는 곳. 주(周)나라 목왕이 서왕모를 만났다고 하는 곤륜산의 연못.
41) 赤松子(적송자): 신농씨(神農氏) 시대에 활약했던 우신(雨神: 비의 신)이라 함.
42) 巢父(소부)와 許由(허유): 중국의 은사(隱士)들로, 허유는 요임금이 왕위를 넘겨주려고 하자
    북음하고, 이 말을 듣자 영수(潁水)에서 기산(箕山)으로 들어갔다고 하고, 소부는 이끌던 소
    에게 영수가 더럽다고 마시지 못하게 했다고 함.
43) 道服(도복): 도사(道士)가 입는 옷.

(명아주 지팡이로 힘을 삼아 소나무 아래 굽은 길로)

우러러 길게 휘파람 불고, 마음대로 돌아보며

푸른 산의 좁은 골짜기 돌길로 들어가니

울창한 초목이 첩첩 쌓여, 멀리 보이는 산의 푸른 기운이 가려 있고

(험한 산에 지는 해가 걸린 빛이)

서왕모가 사는 곳에 산수화 병풍을 둘렀는 듯

(푸르거든 희지 말고 희거든 붉지 말지)

푸른 것은 청산이요, 붉은 것은 석양이로다

소나무 뿌리에 비스듬히 누워 먼 산을 바라보니

거문고 가진 아이는 술 담은 그릇을 느슨하게 메고

구름 속에서 날 찾으니 적송자가 온 것인가

숲 속의 신선이 아니시면 소부와 허유로다

(이 밖에 누가 이 산중에 날 찾으리)

(머리를 돌이켜서 석굴을 엿보니)

(산중의 늙은 어른 검은 두건을 제껴 쓰고)

(도복을 여며 입고, 청의동자 앞세우고)

---

44) 靑衣童(청의동): 신선의 시중을 든다는 푸른 옷을 입은 사내아이.

●이체자

藜→藜, 杖→杖, 嘯→嘯, 迤→迤, 藹→藹, 滿疊→滿疊, 劍閣→劍閣, 瑤→瑤

屛→屛, 照→照, 遠→遠, 酒→酒 巢→巢, 巖→巖, 服→服

잡거니 밀거니 두세 벗이 오는고야

石壇(석단)[44]의 마조 나가 플 미러 揖禮(읍례)[45]ᄒ고

松枝(송지)를 손조 썩거 靑苔(청태)를 쓰리치고

年次(연차)로 버러 안자 欣然(흔연)이 반기는 듯

니르거니 對答(대답)ᄒ며 즐거오미 그지업다

瀟湘(소상)[46]의 벗 만나미 이대도록 즐겁던가

딜甁(병)의 松醪酒(송료주)를 鸚鵡杯(앵무배)의 ᄀ득 부어

잡거니 밀거니 醉(취)토록 먹으면셔

冷冷(냉랭) 七絃琴(칠현금)을 高峯(고봉)의 빗기 ᄐ니

依依(의의) 山水曲(산수곡)을 歷歷(역력)히 혜리로다

人間(인간)의 먹은 귀가 巖下(암하)의와 열니거다

金聲玉振(금성옥진)[47]의 귀는 엇지 붉돗던고

鍾期(종기)[48]를 이믜 만나 流水曲(유수곡)[49]을 붓그리랴

山中(산중)이 ᄯᅳᆺ이 깁퍼 世事(세사)를 니저시니

膏粱(고량)의 여읜 슬히 취줄기의 ᄶᅵ노매라

ᄭᅩᆺ 픠쟈 새 닙 나쟈 綠陰(녹음)이 어릐엿고

崢嶸(쟁영)ᄒᆫ 깁픈 골의 碧溪水(벽계수) 潺潺(잔잔)ᄒ고

(잡거니 밀거니 두세 벗이 오는구나)

(돌단에 마중 나가 팔 밀어 인사하고)

소나무 가지를 손수 꺾어 푸른 이끼를 쓸어 치우고

(나이순으로 벌여 앉아 기쁘게 반기는 듯)

(말하고 답하며 즐거움이 그지없다)

소상에서의 벗을 만남이 이토록 즐겁던가

질로 만든 병의 소나무술을 앵무모양 잔에 가득 부어

잡거니 밀거니 취하도록 먹으면서

맑은 칠현금을 높은 봉우리에서 비스듬히 안고 타니

싱그런 산수곡을 뚜렷하게 알겠구나

(속세에서 먹은 귀가 자연에 와서 열렸네)

맑고 조화로운 소리에 귀는 어찌 밝았던가

종자기를 이미 만났으니 〈유수곡〉을 부끄러워 하랴

산중이 뜻이 깊어 세상사를 잊었으니

고량진미에 여윈 살이 취나무 줄기에 찌는구나

꽃 피자 새 잎 나고 녹음이 어리었고

가파른 깊은 골짜기에 푸른 물이 잔잔하고

아듣던 종자기(鍾子期)를 뜻함.

49) 流水曲(유수곡): 종자기의 친구인 백아가 연주했다는 〈고산유수곡(高山流水曲)〉.

◉ 이체자

壇 → 壇, 然 → 然, 對答 → 對荅, 瀟 → 蕭, 鸚 → 鸎 杯 → 盃, 琴 → 琴, 高 → 髙

歷歷 → 歴歴, 聲 → 聲, 振 → 振, 靑粱 → 靑粱, 崝嶸 → 崝嶸

丹崖(단애)의 돌 붉은듸 澗水(간수)의 ᄇᆞ람 믈긔

白雲(백운) 깁픈 골의 자던 鶴(학) 슬픠 운다

天高地逈(천고지형)ᄒᆞ니 覺宇宙之無窮(각우주지무궁)이오

興盡悲來(흥진비래)ᄒᆞ니 識盈虛之有數(식영허지유수)로다

예도 죠커니와 ᄯᅩ 죠흔 듸 잇ᄂᆞ니라

天台山(천태산)[50] 깁픈 골의 石鼎道士(석정도사)[51] 츳새이다

崑崙山(곤륜산)[52] 깁픈 골의 西王母(서왕모)[53] ᄎᆞ자보랴

長穹萬里(장궁만리)의 거복 트고 가새이다

茫茫宇宙間(망망우주간)의 定處(정처) 업시 ᄇᆞ린 몸이

醉倒空山裡(취도공산리)ᄒᆞ니 天地則衾枕(천지즉금침)이로다

---

50) 天台山(천태산): 중국 절강성(浙江省) 동부, 천태현(天台縣) 북방에 있는 불교의 영산.

51) 石鼎道士(석정도사): 신선생활을 하는 도사.

52) 崑崙山(곤륜산): 중국의 전설에서 황하의 발원점으로 믿어지는 성산(聖山). 신선설(神仙說)이 유행하자 선녀인 서왕모(西王母)가 살고 있다는 신화들이 생겨남.

53) 西王母(서왕모): 도교에서는 최고의 여신으로서 모든 신선들을 지배하는 신으로 여김.

붉은벼랑에 달 밝은데, 골짜기 물에 바람이 맑네
흰 구름 깊은 골짜기에 자던 학이 슬피우네
하늘은 높고 땅이 멀어 우주가 무궁함을 깨닫고
흥이 다하면 슬픔이 오니 차고 빔의 운수를 알겠도다
(여기도 좋거니와 또 좋은 데 있느니라)
(천태산 깊은 골짜기의 석정도사를 찾노라)
(곤륜산 깊은 골짜기의 서왕모를 찾아보랴)
(먼 하늘에 거북 타고 가세)
망망한 우주에 정처 없이 버린 몸이
술에 취해 빈 산에 누우니 천지가 이불과 베개로다

● 이체자

丹崖→丹崖, 迴→逥, 鶴→鶴, 覺→覺, 盡→盡, 盈→盈, 數→數, 鼎→鼎

西→乑, 萬→萬, 茫→㳘, 枕→枕

7. 牧童歌(목동가)¹⁾ 任參判(임참판) 有後(유후)²⁾

綠楊芳草(녹양방초) 間(간)에 쇼 먹이는 阿奚(아해)들아

人間(인간)榮辱(영욕)을 아는다 모르는다

人生百年(인생백년)이 플긋히 이슬이라

三萬六千(삼만육천)날을 다 사라도 草草(초초)커든

脩短(수단)이 命(명)이런가 死生(사생)을 定(정)홀손냐

逆旅(역려)マ튼 乾坤(건곤)³⁾의 蜉蝣(부유)マ티 나와이셔

功名(공명)도 못 일우고 草木(초목)マ티 스라지면

空山(공산) 白骨(백골)인들 긔 아니 늣거오냐⁴⁾

繼天立極(계천입극)⁵⁾은 聖人(성인)의 事業(사업)이요

流芳百世(유방백세)는 丈夫(장부)의 홀 일이라

生涯(생애)도 有限(유한)하고 死日(사일)도 無期(무기)흔듸

有限(유한)한 生涯(생애)로 석지아일 一芳名(일방명)은

千代榮貴(천대영귀)호야 與天地(여천지)로 無窮(무궁)이라

詩書百家語(시서백가어)를 字字(자자)히 외와내여

孔孟顔曾(공맹안증)子(자)를 일일마다 法(법)을 사마

稷契(직설)⁶⁾로 紙筆(지필)호고 堯舜(요순)을 비저내여

---

1) 목동가(牧童歌): 조선 현종 2년(1661)에 임유후(任有後, 1601~1673)가 울진에 은거하면서 후생에게 가르치기 위하여 지은 가사(歌辭). 전반은 목동에게 묻고 후반은 목동이 대답하는 형식의 문답체로 속세의 명리(名利)는 아랑곳할 바가 아님을 말하고 있음.

2) 任參判(임참판) 有後(유후): 자는 효백(孝伯). 호는 만휴(萬休). 생원과 진사에 모두 합격하였고, 경주 부윤으로 백성을 잘 다스렸다. 저서에《만휴당집(萬休堂集)》,《휴와야담(休窩野談)》이 있음.

3) 逆旅(역려)マ튼 乾坤(건곤): 여관과 같이 잠시 머무는 세상이라는 뜻.

4) 늣거오냐: 느껍다. 어떤 느낌이 마음에 북받쳐서 벅차다.

5) 繼天立極(계천입극): 천제의 뜻을 이어 왕위에 오름.

6) 稷契(직설): 순(舜)임금의 신하인 후직(后稷)과 설(契).

(녹양방초에서 소먹이는 아이들아)

인간영욕을 아는가 모르는가

인생 백년이 풀 끝에 이슬이라

삼만 육천 날을 다 살아도 풀 같거든

장수와 단명이 운명이런가 생사를 사람이 정할쏘냐

잠시 머물다가는 세상에 하루살이같이 나왔다가

공명도 못 이루고 초목같이 사라지면

빈산의 백골인들 그 아니 슬프겠는가

(왕위에 오르는 것은 성인의 일이요)

(이름을 후세에 전하는 것은 장부의 할 일이요)

삶도 한계가 있고 죽음도 기한이 없는데

유한한 생애로 썩지 않을 꽃다운 이름은

대대로 귀함이 천하에 무궁하구나

(시서백가의 말을 모두 다 외워내어)

(공자, 맹자, 안회, 증삼을 매일 법으로 삼아)

후직과 설로 종이에 쓰고 요순을 빚어내어

●이체자

歌→謌, 參→叅, 綠楊芳→綠楊芳, 榮→荣, 死→死, 定→㝎, 旅→旅

蜉蝣→蜉蟒 功→切, 繼→継, 極→極 聖→聖 業→業, 流→㽞, 丈→丈

涯→涯 與→與, 孔→孔, 曾→曽, 契→契, 筆→筆, 堯舜→尭舜

四海八荒(사해팔황)[7]을 壽域(수역)의 올녀두고

鰥寡孤獨(환과고독)[8]이 德澤(덕택)으로 춤겨셰라

孫吳(손오)[9]를 阿奚(아해)보듯 衛霍(위곽)[10]을 헤아리니

千兵萬馬(천병만마)를 指揮間(지휘간)의 너허두고

風雲(풍운)을 부러내여 宇宙(우주)를 掀(흔)들니라

天山(천산)의 할을 걸고 瀚海(한해)를 뛰여 건너

魑魅魍魎(이매망량)[11]을 다 모라 내친 後(후)의

말만 흔 大將印(대장인)[12]을 허리 아래 빗기츠고

麟閣(인각)[13]의 像(상) 그리고 五鼎食(오정식)[14] 누리다가

내 才(재)조 淺狹(천협)흐야 將相(장상)이 못 되여도

翩翩濁世(편편탁세)예 佳士(가사)ㅣ 나 되오리라

錦肝繡腸(금간수장)을 銀河水(은하수)의 潛(잠)가내여

風雲月露(풍운월로)를 붓끗츠로 戲弄(희롱)흐니

鸞鳳(난봉)이 춤을 추고 구름이 늘니는 듯

祥光(상광)을 빗앗는듯 瑞色(서색)을 머그믄 듯

---

7) 四海八荒(사해팔황): 사방의 바다와 팔방의 멀고 넓은 곳. 온 세상.

8) 鰥寡孤獨: 홀아비, 과부, 어리고 부모 없는 사람, 늙고 자식이 없는 사람.

9) 孫吳(손오): 중국(中國)의 병법가(兵法家)인 손자(孫子)와 오자(吳子).

10) 衛霍(위곽): 위청(衛靑)과 곽거병(霍去病)으로 흉노를 무찔러 큰 공을 세움.

11) 魑魅魍魎(이매망량): ① 온갖 도깨비와 귀신, ② 어처구니 없이 허무맹랑한 사람.

12) 大將印(대장인): 군을 통솔 지휘하는 무관의 인장.

13) 麟閣(인각): 충훈부(忠勳府). 조선 시대에 공신(功臣)의 훈공을 기록하는 일을 맡아 하던 관아.

14) 五鼎食(오정식): 다섯 개의 솥을 벌려 놓고 먹는다는 뜻으로 진수성찬을 일컬음.

(온 세상을 오래사는 곳으로 만들어 두고)

('환과고독'이 그 덕분에 가득 찼구나)

손자와 오자를 아이 보듯 장수들을 헤아리니

(천병만마를 지휘 중에 넣어두고)

풍운을 불어내어 우주를 흔들리라

(천산에 활을 걸고 큰 바다를 뛰어 건너)

(허무맹랑한 이들을 다 몰아 내친 후에)

말만 한 대장인을 허리 아래 빗겨 차고

충훈부에 얼굴을 그려놓고 귀한음식을 누리다가

(내 재주가 부족하여 장상이 못 되어도)

(어지러운 세상에 아름다운 선비나 되오리라)

비단처럼 아름다운 마음을 은하수에 잠겨내어

화려한 시문을 붓 끝으로 희롱하니

난조와 봉황이 춤을 추고 구름을 날아다니는 듯

(상사로운 빛과 좋은 징조를 머금은 듯)

● 이체자

四→四, 荒→荒, 壽→壽, 鰥寡孤→鰥寡孤, 德澤→德澤, 吳→吳, 衛霍→衛霍

指→指, 雲→雲, 魑魅魍魎→魑魅魍魎, 將→将, 麟閣→麟閣, 像→像, 鼎→鼎

隹→佳, 繡→繡, 腸→腸, 潛→潜, 露→雲, 戲弄→戲弄, 鸞→鸞

五彩(오채)¹⁵⁾가 燦爛(찬란)ᄒ고 變化(변화)가 無窮(무궁)ᄒ야

셔르 ᄀ라 뒤트ᄂ 듯

夜光珠(야광주)¹⁶⁾ 明月珠(명월주) 珊瑚樹(산호수) 白玉(백옥)골회

疊疊(첩첩)히 ᄲᆞ혓ᄂ 듯

娥皇(아황)과 女英(여영)¹⁷⁾은 琴瑟(금슬)¹⁸⁾을 怨(원)ᄒᄂ 듯

宋玉(송옥)¹⁹⁾ 王子眞(왕자진)²⁰⁾은 白玉簫(백옥소)²¹⁾를 빗겻ᄂ 듯

三十六帝(삼십육제)²²⁾와 上界群仙(상계군선)²³⁾들은

匂天廣樂(내천광악)²⁴⁾을 十二樓(십이루)²⁵⁾의 베펏ᄂ 듯

金宮玉闕(금궁옥궐)의 聖人(성인)을 뫼왓ᄂ 듯

靑雲(청운) 紫陌(자맥)의²⁶⁾의 榮寵(영총)²⁷⁾도 그지업다

千門九重(천문구중)의 文翰家(문한가)²⁸⁾로 누리다가

石室金櫃(석실금궤)²⁹⁾를 萬世(만세)의 流傳(유전)ᄒ면

쇼먹이ᄂ 阿爰(아해)들아 이 아니 즐거오냐

이세 일 셜치후고 홀 일이 젼혀 업다

ᄒᄂᆯ이 사ᄅᆷ낼 지 누를 아니 용케ᄒ며

<hr>

15) 五彩(오채): ① 파랑, 노랑, 빨강, 하양, 검정의 다섯 가지 색, ② 도자기에 칠해진 짙고 선
   명한 빛깔.

16) 夜光珠(야광주): 밤이나 어두운 곳에서 빛을 내는 구슬.

17) 娥皇(아황)과 女英(여영): 중국 요임금의 두 딸. 순임금에게 시집갔다가 순임금이 죽자 상
   수(湘水)에 빠져 죽어 신이 되었다고 함.

18) 琴瑟(금슬): ① 거문고와 비파(琵琶), ② 부부(夫婦) 사이의 정. 여기서는 ②의 뜻임.

19) 宋玉(송옥): 중국 전국시대 말기 초나라의 궁정시인.

20) 王子眞(왕자진): 주나라 영왕의 태자. 생황을 잘 불었다고 함.

21) 白玉簫(백옥소): 옥으로 만든 퉁소.

22) 三十六帝(삼십육제): 도가(道家)에서 말하는 천지 사이의 36 천제(天帝)를 뜻함.

23) 上界群仙(상계군선): 천상계의 신선들.

24) 匂天廣樂(내천광악): 천상의 음악.

오채가 찬란하고 변화가 무궁하여

서로 번갈아 뒤트는 듯

(야광주 명월주 산호수 백옥골에)

첩첩이 싸였는 듯

아황과 여영은 금슬을 원망하는 듯

송옥과 왕자진은 옥피리를 부는 듯

삼십육제와 상계군선들은

천상의 음악을 십이루에 베푸는 듯

아름다운 궁궐에 성인을 모은 듯

(푸른 구름속 큰 길이 영예롭기 그지없다)

(깊은 대궐 안에 문한가로 누리다가)

석실금궤를 대대로 세상에 전하면

(소 먹이는 아이들아 이것이 아니 즐겁겠는가)

(이번 생의 일 떨치우고 할 일이 전혀 없다)

하늘이 사람낼 때 모든 사람을 중요하게 여기며

---

25) 十二樓(십이루): 중국(中國) 곤륜산(崑崙山) 선인(仙人)의 거처(居處)에 있다는 열
    두 개의 높은 누각.

26) 紫陌(자맥): 도성의 큰 길.

27) 榮寵(영총): 영예. 영광.

28) 文翰家(문한가): 대대로 글과 글씨의 재주가 있는 사람이 난 집안.

29) 石室金櫃(석실금궤): 쇠로 만든 상자와 돌로 만든 방. 책을 엄중하게 간직하는 곳.

● 이체자

燦爛 → 燦爛, 變 → 變, 窮 → 窮, 樹 → 樹, 疊疊 → 疊疊, 琴瑟 → 琴瑟, 怨 → 怨

眞 → 真, 簫 → 簫, 群 → 羣, 廣 → 廣, 樓 → 樓, 闕 → 闕, 靑 → 青, 紫 → 紫, 寵 → 寵

門 → 門, 翰 → 翰, 萬 → 萬, 流傳 → 流傳, 賤 → 賤, 民 → 民

나라히 사름쓸 지 貴賤(귀천)을 아이 보니

하늘 내신 이 내 몸을 닷가곳 노흐면은

濟世安民(제세안민)[30]이 君子(군자)의 홀 일이라

내 才(재)조 내 가지고 혼자만 용챠흐면

懷寶迷邦(회보미방)이라 世上(세상)의 뉘 알소니

어와 져 阿奚(아해)야

孜細(자세)히 드르스라 손 고바 니르리라

伊尹(이윤)[31]은 솟츨 지고 傅說(부열)[32]은 달고 들고

呂尚(여상)[33]은 낙대 메고 酈生(역생)[34]은 狗盜(구도)로다

甯戚(영척)[35]과 百里奚(백리해)[36]는 쇼치기로 다 늙으니

艱難(간난)흐고 賤(천)흐기야 이 사름만 흐랴마는

高宗(고종)이 夢卜(몽복)흐고 三聘(삼빙)[37]이 幡然(번연)흐니

後車(후차) 匪熊(비웅)[38]이 牧野(목야)[39]의 鷹揚(응양)[40]이라

---

30) 濟世安民(제세안민): 세상(世上)을 구제(救濟)하고 백성(百姓)을 편안(便安)하게 함.

31) 伊尹(이윤): 은(殷)나라 탕왕(湯王)때 정승으로 탕왕을 만나려고 솥과 도마를 지고 수도로 찾아갔다는 설이 있음.

32) 傅說(부열): 중국(中國) 은(殷)나라 고종(高宗) 때 토목(土木) 공사(工事)의 일꾼이었는데, 당시(當時)의 재상(宰相)으로 등용되어 중흥(中興)의 대업을 이루었다고 함.

33) 呂尚(여상): 주(周)나라 문왕(文王)의 스승. 강태공으로, 천하통일의 전쟁인 목야(牧野)전쟁의 기적을 이루는 데 큰 기여를 함.

34) 酈生(역생): 역이기(酈食其, ?~B.C. 204). 유방의 참모(參謀)로서 한(漢)이 천하를 평정하는 데 크게 기여하였다고 함.

35) 甯戚(영척): 춘추 시대 사람으로 집안이 가난하여 남의 수레를 끌어주면서 살았는데 제환공(齊桓公)이 불러 정승을 삼았다고 함.

36) 百里奚(백리해): 진(秦)나라 때의 현인(賢人).

37) 三聘(삼빙): 은(殷)나라 탕왕이 세 번이나 이윤(伊尹)에게 사신을 보내어 부른 데에서 비롯된 말로, 임금이 초야(草野)에 묻혀있는 인재를 발굴하여 등용하는 것을 말함.

나라가 사람을 쓸 때 귀하고 천함을 아니 보니

하늘이 내신 나의 몸을 닦아놓으면

제세안민이 군자의 할 일이다

(내 재주 내가 가지고 혼자만 사용하면)

품은 보석이 구석으로 굴러가 안 나타나니 세상에 누가 알리

어와 저 아이야

(자세히 들어라 손꼽아 이르리라)

이윤은 솥을 지고 부열은 달고 들고

여상은 낚싯대 메고 역생은 좀도둑이로다

영척과 백리해는 소를 치다 다 늙었으니

(가난하고 천하기야 이 사람만 하겠냐마는)

고종이 꿈을 꾸고 갑작스럽게 세번이나 초빙하니

뒤에 오는 여상이 목야전쟁에서 위엄을 떨쳤네

---

38) 匪熊(비웅): 상(商)의 고종(高宗)이 꿈에 비웅(飛熊)을 보고 부열을 얻은 일을 말함.

39) 牧野(목야): 중국 주(周)나라의 무왕이 은나라의 주왕을 토멸한 곳. 천하를 통일한 이 전쟁을 목야전쟁이라고 함.

40) 鷹揚(응양): (매가 하늘을 날 듯) 위엄(威嚴)이나 무력(武力)을 떨침.

● 이체자

懷寶迷邦 → 懷寶芌邦, 說 → 説, 酇 → 酇, 盜 → 盗, 艱難 → 艱難, 賤 → 賎, 高 → 髙

聘 → 聘, 幡然 → 幡然, 後 → 後, 揚 → 揚

下齊(하제) 七十二(칠십이)예 功業(공업)도 거륵호샤
白石歌(백석가)⁴¹⁾를 긋치는 둧 五羊皮(오양피)⁴²⁾로 플녀가니
人生(인생) 窮達(궁달)이야 貴賤(귀천)이 아랑긋가
어와 져 阿奚(아해)야 이내 말 드럿는다
風雲(풍운)⁴³⁾을 푸멋는 둧 棟梁材(동량재)을 가젓는 둧
時命(시명)이 르그더냐 富貴(부귀)를 쩌리는다
不識不知(불식부지)호야 世上(세상)을 모르는다
立身揚名(입신양명)을 物外(물외)에 씌워두고
煙郊(연교) 草野(초야) 上(상)의 오락가락 호는지고
牧童(목동)이 對答(대답)호되
어와 긔 뉘신고 엇더호신 사름인고
形容(형용)이 枯槁(고고)호니 楚大夫(초대부) 三閭(삼려)신가
殘魂(잔혼)이 零落(영락)호니 柳學士(유학사) 子厚(자후)신가
눈섭을 찡긔시니 시름이 만흐신가
발긋줄 적이시니 어듸을 브라는고
佳期(가기)를 두엇는가 別恨(별한)이 만흐신가

---

41) 白石歌(백석가): 춘추시대 영척(甯戚)이 소를 먹이다가 제환공과 만나 쇠뿔을 두드리며
불렀다는 노래. 제환공이 이 노래를 듣고 그를 재상으로 삼았다고 함.
42) 五羊皮(오양피): 백리해와 그의 아내가 40년 만에 만나게 된 자리에서 아내 두씨가 부른
노래. 헤어져 있던 사이에 겪은 사연을 노래함.
43) 風雲(풍운): 용이 바람과 구름을 타고 하늘로 오르듯 인재가 세상에 두각을 나타내는 좋은
기운.

(하제 칠십이년에 공업도 거룩하구나)

(백석가를 그치는 듯 오양피로 풀려가니)

인생의 빈궁과 영달이야 귀하고 천함이 아랑곳하겠는가

(어와 저 아이야 이내 말 들었는가)

(풍운을 품었는 듯 동량재를 가졌는 듯)

운명이 그르더냐 부귀를 꺼리는가

알지도, 생각지도 못하니 세상을 모르는구나

(입신양명을 세상 밖에 띄워두고)

(초야에서 오락가락 하는가)

목동이 대답하기를,

어와 그 누구신가 어떠한 사람인가

생긴 모습이 야윈 것을 보니 초나라 굴원인가

남은 넋이 보잘 것 없는 것이 학사 유자후인가

눈썹을 찡그리시니 시름이 많으신가

발끝으로 다니시니 어디를 바라는고

아름다운 약속을 두었는가 이별의 한이 많으신가

● 이체자

窮達→窮逹, 棟梁→楝樑 富→冨, 揚→揚, 煙→炪, 對答→對荅, 槁→槗

楚→楚, 閭→闾, 殘魂→殘魂 零落→零落, 學→學, 別→別

日暮(일모) 脩竹(수죽)에 혼자 어득 셔시면셔

내 근심 터져두고 무슨 말슴 ㅎ시는고

功名(공명)은 關數(관수)⁴⁴⁾ㅎ고 富貴(부귀)은 在天(재천)ㅎ니

求(구)ㅎ다 결의 오며 더져두다 어듸가랴

우리는 蠢蠢(준준)⁴⁵⁾ㅎ야 大道(대도)를 못 아라도

人生(인생)이 져러토다 쇼치기의 잇는니라

쇼야지 어이 조차 柳岸 間(유안간)의 든이면셔

푸셩귀 쓰더먹고 시냇물 홀니마셔

누으나 니러나나 제 뜻드로 든니다가

귀쑤레 코혜 쒜고 긴 곱비 굿게 미야

콩각지 슬믄 믈노 비싯지 찰지라도

블 ㄱ튼 녀름 볏희 한 보⁴⁶⁾홀 마조 메고

큰 채로 모라다가 一生(일생)을 넉넉ㅎ니

어듸는 괴로오며 어늬는 閑暇(한가)ㅎ뇨

제 中(중)의 볼쟉시면 一身(일신)이 빗나기야

犧牲(희생)⁴⁷⁾만 ㅎ가마는

헌 삼졍⁴⁸⁾ 벗기치고 金韉(금천)⁴⁹⁾을 ㄱ라 덥고

---

44) 關數(관수): 벼슬길의 운수.

45) 蠢蠢(준준): ① 벌레의 움직이는 모양, ② 미욱하고 어리석어서 사리(事理)를 판별치 못하는 자의 움직임.

46) 보: 보(步). 한 걸음 정도의 거리. 주척(周尺)으로 여섯 자 되는 거리. 평(坪, 땅 넓이의 단위).

47) 犧牲(희생): 천지종묘(天地宗廟) 제사(祭祀) 때 제물로 바치는 산 짐승을 일컫는 말.

48) 삼졍: 삼정. 추울 때에 소의 등을 덮어 주는 멍석. 덕석의 방언.

49) 金韉(금천): '천'은 안장 밑에 깔아 등을 덮어 주는 방석을 말함.

해질녘 대나무 앞에 혼자 우두커니 서서
자기 근심 던져두고 무슨 말씀 하시는가
공명은 벼슬운에 있고 부귀는 하늘에 있으니
(구한다고 하여 곁에 오며 던져둔다 하여 어디 가겠는가)
(우리는 어리석어 큰 도를 알지 못해도)
(인생이 저렇도다는 것은 소치기에도 있느니라)
(송아지 어미 쫓아 버드나무 사이로 다니면서)
(푸성귀 뜯어먹고 시냇물 마시며)
누으나 일어나나 제 뜻대로 다니다가
(귀뚜레 코에 꿰고 긴 고삐 굳게 매고)
(콩깍지 삶은 물로 배까지 찰지라도)
(불 같은 여름 볕에 한 보를 마저 메고)
(큰 채로 몰아다가 일생을 넉넉하게 하니)
어느 소는 괴롭고 어느 소는 한가하겠는가
(그 가운데 불작시면 일신이 빛나는 것은)
희생제물만 하겠냐만은
(헌 멍석 벗기고 금천을 갈아 덮고)

● 이체자

關數→閞籔, 求→来, 岸→㟅 間→间, 閑暇→闲睱, 轡→轡

숫굴네 벗기치고 紅絲(홍사)로 얼거미야

禮官(예관)이 곱犅(비) 잡고 太廟(태묘)로 드러갈 직

庖丁(포정)[50]의 큰 도처로 骨節(골절)이 제금나니

저더러 무러보면 어늬 쇠 되쟈 홀고

우리는 이를 보아 내 몸만 딕희노라

古今(고금) 어질기야 孔子(공자)만 흐가만는

匡人(광인)[51]에 벗이시고 陳蔡(진채)에 辱(욕)[52]을 보샤

轍環天下(철환천하)[53]의 木鐸(목탁)[54]이 되오시니

막대 박고 밧 가더니 긔 아니 올톳던가

怨讐(원수)를 다 갑흐면 나라히 便(편)히 된다

夫差(부차)의 屬鏤劍(촉루검)[55]을 伍子胥(오자서)[56]주닷 말가

功績(공적)이 업다터냐 忠誠(충성)이 적다터냐

李斯(이사)[57]는 承相(승상)으로 富貴(부귀)도 極(극)것만는

上蔡東門(상채동문)[58]의 누른 개를 슬허ᄒᆞ니

ᄂᆞᄂᆞᆫ 새 盡(진)흔 後(후)의 화살이 아랑굿가

---

50) 庖丁(포정): 백정(白丁).

51) 匡人(광인): 광(匡) 지방의 사람들. 어떤 사실을 오인하여 군자를 해치려고 하나 끝내 성
   하지는 못하는 무리를 뜻함.

52) 陳蔡(진채)에 辱(욕): '陳蔡之厄(진채지액)'. 공자가 진나라와 채나라 사이에서 당한 봉변.

53) 轍環天下(철환천하): 수레를 타고 천하(天下)를 돌아다닌다는 뜻으로, 여러 나라를 두루
   여행(旅行)함.

54) 木鐸(목탁): ① 절에서 불공(佛供)이나 예불이나 경을 읽을 때 또는 식사(食事)와 공사(工
   事) 때에 치는 불구(佛具), ② 세상(世上) 사람을 가르쳐 바로 이끌 만한 사람이나 기관(機
   關) 등을 가리키는 말.

55) 夫差(부차) 屬鏤劍(촉루검): 오왕(吳王) 부차(夫差)가 오자서(伍子胥)를 자결케 하려고 보
   낸 명검.

56) 伍子胥(오자서): (?~B.C. 484) 중국 춘추시대 오왕 부차를 도와 월왕 구천을 항복시킨 장수.

(삿구레 벗기고 홍사로 얽어매어서)

(예관이 고삐 잡고 종묘로 들어갈 때)

(백정의 큰 도끼로 관절이 조각나니)

(저더러 물어보면 어느 소 되겠다 하겠는가)

우리는 이를 보아 내 몸만 지키노라

(예부터 어질기야 공자만 하겠냐만은)

해치려는 무리에 싸이시어 진나라와 채나라 사이에서 욕을 보시어

(천하를 다니며 스승이 되었으니)

막대 박고 밭 갈더니 그 아니 옳은가

(원수를 다 갚으면 나라가 편하게 된다하나)

부차는 왜 촉루검을 오자서에게 주었단 말인가

(공적이 없다더냐, 충성이 적다더냐)

(이사는 승상으로 부귀도 지극한데)

죽을 때는 고향에서 누런 개를 끌고 사냥하던 일을 슬퍼하니

나는 새 다 잡은 후에 화살이 무슨 소용인가

---

57) 李斯(이사): (?~B.C. 208) 중국 진나라의 정치가. 법가 사상을 이용하여 여러 나라를 병합하였다고 함.

58) 上蔡東門(상채동문): 이사(李斯)가 허리가 잘려 죽는 오형(五刑)을 당할 때, 자신의 고향인 삼채동문에서 누런 개를 끌고 나가 토끼 사냥을 할 수 없음을 슬퍼했다고 함.

● 이체자

今→今, 辱→辱, 環 →環, 鐸→鐸, 怨讐 → 怨讐, 屬鏤劍→屬鏤釖, 極→極,

絲→絲, 轡→轡, 節→節, 門→门, 盡→盡,

톡기를 다 잡으니 산양개 솔미도다

淮陰候(회음후)[59] 무ᄉ 일노 三族(삼족)을 夷滅[60](이멸)ᄒ고

白起(백기)[61]는 어이ᄒ여 杜郵(두우)의 賜劍(사검)ᄒ고

文人(문인)이 녜로부터 저마다 薄命(박명)ᄒ다

萬丈光焰(만장광염)이야 李杜(이두)만 ᄒ가만는

樓上迫脅[62](누상박협)의 夜郎(야랑)[63]이 어듸메오

成都草堂(성도초당)[64]의 生涯(생애)도 苦楚(고초)ᄒᆞᆯ샤

바다 ᄀ튼 文章(문장)이 世上(세상)의 ᄯᅩ 잇ᄂᆞᆫ가

秋風洞庭(추풍동정)의 물결이 니러나니

潮州(조주) 八千里(팔천리)에 故國(고국)도 멈도 멀샤

玉佩瓊琚(옥패경거)로 글나나 못 ᄒ던가

投荒(투황) 十二年(십이년)에 罪罰(죄벌)이 못 찻던가

粤江(월강) 거츤 길히 눈물도 하도 할샤

眉山草木(미산초목)은 눌 위ᄒ여 이 우ᄂ는고

瀟湘南畔(소상남반)의 무ᄉ 일노 내쳐와셔

玉樓高處(옥루고처)의 못 니저 ᄒ돗던고

芰荷(기하)로 옷슬 짓고 蘭草(난초)로 역ᄶᅥ짜셔

---

59) 淮陰候(회음후): 한신(韓信, B.C. 230~B.C. 196). 유방의 부하로 수많은 전투에서 승리해 한(漢)의 개국공신이 되었음. 유방의 패권을 결정지었으며 한초삼걸 중 일인임.

60) 夷滅(이멸): ① 멸망(滅亡)시킴, ② 삼족을 멸(滅)함.

61) 白起(백기): 공손기(公孫起, ?~B.C. 257). 용병술에 뛰어났으나 한단을 치라는 왕명에 찬성하지 않아 병을 핑계로 출전하지 않자 두우(杜郵)로 쫓겨나 자살하라는 칼을 받았다고 함.

62) 迫脅(박협): 지세가 좁음.

63) 夜郎(야랑): 이백의 유배지.

64) 成都草堂(성도초당): 촉나라 성도에 있는 두보의 초당.

토끼를 다 잡으니 사냥개를 삶는구나

회음후는 무슨 일로 삼족을 다 죽이고

백기는 어찌하여 두우에서 죽임을 당하는고

(문인은 예로부터 저마다 박명하다)

(높이 올라가는 불꽃이야 이백과 두보만 하겠냐만은)

지세 좁은 누상에 야랑이 어디인가

초당에 살던 두보의 생애도 고초가 많다

바다 같은 문장이 세상에 또 있는가

가을바람 부는 동정호에 물결이 일어나니

조주 팔천리에 고국이 멀기도 멀구나

구슬같은 문장으로 글이나 못 하던가

변방으로 유배 간 십 이년에 죄벌이 다 차지 못했는가

월강 거친 길에 눈물이 많기도 많구나

미산의 초목은 누구를 위하여 이리 우는가

소상강 남쪽으로 무슨 일로 내쳐져 와서

대궐을 못 잊어 하는가

(마름과 연으로 옷을 짓고 난초로 엮어 짜서)

◉ 이체자

陰→陰, 侯→侯, 族→族, 夷→夷, 起→起, 杜郵→杜郵, 劍→釰, 丈→丈

焰→焰, 樓→樓, 脅→脅, 郎→郞, 都→都, 草→草, 涯→涯, 苦→苦, 庭→庭

佩→佩, 瓊→瓊, 投荒→投荒, 粤→粤, 瀟→瀟, 南→南, 樓高處→樓高處

蘭草→蘭草

離騷九歌(이소구가)의 文字(문자)야 외랴마는

世上(세상)의 혼자 씌야 澤畔(택반)⁶⁵⁾의 내쳐시니

黃昏(황혼)이 드러온들 美人(미인)이 오돗던가

이보 드러보소 仔細(자세)히 헬쟉시면

將相文章(장상문장)이 섬겁지 아닐손가

山中(산중)의 麝香(사향) 놀니 깁피도 잇것마는

春風(춘풍)이 헌스ᄒ여 香(향)내을 부러내니

山(산) 자히 늘난 살을 免(면)키도 어렵도다

밋기연 낙시를 어이ᄒ여 ᄯ로ᄂ고

人生(인생)이 숨이어니 逸興(일흥)⁶⁶⁾이 關係(관계)ᄒ랴

醉(취)ᄒ여 사라이셔 숨 속의 죽어지면

萬古(만고)의 씌ᄃᄅ리 몃 낫치 이실소니

穎川(영천)의 귀 싯기와 湘流(상류)의 소 먹이기⁶⁷⁾

엇더타 ᄒ닷 말고

常時(항시)의 ᄒ던 놀내 오늘도 블너보새

長安(장안)을 ᄇ라보니 구름이 머흐레라

山光(산광)이 어두으니 斜陽(사양)이 거의로다

功名(공명)을 내 아드냐 富貴(부귀)도 나 몰내라

되롱이 취혀메고 洞簫(통소)을 빗기 들고

쇠 등의 것고로 안자 杏花村(행화촌)으로 가리라

---

65) 澤畔(택반): 못 가에 있는 벼슬에서 물러난 뒤의 삶을 주로 '택반에 머물다, 노닐다'고 함.

66) 逸興(일흥): 세속을 벗어난 흥취. 또는 남다른 흥미.

67) 穎川(영천)의 귀싯기와 湘流(상류)의 소 먹이기: 소부와 허유의 고사. 요임금이 왕위를 물려준다고 하니 허유가 자신의 귀가 더러워졌다며 영천강에서 귀를 씻었고, 소유는 자신의 소에게 그 물을 먹이지 않고 강의 상류에 올라가 물을 먹였다고 함.

(굴원이 쓴 이소와 구가의 문자야 외우겠지만)

세상에 혼자 깨어 택반에 내쳐졌으니

황혼이 된들 미인이 오겠는가

(이보시오 들어보시오 자세히 헤아려보면)

(재생과 명문장가가 뭐 그리 대단하겠는가)

산중에 사향노루가 노니 깊이도 있지마는

봄바람이 불어 노루의 향내를 불어내니

산에 날랜 화살을 피하기 어렵도다

미끼 달린 낚시대를 어찌하여 따르는가

인생이 꿈이니 일흥이 관계하랴

취한 채로 살다가 꿈 속에서 죽으면

만고에 깨달을 사람 몇이나 있겠는가

영천의 귀 씻기와 상류의 소 먹이기가

어떻다고 하는가

늘 하던 노래 오늘도 불러보세

장안을 바라보니 구름이 머물었구나

산 빛이 어두우니 해질녘이 되었구나

공명을 내가 알까 부귀도 나는 몰라라

도롱이 추취해메고 피리를 비스듬히 들고

소 등에 거꾸로 앉아 살구나무마을로 가리라

● 이체자

離→䍦, 歌→謌, 澤→澤, 黃→黃, 美→羙, 將→将, 麝→麝, 興→舁, 醉→醉

穎→頴, 時→旹, 安→㚻, 陽→陽, 花→苁

8. 江村歌(강촌가)[1]

天生我才(천생아재) 쓸 딕 업서 世上功名(세상공명) 謝(사)례ㅎ고
商山風景(상산풍경) ᄇ라보며 四皓(사호)[2] 遺迹(유적) ᄯ로리라
人間富貴(인간부귀) 절노 두고 物外煙霞(물외연하) 興(흥)을 계위
靑蘿烟月(청라연월)[3] 대사립을 白雲深處(백운심처) 다다시니
寂寂(적적)松林(송림) 개 즈즌들 寥寥雲壑(요요운학) 제 뉘오리
九升葛布(구승갈포) 몸의 닙고 三節竹杖(삼절죽장) 손의 쥐고
樂山樂水(요산요수) ᄒ온 곳의 宜仁宜智(의인의지) ᄒ오리라
數曲山歌(수곡산가) 罷(파)ᄒ 後(후)에 一葉漁艇(일엽어정) 흘니 저어
長長如絲(장장여사) ᄒ 낙대을 落照江村(낙조강촌) 빗겨시니
九陌(구맥)[4]紅塵(홍진) 미친 奇別(기별) 一竿漁翁(일간어옹) 내 몰내라
汎汎蒼波(범범창파) 이내 情(정)을 寥寥(요요)世人(세인) 제 뉘 알니
銀鱗玉尺(은린옥척) 쒸노ᄂ딕 野水江天(야수강천) ᄒ 비칠다
巨口細鱗(거구세린) 낙가내니 松江鱸魚(송강로어)[5] 비길손가
蘆窓蓬底(노창봉저) 낙대 걸고 暮江(모강) 煙雨(연우)비를 저어
十里沙場(십리사장) ᄂ려가니 白鷗飛去(백구비거)뿐이로다
芒鞋緩步(망혜완보) 夕陽(석양) 길희 舟泊暮渚(주박모저) 도라가니

---

1) 강촌가(江村歌): 조선 선조 때에 차천로(車天輅, 1556~1615)의 가사로 추정되는 〈강촌별곡(江村別曲)〉과 유사하나, 후반부가 다름. 벼슬에서 물러나 자연 속에서 한가롭게 사는 생활을 찬미하는 내용임.

2) 四皓(사호): 진(秦)나라 때 은사(隱士)들. 진나라의 학정을 피하여 상산(商山)에 은거한 네 노인들로, 동원공, 하황공, 기리계, 녹리선생은 상산에서 바둑이나 두고 한가롭게 세월을 보냈다고 함.

3) 靑蘿烟月(청라연월): 산촌에 한거(閑居)하여 태평세월을 보내는 것을 말함.

4) 九陌(구맥): 중국 한나라 때의 도읍이던 장안에 있는 아홉 가지의 큰 길로 번화한 거리를 의미함.

5) 松江鱸魚(송강로어): 진(晋)나라 혜제(惠帝, 259~306) 때 사람인 장한(張翰, ?~359)이 하루는 가을 바람이 불어 오자 고향인 강동의 순채국과 농어회를 생각하고 탄식하며 '인생이

(타고난 재주 쓸 곳이 없어 세상의 공명을 마다하고)

상산풍경 바라보며 사호의 유적을 따르리라

인간부귀는 그냥 두고 자연속에서 흥에 겨워

깊은 산속에 사립 닫고 한적히 보내니

적적한 솔숲에 개가 짖은들 고요한 골짜기에 그 누가 오리

베옷을 몸에 입고 대나무 지팡이를 손에 쥐고

산수를 좋아하는 곳에 마땅히 질고 지혜로움이 있으리라

몇 곡의 산노래 끝난 후에 고기잡이 배를 저어

(긴 낚싯대를 해 저무는 강촌에 빗겼으니)

번화한 속세의 기별을 낚싯대 드리운 늙은이인 나는 몰라라

넓고 푸른 물결에 뜬 나의 마음을 떠들썩한 세상 사람들이 알겠는가

은빛 고기 뛰노는데 들과 강, 하늘이 한 빛이다

큰 물고기 낚아내니 송강의 농어가 이에 비교되겠는가

(배 바닥에 낚싯대 걸고 이슬비 내리는 황혼의 강에 배를 저어)

(십리모랫길을 내려가니 흰 갈매기만 날아갈 뿐이로다)

거친 신을 신고 석양 길에 배를 대고 돌아가니

란 자기 마음에 맞는 생활을 하는 데 가치가 있는 것이지, 명예에 구구히 얽매일 필요가 없
다. 죽은 뒤의 명예는 바로 한 잔의 술만 못하다.'고 말하고는 벼슬을 버리고 강동으로 떠나
갔다고 함.

● 이체자

功→㓛, 煙霞→烟霞, 興→㒷, 靑→青, 煙→烟, 雲→雲, 寥寥→寔寔, 堅→堅

葛→葛, 節→莭, 杖→杖, 宜→冝, 數→斅, 罷→羆, 漁→渔, 艇→艇, 絲→絲

落照→落照, 塵→塵, 奇別→竒別, 鱗→鱗, 玉→玉, 鱸→鱸, 蘆→芦, 窓→憁

煙雨→烟雨, 場→塲, 鷗→鴎, 飛→飛, 鞋→鞋, 陽→陽, 渚→渚,

南北孤村(남북고촌) 두세 집의 落霞(낙하)渺然(묘연) 즘겨셰라

滿壑松亭(만학송정) 구름 속의 草屋柴門(초옥시문) 드러가니

琴書消日(금서소일) ᄒ는 고듸 有酒盈樽(유주영준) ᄒ여셰라

長歌短笛(장가단적) 두세 집의 一盃一盃(일배일배) 다시 부어

頹然(퇴연)[6] 玉山(옥산) 醉(취)ᄒ 後(후)에 石頭閑枕(석두한침) 즘을 드러

鶴唳一聲(학려일성)[7] ᄭᅵᄃᄅᄂ니 桂月(계월)[8] 三更(삼경)[9] 붉아셰라

高車駟馬(고거사마)[10] ᄯᅳ시 업고 美水佳山(미수가산) 興(흥)을 계워

松壇採芝(송단채지) 노래ᄒ고 石田春雨(석전춘우) 바틀 가라

唐虞(당우)[11] 天地(천지) 아니런가 葛天民氓(갈천[12]민맹[13]) 나쌘일다

登高叙嘯(등고서소)[14] 오늘 ᄒ고 臨淸賦詩(임청부시)[15] 來日(내일) ᄒ새

獨向松林(독향송림) 閑暇(한가)ᄒ듸 朝采山薇(조채산미) 아젹[16]먹고

釣來碧溪(조래벽계) 景(경) 됴혼듸 夕釣江魚(석조강어) 져녁 먹쟈

生涯淡泊(생애담박) 내 즐기니 富貴功名(부귀공명) 부를소냐

千載萬載億萬載(천재만재억만재)에 如此如此(여차여차) 늙으리라

외로운 마을 두세 집이 저녁놀에 깊이 잠겼구나

구름 속 깊은 골짜기 정자 사립문에 들어가니

음악과 독서로 날을 보내는 곳에 술동이도 가득 찼구나

장가와 단곡을 부르는 두 세집 한 잔 한 잔 다시 부어

취하여 나른해진 후에 돌베개 베고 잠에 들어

학 우는 소리에 깨달으니 삼경의 달이 밝았어라

높은 수레에 뜻이 없고 아름다운 산수에 흥을 겨워

나물캐는 노래하고 자갈밭 봄비에 밭을 갈아

태평성대 아니런가 갈천씨의 백성이 나 뿐인가 하노라

높은 곳에서 휘파람 불기는 오늘 하고 시부 짓기는 내일 하자

홀로 향한 솔 숲은 한가한데 산나물로 아침 먹고

맑은 시내 경치가 좋은데 강어 낚아 저녁 먹자

담박한 생애 내 즐기니 부귀공명이 부러울쏘냐

천년만년 억만년에 이렇게 늙으리라

---

16) 아적: '아침'의 방언.

● 이체자

孤→孤, 落霞→落霞, 然→然, 滿→滿, 墜→墜, 亭→亭, 柴→柴

琴→琴, 酒盈樽→酒盈樽, 杯→盃, 醉→醉, 後→後, 閑枕→闲枕, 鶴→鶴

喉→庹, 桂→桂 更→更, 高→高, 美→美, 佳→佳 興→興, 壇→壇

民氓→民乊民, 嘯→嘯, 清→淸, 詩→詩, 來→来, 獨向→狋肏, 暇→暇, 采→采

溪→溪, 涯→涯 富→冨, 功→功, 此→此

9. 楚漢歌(초한가)¹⁾

楚天(초천)이 遙闊(요활)ᄒ고 秋風(추풍)이 蕭瑟(소슬)흔듸

秋月(추월)이 照耀(조요)ᄒ야 碧空(벽공)의 걸녓는 듯

漢承相張子房(한승상장자방)이 短笛(단적)를 빗기 쥐고

鷄鳴山(계명산) 秋夜月(추야월)에 離鄕曲(이향곡) 흔 曲調(곡조)을

月下(월하)의 슬피 부니

珊瑚(산호)채 놉피 들어 玉盤(옥반)을 ᄯ리는 듯

仙鶴(선학)이 우니는 듯 霹靂(벽력)을 즛치는 듯

江東(강동)의 八千弟子(팔천제자) 故鄕(고향)을 싱각더니

楚歌聲(초가성) 흔 소리예 一時(일시)의 離散(이산)ᄒ니

收合(수합)기 어렵도다

帳中(장중)의 줌든 項羽(항우)²⁾ 긔 아니 閑暇(한가)ᄒ냐

칼 집고 니러 안자 虞美人(우미인)³⁾ 손을 잡고

離別(이별)을 어이ᄒ리

虞兮虞兮(우혜우혜)⁴⁾로다 내 너을 어이ᄒ리

力拔山氣蓋世(역발산기개세)⁵⁾가 一時(일시)의 摧折(최절)⁶⁾ᄒ니

---

1) 초한가(楚漢歌): 서도 잡가의 하나로 조선 후기에 유행하여 현재까지 전하는데《해동유요(海東遺謠)》에 실린〈초한가〉는 항우(項羽)가 장자방(張子房)의 술수로 쫓기어, 사랑하는 우미인(虞美人)을 죽이고 결국 파멸한다는 내용임.

2) 項羽(항우): (B.C. 232~B.C. 202). 중국 진(秦)나라 말엽(末葉)의 무장(武將). 이름은 적(籍).

3) 虞美人(우미인): (?~B.C. 202). 진나라 말기 때 사람. 항우(項羽)의 애첩(愛妾).

4) 虞兮虞兮(우혜우혜): 우미인이여 우미인이여. 항우가 유방과의 마지막 싸움인 해하성에서 패할 때 지은〈해하가(垓下歌)〉의 한 구절.

5) 力拔山氣蓋世(역발산기개세): 힘은 산을 뽑아 뺄만 하고, 기상은 세상을 덮을 만 함.〈해하가(垓下歌)〉의 첫 구절이기도 함.

6) 摧折(최절): 마음이나 기운이 꺾임.

초나라 하늘이 아득하고 가을바람이 쓸쓸한데
가을달이 밝게 빛나 푸른 하늘에 걸렸는 듯
(한나라 승상 장자방이 피리를 비스듬히 쥐고)
계명산 가을달밤에 고향 떠난 노래곡 한 곡조를
달 아래 슬피 부니
산호채 높이 들어 옥쟁반을 때리는 듯
선학이 우는 듯 벼락을 치는 듯
(강동의 팔천제자를 데려나오던 고향을 생각하더니)
초나라 노랫소리에 일시에 싸울 마음이 흩어지니
다시 모으기 어렵도다
(장 중의 잠든 항우 그 아니 한가하냐)
칼 집고 일어나 앉아 우미인의 손을 잡고
이별을 어찌하리
우미인이여 우미인이여 내 너를 어찌하리
(엄청난 기상이 일시에 좌절하니)

◉ 이체자

楚 → 楚, 漢 → 漢, 楚 → 楚, 遙闊 → 遥阔 , 秋 → 秌, 蕭瑟 → 蕭瑟, 照 → 照, 鷄 → 鷄
離鄕 → 雞鄕, 玉盤 → 玉盘, 仙鶴 → 仚鶴, 霹靂 → 霹靂, 弟 → 弟, 聲 → 聲, 時 → 時
散 → 散, 收 → 収, 閑暇 → 閑暇, 虞美 → 虞羙, 別 → 別, 虞兮 → 虞芳, 拔 → 扳
氣 → 氣, 蓋 → 盖, 玉 → 玉, 淚 → 淚, 丹 → 丹, 齒 → 齒, 詩 → 詩

玉容(옥용)이 젹막흔디 珠淚(주루)⁷⁾을 흘니면셔

丹脣皓齒(단순호치)⁸⁾로 香語(항어)를 酬酌(수작)홀시

月下(월하)의 마조 안자 別詩(별시)을 읇허시니

슬푸다 드러보소 其詩(기시)의 굴와시되

漢兵(한병)이 得楚地了(득초지료)가 四面(사면)의 楚歌(초가)로다

大王(대왕)이 勢盡(세진)ᄒ니 殘妾(잔첩)은 何有哉(하유재)오

읇기을 罷(파)흔 後(후)의 玉杯(옥배)을 다시 잡아

술 부어 勸(권)흔 말이 賤妾(천첩)을 念慮(염려) 말고

慷慨(강개)⁹⁾을 다시 잡아 살기을 圖謀(도모)ᄒ야

아니 가는 烏騅馬(오추마)¹⁰⁾을 채을 젹여 다시 몰면

죽기를 혜지 아녀 뒤흘 조차 ᄯ로리라

大王(대왕)이 憤怒(분노)ᄒ야 將壇(장단)의 올나안자

四面(사면)을 두로 보니 慷慨(강개)了月(요월) 아닐손가

劍光(검광)은 秋霜(추상)ᄀ고 殺氣(살기)는 連天(연천)흔디

---

7) 珠淚(주루): 구슬처럼 떨어지는 눈물.
8) 丹脣皓齒(단순호치): 붉은 입술과 하얀 치아라는 뜻으로, 아름다운 여자를 이르는 말.
9) 慷慨(강개): 의롭지 못한 것을 보고 정의심(正義心)이 복받치어 슬퍼함.
10) 烏騅馬(오추마): ① 검은 털과 흰 털이 섞인 말, ② 옛날 중국의 항우가 탔었다는 준마(駿馬).

(아름다운 얼굴이 적막한데 눈물을 흘리면서)

단순호치로 향기로운 말을 수작할 때

달 아래 마주 앉아 이별의 시를 읊으니

슬프다 들어보시오 그 시에 말하기를

한나라 병사들이 초나라 땅을 얻었으니 사면이 초가로다

대왕이 기운이 다하니 잔첩은 어찌하리오

(읊기를 끝낸 후에 옥배를 다시 잡아)

술 부어 권하는 말이 천첩은 염려하지 말고

강개를 다시 잡아 살기를 도모하여

아니 가는 말을 채를 들어 다시 몰면

(죽기를 생각하지 않고 뒤를 쫓아 따르리라)

(대왕이 분노하여 지휘단에 올라앉아)

사면을 둘러보니 한탄스럽지 아니한가

검 빛은 가을서리같고 살기가 하늘에 닿았는데

●이체자

得→淂, 面→靣, 勢盡→**勢盡**, 殘→残, 哉→㦲, 罷→罷, 後→**後**, 玉杯→玉盃

勸→**勸**, 賤→賎, 念慮→**念慮**, 圖謀→圖谋, 將→将, 壇→壇, 四→**四**, 慨→慨

劍→**釼**, 霜→霜, 殺氣→殺氣

周蘭果桓楚(주란과환초)[11]들이 믈 틈믈 지촉ᄒᆞ니
에엿분 虞美人(우미인)을 어듸 가 다시 보리
帳中(장중)을 도라보니 劍光(검광)이 번듯ᄒᆞ며
血色(혈색)이 지듯 마듯 香魂(향혼)이 四散(사산)ᄒᆞ니
楚霸王(초패왕) 憤(분)ᄒᆞᆫ 쯧의 騅馬(추마)의 올나 안자
金鞭(금편)을 둘너가며 四面(사면)을 衝突(충돌)ᄒᆞ니
東偏(동편)을 헤치ᄂᆞᆫ 듯 北面(북면)을 즛치ᄂᆞᆫ 듯
陰陵(음릉)[12]의 좁은 길로 倉荒(창황)[13]이 가닷말가
鴻門(홍문)[14]의 設宴(설연)ᄒᆞᆯ 지 項莊(항장)의 칼춤 겻퇴

11) 周蘭果桓楚(주란과환초): 후에 항우가 패배하였을 때, 주란과 환초만이 끝까지 남아 항우를 보좌하다가 항우가 오강으로 가는 것을 보고 자결함. '果'는 '-과'의 음차.

12) 陰陵(음릉): 항우가 8백여 명과 질주하다가 음릉에서 길을 잃음.

13) 倉荒(창황): 어떻게 할 겨를도 없이 매우 급함.

14) 鴻門(홍문): 중국 섬서성(陝西省). 임동현(臨潼縣)의 동쪽에 있는 지명(地名). 현재(現在)는 항우영(項羽營)이라 부름.

(주란과 환초가 말 타는 것을 재촉하니)

어여쁜 우미인을 어디 가서 다시 보리

장막안을 돌아보니 검 빛이 번뜻하며

혈색이 질 듯 말 듯 향혼이 흩어지니

(항우가 분한 뜻을 품고 말 위에 올라 앉아)

금채찍을 둘러가며 사면을 충돌하니

(동쪽을 헤치는 듯 북쪽을 짓이기듯)

음릉의 좁은 길로 급하게 간단 말인가

(홍문에서 잔치를 베풀 항장의 칼춤 곁에)

● 이체자

周蘭→周蘭, 楚→楚, 虞美→虞美, 魂→魂 楚霸→楚霸, 鞭→鞭, 面→面

突→突, 偏→, 陰陵→陰, 荒→荒, 門→门, 設→設

對舞(대무)ᄒᄂ 져 項伯(항백)¹⁵⁾ᄂ牙(아) 무ᄉᆷ 일 翼蔽(익폐)ᄒ고
방패 셴 樊壯士(번장사)¹⁶⁾도 卮酒(치주)¹⁷⁾를 마시ᄂ 듯
帷幄(유악)中(중)¹⁸⁾ 帳子房(장자방)은 玉斗(옥두)¹⁹⁾를 밧드ᄂ 듯
술 먹고 醉(취)ᄒ 後(후)의 玉玦(옥결)²⁰⁾을 ᄌ조 드니
范增(범증)²¹⁾의 쇠를 쓰면 이 ᄊ를 만날손가
亭長(정장)²²⁾이 ᄇ를 ᄭ며 項王(항왕)더러 니른 말이
江東(강동)이 젹다 ᄒ나 足(족)히 ᄡ 王(왕) ᄒ리니
슬프다 項氏都令(항씨도령) 急渡(급도)를 ᄒ리로다
혁 잡고 ᄆ게 ᄂ려 短劍(단검)을 ᄲ혀 들고
漢(한)나라 諸將(제장)들을 一時(일시)의 뭇지르니
글 지어 니른 말이 긔 더옥 可笑(가소)로다
하늘이 亡(망)홀 ᄶ니 싸홈의 罪(죄) 아니라
읇기를 다ᄒ 後(후)의 氣運(기운)이 쇠盡(진)ᄒ니
ᄒ 칼의 決死(결사)ᄒ나 긔 뉘라 늣길넌고
田夫(전부)의 쇠예 ᄲ져 길홀사 그릇 드러
八年大業(팔년대업)이 一朝(일조)에 ᄇ려시니
가지록 싱覺(각)ᄒ면 긔 아니 섭거오냐
千秋(천추)의 미친 遺恨(유한) 亭長(정장)인가 ᄒ노라

---

15) 項伯(항백): (?~B.C. 192). 항우의 숙부. 홍문연에서 항우가 검무를 추면서 유방을 죽이려
고 하였는데, 이 일을 전날 밤 장량에게 알려주고 유방이 달아나도록 도왔음.

16) 樊壯士(번장사): 번쾌(樊噲, ?~B.C. 189). 한나라 고조 때의 공신으로 유방의 거병 뒤 무장
으로 용맹을 떨쳐 공을 세웠음.

17) 卮酒(치주): 잔의 술이라는 뜻으로, '적은 양의 술'을 이르는 말.

18) 帷幄(유악): 작전을 짜는 본영. 참모.

19) 玉斗(옥두): 옥으로 만든 국자.

20) 玉玦(옥결): 옥으로 만들어 허리에 차는 고리.

21) 范增(범증): (B.C. 277~B.C. 204) 중국 초나라 항우의 모사. 기묘한 계교에 능하여 항우로

춤추는 저 항백아 어찌하여 감싸고 돕는가

방패 센 번장사도 치주를 마시는 듯

(유악 중의 장자방은 옥두를 받드는 듯)

술 먹고 취한 후에 옥결을 자주 드니

(범증의 꾀를 쓰면 이 때를 만날 것인가)

(정장이 배를 준비하여 항왕에게 이른 말이)

(강동이 작다 하나 족히 왕을 하리니)

슬프다 항씨여 급하게 물을 건너리로다

혁 잡고 말에서 내려 단검을 빼들고

(한나라 제장들을 일시에 무찌르니)

(글 지어 이른 말이 그 더욱 가소롭도다)

(하늘이 망할 때이니 싸움이 죄 아니다)

읊기를 다 한 후에 기운이 쇠진하니

(한 칼에 결사하나 그 누가 흐느끼겠는가)

농부의 꾀에 빠져 길을 잘못 들어

팔 년 대업이 하루아침에 버려졌으니

(생각할수록 그 아니 서러운가)

천추의 맺힌 한 유방 때문인가 하노라

하여금 제후의 패자가 되도록 도움.

22) 亭長(정장)이 비를 수며 項王(항왕)더러 니른 말이: 항우가 오강(烏江)에 이르렀을 때, 오강의 정장(亭長)이 강동으로 가서 후일을 기약하라고 이야기하였으나 항우는 이를 거절하고 정장에게 말 추(騅)를 준 후에 한나라 군사 수백 명과 싸우다가 자결하였음.

◉이체자

對→對, 翼→翼, 樊壯→樊壯, 酒→酒 醉→醉, 范→范, 都→都, 急渡→急渡

亡→亾, 決死→決死, 業→業, 覺→覺

10. 四時歌(사시가)[1]

天地開闢(천지개벽)ᄒ여 日月(일월)이 불근 後(후)의

四時(사시)의 됴흔 風景(풍경) 날 爲(위)ᄒ여 삼겨시니

秋月(추월)과 春風(춘풍)이 이 내 집의 손이로다

내 집이 幽僻(유벽)ᄒ여 風月江山(풍월강산) ᄲᅵᆫ이러니

仁山(인산)은 뒤헤 잇고 智水(지수)ᄂᆞᆫ 압피로다

玉(옥) ᄀᆞ튼 시내길희 銀(은) ᄀᆞ튼 물이 흘너

崎嶇(기구)흔 山(산)골노셔 半畝塘(반묘당)[2]의 連(연)ᄒ엿다

그 우희 잠깐 올나 玉(옥)으로 臺(대)를 무어

草屋精舍(초옥정사) 두 세 間(간)을 구룸 밧긔 지어시니

春夏秋冬(춘하추동) 四節(사절)은 主人翁(주인옹)의 心事(심사)로다

어지밤 東窓(동창) 外예 春風(춘풍)이 도라오니

---

1) 사시가(四時歌): 작자와 연대 미상. 네 계절의 풍경과 이에서 촉발되는 작자(主人翁)의 심
   사를 읊고 있음. 유사한 작품으로 〈사시풍경가(四時風景歌)〉가 있는데 조선시대 잡가의
   하나로 춘하추동 사계절의 풍경을 인생의 허무함에 비유하여 노래한 것임.

2) 半畝塘(반묘당): 송(宋)의 주희가 책을 읽던 곳.

(하늘과 땅이 열려 일월이 밝은 후에)
(사시의 좋은 풍경 날 위하여 생겼으니)
가을달과 봄바람이 내 집의 손님이로다
내 집이 외져서 풍월강산까지이니
어진 산은 뒤에 있고 지혜로운 물은 앞이로다
(옥 같은 시냇길에 은 같은 물이 흘러)
(가파른 산골로 반묘당에 이어져 있다)
(그 위에 잠깐 올라 옥으로 대를 만들어)
띠집 두세 칸을 구름 밖에 지었으니
춘하추동 사계절은 주인옹의 마음이로다
(어젯밤 동쪽 창 밖에 춘풍이 돌아오니)

●이체자

四→四, 歌→謌, 開闢→开闢, 爲→為, 崎嶇→崎嶇, 畝→畒, 草→草, 舍→舍

間→间, 節→節, 庭邊→庭邊, 花草→花草, 周→周, 茂→茂, 楊→楊, 堯→尭

萬→萬, 尋訪→尋訪, 燦爛→燦爛, 綠陰→綠陰, 陶→陶, 淵→淵, 義→義

흔글ㄱ튼 和(화)흔 氣運(기운) 程伯淳(정백순)[3]의 堂上(당상)[4]이오
庭邊(정변)[5] 낫는 花草(화초)은 周茂叔(주무숙)[6]의 生意(생의)로다
梧桐(오동)의 둘이 붉고 楊柳(양류)의 ㅂ람 부니
水面果天心(수면과천심)은 邵堯夫(소요부)[7]乙(을) 뵈옵는 듯
千萬柯枝(천만가지) 紅白花(홍백화)를 色色(색색)이 꾸며내니
泗水[8](사수)를 尋訪(심방)ᄒᆞ는 朱紫陽(주자양)[9]의 胸次(흉차)로다
九十韶光(구십소광)을 燦爛(찬란)이 디낸 後(후)의
綠陰芳草(녹음방초)로 녀름 景(경) 꾸며내니
陶淵明(도연명) 北窓(북창) 外(외)예 누엇노라 義皇(희황)[10]이라

3) 程伯淳(정백순): 송(宋)의 대학자 정호(程顥, 1032~1085). 자(字)가 백순. 온화한 성품을 지녔다고 함. 이기일원론을 주장하였는데, 그의 사상은 동생 정이를 거쳐 주희에게 영향을 주었다고 함.

4) 堂上(당상): ① 대청 위, ② 부모, 조부모의 거처나 집의 일부분, ③ 정3품 이상의 벼슬.

5) 庭邊(정변): 장방형 화단.

6) 周茂叔(주무숙): 북송(北宋)의 대유학자 주돈이. 무숙(茂叔)은 자(字).

7) 邵堯夫(소요부): 중국 송나라 때의 학자 소강절(邵康節, 1011~1077).

8) 泗水(사수): 공자가 제자를 가르치던 곳.

9) 朱紫陽(주자양): 남송(南宋)의 대유학자인 주희(朱熹, 1130~1200). 자양은 회암(晦菴)과 함께 쓰는 그의 호. 주자학을 집대성함.

10) 義皇(희황): 중국고대 제왕 복희씨, 곧 태평시절을 뜻함.

한결같은 온화한 기운 정백순의 당상이오
화단에 난 화초는 주무숙의 뜻이로다
오동에 달이 밝고 버들가지에 바람 부니
수면과 천심은 소요부를 뵙는 듯
(천만가지 홍백화를 색색이 꾸며내니)
공자를 쫓는 주희가 가슴에 품은 뜻이로다
(90일을 찬란히 지낸 후에)
녹음방초로 여름 경치를 꾸며내니
도연명이 북쪽 창 밖에 누웠노라, 태평시절이구나

鸎歌聲一曲(앵가성일곡)의 낫 숨을 暫間(잠간) 끼니

비 온 後(후) 南山(남산)꼴의 구븨구븨 물소릭라

靑藜杖(청려장) 기리집고 南畝(남모)로 도라오니

溪山(계산) 우희 안개는 草衣(초의)예 저저셰라

긴 호믜 두러메고 나조헤 도라오니

月下三更(월하삼경)의 솔 그림재 흐터질 지

金風(금풍)이 건듯 부러 一葉(일엽)이 써러지니

半夜秋霜(반야추상)의 닙닙히 錦繡(금수)로다

八月(팔월) 中宵(중소)의 비갠 後(후) 하늘 빗치

黃塘(황당)의 潛(잠)겨시니 구름 쓰라 徘徊(배회)홀 지

氷輪(빙륜)이 도다 올나 玉階(옥계)예 비최이니

내 무음 훤츨ᄒ미 天地(천지)와 一㨾(일양)일다

東籬(동리)를 도라보니 香菊(향국)이 퓌엿고나

淸樽(청준)을 여러노코 歸去來辭(귀거래사)놉피 읇고

白酒(백주)의 黃菊(황국) 쯰워 一盃(일배)를 自酌(자작)ᄒ니

淸香(청향)은 뜻을 아라 가는 듯 도라온다

霜風(상풍)을 다 지내고 雨雪(우설)이 霏霏(비비)ᄒ니

萬壑(만학)[11]山川(산천)이 玉京(옥경)이 되어잇다

재 우희 놉픈 솔은 節義(절의)를 혼자 쯰여

三春(삼춘)의 푸른 빗츨 눈 속의 가져시니

剡溪(섬계)[12] 中(중) 볼근 둘의 벗 찻는 王子猷(왕자유)[13]와

---

11) 萬壑(만학): 첩첩이 겹쳐진 깊고 큰 골짜기.

12) 剡溪(섬계): 중국 절강성 조아강(曹娥江)의 상류. 대규가 살고 있어 대계(戴溪)라고도 함.

13) 王子猷(왕자유): 중국 진(晉)나라 왕휘지(王徽之, 338~386)로 왕희지(王羲之, 307~365)
의 아들. 눈 오는 밤에 연계에 거주하는 친구 대규(戴逵, 325?~396)를 찾아 갔다가 만나지
못하고 되돌아 왔다는 일화가 있음.

(꾀꼬리 한 곡조에 낮 꿈을 잠깐 깨니)

(비 온 후 남산골에 굽이굽이 물소리구나)

명아주 지팡이 길게 잡고 남쪽 밭으로 돌아오니

계곡 산 위의 안개로 옷이 젖는구나

(긴 호미 둘러메고 저녁에 돌아오니)

(달 아래에 솔 그림자 흩어질 때)

가을 바람이 문득 불어 잎사귀 떨어지니

가을서리에 잎마다 단풍이로다

(팔월 한밤중에 비갠 후 하늘 빛이)

연못에 잠겼으니 구름 따라 배회할 때

(달이 돋아 올라 옥계에 비추니)

내 마음 넓고 시원함이 천지와 한결같다

동쪽 울타리를 돌아보니 향기로운 국화가 피었구나

술동이를 열어놓고 귀거래사 높이 읊고

백주에 황국 띄워 한 잔을 혼자 마시니

맑고 깨끗한 향기는 뜻을 알아 가는 듯 돌아오는구나

서릿바람 다 지내고 비와 눈이 세차게 오니

(첩첩골짜기가 눈 세상이 되어 있네)

재 위에 높은 소나무는 절개를 혼자 지녀

봄 석 달의 푸른 빛을 눈 속에서도 가졌으니

섬계에 밝은 달에서 벗 찾는 왕자유와

◉ 이체자

聲→聲, 間→间, 靑藜→靑藜, 葉→葉, 霜→霜, 繡→繡, 黃→黄, 潛→潜

徊→徊, 階→階, 樣→様, 淸樽→淸樽, 歸→歸, 辭→辞, 酒→酒, 杯→盃

酌→酌, 雪→雪, 堅→堅

洛陽酒肆(낙양주사) 中(중)의 나 괴튼 孟浩然(맹호연)[14]이

風流志趣(풍류지취)[15]는 보암 즉ᄒ다마는

積雪窓外(적설창외)예 程叔子(정숙자)[16]를 조츠리라

大丈夫(대장부) 되야 나셔 天地間(천지간)의 나온 쯧은

四時(사시)를 調和(조화)ᄒ며 三代(삼대)를 ᄇ라더니

江湖(강호)의 病(병)이 드러 半生(반생)이 閑暇(한가)ᄒ다

渭水東畔(위수동반)[17]의 太公望(태공망)의 漁釣臺(어조대)[18]로

南陽隴上(남양농상)[19]의 諸葛亮(제갈량)의 草廬(초려)로다

四時興味(사시흥미)를 一長歌(일장가)의 덕어 내여

松風(송풍)의 빗기 누어 긴 소릭로 읇퍼시니

四海八荒(사해팔황)[20]이 불빗치 되엿고나

두어라 南薰殿(남훈전)[21] 上(상)의 賡載歌(갱재가)[22]를 지으리라

---

14) 孟浩然(맹호연): (689~740) 중국 성당 때의 시인.

15) 風流志趣(풍류지취): 풍류를 즐기려는 의지와 취향.

16) 程叔子(정숙자): 중국 북송의 대학자 정이(程頤, 1033~1107). 유초와 양시라는 두 제자가 명상 중인 스승을 기다리느라 눈이 한 자나 쌓이는 창 밖에 있었다는 고사가 있음.

17) 渭水東畔(위수동반): 위수의 동쪽 둔턱. 위수는 중국 감숙성에서 발원하여 섬서성을 거쳐 낙수(洛水)와 합쳐 황하로 흐르는 강. 태공망이 여기서 낚시를 하며 때를 기다렸다 함.

18) 太公望(태공망)의 漁釣臺(어조대): 태공망(太公望)은 주(周) 문왕(文王)의 부름을 받아 재상(宰相)이 된 여상(呂尙)인데, 위수동반에서 낚시로 소일하며 때를 기다렸다 함.

19) 南陽隴上(남양농상): 남양의 언덕 위(밭두덕). 남양은 중국 하남성 서남부의 도시로 제갈량의 고향임.

20) 四海八荒(사해팔황): 사방의 바다와 팔방의 멀고 너른 범위. 온 세상.

21) 南薰殿(남훈전): 중국 고대 순(舜) 임금의 궁전. 순임금은 부모님의 은혜를 봄바람에 비유한 〈남풍가(南風歌)〉를 지었다고 함.

22) 賡載歌(갱재가): 임금의 시에 화답하여 부른 시가. 여기서는 순(舜)의 〈남풍가(南風歌)〉에 화답하는 노래를 뜻함.

낙양 술집의 나 같은 맹호연이
(풍류지취는 볼 만하기도 하다마는)
눈 쌓인 창 밖에 정숙자를 좇으리라
대장부로 태어나서 세상에 나온 뜻은
사시를 조화하며 삼대를 바라더니
강호의 병이 들어 반생이 한가하다
위수동반에서 낚시하던 태공망처럼,
고향 초가에 있던 제갈량 같도다
사시의 흥과 맛을 장가 한 곡에 적어 내어
소나무 바람에 비껴 누워 긴 소리로 읊었으니
(온 세상이 불빛이 되었구나)
두어라 남훈전에 갱재가를 지으리라

●이체자
陽→陽, 酒→酒, 流→流, 趣→趣, 調→調, 閑暇→閑暇, 望→望, 隴→隴
諸葛亮→諸葛亮, 廬→廬, 興→興, 荒→荒, 殿→殿

11. 關東別曲(관동별곡)¹⁾ 鄭松江(정송강)²⁾

江湖(강호)에 病(병)이 깁퍼 竹林(죽림)³⁾에 누어시니

関東(관동) 八百里(팔백리)에 方面(방면)⁴⁾을 맛지시니

어와 聖恩(성은)이야 가디록 罔極(망극)ᄒ다

延秋門(연추문)⁵⁾ 드리ᄃ라 慶會南門(경회남문)⁶⁾ᄇ라보며

下直(하직)고 물너나니 玉節(옥절)⁷⁾이 압픠 셧다

平丘驛(평구역)⁸⁾ 물을 ᄀ라 黑水(흑수)로 도라드니

蟾江(섬강)⁹⁾은 어티메오 雉岳(치악)¹⁰⁾이 여긔로다

昭陽江(소양강) ᄂ린 믈이 어드러로 든닷 말고

孤臣去國(고신거국)¹¹⁾에 白髮(백발)도 하도 할샤

東州(동주)밤 계오 새아 北寛亭(북관정)¹²⁾의 올나ᄒ니

三角山(삼각산) 第一峯(제일봉)이 ᄒ마면 뵈리로다

弓王(궁왕) 大闕(대궐)터희 烏鵲(오작)이 지지괴니

千古興亡(천고흥망)을 아는 다 몰ᄋ는다

---

1) 關東別曲(관동별곡): 조선 선조 때 송강(松江) 정철(鄭澈, 1536~1593)이 지은 기행 가사. 강원도 관찰사로 부임하여 관동 팔경을 돌아보면서 경관 묘사가 빼어나면서도 선정을 베풀고자 하는 심정이 함께 다루어진 작품임.

2) 鄭松江(정송강): 송강 정철. 조선 명종·선조 때의 문신·시인. 자는 계함(季涵). 호는 송강(松江). 서인(西人)에 속했는데 진도(珍島) 군수 이수(李銖)의 뇌물사건으로 동인(東人)의 공격을 받아 사직하고 고향으로 낙향한 뒤 1580년 강원도 관찰사로 등용되었고, 이후 3년 동안 전라도와 함경도 관찰사를 지내면서 작품을 많이 남겼음. 90여 수의 시조와 가사 〈사미인곡〉, 〈속미인곡〉, 〈성산별곡〉, 〈관동별곡〉 등을 남겨 문학사의 중요한 자리를 차지함.

3) 竹林(죽림): 대나무 숲. 자연. 여기서는 송강이 은거하던 창평을 가리킴.

4) 方面(방면): 방면지임(方面之任)의 준말. 관찰사의 소임.

5) 延秋門(연추문): 경복궁 서쪽문.

6) 慶會南門(경회남문): 경회루의 남쪽문.

7) 玉節(옥절): 옥으로 만든 신표. 관찰사의 상징물.

8) 平丘驛(평구역): 조선시대 경기도 양주에 속했던 교통·통신기관.

강호의 병이 깊어 죽림에 누웠으니

관동 팔백리에 방면을 맡기시니

(어와 성은이야 갈수록 망극하다)

연추문 달려 들어가 경회남문 바라보며

하직하고 물러나니 옥절이 앞에 서 있다

(평구역에서 말을 갈아타고 흑수로 돌아드니)

섬강은 어디인가 치악이 여기로다

소양강 내린 물이 어디로 든단 말인고

(외로운 신하가 백발도 많기도 많구나)

동주에서 밤을 겨우 보내고 북관정에 올라가니

삼각산 제일봉이 어쩌면 보이겠구나

궁예왕 대궐터에 까마귀와 까치가 지저귀니

천고흥망을 아는가 모르는가

---

9)   蟾江(섬강): 한강의 한 지류로 강원 남서부 지역을 흐르는 강.

10) 雉岳(치악): 원주.

11) 孤臣去國(고신거국): 임금 곁을 떠난 외로운 신하가 서울을 떠남.

12) 北寬亭(북관정): 철원이 있던 정자.

● 이체자

關→闗, 別→别, 鄭→鄭, 關→関 聖恩→聖恩, 岡極→岡㮇, 延→延, 門→门

會→會, 直→直, 節→節, 驛→驛, 蟾→蟾, 昭陽→昭陽, 髮→髮, 寬亭→寬亭

第→苐, 闕→阙, 烏鵲→烏鵲, 亡興→亾興, 孺→孺, 營→营

淮陽(회양)¹³⁾ 네 일홈이 마초아 ㄱᆮ틀시고

汲長孺(급장유)¹⁴⁾ 風彩(풍채)를 고텨 아이 볼 게이고

營中(영중)이 無事(무사)ᄒ고 時節(시절)이 三月(삼월)인지

花川(화천) 시내길히 楓岳(풍악)으로 버더잇다

行裝(행장)을 다 썰치고 石逕(석경)의 막대 디퍼

百川洞(백천동) 겻ᄐ 두고 萬瀑洞(만폭동) 드러가니

銀(은) ㄱᆮ튼 무지게 玉(옥) ㄱᆮ튼 龍(용)의 초리

섯돌며 쑴ᄂ 소ᄅᆞ 十里(십리)의 ㅈᆞ자시니

드ᄅ를 지ᄂ 우레러니 보니ᄂ 눈이로다

金剛臺(금강대) 민 우 層(층)의 仙鶴(선학)이 삿기치니

春風玉笛聲(춘풍옥적성)의 첫 ㅈᆞᆷ를 ᄭᅵ돗던디

縞衣玄裳(호의현상)¹⁵⁾이 半空(반공)의 소소쁘니

西湖(서호) 녯 主人(주인)을 반겨셔 넘노ᄂ 듯¹⁶⁾

小香爐大香爐(소향로대향로)¹⁷⁾ 눈 아ᄅᆡ 구버보고

正陽寺(정양사)¹⁸⁾眞歇臺(진헐대)¹⁹⁾ 고텨 올나 안ᄃ 마ᄅᆞ

---

13) 淮陽(회양): 중국 회양과 강원도 회양의 이름이 같음.

14) 汲長孺(급장유): 중국 한 무제가 회양 태수로 좌천시켰으나 거기서도 정치를 잘 하였음.

15) 縞衣玄裳(호의현상): 학의 겉모양을 의인화한 표현. 몸뚱이는 희고, 날개 끝과 꽁지가 검은 학을 가리킴.

16) 西湖(서호) ~ 듯: 송나라 시인 임포는 매화를 아내로, 학을 자식으로 삼아 신선처럼 살았다는데 자신을 임포에 빗대어 선학(仙鶴)이 자신을 반긴다고 함.

17) 小香爐大香爐(소향봉대향봉): 만폭동 어귀에 있는 뾰족한 두 봉우리.

18) 正陽寺(정양사): 표훈사 북쪽에 있는 절 이름.

19) 眞歇臺(진헐대): 정양사 앞에 있는 고개 이름.

(회양 네 이름이 마침 같구나)

급장유의 풍채를 다시 보지 않겠는가

영중에 별 일이 없고 시절이 삼월인 때

(화천 시내길이 금강산으로 뻗어 있다)

행장을 다 떨치고 좁은 돌길에 막대 짚어

백천동 곁에 두고 만폭동 들어가니

(은 같은 무지개 옥 같은 용의 꼬리)

(섞여 돌며 뿜는 소리 십리에 자자하니)

들을 때는 우레더니 가까이 보니 눈이로다

(금강대 맨 위층에 선학이 새끼를 치니)

봄바람 소리에 첫 잠을 깨었던지

(흰 몸에 검은 꼬리를 지닌 학이 공중에 솟아오르니)

서호 옛 주인을 반겨서 넘노는 듯

(소향로 대향로를 눈 아래 굽어보고)

(정양사 진헐대에 고쳐 올라 앉으니)

●**이체자**

裝→裝, 逕→逕, 萬瀑→**萬瀑**, 龍→龍, 臺→臺, 層→層, 鶴→鶴, 聲→聲

縞→縞, 西→酉, 爐→爐, 眞→真, 臺→臺, 廬→廬, 溟→溟, 極→極, 望→望

高→髙, 劫→**刼**

廬山眞面目(여산진면목)이 여긔야 다 뵈느짜

어와 造化翁(조화옹)이 헌스토 헌스홀샤

늘거든 쒸지마나 셧거든 솟지마나

芙蓉(부용)을 쇼잣는 둣 白玉(백옥)을 믓것는 둣

東溟(동명)을 박츠는 둣 北極(북극)을 괴왓는 둣

놉홀시고 望高臺(망고대)[20] 외로올샤 穴望峰(혈망봉)[21]이

하늘의 추미러 므스 일을 스로리라

千萬劫(천만겁) 디나도록 구필줄 모르는다

어와 너여이고 너 ᄀᄐ니 쏘 잇는가

開心臺(개심대)[22] 고텨 올나 衆香城(중향성)[23] 브라보며

萬二千峯(만이천봉)을 歷歷(역력)히 혜여ᄒ니

峰(봉)마다 미쳐 잇고 긋마다 서린 氣(기)운

몱거든 조티마나 조커든 몱지마나

뎌 긔운 흐터내야 人傑(인걸)을 믄들고쟈

形容(형용)도 그지 업고 體勢(체세)도 하도 할샤

天地(천지) 삼기실 직 自然(자연)이 되엿마는

이직 와 보게 되니 有情(유정)도 有情(유정)홀샤

毘盧峰(비로봉)[24] 上上頭(상상두)에 올나보니 긔 뉘신고

東山泰山(동산태산)이 어느야 놉돗던고[25]

魯國(노국) 좁은 줄도 우리는 모르거든

---

20) 望高臺(망고대): 금강산 동쪽에 있는 봉우리.

21) 穴望峰(혈망봉): 금강산의 한 봉우리.

22) 開心臺(개심대): 정양사 위에 있는 대.

23) 衆香城(중향성): 바위 봉우리의 이름.

24) 毘盧峰(비로봉): 금강산의 최고봉.

25) 東山泰山(동산태산)~놉돗던고: 노나라 공자는 동산에 올라 노나라가 좁다고 하고, 태산에

(여산 진면목이 여기서 다 보이는구나)

(어와 조물주가 야단스럽기도 하구나)

(날거든 뛰지 말거나 섯거든 솟지 말거나)

부용을 꽂았는 듯 백옥을 묶었는 듯

동해바다를 박차는 듯 북극을 떠받친 듯

(높을시고 망고대 외롭구나 혈망봉이)

(하늘에 치밀어 무슨 일을 사뢰느라)

천만겁 지나도록 굽힐 줄을 모르는가

(어와 너로구나 너 같은 이 또 있는가)

개심대에 다시 올라 중향성을 바라보며

만이천봉을 역력히 헤아리니

봉마다 맺혀 있고 끝마나 서린 기운

(맑거든 깨끗하지 말고 깨끗하거든 맑지 말지)

(저 기운 흩어내어 인걸을 만들고자)

형용도 그지 없고 모양새도 다양하기도 하구나

천지 생겨날 때 자연히 되었건만

이제 와 보게 되니 느끼는 바가 많구나

비로봉 꼭대기에 올라보니 이 그 누구인가

(동산 태산 어느 것이 높던가)

(노나라 좁은 줄도 우리는 모르거늘)

올라 천하가 좁다고 하였음.

● 이체자

開→开, 歷歷→厯厯, 氣→氣, 傑→傑, 勢→势, 然→然, 盧→盧, 魯→曽

넙거나 넙은 天下 어찌흐야 젹닷 말고

어와 뎌 디위를 어이흐면 알거이고

오르디 못 흐거니 노려가미 怪異(괴이)홀가

圓通(원통)골[26] 고는 길노 獅子峰(사자봉)[27]을 추자가니

그 알픽 너러바회 化龍(화룡)쇠[28] 되여셰라

千年老龍(천년노룡)의 구비구비 서려이셔

晝夜(주야)의 흘녀내여 滄海(창해)에 니어시니

風雲(풍운)을 언지 어더 三日雨(삼일우)[29]를 디렷는다

陰崖(음애)예 이온 풀를 다 살와 내여스리

磨訶衍(마가연)[30] 妙吉祥(묘길상)[31] 雁門(안문)재[32] 너머 디여

외나모 썩은 드리 佛頂臺(불정대)[33] 올나흐니

---

26) 圓通골(원통골): 원통동. 표훈사에서 북쪽으로 뚫린 골짜기 이름.
27) 獅子峰(사자봉): 사자암. 화룡소 북쪽에 있는 봉우리.
28) 化龍쇠(화룡소): 만폭동 팔담(八潭) 중 여덟 번째 못.
29) 三日雨(삼일우): 농사에 흡족한 비. 선정이나 임금의 은총.
30) 磨訶衍(마하연): 만폭동의 가장 깊은 곳. 신라 때 의상대사가 세운 마가연암이 있음.
31) 妙吉祥(묘길상): 강원도 만폭동에 있는 고려시대의 마애불.
32) 雁門재(안문재): 마하연과 유점사의 중간에 있는 고개 이름.
33) 佛頂臺(불정대): 두운치(斗雲峙) 너머 있는 고개 이름.

(넓고 넓은 천하를 어찌하여 적다는 말인가)

(어와 저 지위를 어찌하면 알 것인가)

(오르지 못하는데 내려감이 이상할까)

원통골 좁은 길로 사자봉 찾아가니

(그 앞의 너럭바위 화룡소 되었구나)

천년노룡이 굽이굽이 서려 있어

밤낮으로 흘러내려 창해에 이르렀으니

풍운을 언제 얻어 삼일우를 내리려는가

(그늘진곳에 시들은 풀을 다 살려리)

(마하연, 묘길상, 안문재를 넘어 내려가)

(외나무 썩은 다리 불정대에 올라가니)

◉ 이체자

怪異 → 恠異, 圓 → 圓, 獅 → 獅, 龍 → 龍, 老 → 老, 雲 → 雲, 雨 → 兩, 陰崖 → 陰崖

祥 → 祥, 雁 → 鴈

千尋(천심)³⁴⁾絶壁(절벽)을 半空(반공)애 셰여두고

銀河水(은하수) 한 구비를 寸寸(촌촌)이 버혀내여

실ᄀ치 풀쳐셔 뵈ᄀ티 거러시니

圖經(도경)³⁵⁾ 열 두 구비 내 보매ᄂ 여러히라

李謫仙(이적선)³⁶⁾ 이직 이셔 고텨 議論(의논) ᄒ게 되면

廬山(여산)³⁷⁾이 여긔도곤 낫단 말 못 ᄒ려니

山中(산중)을 每樣(매양)보랴 東海(동해)로 가쟈스라

藍輿緩步(남여완보)³⁸⁾ᄒ야 山映樓(산영루)³⁹⁾의 올나ᄒ니

玲瓏碧溪(영롱벽계)⁴⁰⁾와 數聲啼鳥(수성제조)⁴¹⁾ᄂ

離別(이별)을 怨(원)ᄒᄂ 듯

---

34) 千尋(천심): 천 길. 심(尋)은 8자[尺]임.

35) 圖經(도경): 지도책. 산수의 지세를 적은 책.

36) 李謫仙(이적선): 당나라 시인 이백(李白, 701~762).

37) 廬山(여산): 중국의 여산 폭포.

38) 藍輿緩步(남여완보): 뚜껑 없는 가마를 타기도 하고, 천천히 걸어가기도 함.

39) 山映樓(산영루): 유점사 앞의 누각.

40) 玲瓏碧溪(영롱벽계): 반짝이는 맑은 시냇물.

41) 數聲啼鳥(수성제조): 여러 소리로 우짖는 새.

천심절벽을 공중에 세워두고

은하수 한 구비를 마디마디 잘라내어

(실 같이 풀어서 베같이 걸었으니)

(도경 열두 구비가 내 보기엔 여럿이라)

이태백이 이제 있어 다시 의논하게 되면

여산이 여기보다 낫다는 말 못하려니

산중만 늘 보랴 동해로 가자꾸나

남여완보하여 산영루에 올라가니

맑은 시냇물과 우짖는 산새들은

이별을 원망하는 듯

● 이체자

尋→尋, 壁→**壁**, 圖經→**圖経**, 仙→仚, 樣→**樣**, 藍→藍, 映樓→暎樓, 瓏→**瓏**

數聲→**數聲**, 鳥→鳥, 怨→怨

旌旗(정기)⁴²⁾를 썰치니 五色(오색)이 넘노는 듯

鼓角(고각)⁴³⁾을 섯부니 海雲(해운)이 다 것는 듯

鳴沙(명사)⁴⁴⁾길 니근 물이 醉仙(취선)을 빗기 시러

바다흘 겻틱 두고 海棠花(해당화)로 드러가니

白鷗(백구)야 누지 마라 네 벗인 줄 엇지 아는

金蘭窟(금난굴)⁴⁵⁾ 도라 드러 叢石亭(총석정)⁴⁶⁾ 올나ᄒ니

白玉樓(백옥루)⁴⁷⁾ 남은 기동 다만 네히 셔 잇고야

工倕(공수)⁴⁸⁾의 셩녕인가 鬼斧(귀부)⁴⁹⁾로 다드믄가

구틱여 六面(육면)은 무어슬 象(상)톳던고

高城(고성)을난 져만 두고 三日浦(삼일포)를 ᄎ자가니

---

42) 旌旗(정기): 관찰사의 깃발.

43) 鼓角(고각): 북과 피리.

44) 鳴沙(명사): 밟으면 쇳소리가 난다는 모래밭.

45) 金蘭窟(금난굴): 강원도 통천군에 있는 굴.

46) 叢石亭(총석정): 강원도 통천군에 있는 정자터. 관동팔경의 하나.

47) 白玉樓(백옥루): 옥황상제가 오른다는 누각.

48) 工倕(공수): 중국 고대의 이름난 기술자.

49) 鬼斧(귀부): 귀신의 도끼. 신기한 연장.

정기를 떨치니 오색이 넘노는 듯
고각을 섞어부니 해운이 다 걷히는 듯
명사길 익숙한 말이 취한 신선을 비스듬히 싣고
바다를 곁에 두고 해당화 길로 들어가니
백구야 날지 말아라 네 벗인 줄 어찌 아는가
금난굴 돌아 들어가 총석정에 올라가니
백옥루 남은 기둥 다만 넷이서 있구나
공수가 만든 것인가 귀부가 다듬었는가
(구태여 육면은 무엇을 형상화한 것인가)
고성은 저만큼 두고 삼일포를 찾아가니

◉ 이체자

旌→旍, 鼓→皷, 雲→雲, 鳴→鳴, 醉→醉, 蘭→幱, 叢→叢, 樓→樓, 倕→倕

鬼→鬼, 象→象, 高→髙

丹書(단서)은 宛然(완연)ᄒ되 四仙(사선)[50]은 어듸 가니

예 사흘 머믄 後(후)의 어듸가 또 머믈고

仙遊潭(선유담)[51] 永郎湖(영랑호)[52] 거긔나 가 잇ᄂᆞᆫ가

淸澗亭[53](청간정) 萬景臺[54](만경대) 몃 고듸 안돗던고

梨花(이화)ᄂᆞᆫ 볼셔 디고 졉동새 슬피 울 지

洛山東畔(낙산동반)[55]으로 義相臺(의상대)[56]에 올나 안자

日出(일출)을 보리라 밤中(중)만 니러ᄒᆞ니

祥雲(상운)이 집픠ᄂᆞᆫ 동 六龍(육룡)이 바퇴ᄂᆞᆫ 동

바다 희 ᄶᅥ날 제ᄂᆞᆫ 萬國(만국)이 일의더니

天中(천중)의 치ᄯᅳ니 毫髮(호발)을 혀리로다

---

50) 四仙(사선): 신라 때의 선도(仙徒) 네 사람. 술랑(述郞), 남랑(南郞), 영랑(永郞), 안상(安祥).

51) 仙遊潭(선유담): 간성군(현재 강원도 고성)에 위치한 물 이름.

52) 永郎湖(영랑호): 간성군에 위치한 호수의 이름.

53) 淸澗亭(청간정): 관동팔경의 하나로 고성에서 속초 방향으로 위치함.

54) 萬景臺(만경대): 청간정 앞에 있는 기암절벽.

55) 東畔(동반): 동쪽에 있는 언덕.

56) 義相臺(의상대): 관동 팔경의 하나.

붉은 글씨는 완연한데 사선은 어디갔는가

(여기서 사흘 머문 후에 어디가 또 머무를고)

선유담, 영랑호 거기나 가 있는가

(청간정, 만경대 몇 곳에 앉았던고)

배꽃은 벌써 지고 접동새 슬피 울 때

낙산 동쪽 언덕으로 의상대에 올라앉아

일출을 보려고 밤 중에 일어나니

상서로운 구름이 피어나는 듯 육룡이 버티는 듯

바다 해 떠날 때는 만국이 일렁거리더니

하늘 가운데 치뜨니 가느다란 털을 헤아리겠구나

●이체자

丹→丹, 宛→宛, 郎→郎, 淸→淸, 萬→萬, 花→花, 毫髮→毫髮

아마도 녈구룸 近處(근처)의 머물셰라

詩仙(시션)[57]은 어듸 가고 咳唾(해타)[58]만 나맛ᄂ니

天地間(천지간) 壯(장)ᄒ 奇別(기별) 仔細(자세)히도 홀셰이고

斜陽峴山(사양현산)[59]의 躑躅(척촉)[60]을 므니 불와

羽蓋芝輪(우개지륜)[61]이 鏡浦(경포)로 ᄂ려가니

十里(십리)氷紈(빙환)[62]을 다리고 고텨 다려

長松(장송) 울흔 소게 슬ᄏ장 펴져시니

물결도 자도 잘샤 모래를 혜리로다

孤舟解纜(고주해람)[63]ᄒ야 亭子(정자) 우희 올나가니

---

57) 詩仙(시션): 중국 당나라 시인인 이백(李白)을 가리킴.

58) 咳唾(해타): 기침과 침. 여기서는 홀륭한 사람의 말이나 글로, 이백의 〈등금릉봉황대(登金陵鳳凰臺)〉를 가리킴.

59) 峴山(현산): 양양 북쪽에 있는 산 이름.

60) 躑躅(척촉): 철쭉꽃.

61) 羽蓋芝輪(우개지륜): 왕후(王侯)의 수레를 덮던 녹색의 새털로 된 덮개.

62) 氷紈(빙환): 얼음과 같이 희고 깨끗한 비단. 여기서는 경포호의 잔잔한 수면을 가리킴.

63) 孤舟解纜(고주해람): 배 한 척의 닻줄을 풀어 배를 띄움. 출범(出帆).

(아마도 지나가는 구름 근처에 머물세라)

시선은 어디가고 시문만 남았나니

세상의 큰 소식이 자세히도 있구나

해질녘 현산의 철쭉꽃을 계속해서 밟아

우개지륜을 타고 경포로 내려가니

십리의 얼음빛 비단을 다리고 다시 다려

(큰 소나무 둘러싼 속에 실컷 펼쳐졌으니)

(물결도 잔잔하기도 하구나 모래를 헤아리겠도다)

배를 띄워 정자 위에 올라가니

◉ **이제자**

處→處, 唾→唾, 間→间, 壯→壯, 奇→竒, 斜→斜, 躑躅→躑躅, 蓋→盖

孤→孤, 解纜→解纜

江門橋(강문교) 너믄 겨틱 大洋(대양)이 거긔로다

從容(종용)ᄒ댜 이 氣像(기상) 闊遠(활원)[64]ᄒ댜 뎌 境界(경계)[65]

이도곤 ᄀ존 듸 쏘 어듸 잇닷 말고

紅粧古事(홍장고사)[66]를 헌스타 ᄒ리로다

江陵 大都護(강릉대도호) 風俗(풍속)이 됴흘시고

節孝旌門(절효정문)[67]이 골골이 버러시니

比屋可封(비옥가봉)[68]이 이지도 잇다 ᄒ다

眞珠觀(진주관)[69] 竹西樓(죽서루)[70] 五十川(오십천) 느린 물이

太白山(태백산) 그림재를 東海(동해)로 다마가니

ᄎ하리 漢江(한강)의 木覓(목멱)[71]의 다히고져

王程(왕정)[72]이 有限(유한)ᄒ고 風景(풍경)이 못 슬믜니

幽懷(유회)[73]도 하도 홀샤 客愁(객수)[74]도 둘 듸업다

仙槎(선사)[75]를 띄워내여 斗牛(두우)[76]로 向(향)ᄒ살가

---

64) 闊遠(활원): 넓고 아득함. 넓고 멂. 탁 트이고 멂.

65) 境界(경계): 동해의 수평선을 가리킴.

66) 紅粧古事(홍장고사): 박신(朴信)이 강원도 안렴사로 갔을 때 기생 홍장과 정이 들었는데, 임기가 끝나 서울로 돌아갈 때 강릉 부윤으로 있던 조운흘이 "홍장은 이미 죽었다."고 하고, 그녀를 마치 신선처럼 꾸민 뒤, 박신을 한송정(寒松亭)으로 유인하여 놀려주었다는 일화가 있음.

67) 節孝旌門(절효정문): 충신과 효자, 열녀를 찬양하기 위하여 세운 붉은 문.

68) 比屋可封(비옥가봉): '즐비하게 늘어선 집들마다 모두 벼슬에 봉할만 하다'는 뜻으로, 요순 시절의 백성들이 모두 어질었다는 데에서 온 말.

69) 眞珠館(진주관): 삼척부(三陟府)에 있던 객관(客館). 진주는 삼척의 옛 이름임.

70) 竹西樓(죽서루): 삼척시에 있는 누각으로 관동팔경의 하나임.

71) 木覓(목멱): 서울 남산의 옛 이름.

72) 王程(왕정): 관원의 여정.

73) 幽懷(유회): 그윽한 회포.

(강문교 넘은 곁에 큰 바다가 거기로다)

조용하다 이 기상 넓고 아득하다 저 수평선

(이보다 갖춘 데가 또 어디 있단 말인가)

홍장고사를 야단스럽다 하리로다

(강릉 대도호의 풍속이 좋기도 하구나)

절효정문이 동네마다 널려 있으니

요순시대의 훌륭한 백성들이 이제도 있다 하겠구나

(진주관 죽서루 오십천에서 내린 물이)

(태백산 그림자를 동해로 담아가니)

차라리 한강을 남산에 닿게 하고자

여정이 유한하고 풍경이 싫증나지 않으니

그윽한 회포가 많기도 많구나 나그네의 근심도 둘 곳 없다

신선의 뗏목을 띄워내어 북두·견우성으로 향할까

---

74) 客愁(객수): 나그네의 근심.

75) 仙槎(선사): 신선이 탄다는 뗏목.

76) 斗牛(두우): 북두성과 견우성.

◉ **이체자**

橋→橋, 從→從, 像→像, 闊遠→濶遠, 界→畍, 都→都, 節→莭, 旌→旋

眞→真, 觀→觀, 漢→漢, 程→程, 懷→懷

仙人(선인)을 ᄎᄌ려 丹穴(단혈)⁷⁷⁾의 머므 살까

天根(천근)을 못 내보와 望洋亭(망양정)⁷⁸⁾의 올은 말이

바다 밧근 하늘이니 하늘 밧근 무서신고

ᄀ득 怒(노)ᄒ 고래 뉘라셔 놀내관디⁷⁹⁾

블거니 쑴거니 어즈러이 구는지고

銀山(은산)을 것거 내여 六合(육합)⁸⁰⁾의 ᄂ리ᄂ 듯

五月長天(오월장천)의 白雪(백설)은 무ᄉ 일고

져근덧 밤이 드러 風浪(풍랑)이 定(정)ᄒ거늘

扶桑(부상)⁸¹⁾ 咫尺(지척)⁸²⁾의 明月(명월)을 기ᄃ리니

瑞光千丈(서광천장)이 뵈ᄂ 듯 숨ᄂ고야

珠簾(주렴)을 곳쳐 것고 玉階(옥계)을 다시 쓸며

啓明星(계명성)⁸³⁾ 돗도록 고초 안저 ᄇ라보니

白蓮花(백련화)⁸⁴⁾ ᄒ 가지을 뉘라셔 보내신고

이리 죠흔 世界(세계) ᄂᆷ대되 다 뵈고져

流霞酒(유하주)⁸⁵⁾ ᄀ득 부어 ᄃ ᄃ려 무른 말이

英雄(영웅)은 어디 가며 四仙(사선)은 긔 뉘러니

아미나 만나보아 녯 奇別(기별) 뭇쟈 ᄒ니

仙山東海(선산동해)예 갈 기리 멈도 멀샤

---

77) 丹穴(단혈): 고성 남쪽에 있는 굴. 신라 때 사선이 놀던 곳이라 전해짐.

78) 望洋亭(망양정): 울진군에 위치하는 정자로 관동팔경의 하나임.

79) 성난고래가 놀라 뛰어 하얀 파도가 부서지는 것 같은 모습을 비유한 것임. 이하의 흰색 이미지는 모두 하얀 파도와 물결.

80) 六合(육합): 천지 사방. 온 세상.

81) 扶桑(부상): 동해 바다 가운데 있다는 큰 신목(神木). 해와 달이 뜨는 곳. 동방을 말함.

82) 咫尺(지척): 아주 가까운 곳.

83) 啓明星(계명성): 샛별.

(선인을 찾으려 단혈에 머물러 살까)

하늘 끝을 보지 못하고 망양정에 오르니

바다 밖은 하늘이니 하늘 밖은 무엇인가

(가뜩 노한 고래 누가 놀라게 하기에)

(불거니 뿜거니 어지럽게 구는 것인가)

(은산을 깍아 내어 온 세상에 내리는 듯)

오월 하늘에 흰 눈이 무슨 일인가

(어느덧 밤이 들어 풍랑이 고요하거늘)

동쪽 지척에서 밝은 달을 기다리니

(상서로운 빛줄기가 보이다가 숨는구나)

구슬발을 다시 걷어 올리고 옥계단을 다시 쓸며

샛별 돋도록 고쳐 앉아 바라보니

백련화 한 가지를 누가 보내셨는가

(이렇게 좋은 세계 남들에게 다 보이고 싶구나)

유하주를 가득 부어 달에게 물은 말이

영웅은 어디 갔으며 사선은 그 누구인가

아무나 만나보아 옛 소식 묻자 하니

선산 동해에 갈 길이 멀기도 멀구나

---

84) 白蓮花(백련화): 흰 연꽃. 여기서는 달을 가리킴.
85) 流霞酒(유하주): 신선이 먹는다는 좋은 술.

●이체자

定→㝎, 丈→ , 簾→簾, 階→階, 花→花, 霞→霞, 酒→ , 雄→雄

松根(송근)을 볘혀 누어 픗줌을 얼픗 드니

쑴의 흔 사름이 날드려 니른 말이

그딕을 내 모르랴 上界(상계)의 眞仙(진선)이라

黃庭經(황정경)[86] 一字(일자)을 엇지 그릇 닐거두고

人間(인간)의 내려와셔 우리을 쓰로는다

져근덧 가지말고 이 술 흔 盞 (잔) 먹어보오

北斗星(북두성) 기우려 滄海水(창해수) 부어내여

저 먹고 날 먹여늘 서너 盞(잔) 거후로니

和風(화풍)이 習習(습습)ᄒ야 兩腋(양액)[87]을 추혀드니

九萬里長空(구만리장공)에 져기면 날니로다

이 술 가져다가 四海(사해)예 고로 는화

億兆蒼生(억조창생)을 다 醉(취)케 딩근 後(후)의

그제야 고쳐 만나 쏘 흔 盞(잔) ᄒ쟛고야

말지쟈 鶴(학)을 ᄐ고 九空(구공)[88]의 올나가니

空中(공중) 玉簫(옥소)[89]소릭 어직런가 그직런가

나도 줌을 끽야 바다흘 구버보니

기픠을 모로거니 ᄀ인들 엇지 알니

明月(명월)이 千山萬落(천산만낙)[90]의 아니 비쵠 딕 업다

---

86) 黃庭經(황정경): 도가(道家)의 경서(經書). 이 경을 한 글자라도 잘못 읽으면 상계에서 인
   간계로 귀양 온다는 전설이 있음.

87) 兩腋(양액): 양쪽 겨드랑이.

88) 九空(구공): '구만리(九萬里) 장공(長空)'의 준말.

89) 玉簫(옥소): 옥으로 만든 피리. 옥퉁소.

90) 千山萬落(천산만낙): 온 세상.

소나무 뿌리를 베고 누워 풋잠을 잠깐 드니

(꿈에 한 사람이 나에게 이른 말이)

(그대를 내 모르랴 상계의 진선이라)

황정경 한 글자를 어찌 잘못 읽어두고

(인간에 내려와서 우리를 따르는가)

(잠깐 동안 가지 말고 이 술 한 잔 먹어 보오)

북두성 기울여 푸른 바닷물을 부어내어

(저 먹고 날 먹여 서너 잔을 기울이니)

온화한 바람이 산들산들 불어 겨드랑이를 추켜드니

구만리 장공에 저기면 날겠구나

(이 술을 가져다가 온 세상에 고루 나누어)

(억조창생을 다 취하게 만든 후에)

그 때 다시 만나 또 한 잔 하자꾸나

말이 끝나자 학을 타고 하늘에 올라가니

(공중 피리 소리 어제인가 그제인가)

(나도 잠을 깨어 바다를 굽어보니)

(깊이를 모르는데 끝을 어찌 알겠는가)

밝은 달이 온 세상에 아니 비친 곳 없다

◉ 이체자

眞 → 真, 黃庭經 → 黄庭経, 盞 → 盖, 北 → 业, 習習 → 習習, 兩 → 両, 醉 → 酔

鶴 → 鶴, 玉簫 → 玊簫

12. 贈 關東按使 尹仲素 履之 淸陰(청음)[1]
(관동 관찰사 윤중소에게 주다)

關東歌曲最淸新(관동가곡최청신)
樂府流傳五十春(악부유전오십춘)
文采風流今寂寞(문채풍류금적막)
世間誰見謫仙人(세간수견적선인)[2]

1)   淸陰(청음): 조선 인조 때의 문신. 학자인 김상헌(金尙憲, 1570~1652). 여기 실린 한시는
      《청음집》권2에 실려 있는 7언 절구 4수 중 제3수로 전체 시는 다음과 같음.

      贈關東按使尹仲素履之(관동 관찰사 윤중소에게 주다)

欲辦東遊計不全	동쪽 지방 유람을 이루지 못해
羨君先着祖生鞭	채찍 먼저 잡은 그대가 부럽구네
塵緣袞袞浮生老	티끌세상에서 바쁘게 늙어
孤負名山又一年	명산 유람 저버린 채 또 한 해가 가네
淸平古寺老烟霞	청평 연하 속에 낡은 옛 절
曾是前朝隱士家	예전 고려의 은사가 살던 집이네
聞說西川絶瀟洒	듣건대 서천은 아주 깨끗하고 맑다는데
此間安得共婆娑	어찌하면 그 사이서 둘이 함께 소요하리
關東歌曲最淸新	관동가곡 노랫소리 맑고 새로운데
樂府流傳五十春	악부에 전해온 지 오십 년이 되었네
文采風流今寂寞	문채와 풍류가 지금은 적막하니
世間誰見謫仙人	세상에서 누가 적선인을 보았는가
鏡浦仙遊樂未央	경포 호수 신선 유람 즐거움은 다함 없어
海山佳興欲淸狂	바다와 산 좋은 흥에 미칠 것만 같으리
江陵自古風流地	강릉은 예전부터 풍류의 땅이니
好試平生鐵石腸	평소 닦은 철석 심장 시험하기 좋으리

2)   謫仙人(적선인): 관동별곡의 작자인 송강 정철을 가리킴.

관동가곡 노랫소리 맑고 새로운데
악부에 전해온 지 오십 년이 되었네
문채와 풍류가 지금은 적막하니
세상에서 누가 적선인을 보았는가

◉ 이체자

履→履, 最→寂, 淸→淸, 傳→傳, 今→今, 仙→仚

13. 贈 楊理一 楊也 善唱關東別曲 石洲(석주)¹⁾
(양리일에게 주다. 양리일은 관동별곡을 아주 잘 불렀다.)

我逐浮名落世間(아축부명낙세간)

仙壇有約幾時還(선단유약기시환)

逢君聽唱關東曲(봉군청창관동곡)

領畧金剛萬疊山(영략금강만첩산)

李芝峯晬光 嘗論東方歌曲曰

退溪歌 南冥歌 宋判樞純仰俛歌 白評事光弘關西別曲

鄭松江澈關東別曲 思美人曲 續美人曲 將進酒詞 盛行於世而我國歌詞

雜以方言 故不能與中國東府比

竝如宋公鄭公所作 最善

而不適膾炙口頭 而止惜哉²⁾

---

1)　石洲(석주): 조선 중기 선조 때 시인 권필(權韠, 1569~1612)의 호. 위의 시는 그의 문집인
　　《석주집(石洲集)》권1에 실려 있음.

2)　而不適膾炙口頭 而止惜哉: 이 인용문은 원문에 작은 글씨로 기록되어 있음.

헛된 이름을 쫓아 세상에 떨어졌으니
선단의 기약은 언제쯤 돌아갈까
그대 만나 관동곡을 들으니
금강산의 경치를 모두 알겠네

지봉 이수광이 동방의 가곡에 대하여 논하여 말하기를,
퇴계의 노래, 남명의 노래, 송순의 면앙정가, 평사 백광홍의 관서별곡,
송강 정철의 관동별곡, 사미인곡, 속미인곡, 장진주사는 세상에 성행하는
우리노래와 시인데
방언이 섞여 있어 중국 악부와 더불어 견줄 수가 없다
정공과 송공이 지은 바를 나란히 보면 매우 빼어나나,
인구에 회자됨을 만나지 못하고 그치게 됨을 애석하게 여기노라

● 이체자

楊→楊, 善→善, 關→関, 別→別, 我→我, 仙壇→仚壇, 幾時還→幾時還

略→畧, 剛→剅, 疊→叠, 晬→晬, 嘗→甞, 溪→溪, 冥→冥, 樞→摳, 鄭→鄭

美→美, 將→将, 酒→酒, 盛→盛, 於→扵, 國→囯, 雜→雜, 能與→能與

立→並, 所→所, 最→冣, 適→邁, 炙→炙

14. 思美人曲(사미인곡)[1] 松江(송강)

이 몸 삼기[2]실 저 님을 조차 삼기시니

호生(생) 緣分(연분)이며 하늘 모를 일이런가

나 ᄒᆞ나 졈어 잇고 님 ᄒᆞ나 날 괴시니

이 ᄆᆞᄋᆞᆷ 이 ᄉᆞ랑 견졸 ᄃᆡ 노여 업다

平生(평생)의 願(원)ᄒᆞ요ᄃᆡ ᄒᆞᆫᄃᆡ 녜쟈 ᄒᆞ얏더니

늙거야 무ᄉᆞ일노 외오 두고 그리ᄂᆞᆫ고

엊그제 님을 뫼셔 廣寒殿(광한전)[3]의 올낫더니

그 덧ᄃᆡ 엇지ᄒᆞ야 下界(하계)[4]의 ᄂᆞ려오니

올 저긔 비슨 머리 허틀언 지 三年(삼년)일쇠

臙脂粉(연지분)[5] 잇내마ᄂᆞᆫ 눌 위ᄒᆞ여 고니[6] 홀고

ᄆᆞᄋᆞᆷ의 미친 시름 疊疊(첩첩)히 ᄡᅡ혀이셔

짓ᄂᆞ이 한숨이오 디ᄂᆞ이 눈믈이라

人生(인생)은 有限(유한)ᄒᆞᆫᄃᆡ 시름도 긔지업다

無心(무심)ᄒᆞᆫ 歲月(세월)은 믈 흐르는 듯□ᄂᆞᆫ고야

炎涼(염량)[7]이 ᄣᅢ를 아라 가ᄂᆞᆫ 듯 고쳐 오니

듯거니 보거니 늣길 일도 하도 홀샤

東風(동풍)이 건듯 부러 積雪(적설)를 헤텨내니

窓(창) 밧긔 심근 梅花(매화) 두세 가지 픠여셰라

ᄀᆞ득 冷淡(냉담)ᄒᆞᆫᄃᆡ 暗香(암향)은 무ᄉᆞ일고

---

1) 思美人曲(사미인곡): 조선 선조 때 송강 정철(鄭澈, 1536~1593)이 지은 가사. 작자가 50세 때인 1585년(선조 18) 동인(東人)이 서인(西人)을 공격하는 당쟁이 일어나, 서인의 앞장을 섰던 송강은 고향인 창평(昌平)에 내려가 4년 동안을 지냄. 이 시기에 지어진 작품으로 임금에 대한 충정을 한 여인이 지아비를 사모하는 마음에 비유하였음.

2) 삼기다: 생기게 함.

3) 廣寒殿(광한전): 달 속에 있다는, 항아(姮娥, 어린 궁녀)가 사는 가상의 궁전.

4) 下界(하계): 천상계에 상대하여 사람이 사는 이 세상을 이르는 말.

5) 臙脂粉(연지분): 볼연지와 분을 아울러 이르는 말.

(이 몸이 태어날 때 님을 따라서 태어나니

한평생 연분이니 하늘이 모를 일이던가)

나 하나 젊어 있고 님 하나 날 사랑하시니

(이 마음 이 사랑 견줄 데가 전혀 없다)

평생에 원하되 함께 지내자 하였더니

늙어서야 무슨 일로 외롭게 두고 그리워하는고

엊그제 님을 모셔 광한전에 올랐더니

그 동안 어찌하여 속세에 내려왔던가

올 때에 빗은 머리 흐트러진 지 삼년일세

연지분이 있지마는 누구를 위하여 곱게 할고

마음에 맺힌 시름 첩첩이 쌓여 있어

짓는 것은 한숨이고 떨어지는 것은 눈물이라

인생은 유한한데 시름은 끝이 없다

(무심한 세월은 물 흐르는 듯하는구나)

(더위와 추위가 때를 알아 가는 듯 다시 오니

듣거니 보거니 느낄 일도 많기도 많구나

동풍이 건듯 불어 쌓인 눈을 헤쳐 내니)

창 밖에 심은 매화 두세 가지 피었구나

(가뜩이나 쌀쌀한데 그윽한 향기는 무슨 일인고)

6) 고니: '고이'의 오기로 보임.

7) 炎涼(염량): 더위와 서늘함.

● 이체자

美→美, 緣分→緣分, 願→顡, 廣→廣, 殿→殿, 界→界, 臙脂粉→臙脂粉

疊疊→疊疊, 歲→歳, 涼→涼, 雪→雪, 花→花, 幃→幃, 繡幕→繡幕

黃昏(황혼)의 둘조차 볏맛티 비최니

늣기는 듯 반기는 듯 님이신가 아니신가

뎌 梅花(매화) 것거내여 님 계신 듸 보내오져

님이 너를 보고 엇덧타 넉이실고

곳 지고 새 닙 나니 綠陰(녹음)이 실녓는듸

羅幃(나위)[8] 寂莫(적막)ᄒ고 繡幕(수막)[9]이 뷔여 잇다

芙蓉(부용)을 거더 노코 孔雀(공작)을 둘녀두니

ᄀ득 시름한듸 날은 엇지 기돗던고

鴛鴦衾(원앙금) 베혀노코 五色線(오색선) 풀텨내여

金(금) 자희 견화이셔[10] 님의 옷 지어내니

手品(수품)은 ᄏ니와 制度(제도)도 ᄀ즐시고

珊瑚樹(산호수) 지게 우희 白玉函(백옥함)의 다마두고

님의게 보내오려 님 계신듸 ᄇ라보니

山(산)인가 구름인가 머흠도[11] 머흘시고

千里萬里(천리만리) 길히 뉘라셔 츠자갈고

니거든 여러 두고 날인가 반기실가

ᄒᄅ밤 서리길의 거러기 우러녤 제

危樓(위루)[12]의 혼자 올나 水晶簾(수정렴)[13]을 거든 말이

東山(동산)의 둘이 나고 北極(북극)의 별이 뵈니

님인가 반기니 눈믈이 졀노 난다

淸光(청광)을 쥐워 내여 鳳凰樓(봉황루)의 부치고져

---

8) 羅幃(나위): 얇은 비단으로 만든 장막.

9) 繡幕(수막): 수를 놓아 장식한 장막.

10) 견화이셔: '견호다〉겨누다'의 음운변화로 '겨누다'의 뜻.

11) 머흠도: 기본형 '머흠다'. 험하고 사나움.

12) 危樓(위루): 위험스러울 만큼 매우 높은 누각.

(황혼의 달 좇아와 베갯머리에 비치니)

흐느끼는 듯 반기는 듯 님이신가 아니신가

저 매화 꺾어내어 님 계신 데 보내고 싶구나

님이 너를 보고 어떠하다 여기실까

(꽃 지고 새 잎 나니 녹음이 깔렸는데)

비단 장막 적막하고 수놓은 장막이 비어 있다

연꽃 방장을 걷어 놓고 공작을 둘러두니

(가뜩이나 시름 많은데 날은 어찌 길던가)

원앙 비단을 베어 놓고 오색실 풀어내어

(금자로 재어서 님의 옷 지어내니)

솜씨는 물론이거니와 격식도 갖추었구나

(산호수로 만든 지게 위에 백옥함에 담아두고)

님에게 보내고자 님 계신 데 바라보니

산인가 구름인가 험하기도 험하구나

천리만리 길을 누가 찾아갈까

(가거든 열어 두고 나를 반기실까)

하룻밤 서리 기운에 기러기 울며 갈 때

높은 누각에 혼자 올라 수정 발을 걷으니

(동쪽 산의 달이 나고 북극의 별이 보이니)

님인가 반기니 눈물이 절로 난다

(맑은 빛을 피어 내어 님 계신 봉황루에 부치고 싶구나)

---

13) 水晶簾(수정렴): 수정 구슬을 꿰어서 만든 아름다운 발.

◉ 이체자

黃昏→黃昬, 綠陰→綠隂, 度→度, 樹→樹, 函→凾, 危樓→危樓, 簾→簾

極→極

樓(누) 우희 거러두고 八荒(팔황)[14]의 다 비최여

深山窮谷(심산궁곡) 졈낫マ티 밍그쇼셔

乾坤(건곤)이 閉塞(폐색)[15]호야 白雪(백설)이 혼 빗친 지

사룸은 ヲ니와 늘새도 긋처잇다

瀟湘南畔(소상남반)도 치오미 이러커든

玉樓高處(옥루고처)야 더옥 닐너 므슴호리

陽春(양춘)을 부쳐 내여 님 계신디 뽀이고져

茅簷(모첨)[16] 비쵠 히를 玉樓(옥루)의 올니고져

紅裳(홍상)을 니믜츠고[17] 翠袖(취수)를 半(반)만 거더

日暮(일모) 脩竹(수죽)[18]의 혬가림도 하도 할샤

---

14) 八荒(팔황): 여덟 방위의 멀고 너른 범위라는 뜻으로, 온 세상을 이르는 말.
15) 閉塞(폐색): ① 닫혀서 막힘 또는 닫아서 막음, ② 겨울에 천지가 얼어붙어 생기가 막힘.
16) 茅簷(모첨): 초가지붕의 처마.
17) 니믜츠고: 기본형 니믜츠다. 여미어 입음.
18) 脩竹(수죽): 밋밋하게 자란 가늘고 긴 대.

(누각 위에 걸어두고 온 세상에 다 비추어

깊은 산 험한 골짜기 대낮같이 만드소서

천지가 추위에 얼어붙어 생기가 막히고 흰 눈으로 한 빛일 때

사람은 물론이고 나는 새도 그쳐 있다)

소상강 남쪽도 추위가 이러하거든

옥루 높은 곳이야 더욱 말해 무엇하리

따뜻한 봄기운을 부쳐 내어 임 계신 데 쏘이고 싶구나

초가집 처마에 비친 해를 옥루에 올리고 싶구나

붉은 치마를 여며 입고 푸른 소매를 반만 걷어

해질녘 긴 대나무에 생각이 많기도 많구나

● 이제자

荒→荒, 窮→窮, 閉→閑, 瀟→瀟, 高處→高處, 陽→陽, 茅簷→茅簷, 袖→袖

댜룬 히 수이 지여 긴 밤을 고초 안자
青燈(청등) 거론 겻팀 鈿箜篌(전공후)[19] 노하두고
숨에나 님을 보려 특 밧고 비겨시니
鴦衾(앙금)[20]도 추도 출샤 이밤은 언지 샐고
흐룻도 열두 씨 흔 둘도 셜흔 날
져근덧 싱각마라 이 시름 닛쟈ᄒ니
ᄆ음의 믜쳐이셔 骨髓(골수)의 쎄텨시니
扁鵲(편작)[21]이 열히 오다 이 病(병)을 엇지ᄒ리
어와 내 病(병)이야 이 님의 탓시로다
출하리 싀여디여[22] 범나븨 되오리라
곳나모 가지마다 간 딩 죡죡 안니다가
香(향) 무친 ᄂ래로 님의 옷시 올므리라
님이야 날일 줄 모르셔도 내 님 조츠려 ᄒ노라

---

19) 鈿箜篌(전공후): 자개로 장식한 공후.
20) 鴦衾(앙금): 원앙을 수놓은 이불.
21) 扁鵲(편작): 중국 전국시대의 명의(名醫), 성은 진(秦) 이름은 월인(越人)으로 죽은 사람도 능히 살려낸다고 함.
22) 싀여디여: 물 새듯이 없어짐.

(짧은 해 쉬이 지고 긴 밤을 꼿꼿이 앉아)

푸른 등 걸어 둔 곁에 전공후 놓아두고

꿈에나 님을 보려 턱 받치고 기대어 있으니

원앙 이불이 차기도 차구나 이 밤은 언제 샐까

(하루도 열두 때 한 달도 서른 날

잠깐 동안 생각을 말자 이 시름을 잊자하니)

마음에 맺혀 있어 뼛속까지 사무쳐 있으니

편작이 열이 와도 이 병을 어찌하리

(어와 내 병이야 이 님의 탓이로다)

차라리 없어져서 범나비 되오리라

꽃나무 가지마다 가는 데 족족 앉았다가

향기 묻은 날개로 님의 옷에 옮으리라

(님이야 나인 줄 모르셔도 나는 님 쫓아가려 하노라)

◉ 이체자

靑→靑, 箜→箜, 鴦→鴦, 髓→髓, 鵲→鵲

15. 續美人曲(속미인곡)[1] 松江(송강)

데 가는 뎌 閣氏(각시) 본 듯도 ᄒᆞ뎌이고
天上(천상) 白玉京(백옥경)[2]을 엇지ᄒᆞ야 離別(이별)ᄒᆞ고
ᄒᆡ 다 뎌 져믄 날의 눌을 보라 가시는고
어와 네여이고 이 내 ᄉᆞ셜 드러보소
내 얼굴 이 擧動(거동)이 님 괴얌즉ᄒᆞ가마는
엇딘디 날 보시고 네로다 녀기실ᄉᆡ
나도 님을 밋어 군ᄠᅳᆺ이 젼혀 업서
이릭야 嬌態(교태)야 어ᄌᆞ러이 ᄒᆞ돗썬디
반기시는 ᄂᆞᆺ비치 녜와 엇지 다ᄅᆞ신고
누어 싱각ᄒᆞ고 니러 안자 혜여ᄒᆞ니
내 몸의 지은 罪(죄) 뫼ᄀᆞ티 빠혀시니
하늘이라 怨(원)망ᄒᆞ며 사름이라 허믈ᄒᆞ랴
셜워 풀텨 혜니 造物(조물)의 탓시로다
글난 싱각 마오 미친 일 이셔이다
님을 뫼셔이셔 님의 일을 내 알거니
물ᄀᆞ튼 얼굴이 便(편)ᄒᆞ실 적 몃날일고

1) 續美人曲(속미인곡): 〈사미인곡(思美人曲)〉과 아울러 '전후미인곡(前後美人曲)'이라고 불리며, 정철이 50세 때인 1585년(선조 18) 당쟁으로 조정에서 물러나 창평(昌平)에 내려가 있는 동안에 지은 가사로 보임. 〈사미인곡〉과 마찬가지로 임금을 그리워하는 마음을 여성 화자가 님을 그리워하는 것에 빗대어 읊고 있으나, 그 표현 방법은 〈사미인곡〉과 달리 두 여인의 문답형식으로 구성하였고, 전고(典故)와 한자어구도 훨씬 적음.
2) 白玉京(백옥경): 하늘 위에 옥황상제가 산다고 하는 가상적인 서울.

(저기 가는 저 각시 본 듯도 하구나)
하늘 나라 백옥경을 어찌하여 이별하고
해 다 져 저문 날에 누구를 보러 가시는고
(어와 너로구나 이 내 사설 들어 보소)
내 얼굴 이 거동이 님이 사랑함직하다마는
어쩐지 날 보시고 너로구나 여기시니
(나도 임을 믿어 다른 뜻이 전혀 없어
응석이야 교태야 어지럽게 굴었던지)
반기시는 낯빛이 예전과 어찌 다르신고
누워 생각하고 일어나 앉아 헤아리니
내 몸이 지은 죄 산같이 쌓였으니
(하늘이라고 원망하고 다른 사람을 탓하랴
서러워 풀어 헤아리니 조물주의 탓이로다
그런 생각 마오 맺힌 일이 있습니다
님을 모셔 님의 일을 내 알거늘)
물 같이 연약한 몸이 편하실 적 며칠인가

◉ 이체자

美→美, 閣→阁, 離別→难別, 擧→舉, 嬌態→嬌態, 怨→怨, 熱→熱

春寒(춘한)[3] 苦熱(고열)은 엇지호여 디내시며

秋日冬天(추일동천)은 뉘라셔 뫼셧는고

粥早飯(죽조반) 朝夕(조석) 뫼 녜와 フ티 셰시는가

긴아긴 밤의 줌은 엇지 자시는고

님다히 消息(소식)을 아므려나 아쟈호니

오늘도 거의로다 來日(내일)이나 사름 올가

내 모음 둘 듸 업다 어드러로 가쟛 말고

잡거니 밀거니 놉픈 뫼히 올나가니

구룸은 크니와 안개는 무스일고

山川(산천)이 어둡거니 日月(일월)을 엇디 보며

咫尺(지척)을 모르거든 千里(천리)를 브라보랴

출하리 물フ의 가 비길히나 보려호니

브람이야 믈결이야 어둥졍[4] 된뎌이고

샤공은 어듸 가고 븬 비만 걸넛는고

江天(강천)의 혼자 셔셔 디는 히를 구버보니

님대히 消息(소식)이 더옥 아득호뎌이고

茅簷(모첨) 춘 자리의 밤中(중)만 도라오니

半壁靑燈(반벽청등)은 눌 위호야 볼갓는고

오르며 느리며 헤쓰며 바자니니[5]

져근덧[6] 力盡(역진)호야 픗줌을 暫間(잠간)드니

---

3) 春寒(춘한): 봄추위, 이른 봄날의 추위.

4) 어둥졍: 어리둥절하게.

5) 바자니니: 바장이다. ① 부질없이 짧은 거리를 오락가락 거닒, ② 마음에 걸리는 것이 있어 머뭇함.

6) 져근덛: 잠깐. 잠시 동안.

봄추위와 여름 더위는 어떻게 지내시며
가을과 겨울은 누가 모시는가
(죽조반과 아침 저녁 진지는 예전처럼 드시는가
기나긴 밤에 잠은 어찌 주무시는가
님의 소식을 어떻게든 알고자하니)
오늘도 거의 지났구나 내일이나 사람 올까
(내 마음 둘 데 없다 어디로 가자는 말인가)
잡기도 하고 밀기도 하며 높은 산에 올라가니
(구름은 물론이고와 안개는 무슨 일인가)
산천이 어둡거니 해와 달을 어찌 보며
(바로 앞을 모르거든 천 리를 바라보랴)
차라리 물가에 가 뱃길이나 보려하니
(바람이야 물결이야 어수선하게 되었구나)
사공은 어디 가고 빈 배만 걸렸는가
강가에 혼자 서서 지는 해를 굽어보니
님의 소식이 더욱 아득하구나
초가집 찬 자리에 한밤중만 돌아오니
벽에 걸린 푸른 등은 누구를 위하여 밝았는가
(오르며 내리며 헤매며 방황하니)
(잠깐 사이에 힘이 빠져 풋잠을 잠깐 드니)

◉ 이체자

茅簷 → 茅 簷, 壁 → 壁, 靑 → 靑, 盡 → 盡, 暫間 → 暫 间

精誠(정성)이 至極(지극)호야 쭘의 님을 보니
玉(옥)フ튼 얼굴이 半(반)이나마 늙어셰라
모음의 먹은 말숨 슬크장 숣쟈호니
눈물이 바라나니¹³⁾ 말숨인들 어이호며
情(정)을 못 다호야 목이조차 메여호니
오뎐된 鷄聲(계성)은 줌을 엇지 씌돗던고
어와 虛事(허사)로다 이 님이 어듸 간고
결의 일러 안자 窓(창)을 열고 브라보니
어엿븐 그림재 날 조츨 쑨이로다
출 하리 싀여디여 落月(낙월)이나 되야이셔
님 계신 窓(창) 안희 번드시¹⁴⁾ 비최리라
각시님 둘이야ㅋ니와 구즌 비나 되쇼셔

13) 바라나니: 바라나다. 치열하게 나다.
14) 번드시: 환히. 뚜렷이.

(정성이 지극하여 꿈에서 님을 보니)

옥 같은 얼굴이 반이나 늙었구나

마음의 먹은 말씀 실컷 사뢰려하니

(눈물이 계속해서 나오니 말씀인들 어찌하며)

정을 못 다하여 목조차 메어오니

방정맞은 닭소리는 잠을 어찌 깨우던가

(어와 헛된 일이로다 이 님이 어디 갔는가)

잠결에 일어나 앉아 창을 열고 바라보니

불쌍한 그림자만 나를 좇을 뿐이로다

차라리 죽어서 떨어지는 달이나 되어

님 계신 창 안에 뚜렷이 비치리라

각시님, 달은커녕 궂은 비나 되오소서

◉ 이체자

極 → 㰌, 聲 → 聲, 虛 → 虗, 聽 → 聼

16. 聽松江歌詞(청송강가사)¹⁾ 東岳(동악)²⁾

江頭誰唱美人詞(강두수창미인사)
正是孤舟月落時(정시고주월낙시)
惆悵戀君無限意(추창련군무한의)
世間惟有女娘知(세간유유여낭지)

1)　聽松江歌詞(청송강가사): 동악 이안눌(李安訥, 1571~1637)의 문집《동악선생속집(東岳先生續集)》중〈미석갈시소저(未釋褐時所著)〉160여 수의 시 중 하나. 원문에는 「龍山月夜(용산월야) 聞歌姬唱故寅城(문가희창고인성) 鄭相公(정상공) 思美人曲(사미인곡) 率爾口占(솔이구점) 示趙持世昆季(시조지세곤계)」라는 제목이 달려 있음. 제목으로 보아 이 시는 용산 달밤에 가기(歌妓)가 정철(鄭澈)의〈사미인곡〉을 부르는 소리를 듣고 읊은 것임. 조선 후기 실학자 이덕무(李德懋, 1741~1793)의 문집《청장관전서(靑莊館全書)》의〈청비록1(淸脾錄一)〉에 '동악 이안눌이 송강의 사미인곡을 부르는 것을 듣고 지은 시로, 송강이 시대를 슬퍼하고 나라를 걱정하는 정성을 언가(한글 가곡)에 붙인 것이 이소(離騷)의 충분(忠憤)과 같은 점이 있으므로, 그의 장가(長歌)나 단요(短謠)가 지금까지 많이 불려지고 있다'는 기록이 있음. (李東岳安訥 聽唱松江思美人曲 有時曰 江頭誰唱美人詞 正是孤舟月落時 惆悵戀君無限意 世間惟有女娘知 松江萬哀時憂國之誠於 諺歌 有離騷之忠憤 故長歌短謠 至今藉甚)

2)　東岳(동악): 이안눌. 자는 자민(子敏), 호는 동악(東岳)으로 18세에 진사시에 합격하지만 동료들의 모함을 받아 관직에 나갈 생각을 버리고 오직 문학 공부에 열중한 것으로 전해짐.

강 머리에서 누군가 미인가를 부르고
때마침 외로운 배에 달이 지네
슬프다 님 그리는 뜻 끝없으니
세상에 오직 여인만이 아네

●이체자
美→羙, 孤舟→孤舟, 戀→戀

17. 星山別曲(성산별곡)[1] 松江(송강)

엇던 디날 손이 星山(성산)의 머믈며셔
棲霞堂(서하당)[2] 息影亭(식영정)[3] 主人(주인)아 내 말 듯소
人生(인생) 世間(세간)의 됴흔 일 하건마는
엇디 흔 江山(강산)을 가지록 나이 넉여
寂寞山中(적막산중)의 들고 아니 나시는고
松根(송근)을 다시 쓸고 竹床(죽상)의 자리 보아
져근덧 올나 안자 엇던고 다시 보니
天邊(천변)의 썻는 구름 瑞石(서석)[4]을 집을 사마
나는 듯 드는 양이 主人(주인)과 엇더흔고
滄溪(창계) 흰 물결이 亭子(정자) 알픠 둘녀시니

---

1) 星山別曲(성산별곡): 조선 선조 때 송강 정철(鄭澈)이 지은 가사. '성산'은 전라남도 담양
  군 창평면 지곡리에 있는 지명으로, 정철이 25세 이후에 당쟁으로 정계를 물러나 이곳에서
  살 때 김성원(金成遠, 1525~1597)을 위하여 이 작품을 지었다고 함. 당시의 문인 김성원
  이 세운 서하당(棲霞堂) · 식영정(息影亭)을 중심으로 계절에 따라 변하는 경치와 김성원
  의 풍류를 예찬한 노래임.
2) 棲霞堂(서하당): 조선 중기의 문인 김성원의 호이자, 그가 본인의 호를 따서 식영정 바로
  곁에 지은 정자의 이름.
3) 息影亭(식영정): 16세기 중반 서하당(棲霞堂) 김성원이 스승이자 장인인 석천 임억령(林
  億齡)을 위해 지은 정자라고 함. 식영정이라는 이름은 임억령이 지었는데 '그림자가 쉬고
  있는 정자'라는 뜻으로, 환벽당, 송강정과 함께 정송강유적으로 불림.
4) 瑞石(서석): 서석대(瑞石臺). 식영정 주위에 있던 승경인데 지금은 광주호의 준공으로 거
  의 물 속에 잠겼다고 함.

(어떤 지나가는 나그네가 성산에 머무는데
서하당 식영정 주인아 내 말을 들어 보소
인간 세상 일에 좋은 일 많건마는
어찌 한 강산을 갈수록 좋게 여겨
적막한 산중에 들어가고 아니 나오시는가)
솔뿌리를 다시 쓸고 대나무 침대에 자리를 보아
잠시 올라 앉아 어떠한고 다시 보니
(하늘가에 떠 있는 구름 서석을 집으로 삼아)
나가는 듯 들어오는 모습이 주인과 어떠한가
(시내의 흰 물결이 정자 앞에 둘러 있으니

◉ **이체자**

別→別, 霞堂→霞堂, 亭→亭, 間→间

天孫雲錦(천손운금)[5]을 뉘라셔 베혀내여

닛는 둣 펴치는 둣 헌ᄉ토 헌ᄉ홀샤[6]

山中(산중)의 冊曆(책력) 업서 四時(사시)를 모ᄅ더니

눈 아릐 헤친 景(경)이 쳘쳘이 졀노 나니

듯거니 보거니 일마다 仙間(선간)[7]이라

梅窓(매창) 아젹 벼틱 香氣(향기)예 줌을 ᄭᅵ니

仙翁(선옹)의 ᄒᆡ올 일이 곳 업도 아니ᄒ다

울 밋 陽地(양지) 편의 외ᄡᅵ를 ᄲᅦ허두고

미거니 도도거니 비ᄭᅵᆷ의 달화내니

靑門故事(청문고사)[8]를 이직도 잇다홀다

---

5) 天孫雲錦(천손운금): '天孫'은 직녀성, '雲錦'은 구름 같은 비단, 곧 직녀가 짠 비단 '은하수'
    를 가리킴.

6) 헌ᄉ홀샤: 수다를 부리다.

7) 仙間(선간): ① 신선이 산다는 곳, ② 경치가 신비스럽고 그윽한 곳을 비유적으로 이르는 말.

8) 靑門故事(청문고사): 청문은 중국 장안성 동남문인데 진(秦)나라 때 소평(邵平)이라는 이
    가 동릉후(東陵侯)로 있다가 진나라가 망하자 서민(庶民)이 되어 청문 부근에서 오이를
    심고 지냈으므로 이 오이를 동릉과(東陵瓜) 또는 청문과라 하였음.

하늘의 은하수를 누가 베어 내어
잇는 듯 펼쳐 놓은 듯 야단스럽기도 야단스럽구나)
산 속에 달력 없어 사계절을 모르더니
눈 아래 헤친 경치가 철을 따라 절로 생겨나니
듣거니 보거니 모두 신선세상이로다
매화 창 아침 볕의 향기에 잠을 깨니
(산늙은이의 할 일이 아주 없지도 아니하다
울타리 밑 양지 편에 오이씨를 뿌려 두고
매거니 돋우거니 비 온 김에 가꾸어내니)
청문의 옛일이 이제도 있다 할 것이라

◉ 이체자

雲→雲, 曆→曆, 四→四, 氣→氣, 仙→仚, 陽→陽, 靑門→靑门

芒鞋(망혜)를 뵈야 신고 竹杖(죽장)[9]을 훗더지니

桃花(도화) 픤 시내 길히 芳草洲(방초주)[10]의 니어셰라

닷 븟근 明鏡(명경)[11] 中(중) 절노 그린 石屛風(석병풍)

그림애를 벗들 사마 西河(서하)로 흠끽 가니

桃源(도원)은 어드메오 武陵(무릉)이 여긔로다

南風(남풍)이 건 듯 부러 綠陰(녹음)을 헤쳐 내니

節(절) 아는 괴꼬리는 어드러셔 오돗던고

羲皇(희황)[12] 벼개 우희 픗줌을 얼픗 끽니

空中(공중) 저즌 欄干(난간) 믈 우희 써잇고야

麻衣(마의)를 니믜 츠고 葛巾(갈건)을 기우 쓰고

---

9) 竹杖芒鞋(죽장망혜): 대지팡이와 짚신이라는 뜻으로, 먼 길을 떠날 때의 간편한 차림을
    이르는 말.
10) 芳草洲(방초주): 방초(향기로운 꽃과 풀)가 우거진 모래톱.
11) 明鏡(명경): 맑은 거울.
12) 羲皇(희황): 중국 고대 전설상의 제왕 또는 신(神)인 복희씨(伏羲氏).

짚신을 죄어 신고 대나무 지팡이를 흩어 짚으니
복숭아 꽃 핀 시내 길이 방초주에 이어져 있구나
(잘 닦은 거울 속에 저절로 그린 돌병풍
그림자를 벗 삼아 서하로 함께 가니)
도원이 어디인가 무릉이 여기로다
남풍이 문득 불어 녹음을 헤쳐 내니
절개 아는 꾀꼬리는 어디에서 왔는가
(희황 베개 위에 풋잠을 얼핏 깨니
공중의 젖은 난간이 물 위에 떠있구나)
삼베옷을 여며 입고 갈건을 비껴 쓰고

●이체자

芒鞋→芒鞋, 花→花, 草→草, 屏→屏, 西→覀, 武陵→武陵, 綠陰→綠陰

節→莭, 義→義, 欄→棟

구브락 비기락 보는거시 고기로다

ᄒᆞᄅᆞᆷ밤 비ᄭᅴ운의 紅白蓮(홍백련)이 섯거 픠니

ᄇᆞ람ᄭᅴ 업시셔 萬山(만산)이 香氣(향기)로다

濂溪(염계)[13]를 마조 보와 太極(태극)[14]을 뭇줍는 듯

太乙眞人(태을진인)[15]이 玉字(옥자)[16]를 헤혓는 듯

鸕鷀巖(노자암)[17] 건너보며 紫薇灘(자미탄)[18] 겨틔두고

長松(장송)을 遮日(차일)[19] 사마 石逕(석경)[20]의 안자ᄒᆞ니

人間六月(인간유월)이 여긔는 三秋(삼추)로다

淸江(청강)의 씻는 올히 白沙(백사)의 올마 안자

白鷗(백구)를 벗을 삼고 좀씰 줄 모로ᄂᆞ니

無心(무심)코 閑暇(한가)ᄒᆞ미 主人(주인)과 엇더ᄒᆞ니

---

13) 濂溪(염계): 성리학의 시조인 주돈이(周敦頤, 1017~1073)의 호.

14) 太極(태극): 성리학에서 모든 존재와 가치의 근원이 되는 궁극적 실체.

15) 太乙眞人(태을진인): 하늘에 있는 진선(眞仙).

16) 玉字(옥자): 옥(玉)과 같이 화려한 문자(文字). 또는 필적이 뛰어나거나 의미가 특출난 문자.

17) 鸕鷀巖(노자암): 식영정 주위에 있던 승경.

18) 紫薇灘(자미탄): 식영정 주위에 있던 승경.

19) 遮日(차일): 햇볕을 가리기 위하여 치는 포장.

20) 石逕(석경): 돌이 많은 좁은 길.

구부리며 기대며 보는 것이 고기로다

하룻밤 비 기운에 붉은 연꽃과 흰 연꽃이 섞어 피니

바람기가 없어서 모든 산이 향기로다

염계를 마주하여 태극을 묻는 듯

(태을진인이 구슬 옥자를 헤쳐 놓은 듯

노자암을 건너보며 자미탄을 곁에 두고

큰 소나무를 차일 삼아 돌길에 앉으니)

인간 세상의 유월이 여기는 가을이로구나

맑은 강에 떠 있는 오리 흰 모래에 옮겨 앉아

흰 갈매기를 벗을 삼고 잠깰 줄을 모르나니

무심하고 한가함이 주인과 비교해 어떠한가

◉ 이체자

萬→萬, 濂→濓, 極→極, 眞→真, 紫薇灘→紫微灘, 遮→遮, 逕→迳, 清→清

鷗→鴎, 閑暇→閑暇

梧桐(오동) 서리 들이 四更(사경)[21]의 도다 오니
千巖萬壑(천암만학)[22]이 낫인들 그러홀가
湖洲[23](호주) 水晶宮(수정궁)[24]을 뉘라셔 옴겨온가
銀河(은하)를 쒸여 건너 廣寒殿(광한전)[25]의 올낫는 듯
짝마즌 늙은 솔난 釣臺(조대)예 셰여 두고
그 아래 빅를 띄워 갈대로 더뎌 두니
紅蓼花(홍료화) 白蘋洲(백빈주)[26] 어느 스이 디나관딕
環碧堂(환벽당)[27] 龍(용)의 소히 빗머리의 다하셰라
淸江(청강) 綠草邊(녹초변)의 쇼 먹기는 아희들니
夕陽(석양)의 어위 계워 短笛(단적)을 빗기부니
물 아래 潛(잠)긴 龍(용)이 즘 쎅야 니러날듯

21) 四更(사경): 새벽 1시~3시 사이.
22) 千巖萬壑(천암만학): 수많은 바위와 골짜기라는 뜻으로, 깊은 산속의 경치를 이르는 말.
23) 洲: '湖洲(호주)'에서 '洲'부분은 원문이 훼손되어 보이지 않으나, 다른 이본을 참고하여 짐작할 수 있음.
24) 湖洲水晶宮(호주수정궁): 수정(水晶)으로 만들었다는 궁전.
25) 廣寒殿(광한전): 달 속에 있다는 상상 속 궁전.
26) 白蘋洲(백빈주): 흰 마름꽃이 피어 있는 물가.
27) 環碧堂(환벽당): 광주광역시 북구에 있는 조선시대의 누정. 어느 날 김윤제(명종 때의 나주목사)가 이곳에서 낮잠을 자다가 낚싯대 앞에서 한 마리의 용이 승천하는 꿈을 꾸었는데, 꿈에서 깨어난 김윤제가 이상히 여겨 급히 그곳에 내려가 보니 머리를 감고 있는 한 소년이 있어 그 소년의 비범한 용모에 매혹되어 외손녀를 이 소년에게 시집보냈는데, 이 소년이 뒤에 정치가로서 또한 문호로서 이름을 날린 정철이었다고 전함.

오동나무에 서리 달이 사경에 돋아 오니
(깊은 산 속 경치가 낮엔들 그러할까
물속의 수정궁을 누가 옮겨왔는가)
은하수를 뛰어 건너 광한전에 올라 있는 듯
(짝맞은 늙은 소나무를 낚시 터에 세워 두고
그 아래에 배를 띄워 가는 대로 내버려 두니)
홍료화 핀 물가 어느 사이에 지났길래
(환벽당 용의 못이 뱃머리에 닿았구나
푸른 풀이 우거진 강변에서 소 먹이는 아이들이
석양의 흥에 겨워 피리를 비껴 부니)
물 아래 잠긴 용이 잠을 깨어 일어날 듯

● 이체자

巖→巖, 堅→堅, 宮→宮, 廣→廣, 殿→殿, 蓼→蓼, 蘋→蘋, 環→環, 龍→龍

邊→邊, 潛→潛

내끠예 나온 鶴(학)이 제기슬 더뎌두고

半空(반공)의 소소 뜰 듯

蘇仙(소선)[28] 赤壁(적벽)은 秋七月(추칠월)이 됴타 ᄒᆞ디

八月(팔월) 十五夜(십오야)를 모다 엇디 과ᄒᆞᄂᆞᆫ고

纖雲(섬운)이 四倦(사권)ᄒᆞ고 물결이 채 잔 적의

하늘의 도돈 ᄃᆞᆯ이 솔 우희 걸녀거든

잡다가 빠딘 줄이 謫仙(적선)[29]이 헌ᄉᆞ홀샤

空山(공산)의 ᄲᅡ힌 닙흘 朔風(삭풍)이 거두 부러

쩨구롬 거ᄂᆞ리고 눈조차 모라오니

天公(천공)[30]이 호ᄉᆞ로다 玉(옥)으로 고즐 지어

千樹萬林(천수만림)을 ᄭᅮ며곰 낼셰이고

---

28) 蘇仙(소선): 중국 북송 시대의 적벽부(赤壁賦)를 남긴 유명한 시인인 소식을 이르는 말.

29) 謫仙(적선): 벌을 받아 인간 세계로 쫓겨 내려온 선인, 아주 뛰어난 시인을 비유적으로 이르는 말. 당나라 시인 '이백'을 달리 이르는 말.

30) 天公(천공): 우주를 창조하고 주재한다고 믿어지는 초자연적인 절대자 하나님.

(안개 기운에 나온 학이 제 집을 버려두고)
반공에 솟아 뜰 듯
(소동파의 적벽부는 가을 칠월이 좋다 하되
팔월 보름밤을 모두 어찌 칭찬했겠는가
잔구름이 사방으로 흩어지고 물결이 아직 잔잔한 때에
하늘에 돋은 달이 소나무 위에 걸렸으니
달을 잡으려다 물에 빠졌다는 이태백의 일이 야단스럽구나)
사람 없는 산의 쌓인 잎을 북풍이 걷으며 불어
(떼구름을 거느리고 눈까지 몰아오니
조물주가 일 꾸미기를 좋아하여 옥으로 꽃을 만들어
온갖 나무와 숲을 꾸며서 내었구나)

◉ 이제자

鶴→鶴, 蘇→蘇, 壁→壁, 雲→雲, 倦→倦, 朔→朔 樹→樹, 萬→萬

압 여흘ᄀ리 어러 獨木橋(독목교)[31] 빗겻ᄂᄃᆡ

막대 멘 늘근 즁이 어늬 졀노 가닷말고

山翁(산옹)의 이 富貴(부귀)를 놈더려 헌ᄉ마오

瓊瑤窟(경요굴) 隱世界(은세계)을 ᄎᄌ리 이실셰라

山中(산중)의 벗이 업서 漢紀(한기)[32]를 싸하두고

萬古(만고) 人物(인물)을 거ᄉ리 혜여ᄒ니

聖賢(성현)도 만커니와 豪傑(호걸)도 하도 할샤

하늘 삼기실지 곳 無心(무심)홀가마ᄂᆞᆫ

엇지흔 時運(시운)이 일낙배락 ᄒᄋᆞᆺᄂᆞᆫ고

모를 일도 하거니와 애들옴도 그지 업다

箕山(기산)[33]의 늙은 고블[34] 귀는 엇지 삣돗던고

---

31) 獨木橋(독목교): 외나무 다리.
32) 漢紀(한기): 순열(筍悅)이 쓴 역사책으로 사기후전(史記後傳)을 계승한 한서(漢書)를 축
소하여 서술한 것.
33) 箕山(기산): 요임금이 자리를 물려준다고 하자 허유는 귀가 더러워졌다고 씻고 들어갔다
고 한 곳.
34) 고블: 고불(古佛). ① 오래된 부처, ② 노장(老將) 승려, ③ 나이가 많고 덕망이 높은 늙은이.

앞 여울가가 얼어 외나무 다리 비꼈는데
막대 멘 늙은 중이 어느 절로 간단 말인가
산늙은이의 이 부귀를 남에게 소문내지 마오
(구슬로 만든 굴과 숨어 사는 세계를 찾을 이 있을까 두렵다)
산 중에 벗이 없어 한기를 쌓아 놓고
만고의 인물들을 거슬러 헤아리니
성현도 많거니와 호걸도 많기도 많구나
(하늘이 세상을 만드실 때 무심하랴마는
어찌한 시운이 흥했다 망했다 하였는가
모를 일도 많거니와 애달픔도 끝이 없다)
기산의 늙은이 귀는 어찌 씻었던가

● 이체자

橋→**橋**, 富→冨, 瓊瑤→瓊瑤, 隱→**隱**, 界→**昇**, 漢紀→漢紀, 聖賢→**聖賢**

傑→**傑**

박소릭 편계호고 조장³⁵⁾이 ᄀ장 놉다

人心(인심)이 ᄎ ᄀ틱야 보도록 새롭거늘

世事(세사)는 구름이라 머흐도 머흘시고

엇그제 비즌 술이 어도록 니것ᄂ니

잡거니 밀거니 슬ᄏ쟝³⁶⁾ 거후로니

ᄆᆞ음의 미친 시름 져그나 ᄒᆞ리ᄂ다

거문고 시옭 언저 風入松(풍입송)³⁷⁾ 이야괴야

손인동 主人(주인)인동 다 니저 ᄇ려셰라

長空(장공)의 썻ᄂ 鶴(학)이 이 골의 眞仙(진선)이라

瑤臺(요대)³⁸⁾ 月下(월하)의 힝혀 아이 만나실가

손이셔 主人(주인)더려 니르되 그딕 긘가 ᄒ노라

---

35) 조장: 지조(志操)와 행장(行狀)의 준말. 여기서는 표주박 하나도 부담스럽다고 버린 허유의 행실이 가장 훌륭하다는 맥락.

36) 슬ᄏ쟝: 실컷, 한껏.

37) 風入松(풍입송): 고려시대에 연주되던 악장(樂章)의 하나. 작자, 제작연대 미상. 태평성대(太平聖代)를 기리는 송도(頌禱)의 뜻을 담음.

38) 瑤臺(요대): 옥(玉)으로 장식한 화려한 대(臺)로 신선이 사는 곳. 달을 가리거나 아름다운 누대(樓臺)를 일컬음.

(표주박 소리 핑계한 지조와 행장이 가장 높다

인심이 얼굴 같아서 볼수록 새롭거늘)

세상사는 구름이라 험하기도 험하구나

엊그제 빚은 술이 얼마나 익었느니

(잡거니 밀거니 실컷 기울이니)

마음에 맺힌 시름이 조금이나마 덜어진다

(거문고 줄을 얹어 풍입송을 타자꾸나

손님인지 주인인지 다 잊어 버렸도다

높은 하늘에 떠 있는 학이 이 고을의 진선이라

신선 사는 누각 달 빛 아래에 행여 아니 만나실까

손님이 주인에게 이르되 그대가 그인가 하노라)

● 이체자

瑤臺 → 瑤𡏄

18. 將進酒辭(장진주사)[1]

흔 盞(잔) 먹새그려 또 흔 盞(잔) 먹새그려

곳 것거 算(산) 노코 無盡無盡(무진무진) 먹새그려

이 몸 죽은 後(후)면 지게 우히 거적 더퍼 주리혀 미여가나

流蘇寶帳(유소보장)[2]의 萬人(만인)이 우러녜나

어옥새 속새 덥가나무 白楊(백양) 수페 가기곳 가면

누른 히 흰 둘 ᄀᆞᆫ 비 굴근 눈 쇼쇼리ᄇᆞ람 불지 뉘 흔 盞(잔) 먹쟈 흘고

흐믈며 무덤 우희 진나비 ᄑᆞ람 불 제 뉘우츤들 엇지흐리

---

1) 將進酒辭(장진주사): 조선 중기 정철이 지은 작품으로, 이 노래는《송강가사(松江歌辭)》에 실려 있다는 점과 가집에 노래 제목이 붙은 채 독립적으로 기록되어 있다는 점 등을 고려하여 가사로 보는 견해도 있고, 평시조의 정형을 일탈하면서도 3장 구조라는 점에서 사설시조로 보는 견해도 있음.

2) 流蘇寶帳(유소보장): 술이 달려 있는 비단 장막. 주로 상여 위에 닮.

한 잔 먹세그려 또 한 잔 먹세그려

꽃 꺾어 세어 가며 무진장 먹세그려

이 몸이 죽은 후면 지게 위에 거적 덮어 줄이어 매어가니

비단 장막 친 상여에 만인이 울며 따라가나

억새 속새 떡갈나무 백양나무 숲에 가기만 가면

누른 해 흰 달 가는 비 굵은 눈 소소리 바람 불 때 누가 한잔 먹자고 할까

하물며 무덤 위에 원숭이가 휘파람 불 때 뉘우친들 어찌하리

●이체자

將→将, 酒→酒, 辭→辭, 盞→盞, 算→筭, 盡→盡, 後→後, 流→流, 蘇→蘓

寶→寳, 萬→萬, 楊→楊

19. 過松江墓(과송강묘)¹⁾ 石州(석주)²⁾

空山木落雨蕭蕭(공산목락우소소)
相國風流此寂寥(상국풍류차적료)
惆悵一杯難更進(추창일배난경진)
昔年歌曲卽今朝(석년가곡즉금조)

---

1) 過松江墓(과송강묘): 조선 후기 실학자 이덕무(李德懋, 1741~1793)의 문집《청장관전서
    (靑莊館全書)》의〈청비록1(淸脾錄一)〉에 "석주(石洲) 권필(權韠)이 송강(松江) 정철(鄭
    澈)의 묘를 지나다가 느낌이 있어 지은 시로, 가곡이란 곧 송강이 지은〈장진주사(將進酒
    詞)〉를 말하며, 중국의 시인(詩人)들은 이 시를 해성조(諧聲調)라 한다.(權石州 過松江墓
    有意 空山木落雨蕭蕭 相國風流此寂寥 惆悵一杯難更進 昔年歌曲卽今朝 歌曲 乃 松江兩作
    將進酒詞也 中原詩人 以此詩爲 諧聲調)"는 구절이 있음.
    이 작품은《해동유요》후반부에 1회 더 나옴.
2) 石州(석주): 권필(權韠, 1569~1612)의 호.《석주집》과 한문소설《주생전》,《위경천전》등
    을 남겼음.

빈 산 나무에 비 쓸쓸히 내리고
정철의 풍류가 이같이 적막하구나
쓸쓸히 한 잔 술 다시 올리기 어려우나
예전의 노래는 지금도 불리네

● 이체자

松→枩, 兩蕭蕭→兩肅肅, 流此→流此, 廖→寥, 難→難, 卽→即, 今→今

20. 相思曲(상사곡)[1]

平生(평생)의 虛浪(허랑)ᄒ여 詩酒(시주)을 일삼더니
京華(경화)의 쓰지 업서 風月(풍월)의 벗이 되니
白日(백일)이 無情(무정)ᄒ야 歲月(세월)이 깁퍼세라
靑春(청춘)이 可惜(가석)이라 行樂(행락)의 쓰지 이셔
窈窕佳人(요조가인)[2]을 寤寐(오매)[3]의 求(구)ᄒ더니
城東(성동) 一美人(일미인)을 偶然(우연)이 만나보니
靑山眉(청산미) 細柳腰(세류요)은 態度(태도)을 씌여 잇고
黃金釵(황금채) 紫羅衫(자라삼)은 光彩(광채)을 도아잇다
丹脣(단순)을 半開(반개)ᄒ고 皓齒(호치)을 드러내여
瞑眸(명모)[4]을 흘니 쓰고 香語을(향어) 酬酌(수작)ᄒ니
芙蓉花(부용화) 픠온 곳의 團月(단월)이 어래는 듯
五色雲(오색운) 깁흔 곳의 一仙女(일선녀) ᄂ려온듯
西施(서시)[5]가 고쳐 난가 玉眞(옥진)[6]이 다시 온가
心神(심신)이 恍惚(황홀)ᄒ니 萬事(만사)을 니즐노다
佳期(가기)를 掘指(굴지)ᄒ고 宿緣(숙연)만 미더더니
好事(호사)ㅣ 多魔(다마)ᄒ고 鬼神(귀신)이 희짓ᄂ다[7]

---

1) 相思曲(상사곡): 12가사의 하나인 〈상사별곡(相思別曲)〉을 이르는 말이기도 하고, 남녀 간의 애정을 주제로 한 다양한 작품을 통칭하여 이르는 제목이기도 하며, 이 작품은 주로 잡가집에 '사미인곡(思美人曲)'이라는 제목으로 실려 있는 경우가 많아 당시에 유행하던 상사가류의 잡가 중 하나로 보임.
2) 窈窕佳人(요조가인): 정숙하고 아름다운 여인.
3) 오매(寤寐): 자나깨나 언제나.
4) 瞑眸(명모): 본래 검은 눈동자라는 뜻으로, 문맥상 아름다운 눈동자라는 뜻의 '明眸'의 음차 또는 오기로 보임.
5) 西施(서시): 중국 춘추시대 월나라의 미녀.
6) 玉眞(옥진): ① 당나라 무측천의 손녀로 빼어난 미인이라고 전함, ② '이용기 편, 정재호 외 주해(1992)'의 〈㉠ 사미인곡(思美人曲)〉과 〈㉡ 스미인곡(思美人曲)〉을 참고하면, 각각 '양

(평생이 헛되어 시와 술을 일삼더니

호화스러움에 뜻이 없어 자연의 벗이 되니)

밝은 날이 덧없으니 세월이 깊었구나

청춘이 아까워라 즐거움에 뜻이 있어

정숙한 미인을 언제나 구하더니

성의 동쪽에 사는 미인을 우연히 만나보니

아름다운 눈썹, 버들같이 가는 허리는 태도를 갖추고 있고

(황금 비녀 자색 비단은 그녀의 광채를 돕는구나)

붉은 입술을 반쯤 열고 흰 치아를 드러내어

검은 눈동자를 치켜뜨고 향기로운 말을 주고 받으니

연꽃이 핀 곳에 둥근 달이 어르는 듯

오색구름 깊은 곳의 선녀가 내려온 듯

(서시가 다시 났는가 옥진이 다시 왔는가)

몸과 마음이 황홀하니 온갖 일을 잊을로다

아름다운 약속을 굳게 잡고 오랜 인연만 믿었더니

(좋은 일에는 방해가 많고 귀신이 훼방놓는다)

구비', '太眞(양귀비)'로 나오는 것으로 보아, 양귀비를 칭하는 이름 중 하나인 옥진(玉眞)
으로 볼 수도 있음.

7) 희짓는다: 기본형 희짓다. 남의 일에 방해가 되게 함.

● 이체자

虛→虗, 酒→酒, 華→華, 歲→歲, 靑→青, 窈→窈, 佳→佳, 窈窕→窈窕

美→美, 然→然, 態度→態度, 黃→黃, 紫→紫, 衫→衫, 丹→丹, 開→開

酬酢→酬酢, 花→花, 團→團, 雲→雲, 眞→真, 萬→萬, 佳→佳, 指→指

宿緣→宿緣, 魔→魔, 鬼→鬼

三焦(삼초)⁸⁾의 깁흔 병이 骨髓(골수)의 박혀시니

어와 내 病(병)이야 이 님의 타시로다

扁鵲(편작)이 곳쳐 온들 이 病(병)을 곳칠소냐

누은들 줌이 오며 기드린들 님이 오랴

半壁(반벽) 殘燈(잔등)⁹⁾의 쑴일 오기 어려웨라

長相思在長安(장상사재장안)¹⁰⁾ 날을 두고 니르도다

智而處下(지이처하)¹¹⁾는 造物(조물)의 타시로다

巫山十二峯(무산십이봉)¹²⁾의 雲雨夢(운우몽)¹³⁾이 느젓고야

---

8) 三焦(삼초): ① 상초(上焦)·중초(中焦)·하초(下焦)를 아울러 이르는 말. 곧 상초는 위(胃)의 상부, 중초는 위 부근, 하초는 배꼽 아래에 해당함. ② '이용기 편, 정재호 외 주해 (1992)'의 〈㉠ 사미인곡(思美人曲)〉과 〈㉡ 스미인곡(思美人曲)〉에는 각각 '삼츈', '三春(삼춘)'으로 되어있음.

9) 殘燈(잔등): 깊은 밤의 꺼질락 말락 하는 희미한 등불.

10) 長相思在長安(장상사재장안): '늘 그리워하던 님은 장안에 있네'라는 뜻으로 이백의 시 '장상사(長相思)'의 첫 구절임.

11) 智而處下(지이처하): '지혜로우나 아래에 처하다' 정도로 해석이 가능한데 이본에는 '此時離恨(차시이한)', 곧 '이때 이별의 한은'으로 해석되기 때문에 더 자연스러워 보임.

12) 巫山十二峯(무산 십이봉): 무산(巫山)은 중국 사천성에 있는 산으로 그 형세가 무자(巫字)와 같기 때문에 무산(巫山)이라고 하고, 12개의 봉우리가 있어 무산십이봉이라 부름.

13) 雲雨夢(운우몽): 운우지정(雲雨之情), 곧 사랑하는 사람과 정을 나누는 꿈. 이본에는 '東雲雨(동운우)'로 되어있음.

온 몸에 깊은 병이 골수에 박혀있으니
(어와 내 병이야 이 님의 탓이로다
편작이 다시 온들 이 병을 고칠 것이냐
누은들 잠이 오며 기다린들 님이 오랴)
한 쪽 벽 희미한 등불에 꿈에라도 오기 어려워라
그리워하는 님이 장안에 있다는 시구는 나를 두고 이르는 말이도다
(알면서도 기다려야 하는 것은 조물의 탓이로다
무산 십이봉에 꿈같은 구름이 늦었구나

● 이체자

髓→髓, 鵲→鵲, 壁→壁, 殘→残, 處→処, 雲雨夢→雲雨夢

弱水(약수) 三千里(삼천리)[14]의 더듸 온다 靑鳥(청조)[15]새아

東風(동풍) 어제 비의 봄빗츨 직促(촉)ㅎ니

門前柳(문전류) 窓外梅(창외매)는 柯枝柯枝(가지가지) 春氣(춘기)로다

金絲(금사)로 쑤며잇고 玉雪(옥설)로 비저잇다

春光(춘광)이 이러커든 아이 놀고 어이ㅎ리

無心(무심)ㅎ 님의 마음 春興(춘흥)을 니저잇다

人生不得更少年(인생부득갱소년)을 나도 잠간 아라더니

東園桃李片時春(동원도리편시춘)을 님은 어이 모로는고

卓文君(탁문군)[16]의 거문고로 月老繩(월로승)[17]을 믹자 내여

南山(남산) 松栢樹(송백수)로 기픈 盟誓(맹서) 삼으리라

---

14) 弱手(약수) 三千里(삼천리): 옛날 중국에서 신선이 살던 곳에 있었다는 강인 약수(弱手)의
폭이 삼천리라고 전함. 신선의 세계로 들어가기 위해서는 이 강을 건너야 한다고 함.

15) 靑鳥(청조): 반가운 사자(使者)나 편지를 이르는 말. 푸른 새가 온 것을 보고 동방삭이 서
왕모의 사자라고 한 한무(漢武)의 고사에서 유래함.

16) 卓文君(탁문군): 중국 한대(漢代) 여성문학가. 탁왕손(卓王孫)의 딸로 사마상여(司馬相
如)의 아내. 사마상여의 거문고 소리에 반하여 밤중에 그의 집에 가서 아내가 되었고, 상여
가 무릉(武陵)의 딸을 첩으로 맞으려 하자 '백두음(白頭吟)'을 지어 단념케 했다고 전함.

17) 月老繩(월로승): 월하 노인(月下老人)이 가지고 다니며 남녀(男女)의 인연(因緣)을 맺어
준다고 하는 주머니의 붉은 끈.

약수 삼천리의 더디 오는 파랑새야
동풍 어제 비에 봄빛을 재촉하니)
문 앞의 버드나무와 창밖 매화는 가지가지마다 봄 기운이로다
금실로 꾸며있고 옥설로 빚어있다
봄빛이 이러하거든 아니 놀고 어찌하리
(무심한 님의 마음은 봄의 흥을 잊고 있다)
인생은 젊은 시절로 돌아갈 수 없다는 것을 나도 잠깐 알았더니
잠깐 지나가는 봄날을 님은 어찌 모르는고
탁문군의 거문고로 월로승을 맺어내어
남산 송백나무로 깊은 맹세 삼으리라

◉ 이체자

鳥→鳥, 促→促, 氣→氣, 絲→絲, 雪→雪, 興→興, 園→園, 片→片, 繩→繩

柏→栢, 樹→樹, 盟→盟

相思洞(상사동) 餞客期(전객기)[18]을 님의[19] 일노 아랏더니

看花淚(간화루) 對月愁(대월수)는 내 혼자 더욱 셟다

竹枝詞(죽지사)[20] 梅花曲(매화곡)[21]을 님의 일홈 삼아두고

無人門月黃昏(무인문월황혼)의 恨愁(한수) 섯거 吟永(음영)ᄒ니

蒼天(창천)은 凄凉(처량)ᄒ고 夜色(야색)은 寂寞(적막)ᄒ디

誰家(수가) 玉笛(옥적)은 슬피 울어 보내는고

寥亮寒聲(요량한성)의 나믄 肝腸(간장) 다 석거다

내 形狀(형상) 그려내여 님의손의 보내고져

人非木石(인비목석)이라 슬허ᄒ 밧 어이ᄒ리

京城(경성) 새 ᄃ리을 烏鵲橋(오작교) 삼아두고

秋風(추풍) 七月七日(칠월칠일) ᄇ라기 어렵도다

靑天(청천)의 져 기럭이 이내 消息(소식) 드러다가

深深(심심) 玉欄干(옥난간) 님의 줌 ᄭᅵ오렴은

中郎將(중랑장)[22] 一書札(일서찰)도 萬里外(만리외)의 붓쳣거든

長安(장안) 一步地(일보지)야 긔 아이 쉬올손가

眞實(진실)노 傳(전)키곳 傳(전)ᄒ면 슬허ᄒᆞᆯ 법 이시리라

---

18) 相思洞(상사동) 전객기(餞客記): 한문소설 〈영영전(英英傳)〉의 다른 명칭.

19) 님의: ① 문맥상 '남의'의 오기로 보면, 이별을 맞아 님을 그리워하는 글을 쓰게 될 줄 몰랐다는 뜻으로 해석 됨. 즉, 이별은 남의 일이나, 소설에나 나오는 일로 알았다는 의미.
② '님의'라고 해석하면 그리워하는 것은 자신의 일이 아니라 님의 일인 줄로만 알았다는 뜻으로, 님의 사랑이 내 사랑보다 더 컸다고 생각하는 것으로 해석 됨.

20) 竹枝詞(죽지사): 작자, 연대 미상의 12가사로, 일명 〈건곤가(乾坤歌)〉라고도 함. 중국에도 유우석의 〈죽지사〉 등 악부(樂府)에 〈죽지사〉가 있는데, 민요를 기반으로 향토의 경치·인정·풍속 등을 읊은 작품을 일컬음.

21) 梅花曲(매화곡): 조선 후기 12가사의 한 곡명.

22) 中郎將(중낭장): 고려시대 무관직의 이름.

(사랑을 그리워하는) 〈영영전〉을 남의 일로 알았더니

꽃을 보고 울고 달을 대하여 수심에 젖어 나 혼자 더욱 서럽다

죽지사 매화곡을 님의 이름으로 삼아두고

아무도 없는 집에서 황혼녘 한숨 섞어 부르니

넓은 하늘은 처량하고 밤빛은 적막한데

(어느 집에서 옥피리는 슬피 울어 보내는고)

쓸쓸하고 차가운 소리에 남은 간장이 다 썩는구나

(내 형상을 그려내어 님에게 보내고 싶구나

사람이 목석이 아니니 슬퍼할 밖에 어찌하리)

경성 새 다리를 오작교로 삼아서

가을 칠월칠일 바라기가 어렵더라

(푸른 하늘의 저 기러기 이내 소식 들어다가

깊은 옥난간 님의 잠을 깨어다오)

중랑장 편지글 하나도 만리 밖까지 소식을 부치는데

(장안은 한걸음이야 그 아니 쉬울 것인가)

진실로 전하기면 전하면 슬퍼할 법 있으리라

● 이체자

思→恩, 看花淚→着花涙, 對→對, 門→门, 黃昏→黃昏, 詠→咏, 涼→凉

寬→寛, 玉→王, 寥亮→寥亮, 聲→聲, 腸→膓, 狀→狀, 靑→靑, 欄→欄

郎將→郎將, 書→書, 安→安, 步→步, 實→寔, 傳→傳

21. 相思別曲(상사별곡)[1]

人間離別(인간이별) 萬事中(만사중)에 獨宿空房(독숙공방) 더옥 셟다

相思不見(상사불견) 이 내 眞情(진정) 긔 뉘 알니 밋친 시름

이렁 져렁 허튼 시름 다 후러쳐 더져두고

벗고 닙고 닙고 벗고 먹고 굼고 굼고 먹고

자나 씨나 씨나 자나 님 못 보아 가슴 답답

어린[2] 양주[3] 고은 소리 눈의 暗暗(암암)[4] 귀의 錚錚(쟁쟁)[5]

듯고지고 님의 말슴 보고지고 님의 얼굴

비느이다 하느님게 이제 보게 삼기쇼셔

前生此生(전생차생) 무슴 怨讎(원수) 우리 두리 흔듸 만나

그려 相思(상사) 만나이셔 離別(이별) 마쟈 百年期約(백년기약)

죽지 말고 흔듸 이셔 닛지 마쟈 처음 盟誓(맹서)

千金寶貨(천금보화) 귀 밧기오 世上富貴(세상부귀) 關係(관계)하랴

根源(근원) 흘너 믈이 되여 깁고 깁고 다시 깁고

스랑 모혀 뫼히 되여 놉고 놉고 다시 놉고

싄허질 줄 모로거든 믄허질 줄 어이 알니

造物(조물)조차 새옴잇고 鬼神(귀신)조차 희지으니[6]

一朝郞君(일조낭군) 離別後(이별후)에 消息(소식)조차 永絶(영절)[7]하다

오늘 올가 뉘일 올가 기다련 지 오라거다

---

1) 想思別曲(상사별곡): 12가사의 하나로 많은 가집에 전하고, 〈만언사 萬言詞〉나 19세기의 〈한양가 漢陽歌〉에서 이 작품의 제목이 인용되고 있는 것으로 보아 널리 알려진 작품인 것으로 짐작된다. 남녀간의 애정을 다룬 것으로 18세기에 가창(歌唱)되면서 19세기에 대표적인 잡가로 광범위하게 전파되었던 것으로 추측한다.

2) 어린: 기본형은 어리다. ① 황홀하거나 현란한 빛으로 눈이 부시거나 어른어른하다. ② 황홀하게 도취되거나 상심이 되어 얼떨떨하다.

3) 양주: 양자(樣子), 얼굴의 생긴 모양. 모습.

4) 暗暗(암암): 기억에 남은 것이 눈앞에 아른거리는 듯하다. (암암하다)

5) 錚錚(쟁쟁): ① 옥이 맞부딪쳐 맑게 울리는 소리. ② 전에 들었던 말이나 소리가 귀에 울리

인간 이별의 온갖 일 가운에 홀로 자는 빈방이 더욱 서럽다

그리워하면서도 못 만나는 이 내 심정 그 누가 알리 맺힌 시름

(이런 저런 허튼 시름 다 후리쳐 던져 두고

벗고 입고 입고 벗고 먹고 굶고 굶고 먹고)

자나 깨나 깨나 자나 님 못 보아 가슴이 답답

아른거리는 모습 고은 소리가 눈에 어른 귀에 쟁쟁

(듣고 싶구나 님의 말씀 보고 싶구나 님의 얼굴

비나이다 하나님께 이제 보게 해주소서)

전생 차생 무슨 원수로 우리 둘이 함께 만나

그리워 서로 생각하고 만나서 이별을 맞아 백년 기약

(죽지 말고 함께 있어 잊지 말자 처음 맹세)

천금 보화가 귀 밖의 일이오 세상 부귀가 관계하랴

(근원이 흘러 물이 되어 깊고 깊고 다시 깊고

사랑 모여 산이 되어 높고 높고 다시 높고

끊어질 줄 모르거든 무너질 줄 어찌 알리

조물초자 샘이 있고 귀신조차 훼방 놓으니)

일조 낭군 이별 후에 소식조차 끊겼다

오늘 올까 내일 올까 기다린 지 오래구나

는 느낌. ③ 목소리가 매우 또렷하고 맑은 소리.
6)   희지으니: 기본형 희짓다. 남의 일에 방해가 되게 함.
7)   永絶(영절): 소식이나 관계 또는 생명이나 혈통 따위가 영원히 끊어져 아주 없어짐.

●이체자

離別→雜別, 宿→宿, 思→愳, 眞→真, 錚錚→鋥鋥, 盟→盟, 寶→宝, 關→関

鬼→兜, 郎→郎, 後→浚, 絶→絶

日月無情(일월무정) 절노 가니 玉顏雲鬢(옥안운빈)⁸⁾ 空老(공노)⁹⁾로다

梧桐秋夜(오동추야) 성근 비의 밤은 어이 더듸가노

綠陰芳草(녹음방초) 져믄 날의 힛는 어이 더듸 가며

이내 스랑 알르시면 님도 날을 그리는가

獨宿空房(독숙공방) 혼자 이셔 다만 한숨 내 벗이라

一寸肝腸(일촌간장)¹⁰⁾ 고뷔 석어 솟나느니 눈물이라

한숨 싯혜 블이 니려 픠여나니 가슴이라

우는 눈물 바다 되면 비을 투고 아니 가랴

픠는 불이 니러나면 님의 오신 등긔리라

스랑계워 우던 우음 生覺(생각)ᄒ니 더옥 셟다

咫尺東西(지척동서) 千里(천 리)되여 ᄇ라보니 눈이 싀다

萬疊相思(만첩상사) 그려낸들 흔 붓스로 다그리며

ᄂ래 돗친 鶴(학)이 되여 ᄂ라가면 보렷마는

山(산)은 어이 고개 잇고 믈은 어이 스이진고

天地人間(천지인간) 이별(離別)에 날 ᄀ튼 이 쏘 잇는가

六花(육화)¹¹⁾ 픠여 절노 지고 힛는 도다 졈근 날에

이슬 ᄀ튼 이내 人生(인생) 무슴 일노 사랏는고

ᄇ람 부러 구즌비와 구름 끠어 거믄 날의

나며 들며 븬방으로 오락가락 혼자 니셔

---

8) 玉顏雲鬢(옥안운빈): 옥 같은 얼굴과 구름 같은 머리카락. 아름다운 모습.

9) 空老(공노): 아무 일도 해 놓은 것이 없이 헛되이 늙음.

10) 一寸肝腸(일촌간장): 한 토막의 간과 창자라는 뜻으로, 주로 애달프거나 애가 탈 때의 마음
을 형용(形容)하여 이르는 말.

11) 六花(육화): 눈(雪)을 달리 이르는 말로 눈송이가 육각의 결정을 이루는 데서 유래함. 한시
에 눈을 육화라 일컫는 표현이 관습적으로 사용됨.

정 없는 세월 절로 가니 아름다운 모습이 헛되이 늙어간다

오동잎 떨어지고 비오는 가을 밤은 어찌 더디 가노

(아름다운 여름날의 저무는 해는 어찌 더디 가며)

이내 사랑 아시면 님도 나를 그리워하는가

독수공방 혼자 있어 다만 한숨이 내 벗이라

(애타는 마음 구비 구비 썩어 솟는 것은 눈물이다

한숨 끝에 불이 일어나 피어나니 가슴이라

우는 눈물이 바다 되면 배를 타고 아니 가랴

피는 불이 일어나면 님의 옷에 당기리라)

사랑에 겨워 울던 울음 생각하니 더욱 서럽다

가까운 거리가 천리가 되어 바라보니 눈이 시큰하다

만겹의 그리움을 그려낸들 한 붓으로 다 그리며

날개 돋은 학이 되어 날아가면 보련마는

(산은 어이 고개에 있고 물은 어찌 사이에 있는가)

천지 인간 이별 중에 나 같은 이 또 있는가

(꽃송이 피어 절로 지고 해는 돋은 후 저문 날에)

이슬 같은 이내 인생 무슨 일로 살겠는가

(바람 불어 궂은비와 구름 끼어 검은 날에)

나며 들며 빈방으로 오락가락 혼자 있어

● 이체자

玉→王, 雲→雲, 鬢→鬢, 老→老, 秋→秌, 綠陰→綠陰, 獨→狪, 腸→膓

覺→覺, 西→覀, 萬疊→萬疊, 間→间, 鶴→鶴

기두리고 브라보니 이 내 스랑 盧事(허사)로다

空房(공방) 美人(미인) 獨相思(독상사)의 녜록부터 이러턴가

나 혼자 그리는가 님도 날 生覺(생각)는가

날 스랑ᄒ던 ᄉ뜻테 남 스랑ᄒ시는가

無情(무정)ᄒ야 니젓느가 有情(유정)ᄒ야 그리는가

山鷄野鶩(산계야목)[12] 길을 드려 노흘 줄 모로는가

路柳墻花(노류장화)[13] 것거 쥐고 春色(춘색)으로 든니는가

가는 쏨이 자최지면 오는 길히 머흘니라

ᄒ번 죽어 도라가면 다시 보기 어려오니

날 향ᄒ 녯情(정) 잇거든 다시 보게 ᄒ오쇼셔

---

12) 山鷄野鶩(산계야목): 산꿩과 들오리라는 뜻으로, 성미가 사납고 제 마음대로만 하려고 해 다잡을 수 없는 사람을 비유해 이르는 말.

13) 路柳墻花(노류장화): 길 가의 버들과 담 밑의 꽃은 누구든지 쉽게 만지고 꺾을 수 있다는 뜻으로, 기생(妓生)을 의미함.

(기다리고 바라보니 이 내 사랑이 허사로다)
빈 방 미인의 고독한 그리움이 옛날부터 이러하던가
나 혼자 그리는가 님도 나를 생각하는가
(날 사랑 하던 끝에 남을 사랑하시는가
무정하여 잊었는가 유정하여 그리는가)
산짐승 길들여 놓을 줄을 모르는가
길가의 꽃을 꺾어 쥐고 봄빛으로 다니는가
가는 꿈이 자취 없어지면 오늘 길이 험하니라
(한번 죽어 돌아가면 다시 보기 어려우니
날 향한 옛 정 있거든 다시 보게 하오소서)

◉ 이체자

美→羙, 獨→犻, 鷺→鴛, 路→珞, 墙→墻, 花→花

22. 樂貧歌(낙빈가)[1] 栗谷(율곡)[2]

此身(차신)이 無用(무용)ᄒ야 聖上(성상)[3]이 ᄇ리시니

富貴(부귀)을 下直(하직)ᄒ고 貧賤(빈천)을 樂(낙)을 삼아

三旬九食(삼순구식)[4]을 먹그나 못 먹으나

十年一冠(십년일관)[5]을 쓰거나 못 쓰거나

分別(분별)이 업서시니 시름인들 이실소냐

萬事(만사)을 다 니즈니 一身(일신)이 閑暇(한가)ᄒ다

長松(장송) 亭下(정하)의 혼자 안저 ᄇ라보니

壺裏天地(호리천지)[6]의 夕陽(석양)이 거의로다

逸興(일흥)을 못 이긔여 ᄀ발을 놉픠 것고

遠近(원근) 山川(산천)을 一眼(일안)의 둘나보니

地勢(지세)도 죠커니와 風景(풍경)이 긔지업다

霞騖(하목)[7]은 齊飛(제비)ᄒ고 水天(수천)이 一色(일색)인제

南北村(남북촌) 두세 집이 落花暮烟(낙화모연) 즘겨셰라

三山(삼산)[8]은 어듸믹오 武陵(무릉)이 여긔로다

無心(무심)ᄒ 白雲(백운)은 翠岫(취수)에 걸녀잇고

有意(유의)ᄒ ᄀ며기ᄂ 白沙(백사)의 벌어셧다

아ᄎᆷ의 키온 취를 點心(점심)의 다 먹으니

일 업시 노닐면셔 夕釣(석조)도 말냐 ᄒ고

---

1) 樂貧歌(낙빈가): 조선시대 가사. 부귀공명을 버리고 산수에 묻혀 자연을 벗삼아 세상일을 잊고 사는 여유로움을 노래하고 있다.

2) 栗谷(율곡): 이이(李珥, 1536~1584).《청구영언》에서는 〈낙빈가〉의 작가가 이황(李滉) 또는 이이(李珥)로,《잡가》에는 이이로 되어 있음.《해동유요》에서도 이이로 적혀 있음.

3) 聖上(성상): 살아 있는 자기 나라의 임금을 높여 이르는 말.

4) 三旬九食(삼순구식): 가난하여 삼십일 동안에 아홉 번만 식사를 함.

5) 十年一冠(십년일관): 십년에 한번 옷을 갈아입음, 곧 가난하여 옷을 차려입지 못함.

6) 壺裏天地(호리천지): 술항아리 속의 천지(天地)라는 뜻으로, 늘 술에 취한 상태를 이르는 말)을 다르게 표현한 것으로 보임.

(이 몸이 쓸데없어 임금이 버리시니)

부귀와 작별하고 가난함을 즐거움으로 삼아

삼십일 간 아홉 번 식사를 먹으나 못 먹으나

십년에 옷 한 벌 갈아입는 것을 하나 못하나

온갖 생각이 없어지니 시름이 있겠느냐

(온갖 일을 다 잊으니 이 몸이 한가하다)

큰 소나무 정자 밑에서 혼자 앉아 바라보니

늘 취하여서 석양을 보는 것이 대부분이다

(흥이 일어나는 것을 못 이겨 갈대 발을 높이 걷고)

가깝고 먼 산천을 한눈에 둘러보니

(땅의 형세도 좋거니와 풍경이 끝이 없다)

노을 속의 새가 나란히 날고 하늘은 일색인데

남북촌 두세 집이 떨어지는 꽃 안개 저무는 곳에 잠겨있다

삼산은 어디인가 무릉이 여기로다

(무심한 흰 구름은 푸른 골짜기에 걸려있고)

뜻있는 갈매기는 백사장에 벌려 있다

아침에 캐온 나물을 점심에 다 먹으니

(일 없이 노닐면서 저녁 낚시를 안 하겠냐 하고)

---

7)   霞鶩(하목): 노을 속을 나는 새.
8)   三山(삼산): 중국 전설에 나오는 봉래산, 방장산, 영주산을 이르는 말.

●이체자

貧→貧, 此→此, 聖→聖, 富→冨, 直→直, 貧賤→貧賤, 樂→楽, 分別→分別

閑暇→閑暇, 亭→亭, 壺裏→壺裡, 陽→陽, 興→與, 遠→遠, 勢→勢

霞鶩→霞鶩, 花→花, 煙→烟, 陵→陵, 無→无, 雲→雲, 翠→翠, 點→點

竹竿簑笠(죽간사립) 둘너메고 銅臺(동대)로 ᄂ려가니

흐르ᄂ니 믈이오 쒸노ᄂ니 고기로다

銀鱗玉尺(은릭온척)을 버들움의 쎄여들고

落照(낙조) 江路景(강로경) 됴흔듸 늬[9]를 씌여 도라오니

山歌(산가)[10] 野笛(야적)으로 漁父詞(어부사) 和答(화답)ᄒ니

西湖孟學(서호맹학)[11]은 견조지 못ᄒ려니와

曾點詠歸(증점영귀)[12]야 이예셔 더흘소냐

箕山穎水(기산영수)[13]의 巢許(소허)의 몸이 되여

千駟(천사)[14]을 冷笑(냉소)ᄒ고 萬鍾(만종)[15]을 草芥(초개)로다

---

9) 늬: 문맥상 '배'의 뜻으로 해석할 수 있음.

10) 山歌(산가): 중국 중남부의 초야에서 즉흥적으로 불리는 단시형(短詩型)의 민요.

11) 西湖孟學(서호맹학): 중국 송나라의 임포(林逋)가 서호에 은거하며 매화를 심고 학을 기르며 지냈음을 말함. 원문에 西湖孟學(서호맹학)으로 되어있지만 서호매학(西湖梅鶴)으로도 짐작됨.

12) 曾點詠歸(증점영귀): 증점이 시를 읊으며 돌아오겠다고 한 말. 공자가 제자인 자로와 증점, 염유와 공서화에게 만약 너희를 알아주는 사람이 있다면 어떻게 하겠느냐고 묻자 증점은 '저는 늦은 봄에 봄옷을 지어 입은 뒤, 어른 대여섯 명, 어린 아이 예닐곱 명과 함께 기수(沂水)에서 목욕하고 무우(舞雩)에서 바람을 쐬고는 시를 읊조리고 돌아오겠습니다.'라고 대답한 데에서 유래한 말)

13) 箕山穎水(기산영수): 중국의 산과 시내의 이름. 요임금 때 소부(巢父)와 허유(許由)가 임금의 자리를 물려받으라는 왕명을 피하여 들어가 은거했다는 산과 물.

14) 千駟(천사): ① 말 사천 마리. ② 네 마리 말이 끄는 마차인 사두마차(四頭馬車) 천 대.

15) 萬鍾(만종): '후한 봉금, 봉록'이란 뜻으로 높은 지위를 의미함.

대나무 장대에 도롱이와 삿갓 쓰고 낚시터로 내려가니

흐르는 것은 물이오 뛰노는 것은 고기로다

은빛 물고기를 버들에 꿰어들고

노을 지는 강 경치 좋은데 배를 띄워 돌아오니

(산노래 들피리로 어부사 화답하니)

학문은 견주지 못하려니와

증점이 시 읊으며 돌아오는 것이 이보다 더할소냐

기산 영천에 소부와 허유의 몸이 되어

부유함을 비웃으니 높은 지위가 지푸라기로다

● 이체자

臺→臺, 鱗→䲔, 玉→王, 照→照, 答→荅, 曾點→曾點, 歸→皈, 潁→穎

내 生涯(생애) 淡泊(담박)ㅎ니 어닉 버지 ᄎᄌ오리

瓦樽(와준) 松醪酒(송료주)을 瓢杯(표배)의 ᄀ득 부어

淸風(청풍)의 半醉(반취)ㅎ고 北窓下(북창하)의 누어시니

無懷氏(무회씨)[16]적 사름인가 葛天氏(갈천씨)[17]적 百姓(백성)인가

人間風雨中(인간풍우중)의 歲俗(세속)을 내 몰내라

누으면 줌이오 ᄭᅢ온 후 니러안자

黃庭經(황정경)[18] 손의 들고 紫芝曲(자지곡)[19] 노릭ㅎ니

三隱(삼은)[20]이 네히오 四皓(사호)[21]은 닷스시라

---

16) 無懷氏(무회씨): 중국 상고의 제왕 이름. 무회씨 백성이 잘 먹고 안락한 삶을 즐겼으며, 닭 울음과 개 짖는 소리가 번갈아 들렸다고 함.

17) 葛天氏(갈천씨): 중국 태고 때 임금. 교화에 힘써 세상이 태평했다 함.

18) 黃庭經(황정경): 도교(道敎)에서 쓰는 경문 또는 경전.

19) 紫芝曲(자지곡): 악부(樂府)에 전하는 거문고 곡조의 가사. 사호(四皓)가 난리를 피하여 산으로 들어 가서 지은 노래로 알려짐.

20) 三隱(삼은): 고려의 야은(冶隱) 길재(吉再, 1351~1419), 목은(牧隱) 이색(李穡, 1328~1396), 포은(圃隱) 정몽주(鄭夢周, 1337~1392)로 절개를 지킨 사람들. 길재 대신에 도은(陶隱) 이숭인(李崇仁, 1347~1392)을 넣기도 함.

21) 四皓(사호): 한나라 고조 때 섬서성(陝西省) 상산(象山)에 은거하던 네 명의 은사(隱士). 동원공(東圓公), 하황공(夏黃公), 녹리선생(甪里先生), 기리계(綺里季).

내 생애가 담백하니 어느 벗이 찾아오리

(술통에 송료주를 표주박 잔에 가득 부어)

청풍에 반쯤 취해 북창 아래 누워 있으니

무회씨 때의 사람인가 갈천씨 때의 백성인가

(인간 어지러운 세상의 세속을 나 몰라라

누우면 잠이요 깬 후에 일어나 앉아)

황정경을 손에 들고 자지곡 노래하니

삼은이 넷이오 사호는 다섯이라

●이체자

涯→涯, 瓦樽→瓦樽, 醪→醪, 酒→酒 瓢杯→瓢盃, 清→清, 醉→醉, 懷→懷

葛→葛, 雨→雨, 歲→歲, 黃庭經→黃庭経, 紫→紫, 隱→隱

滔滔興味(도도흥미)을 뜬로리 뉘 이시며

落落(낙낙)훈 雲蹤(운종)을 조초리 뉘 이시리

歷代(역대)을 按驗(안험)²²⁾ㅎ야 녯 스름 혜여 내니

周時(주시) 呂尙(여상)²³⁾은 渭水(위수)의 고기 낙고

漢代(한대) 諸葛亮(제갈량)은 南陽(남양)의 밧츨 가니

이 아니 긋째 되며 내 아니 긔돗던가

사름이 古今(고금)인들 쓰지야 드를소냐

榮辱(영욕)²⁴⁾이 업섯거니 富貴(부귀)을 내 아더냐

好裘(호구)을 모로거든 弊旆²⁵⁾(폐전)을 ㅂ 릴소냐

黃扉(황비)²⁶⁾의 벗님닉야 이내 柴扉(시비) 웃지마라

靑雲(청운)²⁷⁾은 네 즐기나 白雲(백운)²⁸⁾은 내 죠해라

竹杖芒鞋(죽장망혜)를 내 분대로 집고 신고

千山萬壑(천산만학)의 오며 가며 消日(소일)ㅎ니

이시면 죽이오 업스면 굴믈만졍

갑업슨 江山風月(강산풍월)노 함의 늙쟈 ㅎ노라

---

22) 按驗(안험): 자세히 살펴서 증거를 세움.

23) 呂尙(여상): 주나라 때의 현명한 신하, 주문왕이 기다림이 오래였다고 해서 태공망(太公望)으로도 불리고 강태공(姜太公)으로도 불림.

24) 榮辱(영욕): 영예와 치욕을 아울러 이르는 말.

25) 旆: '旆'은 '旋'의 이체자로 보이는데 의미가 잘 통하지 않음. 음차, 오기로 보임. 이본에는 弊布(폐포)로 되어있음.

26) 黃扉(황비): 재상(宰相) 또는 재상의 관서.

27) 靑雲(청운): ① 푸른 빛깔의 구름, ② 높은 지위나 벼슬을 비유적으로 이르는 말.

28) 白雲(백운): 절의 큰방 윗목 벽에 써 붙여서 손님의 자리를 알게 하는 문자. 오고 가고 한다는 뜻으로 이르는 말.

(도도한 흥미를 다툴 이 누가 있으며
흩어지는 구름의 자취를 좇을 이 누가 있으리
여러 대를 자세히 살펴서 옛 사람을 생각하니)
주나라 때 여상은 위수에서 고기 낚고
한나라의 제갈량은 남양에서 밭을 가니
이 아니 그때이며 내 아니 그와 같던가
사람이 예나 지금이나 뜻이야 다르겠는가
영욕이 없거니 부귀를 내가 알더냐
(좋은 옷을 모르거든 헤어진 옷을 버리겠는가)
관서의 벗님네야 이내 사립문 비웃지 마라
벼슬은 네가 즐기나 오고 가며 노니는 것은 내가 좋아한다
(대지팡이와 짚신을 내 분대로 짚고 신고)
천산의 온 경치를 오며 가며 소일하니
(있으면 죽이요 없으면 굶을망정)
값없는 강산풍월과 함께 늙으려 하노라

●이체자

滔滔→滔滔, 雲蹤→雲踪, 歷→歷, 驗→驗, 周時→**周時**, 漢→漢, 諸葛亮→**諸葛亮**

陽→陽, 弊→弊, 黃→黃, 柴→柴, 杖→**杖**, 鞋→鞋, 堅→**堅**

23. 襄陽歌(양양가)[1]

落日(낙일)이 欲沒峴山西(욕몰현산서)ᄒᆞ니 倒着(도착)[2] 接䍦(접리)[3] 花下迷(화하미)라

襄陽(양양) 小兒(소아) 齊拍手(제박수)ᄒᆞ니 攔街爭唱(난가쟁창) 白銅鞮(백동제)[4]라

傍人(방인)은 借問笑何事(차문소하사)오 笑殺(소살)[5] 山翁(산옹)의 醉似泥(취사니)[6]라

鸕鷀杓(노자작)[7] 鸚鵡杯(앵무배)로

百年三萬六千日(백년삼만육천일)에 一日(일일) 須傾三百杯(수경삼백배)라

遙看漢水(요간한수) 鴨頭綠(압두록)[8]ᄒᆞ니 恰似葡萄初釀醅(흡사포도초발배)라

此江(차강)이 若變作春酒(약변작춘주)면 壘麯(누국)을 便築糟丘基(편축조구대)라

千金駿馬(천금준마)로 換小妾(환소첩)ᄒᆞ여 笑坐雕鞍(소좌조안) 歌(가) 落梅(낙매)[9]라

---

1) 襄陽歌(양양가): 12가사 중 하나로, 당(唐)나라 시인 이백이 양양(襄陽)에 머물면서 지은
   한시(漢詩)에 우리말 토를 달아 부른 노래. 양양(襄陽)은 중국 호북성(湖北省)에 있는 지
   명(地名)으로 산수(山水)가 아름다워 시인묵객(詩人墨客)이 모여드는 곳으로 이름이 높
   았던 곳임.

2) 倒着(도착): 옷 따위를 거꾸로 입음.

3) 接䍦(접리): 모자의 일종.

4) 白銅鞮(백동제): 육조시대(六朝時代)에 양양에서 유행하던 동요.

5) 笑殺(소살): ① 웃어넘기고 문제 삼지 아니함, ② 큰 소리로 비웃음.

6) 醉似泥(취사니): 술에 많이 취해서 엉망이 된 모양.

7) 鸕鷀杓(노자작): 가마우지 모양으로 꾸민 술기구.

8) 鸚鵡杯(압두록): 오리목의 빛과 같은 짙은 녹색을 말함.

9) 落梅(낙매): 낙매곡(落梅曲)으로 강족(羌族)의 피리인 강적(姜笛)의 가락에 있는 곡조.

저무는 해가 현산의 서쪽으로 지려고 하니 모자를 돌려쓰고 꽃 아래서 방황하네
(양양의 아이들은 모두 손뼉을 치고 거리를 막고 다투어 백동제를 부르네)
옆 사람에게 무슨 일로 웃는지 물어 웃어넘기니 산 늙은이가 몹시 취했구나
노자 국자 앵무 잔으로
백년이면 삼만 육천 일에 하루에 모름지기 삼백잔을 기울이리라
멀리 한강을 보니 오리의 녹색이라 마치 포도주가 처음 익을 때 색깔이구나
이 강이 모두 봄술이라면 누룩을 쌓아 술 찌꺼기 언덕을 이루리라
천금의 좋은 말을 소첩과 바꾸어서 좋은 안장에 앉아 낙매곡을 부르리라

● 이제자

襄陽→襄陽, 落→落, 沒→沒, 西→酉, 罹→羅, 兒→児, 鞚→鞚, 殺→殺

翁→翁, 醉→醉, 鸕鷀→鸕鷀, 鸚鵡→鸚鵡, 萬→萬, 須→湏, 遙看漢→遥着漢

綠→綠, 葡→葡, 醱醅→醱醅, 此→此, 若變→若變, 酒→酒, 壘→壘

築糟→築糟, 臺→臺, 駿→駿, 換→換, 坐→坐, 鞍→鞍

車傍(거방)에 側掛一壺酒(측쾌일호주)ᄒ니 鳳笙龍管(봉생용관)이 行相催(행상최)라
咸陽市(함양시)에 上歎黃犬(상탄황견)[10]니 何如月下(하여월하)에 傾(경) 金罍(금뢰)[11]오 君(군)[12]
晋朝羊公(진조양공) 一片石(일편석)ᄒ니 龜頭剝落(귀두박락) 生莓苔(생매태)다
淚亦不能(누역불능) 爲之墮(위지타)요 心亦不能(심역불능) 爲之哀(위지애)라
淸風明月(청풍명월)을 不用一錢買(불용일전배)ᄒ니 玉山(옥산)이 自倒(자도)요 非人頹
(비인퇴)라
舒州杓(서주작) 力士鐺(역사당)아 李白(이백)이 與爾同死生(여이동사생)을
襄王雲雨(양왕운우)[13] 今安在(금안재)요 江水東流(강수동류) 猿夜聲(원야성)이라

---

10) 上歎黃犬(상탄황견): 진나라 2대 황제 호해(胡亥, 재위 B.C. 210~B.C. 207) 때, 이사(李斯)
가 요참(腰斬, 허리를 베어 죽이는 형벌)을 당하게 되어 형장으로 나갈 때, 울타리 밑의 누
런 개를 보고 그 팔자를 부러워했다는 고사.

11) 金罍(금뢰): 술항아리.

12) 君(군): 이백의 한시와 〈양양가(襄陽歌)〉(이용기 편, 정재호 외 주해(1992)) 등 많은 이본
에서 君不見(그대 보지 못했는가)로 나타나나, 《해동유요》 원문에는 '君' 한글자로 되어있
음.

13) 襄王雲雨(양왕운우): 초나라 양왕이 대에 올라 경치를 구경하는데 구름이 가득한 것을 보
고 묻자, 함께 있던 송옥이 희왕이 무산 선녀를 만나 운우지정(雲雨之情)을 나눈 고사를 들
려주었다 함.

수레 옆에 실은 한 병 술을 기울이니 봉과 용을 새긴 피리가 길을 재촉하네

함양시에서 누런 개를 보고 탄식하니 어찌 달 아래 술항아리를 기울임만 같으리오 그대여

양호의 공적을 새긴 진나라의 비석을 세우니 모서리는 부서지고 이끼가 끼어있네

(눈물을 흘려도 소용없고 또 슬퍼하는 마음도 소용없네)

청풍명월은 돈 한 푼 들지 않으니 옥산이 스스로 넘어지는 것도 사람이 한 것이 아니라

(서주의 술 국자와 역사를 새긴 솥아 이백은 너희와 생사를 함께 하리라)

초양왕의 운우양대는 지금 어디에 있는가 강물은 동쪽으로 흐르고 원숭이 소리만 들리네

● 이체자

壺→壷, 鳳→鳳, 龍→龍, 陽→陽, 歎→歎, 罍→罍, 晉→晋, 片→斤, 淚→落

能→能, 爲→為, 墮→堕, 哀→衮, 淸→清, 錢→錢, 頹→頹, 舒→舒, 與→與

爾→尓, 襄→襄, 雲雨→雲雨, 流→流

24. 相思歌(상사가)[1]

秋夜長兮(추야장방) 셜운지고 千里相思(천리상사) 더옥 셟다
一別郎君(일별낭군) 쩌난 後의 九十春光(구십춘광)[2] 계위간다
弱手三千(약수삼천)[3] 멈도 멀샤 靑鳥消息(청조소식) 씃쳐 잇다
寂寞孤樓(적막고루) 혼ᄌ 안ᄌ 不知何處(부지하처) ᄇ라보니
相隔南北(상격남북) ᄀ라진듸 雲山萬疊(운산만첩) 멈도 멀샤
情人感愛(정인감애) 生學(생각)[4]ᄒ니 獨思腸斷(독사장단) 속절업다
羅中掩淚(나중엄루) 플허예어 郎君心事(낭군심사) 生覺(생각)ᄒ니
長安花柳景(장안화류경) 됴흔듸 白馬金鞭(백마금편) 노니다가
鬪鷄走馬(투계주마)[5] 파흔 後의 暫念閨中(잠념규중) 전혀 잇고[6]

---

1) 想思歌(상사가): 고상사곡, 상사가, 상사곡 등의 다양한 표제로 여러 가사집에 전하는 노래이다. 남녀 간의 애정을 다룬 상사가류의 가사로, 각 이본마다 조금씩 다른 양상을 보이나 주요 내용은 동일한 것으로 보인다.

2) 九十春光(구십춘광): ① 봄의 석 달 동안, ② 석 달 동안의 화창한 봄 날씨.

3) 弱手三千(약수삼천): 弱手三千里(약수삼천리). 옛날 중국에서 신선이 살았던 고장에 있었다는 강인 약수(弱手)의 폭이 삼천리라고 전함. 신선의 세계로 들어가기 위해서는 이 강을 건너야 한다고 함.

4) 生學(생각): '생각'은 순 우리말인데 원문에는 여러 번 이 한자가 적혀 있음.

5) 鬪鷄走馬(투계주마): 닭싸움과 말달리기를 뜻하는 말로 노름을 의미함.

6) 잇고: '잇고'를 '잊고'라고 해석 할 수도 있고, 현대국어와 달리 부사 '전혀'의 대응으로 '있다'를 쓴 것으로 보아, '전혀 없다'의 뜻으로 볼 수도 있음. '이용기 편, 정재호 외 주해(1992)'의 〈고상사곡〉에는 '席枕(석침) 九重 전혀 업다'로 보이고, '임기중(2005),《한국가사문학주해연구》, 아세아문화사'의 〈상ᄉ곡〉에는 '불념규중 전혀잇고'로 보임.

가을밤이 길구나 서러운지고 천리에서 서로 생각하는 것이 더욱 서럽다

이별한 낭군이 떠난 후에 봄날의 아름다움이 짙어간다

(약수 삼천리가 멀기도 멀구나 파랑새의 소식이 끊어졌다)

적막한 누각에 혼자 앉아 알지 못하는 어느 곳을 바라보니

(남북이 떨어져 갈라져 있고 쌓여있는 구름과 산이 멀기도 멀구나)

정인을 느끼고 생각하니 고독한 생각에 애간장이 끊어질 듯 속절없다

(옷자락으로 눈물을 닦아내고 낭군의 심사를 생각하니)

장안 꽃 경치 좋은 곳에 백마 타고 금 채찍 들고 노니다가

(노름을 끝낸 후에 잠깐의 규방생각은 모두 잊고)

● 이체자

兮→芳, 別→別, 郎→郎, 靑鳥→靑鳥, 孤樓→孤樓, 處→處, 隔→隔, 雲→雲,

萬疊→萬疊, 愛→爱, 覺→覺, 腸斷→膓斷, 淚→淚, 花→花, 鞭→鞭, 鬪→鬪

念→念, 閨→閨, 陽→陽, 庭→庭, 徊→徊, 樓→樓, 處處→處處, 酒→酒

薄→薄, 枕→枕, 歡→歡, 眠→眠, 夢裏→夢裡, 雨→雨, 涼→涼, 殘夢→殘夢

聲→聲, 雁→鴈

西山夕陽(서산석양) 더문 후의 洞庭(동정)⁷⁾ 夜月(야월) 밝가간다

俳徊靑樓(배회청루) 일삼아셔 處處酒色(처처주색) 즐겨는듸

薄命是妾(박명시첩)⁸⁾ 무스 일노 獨依空房(독의공방) 그리는고

羅幃(나위)⁹⁾ 寂寞(적막) 좀 못드러 撫枕歎息(무침탄식) 우니다가

鴦衾孤眠(앙금고면) 잠간 들어 夢裡相逢(몽리상봉)ㅎ려 ㅎ니

雨滴梧桐(우적오동)¹⁰⁾ 날을 믜야 凄涼殘夢(처량잔몽) 못 일올다

一聲孤鴈(일성고안) 머무러셔 累歲音信(누세음신)¹¹⁾ 마타다가

漢陽城中(한양성중) 지나갈 졔 郎君處(낭군처)의 傳(전)ㅎ려문

窓間蟋蟀(창간실솔) 슬피 우러 疊疊愁心(첩첩수심) 비아는 닷

秋風葉落(추풍엽락) 무슴 일노 九回肝腸(구회간장)¹²⁾ 다 쓴는고

妾恨無窮(첩한무궁)홀길 업서 事而已矣今(사이이의금)이로다

兩會同情(양회동정) ㅎ려 ㅎ면 他年黃泉(타년황천) ㅎ오리라

---

7) 洞庭(동정): 중국 호남성(湖南省) 북부에 있는 중국에서 가장 큰 민물 호수. 양자강(揚子江)의 흐름을 조절하는 구실을 하며 예로부터 많은 시인들에 의하여 읊어진 명승지.

8) 薄命是妾(박명시첩): 원문에 薄命深處(박명심처)로 되어있음. 임기중(2005)의 〈상ᄉᆞ곡〉과 이용기 편, 정재호 외 주해(1992)의 〈상ᄉᆞ가〉에는 '薄命是妾(박명시첩, 복이 없는 이 내 몸)'으로 되어있음.

9) 羅幃(나위): 비단 휘장.

10) 雨滴梧桐(우적오동): 오동나무에 떨어지는 빗방울.

11) 累歲音信(누세음신): 원문에 淚洒音信(누쇄음신)으로 되어있음.

12) 九回肝腸(구회간장): 이본에는 九曲肝腸(구곡간장)으로 되어있음.

서산 석양 저문 후에 동정호의 달이 밝아간다

기생집을 배회하는 것을 일삼아서 곳곳이 주색에 잠겼는데

박명한 이 내 몸은 깊은 곳에서 무슨 일로 독수공방 그리워하는가

비단 휘장의 적막에 잠 못들어 베개를 쓰다듬으며 탄식하다가

(원앙 이불 고독한 잠 잠깐 들어 꿈에 만나보려하니)

오동나무에 떨어지는 빗방울 날 미워해 처량하게 잠깐 잠을 못 이룬다

외로운 한 마리 기러기 머물러서 여러 해 동안의 소식을 맡다가

(한양 성안에 지나갈 때 낭군계신 곳에 전하려구나)

창밖의 귀뚜라미 슬피 울어 쌓인 수심을 베어나는 듯

(가을에 떨어지는 낙엽 무슨 일로 구곡간장을 다 끊어 놓는가)

첩의 한을 어찌할 길 없어 이제 일이 되었구나

둘이 만나 마음을 함께하려면 다음에 황천에서나 하오리라

● 이체자

漢陽 → 漢陽, 間 → 间, 蟋蟀 → 虫悉虫率, 疊疊 → 疊疊, 葉落 → 葉落, 窮 → 窮

兩會 → 兩會, 黃 → 黃

25. 愁心歌(수심가)¹⁾

天愁萬恨(천수만한) 서리다마 日日夜夜(일일야야) 愁心(수심)일다

이 내 愁心(수심) 풀어 내여 愁心歌(수심가)을 브르니라

슬프다 우리 郎君(낭군) 어듸 간고 愁心(수심)일다

흔번 가고 아니 오니 이내 ᄆᆞᆷ 愁心(수심)일다

雄稚羽飛(웅치우비) 靑天(청천)ᄒᆞ니 下上其音(하상기음) 愁心(수심)일다

一別郎君(일별낭군) 幾閱秋(기열추)요 惟有我思(유유아사) 愁心(수심)일다

關山(관산)²⁾이 何處在(하처재)요 바라보이 愁心(수심)일다

蘭堂(난당)이 寂寞(적막)ᄒᆞ니 사름 그려 愁心(수심)일다

季月(계월)³⁾가고 봄이 오니 이내 ᄆᆞ암 愁心(수심)일다

블근 쏫치 희여으니 三月暮春(삼월모춘) 愁心(수심)일다

어이ᄒᆞ여 쓰근 부리 못 ᄌᆞ부니 愁心(수심)일다

---

1) 愁心歌(수심가): 서도의 대표적인 민요로, 20세기 초 잡가집과 유성기음반목록에 수록 빈
   도가 가장 높은 당대 최고 인기곡이었다. 〈긴수심가〉, 〈수심가별조〉, 〈엮음 수심가〉등 다양
   한 표제와 유형을 가지며, 해동유요에 실린 작품처럼 모든 행이 '수심일다'로 끝나는 유형
   은 〈별수심가〉유형임.
2) 關山(관산): ① 고향의 산, ② 고향.
3) 계월(季月): 일 년 가운데 마지막 달. 곧, 음력(陰曆) 12월, 네 철의 마지막 달.

(걱정이 가득한 서리 밤에 매일 밤마다 걱정이로다)

이 내 걱정 풀어내어 수심가를 부르리라

(슬프다 우리 낭군 어디 갔는가 걱정이로다)

한번 가고 아니 오니 이내 마음 걱정이로다

(수꿩이 푸른 하늘을 나니 아래 위 그 소리에 걱정이로다)

한번 낭군을 이별하고 그 몇 년이오 생각할수록 걱정이로다

(고향이 어느 곳이오 바라보니 걱정이로다)

난초 있는 집이 적막하니 사람이 그리워 걱정이로다

(겨울 가고 봄이 오니 이 내 마음 걱정이로다)

붉은 꽃이 휘였으니 삼월 늦봄이 걱정이로다

(어이하여 뜨거운 불을 잡지 못하니 걱정이로다)

● 이체자

萬→萬, 歌→歌, 郎→即, 雄→雄, 飛→飛, 青→青, 別→別, 郎→即

幾閑→幾閑, 關→関, 處→處, 蘭堂→蘭堂, 暮→暮, 於→扵, 西→覀

烏鵲聲→烏鵲聲, 杜鵑→杜鵑, 離別→雖別, 覺→覺, 園→圍, 片→斤, 橋→橋

眞→真, 歎→歎, 高→髙, 落葉→落葉 鴻雁→鴻鴈

白日暮於西山(백일모어서산)ᄒ니 烏鵲聲(오작성)이 愁心(수심)일다

杜鵑(두견)의 흔 소리의 이 내 무음 愁心(수심)일다

積年離別(적년이별) 生覺(생각)ᄒ니 눈믈 相送(상송) 愁心(수심)일다

東園桃李片時春(동원도리편시춘)⁴⁾을 晝夜(주야) 답답 愁心(수심)일다

梧桐秋夜(오동추야) 寂寞(적막)ᄒ듸 줌 못 드러 愁心(수심)일다

河橋(하교)의 씻는 구름 뛰여나니 愁心(수심)일다

眞情(진정)을 獨抱(착포)ᄒ니 不見歎息(불견탄식) 愁心(수심)일다

秋風高而(추풍고이) 落葉(낙엽)ᄒ니 싸히는이 愁心(수심)일다

靑天(청천)에 우는 鴻雁(홍안) 지나갈졔 愁心(수심)일다

千金子(천금자) 아이 오니 기달이기 愁心(수심)일다

尺童(척동)⁵⁾ 아희 어른되니 紅顔易老(홍안이노) 愁心(수심)일다

---

4) 東園桃李片時春(동원도리편시춘): 동쪽 동산에 복사꽃과 오얏꽃이 펄펄 날리는 봄.

5) 尺童(척동): 열 살 안팎의 어린아이.

해가 서쪽 산으로 저무니 까마귀 까치 소리가 걱정이로다

(두견의 한 소리의 이내 마음 걱정이로다)

여러 해 이별을 생각하니 눈물이 솟아나서 걱정이로다

동원 동산에 꽃 날리는 봄에 밤낮으로 답답하여 걱정이로다

오동나무 가을밤에 적막한데 잠 못 들어 걱정이로다

(강 다리에 떠있는 구름 피어나니 걱정이로다)

(진정한 뜻을 감추고 있으니 보지 못해 탄식하며 걱정이로다)

가을바람에 떨어지는 잎이 쌓이는 것이 걱정이로다

푸른 하늘에 우는 기러기가 지나가니 걱정이로다

(귀한 아이 아니 오니 기다리기가 걱정이로다)

어린아이가 어른이 되니 홍안이 늙기 쉬우니 걱정이로다

山高水深(산고수심) 險(험)훈 길의 엇지 갈고 愁心(수심)일다

兒(아)희 블너 옷슬 지어 關山負送(관산부송) 愁心(수심)일다

외오 두고 지은 옷시 엇더홀고 愁心(수심)일다

맛는동 못맛는동 내 못 보와 愁心(수심)일다

슬프다 져 아희아 不識父名(불식부명) 愁心(수심)일다

愁心(수심) 愁心中(수심중)의 님 離別(이별)이 愁心(수심)일다

愁心(수심)은 언제 나며 술은 언제 난고

술 는 후 愁心(수심)인가 愁心(수심)난 후 술이 난가

아마도 술곳 아니면 愁心(수심) 풀기 어려웨라

(산 높고 물 깊은 곳에 어찌 갈까 걱정이로다)
아이 불러 옷을 지어 관산 전쟁터로 보내니 걱정이로다
(혼자 두고 지은 옷이 어떠할까 걱정이로다
맞는지 안 맞는지 내 못 보아 걱정이로다)
슬프다 저 아이가 아버지 이름을 알지 못하니 걱정이로다
(많은 걱정 중에 님 이별이 걱정이로다)
걱정은 언제 났으며 술은 언제 났는고
(술 난 후에 걱정인가 걱정 난 후에 술이 났는가
아마도 술이 아니면 걱정 풀기 어려워라)

●이체자

險→隂, 兒→**兜**, 關→**関**, 負→頁

26. 誠友辭(계우사)[1]

어화 벗님네야 男兒事(남아사)을 드러 보소
일곱 슬에 글을 배와 千字(천자) 類合(유합)[2] 童蒙先習(동몽선습)[3]
날마다 닑고 쓰고 字字(자자)이 외와 내여
大學(대학) 小學(소학) 禮記(예기) 春秋(춘추) 四書三經(사서삼경) 다 본 후의
三綱五常(삼강오상) 仁義禮智(인의예지) 明明(명명)이 熟讀(독)ᄒ니
孔孟顔曾(공맹안증)[4]이 일마다 法(법)이로다
北堂(북당)[5] 明月下(명월하)의 彩衣(채의)[6]을 빗기 입고
膝下(슬하)의 어린 체ᄂᆞ 老萊子(노래자)[7]로 效則(효칙)ᄒ고
百里(백리)의 負米(부미)[8]홈과 雪裏(설리)의 泣竹(읍죽)[9]홈과

---

1) 誠友詞(계우사): 판소리 열두 마당의 하나로 불렸다는 기록이 전하는데, 1992년 김종철 교
    수에 의해 〈계우사〉가 그 사설 정착본인 것이 확인되었다.(최혜진(2009) 참조) 〈계우사
    (誠友詞)〉(〈무숙이타령〉 혹은 〈왈짜타령〉)와 〈이춘풍전〉은 19세기 후반에서 20세기 초
    반에 형성된 작자 미상의 판소리 문학으로, 시정 왈짜인 주인공이 사치와 향락을 일삼아
    가산을 탕진한 후, 고난을 겪고 훗날 깨달음을 얻는다는 점에서 이 작품과 연관성이 있다.
    《해동유요》에 실린 작품은 임기중(2005)의 〈계우ᄉ〉나 이용기 편, 정재호 외 주해(1992)
    의 〈계우ᄉ〉와 일부 구절이 다르거나, 내용의 순서가 일부 다른 부분이 있지만 전체적인 작
    품의 내용은 거의 유사함.
2) 類合(유합): 조선 성종 때에 서거정(徐居正, 1420~1488)이 지은 한문 학습서.
3) 童蒙先習(동몽선습): 조선 명종 때에, 유학자 박세무(朴世茂, 1487~1554)가 서당에 처음
    입학한 학동을 위하여 지은 책.
4) 孔孟顔曾(공맹안증): 공자와 맹자, 안회와 증삼의 네 성현.
5) 北堂(북당): 원문에 北窓(북창)으로 되어있는데 임기중(2005)의 '계우ᄉ'에는 北堂(부모
    님이 거처하시는 별당, 어머니가 계신 곳)으로 되어있음.
6) 彩衣(채의): 울긋불긋한 빛깔의 옷. 무늬 있는 옷.
7) 老萊子(노래자): 초(楚)의 효자. 나이 70이 되도록 양친이 살아 있어서 어버이를 즐겁게 하
    려고, 그 앞에서 어린애 노릇을 하여 색동옷을 입고 춤을 추며 재롱을 부렸다고 전함.
8) 百里(백리)의 負米(부미): 자로가 부모님을 봉양하기 위하여 백리 밖에서 쌀을 가져온 고
    사.

(어와 벗님네야 남아의 일을 들어 보소)

일곱 살에 글을 배워 천자문, 유합, 동몽선습

(날마다 읽고 쓰고 글자글자 외워 내어

대학, 소학, 예기, 춘추, 사서삼경 다 본 후에

삼강오상, 인의예지 또렷하게 숙독하니)

공맹안증을 일마다 법으로 따른다

북쪽 창 밝은 달 아래 화려한 옷을 비스듬히 입고

(무릎 아래서 어린 척하는 노래자를 본받고)

자로가 쌀을 구함과 설리가 대나무 숲에서 운 것과

---

9) 雪裏(설리)의 泣竹(읍죽): 중국 삼국시대 오나라의 효자 맹종(孟宗)의 고사. 맹종의 늙은
    어머니가 한겨울에 죽순을 먹고 싶어 하였지만 구할 수 없게 되자, 맹종이 대숲에 들어가
    서 슬피 우니 땅 속에서 죽순이 솟아나 어머니께 가져다 드렸다고 함.

●이체자

辭→辭, 兒→兒, 類→頬, 蒙→蒙, 學→学, 春→春, 經→経, 孔→孔, 曾→曽

膝→膝, 老→老, 負→負, 裏→裡

九歲(구세)의 事親(사친)을 人力(인력)으로 못 ᄒ여도

晨昏(신혼)[10]의 情性(정성)으로 憂樂(우락)을 자랑트니

十歲(십세)을 갓 너무며 知己(지기)을 못 사괴여

博奕(박혁)[11]도 推尋(추심)ᄒ며[12] 靑樓(청루)[13]을 보려 ᄒ여

사괴ᄂᆞ 이 俠客(협객)이도 싸로ᄂᆞᆫ 이 酒伴(주반)이라

父母(부모)의 有德(유덕)으로 好衣好食(호의호식) 젼혀 밋고

兒(아)희 제 배온 行(행)실 망연이 젼혀 잇고

嗜酒(기주) 探色(탐색)ᄒ쟈키ᄂᆞ 敗家亡身(패가망신) 징兆(조)로다

10) 晨昏(신혼): 원본에 '신우'로 되어있는데 의미가 통하지 않음. 임기중(2005)의 '계우ᄉ'를
    참고해서 넣음.
11) 博奕(박혁): 장기와 바둑.
12) 추심(推尋)하다: 찾아내어 가지거나 받아 내다.
13) 靑樓(청루): 창기나 창녀들이 있는 집.

(아홉 살에 부모를 섬기는 것은 사람 힘으로 못하여도

아침 저녁으로 자세히 살피고 근심과 즐거움을 자랑하더니

열 살을 갓 넘으며 진정한 벗을 못 사귀어)

바둑과 장기를 찾아와서 기생집을 보려 하며

사귀는 이 겁 없는 사람이고 따르는 이 술친구라

부모의 덕으로 잘 입고 잘 먹는 것만을 믿고

(아이가 자신이 배운 행실은 망연히 전혀 잊고)

술을 즐기고 여색을 탐하는 것은 패가망신의 징조로다

● 이체자

歲 → 崴, 憂樂 → 𢝀樂, 靑樓 → 靑樓, 酒 → 酒, 德 → 德

兩班(양반) 호반 어슨 픠와 藥契奉事(약계봉사)[14] 外入(외입)[15]흔 놈

晝夜(주야)흐로 作黨(작당)흐여 두 냥 나기 방투젼과

두 냥 츄념[16] 曲會(곡회)[17]흐기 各宅(각댁) 계집 통직기[18]와

구즈[19] 비즈[20] 내은녀[21]와 슈보기[22] 모젼년들

엇는 족족 집 수주고 즙믈[23]치례 마즈 흐고

압뒤 빈혜 뮌죽 節(절)의 蜜花(밀화)[24]가지 玉莊刀(옥장도)와

甫羅(보라) 大段(대단)[25] 속젹고리 草綠常織(초록상직) 견막기[26]와

藍紡紗紬(남방사주)[27] 單(단)치마의 白紡紗紬(백방사주) 고장바지

江月紗(강월사) 겹 젹슴에 白苧布(백저포) 씩기[28] 젹슴

紫芝(자지) 비단 슈 唐鞋(당혜)[29]을 날츌 字(자)로 신겨두고

---

14) 藥契奉事(약계봉사): 약국을 내어 한약을 지어 파는 사람.
15) 外入(외입): 오입(誤入)과 같은 말로, 아내가 아닌 여자와 성관계를 가지는 일.
16) 츄념: 추렴[出斂]. 모임이나 놀이 또는 잔치 따위의 비용으로 여럿이 각각 얼마씩의 돈을 내어 거둠.
17) 曲會(곡회): 친구끼리 모여서 연회를 가짐. 또는 그 연회.
18) 통직기: ① 물통이나 밥통 따위를 지키는 사람이라는 뜻으로, '반빗아치'를 낮잡아 이르는 말, ② 서방질을 잘하는 계집종.
19) 구즈: 구사(丘史)의 오기로 보임.
20) 비즈: 조선 시대에 별궁·본곁·종친 사이의 문안 편지를 전달하던 여자 종인 버자(婢子).
21) 내은녀: 내의녀(內醫女)의 오기로 보임.
22) 슈보기: 숫보기. 어수룩한 사람 또는 숫총각, 숫처녀.
23) 즙믈: 집물(什物).
24) 蜜花(밀화): 밀랍 같은 누런 빛이 나고 젖송이 같은 무늬가 있는 호박(琥珀).
25) 大緞(대단): 중국에서 나는 비단. 원문에는 '大段'으로 되어있는데 오류로 보임.
26) 견막기: 곁마기. 여자 예복으로 입는 저고리.
27) 藍紡紗紬(남방사주): 남빛이 나는 비단.
28) 씩기: 안팎 솔기를 발이 얇고 성긴 깁을 써서 곱솔로 박아 옷을 짓는 일.
29) 唐鞋(당혜): 예전에 사용하던 울이 깊고 앞 코가 작은 가죽신.

(양반 무반 비슷한 패거리와 약 만들어 파는 사람 외입한 놈)

밤낮으로 작당하여 두 냥 내기 투전 놀음과

(두 냥 추렴하여 잔치하기 각 집의 여자 종과

관노비 여자 몸종 내의녀와 숫처녀 모든 여자들을

얻는 족족 집 사주고 물건치레 마저 하고)

앞뒤 비녀 죽절 비녀에 호박 보석 은장도와

(아름다운 좋은 비단 속저고리 녹색 향기로운 비단 곁마기와

남방사주 홑치마에 흰 비단의 고쟁이

무늬비단 겹적삼에 흰 빛깔 모시의 깨끼 적삼

자줏빛 비단 수놓은 당혜를 날출 자로 신겨두고)

●이체자

兩→两, 藥契→葯契, 黨→儻, 會→會, 節→莭, 蜜花→蜜花, 莊→莊, 段→叚,

草綠→草綠, 單→単, 紫→紫, 鞋→鞋

靑山(청산) ᄀ튼 두 눈섭의 丹脣皓齒(단순호치) 半開(반개)ᄒ고

아리다은 슈작홀 졔 말 가온듸 香(향)내 나고

우음 속의 곳치 필 졔 내 아이요 남이라도

졔 뉘 아이 사랑ᄒ리 집으로 볼쟉시면

上房(상방)³⁰⁾ 三間(삼간) 大廳(대청) 四間(사간) 次房(차방) 二間(이간) 부억 三間(삼간)

內外分閤(내외분합)³¹⁾ 믈님퇴³²⁾예 살眉(미)³³⁾ 장ᄌ 가로다지

닙口(구) 字(자)로 지어두고 內外(내외) 中門(중문) 長行廊(장행랑)에

使喚(사환) 奴婢(노비) 만홀시고 말미가튼 男(남)동이며

鸚鵡(앵무)가튼 女(여)동이며 衾枕(금침)³⁴⁾으로 볼쟉시면

---

30) 上房(상방): 관아에서는 어른이 거처하고 집에서는 바깥어른이 머무는 방.
31) 內外分閤(내외분합): 안팎의 대청 앞에 드리우는 네 쪽의 긴 창살문. 원문에 內外分合(내외분합)으로 되어 있는데 오기로 보임.
32) 믈님퇴: 물림退, 본채의 앞뒤나 좌우에 딸린 반 칸 너비의 칸살, 툇마루.
33) 살眉(미): 촛가지를 짜서 살을 박아 만든 것.
34) 衾枕(금침): 이부자리와 베개를 아울러 이르는 말.

청산 같은 두 눈썹에 붉은 입술 깨끗한 치아 반쯤 열고
(아름다운 수작할 때 말 가운데 향이 나고)
웃음 속에 꽃이 필 때 내가 아니오 남이라도
(저를 누가 아니 사랑하리 집으로 볼 것 같으면
상방 세 칸, 대청 네 칸, 작은 방 두 칸, 부엌 세 칸
안팎 긴 창문에 툇마루에 살미 장지 가로닫이
입구 자로 지어 두고 안팎 중문 긴 행랑에)
사환 노비도 많구나 말매 같은 남종이며
앵무 같은 여종이며 이부자리와 베개로 볼 것 같으면

● 이체자

開→闲, 間→间, 四→四, 廳→廰, 分→分, 門→门, 廊→廊, 喚→喚

婢→婢, 鸚鵡→鸚鵡, 枕→枕, 花→花, 單席→單席, 褥→褥, 駕→駕

函籠→函籠, 爐→爐, 桂→桂, 雙龍→雙龍, 器→器, 盤→盤, 琥→琥, 畵→花

彩花(채화) 登每(등매)³⁵⁾ 面單席(면단석)의 대단니블 玄單褥(현단욕)에

鴛鴦(원앙) 벼개 더옥 됴희 倭鏡(왜경)듸랑 唐(당)경듸랑

쟉개 函籠(함농) 半(반)다지며 靑銅火爐(청동화로) 젼大也(대야)³⁶⁾와

각계슈니³⁷⁾ 녀긔 노코 져긔 노코

桂子(계자)다리 옷거리와 雙龍(쌍룡)그린 빗졉고비³⁸⁾

龍頭(용두)머리 長木(장목)뷔³⁹⁾와 버드나모 양치씨와

梧桐腹板(오동복판) 거문고을 싀 줄 다라 셰여두고

器皿(기명)으로 볼쟉시면 大帽盤(대모반) 琥珀貼匙(호박첩시)⁴⁰⁾

倭畵器⁴¹⁾(왜화기)랑 唐畵器(당화기)⁴²⁾랑 東萊(동래)쥬발 실굽⁴³⁾ 달고

---

35)　登每(등매): 등메. 헝겊으로 가장자리 선을 두르고 뒤에 부들자리를 대서 꾸민 돗자리.

36)　젼大也(대야): 위쪽 가장자리가 약간 넓고 평평한 놋대야.

37)　각계슈니: 가께수리. 중요한 기물을 넣어두기 위하여 여닫이문 안에 여러 개의 서랍을 설치한 일종의 금고.

38)　빗졉고비: 빗접고비. 머리빗는 빗 등을 꽂아 걸어 두는 도구.

39)　장목뷔: 장목수수의 이삭으로 만든 빗자루, 혹은 꿩의 꽁지깃을 묶어 만든 빗자루.

40)　琥珀貼匙(호박첩시): 琥珀楪匙(호박접시)의 오기로 보임.

41)　倭畵器(왜화기): 그림이 그려진 일본식 사기그릇.

42)　唐畵器(당화기): 채화(彩畵)를 그려 넣어 구운 중국의 사기그릇.

43)　실굽: 그릇의 밑바닥에 가늘게 둘려 있는 받침.

(꽃무늬 돗자리에 면 방석의 대단비단 이불 검은 홑이불에)
(원앙 베개 더욱 좋고 왜나라 거울이랑 당나라 거울이랑
자개 함농 반닫이며 청동화로 놋대야라
가께수리 여기 놓고 저기 놓고
계화꽃 달린 옷걸이와 쌍룡 그린 빗접고비
용머리 장목 빗자루와 버드나무 양칫대와)
오동나무 거문고를 새 줄 달아 세워두고
(그릇으로 볼 것 같으면 큰소반 호박접시
일본 그릇이랑 중국 그릇이랑 동래 그릇에 받침 달고

곱돌솟과 뉴시용[44]의 鍮燭臺(유촉대) 光明臺(광명대)[45]을

흔일 字(자)로 노화시니 번화도 그지업고

柔化(유화)흔 隱情(은정)은 無窮(무궁)흔 豪蕩(호탕)이라

父母兄弟(부모형제) 다 속기고 五軍門(오군문)[46]과 諸宮家(제궁가)의

대돈邊利(변리)[47] 七分(칠분) 도지[48] 네가 내고 제가 내여

흔 냥에 두 냥되고 널 냥의 갑절 되여

흔 가지식 내여 파니 百兩(백냥) 준 것 쉰 兩(냥) 밧고

貢物(공물) 奴婢(노비) 田畓(전답) 파라 갑다가 못 다흔 면

집안 것도 내여 팔고 흐다가 못 다흐 면

妻家(처가)집 것 움쳐오고 손듸일듸 업서지면

남의 것도 도적흐여 一年(일년) 二年(이년) 三四年(삼사년)의

家産(가산)이 蕩盡(탕진)흐여 주는 것시 減(감)흐이고

닙는 거시 업서지니 져년들의 거동 보소

나며 들며 내싴흐고 닛다감 헛셩내여

面鏡(면경) 石鏡(석경) 드더지며 어린 거동 실믠 즛즐

보기 슬코 듯기 슬타 온 가지로 비양[49]흐며

百(백)가지로 비냥흐고 흔 노릭로 긴 밤 식랴

盜直幕(도직막)의 上直(상직)인가 주린 범의 蒼狗(창구)년가

석근 남게 박근 끌가 전당 즈분 쵸대년가

안쏘 아이 니노미라 이러탓시 비양흐고

져러트시 눈을 속겨 이웃집 아기아들

---

44) 새용: '새옹(놋쇠로 만든 작은 솥)'의 옛말.

45) 光明臺(광명대): 상부가 편평한 원반형을 이루어 등촉을 올려놓도록 구성된 촛대.

46) 五軍門(오군문): 五軍營(오군영). 조선시대 임진왜란 이후의 다섯 군영.

47) 대돈邊利(변리): 한 냥에 달마다 한 돈씩 치는 비싼 변리.

48) 도지(賭只): 풍년이나 흉년에 관계없이 해마다 일정한 금액으로 정하여진 소작료.

곱돌솥과 놋쇠솥 쇠촛대와 평평한 촛대를)

한일자로 놓으니 야단스럽기도 그지없고

부드러운 은정은 무궁한 호탕이라

부모형제 다 속이고 오군영 모든 집의

(비싼 이자의 칠할 정도 네가 내고 제가 내어

한 냥에 두 냥되고 열 냥의 갑절 되어

한 가지씩 내어 파니 백 냥 준 것 쉰 냥 받고

공물, 노비, 전답 팔아 갚다가 못 다하면

집안 것도 내어 팔고 하다가 못 다하면

처갓집 것 훔쳐오고 손 델 데가 없어지면)

남의 것도 도적하여 일년 이년 삼사년에

가산이 탕진하여 주는 것이 줄어들고

입는 것이 없어지니 저년들의 거동보고

(나며 들며 내색하고 이따금 쓸데없이 성을 내어)

면경 석경 들어던지며 어리석은 거동 싫고 미운 짓을

(보기 싫고 듣기 싫다 백가지로 거들먹거리며)

백가지로 거들먹거리고 한 노래로 긴 밤 새랴

(도적을 지키는 사람인가 주린 범의 창구런가

썩은 나무의 박은 끌인가 전당 잡은 촛대인가

안고 놓지 않음이라 이렇듯이 핀잔을 주고

저렇듯이 눈을 속여 이웃집 아이들

---

49) 비양(飛揚): 잘난 체하고 거드럭거림.

● 이체자

燭臺→**燭金**, 隱→**隱**, 窮→**窮**, 豪蕩→**豪蕩**, 弟→**弟**, 門→**门**, 諸宮→**諸宮**

邊→**邊**, 兩→**两**, 蕩盡→**蕩盡**, 直→**直**

寡婦(과부)집 사랑사회 압문으로 손을 치고

뒤문으로 보낼 적의 돌폰관 황오장ᄉ[50]

눈경으로 희롱할 졔 生腹膾(생복회) 過夏酒(과하주)[51]과

折全卜(절전복)[52] 還燒酒(환소주)[53] 맛시 외다 타박드니

먹든 밥 져리 김치 權停禮(권정례)[54]로 싀칙[55]ᄒ니

이듧고 분ᄒᆞᆫ 쓰의 ᄎᆞᆷ다가 못 다 ᄎᆞ마

셩결의 문을 ᄎ고 ᄎᆞᆷ밧타 손의 쥐고

셩결의 니른 말니 이년들아 드러스라

내 ᄒᆞᆫ 말 이로리라 네본듸 常女(상녀)로셔

路柳墻花(노류장화) 아닐넌가 章臺(장대)[56] 春(봄) 져문 날의

느러진 긴 垂楊(수양)의 빗 고은 李花(이화) 桃花(도화)

智慧(지혜) 됴흔 梧桐孔雀(오동공작) 저마다 ᄯᅳ롤 적의

내 ᄯᅩᄒᆞ 어린 ᄠᅳᆺ의 남 우일 ᄰᅵ을 만나

家中(가중) 셰간 장만ᄒᆞ고 百年(백년)을 사쟈ᄒᆞ니

千金(천금) 珠玉(주옥) 다 盡(진)ᄒᆞ고 囊乏一錢(낭핍일전)ᄒᆞ여

一朝(일조)의 그릇되니 內親外疏(내친외소)[57] ᄲᅲᆫ니로다

내 形狀(형상) 보쟈ᄒᆞ니 ᄒᆞᆫ 닙으로 다 못ᄒᆞᆯ다

---

50) 황오장ᄉ: 항우장사(項羽壯士). 항우와 같이 힘이 센 사람이라는 뜻으로, 힘이 몹시 세거나 의지가 굳은 사람을 비유하는 말.

51) 過夏酒(과하주): 소주와 약주를 섞어서 빚은 술. 여름에 많이 마신다고 함.

52) 折全卜(절전복): 節全鰒(절전복).

53) 還燒酒(환소주): 소주를 다시 곤 소주.

54) 權停禮(권정례): 절차를 다 밟지 않고 거행하는 의식.

55) 싀칙: 새책(塞責). 책임을 면하기 위하여 겉만 임시방편으로 꾸며대는 일.

56) 章臺(장대): 중국 장안(長安)에 있었던 누대. 번화가 또는 화류항(花柳巷)을 이르는 말. 중국 한(漢)나라 이후 장안 장대의 거리가 번화하였다는 데서 유래함.

57) 外親內疏(내친외소): 원문에 內稱外疏(내칭외소)로 되어있는데 오기로 보임.

과부집 사랑 사위 앞문으로 손을 치고

뒷문으로 보낼 적에 돌팔이 황우 장사)

눈짓으로 희롱할 때 날것 회 과하주를

(썬 전복 환소주를 맛이 없다 타박하니)

먹던 밥 절은 김치 제대로 하지 않아 꾸며대니

(애달프고 분한 뜻에 참다가 못 다 참아)

성난 결에 문을 차고 침 뱉어 손에 쥐고

(성난 결에 이른 말이 이년들아 들어라)

내 한말 이르리라 네 본디 평민 여자로서

몸 파는 여자가 아닌가 번화한 봄 저문 날에

늘어진 긴 수양의 빛 고운 배꽃 복숭아꽃

지혜 좋은 오동나무 공작 저마다 따를 적에

(나 또한 어린 뜻에 남 어리석은 때를 만나)

집의 세간 장만하고 백년을 살자하니

천금 주옥 다 다하고 무일푼하여

하루아침에 그릇되니 속으로 멀리하고 친한척할 뿐이로다

내 형상 보자하니 한 입으로 다 못 이른다

● 이체자

寡→寡, 膾→膾, 過→過, 折→節, 權→権, 停→停, 路→路, 墙→墙, 章→章

垂楊→垂楊, 囊→囊, 鐩→鐩, 親→親, 疏→踈, 狀→状

全羅道(전라도)랑 慶尙道(경상도)랑 平陽(평양)이랑 義州(의주)로셔

次知囚禁(차지수금)[58] 起送(기송)호여 밤낫즈로 올나올 제

노랑머리 헌 감토을 눈가지 수기 쓰고

비지쌈 흘니다가 主人(주인)을 定(정)흔 후의

아이된 내 八字(팔자)로 처음으로 據遷(거천)호여

到處(도처)의 자랑커늘 쇼로기을 매로 보고

어림장의 발로ㄱ치[59] 綵段(채단)[60]으로 몸을 쓰고

金玉(금옥)으로 丹粧(단장)호여 먹던 음식 공향호고

네 몸만 쌀겨 노코 내 가삼 만져보니

살 흔 졈 바히 없다 정강이을 볼쟉시면

唐皮(당피)앗칙 칼날 갓고 두 귀밋치 설픠호여

됴희 부친 쳬쌀일다 애돏고 분흔 쯧의

참다가 못 다참아 盟誓(맹서)호고 도라셔니

心神(심신)이 散亂(산란)호니 내 ㅁ음을 내 몰내라

이러홀 줄 모로던가 외올망건 부동님의

羊皮背子(양피배자) 滿縉(만선)두리[61] 노랑슈건 명쥬 한衫(삼)

大緞(대단) 줌치 銀莊刀(은장도)와 三升(삼승)[62]보션 난간 唐鞋(당혜)

누비챵의 슈달 毛扇(모선)[63] 그런 호ㅅ 노리개을

---

58) 次知囚禁(차지수금): 조선 시대에, 노비가 상전을 대신하여, 또는 부형(父兄)이 가족을 대신하여 형벌을 받기 위하여 갇히던 일.

59) 어림장의 발로ㄱ치: 어림장(똑똑하지 못한 사람), 발로군(놀고 돌아다니는 사람), 〈시조〉 어림장이 발로군에 들것고나.

60) 綵段(채단): 온갖 비단을 통틀어 이르는 말.

61) 滿縉(만선)두리: 벼슬아치가 겨울에 예복을 입을 때 머리에 쓰던 방한구.

62) 三升(삼승): 몽고(蒙古)에서 나는 무명의 일종.

63) 毛扇(모선): 벼슬아치가 추운 겨울날에 얼굴을 가리던 방한구.

(전라도랑 경상도랑 평양이랑 의주로)

대신 갇혀서 밤낮으로 올라올 때

(노랑머리 헌 감투를 눈까지 숙여서 쓰고

비지땀 흘리다가 주인을 정한 후에

아니 된 내 팔자에 처음으로 의지하여)

도처에 자랑커늘 솔개를 매로 보고

똑똑하지 못하게 놀기만 하는 사람같이 색 비단으로 몸을 싸고

금옥으로 단장하여 먹던 음식 공양하고

(네 몸만 살쪄 놓고 내 가슴 만져보니

살 한 점 바이없다 정강이를 보자 하면

당피같이 칼날 같고 두 귀밑이 설핏하여

잘 붙인 체딸일다 애달프고 분한 뜻의)

참다가 못 다 참아 맹세하고 돌아서니

마음과 정신이 산란하니 내 마음을 나도 몰라라

이러한 줄 모르던가 외올망건 대나무 삿갓의

(양가죽 가득 두른 방한구 노랑 수건 명주 한삼

비단 주머니 은장도와 삼승 버선 난간 당혜

누빈 창의 수달 모선 그런 호사스런 노리개를)

● 이체자

陽→陽, 起→起, 定→㝎, 據→攄, 處→處, 段→叚, 丹粧→卅莊, 滿→滿

衫→衫, 緞→叚, 粧→莊, 升→升

뉘게다가 屬公(속공)⁶⁴⁾ 호고 벗의 뒤츄⁶⁵⁾ 헌 도포의

뒤우⁶⁶⁾ 업슨 갓슬 쓰고 쏨챵 바든 샹메토리

홋 고외예 다님 믜고 ᄇ람 마즌 病人(병자)인가

시 쏘든 射手(사수)넌가 ᄒ 편으로 비슥거러

어듸을 가잔 말고 집으로 가쟈 ᄒ고

밧 大門(대문) 드쟈ᄒ여 안 中門(중문) 여어 보니

우리 안히 거동 보소 靑年(춘년)의 곱든 얼골

하마 거위 다 늙거다 ᄯᅵ 무든 헌 젹고리

常(상) 홋치마 뷔혀 잡고 玉(옥) ᄀᆺ튼 귀미틔

飛蓬亂髮(비봉난발) 덥펴셰라 어린 子息(자식) 졋 먹기고

잘난 子息(자식) 니 잡피고 한숨지고 눈물지며

혼ᄌ 시셜 ᄲᅮᆫ이로다 쥬졔 쥬졔 ᄒ다가셔

어니 업서 말 못ᄒ고 누비 옷시 팔쟝 씨고

外面(외면)ᄒ고 나아가니 우리 아긔엄의 거동 보소

우리 두리 맛날 젹의 納(납)폐⁶⁷⁾ 親庭(친정) ᄒ올 젹의

힝혀 空房(공방) 넘녀터니 成親(성친)ᄒ 三四年(삼사년)의

희긔쌀⁶⁸⁾이 닛도턴지 君子忘身(군자망신)ᄒ 올넌지

---

64) 屬公(속공): ① 임자가 없는 물건이나 금제품, 장물 따위를 관부(官府)의 소유로 넘기던 일, ② 죄인을 관아의 노비로 넘기던 일.

65) 대추: 남이 쓰다가 물려준 물건.

66) 뒤우: 갓모자. 갓에서 위로 볼록 솟은 부분.

67) 納(납)폐: 혼인할 때에, 사주단자의 교환이 끝난 후 정혼이 이루어진 증거로 신랑 집에서 신부 집으로 예물을 보냄. 또는 그 예물. '幣'는 한글로 적혀 있음.

68) 희긔쌀: 희살(戱殺), ① 장난을 하다가 잘못하여 죽임, ② 희롱하여 훼방을 놓음.

누구에게 바치는고 벗에게 빌린 헌 도포에
(모자 없는 갓을 쓰고 밑창 바랜 미투리에)
홑 바지에 대님 메고 바람 맞은 병자인가
새 잘 쏘는 사수인가 한 편으로 기울어져)
어디를 가잔말인가 집으로 가자하고
(바깥 대문 들자하여 안의 중문을 엿보니
우리 아내 거동 보소 어린 날의 곱던 얼굴
이제 거의 다 늙었다 때 묻은 헌 저고리
항상 홑치마 쥐어 잡고 옥 같은 귀 밑에)
산발인 단발머리 덮여있구나 어린 자식 젖 먹이고
자란 자식은 이 잡아주고 한숨지고 눈물지며
(혼자 사설뿐이로다 주저주저 하다가
어이 없어 말 못하고 누비 옷에 팔장 끼고)
외면하고 나아가니 우리 아기어미의 거동 보소
우리 둘이 만날 적에 혼인예물 친정에 보낼 적에
행여나 공방을 염려하더니 결혼한 삼사년에
(희살이 있었던지 군자가 스스로를 잊었던지

● 이체자

飛→飛, 亂髮→乱髮, 庭→庭, 忘→㤀

어린 子息(자식) 弱(약)흔 안히 園頭干(원두한)의 쓴외 보듯[69]

병든 눈의 가싀 보듯 글어흔 숫흔 쳘량

空然(공연)이 다 바리고 그딕 行身(행신) 그릇되고

내 몸 조츳 고단ᄒ니 不顧廉恥[70](불고염치) 드러온가

有情(유정) ᄉ랑 ᄎᄌ온가 冬至長夜(동지장야) 긴긴 밤과

長長夏日(장장하일) 졍그도록 시쟝도 ᄒ려니와

칩긴들 아니할가 게셔도 셰여보소

내 경상 니러ᄒ고 同牢宴(동뢰연)[71] 도보기와

푸르기[72] 폐빅이란 남 禮(례)딕로 ᄒ고셔

싀부모 親父母(친부모)게 ᄉ랑도 밧쳐잇고

득重(중)도 부려드니 어이흔 八字(팔자)완딕

비단 쟝옷 대단치마 石雄黃(석웅황)[73] 眞珠(진주) 투심[74]

蜜花(밀화)가지 玉莊刀(옥장도)을 다주어 내여다가

군길의 屬公(속공)ᄒ고 닙든 것 쓰든 것시

흔나토 업서지니 이웃집 용졍방하

남의집 헌옷깁기 손 불고 계유 ᄒ여

母子(모자) 糊口(호구)[75]ᄒ올 져긔 죽고 시분 셔름이야

하늘 밧긔 제 뉘 알니 綠陰芳草(녹음방초) 져문 날의

들락날락 기다리며 明月窓外(명월창외) 風雪夜(풍설야)의

---

69) 園頭干(원두한)의 쓴외 보듯: 원두한(園頭干, 원두를 부치거나 파는 사람)이 팔 수 없는 쓴
　　오이를 본다는 뜻으로, 남을 멸시하거나 무시함을 이르는 말.
70) 廉恥: 원문에 '念恥'로 되어있는데 오기로 보임.
71) 동뢰연(同牢宴): 원문에 '童(동)내인'으로 되어있는데 이용기 편, 정재호 외 주해(1992)의
　　'계우ᄉ'에서 '同牢宴이 푸르기(리긔)와~'의 구절을 참고 하여 수정하였음.
72) 푸르기: 서울 강남 일대에서 행해져 온 혼인에 수반되는 모든 의례와 그 절차.
73) 石雄黃(석웅황): 안료의 일종. 천연으로 나는 비소(砒素)의 화합물.
74) 투심: 套心. 어린아이의 댕기에 다는 장식.

어린 자식 약한 아내를 원두한이 쓴 오이를 보듯

병든 눈의 가시 보듯 그러한 숱한 천량)

공연히 다 버리고 그대 행동 그릇되고

(내 몸조차 고단하니 염치를 살피지 않으며)

유정한 사랑은 찾았는가 겨울의 긴긴 밤과

(긴 여름날이 저무도록 시장도 하려니와

춥기도 아니할까 거기서도 세어보소

내 상황이 이러하고 동뢰연의 도보기와

푸르기 폐백을 남들이 하는 예대로 하고서)

시부모 친부모 사랑도 받고

아이를 얻은 것도 부러워하니 어떠한 팔자이길래

(비단장옷 대단치마 석웅황 진주 투심

밀화가지 옥장도를 다주어 내어다가

군길에 속공하고 입던 것 쓰던 것이

하나도 없어지니 이웃집 방아 찧기

남의 집 헌옷 깁기 손 불면서 겨우 하여)

모자가 입에 겨우 풀칠할 적에 죽고 싶은 설움이야

하늘 밖에 저 누가 알리 풀 우거진 여름 저문 날에

들락날락 기다리며 달빛 창밖 바람 불고 눈 오는 밤에

---

75) 糊口(호구): 입에 풀칠이나 한다는 뜻으로, 겨우 끼니를 이어가는 일.

● 이체자

園→園, 然→然, 顧→顧, 廉恥→念恥, 同→童, 禮→礼, 雄→雄, 黃→黃

眞→真, 莊→荘, 綠陰→綠陰, 草→草 , 雪→雪

長歎息(장탄식) 잠을 드러 쌀든 간쟝 다슬오고

秋風(추풍)의 지는 닙픠 狗犬聲(구견성) 더옥 놀나

門(문)을 녈고 바라보니 落葉(낙엽)이 쌀들이 날 소겨다

每事(매사)의 艱苦(간고)ᄒᆞ여 一身(일신)이 그롯되니

親戚(친척)도 괄시ᄒᆞ고 隣里(인리)도 비笑(소)ᄒᆞ내

서러운 말 다 못 하고 시근 밥 내여 노코

늘 치온듸 어셔먹소 빈 곱픈듸 어셔 먹소

주린 범의 가지 먹듯 얼픗 슈의 움쳐 먹고

도로여 生覺(생각)ᄒᆞ니 이 前(전)일이 다 뉘웁다

農業(농업)을 심쓰리라 田彼南山(전피남산)ᄒᆞ여

손조 호믜 메고 山田(산전)을 다슬이니

됴됴⁷⁶⁾ᄒᆞ 萬山中(만산중)이 눈 압픠 버러시니

---

76) 됴됴: 條條(조조). 여러 줄기의 초목(草木)이 가늘게 자라고 있는 일. 초목(草木)의 가지가
무성한 모양.

(큰 한숨에 잠을 들어 애간장을 다스리고)
가을바람 지는 잎에 개 소리에 더욱 놀라
(문을 열고 바라보니 낙엽이 살뜰히 날 속였다)
매사에 가난하고 고생되어 이 한 몸이 그릇되니
(친척도 괄시하고 이웃 사람들도 비웃네
서러운 말 다 못 하고 식은 밥 내어 놓고
날 차가운데 어서 먹소 배고픈데 어서 먹소
굶주린 범이 가재 먹듯 얼핏 쉽게 다 먹고)
돌이켜 생각하니 이 전일이 다 뉘우치게 된다
농사에 힘쓰리라 저 남산에 밭을 갈아
(손수 호미 메고 산밭을 다스리니)
초목이 무성한 거대한 산이 눈앞에 펼쳐 있으니

● 이체자

歎→歎, 聲→聲, 落葉→落葉, 艱→艱, 隣→隣, 覺→覺, 農→農, 萬→萬

金(금)국의 繁華事(번화사)을 춤밧고 就(취)ᄒ리라

春種一粒粟(춘종일립속)ᄒ니 秋收萬顆子(추수만과자)[77]라

小富(소부)은 在我(재아)ᄒ고 大富(대부)은 在天(재천)이란 말이

ᄒᆫ 말도 왼말 업내 내 어이 일즉이 못 ᄭᅵ친고

늣ᄭᅵ야 ᄭᅵ다라셔 압뒤예 露積(노적)ᄒ고

뒤 庫(고)을 치와시니 金玉(금옥)도 됴커이와

五穀(오곡)이 더옥 됴희 納粟通政(납속통정)[78] 玉貫子(옥관자)[79]와

녜 風彩(풍채) 시로와라 三尺(삼척) 집 八尺(팔척) 집의

용틀님도 졀노 난다 아들 ᄯᅡᆯ 孫孫子(손손자)가

前後(전후)의 버러시니 오늘늘 싱각ᄒ니

이 前(전)일이 다 뉘웃다 洞內(동내)의 아는 사름

제 뉘 아이 부러ᄒ리 風便(풍편)의 듯는 사름

제 뉘 아이 칭찬ᄒ리 男兒世上(남아세상)의 나왓다가

ᄒᆫ번 외닙 괴이홀가 明月春雪夜(명월춘설야)의

酒色(주색)의 잠긴 번님내 昭昭(소소)[80]ᄒᆫ 明鑑(명감)이 前後(전후)의 발가시니

일노보와 少年行樂(소년행락)을 百年(백년)갓치 누리리라

---

77) 秋收萬顆子(추수만과자): 이 구절은 앞의 '春種一粒粟(춘종일립속)'에 이어 이신(李紳, 780~846)의 〈민농(憫農)〉의 처음 두 구절로 '顆'가 '果'로 잘못 적혀 있음.

78) 納粟通政(납속통정): 조선시대 국가에 곡물을 바친 공으로 준 정3품 당상관. 통정대부(通政大夫).

79) 玉貫子(옥관자): 옥으로 만든 망건(網巾) 관자.

80) 昭昭(소소): 사리가 환하고 뚜렷함, 밝은 모양.

금국의 번화한 일들을 반드시 취하리라

봄에 한 낱의 곡식을 뿌리니 가을에는 만개의 낟알을 거두리라

(작은 부는 나에게 있고 큰 부는 하늘에 있단 말이

한 말도 틀린 말 없네 내 어찌 일찍 못 깨달았는가)

늦게야 깨달아서 앞뒤에 곡식을 쌓아두고

(뒷 곳간을 채우니 금옥도 좋거니와

오곡이 더욱 좋다 곡식을 바쳐 벼슬을 얻으니

내 풍채가 새로워라 삼척 집 팔척 집의

용트림도 절로 난다 아들 딸 자자손이

(앞뒤에 벌려 있으니 오늘날 생각하니)

이 전일이 다 뉘우친다 동네의 아는 사람

제 누가 아니 부러워하리 바람결에 듣는 사람

제 누가 아니 칭찬하리 남자로 태어나서

(한번 오입이야 이상할까 달 밝은 눈 내리는 밤에)

주색에 잠긴 벗님네야 뚜렷한 좋은 본보기가 전후에 밝았으니

(이것으로 보아 소년행락을 백년같이 누리리라)

● 이체자

繁→繁, 就→就, 收→收, 富→冨, 露→露, 穀→穀, 納→納, 後→後, 內→内

昭昭→昭昭, 鑑→鑑, 樂→楽

27. 恨別歌(한별가)¹⁾

天上白玉京(천상백옥경)²⁾의 十二樓(십이루)³⁾는 어듸 가며

五色雲(오색운) 깁픈 곳듸 임의 집은 어듸매요

九萬里(구만리) 長天(장천)의 쑴이라도 갈쏭 말쏭

이몸이 슬허져 億萬番(억 만 번) 變化(변화)ᄒ여

南山(남산) 느즌 봄의 杜鵑(두견)의 넉시 되여

李花(이화) 가지마다 밤낫즈로 못 울거든

어화 이 내 八字(팔자) 구즘도 구즐시고

父生母育(부생모육)ᄒ여 이 내 몸 삼긴 후의

怡顔皓齒(이안호치)은 님을 그려 怨(원)이로다

내 八字(팔자) 긔험⁴⁾ᄒ니 싱각도 虛事(허사)로다

三生(삼생)의 무슴 罪(죄)로 이生(생)의 원슈 되여

洛陽(낙양) 花柳客(화류객)乙(을) 만나든가 쑴이런가

弱水相別(약수⁵⁾상별)이 어지런 듯ᄒ건만는

一年一年(일 년 일 년) ᄒ여 三春(삼춘)이 지나거다

얼골을 못 보온들 消息(소식)조츠 싯름손가

靑鳥(청조)⁶⁾가 不來(불래)ᄒ니 이내 긔별 뉘 傳(전)ᄒ리

---

1) 恨別歌(한별가): 남녀 사이 이별의 애달픔을 다룬 가사. 대체로 이별가로 분류되며 시적 화자는 여성인 경우가 대다수이다.

2) 天上白玉京(천상백옥경): 옥황상제가 산다는 천궁(天宮)을 이르는 말.

3) 十二樓(십이루): 중국 곤륜산(崑崙山) 선인의 거처에 있다는 열두 누각.

4) 긔험: 기험(崎險).

5) 弱水(약수): 신선이 살았다는 중국 서쪽의 전설적인 강. 길이가 3,000리나 되며, 부력이 매우 약하여 기러기의 털도 가라앉는다고 함.

6) 靑鳥(청조): 반가운 사자(使者)나 편지를 이르는 말. 푸른 새가 온 것을 보고 동방삭이 서왕모의 사자라고 한 한무(漢武)의 고사에서 유래함.

(천상백옥경의 열두 누각은 어디로 가며)
오색구름 깊은 곳에 임의 집은 어디요
(구만 리 장천의 꿈이라도 갈 둥 말 둥)
(이 몸이 닳게 되어 억 만 번 변화하여)
남쪽 산 늦은 봄에 두견새의 넋이 되어
이화 가지마다 밤낮으로 울지 못하니
(어화 이내 팔자 궂기도 궂구나)
부생모육하여 이내 몸 생긴 후에
온화한 낯과 흰 이는 임을 그려 원이로다
(내 팔자 기구하니 생각해도 헛된 일이로다)
(삼생의 무슨 죄로 이생의 원수 되어)
(낙양 화류객을 만났던가 꿈이었던가)
약수에서의 이별이 어지러운 듯하건만은
한 해 한 해 보내어 세 해가 지났다
(얼굴을 못 본들 소식조차 끊을 것인가)
청조가 오지 않으니 이내 기별 누가 전하리

● 이체자

別→別, 樓→樓, 雲→雲, 萬→萬, 番→畨, 變→變, 杜鵑→杜鵑, 怨→怨

虛→虛, 陽→陽, 花→花, 青鳥→青鳥, 來→来, 傳→傳

白顔(백안)이 苦單(고단)ᄒ니 애ᄉᆞᆺᄎᆯ ᄲᅮᆫ이로다

碧梧桐(벽오동) 거문고은 거믜줄이 ᄭᅵ여 잇고

霞霧(하무)의 바인 거을 틔ᄭᆯ에 잠겨 잇다

玉鬢紅顔(옥빈홍안)의 실음이 얼켜시니

님이 와보시면 날인줄 알으실가

믜여홀샤 이내 郎君(낭군) 이들을샤 이내 郎君(낭군)

무죄흔 이내 몸을 실음 속의 ᄇᆞ려두니

엇그제 감든 마리 白髮(백발)이 소ᄉᆞ난다

崑崙山(곤륜산)[7] 平地(평지)되고 黃河水(황하수) 뭇치 된들

님 向(향)흔 一片丹心(일편단심)이야 가실 줄이 이시랴[8]

---

7) 崑崙山(곤륜산): 곤산(崑山). 중국 전설 속에 나오는 산. 처음에는 하늘에 이르는 높은 산
    또는 아름다운 옥이 나는 산으로 알리어졌으나 전국(戰國) 말기부터는 서왕모(西王母)가
    살며, 불사의 물이 흐르는 신선경(神仙境)이라 믿어졌다고 함.
8) 님~이시랴: 정몽주(鄭夢周: 1337~1392)의 시조 〈단심가〉에 나타나는 구절과 같음.

흰 얼굴이 고단하니 애끓을 뿐이로다

벽오동 나무로 만든 거문고는 거미줄이 끼어 있고

(아득한 안개에 싸인 거울 티끌에 잠겨 있다)

젊고 아름다운 얼굴에 시름이 얽혀 있으니

(임이 와보시면 나인 줄 아실까)

밉구나 이내 낭군 애달프구나 이내 낭군

죄 없는 이내 몸을 시름 속에 버려두니

(엊그제 검던 머리에 백발이 솟아난다)

곤륜산이 평지가 되고 황하 강이 뭍이 된다 한들

임 향한 일편단심이야 가실 줄이 있으랴

●이체자

孤單→苦單, 霞霧→霞霧, 鬢→鬢, 郎→郎, 髮→髮, 黃→黃, 向→向, 片→片

丹→丹

28. 遊山曲(유산곡)¹⁾

度人間之爲難(도인간지위난)ᄒ니 못 살 거시 世事(세사)로다

徭役不勝汩沒(요역부승골몰)²⁾ᄒ니 사라진다 丹心(단심)이라

永感下之人生(영감하³⁾지인생)이 名利(명리)아 關係(관계)랴

願一二之同志(원일이지동지)로 山河勝地(산하승지) 보리로다

人不知而不慍(인부지이불온)을 乃君子之道(내군자지도)⁴⁾라 ᄒ야

沙場(사장)을 도라보고 石逕(석경)의 杖(장)을 집퍼

烟霞峯(연하봉) 둘너노코 花開洞(화개동)⁵⁾ 다ᄃ르니

萬仞之危峯(만인지위봉)⁶⁾은 左右(좌우)의 버러 잇고

百尺之飛流(백척지비류)은 九天河(구천하) ᄂ리ᄂ 듯

一千載老鶴(일천재노학)은 긴긴 솔의 깃들이고

周時(주시)의 王母(왕모)⁷⁾은 朝暮(조모)로 도라오니

無心(무심)ᄒ 黑雲(흑운)은 碧空(벽공)의 ᄆ로녹고

有情(유정)ᄒ 桃花(도화)은 石溪上(석계상)의 블거셰라

鳥去來兮(조거래혜) 人寂寂(인적적)ᄒ니 개는 안ᄀ 淸溪(청계)로다

---

1) 遊山曲(유산곡): 12가사에 속하며 잡가로서 잘 알려진 〈유산가〉와는 별개의 작품이다. 산을 노닐며 경치를 즐기는 내용이 주가 되며, 특히 중국의 명승지와 비교하는 부분들이 나타나는 것이 특징이다.

2) 徭役不勝汩沒(요역불승골몰): 요역이 골몰보다 나을 것이 없다는 의미. '요역'은 나라에서 구실 대신으로 시키는 노동을 가리키고, '골몰'은 벽지에 묻혀 세상으로 나오지 않는 것을 의미함.

3) 永感下(영감하): 부모님이 돌아가셔서 계시지 아니한 경우를 일컬음. 원문에 永減下로 되어 있는데 오기로 보임.

4) 人~道: 남이 나를 알아주지 아니하여도 성내지 않음(人不知而不慍 不亦君子乎). 《논어》〈학이(學而)〉편에 나옴.

5) 花開洞(화개동): 꽃이 활짝 피어 있는 산골짜기.

6) 萬仞之危峯(만인지위봉): 만 길이나 됨직한 높은 봉우리.

7) 王母(왕모): 주나라 목왕(穆王, ?~?)이 곤륜산에 사냥 가서 만났다는 선녀 서왕모(西王母)

(세상살이가 위태롭고 곤란하니 못 살 것이 세사로다)
(요역이 골몰보다 나을 것이 없으니 사라진다 단심이라)
부모님 돌아가신 후의 인생이 명예와 이익과 관계하랴
원컨대 한둘의 뜻이 같은 사람들과 명승지를 보리로다
남이 나를 알아주지 아니하여도 성내지 않는 것을 곧 군자의 길이라 하여
모래사장을 돌아보고 석경에 지팡이를 짚어
(연하봉 둘러놓고 화개동 다다르니)
(만 길 위태로운 봉우리가 좌우에 벌여 있고)
(백 척이나 되는 폭포는 은하가 내리는 듯)
(천 년을 산 늙은 학은 긴긴 솔에 깃들이고)
(주시의 서왕모는 아침저녁으로 돌아오니)
무심한 검은 구름은 푸른 하늘에 무르녹고
유정한 복사꽃은 돌과 시냇물 위에 붉구나
새들만 오가고 사람의 자취는 적적하니 안개 개이니 청계로다

를 가리킴. 신녀(神女)는 아침에는 구름, 저녁에는 비가 되어 내린다는 고사가 있음.

● 이체자

遊→遊, 度→度, 間→间, 爲→為, 難→難, 徭役→徭後, 沒→浸, 丹→丹

感→减, 關→関, 場→塲, 逌→逌, 杖→杖, 煙霞→烟霞, 花開→花开, 萬→萬

危→危, 飛流→飛流, 老鶴→老鶴, 暮→暮, 雲→雲, 鳥→鳥, 兮→芳, 清→清

天地間(천지간)의 이러흐되 必然(필연) 아니 여러히라

八荒求之無對(팔황구지무대)ᄒ니 別爲乾坤(별위건곤) 여긔로다

於吁華(어우화)[8] 이런 짜히 님ᄌ 업시 남아셰라

歲月(세월)이 無限(무한)흔들 속절업시 바릴손가

構木爲巢(구목위소) 一間(일간)ᄒ니 有巢氏(유소씨)[9] 적 사름인가

柴扉(시비)의 들 볼그니 에엿버 잠이 업닌

草鞋(초혜) 竹杖(죽장) 葛巾(갈건)으로 오며가며 終日(종일)ᄒ니

人間(인간)의 風雨(풍우)을 다 쓸어 下直(하직)ᄒ고

松花酒(송화주) 一盞(일잔)의 半醉半醒(반취반성) 누어시니

秦始皇帝(진시황제) 採藥童女(채약동녀)[10] 묻는다 何處來(하처래)오

龍池村(용지촌)[11]의 ᄌ라나 學不成(학불성)흔 狂生(광생)이로다

昔日見於秦史(석일견어진사)러니 娘中(낭중) 아이 진시신가

低蛾眉而不見(저아미이불견)ᄒ니 笑而不答(소이부답) 도라가닌

仍此山中(잉차산중) 네 늙그면 後期(후기)야 어듸 가리

麒麟(기린) 鳳凰(봉황) 버들 삼아 日月(일월) 偕老(해로) ᄒ쟈스라

嚴子陵(엄자릉)[12]이 이을 보면 富春山(부춘산)[13]을 싱각ᄒ며

---

8) 於吁華(어우화): 감탄사.
9) 有巢氏(유소씨): 중국 상고시대의 성인. 사람에게 거처하는 법을 가르쳐 금수의 해를 피하게 했다 함.
10) 採藥童女(채약동녀): 진시황제(B.C. 246~210)가 약초 캐러 보낸 동녀. 진시황은 장생불사의 약초를 구하러 동남·동녀 각 3천명을 서시(徐市)란 방사(方士, 신선의 술법을 닦는 사람)와 함께 바다로 보냈다 함.
11) 龍池村(용지촌): 용은 비범한 인물을 가리키니, 용지촌은 비범한 인물이 많이 배출되는 마을.
12) 嚴子陵(엄자릉): 중국 후한(後漢) 때 사람 엄광(嚴光, B.C. 37~43)을 가리킴. 자릉(子陵)은 자(字). 밭 갈고 낚시질하며 야인으로 살던 그는 천자인 광무(光武)의 부름에 응하지 않았다고 함.

(천지간에 이러한 데는 필연 여럿이 아니리라)

온 세상에 찾아봐도 비할 것이 없으니 별세계가 여기로다

(어와 이런 땅이 임자 없이 남아있구나)

세월이 무한한들 속절없이 버릴 것인가

나무를 얽어 자리 한 칸 마련하니 유소씨 적 사람인가

(사립문에 달 밝으니 어여뻐 잠이 없어지네)

짚신을 신고 죽장 들고 갈건 쓰고 오며가며 하루를 마치니

(인간의 비바람을 다 쓸어 하직하고)

송화주 한 잔에 반은 취하고 반은 깨어 누워있으니

(진시황제의 채약동녀가 묻는다 '어느 곳에서 오는가')

(용지촌에 자라나 학문을 성취하지 못한 미친 사람이로다)

(옛 진나라 역사에서 보았으니 낭자는 진시황때 사람이 아니신가)

눈썹을 숙이고 보지 않으면서 웃으며 대답지 않고 돌아가네

(이 산 속에서 네가 늙으면 뒷날의 기약은 어디 가리)

기린·봉황 벗을 삼아 이 세월 함께 늙어가자

(엄자릉이 이를 보면 부춘산을 생각하며)

---

13) 富春山(부춘산): 엄자릉이 밭 갈고 살던 산.

● 이체자

然→然, 荒→荒, 對→對, 別→別, 於→扵, 歲→歲, 構→搆, 柴→柴

草鞋→草鞋, 杖→杖, 葛→葛, 雨→兩, 直→直, 花酒→花酒, 盞→盞, 醉→醉

醒→醒, 秦→秂, 藥→葯, 處→處, 來→來, 龍→龍, 學→學, 於→扵, 秦→秦

低→低, 蛾→蛾, 答→荅, 此→此, 後→後, 麒麟→猉獜, 鳳→鳳, 老→老

陵→巖, 富→冨

李謫仙(이적선)[14]이 예 나든들 江湖(강호) 明月(명월) 사랑ㅎ랴[15]

漢武帝(한무제) 巡至(순지)런들[16] 天下(천하)도 니즐낫다

九重宮殿(구중궁전) 承露盤(승로반)[17]을 判然(판연) 아이 지으리라

三神物色(삼신물색) 依舊(의구)ㅎ되 一谷桃源(일곡도원) 혼ᄌ 누어

萬事(만사)을 掃除(소제)ㅎ니 一身(일신)이 閑暇(한가)ㅎ다

瀟湘斑竹(소상반죽)[18] 낙시째의 野繭絲(야견사)[19] 씬을 다라

興不勝而(흥불승이) 두로거러 釣臺(조대)로 ᄂ려가니

億萬丈(억만장) 淸(청)소의 쮜노는 이 고기로다

淸波爲玉(청파위옥) 錦鱗魚(금린어)을 綠楊柳(녹양류)에 쎄워 메고

落落(낙락)ᄒ 蒼松下(창송하)의 프람 불고 도라오니

塵世間(진세간) 奇別(기별)을 아ᄂ다 모로ᄂ다

14) 李謫仙(이적선): 당나라 시선(詩仙) 이백.

15) 江湖(강호)~사랑ㅎ랴: 이백은 달을 사랑하여 채석강에서 뱃놀이하던 중 달을 잡으러 물로 뛰어들어 익사했다 함.

16) 漢武帝(한무제) 巡至(순지)런들: 한무제(B.C. 156~87)가 국토 순수(巡狩, 순행, 임금이 나라 안을 두루 살피어 돌아다니던 일) 중 여기에 이르렀다면.

17) 承露盤(승로반): 한무제가 천로(天露)를 받아 마시며 신선이 되고자 설치했다는 구리로 만든 쟁반(三輔故事).

18) 瀟湘斑竹(소상반죽): 중국 소수(瀟水)·상강(湘江) 지방에서 자라는 아롱진 무늬가 있는 대나무.

19) 野絹絲(견사): 거칠게 짠 그물용 실.

(이백이 여기 난다면 강호명월을 사랑하랴)

(한무제가 순행 중 들렀더라면 천하도 잊었으리라)

(깊은 궁궐 승로반을 분명히 짓지 않았으리라)

조물주가 지은 자연이 예와 같은데 한 골짜기의 무릉도원에 혼자 누워

만사를 없애니 일신이 한가하다

(소상반죽 낚싯대에 거친 그물실 끈을 달아)

흥에 겨워 배회하여 낚시터로 내려가니

(억만 길 맑은 소(沼)에 뛰노는 이 고기로다)

옥같이 맑은 물결 사이에서 노는 금린어를 버드나무 가지에 꿰어 메고

(가지가 늘어진 푸른 솔 아래에서 휘파람 불고 돌아오니)

속세의 소식을 아느냐 모르느냐

◉ 이체자

仙→仚, 漢→漢, 武→武, 宮殿→宮殿, 承露盤→承露盤, 然→然, 舊→旧

萬→萬, 閑暇→閑暇, 瀟→潚, 絹絲→絹絲, 興→興, 臺→坮, 丈→丈, 淸→清

爲→為, 鱗→鱗, 魚→魚, 綠楊→綠楊, 落→落, 塵→塵, 奇→竒

滋味(자미)[20]을 아ᄌ흐야 百花中(백화중)의 散步(산보)흐며

香(향)늬 나는 취닙과 아희손 고사리을

내 손조 ᄶ여다가 土醬(토장)국에 달혀 내여

서 홉 밥 半(반)만 덜어 냥쎠지 먹근 後(후)의

鉄竹(철죽)을 둘너 집고 희笛(적)을 손의 쥐고

第一峯(제일봉) 仙臺上(선대상)의 넌ᄌ시 올나안ᄌ

紫芝曲(자지곡)[21] 楊柳辭(양류사)[22]을 淸雅(청아)이 블러내니

雲霧中(운무중) 白鶴聲(백학성)이 고비고비 어외는 듯

어드면 듁이요 못 어드면 굴믈망졍

美哉(미재)라 님ᄌ 업슨 風景(풍경)과 흠긔 늙쟈 흐노라

---

20) 滋味(자미): 재미. '재미'는 자양분이 많고 맛도 좋다는 뜻의 '자미'에서 온 말임.

21) 紫芝曲(자지곡): 상산(商山)의 사호(四皓)가 진(秦)의 난을 피하여 은거할 때 한고조(漢高祖, B.C. 247?~B.C. 195)가 불렀으나 응하지 않았다고 하는 은사생활의 심정을 읊은 노래.

22) 楊柳辭(양류사): 양류지사(楊柳枝辭)의 약칭. 양류지는 백거이(白居易, 772~846, 중국 당나라의 시인)가 지은 악부.

(재미를 알자 하여 온갖 꽃 사이를 산책하며)

향내 나는 취의 잎과 아이 손 같은 고사리를

(내 손수 캐어다가 된장국에 달여 내어)

서 홉 밥을 반만 덜어 양껏 먹은 후에

쇠지팡이를 둘러 짚고 해금과 피리를 손에 쥐고

제일봉 신선대 위에 넌지시 올라앉아

자지곡 양류사를 청아히 불러내니

(운무 속에서 흰 두루미 소리가 굽이굽이 어우는 듯)

(얻으면 죽이요 못 얻으면 굶을망정)

(아름답도다 임자 없는 풍경과 함께 늙자 하노라)

● 이체자

散→散, 土醬→土醬, 第→苐, 臺→臺, 紫→紫, 霧→霧, 鶴聲→鶴聲

美哉→美哉

29. 花柳歌(화류가)[1]

花柳間(화류간)의 노든 벗님 이 내 말슴 드러보소

九十春光(구십춘광)[2] 덧업스니 長春園(장춘원)에 픠온 곳치

지난밤 춘 서리의 하마 거의 니올너니

니올너 써러지면 고온 色(색)을 니즐손가

관셩지[3] 빗기 잡아 百花(백화) 芳名(방명) 젹어 내니

貝江月(패강월) 발근 둘에 仙女(선녀)들도 ᄒᆞ고 만타

天上玉京(천상옥경) 月宮仙女(월궁선녀) 巫山仙女(무산선녀) 洛浦仙女(낙포선녀)[4]

洞庭(동정)[5] 우희 陵波仙女(능파선녀) 瑤池(요지)[6] 王母(왕모) 草江仙(초강선)이

蓮(연)못가의 採蓮仙(채련선)이 黃州(황주) 名唱(명창) 童仚(동선)이요

貝江(패강) 中流(중류) 一舟仙(일주선)이 春三月(춘삼월) 好時節(호시절)의

벗보ᄂᆞ 醉老行(취노행)이 東君(동군) 布澤(포택) 陽春(양춘)이요

萬里(만리) 江山(강산) 貴峯春(귀봉춘)이 春夏秋冬(춘하추동) 歲節(세절)이요

---

1) 花柳歌(화류가): 연대미상의 규방가사로 화전가류(花煎歌類)에 속한다. 작중 표현이나 분위기를 볼 때에 작중 화자가 남자인 듯 보인다.《해동유요》본은 임기중(2005)에 주해된 〈화류가〉와 중반부까지는 비슷한 부분이 많으나 후반부는 다소 다른 부분들이 나타나고 있다.

2) 九十春光(구십춘광): ① 봄의 석 달 동안, ② 석 달 동안의 화창한 봄 날씨, ③ 노인(老人)의 마음이 청년(靑年)처럼 젊음을 이르는 말.

3) 관성지: 관성재(管城子ㅣ). 붓의 다른 이름. 관성후(管城候), 관성영(管城穎). 모두 같은 말임.

4) 洛浦仙女(낙포선녀): 낙포(洛浦)는 중국 하남성의 낙수(洛水)로 낙포선녀는 낙수의 여신(女神)을 말함.

5) 洞庭(동정): 동정호(洞庭湖). 중국 호남성(湖南省) 북부에 있는 중국에서 가장 큰 호수. 양자강의 흐름을 조절하는 구실을 하며 예로부터 많은 시인들에 의하여 읊어진 명승임.

6) 瑤池(요지): ① 구슬 연못. 신선이 산다는 곳임, ② 중국 곤륜산에 있다는 못. 주(周)나라 목왕이 서왕모를 만났다고 하는 곳.

(화류 사이에서 놀던 벗님 이내 말씀 들어보소)

봄날이 덧없으니 장춘원에 핀 꽃이

지난밤 찬 서리에 벌써 거의 시들었나니

(시들어 떨어지면 고운 색을 잊을 것인가)

(붓을 빗겨 잡아 온갖 꽃의 이름을 적어 내니)

(대동강 달 밝은 달에 선녀들도 많고 많다)

(천상옥경 월궁선녀 무산선녀 낙포선녀)

(동정호 위에 능파선녀 요지와 초강의 선녀)

연못가의 채련 선녀 황주 명창 동선이요

(패강 중류에 배를 탄 신선이 춘삼월 좋은 시절에)

(벗 만나는 취한 노인처럼 태양이 덕을 펴니 봄이요)

만 리 강산 귀한 봉우리의 봄이 해마다로구나

● 이체자

歌→歌, 花→花, 間→间, 園→園, 仙→仚, 宮→宫, 庭→庭, 陵→陵, 瑤→瑶

草→草, 黃→黄, 流→流, 節→節, 醉老→醉老, 澤→澤, 陽→陽, 萬→萬

歲→歲

雪上(설상) 九節(구절) 一枝梅(일지매)요 히 져무러 夕陽春(석양춘)이

분홍 진홍 다홍 春(춘)이 百花(백화) 滿發(만발) 花春(화춘)이라

九禮宮(구례궁) 麒麟仙(기린선)을 네 잠간 드러드니

浮碧樓(부벽루)[7) 秋夜月(추야월)의 綾羅仙(능라선)[8)이 반가오니

君子節(군자절)이 松竹(송죽)이니 귀흔 꼿치 松花(송화)로다

壽富貴(수부귀) 다남자(多男子[9)) 一人(일인)은 福介(복개)[10)런가

杜鵑花(두견화)[11) 滿發(만발)흐되 玉女(옥녀) 조촛 논일 젹의

靑玉(청옥) 白玉(백옥) 斗玉(두옥)이요 永州(영주)[12) 方丈(방장) 蓬萊仙(봉래선)이

三色(삼색) 桃花(도화) 곱단 말이 다시 보니 可愛(가애)로다

사랑 무허 有海[13)(유해)흐니 근원 깁픈 玉丁(옥정)[14)이라

얼골 고온 秋香臺(추향대)요 뫼양 고온 蜀梅(촉매)로다

月宮姮娥(월궁항아)[15) 淑香(숙향)[16)이요 梨花(이화) 흐켯 白葉(백엽)이라

---

7) 浮碧樓(부벽루): 평양시 중구역 금수산 모란봉 동쪽 깎아지른 청류벽 위에 서 있는 정자임.

8) 綾羅仙(능라선): 임기중(2005)에는 능파선(능파 선녀)이 등장함.

9) 子: 정확한 한자를 찾지는 못했으나 맥락상 子의 이형자나 이체자인 것으로 보임.

10) 福介(복개): 부안기생 복개를 가리키는 것으로 추정됨.

11) 杜鵑花(두견화): 진달래.

12) 永州(영주): 같은 줄 方丈(방장), 蓬萊(봉래)를 고려하면 삼신산(三神山)을 가리키는 것으
로 瀛洲(영주)의 오기로 보임.

13) 有海(유해): 나고 죽음을 되풀이하면서 끝없이 유전(流轉)하는 미혹(迷惑)의 세계를 바다
에 비유하여 이르는 말.

14) 玉丁(옥정): 맥락상 옥지기[獄丁]나 감옥의 뜰[獄庭]을 의미하는 듯함. '옥'은 獄을 음차하
여 썼거나, 사랑의 감옥은 황홀하니 옥으로 만든 감옥을 의미하는 것으로 볼 수 있음.

15) 月宮姮娥(월궁항아): ① 전설에서, 달에 있는 궁에 산다는 선녀, ② 견줄 만한 사람이 없을
정도로 아름다운 여자를 비유적으로 이르는 말.

16) 淑香(숙향): 〈숙향전〉에서 숙향은 전생에 월궁항아였다고 설명됨.

눈 위에 아홉마디 매화 한 가지요, 해 저문 석양의 봄 같구나

(분홍 진홍 다홍 향이 온갖 꽃이 만발한 꽃봄이다)

(구례궁 기린선을 옛적에 잠깐 들렀더니)

부벽루 밤에 홀로 뜬 달의 능라 선녀가 반가우니

군자의 절개가 송죽이니 귀한 꽃이 송화로다

(장수하고 부귀하며 아들이 많음은 남자 그 한 사람은 복된 사람이던가)

두견화 만발한데 선녀 좇아 노닐 적에

(청옥 백옥 두옥이요 영주 방장 봉래선이라)

삼색의 도화가 곱단 말처럼 다시 보니 사랑할 만하도다

(사랑은 허무하고 미혹되니 근원이 깊은 감옥이라)

얼굴 고운 추향대요 모양 고운 매화로다

(월궁항아 숙향이요 이화 한 잎 흰 꽃잎이라)

● 이체자

雪→雪, 滿發→滿發, 麒麟→猉獜, 樓→樓, 秋→秋, 綾→綾, 松→枩

壽富→壽冨, 杜鵑→杜鵑, 靑→青, 丈→丈, 愛→爱, 臺→坮, 葉→葉, 仙→仚

모란꼿치 곱다 흔들 長蓮花(장련화)[17]을 ᄯ를손가

萬軍中(만군중)의 虞美人(우미인)[18]이요 中尉大將(중위대장) 오영이라

九月九日(구월구일) 눌은 菊花(국화)[19] 쩍거쥐니 得秋花(득추화)라

秋望月(추망월)이 明朗(명랑)커늘 鳳仙月(봉선월)을 부러 ᄒ랴

이 남은 花鳥(화조)란은 진진ᄒ여 다 못 쓰니

수황박명 적어 내여 香氣(향기) 香燭(향촉) 고온 빗체

솔의 업슨 암소양이 눈의 암암 버러시니

이조희 일흠은 花(화)전진가 ᄒ노라

---

17) 長蓮花(장련화): 기녀의 이름인 듯함.

18) 虞美人(우미인): (?~B.C. 202). 옛날 중국 초왕 항우의 애첩. 늘 항우를 따라다녔다는 절세
　　의 미인임.

19) 九月九日(구월구일)~菊花(국화): 음력 9월 9일은 중양절로, 이 날 서울의 선비들은 교외
　　로 나가서 풍국(楓菊, 단풍과 국화) 놀이를 하는데, 시인 · 묵객들은 주식을 마련하여 황국
　　(黃菊)을 술잔에 띄워 마시며 시를 읊거나 그림을 그리며 하루를 즐겼고, 각 가정에서는 국
　　화전을 부쳐 먹었음.

모란꽃이 곱다 한들 장련화를 따를 것인가

(만군 중의 우미인이요 중위대장 오영이라)

구월 구일 누런 국화 꺾어 쥐니 가을꽃을 얻음이다

가을에 바라본 달이 밝거늘 산에 올라 달 보는 것을 부러워하랴

(이 남은 꽃과 새는 다하고 다해도 다 못 쓰니)

(수황박명 적어 내어 향기 향촉 고운 빛에)

(소리 없는 향기가 눈에 아른아른하게 늘어져 있으니)

이 종이의 이름은 화전지인가 하노라

● 이체자

虞→虞, 美→美, 將→將, 望→望, 鳳→鳳, 鳥→鳥, 氣→氣

30. 長恨歌(장한가)[1]

漢皇(한황)[2]이 重色(중색)ㅎ여 傾國(경국)[3]을 싱각더니

御宇(어우)[4]흔 여러 치[5]의 求(구)ㅎ여도 못 어더드니

楊家(양가)[6]의 有女(유녀)ㅎ여 쳐음으로 자랄 적의

深閨(심규)에 길녀이셔 밧사룸이 모로드니

天生(천생)의 고온 女質(여질)[7] 절노 늙기 어렵도다

一朝(일조)의 싸히여셔[8] 九重(구중)의 드러가니

흔 우음 一色(일색) 態度(태도) 六宮(육궁)[9]이 낫치 업다

華淸夜(화청야)[10] 치온 밤의 賜浴(사욕)[11]도 치올시고

溫泉(온천)의 믈이 넓너 粉黛(분대)[12]을 씨서 내니

一夜(일야)의 嬌態(교태)로 새 恩惠(은혜) 닙은 짜예[13]

雲髮玉顏(운발[14]옥안)을 金寶(금보)로 쑴여 내여

芙蓉帳(부용장)[15] 더온 곳듸 春夜(춘야)을 지낼 적의

1) 長恨歌(장한가): 양귀비의 고사를 소재로 만들어진 가사이다. 이 가사는 당나라 시인이었던 백거이(白居易, 772~846)가 양귀비와 현종의 비극을 영원한 애정의 노래로 하여 지은 〈장한가(長恨歌)〉와 내용상 많은 부분이 일치하며, 백거이의 〈장한가(長恨歌)〉를 우리말로 풀어내고 있으나 원작이 120구로 이루어진 것을 218구로 만드는 과정에서 1구를 가사 2구로 바꾸어 표현이 다소 자연스럽게 이어지지 않는 부분들이 있다(이혜화, 1986). 이의 주해를 위해 백거이의 〈장한가〉와 김세환(1989)를 참고하였다.

2) 漢皇(한황): 뒤에 나오는 한천자 사자(漢天子 使者)와 함께 한무제의 전례와 고사로 보임. 한무제는 이부인(李夫人, ?~?)의 미모와 가무에 반해 있다가 이부인이 죽자 방사(方士) 소옹(少翁)을 시켜 그녀의 혼백을 부르게 하였음.

3) 傾國(경국): '경국'은 이연년(李延年, ?~B.C. 87)이 한무제 앞에서 자신의 여동생을 두고 부른 노래 〈북방유가인(北方有佳人)〉에 나타남. 절세미인. 나라가 기울어져도 모를만큼의 미인.

4) 御宇(어우): 임금이 나라를 다스리는 동안.

5) 치: 원문에 '취'로 되어있는데 치(治)의 오기로 보임.

6) 良家(양가): 원문에 楊家(양가)로 되어있는데 오기로 보임.

7) 女質(여질): 여자의 미모.

(한무제가 색을 중히 여겨 절세미인을 찾더니)

(나라를 다스리는 여러 해 동안 구하여도 못 얻더니)

양가의 딸이 있어 처음 자랄 적에

(깊은 규중에 키워져 사람들이 모르더니)

타고난 고운 미모 절로 늙기 어렵도다

(하루아침에 뽑혀 궁궐에 들어가니)

한 웃음 뛰어난 미인의 자태에 후궁들이 낯이 없다

(맑고 추운 밤에 목욕도 추울시고)

(온천의 물이 넓어 몸을 씻어 내니)

하룻밤의 교태로 새로이 은혜를 입는 때에

(구름같은 머리, 옥같은 얼굴을 금은보화로 꾸며 내어)

부용장 따뜻한 곳에서 봄밤을 보낼 적에

---

8) 싸히다: 『옛말』 빼다.

9) 六宮(육궁): 중국의 궁중에서 황후(皇后)의 궁정(宮庭)과 부인(夫人) 이하의 다섯 궁실(宮室).

10) 華淸夜(화청야): 백거이의 〈장한가(長恨歌)〉에는 화청지(華淸池)로 되어 있음.

11) 賜浴(사욕): 시중을 받으며 목욕하는 것.

12) 粉黛(분대): 아름답게 화장한 미인의 비유.

13) 싸예: 부사격 조사가 '예'로 표기된 것과 백거이의 원문을 생각하여 보면 '때'의 오기로 보는 것이 적절할 듯함.

14) 雲髮(운발): 구름 같은 귀밑머리라는 뜻으로, 귀밑으로 드리워진 아름다운 머리를 이르는 말.

15) 芙蓉帳(부용장): 일종의 화려하고 다채로운 색을 띠는 장막.

● 이체자

漢→漢, 楊→楊, 閨→閨, 態度→態度, 華→華, 粉→粉, 嬌態→嬌態

恩惠→恩惠, 雲髮→雲髮, 寶→寶

春宵(춘소) 苦短(고단)ᄒ딕 白日(백일)이 놉피 씌니

君王(군왕)이 일노조ᄎ 早朝(조조)¹⁶⁾을 아니시며

自彈(자탄) 侍宴(시연)ᄒ여 閑暇(한가)ᄒ도 업슬시고

봄마다 노라네고 밤마다 새와네니

三千後宮(삼천후궁)의 佳女(가녀)도 만컨만은

어이흔 恩寵(은총)이 흔몸의 묵거 이셔

黃金輦(황금연) 뫼신 밤의 새 단장 고쳐 쑴여

白玉樓(백옥루) 겨문 봄의 華宴(화연)이 罷(파)탄 말가

姊妹兄弟(자매형제)들이 다쓰러 列土(열토)¹⁷⁾ᄒ니

아마도 이 門戶(문호)의 光彩(광채)도 날셰이고

人情(인정)이 우옵도다 天下心(천하심)을 내 알거니

生女(생녀)의 이러커든 生男(생남)을 願(원)ᄒ손가¹⁸⁾

驪宮(여궁) 노픈 고듸 五雲(오운)이 ᄌ자시니

遠風(원풍)의 仙樂(선악) 소리 處處(처처)의 들이ᄂ듯

느즌 춤 긴 노릐예 綠竹(녹죽)¹⁹⁾으로 지나오니

君王(군왕)의 보ᄂ 興(흥)이 다ᄒ지 못ᄒ여셔

漁陽鞞鼓聲(어양비고성)²⁰⁾이 動地(동지)ᄒ여 오단 말가

---

16) 早朝(조조): 백거이의 〈장한가〉를 볼 때, 조회(朝會)를 의미하는 듯함.
   조회: 백관(百官)이 임금을 뵙기 위해 모이던 일.

17) 列土(열토)ᄒ니: 백거이의 〈장한가〉를 참고할 때, 봉토를 내린다, 곧 벼슬을 내린다는 의
   미. 양귀비(719~756)가 현종(685~762)의 총애를 얻어 그녀의 형제와 자매, 부모가 모두
   벼슬을 얻은 것을 의미함.

18) 生女(생녀)~願(원)ᄒ손가: 〈장한가전(長恨歌傳)〉에 이와 관련된 표현이 있음. 양귀비가
   세를 얻은 것과 관련하여 당시 인심을 반영하는 구절.

19) 綠竹(녹죽): 관악기와 현악기.

20) 漁陽鞞鼓聲(어양비고성): 현종이 양귀비에게 빠져 국사를 돌보지 않자 안녹산(703?~757)
   이 범양(范陽)에서 반란을 일으켜 장안까지 들어왔던 사실과 관련된 구절. 어양(漁陽)은

봄밤이 짧은데 해가 높이 뜨니

(군왕은 이로부터 조회를 않으시며)

(악기를 친히타고 잔치를 여느라 한가함도 없구나)

(봄마다 놀고 밤마다 새니)

삼천후궁 중에 미인도 많건만

어이하여 임금의 은총이 한 몸에 묵고 있어

황금 가마 모신 밤에 단장을 새로 하여 고쳐 꾸며

백옥루 저문 봄의 연회가 끊인단 말인가

양귀비의 형제자매들이 다스려 순서대로 벼슬을 내리니

(아마도 이 집안이 빛나겠구나)

(인정이 우습도다 천하의 마음을 내가 아니)

딸 낳음이 이러한데 누가 아들 낳는 것을 원할 것인가

여궁 높은 곳에 오색구름이 잦으니

먼 바람에 선계의 음악 소리 이곳저곳에서 들리는 듯

(느린 춤과 긴 노래에 악기로 지나오니)

군왕의 보는 흥이 끝나지 않아

어양의 북소리가 땅을 울리며 왔단 말인가

범양이 포함된 군(郡)의 이름.

●이체자

彈→彈, 閑暇→閑暇, 宮→宮, 佳→佳, 寵→寵, 輦→輦, 樓→樓, 華→華

罷→罷, 姉→姉, 弟→弟, 土→土, 門→门, 驪→驪, 雲→雲, 遠→逺, 仙→仚

處處→處處, 綠→綠, 興→與, 漁陽鞞鼓聲→漁陽鼙鼓聲

霓裳羽衣曲(예상우의곡)[21]을 어이하여 闕(궐)ᄒ신고[22]

ᄒ로밤 놀난 씌글 九重(구중)의 ᄡ여시니

千乘萬騎(천승만기)[23]은 어듸러로 가 게인고

城門(성문) 百餘里(백여리)의 翠花(취화)[24]을 멈쳐 이셔

六軍(육군)이 不發(불발)커든 兒女(아녀)을 앗길손가[25]

니르다 쇽졀업다 애둛다 어니ᄒ니

宛轉(완전) 娥媚(아미)은 馬前(마전)의 죽단 말가[26]

花鈿(화전)[27]이 ᄇ리인들 뉘라 아셔 거들손고

---

21) 霓裳羽衣曲(예상우의곡): 무지개로 만든 치마와 깃털로 만든 웃옷. 여자들의 화려한 차림
새를 비유하는 말. 한편, 이것은 당나라 때 만들어진 무곡(舞曲)의 이름이기도 함. 전설에
따르면 현종이 중추절에 황궁에서 방사(方士) 나공원(羅公遠)과 함께 달구경을 하다가 나
공원이 도술을 부려 만든 달나라 궁전 광한궁(廣寒宮)에 들어가 아름다운 음악을 배경으
로 선녀들이 춤추는 장면을 구경했는데, 그것을 기억해두었다가 나중에 궁중의 악사들에
게 「예상우의」라는 장편의 음악 즉 '법곡(法曲)'을 만들게 하고 양귀비에게 선녀의 차림새
로 춤을 추게 했다고 함.

22) 闕(궐)ᄒ신고: 마땅히 해야 할 일을 빠뜨림.

23) 千乘萬騎(천승만기): 천승지국, 곧 병거(兵車) 천 대를 갖출 힘이 있는 나라라는 뜻으
로, 제후가 다스리는 나라를 이르는 말. 만 명의 기병.

24) 翠花(취화): 취화는 비취색의 깃발. 왕의 군대.

25) 六軍(육군)이~앗길손가: 천자(天子)가 통솔한 여섯 개의 군(軍). 안사의 난(安史─亂)과
관련된 내용. 현종 밑에서 재정을 장악한 양귀비의 일족인 재상 양국충(楊國忠, ?~756)의
토벌을 구실로 안록산(安祿山, 703~757)의 난에 패전을 거듭하던 황제의 군대가 움직이지 않
고 도리어 황제에게 압력을 가해 양귀비를 죽게 한 일의 서술.

26) 宛轉(완전)~말가: 군색한 데가 없이 순탄하고 원활함. 아름다운 미인. 맥락상 양귀비를 뜻
함. 군사들의 분노로 인해 현종이 양귀비에게 자진(自盡)하게 했던 곳이 마외(馬嵬)였음.

27) 花鈿(화전): 꽃 같은 비녀라는 뜻으로 양귀비의 비녀를 가리킴. 원문에 '花細(화세)'로 되
어있는데 오기로 보임.

(예상우의곡을 어찌하여 빠뜨리셨는가)

하룻밤에 먼지가 궁궐에 이니

(군왕의 군대는 어디로 가 있는가)

(성문 백여 리에 왕의 군대가 멈춰 있어)

천자의 군대가 움직이지 않으니 아녀자를 아낄 것인가

(이르다 속절없다 애달프다 어이하리)

순탄했던 미인이 말 앞에서 죽는단 말인가

(꽃비녀가 떨어져 깨어진들 누가 알아서 거들 것인가)

● **이체자**

霓→霓, 闕→闕, 乘→乗, 萬騎→萬騎, 餘→餘, 發→發, 兒→児, 宛→宛

馬→馬, 花→花, 黃埃→黄埃, 劍閣→釰阁, 棧→桟, 峨→峩, 嵋→峗, 旌→旌

青→青

君王(군왕)이 낫치 업고 피눈믈 흘니시니

恩情(은정)도 깁것만ᄂᆞᆫ 이 한 몸 못 구홀가

黃埃(황애) 아득ᄒᆞᄃᆡ 찬 바름 섯거 부니

劍閣(검각) 空棧(공잔)[28]이 노품도 노플시고

峨嵋山(아미산)[29] 희 진 골의 녜 사름 쓴쳐시니

旌旗(졍기)의 빗치 업고 古國(고국)이 머러ᄂᆞᄃᆡ

깁플샤 蜀山水(쵹산수)야 프를샤 蜀山靑(쵹산쳥)아

---

28) 空棧(공잔): 빈 다리[橋].

29) 峨嵋山(아미산): 아미산은 가주(嘉州)에 있는 산으로, 성도(成都)로 향하던 현종이 지났다고 생각할 수 없는 곳이나, 촉나라에서 가장 유명한 산이기에 이를 통해 현종이 촉나라의 경계에 이르렀음을 나타내려 사용한 것으로 보임.

군왕이 낯이 없고 피눈물을 흘리시니

(은애도 깊건만 이 한 몸 못 구하는가)

누런 먼지가 아득한데 찬 바람에 섞여 부니

(검각의 빈 다리가 높기도 높구나)

아미산 해 진 골짜기에 옛 사람의 발길이 끊겨 있으니

깃발이 빛을 잃고 고국이 멀었는데

깊구나 촉산의 강아 푸르구나 촉산의 푸르름아

座中(좌중)에 사름들이 朝暮(조모)의 미쳐셰라

離宮(이궁) 들밧치요 夜雨(야우)의 방울 소리

듯거니 보거니 이쓴출 샌이로다

乾坤(건곤)이 轉還(전환)ᄒ야 六龍(육룡)[30]이 도라올 제

當年(당년)의 馬嵬驛(마외역)을 다시 어이 오단 말고

玉顔(옥안)은 어듸 가고 泥土(니토)만 나만는고

君王(군왕)이 오슬 적셔 古宮(고궁)의 돌라오니

池園(지원)은 依舊(의구)ᄒ고 物色(물색)이 宛然(완연)ᄒ듸

太液(태액)[31] 芙蓉(부용)은 玉顔(옥안)을 다시 본듯

未央宮(미앙궁) 프른 楊柳(양류) 翠眉(취미)을 집퓌온듯[32]

슬프거니 늦기거니 눈믈이 졀노 난다

春風(춘풍)의 곳치 픠고 秋雨(추우)의 닙피 질 제

西宮(서궁)의 기온[33] 플이 눌 위ᄒ여 슬호는고

梨園(이원) 八千弟子(팔천제자)[34] 白髮(백발)도 새로올샤

나즤밤 깁픈 殿(전)의 반듸블 흘너 날 제

殘燈(잔등)을 도도오고 줌 업시 곳초 안즈

---

30) 六龍(육룡): 수레를 끄는 여섯 마리의 말이라는 뜻으로, 임금의 어가를 이름.

31) 太液(태액): 현종이 양귀비를 데리고 노닐던 궁중 연못의 이름.

32) 翠眉(취미): ① 버들잎의 푸른 모양, ② (푸른 눈썹이란 뜻으로) 화장을 한 눈썹.

33) 기온: 자라다. 크다.

34) 梨園(이원) 八千弟子(팔천제자): 현종이 음악에 밝아 설치한 교육기관이 이원(梨園)이고 제자가 팔 천이었다고 함.

주위 (사람들이 아침저녁으로 마음이 맺혀 있구나)

난궁 들밭이요 밤비에 방울 소리

(듣고 보니 애끓을 뿐이로다)

세상이 바뀌어 어가가 돌아올 때

그 때의 마외역에 어떻게 다시 왔단 말인가

옥 같은 얼굴은 어디 가고 진흙만 남았는가

(군왕이 눈물로 옷을 적시고 고궁에 돌아오니)

못과 동산은 예전과 같고 그 빛깔이 완연한데

연못에 뜬 연꽃은 마치 그 아름다운 얼굴을 다시 본 듯

미앙궁 푸른 버드나무는 그 푸른 눈썹을 찌푸리는 듯

(슬프고 느껴 눈물이 절로 난다)

봄바람에 꽃이 피고 가을비에 잎이 질 때

(서궁에 무성한 풀이 누구를 위하여 슬퍼하는가)

이원 팔천제자의 백발도 새롭구나

(저녁 밤 깊은 전에 반딧불 흐르며 날 때)

희미한 등불을 돋우고 잠 없이 고쳐 앉아

● 이체자

座→座, 暮→暮, 離宮→雅宮, 雨→雨, 還→還, 龍→龍, 嵬→嵬, 驛→驛

園→園, 舊→舊, 宛然→宛然, 西→西, 殿→殿, 殘→殘

遲遲(지지)한 更鼓(경고)³⁵⁾의 밤은 어이 기도던고
耿耿(경경)흔³⁶⁾ 星河(성하)은 흐마 아이 새엿는가
鴛鴦枕(원앙침) 치온 밤의 츤 서리 석거 치니
翡翠衾(비취금) 혼ㅈ 펴고 뉘라셔 뫼실손고
幽暝離別(유명이별)컨지 몃히나 되여관듸
情魂(정혼)이 업돗든가 쑴속에도 못 볼낫다
迹叩(적고)의 道士(도사) 이셔 鴻聲(홍성)의 소리로셔
精神(정신)이 成魂(성혼)흐여 魂魄(혼백)을 일워던가
君王(군왕)의 쯧들 바다 秀士(수사)³⁷⁾을 보닌 말이
排風儀氣(배풍의기)³⁸⁾흐여 어듸 가 츠ㅈ리요
하늘의 올낫는가 짜 아릭 들어는가
碧溪(벽계)을 다다로며 黃泉(황천)을 다시 보니
만나지 못흐거든 또 어듸 가 어들손고
들오이 東海(동해) 上(상)의 仙山(선산)이 잇다 흐되
樓殿(누전)은 飄渺(표묘)³⁹⁾흐고 五雲(오운)이 깁퍼셰라

---

35) 更鼓(경고): 초경(初更)·이경·삼경·사경·오경으로 나눈 밤의 시간을 알리기 위하여
   치던 북.
36) 耿耿(경경): ① 불빛이 깜박깜박함, ② 마음에 잊히지 아니함.
37) 秀士(수사): 덕행과 아울러 학술이 뛰어난 선비.
38) 排風儀氣(배풍의기): 의미가 잘 통하지 않음. 백거이의 한시에 '排雲馭氣(배운어기)'로 되
   어있는데 구름을 밀치고 기를 탄다는 의미임.
39) 飄渺(표묘): 한시에는 '縹緲(표묘)'로 되어있음.

더딘 밤은 어찌 길던가

깜빡이는 은하수는 벌써 아예 샜는가

(원앙침 추운 밤에 찬 서리 섞여 치니)

(비단 이불 혼자 펴니 누가 모실 것인가)

(생사의 이별을 한 지 몇 해나 되었기에)

혼백이 없던가 꿈 속에서도 볼 수가 없구나

(머무는 도사가 있어 큰 소리로써)

정신이 혼을 이루어 혼백을 이루던가

(군왕의 뜻을 받아 수사를 보내니)

(환술을 부리니 양귀비를 어디 가 찾으리오)

하늘에 올랐는가 땅 아래 들었는가

벽계에 다다르며 황천을 다시 보니

(만나지 못하거든 또 어디 가 얻을 것인가)

(듣자하니 동해 위에 선산이 있다 하여)

누각은 아득하고 오색구름이 깊구나

● 이체자

遲→遲, 鼓→皷, 鴛鴦枕→鴛鴦枕, 衾→衾, 瞑→瞑, 魂→魂, 迹→跡, 鴻聲→鴻聲

魄→魄, 黃→荒, 飄渺→縹緲, 雲→雲

곳다온 仙子(선자) 中(중)의 게 나 아이가 잇는가

其中(기중)의 혼 사름이 뵈온 듯 흐져이고

雪膚(설부)[40]와 花容(화용)이 긔신가 아이신가

西廟(서묘)을 ᄎᆞᄌᆞ가셔 玉扁(옥편) 두드리니

雙成(쌍성)이 일은 말이 漢天子(한천자) 使者(사자)신가

菊花帳(국화장) 깁픈 곳듸 쑴 ᄭᅵ여 니러 안ᄌᆞ

羅衣(나의)을 거두 안고 角枕(각침)을 믈이치고

珠箔(주박) 銀屏(은병)이 ᄎᆞ례로 열녀셔라

雲鬢(운빈)을 헛프러셔[41] 華冠(화관)을 빗기 쓰고

玉階(옥계)의 밧비 ᄂᆞ려 消息(소식)을 뭇ᄌᆞ오니

香風(향풍)이 건듯 부러 仙袂(선몌)을 거두치니

霓裳羽衣(예상우의)에 녜 춤을 다시 본듯

仙容(선용)을 집픠는 듯 눈믈이 소ᄉᆞ나니

梨花(이화) 혼 가지의 봄빗츨 비앗는 듯

---

40) 雪膚(설부): 눈처럼 흰 살결이라는 뜻으로, '미인의 살결'을 일컫는 말.
41) 헛프러셔: '헛틀다'의 오기인 듯. 헛틀다: 흐트러지다.

(꽃다운 선인 중에 거기 나의 아이가 있는가)

(그 가운데 한 사람이 뵈온 듯 하구나)

눈처럼 흰 살결과 꽃같은 얼굴이 그이신가 아니신가

사당을 찾아가서 옥으로 된 편액을 두드리니

(쌍성이 이른 말이 "한나라 천자의 사자이신가')

아름다운 장막 깊은 곳에 꿈 깨어 일어나 앉아

비단옷을 걷어 안고 베개를 치우고

(주렴과 은빛 병풍을 차례로 여는구나)

귀밑머리를 흩트리고 관을 빗겨 쓰고

옥계를 바삐 내려가 소식을 물으니

향기로운 바람이 잠깐 불어 소매를 걷어치우니

예상우의의 옛 춤을 다시 본 듯

아름다운 얼굴을 찌푸리는 듯 눈물이 솟아나니

이화 한 가지에 봄빛을 뿜어내듯

● 이체자

仙→仚, 雪膚→雪膚, 廟→庙, 雙→雙, 漢→漢, 者→者, 屏→屏, 鬢→鬓

華→華, 階→階, 袂→袂, 霓→霓

마음의 미친 情態(정태) 니로 다 다홀손가

눈믈을 다시 솟고 님의게 붓친 말이

쩌난 지 하 올르니 音信(음신)이 막켜 이셔

昭陽殿(소양전)⁴²⁾ 녀흰 후의 녜 恩惠(은혜) 니저시니

蓬萊山(봉래산) 깁픈 고듸 日月明(일월명) 기러셰라

人寰(인환)을 브라리라 멀이을 두로 혜고

長安(장안)이 어듸메요 塵霞(진하)만 보리로다

深情(심정)을 表(표)ᄒ오미 舊物(구물)을 보ᄂᆡ노라

金鈿(금전)을 싸려내여 부신⁴³⁾을 ᄂᆞ화더니

가거든 여러보고 내 일인 줄 아르실가

아마도 님의 ᄆᆞ음 이갓치 구더 이셔

天上人間(천상인간)의 다시 볼가 ᄒᆞᄂᆡ이다

情信(정신)을 못내 부쳐 쏘 흔 말 이셔이다

이 盟誓(맹서) 이 마암을 다만 두리 아라ᄂᆞ니

---

42) 昭陽殿(소양전): 한성제(漢成帝, B.C. 52~B.C. 7)의 총애를 받은 조비연(趙飛燕, ?~B.C. 1) 황후의 여동생 소의 조합덕(昭儀 趙合德)이 살던 궁전. 당의 양귀비를 비연에 비겨 양귀비의 처소를 소양전이라 말하기도 했음.

43) 부신(符信): 어떤 증표를 찢거나 나누어 서로 지니다가 뒷날 맞추어 증거로 삼은 물건.

(마음에 맺힌 감정을 이로 다 다할 것인가)

(눈물을 다시 쏟고 님에게 부친 말이)

(떠난 지 아주 오래니 소식이 막혀 있어)

소양전 여읜 후에 옛 은총 잊었으니

(봉래산 깊은 곳에 세월이 길었구나)

(사람 사는 곳을 바라며 멀리를 두루 헤아리고)

장안이 어디인가 짙은 안개만 보이는구나

깊은 정을 표하는 옛 물건을 보내노라

(금비녀를 떼어내어 증표를 나누더니)

(가거든 열어보고 내 일인 줄 아실까)

(아마도 임의 마음 이같이 굳어 있어)

천상에서 다시 볼까 합니다

(마음을 다 못 일러 또 할 말이 있습니다)

이 맹세와 이 마음을 다만 둘이 아니

● 이체자

昭→昭, 寰→寰, 塵霞→塵霞, 舊→舊, 間→间, 盟→盟

長生殿(장생전)⁴⁴⁾ 七夕(칠석)밤의 사름 업시 私語(사어)⁴⁵⁾홀 제
翡翠鳥(비취조)⁴⁶⁾ 連理枝(연리지)⁴⁷⁾로 흔듸 네자 ᄒ여더니
그덧의 무슴 일노 외오셔 그리ᄂᆞᆫ고
하늘이 기다 흔들 이ᄂᆡ ᄆᆞ음 비ᄒᆞ오며
싸이 넙다 흔들 이ᄂᆡ 실름 갓틀손가
아마도 綿綿(면면)흔 이내 한숨 긋칠 적이 업슬리라

44) 長生殿(장생전): 당 현종 때 화청궁(華淸宮) 안의 전각.
45) 私語(사어): 드러나지 않도록 조용히 하는 말.
46) 翡翠鳥(비취조): 백거이의 한시에는 比翼鳥(비익조)로 되어있음. 비익조는 암수의 눈과 날 개가 각각 하나씩이어서 짝을 짓지 않으면 날지 못한다는 전설상의 새.
47) 連理枝(연리지): 뿌리가 다른 나뭇가지가 서로 엉켜 마치 한 나무처럼 자라는 현상. 매우 희귀한 현상으로 남녀 사이 혹은 부부애가 진한 것을 비유하며 예전에는 효성이 지극한 부모와 자식을 비유하기도 했음.

칠석 밤에 장생전에 사람이 없어 둘이 속삭일 때
비익조, 연리지로 함께 가자 하였더니
그때에 무슨 일로 외따로 그리는가
(하늘이 길다 한들 나의 마음에 비할 것이며)
(땅이 넓다 한들 나의 시름과 같을 것인가)
(아마도 끊임없는 나의 한숨 그칠 적이 없으리)

◉ 이체자

私 → *私*, 鳥 → 鳥

31. 湖西歌(호서가) 忠淸道(충청도)[1]

木川(목천)[2]나무 비을 무어 沔川(면천)[3]믈의 씌여 내여

唐津(당진)[4]으로 흘이 저어 湖西(호서)을 도라보니

崑崙山(곤륜산) 中祖峯(중조봉)은 白頭山(백두산)의 連山(연산)[5]ᄒ고

黃河水(황하수) 나린 믈은 黃澗水(황간[6]수) 되단 말가

믈마다 海渼(해미)[7]여을 뫼마다 瑞山(서산)[8]일다

山水(산수)도 조흘시고 人傑(인걸)이 大興(대흥)[9]ᄒ니

韓山(한산)의 張良(장량)[10]이요 尼山(이산)의 孔子(공자)[11] 나샤

---

1) 湖西歌(호서가): 전체 82구로 이루어진 가사로, 호서지방인 충청도의 53개 지명을 지방의 특색을 이야기하며 비유적으로 표현한 노래. 지역을 언급하는 지명가사로, 고유지명이자 일반적 의미의 두 가지를 지명이 포함하고 있는 중의성이 특징.

2) 木川(목천): 조선 시대 목천현(木川縣), 현재 충청남도 천안시(天安市) 목천면(木川面) 일대.

3) 沔川(면천): 조선 시대 면천군(沔川郡), 충청남도 당진시(唐津市) 면천면(沔川面) 일대.

4) 唐津(당진): 조선 시대 당진현(唐津縣), 현재 충청남도 당진시.

5) 連山(연산): 조선 시대 연산현(連山縣), 현재 충청남도 논산시(論山市) 연산면(連山面) 일대. 연산은 지명 외에 '산에 이어있다'라고 중의적으로도 사용됨.

6) 黃澗(황간): 조선 시대 황간현(黃澗縣), 현재 충청북도 영동군(永同郡) 황간면(黃澗面) 일대.

7) 海渼(해미): 조선 시대 해미현(海美縣), 현재 충청남도 서산시(瑞山市) 해미면(海美面) 일대. 해미는 지명 외에 '바다가 아름답다'라는 중의적 표현이 시도된 것으로 보임.

8) 瑞山(서산): 조선 시대 서산군(瑞山郡), 현재 충청남도 서산시(瑞山市). 서산은 지명 외에 '상서로운 산'이라는 중의적 표현이 사용됨.

9) 大興(대흥): 조선 시대 대흥현(大興縣), 현재 충청남도 예산군(禮山郡) 대흥면(大興面) 일대. 대흥은 지명 외에 '크게 흥한다'라고 중의적으로도 사용됨.

10) 韓山(한산)의 張良(장량): 한산은 조선시대 한산현(韓山縣). 현재 충청남도 서천군(舒川郡) 한산면(韓山面) 일대. 장량이 한(韓) 출신임을 이용한 표현으로 보임. 중국 초한시대에 한나라 고조(高祖)를 도와 천하를 통일하게 만든 사람으로 자는 자방(子房).

11) 尼山(이산)의 孔子(공자): 이산은 조선 시대 이산현(尼山縣). 정조(正祖, 재위 1776~1800) 시기에 노성현(魯城縣)으로 개칭. 현재 논산시 노성면(魯城面) 일대. 공자의 자(字)가 중니(仲尼)라 이산과 함께 '尼'가 함께 사용됨을 이용한 표현으로 보임.

(목천 나무로 배를 만들어 면천 물에 띄워 내어)

당진으로 흘러들어 호서를 돌아보니

(곤륜산의 조봉은 백두산에 이어진 산이고)

(황하수 내린 물은 황간수가 되었단 말인가)

물마다 물결치고 산마다 상서로운 산이라

산수도 좋거니와 인걸이 크게 창성하니

(한산의 장량이요 이산에 공자가 나시어)

● 이체자

淸→清, 西→酉, 黃→黄, 澗→涧, 渼→渼, 傑→傑, 興→兴

異端(이단)[12]을 멀니하니 人倫(인륜)이 新昌(신창)[13]거다

父子有親(부자유친) 懷仁(회인)[14]이요 君臣有義(군신유의) 全義(전의)[15]로다

長幼有序(장유유서) 禮山(예산)[16]ᄒ니 이 아니 德山(덕산)[17]인가

萬壑千峰(만학천봉)[18] 相接(상접)ᄒ니 國家(국가)의 牙山(아산)[19]이요

千流萬派(천류만파) 흘은 믈이 골골마다 舒川(서천)[20]일다

이러트시 험흔 믈을 긔 뉘라셔 鎭川(진천)[21]ᄒ며

져러트시 험흔 뫼을 긔 뉘라셔 珍岑(진잠)[22]홀고

聖上(성상)이 懷德(회덕)ᄒ샤 千里東方(천리동방) 比仁(비인)일다[23]

---

12) 異端(이단): 원문에 '夷袒(이단)'으로 되어있는데 음차 또는 오기로 보임.

13) 新昌(신창): 조선 시대 신창현(新昌縣), 현재 아산시(牙山市) 신창면(新昌面) 일대. 신창이 지명 외에 '새로 창성한다'라고 중의적으로 사용됨.

14) 父子有親(부자유친) 懷仁(회인): 회인은 조선 시대 회인현(懷仁縣), 현재 충청북도 보은군(報恩郡) 회인면(懷仁面) 일대. 오륜(五倫)을 사단(四端)에 결부시키는 표현이 나오는데 먼저 부자유친과, 회인을 글자 그대로 풀이하여 '인을 품다'의 인을 연결한 표현임.

15) 君臣有義(군신유의) 全義(전의): 전의는 조선 시대 전의현(全義縣), 현재 세종시(世宗市) 전의면 일대. 전의를 글자 그대로 풀이하여 '완전한 의' 또는 '의를 완전하게 함'이라고 중의적으로도 사용됨. 군신유의와 의를 결부시키고 있음.

16) 長幼有序(장유유서) 禮山(예산): 예산은 조선 시대 예산현(禮山縣), 현재 예산군(禮山郡). 장유유서와 예를 결부시키고 있음.

17) 德山(덕산): 조선시대 덕산현(德山縣), 현재 예산군 덕산면(德山面) 일대.

18) 萬壑千峰(만학천봉): 많은 골짜기와 산봉우리.

19) 牙山(아산): 충청남도의 북부에 위치한 행정 구역. 조선 시대 아산현(牙山縣), 현재 충청남도 아산시(牙山市). 아산은 지명 외에 '어금니산'이라는 의미로 사용되었음.

20) 千流萬派(천류만파)~舒川(서천)일다: 충청남도 남서단에 있는 군. 서천은 조선 시대 이래 서천군(舒川郡). 서천이 '물이 퍼진다'라고 중의적으로 사용됨.

21) 이러트시~鎭川(진천)ᄒ며: 충청북도와 북서부에 있는 군. 진천은 조선 시대 진천현(鎭川縣), 현재 충청북도 진천군(鎭川郡). 진천이 지명과 '물을 진압하다'라고 중의적으로 사용됨.

22) 져러트시~珍岑(진잠)홀고: 진잠은 조선 시대 진잠현(鎭岑縣). 현재 대전광역시(大田廣域

(이단을 멀리하니 인륜이 새롭게 창성한다)

부자유친은 인을 따르는 것이요 군신유의는 완전한 의로다

장유유서는 예를 지키는 산이니 이 아니 덕 있는 산인가

많은 골짜기와 산봉우리가 서로 접하니 국가의 어금니 산이요

천 가지의 흐름과 만 가지의 지류 흐른 물이 골짜기마다 퍼지는 강이로구나

(이렇듯이 험한 물을 그 누가 메울 것이며)

(저렇듯이 험한 산을 그 누가 누를 것인가)

임금이 덕을 품으시고 천리동방에 비할 인이로다

市) 유성구(儒城區) 일대. 진잠이 지명과 '산을 진압하다'라고 중의적으로 사용이 시도된 것 같은데 '珍'은 '鎭'의 오기일 수 있음.

23) 聖上(성상)이~比仁(비인)일다: '懷德(회덕)'은 조선 시대 회덕현(懷德縣). 현재 대전광역시 대덕구(大德區) 일대. 비인은 조선 시대 비인현(庇仁縣), 현재 서천군 비인면(庇仁面). 비인은 같은 음의 '比'를 이용해 지명 외에 '인을 견주다'라고 중의적으로 사용됨. 집정(執政) 중인 자기 나라의 황제를 높이어 일컫는 말.

● 이체자

異端→異端, 懷→懷, 幼→幼, 德→德, 萬壑→萬壑 流→流, 派→派, 舒→舒

鎭→鎮, 珍岑→珎岑, 聖→聖, 懷德→懷德

行政(행정)을 至公(지공)ㅎ니 邑邑(읍읍)이 公州(공주)[24]로다

忠臣(충신)을 勉勸(면권)ㅎ니 處處(처처)마다 忠州(충주)[25]로다

三百六十(삼백육십) 널은 洪州(홍주)[26] 聖上(성상)이 永東(영동)[27]ㅎ샤

淸安(청안)[28]을 崇尙(숭상)ㅎ니 各邑(각읍)이 淸州(청주)[29]로다

어화 聖恩(성은)이야 雨順風調(우순풍조) 天安(천안)[30]ㅎ샤

沃野千里(옥야천리) 沃川(옥천)[31] 따히 히히마다 連豐(연풍)[32]ㅎ니

文義(문의)[33]도 ㅎ려이와 稼穡(가색)을 심쓰리라

---

24) 公州(공주): 충청남도 동남단 금강(백마강) 상류 남안에 위치한 도시. 조선 시대 공주목(公州牧), 현재 공주시(公州市). 공주는 지명 외에 '공평한 고을'이라고 중의적으로 사용됨.

25) 忠州(충주): 충청북도의 북동부에 위치한 시. 조선 시대 충주목(忠州牧), 현재 충주시(忠州市). 충주는 지명 외에 '충성스러운 고을'이라고 중의적으로 사용됨.

26) 洪州(홍주): 충청남도 홍성 지역의 옛 지명. 조선 시대 홍주목(洪州牧), 현재 홍성군(洪城郡). 홍주는 지명 외에 '넓은 고을'이라고 중의적으로 사용됨.

27) 永東(영동): 충청북도 최남단에 있는 군. 조선 시대 영동현(永同縣), 현재 영동군(永同郡). '東'은 '同'과 같은 음으로 '永東'은 지명 외에 '동국(東國)을 영원하게 하다'라고 중의적으로 시도한 것으로 보임.

28) 淸安(청안): 충청북도 괴산지역의 옛 지명. 조선 시대 청안현(淸安縣), 현재 괴산군(槐山郡) 청안면(淸安面) 일대. 청안은 지명 외에 '맑고 편안하다'라고 중의적으로 사용됨.

29) 淸州(청주): 조선 시대 청주목(淸州牧), 현재 충청북도 청주시(淸州市). 청주는 지명 외에 '맑은 고을'이라고 중의적으로 사용됨.

30) 天安(천안): 충청남도의 북동부에 위치한 시. 조선 시대 천안부(天安府), 현재는 천안시(天安市). 천안은 지명 외에 '하늘이 편안하다'라고 중의적으로 사용됨.

31) 沃川(옥천): 충청북도 남부에 있는 군. 조선 시대 옥천현(沃川縣), 현재 충청북도 옥천군(沃川郡).

32) 連豐(연풍): 조선 시대 연풍현(延豐縣), 현재 괴산군 연풍면(延豐面) 일대. 연풍은 지명 외에 '계속된 풍년'의 중의적으로 사용되는 목적으로 '延'을 '連'으로 수정했을 가능성이 있음.

33) 文義(문의): 충청북도 청원 지역의 옛 지명. 조선 시대 문의현(文義縣), 현재 청주시 문의면(文義面) 일대. 문의는 지명 외에 '글의 의미'라고 중의적으로 사용됨.

행정을 공평하게 사사로움이 없이 하니 읍마다 공평하도다

충신을 힘쓰도록 하니 곳곳이 충성스럽도다

삼백육십 넓은 마을 임금의 은혜가 길이 있구나

맑고 편안함을 숭상하니 각 읍이 맑은 곳이로다

(아아 성은이여 좋은 시절 하늘을 평안하게 하시어)

기름진 들과 하늘 아래 마을 옥천 땅에 해마다 연이어 풍년이 오니

글에도 뜻을 두려니와 농사에도 힘쓰리라

● 이체자

勉勸 → 劼勸, 處 → 處, 崇 → 崇, 恩 → 恩, 雨 → 兩, 穡 → 穡

못슬 메여 밧츨 가니 이 아이 平澤(평택)[34]인가

山田(산전)에 피을 가니 稷山(직산)[35]이 되거고나

聖恩(성은)이 믈이 되여 흘러나니 恩津(은진)[36]일다

堯舜太平(요순태평) 만은 德(덕)을 聖上(성상)이 扶餘(부여)[37]ᄒ샤

天地(천지)갓치 널은 德(덕)을 무슴 도로 報恩(보은)[38]홀고

農隙(농극)의 틈을 어더 돌을 무어 結城(결성)[39]ᄒ니

石城(석성)[40]이 구더시며 四海(사해) 燕岐(연기)[41] 막켜거다

二三月(이삼월) 永春(영춘)[42]비의 槐山(괴산)[43]의 닙피 퓌여

---

34) 못슬~平澤(평택)인가: 경기도 최남단에 위치한 시. 평택현(平澤縣)은 충청도에 속해 있었으나 연산군 대에 처음으로 경기도로 편입되었음. 평택은 경기도, 충청도로 소속이 몇 번 바뀌었는데 가장 최근에는 1914년 충청도에서 경기도로 편입되어 오늘에 이르고 있음. 현재 평택시(平澤市). 실제 평택시 지명 설화에 못을 메운 것은 아니고 평평함[平]과 못[澤]을 이용해 만들어낸 표현으로 추정됨.

35) 山田(산전)에~되거고나: 충청남도 천안 지역의 옛 지명. 稷山(직산)은 조선 시대 직산현(稷山縣), 현재는 천안시 직산읍(稷山邑) 인대. 실제 직산 지명 설화는 아닌 것으로 보이며 피[稷]를 심은 산이라 직산이라고 만들어낸 표현으로 보임.

36) 恩津(은진): 조선 시대 은진현(恩津縣), 현재는 논산시 은진면(恩津面) 일대. 은진은 지명 외에 '은혜가 (물이 되어) 흐르는 나루'라고 중의적으로 사용됨.

37) 聖上(성상)이 扶餘(부여)ᄒ샤: 부여는 조선 시대 부여현(扶餘縣), 현재는 부여군(扶餘郡). 여기에서는 동음이의어로서 '부여(附與)하다'의 의미를 가짐.

38) 報恩(보은): 충청북도 서남부에 위치한 군. 조선 시대 보은현(報恩縣), 현재 보은군(報恩郡). 보은은 지명 외에 '은혜를 갚는다'라고 중의적으로 사용됨.

39) 結城(결성): 조선왕조 실록에 문공 1년에 충청도 결성현에 성을 쌓았다는 기록이 있음. 결성현은 지금의 홍성. 결성은 조선 시대 결성현(結城縣), 현재는 홍성군 결성면(結城面) 일대. 결성은 지명 외에 '성을 쌓다'라고 중의적으로 사용됨.

40) 石城(석성): 석성은 조선 시대 석성현(石城縣), 현재는 부여군 석성면(石城面) 일대.

41) 燕岐(연기): 지금의 충청남도 연기군. 조선 시대 연기현(燕岐縣), 현재는 세종시(世宗市). 연기는 지명 외에 갈림길의 의미로 중의적으로 사용이 시도된 것으로 보임.

못을 메우고 밭을 가니 이 아니 고른 못인가

산밭에 피를 심으니 피산이 되었구나

(성은이 물이 되어 흘러나오니 은혜로운 나루이구나)

(태평한 시대 많은 덕을 임금이 부여하시어)

(하늘과 땅같이 넓은 덕을 무슨 방법으로 보은할까)

농사를 쉴 틈을 얻어 돌을 쌓아 성을 만드니

(석성이 튼튼하여 온 천하의 침입이 막히었다)

이삼월 긴 봄비에 괴산에 잎이 피어

---

42) 永春(영춘): 지금의 충청북도 단양군 영춘면. 조선 시대 영춘현(永春縣), 현재 충청북도 단양군(丹陽郡) 영춘면(永春面) 일대. 영춘은 지명 외에 '긴 봄'의 의미로 중의적으로 사용되었음.

43) 槐山(괴산): 충청북도 중앙 동부에 위치한 군. 조선 시대 괴산현(槐山縣), 현재 괴산군(槐山郡). 괴산은 지명 외에 '홰나무 산'의 의미로 중의적으로 사용되었음.

● 이체자

澤→澤, 堯舜→尭舜, 報→報, 農→農, 燕岐→燕岐, 槐→槐

城(성) 쩌의 스을⁴⁴⁾ 드니 이 아이 陰城(음성)⁴⁵⁾인가

堤川(제천)⁴⁶⁾ 내 두던⁴⁷⁾ 우의 플은 플이 죠화거을

저는 나귀 늣게 튼고 綠草靑山(녹초청산)⁴⁸⁾ 드러가니

이 山(산) 져 山(산) 定山(정산)⁴⁹⁾ 업시 風景(풍경)이 다 죠홰라

春日(춘일)이 溫陽(온양)⁵⁰⁾ᄒᆞ여 火氣(화기) 萌動(맹동)⁵¹⁾ᄒᆞ다

---

44) 스을: 충청도 방언으로 '그루터기'를 의미함.

45) 陰城(음성): 충청북도 북서부에 있는 군. 조선 시대 음성현(陰城縣), 현재 충청북도 음성군 (陰城郡). 음성은 지명 외에 '어두운 성'의 의미로 중의적으로 사용되었음.

46) 堤川(제천): 충북 북동부에 위치한 행정 구역. 조선 시대 제천현(堤川縣), 현재 충청북도 제천시(堤川市). 제천은 지명 외에 '둑이 설치된 내'의 의미로 중의적으로 사용되었음.

47) 두던: 둔덕.

48) 靑山(청산): 조선 시대 청산현(靑山縣), 현재 옥천군 청산면(靑山面) 일대. 청산은 지명 외에 '푸른 산'의 의미로 중의적으로 사용되었음.

49) 定山(정산): 조선 시대 정산현(定山縣), 현재 충청남도 청양군(靑陽郡) 정산면(定山面) 일대. 정산은 지명 외에 '정해진 산'의 의미로 중의적으로 사용되었음.

50) 溫陽(온양): 조선 시대 온양현(溫陽縣), 현재 충청남도 아산시 온양동(溫陽洞) 및 배방읍 (排芳邑) 인근. 온양은 지명 외에 '따뜻한 양지'라는 의미로 중의적으로 사용되었음.

51) 萌動(맹동): 맹동(孟洞)은 조선 시대 충주 소속, 현재 충청북도 음성군 맹동면(孟洞面). 맹동은 지명 외에 '싹이 튼다'라는 의미로 중의적으로 사용하기 위해 음이 같은 한자어가 사용된 것으로 추정.

성터에 그늘을 두니 이 아니 풀이 무성한 성인가

(제천 둔덕 위에 푸른 풀이 좋았으니)

(저는 나귀를 천천히 타고 푸른 풀이 우거진 푸른 산에 들어가니)

이 산 저 산 정해놓은 산 없이 풍경이 다 좋구나

봄날이 따뜻하여 따뜻한 기운이 싹튼다

◉ 이체자

陰→陰, 綠草→綠草, 靑→靑, 定→㝎, 溫陽→温陽, 萌→萠

블근 곶츤 丹陽(단양)[52]이요 플은 믈은 靑陽(청양)[53]일다

花草(화초) 서근 플은 믈이 藍浦(남포)[54] 바다 되단 말가

나라가는 飛鴻山(비홍산)[55]아 네 어듸로 向(향)ᄒᆞᄂᆞᆫ다

林川(임천)[56]이 여긔여늘 너 안즐 수플일다

太安[57]聖世(태안성세) 일이 없어 山水(산수) 귀경 당기노라

한가흔 이내 몸이 淸風明月(청풍명월)로 萬歲(만세) 保寧(보령)[58]ᄒᆞ리라

---

52) 丹陽(단양): 충청북도 북단에 있는 군. 단양은 조선 시대 단양현(丹陽縣), 현재 단양군(丹陽郡). 단양은 지명 외에 '붉은 양지'라는 의미로 중의적으로 사용되었음.

53) 靑陽(청양): 충청남도 중부에 있는 군. 청양은 조선 시대 청양현(靑陽縣), 현재 청양군(靑陽郡).

54) 花草(화초)~되단 말가: 유명한 한문 어구 '靑出於藍而靑於藍(청출어람이청어람, 푸른색은 쪽풀에서 나오나 쪽풀보다 더 푸르다)'에서 착안하여 남포(藍浦) 앞 푸른 바다는 화초가 썩어서 더 푸르게 되었다는 표현으로 보임. 남포는 조선 시대 남포현(藍浦縣), 현재 충청남도 보령시(保寧市) 남포면(藍浦面) 인근.

55) 飛鴻山(비홍산): 충청남도 부여군의 서쪽에 위치한 산으로 과거 홍산현의 진산. 비홍산은 그 자체로 산의 이름이기도 하고 '날아가는 홍산(鴻山)'이라는 의미로 중의적으로 해석될 수 있음. 홍산은 조선 시대 홍산현(鴻山縣), 현재는 부여군 홍산면(鴻山面) 일대.

56) 林川(임천): 조선 시대 임천군(林川郡), 현재 충청남도 부여군 임천면(林川面) 일대. 임천은 지명 외에 '숲의 내'라는 의미로 중의적으로 사용되었음.

57) 太安(태안): 태안은 지명 외에 '매우 태평하다'라는 중의적으로 사용되었음. 태안(泰安)은 고려후기 이래로 태안군(泰安郡). 현재 충청남도 태안군.

58) 保寧(보령): 조선 시대 보령현(保寧縣), 현재 충청남도 보령시. 보령은 지명 외에 '지켜 편안하다/편안함을 지키다'라는 의미로 중의적으로 사용됨.

붉은 꽃은 단양이요 푸른 물은 청양이로구나

꽃과 풀이 섞인 푸른 물이 남포 바다가 되었단 말인가

날아가는 비홍산아 네 어디로 향하느냐

(숲과 강이 여기이거늘 너 앉을 수풀이구나)

태평성세 일이 없어 산수 구경 다니노라

한가한 나의 몸이 청풍명월로 만년 편안하리라

● 이체자

丹陽→丹陽, 藍→藍, 花→花, 飛鴻→飛鴻, 歲→歲, 寧→寧

32. 湖西歌(호남가)[1] 全羅道(전라도)

聖恩(성은)이 興德(흥덕)[2]ㅎ니 順天命(순천명)[3] ㅎ이시고
一國(일국)이 咸平(함평)[4]ㅎ니 舜帝之則(순제지칙)[5]이로다
萬民(만민)이 咸悅(함열)[6]ㅎ니 擊壤歌(격양가)[7] 소릐로다
方伯(방백)이 太仁(태인)[8]ㅎ니 各邑(각읍)이 鎭安(진안)[9]이요
守令(수령)이 任實(임실)[10]ㅎ니 務安民(무안민)[11] ㅎ리로다
政平訟理(정평송리)ㅎ니 吏民(이민)이 昌平(창평)[12]이라

1) 湖南歌(호남가): 호남지방인 전라도의 55개 지명을 지방의 특색을 이야기하며 비유적으로 표현한 76구의 노래로, 지역을 언급하는 지명가사. 각 지명이 〈호서가〉와 마찬가지로 중의적 의미로 사용되고 있다.《천리대본》의 〈호남가〉와 청홍점이 찍힌 위치, 크기 등이 같고, 《악부(樂府)》〈호남가〉와 사설이《해동유요》본과 비슷하다.

2) 興德(흥덕): 전라도 동북 지역에 속한 흥덕을 의미. 조선 시대 흥덕현(興德縣), 현재는 전라북도 고창군(高敞郡) 흥덕면(興德面) 일대. 흥덕은 지명 외에 '덕을 흥하게 하다'라는 의미로 중의적으로 사용됨.

3) 順天命(순천명): '천명을 따르다'라고 해석이 가능한데 지명 순천도 들어있음. 순천은 조선 시대 순천부(順天府), 현재 전라남도 순천시(順天市).

4) 咸平(함평): 전라남도 서부에 있는 군. 조선 시대 함평현(咸平縣), 현재 전라남도 함평군(咸平郡). 함평은 지명 외에 '모두 평안하다'라는 의미로 중의적으로 사용됨.

5) 舜帝之則(순제지칙): 중국의 순임금. 순임금의 태평성대를 찬양하는 시구의 마지막 줄로 순제의 규칙대로 살 뿐이라고 의역 가능함.

6) 咸悅(함열): 전라도 전주진 관하의 함열을 의미함. 조선 시대 함열현(咸悅縣), 현재 전라북도 익산시(益山市) 함열읍(咸悅邑) 일대. 함열은 지명 외에 '모두 기뻐한다'라는 의미로 중의적으로 사용됨.

7) 擊壤歌(격양가): 옛날 중국 요임금 때 늙은 농부가 땅을 치면서 천하가 태평한 것을 노래한 데서 온 말로 태평한 세월을 즐기는 노래.

8) 太仁(태인): 전라북도 정읍시 중북부에 있는 면. 동음이의적인 면을 살리기 위해 태(太)로 표기한 듯함. 조선 시대 태인현(泰仁縣), 현재 전라북도 정읍시(井邑市) 태인면(泰仁面). 태인은 지명 외에 '크게 어질다'라는 의미로 중의적으로 사용됨. '太'와 '泰'의 음이 같은 점이 활용됨.

9) 鎭安(진안): 전라북도의 동부에 있는 군. 조선 시대 진안현(鎭安縣), 현재 전라북도 진안군

임금의 은혜가 덕을 일으키니 하늘의 명 따르시고

한 나라가 평안하니 순임금이 살아온 듯하도다

만백성이 모두 기뻐하니 격양가 소리로다

관찰사가 매우 어지니 각 읍이 편안하고

수령이 머무르며 책임을 다하니 백성을 편안케 하리로다

정치가 공평무사하고 송사가 이치에 맞으니 일과 백성이 모두 번성하고 평안하다

(鎭安郡). '진마다 편안하다'의 중의적의미 사용함.

10) 任實(임실): 조선 시대 임실현(任實縣), 현재 전라북도 임실군(任實郡). 임실은 지명 외에 '실무에 임하다' 정도로 해석 가능해서 중의적으로 사용되고 있음.

11) 務安民(무안민): '백성을 힘써 편안하게 하다' 정도로 해석 가능한데 전라남도 서남부에 있는 군의 지명 무안도 들어있음. 무안은 조선 시대 무안현(務安縣), 현재 전라남도 무안군(務安郡).

12) 昌平(창평): 전라도 남원진 관하의 창평을 의미함. 조선 시대 창평현(昌平縣), 현재 전라남도 담양군(潭陽郡) 창평면(昌平面) 일대. 창평은 지명 외에 '창성하고 평안하다'라고 중의적으로 사용되었음.

● 이체자

聖恩 → 聖恩, 興德 → 與德, 國 → 国, 舜 → 舜, 萬民 → 萬民, 悅 → 悅, 擊壤 → 擊壤

鎭 → 鎭, 實 → 寔, 務 → 務

雨順風調(우순풍조)호니 民俗(민속)이 淳昌(순창)¹³⁾이요

南平廣野(남평¹⁴⁾광야)의 春日(춘일)이 興陽(흥양)¹⁵⁾호고

光山(광산)¹⁶⁾의 꼿치 픠니 花色(화색)이 茂朱(무주)¹⁷⁾로다

錦山(금산)¹⁸⁾의 春色(춘색)을 珍山(진산)¹⁹⁾인 줄 쟈랑호니

高山(고산)²⁰⁾의 月上(월상)호니 紅色(홍색)이 金堤(김제)²¹⁾로다

雲峯(운봉)²²⁾의 月倒(월도)호니 골골이 金溝(금구)²³⁾로다

13) 淳昌(순창): 전라북도 최남단에 있는 군. 조선 시대 순창현(淳昌縣), 현재는 순창군(淳昌郡). 순창은 지명 외에 '순박하고 창성하다'라고 중의적으로 사용되었음.

14) 南平(남평): 조선 시대 남평현(南平縣), 현재는 전라남도 나주시(羅州市) 남평읍(南平邑). 남평은 지명 외에 '남쪽의 평야'로 중의적으로 사용되었음.

15) 興陽(흥양): 조선 시대 흥양현(興陽縣), 현재는 전라남도 고흥군(高興郡) 일대.

16) 光山(광산): 광주광역시(光州廣域市) 서부(西部)에 있는 구(區). 조선 시대 광산현(光山縣), 현재는 광주광역시 광산구(光山區). 광산은 지명 외에 '빛 나는 산'으로 중의적으로 사용되었음.

17) 茂朱(무주): 전라북도 북동단에 있는 군. 조선 시대 무주현(茂朱縣), 현재 무주군(茂朱郡). 무주는 지명 외에 '짙은 붉은색'이라는 의미로 중의적 사용이 시도된 것으로 보임.

18) 錦山(금산): 조선 시대 전주진 관하의 금산군(錦山郡), 현재 충청남도 금산군. 금산은 지명 외에 '비단 같이 아름다운 산'이라는 의미로 중의적으로 사용이 시도된 것으로 보임.

19) 珍山(진산): 조선 시대 전주진 관하의 진산군(珍山郡), 현재 금산군 진산면 일대. 진산은 지명 외에 '보배로운 산'이라는 의미로 중의적으로 사용이 시도된 것으로 보임.

20) 高山(고산): 조선 시대 전주진 관하의 고산현(高山縣), 현재 전라북도 완주군(完州郡) 고산면(高山面) 일대. 고산은 지명 외에 '높은 산'이라는 의미로 중의적으로 사용됨.

21) 金堤(김제): 조선 시대 김제현(金堤縣), 현재 전라북도 김제시(金堤市). 김제는 지명 외에 '금빛 둑'이라는 의미로 중의적으로 사용이 시도된 것으로 보임.

22) 雲峯(운봉): 조선 시대 남원진 관하의 운봉현(雲峯縣), 현재 전라북도 남원시(南原市) 운봉읍(雲峯邑) 일대. 운봉은 지명 외에 '구름 덮인 봉우리'라는 의미로 중의적으로 사용됨.

23) 金溝(금구): 조선 시대 전주진 관하의 금구현(金溝縣), 현재 전라북도 김제시 금구면(金溝面) 일대. 금구는 지명 외에 '금빛 도랑'이라는 의미로 중의적으로 사용됨.

비와 바람이 오는 시기와 양이 적절하니 민속이 순하고 아름답고

남평 광야에 봄날이 따뜻한 기운이 일고

광산에 꽃이 피니 꽃빛이 매우 붉도다

(금산의 봄빛을 진산의 것인 줄 자랑하니)

높은 산에 달이 뜨니 붉은 빛이 금으로 만든 것 같도다

구름에 둘러싸인 봉우리에 달이 지니 골짜기마다 금둑이로다

◉ 이체자

雨→雨, 廣→廣, 興陽→舁陽, 茂→茷, 珍→珎, 高→髙, 雲→雲, 溝→溝

井邑(정읍)²⁴⁾의 長水(장수)²⁵⁾ᄒ니 谷城(곡성)²⁶⁾이 漲溢(창일)이요

潭陽(담양)²⁷⁾이 소히 되니 구비구비 龍潭(용담)²⁸⁾일다

龍安作農(용안²⁹⁾작농)ᄒ니 臨陂(임피)³⁰⁾의 벼 좃는다

萬頃(만경)³¹⁾을 起耕(기경)ᄒ니 田畓(전답)이 沃溝(옥구)³²⁾로다

田彼南原兮(전피남원혜)³³⁾여 百穀(백곡)이 茂長(무장)³⁴⁾이라

長城(장성)³⁵⁾의 種樹(종수)³⁶⁾ᄒ니 가지가지 玉果(옥과)³⁷⁾로다

靈巖(영암)³⁸⁾의 光陽(광양)³⁹⁾ᄒ니 綾城(능성)⁴⁰⁾이 둘넛ᄂᆞᆫ듯

24) 井邑(정읍): 조선 시대 전주진 관하의 정읍현(井邑縣), 현재 전라북도 정읍시(井邑市). 정읍은 지명 외에 '우물 있는(또는 많은) 고을'이라는 의미로 중의적으로 사용이 시도된 것으로 보임.

25) 長水(장수): 조선 시대 남원진 관하의 장수현(長水縣), 현재 전라북도 장수군(長水郡). 장수는 지명 외에 '긴 물'이라는 의미로 중의적으로 사용됨.

26) 谷城(곡성): 조선 시대 남원진 관하의 곡성현(谷城縣), 현재 전라남도 곡성군(谷城郡). 곡성은 지명 외에 '골짜기에 있는 성'이라는 의미로 중의적으로 사용됨.

27) 潭陽(담양): 조선 시대 남원진 관하의 담양현(潭陽縣), 현재 전라남도 담양군(潭陽郡). 담양은 지명 외에 '늪이 있는 양지'라는 의미로 중의적으로 사용이 시도된 것으로 보임.

28) 龍潭(용담): 조선 시대 남원진 관하의 용담현(龍潭縣), 현재 전라북도 진안군 용담면(龍潭面) 일대. 용담은 지명 외에 '용이 사는 못'이라는 의미로 중의적으로 사용됨.

29) 龍安(용안): 조선 시대 용안현(龍安縣), 현재 익산시 용안면(龍安面) 일대. 용안은 지명 외에 '용이 편안하게 하다'라는 의미로 중의적으로 사용됨.

30) 臨陂(임피): 조선 시대 전주진 관하의 임피현(臨陂縣), 현재 전라북도 군산시(群山市) 임피면(臨陂面) 일대. 임피는 지명 외에 '둑에 임하다'라는 의미로 중의적으로 사용이 시도된 것으로 보임.

31) 萬頃(만경): 조선 시대 전주진 관하의 만경현(萬頃縣), 현재 김제시 만경면(萬頃面) 일대. 만경은 지명 외에 '만개의 이랑'이라는 의미로 중의적으로 사용됨.

32) 沃溝(옥구): 조선 시대 전주진 관하의 옥구현(沃溝縣), 현재 군산시 옥구읍(沃溝邑) 일대. 옥구는 지명 외에 '비옥한 도랑'이라는 의미로 중의적으로 사용됨.

33) 田彼南原兮(전피남원혜): '밭이 저 남원이고' 또는 '밭이 저 남쪽 들판이고'로 이중적으로 해석 가능함. 남원은 조선 시대 남원부(南原府), 현재 전라북도 남원시(南原市).

(정읍에 물이 많으니 고개에 물이 넘치고)

못이 못이 되니 굽이굽이 용이 사는 소로다

용이 농사짓기를 도우니 방죽에 벼가 따른다

만 이랑을 일구니 전답이 기름지도다

밭이 남쪽 방향에 있어 백가지 곡식이 풍성하게 자라도다

긴 고개에 나무를 심어 가꾸니 가지마다 옥과로다

(영험한 바위에 빛이 빛나니 비단 성을 둘렀는 듯)

---

34) 茂長(무장): 조선 시대 무장현(茂長縣), 현재 전라북도 고창군 무장면(茂長面) 일대. 무장은 지명 외에 '무성하게 자라다'라는 의미로 중의적으로 사용됨.

35) 長城(장성): 조선 시대 나주진 관하의 장성현(長城縣), 현재 전라남도 장성군(長城郡). 장성은 지명 외에 '긴 성'이라는 의미로 중의적으로 사용됨.

36) 種樹(종수): 씨를 뿌려 식물을 가꿈.

37) 玉果(옥과): 조선 시대 남원진 관하의 옥과현(玉果縣), 현재 전라남도 곡성군 옥과면(玉果面) 일대. 옥과는 지명 외에 '옥 같은 열매'라는 의미로 중의적으로 사용됨.

38) 靈巖(영암): 고려 시대부터 영암군(靈巖郡). 조선 시대 나주진 관하. 현재 전라남도 영암군. 영암은 지명 외에 '신령한 바위'라는 의미로 중의적으로 사용됨.

39) 光陽(광양): 조선 시대 순천진 관하의 광양현(光陽縣), 현재 전라남도 광양시(光陽市). 광양은 지명 외에 '빛나다' 정도의 의미로 중의적으로 사용되었음.

40) 綾城(능성): 조선 시대 능성현(綾城縣), 현재 전라남도 화순군(和順郡) 능주면(綾州面) 일대. 능성은 지명 외에 '비단 같은 성'이라고 중의적으로 사용되었음.

● 이체자

溢→溢, 潭→潭, 龍→龍, 農→農, 臨→臨, 頃→頃, 起→起, 兮→芳, 穀→穀

樹→樹, 靈巖→靈岩, 綾→綾

寶城(보성)[41]의 高敞(고창)[42]ᄒ니 靈光(영광)[43]이 照日(조일)이요

時節(시절)이 昇平(승평)[44]커늘 湖南(호남)을 編覽(편람)ᄒ니

禮樂(예악)은 羅州(나주)[45]요 文物(문물)은 全州(전주)[46]로다

湖山勝景(호산승경)은 賞心(상심) 樂事(악사)로다

醉中(취중)의 興(흥)乙(을) 겨워 斗升山(두승산)[47]의 올라가니

가지록 益山(익산)[48]이요 氣骨(기골)이 盡力(진력)ᄒ야

古阜(고부)[49]의 안ᄌ 쉬여 壯氣(장기)을 扶安(부안)[50]ᄒ야

龍泉劍(용천검) ᄲᅢ여 들고 礪山石(여산[51]석)의 가ᄌ ᄒ니

九十餘生(구십여생)이 칼 가라 무슴 ᄒ리

---

41) 寶城(보성): 조선 시대 순천진 관하의 보성현(寶城縣), 현재 전라남도 보성군(寶城郡). 보성은 지명 외에 '보배로운 성'이라고 중의적으로 사용되었음.

42) 高敞(고창): 고창은 조선 시대 나주진 관하의 고창현(高敞縣), 현재 전라북도 고창군. '敞'은 원문에 '蔽(폐, 가리다)'의 이체자가 사용된 것으로 보면 지명 고창과 '높아 가리다'라는 의미로 중의적으로 사용된 것으로 보임.

43) 靈光(영광): 영광은 조선 시대 나주진 관하의 영광현(靈光縣), 현재 전라남도 영광군. 영광은 지명 외에 '신령한 빛'이라고 중의적으로 사용되었음. ① 신령스럽고 성스러운 빛, ② 왕의 은덕을 비유적으로 이르는 말.

44) 昇平(승평): 승평은 순천부의 옛 이름. 승평은 지명 외에 나라가 태평하다고 중의적으로 사용됨.

45) 羅州(나주): 조선 시대 나주진, 나주목(羅州牧), 현재 전라남도 나주시.

46) 全州(전주): 조선 시대 전주진, 전주부(全州府), 현재 전라북도 전주시(全州市).

47) 斗升山(두승산): 전라북도 정읍시 고부면·덕천면·소성면의 경계에 있는 산.

48) 益山(익산): 조선 시대 전주진 관하의 익산군(益山郡), 현재 전라북도 익산시. 익산은 지명 외에 '산을 더하다(또는 더욱 산이다)'라고 중의적으로 사용됨.

49) 古阜(고부): 조선 시대 고부군(古阜郡), 현재 정읍시 고부면(古阜面) 일대. 고부는 지명 외에 '옛 언덕'이라고 중의적으로 사용됨.

50) 扶安(부안): 조선 시대 전주진 관하의 부안현(扶安縣), 현재는 전라북도 부안군(扶安郡). 부안은 지명 외에 '도와 편안하게 하다'라고 중의적으로 사용됨.

(보물이 쌓인 성이 높고 넓으니 왕의 은덕이 빛나고)

시절이 평안하여 호남을 두루 보며 다니니

예악은 나주요 문물은 전주로다

호남 산의 경치는 마음을 즐겁게 하는 즐거운 일이로다

취중 흥에 겨워 두승산에 올라가니

갈수록 산이 많아져 기개가 떨어져

(달무리에 앉아 쉬어 좋은 기상을 받아)

용천검을 빼어 들고 숫돌에 갈자 하니

(구십여생 칼 갈아 무엇 하리)

---

51) 礪山(여산): 조선 시대 전주진 관하의 여산현(礪山縣), 현재 익산시 여산면(礪山面) 일대. 여산은 지명 외에 '숫돌이 있는 산'으로 중의적으로 사용됨.

●이체자

寶→寶, 敝→敝, 靈→靈, 照→照, 節→節, 昇→升, 編覽→編覽, 勝→勝

樂→樂, 醉→醉, 興→興, 升→升, 益→益, 盡→盡, 壯→壯, 劍→釖, 礪→礪

餘→餘

瀛洲山(영주산)⁵²⁾ 가려 ᄒ고 唐津(당진)⁵³⁾ 가 ᄇᆡ을 타고

湖南(호남)을 둘러보니 弱水(약수)은 千里(천리)로다

蓬萊山(봉래산) 珍島(진도)⁵⁴⁾ 上(상)의 赤松子(적송자)⁵⁵⁾ 相見(상견)ᄒ야

眞訣(진결)⁵⁶⁾을 傳授(전수)ᄒ고 濟州(제주)⁵⁷⁾을 건너가셔

漢羅山(한라산) 둘너보니 峯峯(봉봉)이 旌義禮(정의예)⁵⁸⁾요

골골이 大靜(대정)⁵⁹⁾이라 老少長興(노소장흥)⁶⁰⁾ᄒ니

이거시 긔 뉘 덕고 靈境(영경)⁶¹⁾인 줄 可知(가지)로다

漢陽(한양) 三百年(삼백년)의 人心(인심)이 和順(화순)⁶²⁾ᄒ고

黃河水(황하수) 潺潺(잔잔)ᄒ니 縉紳君子(진신⁶³⁾군자)드리

求禮(구례)⁶⁴⁾을 ᄒ는쏘다 우리도 聖代(성대)의 太平安樂(태평안락)ᄒ오리라

---

52) 瀛洲山(영주산): 한라산(漢拏山)의 다른 이름. 조선 시대에는 제주도가 전라도 소속이었음.

53) 唐津(당진): 조선 시대 당진현(唐津縣). 현재 당진시(唐津市).

54) 珍島(진도): 조선 시대 장흥진 관하. 현재 전라남도 진도군(珍島郡) 일원.

55) 赤松子(적송자): 신농 때, 비를 다스렸다는 신선의 이름.

56) 眞訣(진결): 비결(祕訣)과 같은 말.

57) 濟州(제주): 조선 시대 전라도 제주진, 제주목(濟州牧). 현재 제주특별자치도 제주시(濟州市).

58) 旌義禮(정의예): 정의는 조선 시대 정의현(旌義縣), 현재 제주특별자치도 서귀포시(西歸浦市) 일부. 정의예는 '정의현의 예'와 '의와 예를 휘날리게 하다'로 중의적 해석이 가능함.

59) 大靜(대정): 조선 시대 제주진 관하의 대정현(大靜縣), 현재 서귀포시 일부. 대정은 지명과 '크게 고요하다'라고 중의적으로 사용됨.

60) 長興(장흥): 조선 시대 장흥진, 장흥부(長興府), 현재 전라남도 장흥군(長興郡). 장흥은 지명과 '길게 흥하다'라고 중의적으로 사용됨.

61) 靈境(영경): 속세를 멀리 떠난 경치 좋고 조용한 곳.

62) 和順(화순): 조선 시대 순천진 관하의 화순현(和順縣), 현재 전라남도 화순군(和順郡). 화순은 지명 외에 '온화하고 순하다'라고 중의적으로 사용됨.

63) 縉紳(진신): ① 벼슬아치를 통틀어 일컬음, ② 지위가 높고 행동이 점잖은 사람.

64) 求禮(구례): 조선 시대 순천진 관하의 구례현(求禮縣), 현재 전라남도 구례군(求禮郡). 구

영주산 가려 당진에 가 배를 타고

호남을 둘러보니 약수는 천리로다

봉래산 진도 위에서 적송자를 서로 만나

(진결을 전수하고 제주를 건너가서)

한라산을 둘러보니 봉우리마다 의와 예가 휘날리고

골짜기마다 매우 고요하여 노소를 가리지 않고 길게 흥하게 하니

이것이 그 누구의 덕인가 영경인 줄 알겠도다

한양 삼백년 인심이 온화하며 순하고

(황하 물이 잔잔하니 진신과 군자들이)

(예를 구하도다 우리도 태평성대를 즐기리라)

례는 지명 외에 '예를 구하다'라고 중의적으로 사용됨.

● 이체자

瀛→瀛, 萊→莱, 島→嶋, 眞→真, 傳→傳, 漢→漢, 旌→旌, 靜→静, 老→老

黃→黄, 黃→黃, 樂→楽

33. 歸去來辭(귀거래사) 陶淵明(도연명)[1]

歸去來兮[2] 田園將蕪胡[3]不歸   (귀거래혜 전원장무호불귀)

旣自以心爲形役[4] 奚惆悵[5]而獨悲   (기자이심위형역 해추창이독비)

悟已往之不諫 知來者之可追   (오이왕지불간 지래자지가추)

實迷途其未遠 覺今是而昨非   (실미도기미원 각금시이작비)

舟搖搖以輕颺 風飄飄而吹衣   (주요요이경양 풍표표이취의)

問征夫以前路 恨晨光之熹微   (문정부이전로 한신광지희미)

乃瞻衡宇 載欣載奔   (내첨형우 재흔재분)

童僕歡迎 稚子候門   (동복환영 치자후문)

1) 歸去來辭(귀거래사) 陶淵明(도연명): (365~427) 자(字) 연명 또는 원량(元亮). 이름 잠 (潛). 문 앞에 버드나무 5 그루를 심어 놓고 스스로 오류(五柳) 선생이라 칭하기도 하였다. 중국 동진(東晋)말기 부터 남조(南朝)의 송대(宋代)초기에 걸쳐 생존한 중국의 대표적 시 인. 기교를 부리지 않고, 평담(平淡)한 시풍이었기 때문에 당시의 사람들로부터는 경시를 받았지만, 당대 이후는 6조(六朝) 최고의 시인으로서 그 이름이 높아졌다. 그의 시풍은 당 대(唐代)의 맹호연(孟浩然), 왕유(王維), 저광희 등 많은 시인들에게 영향을 주었다. 주요 작품으로 《오류선생전》, 《도화원기》, 《귀거래사》 등이 있다. 〈귀거래사〉는 도연명이 41세까 지 반복하던 진퇴를 정리하고 고향으로 돌아가는 삶의 전환기에 지은 작품으로 국내외 많 은 화답시를 낳았다.

2) 歸去來兮(귀거래혜): '歸去(귀거)'란 벼슬살이를 그만두고 고향 땅 정원으로 돌아가리라는 뜻. '來兮(래혜)'는 조사.

3) 胡(호): 어찌. 何(하)와 같다.

4) 旣自以心爲形役(기자이심위형역): 명리에 의해 마음이 동하는 것.

5) 奚惆悵而獨悲(해추창이독비): '奚(해)'는 何(하)의 뜻. '惆悵(추창)'은 슬퍼해 낙심하는 모 양.

(돌아가리라! 전원이 장차 황폐해지려는데 어찌 돌아가지 않겠는가?

이미 스스로 명리에 의해 마음이 동했으니 어찌 낙심하며 홀로 슬퍼하는가?)

이미 지난 일은 돌이킬 수 없고 미래에 오는 일은 좇을 수 있음을 깨달았네

(실로 길을 잘못 들어 멀리까지 가지 않았으니, 지금이 옳고 예전이 그른 것임을 깨달았네)

배는 흔들흔들 가볍게 흔들리고, 바람은 살랑살랑 옷깃에 불어오네

길손에게 앞길을 물어 가는데, 새벽빛이 희미하여 한스럽구나

(이윽고 초라한 우리 집이 눈앞에 보이니, 기뻐서 달려가네)

일하는 종들이 환영하고, 아이들이 문에서 기다리네

● 이체자

歸→歸, 來→来, 辭→辭, 淵→渊, 兮→丂, 園→園, 將→将, 旣→既, 爲→為

役→役 惆→惆, 諫→諫, 者→者, 追→追, 遠→遠, 覺→覺, 今→今, 昨→昨

搖搖→摇摇, 輕→輕, 飃→飈, 路→路 晨→晨, 熹→熹, 微→微, 瞻→瞻

衡→衡, 迎→迎, 候→候

三徑⁶⁾就荒 松菊猶存   (삼경취황 송국유존)

携幼入室 有酒盈樽   (휴유입실 유주영준)

引壺觴以自酌 眄庭柯以怡顔   (인호상이자작 면정가이이안)

倚南窓以寄傲 審容膝⁷⁾之易安   (의남창이기오 심용슬지이안)

園日涉以成趣 門雖設而常關   (원일섭이성취 문수설이상관)

策扶老以流憩 時矯首而遐觀   (책부로이류게 시교수이하관)

雲無心以出岫 鳥倦飛而知還   (운무심이출수 조권비이지환)

---

6) 三徑(삼경): 정원 안의 세 갈래 작은 길. 한나라 장후가 정원에 송(松)·죽(竹)·국(菊)경
     의 세 갈래 작은 길을 내놓고, 구중(求仲)과 양중(羊仲)이란 친구만 오게 해 놓았다는 고사
     에서 은사의 거처를 삼경이라고 함.

7) 容膝(용슬): 겨우 무릎을 들여 앉을 만한 작은 방.

(세 갈래의 길은 황폐해져 있으나, 소나무와 국화는 여전히 있네

아이들 손을 잡고 방으로 들어가니, 술통에 술이 가득 있어,

술병과 술잔을 끌어와 자작하고, 뜰의 나뭇가지를 바라보면서 기뻐하네

남쪽 창에 기대고 거리낌없는 마음을 푸니, 좁은 방이지만 편안함을 알겠네)

정원을 날마다 거니노라면 즐거운 정취 생겨나고 문은 비록 설치되어 있으나 항상 닫혀 있네

지팡이를 짚고 다니며 멋대로 쉬다가, 때로는 고개를 들어 멀리 바라보네

구름은 무심히 산봉우리에서 나오고, 날다가 지친 새는 돌아올 줄을 아네

● **이체자**

徑→徑, 就荒→就荒, 猶→猶, 携幼→携幼, 酒盈樽→酒盈樽, 壺觴→壺觴

酌→酌, 眄→眄, 庭→庭, 倚→倚, 寄→寄, 傲→傲, 審→審, 膝→膝, 易→易

趣→趣, 雖設→雖設, 關→關, 策→策, 流→流, 憩→憩, 矯→矯, 退→退

觀→觀, 雲→雲, 岫→岫, 倦→倦, 飛→飛, 還→還

景翳翳[8]以將入 撫孤松而盤桓[9]   (경예예이장입 무고송이반환)

歸去來兮 請息交以絶遊   (귀거래혜 청식교이절유)

世與我而相違 復駕言兮焉求   (세여아이상위 부가언혜언구)

悅親戚之情話 樂琴書以消憂   (열친척지정화 낙금서이소우)

農人告余以春及 將有事于西疇   (농인고여이춘급 장유사우서주)

或命巾車 或棹孤舟   (혹명건거 혹도고주)

旣窈窕以尋壑 亦崎嶇以經丘   (기요조이심학 역기구이경구)

木欣欣以向榮 泉涓涓而始流   (목흔흔이향영 천연연이시유)

善萬物之得時 感吾生之行休   (선만물지득시 감오생지행휴)

8) 翳翳(예예): 어둑어둑해지는 모양.

9) 盤桓(반환): 앞으로 나아가지 않고 배회하며 서성거림.

(날이 어둑어둑 장차 지려하고, 외로운 소나무 쓰다듬으며 서성거리네
돌아가리라! 세상과의 교유를 끊어 버리자)
세상과 나는 서로 어긋났거늘, 다시 수레 타고 나간들 무슨 구함이 있으리오
친척들과 정이 있는 대화로 즐거워하고, 거문고와 책을 즐기며 시름을 달래네
농부가 나에게 봄이 왔다고 알려주면, 서쪽 밭의 농사일 준비하네
(어떤 때는 수레를 타고, 어떤 때는 작은 배를 저어,
그윽하고 깊은 골짜기에 가고, 또한 높고 험한 언덕도 가네)
나무들은 생기발랄 무성하게 자라고, 샘물은 졸졸 흘러내리니,
만물이 때를 얻음을 부러워하며, 내 삶의 행동해야 할 때와 쉴 때를 느끼네

● 이체자

翳→翳, 將→将, 孤松→孤松, 盤→盤, 遊→遊, 與→與, 悅→悅, 琴→琴

農→農, 余→余, 疇→疇, 或→或, 舟→舟, 既窈窕→既窈窕, 尋壑→尋壑

崎嶇→崎嶇, 經→経, 榮→荣, 涓→涓, 善→善, 萬→萬

已矣乎 (이의호)
寓形宇內¹⁰⁾復幾時 (우형우내부기시)
曷不委心任去留¹¹⁾ (갈불위심임거류)
胡爲乎 遑遑¹²⁾欲何之 (호위호황황욕하지)
富貴非吾願 帝鄉¹³⁾不可期 (부귀비오원 제향불가기)
懷良辰以孤往 (회량진이고왕)
或植杖而耘耔 (혹식장이운자)
登東皐以舒嘯 臨淸流而賦詩 (등동고이서소 임청류이부시)
聊乘化以歸盡 樂夫天命復奚疑 (요승화이귀진 낙부천명부해의)

---

10) 寓形宇內(우형우내): 육신을 이 세상에 기탁하고 삶. '寓(우)'는 기탁함. '宇內(우내)'는 세상, 천하.

11) 委心任去留(위심임거류): 마음에 맡겨 모든 행동을 자연의 섭리에 따름. 거류는 생사와 진퇴.

12) 遑遑(황황): 조급하여 안절부절못함.

13) 帝鄉(제향): 상제가 사는 곳. 선계. 천국.

(그만두어라!

이 몸을 세상에 깃들임이 그 얼마나 되겠는가?

어찌 본심 따라 모든 행동을 맡기지 않겠는가?

무엇 때문에 조급하겠는가?)

부귀는 내가 원하는 바가 아니요, 천국도 기대할 수 없는 것이니,

(좋은 시절이라 생각되면 홀로 거닐고,

혹은 지팡이를 꽂아두고 김매기를 하네)

동쪽 언덕에 올라 휘파람을 불고, 맑은 물에 이르러서 시를 짓네

(자연의 변화를 따라 즐기다가 죽음에로 돌아가리니 주어진 천명을 즐길 뿐 다시 무엇을 의심하리)

◉ 이체자

矣→矣, 內→内, 幾→幾, 曷→曷, 爲→為, 富→冨, 鄕→郷, 懷→懷, 辰→辰

往→徃, 植→植, 皐→皋, 舒嘯→舒嘯, 臨淸→臨清, 盡→盡, 奚疑→奚疑

34. 七月 八章(칠월 팔장)[1]

七月流火[2]ㅅㅠ 九月(授衣飛ㅅ)　　　　　(칠월유화 구월수의)

一之(日[3]觱發丷ㅁ) 二之(日栗烈飛ㄴ)　　(일지일필발 이지일율열)

無衣(無褐)ㄴㅜ 何以(卒歲里ㅛ)　　　　　(무의무갈 하이졸세)

三之(日于耟ㅛ) 四之(日舉趾ㅅㅠ)　　　　(삼지일우거 사지일거지)

同我(婦子丷丆) 饁彼(南畝㐀) 田畯[4](至喜飛ㅅ)　(동아부자 엽피남묘 전준지희)

七月流火ㅅㅠ 九月(授衣飛ㅅ)　　　　　(칠월유화 구월수의)

春日(陽載ㅁ丆) 有鳴(倉庚[5]ㅅㅠ)　　　　(춘일재양 유명창경)

女執(懿筐丷丆) 遵彼(微行丷丆)　　　　　(여집의광 준피미행)

爰求(柔桑㣇) 春日(遲遲ㅅㅠ)　　　　　　(원구유상 춘일지지)

采蘩(祁祁飛) 女心(傷悲亻) 殆及(合子同歸[6]㝆ㅅ)　(채번기기 여심상비 태급합자동귀)

七月流火ㅅㅠ 八月(萑葦乙ㅅ)　　　　　(칠월유화 팔월추위)

蠶月[7](條桑ㄴㅅ) 取彼(斧斨ㅊ)　　　　(잠월조상 취피부장)

以伐(遠楊ㄴㅛ) 猗彼(女桑ㄴ)　　　　　(이벌원양 의피여상)

七月(鳴鵙ㄴㅅㅠ) 八月(載績飛ㄴ)　　　(칠월명격 팔월재적)

載玄(載黃丷丆) 我朱[8](孔陽ㄴㅅㅠ) 爲公(子裳飛ㄴㅅ)　(재현재황 아주공양 위공자상)

1) 七月 八章(칠월 팔장): 하(夏) 나라 역법(曆法)에 따르면 7월은 지금의 음력으로 9월. 따라서 모든 곡식을 수확하고 나서 다가올 겨울과 내년 농사일을 준비하는 내용으로 구성되어 있다. 편의상 청홍점 없는 구절을 '원문' 시구에 괄호로 표시한다. 청홍점이 있는 글자만 보면 4장까지는 매장마다 24자로, 8자씩 3구로 내용을 연결지어 이해할 수 있음.

2) 流火(유화): 대화성(火星)이 서쪽으로 내려오는 것. 6월에는 남쪽에서 보이다가 7월이 되면 서쪽으로 옮기는데 음력 칠월을 달리 부르는 날로도 쓰임.

3) 一之日(일지일): 하(夏) 나라 역법(曆法)으로 11월. 주(周)나라 역법(曆法)으로는 정월에 해당함. 이지일(二之日)은 섣달(12월). 삼지일(三之日)은 정월(1월). 사지일(四之日)은 2월에 해당함.

4) 田畯(전준): 농사일을 보살피는 관리.

칠월이면 대화성이 서쪽에 지고 구월이면 겨울옷을 준비한다
동짓달에 찬바람 불고, 섣달에는 매섭게 추워진다네
옷과 털옷이 없으면, 어찌 한 해를 넘길까
정월에는 농기구 수리하고, 이월에는 밭을 간다
내 아내와 아이들이 함께 저 남쪽 밭으로 밥 가져오면, 권농관이 기뻐한다

칠월이면 대화성이 서쪽에 지고 구월이면 겨울옷을 준비한다
봄이 오면 햇살이 따뜻해지고 꾀꼬리가 노래하네
아가씨들 광주리를 들고 저 좁은 길 따라가서
연한 뽕잎을 따러 가는데 봄날이 길구나
다북쑥 캐는 여인들 마음 울적해 서글퍼 간절히 공자에게 시집가고 싶어하네

칠월이면 대화성이 서쪽에 지고 팔월이면 갈대를 벤다
누에치는 삼월에 도끼 잡고 뽕나무 가지를 치네
길게 뻗은 가지를 베니 저 어린 가지만 남아
칠월에 까치 울고 팔월에 길쌈을 하노라
검정색 노랑색 물들여, 내 붉은색 가장 고와 공자님 바지 만들어 드리리

---

5) 倉庚(창경): 창경(鶬鶊)과 같은 말로 꾀꼬리를 가리킴.
6) 蠶月(잠월): 누에를 치는 달. 3월. 누에를 치고 나서 그 수입을 가지고 시집을 가기 때문에 누에를 친다는 것은 시집가는 것을 의미함.
7) 我朱(아주): 내가 짠 붉은 천.

●이체자

此→此, 流→流, 發→發, 褐→褐, 歲→歲, 擧→擧, 喜→喜, 陽→陽, 遵→遵

微→微, 遲→遲, 采→采, 傷→傷, 公→公, 歸→歸, 葦→葦, 蠶→蠶, 斨→斨

遠→遠, 猗→猗, 鳴→鳴, 黃→黃, 孔→孔, 爲→為

四月秀葽ᄉᄒ 五月(鳴蜩ᄉ)　　　　　　　(사월수요 오월명조)

八月(其獲ᄉᄒ) 十月(隕蘀ㅂᄉ)　　　　　(팔월기획 십월운탁)

一之(日于貉ᄉㄱ) 取彼(狐狸ᄉㄱ)　　　　(일지일우맥 취피호리)

爲公(子裘ᄉㅁ) 二之(日其同ᄉㄱ)　　　　(위공자구 이지일기동)

載纘(武功ᄉㄱ) 言私(其豵ㆍㅍ) 獻豜(于公飛ㅂᄉ)　(재찬무공 언사기종 헌견우공)

五月斯螽[8]動股ㅍ 六月(莎鷄[9]振羽ㅍ)　(오월사종동고 유월사계진우)

七月(在野ㅍ) 八月(在宇ㅍ)　　　　　　(칠월재야 팔월재우)

九月(在戶ㅍ) 十月(蟋蟀ㆍ) 入我(牀下ㆍ飛ᄉ)　(구월재호 십월실솔 입아상하)

穹窒(熏鼠ᄉᄒ) 塞向(墐戶ᄉㅁ)　　　　(궁질훈서 새향근호)

嗟我(婦子ㅓ) 曰爲(改歲ᄉㅂ) 入此(室處ᄉ夕)　(차아부자 왈위개세 입차실처)

六月食鬱及薁ᄉᄒ 七月(亨葵及菽糸)　　(유월식울급욱 칠월형규급숙)

八月(剝棗糸) 十月(穫稻ᄉㄱ)　　　　　(팔월박조 십월확도)

爲此(春酒ᄉㄱ) 以介(眉壽[10]飛ㅂᄉ)　　(위차춘주 이개미수)

七月(食瓜糸) 八月(斷壺ᄉᄒ)　　　　　(칠월식과 팔월단호)

九月(叔苴ᄉᄒ) 采荼(薪樗ᄉㄱ) 食我(農夫飛ㅂᄉ)　(구월숙저 채도신저 식아농부)

斯螽(사종): 여치.

9) 莎鷄(사계): 베짱이.

10) 以介眉壽(이개미수): 오랜 수(壽)를 누리도록 도와줌. 장수를 빎. (또는 도와주다. 장수를
　　　빈다는 뜻.)

　해동유요 – 주해본

사월에 애기풀 돋고, 오월에 매미 운다

팔월에 곡식을 수확하고, 시월엔 초목이 낙엽진다

동짓달 너구리를 사냥하고 저 여우와 삵 잡아서

공자님 옷 만들어 드리고 섣달에 여럿이 사냥 나가

병기를 들고 무공을 익혀 작은 짐승은 우리 가지고, 큰 짐승은 공자님께 바친다

오월에 여치 다리 비비고 유월에 베짱이 날개를 떨어

칠월에 들판에 있는 귀뚜라미가 팔월에는 처마 밑으로 온다

구월에 문 앞에 있고, 시월에 귀뚜라미는 내 침상 아래로 든다

벽구멍 막아 연기로 쥐를 쫓고, 북향 창 막고 진흙으로 문틈을 바른다

아, 내 아내와 자식들아. 해가 바뀌게 되었으니 이제 집에 들어와 살자

유월에 아가위랑 머루 따먹고, 칠월에는 아욱국에 콩 쪄 먹는다

팔월에 대추 따고, 시월에는 벼를 벤다

이 술을 빚어서 어르신들 장수를 빈다네

칠월에 오이를 따고, 팔월에 박을 딴다

구월에는 삼씨를 주우며 씀바귀 캐고 가죽나무 땔감 베어 우리 농부들을 잘 먹인다네

◉ 이체자

獲→獲, 隕蘀→隕蘀, 狐→狐, 纘→纘, 功→㓛, 私→私, 獻豜→獻豜, 股→股

股→股, 振→振, 蟋蟀→蟋蟀, 牀→牀, 鼠→鼠, 墐→墐, 處→處, 鬱→鬱

薁→薁, 亨→亨, 剝棗→剝棗, 稻→稻, 酒→酒, 壽→壽, 瓜→瓜, 斷壺→斷壺

荼→荼, 農→農

九月築場圃ㅗ 十月(納采稼飛ㄴ) 　　(구월축장포 십월납채가)

黍稷(重穋[11]果) 禾麻(菽麥ㄴㅌㅅ) 　　(서직중류과 화마숙맥)

嗟我(農夫ㅋ) 我稼(旣同ㄴ슷ㅌ) 上入(執宮功ㄴㅌ) 　　(차아농부 아가기동 상입집궁공)

晝爾(于茅ㅗ) 宵爾(索綯ㅆㄱ) 　　(주이우모 소이색도)

亟其(乘屋[12]ㄴㅍ沙) 其始(播百穀ㄴㅁㅅ) 　　(극기승옥 기시파백곡)

二之日鑿冰沖沖[13]ㅆㄱ 三之(日納于凌陰[14]飛ㄴ) 　　(이지일착빙충충 삼지일납우릉음)

四之(日其蚤ㄷ) 獻羔(祭韭[15]飛ㄴㅅ) 　　(사지일기조 헌고제구)

九月(肅霜ㄴ슷ㅊ) 十月(滌場ㅆㅁ) 　　(구월숙상 십월척장)

朋酒[16](斯饗ㅆㄱ) 曰殺(羔羊ㅆㄱ) 　　(붕주사향 왈살고양)

躋彼(公堂ㅆㄱ) 稱[17]彼(兕觥ㅆㄴㅌ) 萬壽(無疆ㅆㅈㅋ) 　　(제피공당 칭피시굉 만수무강)

<hr>

11) 重穋(중류): 늦 곡식과 올 곡식.

12) 乘屋(승옥): 지붕에 올라감. 곧 지붕에 올라가 지붕을 수리함. (또는 지붕에 올라가다. 곧 지붕에 올라가 지붕을 수리한다는 뜻.)

13) 沖沖(충충): 꽝꽝 울리는 소리. 여기선 얼음을 깨는 소리.

14) 凌陰(능음): 얼음 창고.

15) 祭韭(제구): 부추를 마련하여 제사를 지내는 것.

16) 朋酒(붕주): 두 통의 술.

17) 稱(칭): 술잔을 들다.

구월은 채마밭에 타작마당 닦고, 시월에는 곡식을 거둔다
차기장, 매기장과 늦곡식, 올곡식, 벼, 삼씨, 콩, 보리를
아. 우리 농군들은 우리 추수를 이미 마쳤으니, 마을로 들어가 집안 일을 한다
낮에는 띠풀을 베고 밤에는 새끼를 꼰다
지붕을 수리하고 비로소 백곡을 파종한다

섣달에 얼음을 쾅쾅 깨고, 정월에는 얼음 창고에 들여 놓는다
이월 아침에 염소와 부추 차려 제사지낸다
구월에 된서리 내리고, 시월에는 타작마당 치운다
술 준비하여 잔치 열어, 염소랑 양이랑 잡고
저기 임금님 계신 곳에 올라가서 외뿔소 잔을 들면서 만수무강 빈다네

● 이체자

築場圃 → 築場圃, 納 → 納, 穆 → 穆, 旣 → 既, 執宮功 → 執宮功, 爾 → 甬, 爾 → 爾

綯 → 綯, 亟 → 丞, 播 → 播, 穀 → 穀, 鑿 → 鑿, 凌 → 凌, 陰 → 陰, 四 → 四, 蚤 → 蚤

獻 → 獻, 祭 → 祭, 肅霜 → 肅霜, 饗 → 饗, 殺 → 殺, 躋 → 躋, 稱 → 稱, 疆 → 疆

35. 出師表(출사표)[1] 諸葛亮(제갈량)[2]

先帝[3]創業[4]未半而中道崩殂[5]

(선제창업미반이중도붕조)

今天下三分[6]益州[7]罷敝

(금천하삼분 익주파폐)

此誠危急存亡之秋[8]也

(차성위급존망지추야)

然侍衛之臣不懈於內

(연시위지신불해어내)

忠志之士忘身於外者

(충지지사망신어외자)

蓋追先帝之殊遇欲報之於陛下也

(개추선제지수우욕보지어폐하야)

---

1) 出師表(출사표): 임금에게 출병할 것을 아뢰는 글. '사(師)'는 군사, 즉 군대. '표(表)'는 신하로서 임금에게 올리는 글의 일종. 이 상소문은 후주(後主) 건흥(建興) 5년(227)에 올린 것인데, 선제 유비에 대한 충성심과 후주에 대한 부탁이 간절하게 나타나고 있음.

2) 諸葛亮(제갈량): 181~234. 자는 공명(孔明), 시호는 충무후(忠武侯)이며, 중국 삼국시대 촉한(蜀漢)의 정치가 겸 전략가로 와룡선생(臥龍先生)이라 일컬어졌다. 유비(劉備)를 도와 오(吳)나라의 손권(孫權)과 연합하여 남하하는 조조(曹操)의 대군을 적벽(赤壁)의 싸움에서 대파하고, 형주(荊州)와 익주(益州)를 점령하였다. 221년 한나라의 멸망을 계기로 유비가 제위에 오르자 승상이 되었음.

3) 先帝(선제): 촉한의 소열제(昭烈帝) 유비(劉備, 160~223)로, 이미 죽었기 때문에 선제라고 부름. 동한 말 탁군(涿郡) 사람으로, 한나라 경제의 아들 중산정왕 유승의 후손. 뒤에 조비(曹丕)가 한나라를 찬탈하자 유비는 성도에서 즉위해 3년간 재위한 뒤 죽음.

4) 創業(창업): 한나라와 왕실을 부흥하는 일.

5) 中道崩殂(중도붕조): '붕조(崩殂)'는 붕어(崩御)로, 유비가 즉위한 지 3년 만에 서거함을 말함.

6) 三分(삼분): 위(魏)·오(吳)·촉한(蜀韓).

선제(유비)께서는 창업을 반도 다 못 이루고 중도에 돌아가셨습니다.

지금 천하가 셋으로 나뉘었고, 익주는 피폐해졌으니,

이는 진실로 위급하여 존망이 달린 때입니다.

그러나 폐하를 모시며 호위하는 신하들이 궁중에서 게으름을 피우지 않고,

충성스런 장수들이 조정 밖에서 자신의 몸을 돌보지 않는 것은,

선제의 특별하신 대우를 추억하여 폐하께 보답하려 하기 때문입니다.

---

7) 益州(익주): 촉한의 땅. 지금의 사천성(四川省).
8) 秋(추): 시(時)와 같은 의미로. 중대한 시기.

● 이체자

師→師, 今→今, 分→分, 益→益, 危→危, 衛→衛, 懈於內→懈於内, 者→者

蓋→盖

誠宜開張⁹⁾聖聽 以光先帝遺德 恢弘¹⁰⁾志士之氣

(성의개장성청 이광선제유덕 회홍지사지기)

不宜妄自菲薄¹¹⁾ 引喻失義¹²⁾ 以塞忠諫之路也

(불의망자비박 인유실의 이색충간지로야)

宮中府中¹³⁾ 俱爲一體 陟罰臧否¹⁴⁾不宜異同

(궁중부중 구위일체 척벌장부 불의이동)

若有作奸犯科及爲忠善者 宜付有司論其刑賞 以昭陛下平明之治

(약유작간범과급위충선자 의부유사논기형상 이소폐하평명지치)

---

9) 開張(개장): 아주 크게 여는 것.

10) 恢弘(회홍): 아주 넓고 크게 하는 것.

11) 妄自菲薄(망자비박): '菲薄'은 엷고 가벼운 것. 스스로 덕이 없다고 자신을 가벼이 여기는 것을 말한다.

12) 引喻失義(인유실의): 신하의 충간하는 말에 별다른 뛰어난 견해가 없을 때, 비유를 들어 변명함으로써 마침내 도리를 잃는 것.

13) 宮中府中(궁중부중): '궁중'은 정치를 듣는 조정. '부중'은 군부, 곧 군정을 맡아보는 관아를 가리킨다.

14) 陟罰臧否(척벌장부): '척(陟)'은 벼슬을 올려주는 것, '장(臧)'은 선(善), '부(否)'는 악(惡).

진실로 폐하께서는 견문을 넓히시어 선제께서 남기신 덕망을 밝게 하며 뜻있는 인사들의 기개를 크게 넓히셔야 합니다.

공연히 폐하 스스로 변변치 못하다고 여기시고 사리에 맞지 않는 비유를 들어 충간의 길을 막아버리면 안 됩니다.

(궁중과 관아가) 모두 한 몸이 되어 잘한 자는 상 주고 잘못한 자는 벌 주는 데 있어서 차별이 있어서는 안 됩니다.

만약에 간사한 죄를 범한 사람이나 충성되고 착한 사람이 있으면 마땅히 관리에게 넘겨 상벌을 논해 폐하의 공평하고 밝은 다스림을 밝게 드러내야지,

●이체자

聽→聽, 德→德, 氣→氣, 義→義, 諫→諫, 宮→宮, 俱爲→俱爲, 體→體, 罰→罰

臧→臧, 異→異, 若→若, 犯→犯, 善→善

不宜偏私使內外異法也

(불의편사사내외이법야)

侍中侍郎郭攸之[15]費禕[16]董允[17]等 此皆良實 志慮忠純

(시중시랑곽유지비의동윤등 차개량실 지려충순)

是以先帝簡拔以遺陛下

(시이선제간발이유폐하)

愚以爲宮中之事事無大小 悉以咨之然後施行

(우이위궁중지사사무대소 실이자지연후시행)

必得裨補闕漏有所廣益

(필능비보궐루 유소광익)

---

15) 郭攸之(곽유지, 180~?): 자는 연장(演長). 시중을 지냈음.

16) 費禕(비의, ?~253): 자는 문위(問偉). 시중을 지냈으며 연회석상에서 자객에게 암살당했음.

17) 董允(동윤, ?~246): 자는 휴소(休昭). 시랑을 지냈으며 강직하고 겸손하다는 평가를 받았음.

사사로움에 치우쳐 안팎의 법도가 달라서는 안 됩니다.

(시중인 곽유지와 비의, 시랑인 동윤 등은 모두) 선량하고 착실하며 그 마음이 충직하고도 순정합니다.
이를 (선제께서) 가려뽑아 (폐하께) 남겨주신 것입니다.

제 생각으로는 궁중의 일은 크고 작은 일을 막론하고 모두 그들에게 자문을 구하신 후에 시행하시면
반드시 부족한 점을 보완하여 널리 이익이 될 바가 있을 것입니다.

● 이체자
郎→郞, 郭→郭, 董允→董兄, 等→苐, 慮→慮, 拔→拨, 裨補→裨補 闕→闕
所→所, 廣→廣

將軍向寵[18] 性行淑均[19] 曉暢軍事

(장군향총 성행숙균 효창군사)

試用於昔日先帝稱之曰能

(시용어석일선제칭지왈능)

是以衆議擧寵以爲督

(시이중의거총이위독)

愚以爲營中之事 事無大小 悉以咨之

(우이위영중지사 사무대소 실이자지)

必能使行陣和穆 優劣得所也

(필능사행진화목 우열득소야)

親賢臣遠小人此先漢所以興隆也

(친현신원소인차선한소이흥륭야)

親小人遠賢臣此后漢所以傾頹也

(친소인원현신차후한소이경퇴야)

先帝在時每與臣論此事未嘗不嘆息痛恨于桓靈[20]也

(선제재시 매여신론차사미상불탄식통한어환령야)

---

18) 향총(向寵, ?~240): 숙부 향랑(向朗, 167~247)과 함께 유비를 섬겼으며 240년 이민족 반
    란을 진압할 때 전사했음.

19) 性行淑均(성행숙균): '性行'은 성품과 행위. '淑均'은 선량하고 공평함이다.

20) 桓靈(환령): 후한 제10대 효환제(孝桓帝, 재위 146~167), 효령제(孝靈帝, 재위 167~189).
    모두 무덕한 황제로 환관 등 소인에게 정치를 맡겨 한왕실이 기울어졌다.

(장군 상총은 성품과 행동이) 훌륭하고 공평하며 군사에 통달해

옛날에 시험해 보시고 선제께서 유능하다고 칭찬하셨습니다.

(이로써 여러 사람들이 의론하여 상총을 감독관으로 임명했던 것입니다.)

제 생각으로는 진중의 일은 크고 작은 일을 막론하고 모두 그에게 자문을 구하면,

반드시 군대가 화목하고 우수한 사람과 열등한 사람을 적당한 곳에 배치하도록 할 수 있을 것입니다.
현신을 가까이하고 소인을 멀리함이 전한이 흥성한 까닭이고

소인을 가까이하고 현신을 멀리함이 후한이 망한 이유입니다.

선제께서 계실 때 매번 저와 이런 일들을 의논하면서 효환제와 효령제의 일을 탄식하고 통한하지 않은 적이 없습니다.

◉ 이체자
將→将, 寵→寵, 均→均, 暢→暢, 穆→穆, 賢→賢, 遠→遠, 興隆→興隆

侍中尙書²¹⁾長史²²⁾參軍²³⁾此悉貞亮死節之臣也

(시중상서장사참군차실정량사절지신야)

願陛下親之信之則漢室之隆可計日而待也

(원폐하친지신지즉한실지흥륭가계일이대야)

臣本布衣²⁴⁾躬耕南陽²⁵⁾苟全性命於亂世

(신본포의 궁경남양 구전성명어란세)

不求聞達於諸侯 先帝不以臣卑鄙²⁶⁾

(불구문달어제후 선제불이신비비)

21) 侍中尙書(시중상서): 시중으로서 상서를 겸임하고 있는 사람. 성서는 전중(殿中)에서 조서를 띄우는 일을 맡은 관리. 당시의 시중상서는 진진(陳震, ?~235)이었음.
22) 長史(장사): 왕공실(王公室) 및 각부의 병마를 맡은 관리로 당시의 장예(張裔, 167~230)를 가리킴.
23) 參軍(참군): 군사를 다스리는 관리로 장완(張琬, ?~246)을 가리킴.
24) 布衣(포의): 백의(白衣). 관직이 없는 평민을 뜻함.
25) 南陽(남양): 하남성(河南省) 남양시(南陽市) 양양성 서쪽 20리에 있는 융도(隆都)를 말함.
26) 卑鄙(비비): 신분이 미천함을 뜻함.

(시중상서, 장사, 참군은) 모두 마음이 곧고 신의가 있으며 절개를 위해 죽을 신하들이니,

폐하께서는 그들을 가까이하고 믿으시면, 곧 한나라 왕실의 부흥을 날짜를 세면서 기다릴 수 있을 것입니다.

저는 본래 평민으로 남양에서 밭을 갈며, 어지러운 세상에서 성명을 구차하게 보존하며,

명성과 벼슬을 제후들에게 구하지 않았더니, 선제께서 저를 비천하다고 여기지 않으시고

● 이체자

參→叅, 亮→亮, 節→節, 愿→預, 漢→漢, 陽→陽, 亂→乱, 卑鄙 → 早鄙

猥自枉屈[27] 三顧臣於草廬之中[28]

(외자왕굴 삼고신어초려지중)

諮臣以當世之事 由是感激 遂許先帝以驅馳[29]

(자신이당세지사 유사감격 수허선제이구치)

後值傾覆[30] 受任於敗軍之際 奉命於危難之間[31] 爾來二十有一年[32]矣

(후치경복 수임어패군지제 봉명어위난지간 이래이십유일년의)

先帝知臣謹愼 故臨危 寄臣以大事也

(선제지신근신 고임위 기신이대사야)

受命以來 夙夜憂慮 恐付托不效以傷先帝之明

(수명이래 숙야우탄 공부탁불효이상선제지명)

27) 枉屈(왕굴): 존귀한 몸을 굽히는 것.

28) 三顧臣於草廬之中(삼고신어초려지중): 제갈공명은 한말의 어지러움을 만나 숙부 현(玄)을 따라 형주로 피난해 밭을 갈며 숨어살았다. 유비는 공명이 뛰어난 인물임을 알아보고 세 번이나 초가로 찾아와서 공명을 만났음. '초려(草廬)'는 초가.

29) 驅馳(구치): 뛰어다니는 것. 여기서는 나랏일에 신명을 다해 일할 것을 말함.

30) 値傾覆(치경복): '치(値)'는 만나다는 뜻의 우(遇)와 같음. 유비가 건안(建安) 13년 당양(當陽)의 장판(長阪)에서 조조에게 패했던 일.

31) 奉命於危難之間(봉명어위난지간): 공명이 오나라에 사신 가서 구원을 청한 일을 말함.

32) 二十有一年(이십유일년): 건안 13년에서 건흥 5년에 이르기까지.

외람되게도 스스로 몸을 굽히시어, 세 번이나 저를 초려 가운데 돌아보시고

저에게 당시의 일을 자문하시니 이로 감격하여 선제께 신명을 다하기로 약속했던 것입니다.

그후에 나라가 기울고 전복되는 어려움을 만나서 패전한 즈음에 막중한 임무를 맡고 위급한 때에 명을 받든 지 21년이 지났습니다.

선제께서는 저를 신중한 사람으로 여겨 돌아가실 적에 제게 큰일을 맡기셨습니다.

(명을 받은 이후로 밤낮으로 근심하고 탄식하며) 부탁하신 일을 이루지 못해서 선제의 밝으신 덕을 손상시킬까 두려워하였습니다.

◉ 이체자

顧→顧, 廬→廬, 驅→驅, 値→値, 危難→危難, 來→来, 矣→矣, 謹愼→謹愼

臨→臨, 寄→寄, 慮→慮, 恐→恐, 托→托, 傷→傷

故五月渡瀘³³⁾ 深入不毛 今南方已定 甲兵已足

(고오월도로 심입불모 금남방이정 병갑이족)

當獎率三軍 北定中原³⁴⁾

(당장솔삼군 북정중원)

庶竭駑鈍³⁵⁾ 攘除姦凶³⁶⁾

(서갈노둔 양제간흉)

興復漢室³⁷⁾ 還於舊都

(흥복한실 환우구도)

此臣所以報先帝而忠陛下之職分也

(차신소이보선제이충폐하지직분야)

至於斟酌損益 進盡忠言 則攸之禕允之任也

(지어짐작손익 진진충언 즉유지의윤지임야)

---

33) 五月渡瀘(오월도로): 건흥 3년 5월에 공명이 노수(瀘水)를 건너 남만(南蠻)을 토벌하였던 일을 말함.

34) 中原(중원): 위(魏)를 가리킴.

35) 庶竭駑鈍(서갈노둔): '庶'는 서기(庶幾), 곧 거의. '竭'은 진(盡), '駑鈍'의 '駑'는 느린 말, '鈍'은 무딘 것, 곧 작자가 스스로를 낮추어 한 말. 어둔한 자신의 재능이나마 최선을 다하겠다는 말이다. 직역하면 '노둔하나마 거의 다하여' 정도로 해석 가능.

36) 姦凶(간흉): 간사하고 흉악한 것. 곧 위의 문제 조비를 가리킴.

37) 興復漢室(흥복한실): 유비가 한나라 경제의 후손이므로, 망한 한나라 왕실을 다시 일으켜 세우리라는 말.

그러므로 오월에 노수를 건너 불모의 땅에 깊이 쳐들어가니 (이제 남방이 이미 평정되었고 병기와 갑옷도 이미 충족하게 되어)

(마땅히 삼군을 장려해 이끌고 북쪽 중원을 평정해야 합니다.)

(제가 바라는 것은 아둔하나마 제 힘을 다해 간흉을 물리치고)

(한 왕실을 회복시켜 옛 도읍으로 돌아가게 하리니,)

이것은 제가 선제의 은혜에 보답하고 폐하께 충성을 다하는 직분인 것입니다.

손해와 이익을 짐작하고 나아가 충언을 다함은 곽유지, 비의, 동윤의 책임입니다.

● 이체자

定→㝎, 將→奬, 率→帥, 竭→竭, 攘→攘, 凶→凶, 還→還, 舊都→舊都

報→報 分→分, 於→扵, 斟酌損益→斟酌損益, 盡→盡

愿陛下托臣以討賊興復之效

(원폐하탁신이토적흥복지효)

不效則治臣之罪 以告先帝之靈

(불효즉치신지죄 이고선제지령)

若無興復之言 則責攸之禕允等之咎 以彰其慢

(약무흥부지언 즉책유지의윤등지구 이창기만)

陛下亦宜自謀 以諮諏[38]善道

(폐하역의자모 이자추선도)

察納雅言 深追先帝遺詔 臣不勝受恩感激

(찰납아언 심추선제유조 신불승수은감격)

今當遠離臨表涕泣不知所云

(금당원리임표체읍부지소운)

---

38) 諮諏(자추): 자문. 윗사람이 아랫사람의 의견을 묻고 상의한 것.

(원컨대 폐하께서는 제게 적을 토벌하여) 한 왕실을 회복시키는 일을 맡겨 주십시오.

공적을 이루지 못하면 저의 죄를 다스려 선제의 영전에 고하십시오.

만약에 덕을 일으키는 말이 없거든 곽유지, 비의, 동윤 등의 허물을 꾸짖으시어 그로써 그 태만함을 드러내십시오.
폐하께서도 마땅히 스스로 도모해 올바른 길을 물어 상의하시고,

바른 말을 살펴 받아들여 깊이 선제의 유언을 좇으십시오. 저는 선제께 받은 은혜를 감당하지 못해 감격합니다.
이제 멀리 떠나가려고 표를 쓰니 눈물이 흘러 할 말을 모르겠습니다.

◉ 이체자
愿→願, 無→无, 納→納, 恩→恩, 今→今, 離→離, 臨→臨 涕→涕, 云→云

36. 後出師(후출사)[1] 諸葛亮(제갈량)

先帝慮漢賊[2]不兩立主業不偏安	(선제려한적불량립주업불편안)
故托臣以討賊也以先帝之明量臣之才	(고탁신이토적야이선제지명양신지재)
故知臣伐賊才弱敵强也	(고지신벌적재약적강야)
然不伐賊王業	(연불벌적왕업)
亦亡惟坐而待亡孰與伐之	(역망유좌이대망숙여벌지)
是故托臣而弗疑也	(시고탁신이불의야)
臣受命之日寢不安席食不甘味	(신수명지일침불안석식불감미사유)
思惟北征宜先入南故五月渡瀘[3]深入不毛	(북정의선입남고오월도로심입불모)
并日而食	(병일이식)
臣非不自惜也顧王業不可偏安於蜀都	(신비부자석야고왕업불가득편안어촉도)
故冒危難以奉先帝之遺意而議者謂爲非計	(고모위난이봉선제지유의이의자위위비계)

---

1) 後出師(후출사): 〈후출사표(後出師表)〉. 익주(益州) 한 주(州)만 차지하고 있는 촉한은 각
   각 12주와 4주를 차지하고 있는 위나라와 오나라 같은 대국을 앉아서 대처할 것이 아니라,
   나아가서 허점을 찔러야 한다는 것을 강조하고 있음.
2) 漢賊(한적): (한나라의 적이니) 위나라와 오나라임.
3) 渡瀘(도로): 노수(瀘水)를 건너다. 제갈량이 건흥 3년(225)년에 노수를 건너서 남쪽 오랑
   캐를 정벌한 것.

선제께서는 적국 위·오와는 양립할 수 없고, 왕업이 편안할 수 없음을 염려하셨습니다.
그러므로 제게 적을 토벌하라고 한 것이니 선제께서 밝으신 안목으로 저의 재능이
적을 토벌하기에는 약하고 적은 강하다는 것을 아셨습니다.
그렇지만 적을 토벌하지 않으면 또 왕업을 이룰 수 없으니,
가만히 앉아서 망하기를 기다리는 것과 적을 토벌하는 것 중 어느 것이 낫겠습니까?
그렇기 때문에 저에게 분부하시면서 의심하지 않으셨던 것입니다.
(저는 명을 받은 날부터) 잠자리가 편치 않았고 밥을 먹어도 맛을 몰랐습니다.
북방 정벌을 위해 먼저 남방을 쳐야 하니 (5월에 노수를 건너 불모지로 깊이 쳐들어가서)
하루치 식량을 이틀에 나누어 먹었습니다.
저도 제 몸을 아끼고 싶으나 왕업을 돌아보니 촉도에서 안일하게 있을 수 없어
위험을 무릅쓰고 선제의 유지를 받들거늘, 논자들이 좋은 계책이 아니라고 말합니다.

●이체자

師→師, 慮→慮, 漢→漢, 兩→兩, 托→托, 强→強, 坐→坐, 亡→亾, 與→與

疑→疑, 寢→寢, 席→席, 渡→渡, 并→并, 顧→顧, 都→都 危難→危難

謂爲→謂為

今賊適疲於西[4]又務於東[5]　　　(금적적피어서우무어동)

兵法乘勞此進趨之時也　　　　(병법승로차진추지시야)

謹陳其事如左　　　　　　　　(근진기사여좌)

高帝[6]明幷日月謀臣淵深　　　(고제명병일월모신연심)

然涉險被創[7]危然後安　　　　(연섭험피창위연후안)

---

4) 疲於西(피어서): 서쪽에서 피폐해 있다. 건흥 5년 제갈량이 기산(祁山)을 공격하자, 남안
(南安)·천수(天水)·안정(安定) 세 군이 모두 위나라를 배반하고 한나라에 항복한 사건
을 말함.

5) 務於東(무어동): 동쪽에서 애쓰다. 위나라의 조휴(曹休)가 오나라의 육손(陸遜)과 석정(石
亭)에서 싸워 대패한 사건을 말함.

6) 高帝(고제): 한나라 고조 유방.

7) 涉險被創(섭험피창): 한나라 고조가 숱한 위험을 겪고 상처를 입으면서 천하를 통일한 것
을 말함.

지금 (적은 서쪽에서는 우리 때문에 피폐해 있고, 동쪽에서는 오나라와 전쟁중이니)

(병법에 "적이 피로한 틈을 타라"고 하였으니, 이때야말로 진격할 시기입니다.)

(삼가 그 사정을 말씀드리면 다음과 같습니다.)

(고제의 밝으심은 해나 달과 견줄 만하고 신하들의 지략은 연못처럼 깊었지만,)

(위험을 겪고 상처를 입는 위기를 넘긴 후에야 안정을 찾을 수 있었습니다.)

● 이체자

今→今, 適→適, 西→西, 務於→務扵, 乘→乘, 趣→趍, 謹→謹, 高→髙

淵→渊

今陛下未及高帝謀臣不如良平⁸⁾　　　　（금폐하미급고제모신불여량평）

而欲以長策取勝坐定天下　　　　　　　　（이욕이장책취승좌정천하）

此臣之未解一也　　　　　　　　　　　（차신지미해일야）

劉繇⁹⁾王朗¹⁰⁾各據州郡　　　　　　　　（유요왕랑각거주군）

論安言計動引聖人　　　　　　　　　　（논안언계동인성인）

群疑滿腹¹¹⁾衆難塞胸¹²⁾　　　　　　　（군의만복중난색흉）

今歲不戰明年不征　　　　　　　　　　（금세부전명년부정）

使孫策¹³⁾坐大邃并江東　　　　　　　　（사손책좌대수병강동）

此臣之未解二也　　　　　　　　　　　（차신지미해이야）

曹操智計殊絶於人　　　　　　　　　　（조조지계수절어인）

其用兵也髣髴¹⁴⁾孫吳¹⁵⁾然困於南陽¹⁶⁾　（기용병야방불손오연곤어남양）

8)　良平(량평): 한나라 고조 때의 공신인 장량(張良)과 진평(陳平)을 말함.

9)　劉繇(유요): 삼국시대 오나라 사람. 자는 정례(正禮). 후한 말기에 양주(楊州) 자사였으나 손책에게 쫓겨 단도(丹徒)로 도망갔다가, 팽택에 머무르다 병이 깊어서 죽었음.

10)　王朗(왕랑): 자는 경흥(景興). 삼국시대 위나라 사람이다. 동한 말년에 회계의 태수가 되었으나 손책에게 공격을 당해 굴복하였음.

11)　群疑滿腹(군의만복): 인재의 등용에 있어서 현자를 질투하고, 능력 있는 자를 시기함을 이르는 말. 즉, 의심으로 가득함.

12)　衆難塞胸(중난색흉): 일을 하는데 두려워하여 아무것도 하지 못함을 이름.

13)　孫策(손책): 자는 백부(伯符). 손권(孫權)의 큰형으로 강동 지방을 병합하였으나, 26세에 죽음.

14)　髣髴(방불): 거의 비슷하다는 뜻으로, 원문에 방불(彷彿)로 되어있음.

15)　孫吳(손오): 춘추시대 손무(孫武)와 전국시대 오기(吳起). 둘 다 뛰어난 병법가.

16)　困於南陽(곤어남양): 건안 2년(197년) 조조가 장수(張繡)와 완(宛)에서 싸우다가 날아온 화살에 맞은 일이 있음.

(지금 폐하께서는 고제에는 미치지 못하시고 신하들의 지략도 장량과 진평만 못합니다.)
(그런데도 좋은 계책으로 승리를 얻어, 앉아서 천하를 평정하려고 하니,)
(이것이 제가 이해할 수 없는 첫 번째 일입니다.)
(유요와 왕랑은 각각 주와 군을 점거하고)
(안위를 논하고 계책을 이야기하면서 성인들의 말을 끌어대었지만,)
많은 이들의 뱃속에 의심만 가득하고 많은 어려움이 가슴에 차 있습니다.
올해에는 싸우지 않고 내년에도 정벌하지 않아,
(손책이 가만히 앉아서 영토를 확장시겨서 결국 강동 지방을 병합하게 되었으니,)
(이것이 제가 이해할 수 없는 두 번째 일입니다.)
(조조의 지혜와 계책은 남보다 훨씬 뛰어나서,)
용병술에 있어서도 손무 · 오기와 비슷하였으나, (남양에서는 어려움을 당했고,)

◉ 이체자

欲→欲, 策→筞, 定→㝎, 解→觧, 繇→䌛, 群→羣, 疑→㲃, 滿→𣶶, 難→䨇

胸→肾, 歲→嵗, 戰→戦, 策→㩲, 幷→倂, 髣髴→彷彿, 吳→呉, 陽→陽

險於烏巢¹⁷⁾危於祁連　　　　　(험어오소위어기련)

偪於黎陽¹⁸⁾幾敗北山¹⁹⁾　　　(핍어여양기패북산)

殆死潼關²⁰⁾然后僞²¹⁾定一時爾　(태사동관연후위정일시이)

況臣才弱而欲以不危而定之　　　(황신재약이욕이불위이정지)

此臣之未解三也　　　　　　　(차신지미해삼야)

曹操五攻昌霸²²⁾不下　　　　(조조오공창패불하)

四越巢湖²³⁾不成　　　　　(사월소호불성)

---

17) 險於烏巢(험어오소): 건안 5년 조조의 군대와 원소의 군대가 서로 관도(官渡)에서 대치하였는데, 조조의 군대가 한동안 식량이 떨어졌을 때 조조가 밤에 오소를 기습해 원소의 군대가 저장해둔 양식을 불태우고, 관도의 원소군을 패배시키고 위기에서 벗어남.

18) 偪於黎陽(핍어여양): 건안7년, 원소가 죽자 그의 큰아들 원담이 여양에 주둔하며 때로는 배반하고 때로는 복종하였음. '偪(핍)'은 '逼(핍)'과도 통함.

19) 幾敗北山(기패북산): 백랑산(白狼山)에서 오환(烏桓)족과 싸웠을 때를 이름.

20) 殆死潼關(태사동관): 건안 16년 조조가 동관(潼關)에서 마초(馬超)와 한수(韓遂)를 토벌할 때, 초나라 장수가 말을 타고 조조군을 추격하는데 화살이 비 오듯 날아와 조조가 위기를 겪었음.

21) 僞(위): 촉나라를 정통으로 여겨서 위나라를 거짓 나라라 한 것.

22) 五攻昌霸(오공창패): 동해군의 창패를 조조가 여러 차례 공격하였음.

23) 四越巢湖(사월소호): 네 번 소호를 넘음. 지금의 안휘성으로, 위나라와 오나라의 경계였음. 조조의 군대가 종종 소호에서 오나라를 공격했으나 모두 목적을 달성하지 못하였음.

(오소에서는 위험을 겪었으며, 기련에서는 위기를 만났으며,
여양에서는 쫓겼으며, 북산에서는 거의 패망할 지경이었고
동관에서는 죽을 뻔한 이후에야 한동안 가짜의 안정을 얻을 수 있었습니다.
하물며 저는 재능이 모자라면서도 위험을 겪지 않고 천하를 평정시키려고 하니,
이것이 제가 이해할 수 없는 세 번째 일입니다.
조조는 다섯 번이나 창패를 공격했으나 함락되지 않았고,
네 번이나 소호를 넘었으나 성공하지 못했습니다.)

●**이체자**

險→隂, 於→扵, 巢→桔, 於→扵, 黎→黎, 幾→幾, 關→開, 僞→偽, 況→况

四越→卌越

任用李服²⁴⁾而李服圖之 （임용이복이이복도지）

委任夏候²⁵⁾而夏侯敗亡 （위임하후이하후패망）

先帝每稱操爲能猶有此失 （선제매칭조위능유유차실）

況臣駑下何能必勝此臣之未解四也 （황신노하하능필승차신지미해사야）

自臣到漢中中間朞年²⁶⁾耳 （자신도한중중간기면이）

然喪趙雲²⁷⁾陽群²⁸⁾馬玉閻芝丁立白壽劉郃鄧銅等 （연상조운양군마옥염지정립백수유

合등등등）

及曲長屯將²⁹⁾七十餘人突將³⁰⁾無前 （급곡장둔장칠십여인돌장무전）

賨叟³¹⁾靑羌³²⁾散騎武騎一千餘人 （종수청강산기무기일천여인）

此皆數十年之內所糾合四方之精銳 （차개수십년지내소규합사방지정예）

非一州之所有 （비일주지소유）

若復數年則損三分之二也 （약복수년즉손삼분지이야）

當何以圖敵此臣之未解五也 （당하이도적차신지미해오야）

---

24) 李服(이복): 건안 4년 동승과 함께 조조를 암살하려 했으나 일이 발설되어 죽음.

25) 夏候(하후): 하후연(夏侯淵). 조조를 위해 한중을 지키다 건안 24년 정군산(定軍山)에서 촉나라 장군 황충(黃忠)에게 죽었음.

26) 朞年(기년): 만 1년.

27) 趙雲(조운): 자는 자룡(子龙). 상산진정(常山眞定) 사람으로 촉한의 이름난 장군.

28) 陽群(양군): 촉한의 장군. 일찍이 파서(巴西) 태수를 역임함.

29) 曲長屯將(곡장둔장): 곡(曲), 둔(屯) 모두 군수 편제임.

30) 突將(돌장): 적전에 돌격해 들어갈 장군.

31) 賨叟(종수): 남만 소수 민족의 우두머리.

32) 靑羌(청강): 푸른 옷의 강족. 서이(西夷)의 일종.

(또한 이복을 임용했지만 이복은 도리어 그를 죽이려 하였고,)

(하후를 임용했지만 하후는 패하여 죽었습니다.)

선제께서는 항상 조조의 유능함을 칭찬하셨는데 이처럼 실패했거늘,

하물며 저는 우둔하고 남보다 처지는데 어떻게 반드시 이긴다고 할 수 있겠습니까?

(이것이 제가 이해할 수 없는 네 번째 일입니다.)

(제가 한중에 도착한 지 그동안 1년이 지났습니다.

(그러나 조운·양군·마옥·염지·정립·백수·유합·등동 등과 부곡의 장과주둔 부대의 장 70여 명을 잃어 앞으로 돌격할 장군이 없습니다.)

(남만과 서이의 기병 1000여 명은)

모두가 수십 년에 걸쳐 사방에서 규합한 정예부대로서

한 고을에서 얻을 수 있는 것이 아닙니다.

만약 수년이 더 지난다면 3분의 2를 잃게 될 것이니, 무엇으로 대적하겠습니까?

(이것이 제가 이해할 수 없는 다섯 번째 일입니다.)

● 이체자

服→服, 圖→圖, 候→候, 侯→侯, 稱操爲能猶→稱操為能猶, 況→兄, 喪→喪

趙雲→趙雲, 群→羣, 馬→馬, 間→閒, 壽→壽, 部→剖, 等→等, 將→将

突→突, 靑羌→靑羌, 騎→騎, 數→数, 內→内, 銳→銳, 數→毃, 損→損

分→分

今民窮兵疲而事不可息事不可息　　　（금민궁병피이사불가식사불가식）

則住與行勞費正等 而不及早圖之)　　（즉주여행노비정등이불급조도지）

欲以一州之地與賊持久　　　　　　　（욕이일주지지여적지구）

此臣之未解六也　　　　　　　　　　（차신지미해육야）

夫難平者事也 昔先帝敗軍於楚[33]　　（부난평자사야석선제패군어초）

當此時曹操拊手謂天下已定　　　　　（당차시조조부수위천하이정）

然後先帝東連吳越[34]　　　　　　　（연후선제동련오월）

---

33)　敗軍於楚(패군어초): 건안 12년, 유비가 조조에게 양양(襄陽)에서 패한 것을 말함.

34)　吳越(오월): 손씨가 차지한 강동 지역.

지금 백성들은 곤궁하고 병사들은 지쳐 있지만 대업을 그만둘 수는 없으니,

(가만히 있든 일을 도모하든 그 노력과 비용은 똑같으니 서둘러 싸우지 않고)

한 주의 땅으로 적과 지구전을 벌이니,

이것이 제가 이해할 수 없는 여섯 번째 일입니다.

(무릇 천하를 평정하는 대업은 어려운 일이니. 옛날에 선제께서 초나라에 패하셨을 때,

바로 그 당시에 조조는) 손뼉을 치고 천하는 이미 안정되었다고 여겼으나,

그 후에 선제께서 동쪽으로 오 · 월과 동맹을 맺고,

● 이체자

窮→窮, 勞→劳, 者→者, 楚→楚, 時→時, 然→然

西取巴蜀³⁵⁾擧兵北征　　　　　　　(서취파촉거병북정)

夏侯授首³⁶⁾此操之失計　　　　　　(하후수수차조지실계)

而漢事將成也　　　　　　　　　　(이한사장성야)

然後吳更違盟³⁷⁾關羽毀敗³⁸⁾　　　　(연후오갱위맹관우훼패)

秭歸蹉跌³⁹⁾曹丕稱帝⁴⁰⁾　　　　　　(자귀차질조비칭제)

凡事如是難可逆料　　　　　　　　(범사여시난가역료)

臣鞠躬盡瘁⁴¹⁾死而後已　　　　　　(신국궁진췌사이후이)

至於成敗利鈍非臣之明所能逆睹⁴²⁾也　　(지어성패리둔비신지명소능역도야)

---

35)　巴蜀(파촉): 유비가 점거한 익주를 가리킴.

36)　夏侯授首(하후수수): 하후연의 죽음. '授首(수수)'란 목을 내어 바친다는 말인데, 여기서는 싸움에 져서 죽었다는 뜻.

37)　吳更違盟(오갱위맹): 오나라 손권이 건안 24년 형주를 습격해 취한 것.

38)　關羽毀敗(관우훼패): 관우가 여몽에게 패한 것.

39)　秭歸蹉跌(자귀차질): 유비가 오나라 육손에게 패해 자귀까지 도망한 것. 자귀는 지금의 하북성 자귀현. '차질'은 걸려 넘어짐.

40)　曹丕稱帝(조비칭제): 건안 25년 조조의 아들 조비가 황제라 일컬었음.

41)　鞠躬盡瘁(국궁진췌): 몸이 파래지도록 마음과 힘이 다함.

42)　逆覩(역도): 예견.

서쪽으로는 파촉을 점령하였고 군대를 일으켜 북방을 정벌하였습니다.

하후가 싸움에 져서 목을 내놓게 되었으니, 이것은 조조의 실책이며,

한나라의 대업은 장차 이루어지는 것이었습니다.

(그 후에 오나라가 맹약을 위반하자 관우가 패하게 되었고,

자귀현은 적에게 빼앗겼고 조비는 황제를 자칭했습니다.)

모든 일이 이와 같아 예측하기 어렵습니다.

저는 삼가 몸을 굽히고 온갖 노력을 다하여 죽은 후에야 그만둘 것입니다.

성공과 실패, 이익과 손해는 신의 지혜로 예측할 수 있는 바가 아닙니다.

●이체자

擧→舉, 計→計, 關→開, 羽→某, 歸→歸, 逆→逆, 於→扵, 逆睹→料覩

37. 秋風辭(추풍사)[1] 漢武帝(한무제)[2]

秋風起(兮)白雲飛	(추풍기혜백운비)
草木黃落(兮)雁南歸	(초목황락혜안남귀)
蘭有秀(兮)菊有芳	(난유수혜국유방)
懷佳人(兮)不能忘	(회가인혜불능망)
泛樓船(兮)濟汾河[3]	(범루선혜제분하)
橫中流(兮)揚素波	(횡중류혜양소파)
簫鼓鳴(兮)發棹歌	(소고명혜발도가)
歡樂極(兮)哀情多	(환락극혜애정다)
少壯幾時(兮)奈老何	(소장기시혜내로하)

1) 秋風辭(추풍사): 한나라 무제가 지금의 산서성(山西省) 심수현(沁水縣) 서쪽과 곽산현(霍山縣) 남쪽에 있는 임분(臨汾), 운성(雲城) 지역에 나가 토지신에게 제사 지내고 오는 도중에 가을바람에 흥을 느껴 지은 사(辭) 작품.
2) 漢武帝(한무제): 유철(劉徹, B.C. 156~B.C. 87). 전한의 제7대 황제(재위, B.C. 141~B.C. 87). 경제(景帝)의 둘째 아들로, 시호는 세종(世宗).
3) 汾河(분하): 산서성(山西省)에서 황하 중류로 흘러드는 황하의 지류.

가을바람 일어나고 흰 구름 떠가는데,

풀과 나무는 누렇게 떨어지고 기러기는 남으로 돌아가네.

난초는 빼어나고, 국화는 향기롭도다.

아름다운 님을 생각하고 잊을 수 없네.

배 띄워 분하를 건너는데,

강물을 가로지르며 흰 물결이 날리네.

피리와 북을 울리며 뱃노래 부른다.

즐거움이 지극하니 슬픈 정이 많아지네.

젊음은 얼마간인가, 늙음을 어찌하리!

● 이체자

辭→辭, 秋→秌, 起→起, 兮→丂, 雲飛→雲飛, 草→草, 黃→黄, 雁→鴈

歸→歸, 蘭→蘭, 芳→芳, 懷佳→懷佳, 能忘→能忘, 樓船→楼舡, 汾→汾

橫→横, 流→流, 揚→揚, 簫鼓→簫皷, 鳴→鳴, 極→极, 哀→哀, 壯幾→壯幾

老→老

38. 樂志論(낙지론)[1] 仲長統(중장통)[2]

使居有良田廣宅背山臨流	(사거유량전광택배산림류)
溝池環匝[3]竹木周布[4]	(구지환잡죽목주포)
場圃[5]築前果園樹後	(장포축전과원수후)
舟車足以代步涉[6]之難	(주거족이대보섭지난)
使令[7]足以息四體[8]之役	(사령족이식사체지역)
養親有兼珍之膳妻孥無苦身之勞	(양친유겸진지선처노무고신지로)
良朋萃止則陳酒肴以娛之	(양붕췌지즉진주효이오지)
嘉時吉日[9]則烹羔豚以奉之	(가시길일즉팽고돈이봉지)
躕躇[10]畦苑遊戲平林	(주저휴원유희평림)
濯淸水追涼風	(탁청수추량풍)
釣游鯉弋[11]高鴻	(조유리익고홍)

1) 樂志論(낙지론): 자신의 뜻을 즐기는 기쁨을 이야기하면서 조정에 출사하기를 원하지 않았던 중장통의 사상이 잘 나타나 있다. 문장은 간결하고 수식이 적은 단문으로 고사를 인용한 구가 몇 군데 있지만 화려한 것은 아니다. 문체상 논(論)이지만 노래처럼 번역하였음.

2) 仲長統(중장통): (179~220) 중국 후한(後漢)시대의 학자. 자 공리(公理). 산동성(山東省) 고평(高平) 출생. 어려서부터 학문을 좋아하고 문사(文辭)에 능하였으며, 직언(直言)을 즐겨 당시 사람들이 광생(狂生)이라 부름. 주요 저서에는《창언(昌言)》34편 10여 만 어(語)가 있었다고 하나 전하지 않으며 전통적인 유교사상을 바탕으로 당시의 사상과 사회를 비판한 것으로 전해짐.

3) 環匝(환잡): 고리처럼 빙 둘러 있음. '匝'은 둘레의 뜻.

4) 周布(주포): 두루 퍼져 있음.

5) 場圃(장포): '場'은 농사철에는 밭이 되고 추수 때는 타작마당이 되는 곳. '圃'는 채소나 과일을 심는 밭. 채마밭.

6) 步涉(보섭): 길을 걷고, 물을 건너는 것.

7) 使令(사령): 일을 시킴. 전하여 일꾼. 심부름꾼.

8) 四體(사체): 사지(四肢), 신체.

9) 嘉時吉日(가시길일): 좋은 때와 좋은 날. '嘉時'는 단오, 칠석 등의 명절이며, '吉日'은 보통

거하는 곳에는 좋은 밭과 넓은 집이 있고 뒤에는 산이 앞에는 시내가 흐르네
집 주위에는 연못과 대나무가 빙 둘러있고
앞에는 마당과 밭이 뒤에는 과수원이 있네
수레와 배가 물을 건너는 어려움을 대신해주고
심부름하는 이가 육체의 노역에서 쉬게 해주네
갖은 진미로 부모님을 모시고 처자는 몸이 고되지 않네

벗들이 모이면 술과 안주를 놓고 즐거워하고
기쁘고 좋은 날에는 양과 돼지로 제사를 받드네
밭과 동산, 숲속을 홀로 거닐거나 놀기도 하고
맑은 물에서 씻고 서늘한 바람을 따르네
잉어를 낚고 높이 나는 기러기를 쏘기도 하고

매월 초하루로, 제사지내는 날.
10) 躕躇(주저): 나아가지 못하고 머뭇거림. 여기서는 아무 목적 없이 노니는 것을 말함.
11) 弋(익): 주살질. 주살은 오늬(화살의 머리를 활시위에 끼도록 에어낸 부분)에 줄을 매어 쏘
    는 화살.

◉ 이체자

廣宅→**廣宅**, 臨流→**臨流**, 溝→溝, 環→環, 場→塲, 築→築, 園樹後→**園樹後**

舟→**舟**, 足→**足**, 難→難, 體→體, 役→**役** 養→養, 兼珍→兼珎, 勞→劳

酒→**酒**, 娛→娛, 烹→**烹**, 躕躇→躕躇, 畦苑→畦苑, 遊戲→遊戲, 淸→清

追涼→**追**涼, 游鯉→游**鯉**, 高鴻→髙鴻

諷於舞雩之下¹²⁾詠歸高堂之上　　　　　　（풍어무우지하영귀고당지상）
安神閨房思老氏之玄虛¹³⁾　　　　　　　　（안신규방사노씨지현허）
呼吸精和¹⁴⁾求至人¹⁵⁾之彷彿　　　　　　　（호흡정화구지인지방불）
與達者¹⁶⁾數子論道講書俯仰二儀¹⁷⁾錯綜¹⁸⁾人物　（여달자수자논도강서부앙이의착종인물）
彈南風之雅操¹⁹⁾發淸商²⁰⁾之妙曲逍遙一世之上　（탄남풍지아조 발청상지묘곡소요일세지상）
睥睨²¹⁾天地之間不受當時之責²²⁾永保性命之期　（비예천지지간불수당시지책영보성명지기）
如是則可以凌霄漢²³⁾出宇宙之外矣　　　　（여시즉가이릉소한출우주지외의）
豈羨夫入帝王之門²⁴⁾哉　　　　　　　　　（기선부입제왕지문재）

---

12) 諷於舞雩之下(풍어무우지하): 기우제를 지내는 제단 아래에서 바람을 쐼. 유유자적한 생활. 공자의 제자 증점이 이렇게 답했다는 내용이《논어》에 보임.

13) 老氏之玄虛(노씨지현허): '老氏'는 노자. '玄虛'는 노자의 허무와 무위자연의 도.

14) 呼吸精和(호흡정화): '精和'는 천지만물의 생명의 본질인 음양을 조화한 기운. 뱃속의 더러운 기운을 뱉어내고 천지의 신선한 정기를 들이마시는 것. 도교의 양생법임.

15) 至人(지인): 도가에서 말하는 이상적 인간. 무위자연의 지극한 경지에 이른 사람을 뜻함.

16) 達者(달자): 도에 통달한 사람.

17) 二儀(이의): 음양, 즉 천지를 가리킴. '의'는 법칙.

18) 錯綜(착종): '錯'은 뒤섞이는 것. '綜'은 하나로 모으는 것. 고금의 여러 인물을 한데 모아 평하는 것.

19) 南風之雅操(남풍지아조): 남풍의 고상한 곡조를 탐. '南風'은 순임금이 지은 시.《공자가어》에 "순임금이 오현의 금을 타며 남풍을 지었다"고 하였음.

20) 淸商(청상): '商'은 宮商角徵羽(궁상각치우)의 오음 가운데 하나인데, 오음 중에서 가장 맑고 가벼운 음을 내므로 청상이라 함.

21) 睥睨(비예): 흘겨봄. 속세의 잡다한 일에 관계되지 않고 무심하다는 뜻.

22) 當時之責(당시지책): 그 시대의 정치나 교육에 대한 책임. 관직에 있는 자가 져야 할 시국에 관한 책임.

23) 霄漢(소한): 저녁. '霄'는 하늘, '漢'은 은하수.

24) 帝王之門(제왕지문): 조정을 가리킴.

무우에서 바람을 쐬고 시 읊으며 집으로 돌아오네

교방에 편안히 앉아 노자의 현허를 생각하며

정기(精氣)를 호흡하며 지극한 경지를 추구하네

도를 통한 사람과 도를 논하고 경서를 강론하며 고인을 우러르네

남풍의 가락을 연주하며 세상의 위를 소요하네

천지간에 무심하여 벼슬을 하지 않고 하늘의 명을 보전하네

이같이 은하수를 넘어 우주 밖까지 나가니

어찌 제왕의 문에 들어가는 것을 부러워할까?

●이체자

於→扵, 雩→雩, 歸→歸, 閨→閨, 老→老, 虛→虗, 求→求, 與→與, 達→達

數→數, 講→講, 彈→彈, 操→操 清商→清商, 遙→遥, 睥→睥, 凌→凌

霄→宵, 漢→漢, 矣→矣, 羨→羨, 哉→哉

39. 漁父辭(어부사)¹⁾ 屈原(굴원)²⁾

屈原旣放游於江潭行吟澤畔 （굴원기방유어강담행음택반）

顔色憔悴形容枯槁³⁾漁父見而問之日 （안색초췌형용고고어부견이문지왈）

子非三閭大夫⁴⁾與何故至於斯 （자비삼려대부여하고지어사）

屈原曰擧世⁵⁾皆濁我獨淸 （굴원왈거세개탁아독청）

衆人皆醉我獨醒是以見放 （중인개취아독성사이견방）

漁父曰聖人不凝滯於物⁶⁾而能與世推移⁷⁾ （어부왈성인불응체어물이능여세추이）

世人皆濁何不淈其泥而揚其波 （세인개탁하불굴기니이양기파）

衆人皆醉何不餔其糟而歠其醨⁸⁾ （중인개취하불포기조이철기리）

何故深思高擧自令放爲 （하고심사고거자령방위）

屈原曰吾聞之新沐者必彈冠 （굴원왈오문지신목자필탄관）

新浴者必振衣 （신욕자필진의）

---

1) 漁父辭(어부사): 굴원(屈原, B.C. 343~B.C. 278(추정))이 상강에서 어부와 문답하는 방식
으로, 굴원이 자문자답하여 쓴 시라고도 하고 굴원의 지조를 기린 초나라 사람들이 엮어
전했다는 말도 있음.

2) 屈原(굴원): 중국 전국시대 초나라의 정치가 시인. 제(齊)와 동맹하여 진(秦)에 대항해야
함을 주장했으나 뜻을 이루지 못하고 추방당하여 멱라수에 투신해 죽음.

3) 枯槁(고고): ① 초목 (草木)이 말라 물기가 없음. ② 야위어서 파리함. 여기에서는 ②의 뜻.

4) 三閭大夫(삼려대부): 초나라 왕실의 세 성씨인 소(昭), 굴(屈), 경(景)씨의 세 가문을 다스
리는 높은 벼슬.

5) 凝滯於物(응체어물): 사물에 걸리거나 막힘. 예를 들어 결백한 지조 등에 얽매여 세상과 타
협하지 못하고 나아가지 못하는 것.

6) 與世推移(여세추이): 사물의 이치에 통달한 성인은 세상 형편에 따라 자유로이 활동해 나감.

7) 淈其泥而揚其波(굴기니이양기파): 세상 사람이 다 더럽혀져 있을 때는, 나도 남들처럼 겉
으로 진흙을 묻히고 흙탕물을 튀기는 것이 현명하다는 뜻.

8) 餔其糟而歠其醨(포기조이철기리): '餔(포)'는 '먹다'의 뜻, '歠(철)'은 마시다, '醨(리)'는 찌
꺼기 술. 남들이 다 취해 있다면 혼자만 결백한 지조를 드러내지 말고, 그 술 찌꺼기라도 먹
으며 둥글게 살아가는 것이 좋다는 것.

(굴원이) 추방되어 강가에 노닐며 읊조리니

안색이 초췌하고 생기가 없었다. (어부가 보고 묻기를,

"그대는 삼려대부가 아닌가? 어찌하여 이 지경에 이르렀는가?"

굴원이 말하길,) "온 세상이 모두 탁한데, 나 홀로 맑고,

모든 사람들이 다 취해 있는데, 나 홀로 깨어 있으니, (이 때문에 추방당하게 되었소."

어부가 말하길) "성인은 세상 사물에 얽매이지 않고, 세상과 더불어 옮겨 다닐 수 있으

니, 세상 사람이 다 흐려져 있거늘, 어찌하여 흙탕물 휘저어 그 물결을 날리지 않으며,

(세상 사람들이) 모두 취해 있으면 어찌 술지게미를 먹고 삼삼한 술을 먹지 않는가,

무엇 때문에 깊이 생각하고 고상하게 행동하여, 스스로 추방을 당하게 하였소?"

(굴원이 말하길, "내가 들으니) 새로 머리 감은 자는 반드시 관을 고쳐 쓰고

새로 몸을 씻은 자는 반드시 옷을 떨쳐입는다고 하였다.

●이체자

辭→辭, 游→游, 潭→潭, 吟→吟, 澤→澤, 槁→槁, 與→與, 淸→淸, 醉→醉

醒→醒, 聖→聖, 凝滯→凝滯, 能→能, 揚→揚, 歠→歠, 醨→醨, 高→高

爲→為, 者→者, 彈→彈, 振→振, 寧→寧, 塵→塵, 鼓→皷

安能以身之察察[9]受物之汶汶[10]者乎   (안능이신지찰찰수물지문문자호)

寧赴湘流葬於江魚之腹中   (영부상류장어강어지복중)

安能以皓皓之白而蒙世俗之塵埃乎   (안능이호호지백이몽세속지진애호)

漁父莞爾[11]而笑鼓枻[12]而去乃歌曰   (어부완이이소고예이거내가왈)

滄浪[13]之水淸兮可以濯吾纓   (창랑지수청혜가이탁오영)

滄浪之水濁兮可以濯吾足   (창랑지수탁혜가이탁오족)

遂去不復與言   (수거불부여언)

---

9) 察察(찰찰): 맑고 깨끗한 것.
10) 汶汶(문문): 더럽고 욕된 것.
11) 莞爾(완이): 빙그레 미소 짓는 모양.
12) 鼓枻(고예): 돛대를 두드려 장단을 맞추는 일.
13) 滄浪(창랑): 한수(漢水)의 하류.

어찌 깨끗한 몸으로 더러운 것을 받겠는가.
차라리 상강에 가서 물고기의 뱃속에서 장사지낼지언정
어찌 결백함으로 세속의 먼지를 뒤집어 쓰겠는가?"
(어부가 빙그레 웃고, 노를 두드리고 떠나가면서 이렇게 노래하였다.)
"창랑의 물이 맑거든 내 갓끈을 씻고,
창랑의 물이 탁하면 내 발을 씻네."
(이윽고 가버리고 다시는 더불어 말하지 않았다.)

40. 雜說(잡설)¹⁾ 韓愈(한유)²⁾

世有伯樂³⁾ 然後有千里馬　　　　(세유백락연후유천리마)

千里馬常有而伯樂不常有　　　　(천리마상유이백락불상유)

故雖有名馬 祇辱於奴隷人之手　　(고수유명마 지욕어노예인지수)

騈死⁴⁾於槽櫪⁵⁾之間 不以千里稱也　(변사어조력지간 불이천리칭야)

馬之千里者一食或盡粟一石　　　　(마지천리자일식혹진속일석)

食馬者不知其能千里而食也　　　　(사마자부지기능천리이사야)

是馬雖有千里之能　　　　　　　　(시마수유천리지능)

食不飽力不足才美不外見　　　　　(식불포역부족재미불외현)

且欲與常馬等不可得　　　　　　　(차욕여상마등불가득)

安求其能千里也　　　　　　　　　(안구기능천리야)

策之不以其道　　　　　　　　　　(책지불이기도)

食之不能盡其材　　　　　　　　　(사지불능진기재)

鳴之不能通其意　　　　　　　　　(명지불능통기의)

執策而臨之曰天下無良馬　　　　　(집책이림지왈천하무량마)

嗚呼其眞無馬邪其眞不諳馬耶　　　(오호기진무마사기진불암마야)

---

1)　雜說(잡설): 천리마의 이야기를 빌려 재능 있는 사람이 대우받지 못하고 초야에 묻혀 뜻을 펴지 못함을 탄식한 내용이다. 《한문공집(韓文公集)》에는 〈잡설(雜說)〉이라 하여 네 편의 글로 되어 있다. 용(龍), 의(醫), 학(鶴), 말(馬)에 대해 이야기 하고 있는데 본문에 실린 글은 넷째 편임.

2)　韓愈(한유): 당대(唐代)의 산문의 대가 및 시인(768~824). 유종원(柳宗元), 구양수(歐陽修), 소순(蘇洵), 소식(蘇軾), 소철(蘇轍), 왕안석(王安石), 증공(曾鞏)과 함께 당송8대가(唐宋八大家)로 불림. 자(字)는 퇴지(退之). 한문공(韓文公)이라고도 함. 중국과 일본에 광범위한 영향을 미친 후대 성리학(性理學)의 원조. 25세에 진사에 급제하고 여러 관직을 거쳐 이부시랑(吏部侍郎)까지 지냈고 사후에 예부상서(禮部尙書)로 추증되었으며, 문(文)이라는 시호를 받았음.

3)　伯樂(백락): 성은 손(孫)이며 이름은 양(陽). 주나라 때에 말을 잘 고르기로 유명했던 사람.

4)　騈死(변사): 나란히 함께 죽는 것. 천리마가 명마로서 재능을 펴지 못하고 보통 말 틈에 섞

세상에는 백락이 있은 후에야 천리마가 있게 된다.

천리마는 항상 있지만 백락은 늘 있지 않다.

그래서 비록 명마가 있을지라도 다만 노예의 손에서 욕이나 당하며

마구간에서 범마들과 나란히 죽게 되어 천리마로 불리지 못한다.

천리마는 한 끼에 간혹 곡식 한 섬을 먹어치운다.

말을 먹이는 자는 그 말이 천 리를 달릴 수 있는지도 모르고 먹인다.

이 말은 비록 천리를 달릴 능력이 있다 하더라도

먹는 것이 배부르지 않아, 힘이 부족하여 재능의 훌륭함이 밖으로 드러나지 않고,

또한 보통 말과 같아지려 해도 될 수 없으니,

어찌 그 말이 천 리를 달릴 수 있기를 바라겠는가?

채찍질하는 데 도리로써 하지 않고,

먹여주지만 재능을 다 발휘하게 하지 못하고,

울어도 그 뜻을 알아주지 못하면서,

채찍을 쥐고 다가서서 말하기를, "천하에 좋은 말이 없다"라고 하니,

아! 정말로 말이 없는가? 정말로 말을 알아보지 못하는 것인가?

여 죽는 것. 즉, 영재가 뜻을 펴지 못하고 범인들 속에서 묻혀 죽는 것을 개탄한 것임.

5)   槽櫪(조력): '槽'는 말구유, '櫪'은 마판(馬板). 말구유와 마구간을 통틀어 이르는 말.

◉이체자

然 → 然, 辱於 → 辱扵, 駢死 → 駢死, 稱 → 稱, 者 → 者, 盡 → 盡, 石 → 石, 能 → 能

雖 → 雖, 美 → 美, 欲與 → 欲與, 等 → 等, 策 → 策, 執 → 執, 臨 → 臨 鳴 → 鳴

眞 → 真, 無 → 無

41. 自警箴(자경잠)[1] 權韠(권필)

勿謂無知	(물위무지)
神鬼在玆	(신귀재자)
勿謂無聞	(물위무문)
耳屬于垣[2]	(이속우원)
一朝之忿	(일조지분)
平生成釁	(평생성흔)
一毫之利	(일호지리)
平生爲累	(평생위루)
與物相干	(여물상간)
徒起爭端	(도기쟁단)
平吾心志	(평오심지)
自然無事	(자연무사)

---

1) 自警箴(자경잠):《석주외집(石州外集)》권지일(卷之一)〈자경잠 이수〉중의 첫 번째로 권필이 자신을 경계하기 위하여 시를 지었음.

2) 耳屬于垣(이속우원):《시경》〈소아(小雅) 소변(小弁)〉에 "군자는 내는 말을 쉽게 하지 말라. 귀가 담장에 붙어 있다[君子無易由言 耳屬于垣]." 하였음.

아는 이 없다고 말하지 말라.

귀신이 여기에 보고 있다.

듣는 이 없다고 말하지 말라

귀가 담장에도 붙어 있다.

한 순간의 화가

평생의 분쟁을 만들며,

털끝만한 이익이

평생의 누가 된다.

남과 서로 간섭하면

다툼만 일으킨다.

내 마음을 평안히 하면,

자연히 무사하리라.

● 이체자

鬼→鬼, 玆→兹, 屬→屬, 忿→忿, 釁→釁, 毫→毫, 爲→為, 與→與

徒起→徒起, 然→然

42. 泣送歸時在腹兒(읍송귀시재복아)¹⁾ 月沙²⁾詩(월사시)

妾在靑春兒在腹 良人一去長河湄　　　(첩재청춘아재복 양인일거장하미)

兒生作丁妾已老 郎人萬里無廻期　　　(아생작정첩이로 랑인만리무회기)

秋風寄衣此去人 正是當年遺腹兒　　　(추풍기의차거인 정시당년유복아)

憶君初別重門前 指腹戒妾生男奇　　　(억군초별중문전 지복계첩생남기)

生男學語君不來 爺任從憐兒爲喚　　　(생남학어군불래 야임종련아위환)

今來始成七尺身³⁾ 正似郎君初別時　　　(금래시성칠척신 정사랑군초별시)

儀形眉目乃父如 着君巾服無差參　　　(의형미목내부여 착군건복무차참)

紅顏今復作人母 日月肯爲空閨達　　　(홍안금복작인모 일월긍위공규달)

悠悠日夕長相思 去去天涯生別離　　　(유유일석장상사 거거천애생별리)

蠨蛸掛壁螻蛄啼 昨夜秋意生羅帷　　　(소소괘벽혜고제 작야추의생라유)

寒衣裁做舊刀尺 遊子身邊亘不亘　　　(한의재방구도척 유자신변의불의)

兒行豈識父顏面 不道郎名應不知　　　(아행기식부안면 불도랑명응부지)

相逢休問妾盛衰 別後生子今如影　　　(상봉휴문첩성쇠 별후생자금여견)

山長水闊信使□ 兩地 相爲生□□　　　(산장수활신사 량지 상위생□□)

餘今有子登長道 從此征人不怕飢　　　(여금유자등장도 종차정인불파기)

---

1)　泣送歸時在腹兒(읍송귀시재복아): '울면서 돌아온 그 때에 뱃속에는 아이가 있었다'는 이
　　말은 고려 말 시인인 포은(圃隱) 정몽주(鄭夢周, 1337~1392)의 작품인 〈征婦怨(정부원)〉
　　2수 중의 제1수의 結句이기도 하다. 이 시를 소개하면 다음과 같다.
　　一別年多消息稀(일별년다소식희)　　한 번 이별은 길고 소식은 없네
　　塞垣存歿有誰知(새원존몰유수지)　　변방의 님 소식 어느 누가 알까
　　今朝始寄寒衣去(금조시기한의거)　　오늘 아침 겨울옷을 보내러 간 사람은
　　泣送歸時在腹兒(읍송귀시재복아)　　울며 전송할 때 뱃속에 있던 아이라네
　　《해동유요》에 실린 작품은 이 시구를 제목으로 하면서 자세한 이야기를 담고 있는데, 월사
　　이정구의 시로 표기가 되어있다. 이정구의 문집에는 이 작품이 실려있지 않아서 작가 표기
　　의 오류일 수도 있고, 혹은 이정구의 알려지지 않은 신출작일 수도 있으나 단언할 수는 없음.
2)　月沙(월사): 이정구(李廷龜, 1564~1635). 조선 중기의 학자. 본관은 연안(延安). 호는 월사
　　(月沙) 또는 보만당(保晩堂) · 치암(癡菴) · 추애(秋崖) · 습정(習靜)으로 조선 중기 한문

내가 젊었을 때 아이는 뱃속에 있었고, 님은 긴 강을 건너버렸네.

아이는 태어나 장정이 되었고 나는 이미 늙었는데, 님은 만리에서 돌아올 기약 없구나.

떠난 님에게 가을바람에 옷 부쳤던 바로 그때 뱃속에 있던 아이라네.

중문 앞에서 처음 님과 이별할때. 배를 가리키며 사내를 낳으라 했지.

사내를 낳아 말을 배우도록 그대는 오지 않고, 아이는 아버지를 더욱 닮아가네.

이제 칠척으로 성장해 처음 이별한 때 그대의 모습과 같네.

거동과 모습, 생김새가 아비와 같으니 의복도 꼭 맞네.

어린 얼굴이 지금 어머니가 되어, 세월은 빈 규방만 이루었네.

저녁마다 그리움이 길어지고, 가도 가도 이별만 더하네.

거미가 벽에 걸려 있고 매미도 울어, 어제 밤 가을 기운이 비단 휘장에 들어왔네.

겨울옷을 낡은 재단 칼과 마름자로 재단하니, 나그네된 님에게 맞을지 아닐지.

아이가 가도 어찌 아비의 얼굴을 알아볼까, 이름을 말하지 않으면 응당 알지 못하리.

만나면 내 상황은 묻지 말기를, 이별 후 아들 낳고 지금은 그림자와 같다.

산은 길고 물이 흘러도 서로의 거리는 너무 멀구나.

이제는 아들도 멀리가지만 나는 굶는 것을 두려워하지 않으리.

사대가(漢文四大家)의 한 사람. 세조 때의 명신인 석형(石亨)의 현손이며, 문장으로 이름이 있던 현령 계(啓)의 아들로, 윤근수(尹根壽)의 문인임.

3) 七尺身(칠척신): '尺'은 고대 기준 길이의 단위. 진한(秦汉)시기 1척=0.23미터, 7척=1,61미터. 칠척신 바로 신장이 1,61미터임.

● 이체자

歸→歸, 兒→児, 靑→青, 老→老, 郞→郎, 萬→萬, 無→无, 秋→秌, 別→別

指→指, 學→學, 喚→喚, 從→滜, 爲→為, 服→服, 參→参, 達→逹

相思→担恩, 涯→涯, 蠨蛸→蟏蛸, 蟋蛄→螅蛄, 秋→秌, 遊→遊, 邊→邊

宜→冝, 盛衰→盛衰, 別後→別後, 闊→潤, 相→担, 從→従, 征→征, 飢→飢

43. 前赤壁(전적벽)[1] 蘇軾(소식)

壬戌[2]之秋七月旣望[3]	(임술 지추칠월기망)
蘇子與客泛舟遊於 赤壁之下	(소자여객범주유어 적벽지하)
淸風徐來 水波不興	(청풍서래 수파불흥)
擧酒屬客	(거주촉객)
誦明月之詩[4] 歌窈窕之章[5]	(송명월지시 가요조지장)
少焉 月出於東山之上 徘徊於斗牛之間	(소언월출어동산지상 배회어두우지간)
白露橫江 水光接天	(백로횡강 수광접천)
縱一葦[6]之所如[7] 凌萬頃之茫然	(종일위지소여 능만경지망연)
浩浩乎如憑虛御風而不知其所止	(호호호여빙허어풍이불지기소지)
飄飄乎如遺世獨立羽化而登仙	(표표호여유세독립우화이등선)
於是 飮酒樂甚 扣舷而歌	(어시음주락심구현이가지)
歌曰	(가왈)

---

1) 前赤壁(전적벽): 이 글은 소식의 나이 47세 때 황주에 귀양 가 달 밝은 밤 적벽강에 배 띄워 노닐며 지은 글이다. 먼저 지은 것을 〈전적벽부〉, 뒤에 지은 것을 〈후적벽부〉라 한다. 적벽은 둘이 있는데, 하나는 호북성 황주(黄州)에 있는 명승지로, 바로 소식이 배 띄워 노닐며 〈적벽부〉를 짓던 곳이다. 이곳은 붉은 암벽이 강가에 깎아지른 듯 높이 솟아 있다고 한다. 또 하나의 적벽은 삼국시대 오나라 손권의 장군 주유가 위나라 조조의 백만 대군을 파하던, 이른바 적벽전이 있었던 곳이다. 소식이 적벽에 노닐며 옛 영웅·호걸들이 싸우던 고사를 회고하게 됨은 오로지 같은 적벽이라는 이름에서 연유한 것임.

2) 壬戌(임술): 송의 신종(神宗) 원풍(元豐) 5년(1082).

3) 旣望(기망): '旣'는 '이미', 즉 지났다는 뜻이고 '望'은 보름이니 '旣望'은 16일임.

4) 明月之詩(명월지시): 《시경》〈진풍(陳風)〉의 〈월출(月出)〉을 가리킴.

5) 窈窕之章(요조지장): 〈월출〉의 시 가운데에 들어 있는 '요조(아름답다는 의미)'라는 구절.

6) 一葦(일위): 작은 배를 가리킴. 이것은 한 다발의 갈대 묶음을 물에 띄워 배를 대신한 데서 나온 말.

7) 如(여): '如'는 '去(거)'와 같음.

임술년 가을 7월 16일.

나와 객은 배를 띄워 (적벽의 아래에서) 노닐었다.

맑은 바람이 서서히 불어오고, 물결은 일어나지 않는데,

술을 들어 손님에게 권하고

명월의 시를 읊으며 요조의 구절을 노래하니,

조금 후, 달이 동산 위에 나와 남두성과 견우성 사이에서 배회하네,

(흰 이슬은 강을 비껴 내리고,) 물빛은 (하늘과 맞닿아 있다.)

한 조각 작은 배가 망망한 만경창파를 건넌다.

넓게 허공에 기대 바람을 타며 가는 바를 알지 못하고,

가볍게 세상을 버리고 홀로 서 날개가 뻗어 신선이 되어 오르네.

(이에) 술을 마시고 즐거움이 깊어 뱃전을 두드리며 노래를 부르니,

(노래에 이르기를)

●이체자

望→望, 與→與, 舟→舟, 遊於→遊扵, 清→清, 徐來→徐来, 興→興

擧酒→擧酒, 屬→屬, 窈→窈, 章→章, 徊→徊, 露→露, 縱→縱, 所→所

凌→凌, 然→然, 虛→虗, 甚→甚, 歌→歌

桂棹[8]兮蘭槳[9] 擊空明[10]兮溯流光 (계도혜란장격공명혜소유광)

渺渺[11]兮余懷 望美人兮天一方[12] (묘묘혜여회망미인혜천일방

客有吹洞簫[13]者 倚歌而和之 (객유취통소자 의가이화지)

其聲嗚嗚然[14] 如怨如慕如泣如訴 (기성오오연 여원여모여읍여소)

餘音嫋嫋[15] 不絶如縷 (여음요요 부절여루)

舞幽壑之潛蛟[16] 泣孤舟之嫠婦[17] (무유학지잠교 읍고주지이부)

蘇子愀然正襟危坐而問客曰何爲其然也 (소자초연정금위좌이문객왈하위기연야)

客曰 (객왈)

8) 桂棹(계도): 향목인 계수나무로 만든 노.

9) 蘭槳(난장): 향목인 목란 삿대.

10) 空明(공명): 맑은 물 속에 비친 달그림자.

11) 渺渺(묘묘): 아득히 먼 모양.

12) 天一方(천일방): 하늘 저 한쪽. 작자 소식이 유배중이었기 때문에, 위의 미인은 조정에 있는 현인군자요, 하늘 저쪽이란 곧 조정을 가리키는 말이라고 하는 설도 있다.

13) 洞簫(통소): 통소.

14) 嗚嗚然(오오연): 구슬픈 소리의 형용.

15) 嫋嫋(요요): 가냘프고 길게 이어짐.

16) 幽壑之潛蛟(유학지잠교): 깊은 골짜기에 숨어 있는 교룡, 곧 뿔 없는 용. 때를 만나지 못한 영웅호걸을 이름.

17) 孤舟之嫠婦(고주지이부): '孤舟(고주)'는 외로운 작은 배요, '嫠婦(이부)'는 과부이니, 의지할 곳 없이 작은 배로 집을 삼고 외로이 지내는 과부를 말함.

"계수나무 노와 목란 삿대로 맑은 달그림자를 치며 흐르는 달빛을 거슬러 올라간다.
아득한 내 마음은 하늘 한 구석에 있는 님을 그리워한다."라고 하였다
(객 가운데 통소를 부는 사람이 있어 노래에 화답하니,)
그 소리가 구슬퍼 원망하고 사모하고, 흐느껴 울며 하소연하는 듯 하였고,
여음이 가냘프고 실처럼 끊이지 않아
그윽한 골짜기에 잠겨 있는 용을 춤추게 하고, 외로운 배의 과부를 울리는 듯하다
(나는 얼굴빛을 바꿔 옷깃을 여미고 바르게 앉아 객에게 "왜 그러한가?"물으니
객이 대답하기를,)

● 이체자

桂→桂, 兮→芳, 蘭槳→蘭槳, 擊→擊, 溯流→泝流, 兮余懷→丂余懷
望美→望美, 兮→丂, 簫→簫, 者→者, 倚→倚, 聲→聲, 烏烏→烏烏, 怨→然
餘→餘, 縷→縷, 壑→壑, 孤→孤, 嫠→嫠, 蘇→蘇, 危坐→危坐

月明星稀 烏鵲南飛	(월명성희 오작남비)
此非曹孟德之詩[18]乎	(차비조맹덕지시호)
西望夏口 東望武昌	(서망하구 동망무창)
山川相繆 欝乎蒼蒼	(산천상규 울호창창)
此非曹孟德之困於周郎者乎	(차비조맹덕지곤어주랑자호)
方其破荊州下江陵 順流而東也	(방기파형주하강릉 순류이동야)
舳艫千里[19] 旌旗蔽空	(축로천리정기폐공)
釃酒臨江 橫槊[20]賦詩	(시주림강 횡삭부시)
固一世之雄也 而今安在哉	(고일세지웅야 이금안재재)
況吾與子	(황오여자)

18) 曹孟德之詩(조맹덕지시): 曹孟德(조맹덕)은 곧 조조로 맹덕은 그의 자. 그의 〈단가행(短歌行)〉이라는 시 가운데, "月明星稀, 烏鵲南飛. 繞樹三匝, 无枝可依(월명성희, 오작남비, 요수삼잡, 무지가의)"라는 구절이 있는데 월명(月明)은 조조 자신에 비유한 말로, 자신의 위세에 군웅이 자취를 감춘다는 뜻이고, "까치가 남쪽으로 날아간다" 함은 유비가 패하여 달아남을 뜻함. 그리고 "나무를 세 번 돌아도 의지할 만한 나뭇가지가 없다" 함은 유비가 발 붙일 곳이 없음을 의미. 작가가 놀던 적벽이 삼국시대 주유와 조조가 싸우던 바로 그 적벽은 아니지만 이름이 같은 적벽이라 이러한 고사를 생각하기에 이름.

19) 舳艫千里(축로천리): '舳'은 선미, '艫'는 선수. 배가 천 리를 잇닿아 있음.

20) 橫槊(횡삭): '삭'은 1장 8척 되는 창을 말.

"달이 밝으면 별이 드물고 까막까치가 남쪽으로 날아간다" 하니,

(이것은 조맹덕의 시가 아닌가?)

서쪽으로는 하구를 바라보고, 동쪽으로는 무창을 바라보니,

산천이 서로 얽혀 나무들은 빽빽하여 푸르고 싱싱하다

(이곳은 맹덕이 주유에게 곤욕을 본 곳이 아닌가?

형주에서 파하고 강릉으로 내려와 물결 따라 동으로 갈 때,)

배와 배는 천 리를 이었고, 군사들의 깃발은 하늘을 뒤덮었다.

술잔을 들고 강물을 보며 창을 눕히고 시를 지으니

진실로 일세의 영웅이었는데, 지금은 어디에 있는가?

(하물며 나와 그대는)

◉ 이체자

烏鵲 → 烏 鵲, 飛 → 飛, 此 → 此, 德 → 德, 樛 → 樛, 鬱 → 鬱, 周 → 周, 郎 → 郎

陵 → 陵, 舳艫 → 舳艫, 旌 → 旌, 蔽 → 蔽, 釃 → 釃, 臨 → 臨, 槊 → 槊, 雄 → 雄

今 → 今, 哉 → 哉, 況 → 況

漁樵於江渚之間 侶魚蝦而友麋鹿 （어초어강저지간 여어하이우미록）

駕一葉之扁舟 擧匏樽以相屬 （가일엽지편주 거포준이상촉）

寄蜉蝣於天地 眇滄海之一粟 （기부유어천지 묘창해지일속）

哀吾生之須臾 羨長江之無窮 （애오생지수유 선장강지무궁）

挾飛仙以遨遊 抱明月而長終 （협비선이오유 표명월이장종）

知不可乎驟得 託遺響於北風 （지불가호취 득탁유향 어북풍）

蘇子曰客亦知夫水與月乎 （소자왈객역지부수여월호）

逝者如斯[21]而未嘗往也 （서자여사이미상왕야）

盈虛[22]者如彼而卒莫消長也 （영허자여피이졸막소장야）

---

21) 逝者如斯(서자여사):《논어》〈자한(子罕)〉에서 공자가 한 말. "흐르는 것은 이와 같구나! 밤낮을 가리지 않는구나!"(逝者如斯夫 不舍晝夜) 이황의 〈도산십이곡〉에서 "流水는 엇뎨 ᄒᆞ야 晝夜애 긋디 아니ᄂᆞᆫ고"로 수용된 것을 볼 수 있다.

22) 盈虛(영허): 달이 차고 이지러지는 것.

강가에서 물고기 잡고, 나무하며 물고기, 새우와 짝하며, 고라니, 사슴과 벗하고,

한 조각의 작은 조각배를 타고 술잔 들고 서로 권하며,

천지에 하루살이처럼 붙어 넓은 바다의 한 알 좁쌀처럼 작다네.

내 삶이 짧음을 슬퍼하고 장강의 무궁함을 부러워하니,

나는 신선을 끼고 소요하고, 밝은 달 품고 길게 살고자 하나,

쉽게 얻을 수 있는 바가 아님을 알고, 남은 울림(여음)을 북풍에 의탁해 보았네."

(내가 말하길, 그대는 또한 물과 달을 아는가?)

가는 것은 이와 같지만 아직 일찍 가 버린 적이 없으며,

차고 비는 것이 저와 같지만 마침내 사라지거나 커지는 일이 없으니,

● 이제자

樵→樵, 渚→渚, 鰕→鰕, 麋鹿→麋鹿, 葉→葉, 匏樽→匏樽, 寄→寄, 蜉→蜉

哀→哀, 須臾→須臾, 羨→羨, 窮→窮, 飛→飛, 遨遊→遨遊, 遊→驟, 響→響

蘇→蘇, 盈虛→盈虛

盖將自其變者而觀之	(개장자기변자이관지)
則天地曾不能以一瞬	(즉천지증불능이일순)
自其不變者而觀之則	(자기불변자이관지즉)
物與我皆無盡也而又何羨乎	(물여아개무진야이우하선호)
且夫天地之間 物各有主	(차부천지지간 물각유주)
苟非吾之所有 雖一毫而莫取	(구비오지소유 수일호이막취)
惟江上之淸風 與山間之明月	(유강상지청풍 여산간지명월)
耳得之以爲聲 目遇之以成色	(이득지이위성 목우지이성색)
取之無窮 用之不竭	(취지무궁 용지불갈)
是造物者之無盡藏也	(시조물자지무진장야)
而吾與子之所共適	(이오여자지소공적)
客喜而笑 洗盞更酌	(객희이소 세잔갱작)
肴核旣盡 盃盤狼藉[23]	(효핵기진배반랑적)
相與枕藉[24]乎舟中 不知東方之旣白	(상여침자호주중 부지동방지기백)

23) 狼藉(낭자): 여기저기 어지러이 흩어져 있는 모양. '藉'는 여기서 각운자로 사용하였으므로 '적'으로 읽기도 함.

24) 枕藉(침자): 이리저리 마구 누워 서로를 베개하고 잠자는 것.

대개 장차 그 변하는 것에서 그것을 보면

천지는 일찍이 한 순간일 수 없고,

그 변하지 않는 것에서 그것을 보면,

만물과 나는 모두 다함이 없으니 또한 무엇을 부러워할까?

(또한) 천지간 만물은 각각 주인이 있으니,

진실로 내가 소유한 바가 아니면 비록 한 터럭이라도 취하면 안 되네.

오직 강 위의 맑은 바람과 산 사이의 밝은 달만은

귀로 그것을 들으면 소리가 되고, 눈으로 그것을 보면 색을 이루니,

그것을 취함에 금지함이 없어 사용해도 고갈되지 않네

이는 조물주의 무진한 저장이며,

나와 그대가 함께 즐길 수 있는 바이라."

객이 기뻐 웃으며 잔을 씻어 다시 술을 따랐다.

안주가 이미 다하고 잔과 접시가 어지러이 흩어져 있네.

서로 베고 배 안에 누우니, 동방이 이미 밝아오는지 알지 못했다

● 이체자

蓋將→盖将, 變→**變**, 觀→**観**, 曾→曽, 能→**䏻**, 我→**㦲**, 盡→**尽**, 苟→**苟**

所→**𠩄**, 雖→**雖**, 毫→**毫**, 爲聲→**為聲**, 竭→**竭**, 藏→**藏**, 喜→**喜**, 盞→**盞**

酌→**酌**, 旣→**既**, 枕→**枕**

44. 後赤壁(후적벽) 上手(상수)[1]

是歲十月之望	(시세시월지망)
步自雪堂[2] 將歸于臨皋[3]	(보자설당장귀우림고)
二客[4]從余 過黃泥之坂	(이객종여과황니지판)
霜露旣降 木葉盡脫	(상로기강목엽진탈)
人歌在地 仰見明月	(인가재지앙견명월)
顧而樂之 行歌相答	(고이락지행가상답)
已而歎曰	(이이탄왈)
有客無酒 有酒無肴	(유객무주유주무효)
月白風淸 如此良夜何	(월백풍청여차량야하)

1) 上手(상수): 정황상 '위에 적었다'는 의미로 앞 작품인 〈전적벽(前赤壁)〉의 작자 소식(蘇軾)을 가리킴.
2) 雪堂(설당): 소식이 황주에 있을 때 지은 초당. 네 벽에 눈 그림을 붙이고 설당이라 함.
3) 臨皋(임고): 임고정. 소식이 황주에 있을 때 역시 머물렀던 정자. 양자강을 내려다볼 수 있는 언덕에 있었다고 함.
4) 二客(이객): 한 사람은 양세창(楊世昌)이라는 도사나, 또 한 사람은 알 수 없음.

이해 10월 15일에

(설당으로부터 걸어 장차 임고로 돌아가려는데,

두 손님이 나를 따라와 함께 황니의 둑을 지나가니,)

서리와 이슬이 이미 내렸고, 나무 잎은 다 떨어졌으며,

사람 그림자가 땅에 비쳐, 밝은 달 바라보며,

(돌아보고) 즐거워하며 걸어가며 노래 부르면서 서로 화답하였다.

조금 있다가 탄식하며 말하기를,

"객이 있는데 술이 없고, 술이 있더라도 안주가 없네.

달이 밝고 바람이 맑으니, 이와 같이 좋은 밤을 어찌해야 할까?"

●이체자

歲→歳, 望→望, 步→歩, 雪堂→雪堂, 將歸→将歸, 臨皐→臨皐, 余→余

黃→黄, 霜露→霜露, 既→既, 盡→盡, 歌→歌, 顧→顧, 答→荅, 歎→歎

酒→酒, 清→淸, 此→此

客曰	(객왈)
今者薄暮 擧網得魚	(금자박모 거망득어)
巨口細鱗 狀似松江之鱸[5]	(거구세린 장사송강지로)
顧安所得酒乎	(고안소득주호)
歸而謀諸婦[6] 婦曰	(귀이모저부부왈)
我有斗酒藏之久矣 以待子不時之需	(아유두주장지구의 이대자불시지수)
於是	(어시)
携酒與魚 復遊於赤壁之下	(휴주여어 부유어적벽지하)
江流有聲 斷岸千尺	(강류유성 단안천척)
山高月小 水落石出	(산고월소 수락석출)
曾日月之幾何 而江山不可復識矣	(증일월지기하 이강산불가부식의)
余乃攝衣而上	(여내섭의이상)
履巉巖 披蒙茸	(이참암 피몽용)

5) 松江之鱸(송강지로): 강소성(江蘇省)에 있는 송강에서 나는 농어. 길이가 5~6촌이나 되며 동지 전후에 가장 살이 찌고 맛이 좋다고 함.

6) 謀諸婦(모저부): 아내에게 상의하다. 여기서 '諸(저)'는 '之於(지어)'의 축약. 아내는 왕(王)씨로 소식의 후취 부인이었음.

(객이 말하기를,

"오늘 저물 때 그물 들어 고기를 얻었는데

큰 입에 가는 비늘이, 형상이 마치 송강의 농어 같으니)

술을 어디서 얻습니까?"

돌아가서 이것을 아내와 상의하니 아내가 말하였다.

"제게 술 한 말이 있는데, 저장한 지 오래되었으니 당신이 불시에 구할 것을 대비했지요."

(이에) 술과 고기 안주를 가지고 다시금 적벽 아래에 노니,

강물은 소리 내어 흐르고, 끊어진 언덕은 천척이나 되었다.

산이 높아 달은 작고, 물은 줄어 돌이 나와 있으니,

그때로부터 일월이 얼마나 되었던가? 강산을 다시금 알아볼 수가 없구나!

(나는 옷을 걷고 올라가)

솟은 바위를 밟으며 무성한 숲을 헤치고

● 이체자

者→者, 薄→薄, 擧網→擧網, 鱗→鱗, 狀→狀, 鱸→鱸, 顧→顧, 所→所

謀諸→謀諸, 藏→藏, 久矣→久矣, 於是→於是, 携→携, 與→與, 魚→魚

遊→遊, 流→流, 聲→聲, 斷岸→斷岸, 高→髙, 落石→落石, 曾→曽, 幾→幾

巍巖→巍巖, 蒙→蒙

踞虎豹 登虯龍[7]　　　　　　　　　　（거호표 등규룡）

攀棲鶻之危巢 俯馮夷之幽宮　　　　　（반서골지위소 부풍이지유궁）

盖二客不能從焉　　　　　　　　　　（개이객지불능종언）

劃然長嘯[8] 草木振動　　　　　　　　（획연장소 초목진동）

山鳴谷應 風起水涌　　　　　　　　　（산명곡응 풍기수용）

予亦悄然而悲肅然而恐凛乎其不可留也　（여역초연이비숙연이공늠호기불가류야）

反而登舟放乎中流 聽[9]其所止而休焉　（반이등주방호중류 청기소지이휴언）

時夜將半 四顧寂寥　　　　　　　　　（시야장반 사고적요）

適有孤鶴 橫江東來　　　　　　　　　（적유고학 횡강동래）

翅如車輪[10] 玄裳縞衣[11]　　　　　　（시여거륜 현상호의）

戞然[12]長鳴 掠予舟而西也　　　　　　（알연장명 약여주이서야）

---

7)　虯龍(규룡): 뿔 없는 용. 여기서는 용 모양을 한 구부정한 고목을 뜻함. 원문에는 蛟龍(교룡)으로 되어있는데 오기로 보임.

8)　劃然長嘯(획연장소): '劃然'은 갑자기 무엇을 찢어내는 듯한 높은 소리의 형용, '長嘯'는 답답한 가슴 속을 풀어내려는 듯 큰 소리를 내는 것.

9)　聽(청): 될 대로 되게 내버려 둔다는 뜻. 從(종) 또는 任(임)과 같음.

10)　翅如車輪(시여거륜): 강을 가로지를 때 펼쳐진 학의 두 깃을 수레바퀴와 같이 크게 본 것임.

11)　玄裳縞衣(현상호의): 대개 아래옷을 '裳'이라 하고 웃옷을 '衣'라고 한다. '현상호의'란 학의 외모를 형용한 말로서, 날개 끝과 꼬리 끝이 검고 온몸은 비단결같이 희고 깨끗하므로 그렇게 말한 것임.

12)　戞然(알연): 금석이 서로 부딪쳐 나는 소리로, 학의 울음소리를 형용한 말.

호랑이와 표범 모양 바위에 걸터앉기도 하고, 이무기와 용모양의 나무에 오르기도 하고,
매가 사는 위태로운 둥우리에 기어올라 풍이의 깊숙한 수궁(水宮)을 굽어보기도 하니,
(거의 두 객은 나를 따라올 수 없었다.)
문득 긴 휘파람을 부니 초목이 진동하고,
산이 울리고 골짜기가 응답하며, 바람이 일어나 물이 용솟음쳤다.
(나 또한) 초연히 슬퍼지고 숙연히 두려워져 오싹하여 머물 수가 없었다.
돌아와 배에 올라 중류에 띄워, 멈추는 바를 들으며 멈추었다.
그 때는 밤도 장차 반이나 지났다. 사방을 돌아보니 적막하고,
단지 외로운 학이 있어, 강을 비껴 날아 동쪽에서 오는데,
날개가 수레바퀴와 같고, 검은 치마와 흰 저고리를 입은 듯하며,
길게 울고 내 배를 스쳐 서쪽으로 갔다.

● 이체자

踞虎→踞虎, 龍→龍, 攀→攀, 棲→栖, 危→危, 宮→宮, 蓋→盖, 能從→䏻㳫
然→然, 嘯→嘯, 振→振, 起→起, 子→余, 肅→肅, 恐→恐, 凜→凛, 舟→舟
聽→聽, 將→将, 寥→寥, 適→適, 孤鶴→孤鶴, 橫→横, 縞→縞, 夏→夏

須臾客去 予亦就睡 　　　　　　　　（수유객거 여역취수）

夢一道士 羽衣蹁躚[13] 　　　　　　　（몽일도사 월의편선）

過臨臯之下 揖予而言曰赤壁之遊樂乎 　（과임고지하 여이언왈적벽지유락호）

問其姓名 俛而不答 　　　　　　　　（문기성명 면이부답）

嗚呼噫嘻 我知之矣 　　　　　　　　（오호희희 아지지의）

疇昔之夜 飛鳴而過我者非子也邪 　　　（주석지야 비명이과아자비자야야）

道士顧[14]笑 　　　　　　　　　　　（도사고소）

予亦驚悟開窗視之 不見其處 　　　　　（여역경오개호시지 불견기처）

---

13) 羽衣蹁躚(우의편선): '우의'는 새 깃을 엮어 만든 옷으로, 선인이 입고 날아다닌다는 옷. '편선'은 펄럭펄럭 날리는 모양을 말함. '羽'는 원문에 '月'로 되어있는데 오기로 보임.

14) 顧(고): 돌아본다는 뜻이 있지만, 여기서는 '다만'의 뜻.

(잠시 후 객들이 가고, 나 또한 잠이 들었다

꿈에 한 도사가 날개옷을 펄럭이며

임고의 아래를 지나며 나에게 읍하고 말하기를, "적벽의 놀이가 즐거웠는가?" 하였다.)

성명을 물으니 고개를 숙이고 대답이 없었다.

(아! 나는 알았다.

"예전 밤에 울면서 날아 나를 지나간 자가 그대가 아닌가?" 하고 물으니,)

도사는 미소를 지었다.

나는 놀라서 문을 열어 보았지만, 그가 있는 곳이 보이지 않았다.

● 이체자

須臾 → 湏臾, 睡 → 睡, 夢 → 夢, 蹁躚 → 蹁躚, 臨皐 → 臨皐, 遊 → 遊, 答 → 荅

嗚 → 嗚, 嘻 → 嘻, 矣 → 矣, 疇 → 疇, 飛 → 飛, 余 → 余, 警悟 → 謷寤, 處 → 處

45. 織錦圖詩(직금도시)¹⁾ 蘇惹蘭(소야란)²⁾

君承皇詔安邊戍 送君遠別河橋路	(군승황조안변수 송군원별하교로)
含悲掩淚贈君言 莫忘恩情便長去	(함비엄루증군언 막망은정편장거)
何事一去音信斷 遺妾屛幃春不暖	(하사일거음신단 유첩병위춘부난)
璚瑤階下碧笞生 珊瑚帳裏紅塵滿	(경요계하벽태생 산호장리홍진만)
此時道別每驚魂 將心何托更逢君	(차시도별매경혼 장심하탁경봉군)
一心願作滄海月 一心願作嶺頭雲	(일심원작창해월 일심원작령두운)
嶺雲歲歲逢夫面 海月年年照得遍	(령운세세봉부면 해월년년조득편)
飛來飛去到君傍 千里萬里遙相見	(비래비거도군방 천리만리요상견)
迢迢路遠關山隔 恨君塞外長爲客	(초초로원관산격 한군새외장위객)
去時送別蘆葉黃 誰悟已經楡花白	(거시송별로엽황 수오이경유화백)
百花散亂逢春早 春意催人向誰道	(백화산란봉춘조 춘의최인향수도)
垂楊滿地爲君攀 落花滿地無人掃	(수양만지위군반 낙화만지무인소)

1) 織錦圖詩(직금도시): 이 시는 소야란(蘇惹蘭)이 천자에게 바치는 시이고 출정을 떠나는 남편을 일찍 돌아오게 해주기를 바라는 내용이다. 소야란 고사를 모티브로 하여 소야란이 비단에 수를 놓아 회문시(回文詩)를 지어 직금회문이라고 한다. 이 직금도시는 7언 40구로 가장자리부터 마름모꼴을 따라 상단에서 하단으로, 밖에서 안으로 돌아가는 모양으로 이어짐.

2) 蘇惹蘭(소야란): 본명 소혜(蘇蕙), 자 야란. 위나라 진나라 삼대 재녀 중의 한 사람으로 용모가 곱고 자질이 총명하였다고 함. 회문시의 집대성자. 서기357년에 산시성 무공현 소방진에서 태어나고 현의 장관의 세 번째 딸로 16세 때 진주 자사 두도(竇滔)와 결혼했음.

그대 황제의 조서를 받들어 변방을 지키려 강의 다리에서 이별하여 보냈네.

슬픔 머금고 준 그대의 말씀, 임금 은혜를 잊지 못해 다시금 멀리 갔네.

한번 가면 소식이 끊기니. 나에게 병풍 휘장을 보내셨지만 봄에도 따뜻하지 않네.

옥돌 계단 아래 푸른 이끼가 나고, 산호 장막 속에 먼지는 가득한데,

(이별에 당해 매번 놀란 영혼, 마음에 품은 뜻 언제 다시 님을 만나리오.

내 마음 원하건대 창해의 달을 일으키고, 내 마음 산봉우리의 구름을 일으키고파.)

산봉우리 구름은 해마다 그대의 얼굴을 만나고, 바다의 달도 해마다 그대의 옆을 비추니,

날아서 오고 가며 그대 옆에 이르러, 천리만리 얼굴 보고 싶네.

아득히 고향 산과 멀어졌으니, 그대 변방에서 오래 객이 됨이 한스럽구나.

송별할 때 갈대 잎이 누랬는데, 이미 길에 버들 꽃이 하얗게 되었네.

온갖 꽃이 흩날리는 봄을쩍 만났으나, 봄 뜻을 누구에게 말하리오.

버드나무를 당신으로 여겨 붙잡으니, 떨어진 꽃 땅에 가득하여도 쓰는 사람 없구나.

● 이체자

圖→啚, 蘭→蘭, 承→承, 邊→邊, 別→別, 橋路→橋路, 含→舍, 淚→淚

莫忘恩→莫忘恩, 事→斯, 斷→断, 屛→屛, 瑤→瑤, 裏→裡, 塵滿→塵滿

此→此, 驚魂→驚魂, 將→将, 願→願, 雲→雲, 歲→歲, 照→照, 遍→便

飛→飛, 萬→萬, 遙→遥, 路遠→路遠, 關→関, 隔→隔, 爲→為, 蘆葉黃→蘆葉黃,

經→經, 散亂→散亂, 垂楊→垂楊

庭前春草正芬芳 抱得秦箏向盡堂 (정전춘초정분방 포득진쟁향진당)
爲君彈得江南曲 附驥情深寄朔方 (위군탄득강남곡 부기정심기삭방)
朔方迢遞山難越 萬里音書長斷絕 (삭방초체산난월 만리음서장단절)
銀粧枕上淚沾衣 金縷羅裳縫皆裂 (은장침상루첨의 금루라상봉개렬)
三春鴻雁渡江聲 此時離人斷腸情 (삼춘홍안도강성 차시리인단장정)
箏弦未斷腸先斷 怨結先成曲未成 (쟁현미단장선단 원결선성곡미성)
君今憶妾重如山 妾亦思君不暫閑 (군금억첩중여산 첩역사군부잠한)
織將一本獻天子 願放兒夫及早還 (직장일판헌천자 원방아부급조환)

뜰 앞 봄 풀 진실로 향기롭고, 악기를 잡고 집을 향해 있네.

그대를 위해 강남곡을 연주하니, 깊은 정에 부쳐 그대가 있는 북쪽에 이르는구나.

북쪽은 아득하여 산은 넘기 어렵고, 만리 편지는 오래도록 끊겼네.

은장도 둔 베개 위에 눈물흘리니, 금수 비단 치마 꿰맨 부분이 모두 해졌구나.

(봄에 기러기는 강 건너며 우는데, 이 때 포로들은 창자가 끊어질 듯한 정을 느끼네.)

쟁의 줄이 끊어지기 전에 창자 먼저 끊어지며, 원망함이 곡보다 먼저 이루어지네

그대 지금 나를 산처럼 중히 여기니, 나 또한 그대 쉬지 않고 생각하네.

베를 한판 짜서 천자에게 드리니, 원컨대 지아비 일찍 돌아오게 해주소서.

● 이체자

庭→庭, 草→草, 秦→秦, 盡→盡, 寄→寄, 朔→朔, 朔→朔, 難越→難越

斷→断, 枕→枕, 淚→淚, 縷→縷, 鴻雁→鴈鴻, 渡→渡, 聲→聲, 離→離

腸→腸, 怨→怨, 思→息, 獻→献, 願→頴, 還→還

46. 勸酒歌(권주가)¹⁾ 善山倅之所製也(선산 수령이 지음)²⁾

그대 내 말 듯소 黃河水(황하수) 못 보신가

奔流到海(분류도해)ᄒᆞ야 다시 도라 온 적 업고

놉픈 집 거울 속의 悲白髮(비백발) 못 보신가

아춤에 감든 머리 나조희 희여지니³⁾

늙근 후 다시 졈기 萬千古(만천고)의 업것마ᄂᆞᆫ

ᄭᅮᆷ 갓튼 이 셰샹을 가업시 살갓 너겨⁴⁾

살 줄만 알고 이셔 죽을 줄 모로더고

죽을 줄 모로거니 사랏ᄂᆞᆫ 줄 아올손가

가음연⁵⁾ 줄 알ᄅᆞ디 먹을 줄 모로더고

저 먹을 줄 모로거니 남 먹일 줄 어이 알니

---

1) 勸酒歌(권주가): 노계(蘆溪) 박인로(朴仁老, 1561~1642)의 작품으로 인생무상을 말하고, 입신양명 · 부귀영화 따위가 무의미하므로 인생을 술로 즐기자고 권하는 권주가 계열의 가사. 12가사에 속하는 〈권주가〉와는 매우 다른 모습을 보인다. 다양한 한자성어와 전고 활용, 노계 특유의 관용적 표현, 4음보에서 벗어난 파격적인 율격 등 노계가사의 특징이 두루 발견되고 있다. 특히 이백의 〈장진주〉, 〈월하독작〉, 〈양양가〉와 왕발의 〈등왕각서〉, 두보의 〈곡강〉 등 여러 시문에서 권주가 창작에 적절한 표현들을 빌려오고 있다. 《해동유요》의 〈권주가〉는 《노계가집》 〈권주가〉의 이본이며, 《잡가》의 〈권주가〉와 일부를 제외하고는 거의 동일함.

2) 善山倅之所製也(선산수지소제야): 선산(善山) 부사 이여규(李如珪)와 상주(尙州) 목사(牧使) 이여황(李如璜, 1590~1633)이 《한음문고(漢陰文稿)》를 편찬할 때, 노계 박인로에게 〈상사곡〉과 〈권주가〉를 짓도록 하였음.

3) 아춤에~희여지니: 이백(701~762)의 〈장진주〉의 시구를 차용하고 있는 부분임. '君不見 黃河之水天上來 奔流到海不復廻 又不見 高堂明鏡悲白髮 朝如青絲暮如雪'

4) ᄭᅮᆷ 갓튼~살갓 너겨: 이백의 〈춘야연도리원서(春夜宴桃李園序)〉의 시구를 차용하고 있는 부분. '浮生若夢 爲歡幾何'

5) 가음연: 기본형 가음열다. 재산이나 자원 따위가 넉넉하고 많음.

(그대 내 말 들어보소 황하수 못 보았는가)

바삐 흘러 바다로 가 돌아온 적 없고

높은 집 거울 속에 비친 백발의 슬픔 못 보았는가

아침에 검던 머리가 저녁에 희어지니

늙은 후 다시 젊어지는 것은 예부터 없는 일이건만

꿈같은 이 세상을 끝없이 살 것처럼 여겨

살 줄만 알고 있어 죽을 줄은 모르던가

죽을 줄 모르니 살아있는 줄 알 것인가

(부유한 줄은 알지만 먹을 줄 모르던가)

(저 먹을 줄 모르니 남 먹일 줄은 어찌 알리)

◉ **이체자**

勸酒 → 權 酒, 所 → 所, 黃 → 黃, 流 → 流, 髮 → 髮

世上(세상) 사룸드리 아마도 어려더라

아조 알기 쉬운 일을 씌다를 줄 모로더고

秦始皇(진시황) 漢武帝(한무제)도 令行天下(영행천하) 위업으로

神仙(신선)도 청ᄒᆞᆫ동 不死藥(불사약) 求(구)ᄒᆞ다가

다 속고 못 어더셔 남과 갓치 죽엇거든

草野(초야)寒生(한생)[6]이 三神山(삼신산) 어이 ᄎᆞᄌ

므슴 仙藥(선약) 어더 먹고 長生不老(장생불로)ᄒᆞᆻ 말고

人生(인생) 七旬(칠순)이 녜브터 드믈거든[7]

---

6)   寒生(한생): 가난한 선비.

7)   人生(인생)~드믈거든: 두보의 〈곡강(曲江)〉 중 "人生七十古來稀"를 용사한 것.

세상 사람들이 어리석더라
아주 알기 쉬운 일을 깨달을 줄 모르던가
진시황, 한무제도 그들이 행한 위업으로
신선도 청하는 등 불사약을 구하다가
다 속고 못 얻어서 남과 같이 죽었거늘
시골 선비가 삼신산을 어찌 찾아
무슨 선약을 얻어먹고 불로장생을 한단 말인가
인생 칠순이 예부터 드물거든

◉ **이체자**
秦→秦, 漢武→漢武, 死→死, 求→求, 草→草, 老→老

멋 白年(백년) 살 거시라 져딕도록 앗기는고

榮辱(영욕)이 并行(병행)ᄒ니 富貴(부귀)도 不關(불관)터라

죽근 후 天子(천자) 일홈 긔 역시 허서어니

生前(생전) 一杯酒(일배주) 이 아니 반가온가

쳥ᄒ거니 졀노 오니 勝友佳朋(승우가붕) 다 모닷다

烹羊炮羔(팽양포고)[8] 못 ᄒ야도 개 돗치나 닉게 삼고

白霞紅露(백하홍로)[9] 업거니와 淸濁酒(청탁주) 관겨홀가

天地(천지)도 愛酒(애주)ᄒ샤 酒星(주성)[10] 酒泉(주천) 삼겨 잇고

古來(고래) 聖賢(성현)이 다 즐겨 먹어시니[11]

名教中[12](명교중) ᄇ린 몸이 아니 먹고 어이 ᄒ리

枕麴藉糟(침국자조)[13]은 劉伯倫(유백륜)의 醉狂(취광)이오[14]

---

8) 烹羊炮羔(팽양포고): 명절에 양이나 염소 따위를 잡아 잔치를 베풂.

9) 白霞紅露(백하홍로): 백주와 홍주를 뜻함.

10) 酒星(주성): 술에 관한 일을 맡고 있다는 별.

11) 天地(천지)도~먹어시니: 이백의 〈월하독작(月下獨酌)〉에서 차용한 구절임. "天若不愛
酒 酒星不在天 地若不愛酒 地應無酒泉 (중략) 聖賢旣已飮"

12) 名教(명교): ① 지켜야 할 인륜의 명분을 가르침, ② 또는, 그런 가르침, ③ '유교(儒敎)'를
달리 일컫는 말.

13) 枕麴藉糟(침국자조): 누룩을 베개삼고 지게미를 깔고 누움.

14) 劉伯倫(유백륜)의 醉狂(취광)이오: 유백륜(劉伯倫)의 〈주덕송(酒德頌)〉과 관련하여 이야
기하고 있는 부분임.

몇 백 년 살 것이라 저토록 아끼는가

영욕이 병행하니 부귀도 불관터라

죽은 후 천자 이름 그 역시 허사이니

생전에 한 잔 술 이 아니 반가운가

청하였더니 절로 오니 좋은 벗들이 다 모였구나

양이나 염소를 대접하지는 못해도 개와 돼지나 익게 삶고

백주와 홍주도 없는데 청주 탁주라고 가릴까

천지도 술을 사랑하여 주성과 주천이 생겨 있고

예로부터 성현들이 다 즐겨 먹었으니

가르침을 버린 몸이 아니 먹고 어이 하리

침국자조는 유백륜이 말한 취광이고

◉ 이체자

榮辱→荣辱, 幷→并, 富→冨, 關→関, 佳→佳, 霞→霞, 淸→清, 愛→爱

聖賢→聖賢, 枕→枕, 醉→醉

長醉不醒(장취불성)은 李謫仙(이적선)[15]의 큰 말이라

日日沈醉(일일침취)면 내 몸의 병이 느니

懷抱(회포)도 펴려 말며 정에 말ᄒ랴 ᄒᆯ 제

술 밧긔 쏘 잇는가 天眞(천진)이 뵈는 거시

春秋講信(춘추강신)[16] 鄕飮酒(향음주)[17]와 歲時伏臘(세시복랍)[18] 이바지예

良辰美景(양신미경) ᄯ라가며 節節(절절)이 니어 노싀

날 늙키는 秋月春風(추월춘풍) 어이ᄒ야 虛送(허송)ᄒᆯ고

杏花村(행화촌) 니근 술울 玉壺(옥호) 靑絲(청사) 도라오니

三春(삼춘)이 將暮(장모)ᄒ야 桃花亂落(도화난락)ᄒ는 적의[19]

---

15) 李謫仙(이적선): 이백을 의미함.

16) 春秋講信(춘추강신): 봄가을에 술과 음식을 나누며 향약 규정을 읽고 연회를 벌임.

17) 鄕飮酒(향음주): 향음주례. 고을의 선비들이 모여 읍양하는 절차를 지키어 술을 마시고 잔치하던 행사.

18) 歲時伏臘(세시복랍): 설과 삼복(三伏)과 납향(臘享).

19) 三春(삼춘)이~적의: 〈장진주〉에서 용사한 것. '況是靑春日將暮 桃花亂落如紅雨' (하물며 푸른 봄에 해가 장차 저물려 하고 복숭아꽃이 흩날리기를 붉은 비와 같이 한다)

장취불성은 이백을 이르는 말이다

날마다 취하여 있으면 내 몸에 병이 나니

회포도 풀려 하며 정을 말하려 할 때에

참된 마음을 보이는 것이 술밖에 또 있는가

(봄 가을 향음주례와 세시복납 준비에)

아름다운 봄 경치를 따라가며 계절마다 이어 노세

날 늦게 하는 가을 달과 봄바람을 어찌하여 헛되이 보낼까

행화촌 익은 술을 옥으로 된 술병에 청사를 묶어 담아 돌아오니

봄이 저물어 복사꽃이 어지러이 흩날릴 때에

● 이체자

醒→醒, 沈→沉, 眞→真, 講→講, 鄕→鄉, 歲→歲, 臘→臘, 辰→辰, 美→美

節節→節節, 虛→虛, 壺→壺, 靑絲→靑絲, 將暮→将暮, 花亂落→花亂落

곳 것거 산 노코 가는 봄 餞送(전송)ᄒᆞ식

翠幕千里(취막천리)에 쇠고리 굴와 울고

綠樹陰農(녹수음농)ᄒᆞ야 녀름 희 막 긴 적의

自作峯巒(자작봉만) 대ᄒᆞ야셔 玉山(옥산)[20] 將頹(장퇴)ᄒᆞ오리라

白露爲霜(백로위상)[21]ᄒᆞ야 蒹葭(겸가)는 倉倉(창창)ᄒᆞᄃᆡ

錦繡江山(금수강산)의 들조ᄎᆞ 불글시고

黃菊丹楓(황국단풍) 景(경) 죠흔ᄃᆡ 落帽高風(낙모고풍) ᄯᅡ로리라

窮陰(궁음)이 閉塞(폐색)ᄒᆞ야 積雪(적설)이 갓긴 후에

銀山玉海(은산옥해)예 琪花瓊枝(기화경지) 피여잇다

擁爐開酒缸(옹로개주항)을 아니코 어이ᄒᆞ리

四時光景(사시광경)이 갑 업시 졀노 오니

---

20) 玉山(옥산): 아름다운 자태를 비유하는 말.
21) 白露爲霜(백로위상)~蒼蒼(창창)ᄒᆞᄃᆡ:《시경》〈진풍(秦風)〉에 '蒹葭蒼蒼(겸가창창) 白露爲霜(백로위상)'(갈대는 푸르고 흰 이슬은 서리가 되네)으로 되어있음. 蒹葭(겸가)는 원문에 '蒹簸'로 되어있는데 같은 음의 글자로 적은 것으로 보임.

꽃 꺾어 가지 놓고 가는 봄을 보내세

천리 푸른 하늘 속에 꾀꼬리 나란히 울고

푸른 나무 그늘 짙어지니 여름 해 막 긴 때에

봄 여름 내내 스스로 만들어진 봉우리를 대하여 아름다움이 차차 물러가리

날은 추워지고 갈대는 무성한데

금수강산에 달까지 밝구나

국화꽃과 단풍의 경치가 좋은데 드센 바람이 따르리라

천지가 얼고 쌓인 눈이 깎인 후에

은산옥해에 아름다운 꽃가지가 피어 있다

어찌 술항아리를 열지 않고 있으리

사계절의 광경이 값 없이 절로 오니

●**이체자**

餞→餞, 翠→翠, 綠樹陰濃→綠樹陰濃, 彎→彎, 將頹→将頹, 露→露, 爲→為

霜→霜, 蒹葭→蒹葭, 繡→繡, 丹→丹, 落→落, 高→高, 窮→窮, 雪→雪

瓊→瓊, 爐→爐, 缸→缸

有情(유정)혼 듯 ᄒ건마ᄂᆞᆫ 無心(무심)히 밧비 가니

少年(소년)이 丈夫(장부) 되고 丈夫(장부)ㅣ 白髮(백발)되야

疾病憂患(질병우환)은 틈틈이 달여드니

미양의 먹쟈 혼들 한가키 쉽돗던가

아모리 먹쟈 혼들 업서도 먹을넌가

나 혼자 먹지 말고 모다셔 논화 먹소

王將軍之庫子[22](왕장군지고자)라 남의 우음 되지 말고

千金散盡(천금산진) 還復來(환부래)[23]니 破除萬事(파제만사) 毋過酒(관과주)[24]라

一朝(일조)에 죽어지면 어듸 가 먹쟈 ᄒᆞ고

北邙山(북망산) 깁픈 골에 累累塚(누누총) 못 보신가

風蕭蕭(풍소소) 雨落落(우낙락) 홀 제 어늬 벗지 ᄎᆞᄌᆞ와셔

---

22) 고자(庫子): 조선시대 때 창고를 지키고 출납을 맡아보던 하급 관리. 창고의 곡식을 축냈을
때에는 그 양에 따라 벌을 받았음.

23) 千金散盡還復來(천금산진환부래): 〈장진주〉의 동일한 구절을 차용하였음. 천금 많은 돈을
모조리 쓰고 나면 다시 돌아오기도 하리란 뜻.

24) 破除萬事毋過酒(파제만사무과주): 한유의 〈증정병조(贈鄭兵曹)〉 등에 실린 표현으로 '毋'
대신 '無'로 되어있는 점만 다름.

유정한 듯하지만 무심히 바쁘게 가버리니

소년이 장부가 되고 장부가 백발이 되어

질병과 우환이 틈틈이 달려드니

늘 (술을) 먹자 한들 한가하기가 쉽던가

아무리 먹자 한들 없어도 먹을런가

나 혼자 먹지 말고 모두 나누어 먹소

왕장군의 창고지기라고 남의 웃음거리 되지 말고

천금은 잃어도 다시 돌아오기도 하나 만사를 없애는 것으로 술을 지나는 것이 없다

하루아침에 죽으면 어디에 가 먹자 할까

북망산 깊은 골짜기의 무덤들을 못 보았는가

바람이 소소하고 빗줄기가 늘어질 때 어느 벗이 찾아와서

◉ 이체자

無→无, 憂→憂, 將→将, 散→散, 盡→盡, 還→还, 來→来, 萬→萬, 過→過

邙→邙, 蕭蕭→萧萧, 雨落落→兩落落

제 노 내 드르며 내 술을 뉘 권흘고

져런 일 싱각ㅎ면 긔 아니 늣거온가[25]

그런 줄 모로ᄂᆞᆫ가 百年(백년)을 다 사ᄂᆞᆫ가

子孫計(자손계)ᄒᆞ려 ᄒᆞ면 疏太傅(소태부)[26] 말이 잇ᄂᆡ

이 잔 잡으시고 ᄯᅩ ᄒᆞᆫ 말슴 고쳐 듯소

하ᄂᆞᆯ게 命(명)을 바다 大丈夫(대장부) 되어 이셔

孝悌忠信(효제충신) 든니다가 立身揚名(입신양명)ᄒᆞ나마나

나믄 날 잇거든 노리나 ᄒᆞ시이다

逆旅乾坤(역려건곤)[27]에 過客(과객)으로 나왓다가

내 아니 즐겨 놀면 日月(일월)이 흘너간다

爲樂當及時(위락당급시)라 녯 말이 올톳더라

鼎鍾玉帛(정종옥백)도 귀ᄒᆞᆫ 것 아니어니

繁華功名(번화공명)도 ᄭᅮᆷ 속의 나븨로다

---

25) 늣거온가: 기본형 늣겁다. '슬프다'의 옛말.

26) 疏太傅(소태부): 전한 시대 학자 소광(疏廣)을 가리킴.

27) 逆旅乾坤(역여건곤): 세상이란 여관과 같다는 뜻으로, 세상의 덧없음을 비유.

제 노래를 내가 들으며 내 술을 누구에게 권할까

저런 일 생각하면 그 아니 슬픈가

그런 것을 모르는가 백년을 다 살 수 있는가

자손을 위해 계획을 세우려 하면 소태부의 말이 있네

(이 잔 잡으시고 또 한 말씀 다시 들으시오)

하늘에게서 명을 받아 대장부가 되어 태어나

효제충신 지키다 입신양명을 하나마나

남은 날이 있거든 놀이나 합시다

역려건곤에 지나가는 나그네로 나왔다가

내 아니 즐겨 놀면 세월이 흘러간다

즐김에는 때를 놓치지 말아야 한다는 옛말이 옳더라

솥과 종, 옥과 비단도 귀한 것이 아니니

공훈을 세워 공명을 떨치는 것도 꿈 속의 나비로다

● 이체자

計→計, 疏→疏, 傳→傳, 丈→丈, 悌→悌, 揚→揚, 旅→旅, 鼎→鼎, 華→華

功→功

一日須傾(일일수경) 三百杯(삼백배)²⁸⁾ 말이라 그러흔들

一觴一詠(일상일영)에 逸興(일흥)이 엇더흔고

石崇(석숭)²⁹⁾이 죽어갈 제 므어슬 가져가며

劉伶墳上土(유령분상토)의 브은 술 그저 잇닉

녯 사름 노던 싸흘 이제 와 보게 되니

金谷園(금곡원)³⁰⁾ 풀이 길고 蘭亭(난정)³¹⁾에도 물만 가닉

우리들 노돈 고지 來日(내일)이면 져러흐리

亦猶今之視昔(역유금지시석)이 우리울 니른 말이

녯 사름 놀고 가고 훗사름 이어 노니

놀거니 가거니 이거시 셰상이니

世上(세상)의 나왓다가 먹다가 죽어지식

어듸셔 그르다 흐거니와 나는 즐겨흐노라

---

28) 一日須傾三百杯(일일수경삼백배): 이백의 주량이 하루 삼 백 잔이라는 말.

29) 石崇(석숭): 중국 진(晉)나라 때의 부호였던 석숭에서 온 말로, 부자를 비유하여 일컫는 말.

30) 金谷園(금곡원): 석숭의 별장 이름. 석숭이 이곳에서 자주 잔치를 베풀며 참석자들에게 시를 짓게 했는데, 짓지 못하면 그 벌로 술 서 말을 마시게 했음〈석숭(石崇) 금곡원시서(金谷園詩序)〉.

31) 蘭亭(난정): 진(晉)나라 왕희지(王羲之, 307~365)의 정자. 왕희지가 이곳에 명사들을 모아 곡수(曲水)의 잔치를 베풀고, 그들이 지은 시를 모아 그 서문을 썼으니 이를 〈난정집서(蘭亭集序)〉(일명 난정기蘭亭記)라 하는데, 왕희지의 글씨 중 가장 뛰어나다고 함.

하루에 기울이는 삼백 잔의 술이 말술이라 한들

술 한 잔에 시 한 수 읊는 흥이 어떠한가

석숭이 죽어갈 때 무엇을 가져갈 수 있으며

무덤에 부은 술은 그저 흘러내리네

옛 사람이 놀던 땅을 이제 와 보게 되니

금곡원 풀이 무성하고 난정에도 물만 흐르네

우리들 놀던 곳이 내일이면 저러하리

또한 지금은 옛날을 보는 것 같다는 것이 우리를 이른 말이니

옛사람 놀고 가고 훗사람이 이어 노니

놀거니 가거니 하는 이것이 세상이니

세상에 나왔다가 먹다가 죽어보세

어디서 그릇되다 하여도 나는 즐기리라

● 이제자

觴→觴, 興→興, 石崇→石崇, 土→土, 蘭亭→蘭亭, 猶→猶, 世→世

47. 歸田歌(귀전가)[1] 退溪(퇴계)

어제 올타턴 일을 오날사 왼 줄 알고
角巾(각건)布衣(포의)로 故園(고원)의 도라오니
山川(산천)은 녯 빗치오 松竹(송죽)에 식 닙 낫다
數間茅屋(수간모옥)에 집디즘[2] 흔 닙 깔고
木枕(목침)을 추혀 베고 일 업시 누어시니
半畝黃稻(반무황도)는 西風(서풍)의 밀여 잇고
一池紅蓮(일지홍련)이 山雨(산우)에 쏫여 잇다
아춤에 개 즈즈니 고기 폴 사롬이오
나조히 새 놀나니 밤 주을 아희로다
南隣(남린) 北郭(북곽) 姻親舍(인친사)의 煙火相望(연화상망) 흐엿거든
형아 아이야 아즈바 족하들아

1) 歸田歌(귀전가): 전원을 찾아가 은거해 사는 흥취를 읊조린 작품이다. 《악부》에는 이보다
    짧은 가사가 〈환산별곡(還山別曲)〉이라는 제목으로 있고, 〈은군자가(隱君子歌)〉, 〈낙빈가
    (樂貧歌)〉, 〈퇴계가(退溪歌)〉, 〈목동가〉, 〈은구가〉 등의 이름으로도 전승되고 있다. 작자는
    이황이라고 밝히고 있으나 이동영(1982), 박연호(2010) 등은 〈환산별곡〉을 포함하여 퇴
    계가사로 연구되어온 7개 가사 작품 〈도덕가(공부자궐리가)〉, 〈목동문답가(목동가)〉, 〈낙
    빈가〉, 〈권의지로가〉, 〈금보가〉 모두 퇴계 문학과 그 성격이 달라 퇴계작이 아님을 밝히고
    있다. 특히 이중 〈환산별곡〉은 이동영(1987)에서 그 작가가 이명(李洺, 1634~1678)임이
    밝혀진 바 있음.
2) 딥지즘:『옛말』짚자리.

어제 옳다 하던 일을 오늘에서야 틀린 줄 알고

각건포의로 고향에 돌아오니

산천은 옛 빛과 같고 송죽에 새 잎이 났다

수간모옥에 짚자리 하나 깔고

목침을 추켜 베고 일 없이 누워 있으니

반 이랑쯤 되는 누런 벼는 서풍에 밀려 있고

홍련이 가득한 연못이 산으로 둘러싸여 있다

아침에 개 짖으니 고기 파는 사람이요

저녁에 새가 놀라니 밤 주울 아이로다

남쪽으로 이웃해 있는 북곽 친척집의 불 때는 연기를 바라보았거든

(형아 아우야 아주버님 조카들아)

● 이체자

歸→歸, 園→園, 數間→數间, 枕→枕, 黃稻→黃稻, 雨→兩, 隣→隣, 郭→郭

姻→姻, 舍→舍, 煙→炟, 望→望

秋風(추풍)이 已走(이주)ᄒ야 압 기예 물드럿다

白老黃鷄(백로황계)로 내노리 가쟈스라

그물을 엇게 메고 삿갓스란 젓게 쓰고

삼지령 소용을 외오 츠고 내드르니

十里平沙(십리평사)에 블거느니 엿괴³⁾오

一帶淸江(일대청강)의 희엿느니 굴꼿치라

깁드리⁴⁾가는 그물 여흘에 주어 두니

紫鱗銀蜃(자린은신)이 수업시 걸엿거날

효그니 굴그니 다 주서 쯰어내야

효그니 회치거니 굴그니 탕치거니

---

3) 엿괴: 여뀌. 마디풀과의 한해살이풀. 6~9월에 꽃잎의 끝이 붉은색을 띠는 연녹색 꽃이 핌.
    잎과 줄기는 짓이겨 물에 풀어서 고기를 잡는 데 씀.

4) 깁드리:『옛말』눈이 잔 그물.

가을바람이 이미 이르러 앞개울에 물들었다

술과 닭을 들고 냇가에 고기 잡으러 가자꾸나

그물을 어깨에 메고 삿갓은 젖혀 쓰고

작살을 비뚤게 차고 내달으니

십리 모래밭에 붉은 것이 여뀌요

흰 것이 갈대꽃이라

깁드레 가는 그물을 여울에서 두었더니

자줏빛 고기와 은빛 조개가 수없이 걸렸거늘

(작은 것 굵은 것 다 주워 끌어내어)

(작은 것은 회치고 굵은 것은 탕으로 끓이니)

●이체자

老→老, 酒→酒, 帶→帶, 清→清, 紫鱗→紫鱗, 蜃→蜃

청대콩 이섯 노하 조치⁵⁾밥 졈심 짓고

질병에 치온 술을 취토록 먹니다가

日沈海門(일침해문)ᄒ고 月出東嶺(월출동령)홀 제

업드르며 졋드르며 한가히 도라오니

稚子(치자)ᄂ 扶醉(부취)ᄒ고 老妻(노처)ᄂ 候門(후문)ᄒ다

一間蝸屋(일간와옥)에 이 아니 죠흔 일가

太平聖代(태평성대)예 구레 버슨 이 내 몸니

淸風明月(청풍명월)을 벗 삼아 히즈려셔⁶⁾

오늘 취 리일 취 모ᄅᆡ 취 글픠 취

누으나 안즈나 취ᄒ미 일니로다

百年(백년) 三萬六千日(삼만육천일)이 언마나 지나거요

休休焉(휴휴언) 于于焉(우우언)ᄒ야 造化同歸(조화동귀)ᄒ오리라

---

5) 조치: 자채벼. 올벼의 하나.

6) 히즈려셔: 기본형 '히즈리다'.

청대콩을 섞어 놓아 자채쌀로 점심 짓고

질병에 채운 술을 취하도록 먹고 노닐다가

해가 바다로 떨어지고 달이 동령에서 떠오를 때

엎어지며 고꾸라지며 한가하게 돌아오니

어린아이는 취한 몸을 부축하고 늙은 처는 문에서 기다린다

한 칸 작은 집에 이 아니 좋은 일인가

태평성대에 굴레 벗은 나의 몸이

청풍명월을 벗 삼아 드러누워

(오늘도 취하고 내일도 취하고 모레도 취하고 글피도 취하고)

누우나 앉으나 취하는 것이 일이로다

백년 삼만 육천 일이 얼마나 지나가는가

쉬면서 가면서 자연과 함께 돌아가리라

● 이체자

沈→沉, 醉→醉, 蝸→蝸, 聖→聖, 焉→焉, 歸→歸

48. 處士歌(처사가)[1]

天地玄黃(천지현황) 삼긴 후에 日月盈昃(일월영측) 되여셰라
兩間受命(양간수명)[2] 이내 몸이 雲林處士(운림처사) 되오리라
三升葛布(삼승갈포) 몸의 닙고 九節竹杖(구절죽장) 손에 쥐고
落照江路(낙조강로) 경 죠흔듸 芒鞋緩步(망혜완보) 드러가니
寂寂松關(적적송관) 다닷는듸 寥寥杏園(요요행원) 개 즛는다
景槪武陵(경개무릉) 죠흘 시고 山林草木(산림초목) 프르럿다
蒼巖翠屏(창암취병) 둘넌는듸 白雲藩籬(백운번리) 삼아셰라
江湖漁父(강호어부) 갓치 ᄒ야 竹竿蓑笠(죽간사립) 두러메고
十里沙汀(십리사정) ᄂ려가니 白鷗飛去(백구비거) 섄이로다
一葦片帆(일위편범) 놉피 들고 萬頃滄波(만경창파) 홀니 저어

---

1) 處士歌(처사가): 창작 연대 및 작자 미상의 작품. 세상의 공명을 버리고 강산을 벗으로 삼
    아 유유자적하는 느긋함을 노래한 작품으로 전형적인 가사의 율격과 마무리를 보이는 작
    품이다.《악부》,《청구영언(青丘永言)》등에 이본이 있음.
2) 兩間受命(양간수명):《청구영언》본에는 '養閑守名(양한수명, 한가로이 살아가며 천명을
    지킴)'으로 되어있음.

천지가 생긴 후에 일월이 차고 기우는구나

한가히 목숨이나 부지하며 산속에 숨어사는 선비가 되리라

베옷을 몸에 걸치고 대나무 지팡이를 손에 쥐고

저녁에 해지는 경치가 좋은데 미투리신을 신고 천천히 내려가니

적적하게 소나무로 된 빗장은 닫혀있는데 고요한 행원에 개가 짖는다

경치가 무릉이다 좋구나 산림초목이 푸르도다

푸른 바위가 병풍처럼 둘러져 있는데 구름으로 울타리를 삼았구나

강호의 어부와 같이하여 낚싯대와 삿갓을 둘러메고

모래톱을 내려가니 백구만 날아갈 뿐이로다

작은 배에 돛을 높이 달고 만경창파를 흘려 저어

● 이체자

處→處, 歌→歌, 黃→黄, 盈昃→盈昊, 雲→雲, 升→升, 葛→葛, 節→節

杖→杖, 落照→落照, 路→路, 芒鞋→芒鞋, 松關→松関, 寥寥→寥寥, 園→園

槩→槩, 武陵→武陵, 草→草, 巖→岩, 翠屛→翠屛, 藩→藩, 蓑→蓑, 鷗→鷗

飛→飛, 片→片, 萬→萬

數尺銀鱗(수척은린) 낙가내니 松江鱸魚(송강노어)³⁾ 비길로다

日落淸江(일락청강) 져물거날 泊舟浦渚(박주포저) 도라 오니

南北孤村(남북고촌) 두세 집이 落霞暮煙(낙하모연)⁴⁾ 잠겨셰라

箕山潁水(기산영수) 이 아닌가 別有天地(별유천지) 여긔로다⁵⁾

淵明五柳(연명오류) 심근 딘가 千絲細枝(천사세지) 느러졋다

子陵釣臺(자릉조대) 낙든 딘가 銀鱗玉尺(은린옥척) 씌노는 다

紫蓋靑童(자개청동) 벗을 삼고 盤桓起居(반환기거) 브라보니

目送雲雁(목송운안) 한가흔 딕 手揮絲桐(수휘사동) 일삼노라

---

3) 松江鱸魚(송강노어): 송강은 중국의 강으로, 이 지역의 송어가 유명함. 정철의 호 '송강(松江)' 역시 여기에서 따온 것임.

4) 落霞暮煙(낙하모연): 문헌 외(2008)에서는 12가사에 속하는 처사가의 음악적 형식을 설명하면서, 실제로 불려지는 노래는 '일모창강 저물었다'에서 끝이 나지만 원본에는 그 뒤에 사설이 더 있다고 언급하고 있음.

5) 여긔로다: 《청구영언》본에는 이 대목까지만 실려 있음.

커다란 물고기를 낚아내니 송강의 노어에 비길만 하도다

맑은 강에 해가 저물어 물가에 배를 대고 돌아오니

앞뒤 마을의 외로운 두세 집이 노을과 저녁연기에 잠겼구나

기산영수가 여기 아닌가 별천지가 여기로다

도연명이 버드나무 다섯 그루를 심은 곳인가 세버들 가지가 천 갈래로 늘어졌다

엄자릉이 놀던 낚시터인가 은빛 물고기가 뛰논다

청의동자를 벗 삼고 돌아서서 속세를 바라보니

바라보니 구름 속 기러기 한가한데 거문고 타는 것을 일삼노라

● 이체자

數→數, 鱗→鱗, 鱸魚→鱸魚, 淸→淸, 舟→舟, 渚→渚, 孤→孤, 霞→霞

暮煙→暮烟, 潁→潁, 別→別, 淵→淵, 絲→絲, 陵→陵, 臺→臺

紫蓋靑 → 紫盖靑, 盤→盘, 起→起, 雁→鴈

登臨某丘(등임모구) 오날 ᄒ고 觀遊某水(관유모수) 릭일 ᄒ식

朝採山薇(조채산미) 졈심 ᄒ고 夕釣江魚(석조강어) 져녁 먹식

生涯淡泊(생애담박) 내 즐기니 富貴功名(부귀공명) 브를손가

穿魚換酒(천어환주) 두세 병을 一杯一杯(일배일배) 다시 먹고

溪邊石枕(계변석침) 놉피 볘고 松下閑眠(송하한면) 잠을 드러

數曲山歌(수곡산가) 싯다릭니 西嶺落月(서령낙월) 블글시고

東林子規(동림자규) 슬피 우러 醉中心事(취중심사) 도도ᄂ듯

投杖扶人(투장부인) 이러셔니 逸興風景(일흥풍경) 그지업다

猿鶴麋鹿(원학미록) 므리 지어 萬壑千峯(만학천봉) 오며가며

石徑蒼苔(석경창태)⁶⁾ 막켜시니 塵世消息(진세소식) 긋처 잇다

荊扉茅屋(형비모옥) 빗겨시니 人間情念(인간정념) 간 ᄃᆡ 업다

曾點詠歸(증점영귀)⁷⁾ 싱각ᄒ니 巢許遺迹(소허유적)⁸⁾ 쓰로이라

어즈버 一曲紫芝(일곡자지)⁹⁾을 自唱自和(자창자화)ᄒ노라

---

6) 石逕蒼苔(석경창태): 돌길에 푸른 이끼가 낌. 즉, 사람의 발길이 드물어 길에 이끼가 끼어 막혔다는 것으로 세상의 소식이 다 끊어졌음을 의미함.

7) 曾點詠歸(증점영귀): 공자(B.C. 551~B.C. 479)의 물음에 제자인 증점이 자기의 뜻을 대답 하였던 고사와 관련됨.《論語 先進》에 공자가 제자들과 함께 있다 각각 바라는 뜻을 묻자 증점은 '늦은 봄에 봄옷이 이미 이루어졌으면, 관(冠)을 쓴 어른과 함께 동자들을 데리고 기수에서 목욕하고 무우에서 바람 쐬고 시를 읊으며 돌아오겠다'고 하자, 공자가 감탄하며 '나는 증점을 따르겠다.' 하였다 함.

8) 巢許遺迹(소허유적): 중국 고대 전설상의 성군 요(堯)시대에 살았던 소부(巢父)와 허유(許 由)에 관련된 고사. 허유는 요제(堯帝)가 자기에게 보위를 물려주려 하자 귀가 더럽혀졌다 고 영천(潁川)에서 귀를 씻은 후 기산(箕山)으로 들어가서 은거하였고, 소부는 허유가 귀 를 씻은 영천의 물이 더럽혀졌다 하여 몰고 온 소에게 마시지 못하게 하였다고 함.

9) 一曲紫芝(일곡자지): 자지곡(紫芝曲). 상산(商山)의 사호(四皓)가 진(秦)의 난을 피하여 남진산에 들어 은거할 때, 한고조(漢高祖, B.C. 247?~B.C. 195)가 불렀으나 응하지 않고, 은사생활의 심정을 읊은 노래.

산에 올라 즐기는 것은 오늘 하고 물에서 유람하는 것은 내일 하세
아침에 캔 나물로 점심을 먹고 저녁에 낚은 고기로 저녁 먹세
생애의 담박함을 내 즐기니 부귀공명이 부러울 것인가
꼬치에 꿴 물고기로 술 두세 병을 바꿔 한 잔 한 잔 다시 먹고
냇가의 석침을 높이 베고 소나무 아래에서 한가롭게 잠에 들어
여러 곡의 산노래를 부르며 깨달으니 서쪽 고개로 떨어지는 달이 밝구나
동쪽 숲에 자규가 슬피 울어 취중의 심사를 돋우는 듯
지팡이에 몸을 의지해 일어서니 한가하고 편안한 흥이 끝이 없다
원숭이, 학, 고라니, 사슴이 무리 지어 만학천봉 오고가며
돌길에 이끼가 끼어 막혔으니 속세의 소식이 끊겨 있다
띠집의 가시나무 사립문이 비스듬히 있으니 사람의 정념이 간 데 없다
증점영귀를 생각하니 소부 허유의 발자취를 따르리라
아아 자지곡을 스스로 부르고 답하노라

◉ 이체자

臨→臨, 觀遊→觀遊, 採→採, 薇→薇, 涯→涯, 泊→薄, 富→冨, 功→切

換酒→換酒, 溪邊→溪邊, 枕→枕, 眠→眠, 規→規, 醉→醉, 投→投, 興→興

猿鶴麋鹿→猿鶴麋鹿, 逕→逕, 逕→逕, 塵→塵, 念→念, 點詠歸→點咏歸, 迹→跡

49. 勸學歌(권학가)¹⁾

青春(청춘) 少年(소년) 아희드라 이내 訓戒(훈계) 드러스라

人生世間(인생세간) 貴(귀)흔 거시 文學(문학)밧긔 쏘 잇느랴

虛靈知覺(허령지각)²⁾ 品受(품수)ᄒ여 生之膝下(생지슬하) ᄌ라나셔

兒時屹如巨人志(아시흘여거인지)³⁾을 卽以學文(즉이학문) 可知(가지)로다

傅敎師訓(부교사훈) 勸學文(권학문)⁴⁾을 晝夜勤讀(주야근독) ᄒ오리라

聖賢事業(성현사업) 길을 닥가 博古通今(박고통금)홀 쟉시면

窮理盡誠(궁리진성) 닷근 道學(도학) 升堂入室(승당입실)⁵⁾ 덕욱 됴타

三皇五帝(삼황오제)⁶⁾ 道統心(도통심)을 文武周公(문무주공)⁷⁾ 傳授(전수)ᄒ여

---

1) 勸學歌(권학가): 작자 미상의 가사로 배움을 권하는 노래. 12가사의 〈권학가〉나 개화기 가
    사에 많은 권학가류와는 별개의 작품으로, 《고문진보(古文眞寶)》 권학문(勸學文)류 작품
    들의 구절을 다양하게 차용하고 있다.

2) 虛靈知覺(허령지각): 이이(1536~1584)는 《율곡전서》에서 주희(1130~1200)가 《중용(中
    庸)》 서문에서 풀이한 허령지각에 대해 인간으로서 지각할 수 있는 것은 곧 마음의 허령
    (虛靈, 텅 비어 신령스러움)함 때문이라 하였음.

3) 兒時屹如巨人志(아시흘여거인지): 원나라의 증선지(曾先之)가 지은 중국의 역사책 《십팔
    사략》 중 주나라의 역사에서 '아이는 거인의 뜻과 같이 우뚝 솟아서 좋은 종자 나무를 심기
    를 좋아했다.'라고 하였음.

4) 勸學文(권학문): 여기에서의 권학문은 《고문진보》의 '권학문'을 의미하는 듯함.

5) 升堂入室(승당입실): 학문이 점점 깊어짐을 비유하는 말.

6) 三皇五帝(삼황오제): 고대 중국 전설에 나오는 삼황(三皇)과 오제(五帝).

7) 文武周公(문무주공): 주(周)의 문왕(文王), 무왕(武王), 주공(周公). 고대 중국 주나라의 문
    왕과 주왕.

청춘 소년 아이들아 나의 훈계 들어라

사람 생에 세상에서 귀한 것이 문학밖에 또 있느냐

허령지각을 타고나 (부모)슬하에 자라나서

아이는 거인의 뜻과 같이 우뚝 솟아 학문을 알도다

스승의 가르침을 따라 권학문을 밤낮으로 읽으리라

성현이 걸어온 길을 닦아 옛것을 전하고 지금에 통하게 하려 하면

이치에 닿기 위해 정성을 다해 닦은 도학 점점 깊어져 더욱 좋다

삼황오제의 도통심을 문왕과 주왕 시대를 거쳐 전수하여

● 이체자

靑→靑, 虛靈→虗靈, 膝→膝, 即→即, 傅→傅, 師→師, 勸→勸, 勤→勤

賢→賢, 傳→傳, 今→今, 窮→窮, 盡→盡, 學→学, 升→升, 帝→帝, 武→武

周→周

千百年(천백년) 지난 글으로 이내 ᄆᆞᆷ 어더ᄂᆞ니

飯蔬(반소)[8] 飮水(음수) 曲肱枕(곡굉침)은 天下至樂(천하지락) 그지업다

顔曾思孟(안증사맹)[9] 法(법)을 바다 道德仁義(도덕인의) 討論(토론)ᄒᆞᆯ 지

天根月窟(천근월굴)[10] 됴흔 景(경)이 곳곳마다 春意(춘의)로다

妾婦儀秦(첩부의진)[11] 可笑(가소)롭고 禽獸楊墨(금수양묵)[12] 庸劣(용렬)ᄒᆞ다

文章顯達(문장현달) 分內事(분내사)오 富貴功名(부귀공명) 虛事(허사)로다

堯舜人君(요순인군) 쯔즐 바다 幡然一改(번연일개)[13]ᄒᆞ오리라

生員進士(생원진사) 連中(연중)ᄒᆞ고 及第壯元(급제장원) ᄒᆞᆯ쟉시면

紅牌白牌(홍패백패) 픔에 품고 御賜花(어사화) 수기 쓰고

---

8) 반소(飯蔬): 거칠고 반찬 없는 밥이라는 뜻으로, 안빈낙도함을 일컫는 말.

9) 顔曾思孟(안증사맹): 공자의 네 제자인 안회, 증자, 자사, 맹자.

10) 天根月窟(천근월굴): 소강절(邵康節)의 시에, "건괘(乾卦)가 손괘(巽卦)를 만나면 월굴(月窟)이요, 곤괘(坤卦)가 진괘(震卦)를 만나면 천근(天根)이다."하였고, 주자(朱子) 〈소강절찬(邵康節贊)〉에, "손으로 월굴을 더듬고 발은 천근을 밟았도다(手探月窟 足蹋天根)"하였는데, 주역(周易)의 이치를 알았다는 뜻임.

11) 儀秦(의진): 의진(儀秦)은 전국 시대의 유세가(遊說家)인 장의(張儀)와 소진(蘇秦)을 지칭.

12) 楊墨(양묵): 양주(楊朱)와 묵적(墨翟). 양묵은 공자와 맹자를 비판한 중국의 사상가.

13) 幡然一改(번연일개): '번연개오(幡然開悟)'의 오기로 볼 수도 있음. 번연개오는 모르던 사리(事理)를 갑자기 깨닫는다는 의미임. 깨달음이 갑작스러움.

수천 년이 지난 글로 나의 마음을 얻어내니

거친 밥과 물, 팔베개는 하늘 아래 이런 낙이 그지없다

안증사맹을 본받아 도덕과 인의를 토론할 것이니라

주역의 이치에 따른 좋은 경치가 곳곳마다 봄기운이로다

장의와 소진의 첩실이 가소롭고 금수같은 양자와 묵자가 용렬하다

문장에 현달하는 것이 분에 맞고 부귀공명은 허사로다

요순임금의 뜻을 받아 깨달음을 얻어 생각을 바꾸어나가리라

생원진사에 연속으로 합격하고 장원급제 할 것이면

홍패백패를 품에 품고 어사화 숙여 쓰고

● **이체자**

蔬→疏, 枕→枕, 曾→曽, 德→德, 秦→秦, 獸→獣, 楊→楊, 庸→慵, 章→章

顯→顕, 分→分, 富→冨, 功→功, 堯舜→堯舜, 然→然, 改→攺, 壯→壮

牌→牌, 花→苍

謝恩肅拜(사은숙배)¹⁴⁾ 지낸 後(후)의 雙笛華蓋(쌍적화개) 압픠 셔고

冠帶青衫(관대청삼) 치레ᄒ고 長安道上(장안도상) 橫行(횡행)ᄒᆯ 제

三日遊街(삼일유가)¹⁵⁾ 馬頭榮(마두영)은 萬人聚觀(만인취관) 光彩(광채)로다

威嚴物望(위엄물망¹⁶⁾) 거록ᄒ고 起家雄豪(기가웅호) ᄒ도 ᄒ다

新恩(신은)¹⁷⁾ 正字稱云(정자¹⁸⁾칭운)ᄒ고 榮親到門(영친도문¹⁹⁾) 지낸 後(후)의

分官(분관)²⁰⁾ 免身行禮(면신행례)²¹⁾ᄒ고 紫陌紅塵(자맥²²⁾홍진) 驕揚(교양)ᄒ여

初職(초직) 典籍(전적)²³⁾ 祿(녹)을 부텨 都事(도사)²⁴⁾ 守令(수령) 지닌 後(후)의

持平(지평)²⁵⁾ 正言(정언)²⁶⁾ 드리ᄒ고 參議(참의) 承旨(승지) 堂上(당상)ᄒ야

全羅監司(전라감사) 慶尚監司(경상감사) 副望首望(부망²⁷⁾수망²⁸⁾) 落點(낙점)ᄒ여

14) 謝恩肅拜(사은숙배): 임금의 은혜에 대하여 감사히 여기어 경건하게 절함.

15) 三日遊街(삼일유가): 과거(科擧)에 급제한 사람이 사흘 동안 좌주(座主)와 선진자(先進者)와 친척을 방문하던 일.

16) 物望(물망): 여러 사람이 우러러보는 명망.

17) 新恩(신은): 과거에 새로 급제한 사람.

18) 正字(정자): 조선 시대에, 홍문관·승문원·교서관에 속한 정구품 벼슬. 또는 그 벼슬에 있던 사람.

19) 到門(도문): 도문잔치. 과거에 급제한 사람이 고향집에 돌아와 친지들을 초청하여 베푸는 잔치.

20) 分官(분관): 문과에 급제한 사람들을 승문원·성균관·교서관 등의 세 곳에 배속시켜 권지(權知)라는 이름으로 실무를 익히게 하는 것.

21) 免身行禮(면신행례): 새로 출사하는 관원이 재직 관원을 초청하여 음식을 접대하는 예.

22) 紫陌(자맥): 도성의 큰 길.

23) 田籍(전적): 성균관의 종6품, 종8품 벼슬.

24) 都事(도사): 조선시대 때 감영(監營)의 종5품 벼슬. 감사(監司)의 다음가는 벼슬임.

25) 持平(지평): 조선시대 때 사헌부에 딸린 정5품의 벼슬.

26) 正言(정언): 조선 시대에, 사간원에 속한 정육품 벼슬.

27) 副望(부망): 벼슬자리에 추천된 세 사람의 후보자 가운데 둘째로 가는 사람.

사은숙배 지낸 후에 쌍피리, 화려한 가마 앞에 서고

관대와 청삼 차림으로 치례하고 장안 길 위를 지날 때

삼일동안 말머리에서 영화를 누리는 모습은 만인이 우러러 볼 광채로다

위엄과 청렴함이 우러러 볼만치 거룩하고 집안을 일으킨 용맹함이 많기도 많구나

급제한 이를 정자로 일컫고 도문잔치를 끝낸 후에

자리가 배속되어 면신행례하고 도성의 큰 길에서 의기양양하여

처음 전적 녹을 부쳐 도사 수령 지낸 후에

지평, 정언 실컷 하고, 참의, 승지, 당상을 하여

전라감사 경상감사 부망 수망을 낙점하여

---

28) 首望(수망): 조선 시대 벼슬아치를 임명하기 위하여 이조(吏曹) 및 병조(兵曹)에서 추천하
     던 세 사람의 후보자 중 첫째.

◉ 이제자

恩→恩, 肅→肅, 後→後, 雙→雙, 華蓋→華盖, 帶→帶, 衫→衫, 橫→橫

遊→遊, 馬→馬, 榮→荣, 聚觀→聚覌, 彩→彩, 嚴→嚴, 望→望, 起→起

雄豪→雄豪, 稱→稱, 紫→紫, 塵→塵, 驕揚→驕揚, 職→耺, 祿→祿, 參→恭

旨→旨, 堂→堂, 監→監, 落點→落點

湖南(호남) 嶺南(영남) 나려갈 제 金笛(금적) 玉笛(옥적) 앞픠 셔고
高牙大纛(고아대독)[29] 司命旗(사명기)[30]로 巡歷巡行(순력순행) 돈릴 져긔
列邑各官(열읍각관) 守令(수령)들은 十里五里(십리오리) 迎候(영후)ᄒ고
五摠軍官(오총군관) 使令(사령)들은 左右前後(좌우전후) 擁衛(옹위)로다
勸馬聲(권마성)[31]은 挾道(협도)ᄒ고 吹鑼聲(취라성)은 動地(동지)로다
淸德愛民善政碑(청덕애민선정비)을 垂名萬世(수명만세) 셰워 두고
兵判(병판) 吏判(이판) 淸華職(청화직)을 一國名臣(일국명신) 몸이 되야
左右領相(좌우영상) 三台位(삼태위)을 萬人上(만인상)의 居(거)ᄒ 後(후)의

---

29) 高牙大纛(고아대독): 관찰사의 휘황한 깃발.
30) 司命旗(사명기): 조선시대 각 군영의 대장이 군대를 지휘할 때 쓰던 대형의 군기.
31) 勸馬聲(권마성): 임금이나 고관(高官)이 말이나 가마를 타고 행차할 때 위세를 더하기 위
    하여 행렬 앞에 사복이나 역졸이 크게 외치던 소리.

호남과 영남에 내려갈 때 금피리와 옥피리를 앞에서 켜고

관찰사의 휘황한 깃발과 사명기로 각 고을을 순회할 때

여러 고을 각 관아의 수령들은 멀리 나와 기다리고

오총군관 사령들은 좌우전후를 호위하는구나

권마성은 길을 비키게 하고 자바라 부는 소리는 땅을 뒤흔드는구나

청덕애민선정비를 만세에 세워 두고

병판, 이판, 청화직을 일국의 이름난 신하의 몸이 되어

좌의정, 우의정, 영의정 삼공의 지위를 많은 사람 위에서 있은 후에

● 이체자

高→髙, 蠹→蠹, 候→俟, 摠→捴, 勸→勧, 聲→聲, 淸→清, 愛民→爱民

碑→碑, 垂→垂, 萬→萬, 相→拍

爲國安身(위국안신) 老退(노퇴)ᄒ여 元任大臣(원임대신) 位(위)예 이셔
忠君事親(충군사친) 君子事(군자사)을 뜻과 갓치 다ᄒ 後(후)의
功光祖宗(공광조종) 業守惠(업수혜)을 긔 뉘라셔 다홀소냐
男兒欲遂(남아욕수) 平生志(평생지)을 거록ᄒ다 글이[32] 좃타
古今賢人(고금현인) 이 뜻 알아 勤勤制業功(근근제업공) 들일 제
穿壁借光(천벽차광)[33] 讀書(독서)ᄒ고 囊螢照册(낭형조책)[34] 時誦(시송)ᄒ니
三年下帷(삼년하유) 不窺園(불규원)[35]은 董仲舒(동중서)[36]의 勤學(근학)이요
十載匡山(십재광산) 不還家(불환가)은 李太白(이태백)의 貪讀(탐독)이라
東洛(동락) 사람 蘇季子(소계자)[37]은 引錐刺股(인추자고) 徹夜(철야)ᄒ고

---

32) 글이: 분철 표기라면 '그렇게 좋구나'라고 해석할 수도 있음.

33) 穿壁借光(천벽차광): 서한(西漢) 시대 광형(匡衡)은 집이 가난해 밤에 등을 밝힐 수 없어서 벽을 뚫어 새 나오는 빛으로 글을 읽었다는 고사임. 착벽투광(鑿壁偸光) 등으로도 쓰임.

34) 囊螢照册(낭형조책): 동진(東晉) 시대 차윤(車胤, 330~400)이 여름에 주머니에 반디를 잡아넣어 그 빛으로 책을 읽었다는 고사임.

35) 三年下帷(삼년하유) 不窺園(불규원): 동중서(B.C. 170?~B.C. 210?)가 장막을 내리고 외인과 떨어져 글만 읽었으므로 동중서를 하유노인(下帷老人)이라고도 함.《환혼기(還魂記)》숙원(肅苑)에 "하유노인이 동산도 구경하지 못했다[下帷老子不窺園]." 하였음.

36) 董仲舒(동중서): 중국 전한 중기의 대표적 유학자.

37) 蘇季子(소계자): 고대 중국 전국시대 중엽의 정치가. 계자는 소진(蘇秦, ?~?)의 자. 소진은 동주(東周)의 낙양(洛陽) 사람임.

나라 위하고 몸을 편안히 하고 늙어 은퇴하여 원임대신 자리에 있어

임금에게 충성하고 어버이처럼 섬겨 군자의 일을 뜻과 같이 다한 후에

공이 빛나는 조종들이 업을 지키는 은혜를 그 누구라서 다할 것인가

남아가 평생에 하고자 한 일 대단하다 그 글이 좋구나

고금에 현인이 이 뜻을 알아 부지런히 업을 이루고자 공들일 때

벽을 뚫고 빛을 빌려 책을 읽고 주머니 반딧불 빛에 의지해 때때로 읊으니

삼년을 동산 구경하지 않음은 동중서가 학문에 힘씀이요

십년을 산에 묻혀 집으로 돌아가지 않음은 이태백의 탐독이라

동주 낙양 사람 소진은 송곳으로 허벅지를 찔러 잠을 쫓고

●이체자

爲→為, 老→老, 惠→惠, 兒→児, 賢→賢, 壁→壁, 囊螢照册→囊萤照丹

園→園, 舒→舒, 蘇→蕭, 刺股→刺股

西楚(서초) 션븨 宋景之(송경지)는 繫頭懸梁(계두현량) 達朝(달조)ᄒ고

調粥忘食(조죽망식)³⁸⁾ 范仲淹(범중엄)과 圓木警枕(원목경침)³⁹⁾ 司馬光(사마광)은

熟讀嘗味(숙독상미) 積年(적년)ᄒ여 終能大達(종능대달) 成功(성공)ᄒ니

迷劣(미렬)ᄒ 너희들은 若干(약간) 聰明(총명) 전혀 맛고

學而時習(학이시습) 아이 ᄒ고 優遊度日(우유도일)ᄒ거니와

이내 訓戒(훈계) ᄒ온 말슴 ᄌ셰이 들어스라

生而知之(생이지지) 孔大聖(공대성)도 三絶韋編(삼절위편)⁴⁰⁾ᄒ엿 잇고

聰明時聖(총명시성) 夏后氏(하후씨)⁴¹⁾도 寸陰是惜(촌음시석)ᄒ여시니

---

38) 調粥忘食(조죽망식) 范仲淹(범중엄): 북송(北宋) 시대 범중엄(范仲淹, 989~1052)이 죽을 먹으며 힘들게 공부했다는 고사임.

39) 圓木警枕(원목경침) 司馬光(사마광): 북송 시대 사마광(司馬光, 1019~1086)이 잠을 적게 자려고 베개 대신 통나무를 베고 잤다는 고사임.

40) 三絶韋編(삼절위편): 공자가 말년에 주역을 자주 읽어 책을 맨 가죽 끈이 세 번이나 끊어졌다는 일에서 생긴 말.

41) 夏后氏(하후씨): 중국 하(夏)나라의 우(禹)임금을 이르는 말.

서초의 선비 송경지는 머리를 나무에 매달아 아침이 될 때까지 졸지 않고
아침 죽을 먹으며 끼니를 잊은 범중엄과 통나무를 베고 잠을 쫓은 사마광은
책의 맛을 깊이 보며 세월을 보내 마침내 대성하니
이에 미치지 못하는 너희들은 약간의 총명도 전혀 없고
열심히 배우지 않고 한가롭게 세월을 보내거니와
나의 훈계하는 말을 자세히 들어라
태어나면서부터 학문을 아는 공자도 책 끈이 닳도록 읽었고
총명한 성인 하나라의 우임금도 짧은 시간을 아까워했으니

● 이체자

楚→楚, 繫→繋, 懸→懸, 梁→樑(樑), 忘→**忘**, 范→范, 淹→**儼** 圓→圓

嘗→嘗, 能→舷, 若→若, 聰→聰, 優→優, 度→度, 聰→聰, 編→編, 陰→陰

너의 後生(후생) 좀 聰明(총명)이 勸于勤學(권우근학)ᄒ여스라

聞一知十(문일지십) 顔淵(안연)이도 勤學好文(근학호문) ᄒ여 잇고

三冬學務(삼동학무) 東方朔(동방삭)[42]도 手不釋卷(수불석권) ᄒ여시니

掩卷卽忘(엄권즉망) 너희 층이 暫時(잠시)예나 記憶(기억)ᄒ랴

그렁져렁 논이다가 少年(소년) 遊態習(유태습)이 되면

千年萬年(천년만년) 지ᄂᆞᆫ 글이 虛事功名(허사공명) 되오리라

記姓名(기성명)을 계오 ᄒ고 告講(고강) 글을 ᄒ려 ᄒ니

詩賦策文(시부책문[43]) 아득ᄒ이 生進及第(생진급제) ᄇ랄소냐

或作或掇(혹작혹철) 勤心(근심) 업써 粗略間(조략간)의 全忘(전망)ᄒ여

---

42) 東方朔(동방삭): '익살의 재사'로 많은 일화가 전해지는 중국 전한(前漢)의 문인.

43) 策文(책문): 책문(策問)에 답하는 글. 책문(策問)은 문과 시문의 하나로, 정치에 관한 계책
을 물어 적게 하였음.

너의 남은 생에는 총명하게 배움을 권하니라

하나를 들으면 열을 알던 안연이도 열심히 배우고 글을 좋아했고

삼년을 학문에 힘쓴 동방삭도 손에서 책을 놓지 않았으니

책을 덮으면 즉시 잊어버리는 너희의 머리가 잠깐에 기억하랴

그렇게 저렇게 놀다가 노는 것이 습관이 되면

천년 만년 지난 글들의 공명이 허사가 되리라

제 이름을 겨우 쓰면서 책을 읽고 암송하려 하니

시, 부, 책문이 아득하니 생원 진사 급제를 바랄 것인가

열심히 짓고 모으는 마음이 없어 잠깐 동안에 완전히 잊어

●이체자

淵→渊, 務→務, 朔→朔, 釋卷→釋卷, 卽→即, 記→記, 態→態, 虛→虗

講→講, 策→策, 第→第, 作→作

都事行次(도사⁴⁴⁾행차) 온다 ᄒ니 顚之倒之怯(전지도지겁)을 내니

三日(삼일) 學文(학문) 千載寶(천재보)을 아득아득 忘却(망각)ᄒ여

攝衣裾而奔走(섭의거이분주)ᄒ고 望客館而搔頭(망객관이소두)로다

足將進而趑趄(족장진이자저)ᄒ고 口欲言而囁嚅(구욕언이섭유)로다⁴⁵⁾

勵氣勵聲(여기여성) 强忍(강인)ᄒ여 고박고박 讀之(독지)ᄒ니

曾讀(증독)의ᄂ 文義不通(문의불통) 詩讀(시독)의ᄂ 音聲不通(음성불통)⁴⁶⁾

大書特書(대서특서) 不字(불자) 쓰고 降丁軍役(강정군역) ᄒ단 말가

餘丁(여정)⁴⁷⁾ 編伍(편오) 作隊(작대)ᄒ여 戰服戰笠(전복전입) ᄎ려 니야

身役價布(신역가포)⁴⁸⁾ 밧칠져긔 妻子眷屬(처자권속) 근심ᄒ다

千態萬象(천태만상) 辛苦(신고)ᄒ여 ᄌᄎ 細木(세목) 나흔 後(후)의

元木例木(원목례목) 作疋(작필)ᄒ여 밧치려고 官庭(관정)에 가

其中(기중)에도 色惡(색악)ᄒ 것 改備(개비)ᄒ라 分付(분부)ᄒ니

44) 都事(도사): 조선 때 충훈부의 종5품 벼슬.

45) 攝(섭)~로다: 한유(韓愈, 768~824)의 〈송이원귀반곡서(送李愿歸盤谷序)〉에 "공경의 집을 찾아다니고, 벼슬길에 분주하여, 발은 나가려 하면서도 머뭇거리고, 입은 말하려 하면서도 더듬거린다(伺候於公卿之門 奔走於形勢之途 足將進而趑趄 口將言而囁嚅)."라고 한 데서 온 말로, 이 글의 본지는 벼슬길에 분경(奔競)하는 자들이 권세가에게 청탁을 하려고 할 때 말과 행동이 위축되어 비굴한 태도를 짓는 모습을 가리킨 것.

46) 曾讀(증독)의ᄂ~音聲不通(음성불통): 사학이나 성균관 진학에 관련된 시험이었던 듯함. 이유태(李惟泰, 1607~1684)의 《기해봉사(己亥封事)》에서 관련 내용을 참고할 수 있음.

47) 餘丁(여정): 보충대(補充隊)의 강서 시험에 들지 못한 사람. 조선 시대, 평민이나 천민이 나라의 역사(役事)에 나가는 경우 그 집에 보내어 집안일을 도와주게 하던, 역사에 나가지 않던 장정.

48) 身役價布(신역가포): 부역에 나가지 않는 사람이 그 대신으로 군포에 준하여 바치던 베.

도사가 행차 온다 하니 거꾸러지고 넘어지며 겁을 내네

삼일 학문을 하고 천하의 보물을 아득히 망각하여

옷을 치켜 잡고 분주히 하고 객사를 바라며 머리만 긁도다

권세가의 집에 들러 청탁하려 하나 발길이 머뭇거리고 말을 더듬는구나

억지로 참으며 소리를 내어 꼬박꼬박 글을 말로만 읽으니

증독에는 문의불통, 시독에는 음성불통하여

불합격자라고 크게 쓰고 군역을 진단 말인가

군열에 서서 군복을 입고 벙거지를 쓰고는

부역 대신 베를 바치고 싶구나 가족들이 근심한다

온갖 고생을 하여 무명을 만든 후에

짜낸 베를 바치려고 관가에 가

그중에도 색이 더러운 것들을 골라내어 바치니

●이체자

都→都, 顚→顚, 寶→寶, 走→辵, 望→望, 館→舘, 搔→搔, 將→将, 趙→趙

囁嚅→嗫嚅, 勵→勵, 氣→氣, 降→降, 役→役, 餘→餘, 戰→戰, 服→服

價→假, 屬→屬, 象→状, 庭→庭, 惡→惡

德分(덕분) 발괄[49] 强忍(강인)ᄒᆞ여 至再至三(지재지삼) 哀乞(애걸)ᄒᆞ니

원님게셔 大怒(대로)ᄒᆞ고 刑房(형방) 色吏(색리) 忿動(분동)ᄒᆞ여

이놈 뎌놈 頑惡(완악)ᄒᆞᆫ 놈 拒逆(거역) 발괄 無據(무거)ᄒᆞ다

頭髮扶曳(두발부예) 쓰집어셔 滿場周回(만장주회) 휘둘러셔

棍杖(곤장)이라 笞杖(태장)이라 無數亂打(무수난타) 마즌 後(후)의

계요 긔여 집의 와셔 田畓(전답)이나 팔려 ᄒᆞ니

勸農主人(권농주인) 絡繹(낙역)[50]ᄒᆞ여 價布納上(가포납상) 직促(촉)ᄒᆞ니

怒拳打腮如雨(노권타시여우)ᄒᆞ고 口不可道(구불가도) 受辱(수욕)ᄒᆞ니

受杖諸處(수장제처) 滋痛(자통)ᄒᆞ고 辱及先世(욕급선세) 慘酷(참혹)ᄒᆞ다

人生世間(인생세간) 사랏다가 이 아니 셜울소냐

---

49) 발괄: 하소연하다.
50) 絡繹(낙역): 왕래가 잦음.

사정을 하소연하며 거듭하여 애걸하니

원님께서 크게 노하고 형방의 관리들이 화를 내며

이놈 저놈 못된 놈 부역을 거역하고 사정하는 것 터무니없다

상투를 잡고 끌어내어 사방으로 돌리어서

곤장이며 태형과 장형이며 사정없이 맞은 후에

겨우 기어 집에 와서 전답이나 팔려 하니

주인이 자주 왕래하여 가포를 바치는 것을 재촉하니

성난 주먹으로 뺨 치기를 비 오듯이 하고 입으로 말할 수 없는 욕을 당하니

온몸을 몽둥이로 맞아 통증이 붙고 욕됨이 선대에 이르니 참혹하다

세상을 살면서 이 아니 서러울 것인가

● 이체자

再→再, 哀→哀, 忿→念, 據→據, 髮→髮, 滿場→滿場, 回→回, 杖→杖

農→農, 繹→繹, 納→納, 促→促, 雨→兩, 辱→辱, 處→處, 慘酷→憯酷

翻然一改(번연일개) 싱각ᄒ니 글을 못ᄒᆫ 타시로다

莫謂當年學日多(막위당년학일다)을 녯글의도 일너 잇고

霜落頭邊恨奈何(상낙두변한내하)을 사름마다 알것마ᄂᆞ

學有三難(학유삼난) 다 ᄇ리고 儼過百年(엄과백년) 전혀 몰나

無益閑談(무익한담) 즐겨ᄒ고 虛浪放遊(허랑방유) 貪(탐)을 ᄂᆡ여

甘爲人下自棄(감위인하자기)ᄒ여 무운무운 滋味(자미)ᄂᆡ여

馬牛襟裾(마우금거)[51]을 일워셰라

禽獸(금수)에나 比(비)챠ᄒ니 鸞鳳麒麟(난봉기린) 붓글업고

草木(초목)에나 比(비)챠ᄒ니 春桂蘭芝(춘규란지) 더러인다

糞土(분토)에나 比(비)챠ᄒ니 五穀滋養(오곡자양) 됴케 ᄒ다

世上無數(세상무수) 萬物中(만물중)에 比(비)ᄒᆯ 곳지 전혀 업ᄂᆡ[52]

---

51) 馬牛襟裾(마우금거): 말이나 소에 의복을 입혔다는 뜻으로, 학식이 없거나 예의를 모르는 사람을 조롱해 이르는 말.

52) 禽獸~전혀 업ᄂᆡ:'금수~비할 곳지 전혀 업ᄂᆡ'까지는 〈인종황제권학문(仁宗皇帝勸學文)〉을 그대로 따온 부분임.

한 번 문득 깨달아 고쳐 생각하니 글을 못한 탓이로다

올해에도 공부할 날이 많다고 말하지 말 것을 옛글에도 이르고 있고

머리 센 후에야 후회하는 것을 사람들이 알건만

학문 하는 어려움을 다 버려버리고 바로잡지 못하면 백년이 금세 가는 것을 전혀 몰라

무익한 농담이나 즐겨하고 허랑방탕하게 놀려고만 하여

줄 달게 남 밑이 되어 자기를 버리고 아첨하여 무운무운 재미내어

말이나 소에 옷을 입혀 놓은 것과 같구나

금수에나 견주려 하니 난새와 봉황 기린이 부끄럽고

초목에나 견주려 하니 봄자락의 난초와 영지 더럽힌다

똥과 흙에나 견주려 하니 (똥은) 오곡을 살찌워 좋게 한다

세상에 무수한 만물 중에 비교할 곳이 전혀 없네

● 이체자

莫→莫, 學→学, 霜→霜, 邊→邉, 難→難, 儆過→儆過, 益→益, 貪→貪

獸→獣, 鸞鳳→鸞鳳, 麒麟→猉獜, 草→草, 桂蘭→桂蘭, 土→圡, 穀→穀

慵劣板蕩(용열판탕53)) 못 쓸 거시 不學(불학)밧긔 또 잇는가

一龍一猪(일용일저) 霄壤判(소양판)도 學與不學所致(학여부학칭치)로다

爲賢爲愚(위현위우) 懸殊(현수)험도 有學無識(유학무식)흔 타시로다

됴흔 田畓(전답) 사지 마라 千駟萬鍾(천사만종54) 글에 잇늬

고은 妻妾(처첩) 求(구)치 마소 一色佳人(일색가인) 글에 잇늬55)

奴婢田畓(노비전답) 錦衣玉食(금의옥식) 글 가온대 다 인는이

讀書成功(독서성공) 莫惰棄(막타기)을 王聖公(왕성공)도 일너 잇고

六經勤向窓前讀(육경근향창전독)은 仁宗皇帝(인종황제)56) 일너 잇고

古今(고금) 賢人(현인) 宰相(재상)드리 그른 말슴 ᄒ여시랴

若不及時(약부급시) 勉學(면학)ᄒ면 後悔莫及(후회막급) 되오리라

人生不得(인생부득) 更少年(갱소년)을 時乎時乎(시호시호) 不再來(부재래)라

莫謂今日不學而有來日(막위금일불학이유래일)

莫謂今年不學而有來年(막위금년불학이유래연)57)

旣無長繩繫白日(기무장승계백일)

又無大藥駐朱顔(우무대약주주안)58)

---

53) 板蕩(판탕): ① 《시경 대아(大雅)》의 판(板)과 탕(蕩)의 두 편(二篇)이 모두 어지러운 정
   사를 읊은 데서) 정치를 잘못하여 어지러워진 나라의 형편을 이르는 말, ② 탕진(蕩盡)

54) 千駟萬鍾(천사만종): ① 말 사천 마리, ② 또는 사두마차(四頭馬車) 천 대

55) 됴흔~잇늬: 〈진종황제권학문〉에 등장하는 표현.

56) 仁宗皇帝(인종황제, 1010~1063): 송나라의 4대 천자로, 인종의 치세는 아버지인 진종의
   치세와 더불어 북송의 전성기로 평가받고 있음. 그러나 육경근향창전독은 〈진종황제권학
   문〉에 등장하는 구절로, 진종(眞宗, 968~1022)을 인종으로 혼동한 듯함.

57) 莫謂~有來年: 주희(朱熹)의 〈권학문(勸學文)〉에 나타나는 구절. "勿謂今日不學而有來日
   (물위금일불학이유래일) 勿謂今年不學而有來年(물위금년불학이유래연)"

58) 旣無~朱顔: 백거이(772~846)의 〈호가행(浩歌行)〉에 나타난 구절의 7~8행임. "旣無長繩
   繫白日(기무장승계백일) 又無大藥駐朱顔(우무대약주주안)"

졸렬하고 탕진하여 못 쓸 것이 공부하지 않는 것밖에 또 있는가

용인지 돼지인지 하늘이 판단하는 것도 학문을 하는지 아닌지에 달렸도다

현명함과 어리석음이 그 차이가 큰 것도 각각 배움이 있고 무식한 탓이로다

좋은 전답 사지 마라 사천의 말과 많은 봉록이 글에 있네

고운 처자를 구하지 마소 천하일색 가인이 글에 있네

노비와 전답, 비단옷과 좋은 음식이 글 가운데에 다 있나니

독서로 성공을 이루려면 게으름을 버려야 하는 것을 왕과 성현, 공신들도 이르고 있고

육경의 경전을 부지런히 창을 향해 읽으라 인종황제가 이르고 있고

고금의 현인과 재상들이 그른 말씀을 하셨으랴

젊어서 학문에 힘쓰지 않으면 아무리 후회해도 돌이킬 수 없게 되리라

인생을 사는 데 다시 젊을 때는 절대 돌아오지 않으니라

오늘 배울 것을 내일이 있다고 미루지 마라

올해 배울 것을 내년이 있다고 미루지 마라

세월을 묶어둘 긴 밧줄이 없고

젊은 날 붙잡아둘 금단약도 없는데

● 이체자

蕩→蕩, 龍→龍, 猪→猪, 霄壤→霄壤, 與→與, 賢→賢, 求→求, 佳→佳

婢→婢, 經→経, 窓→窓, 若→若, 勉→勉, 更→更, 再來→再来, 莫→莫

旣→既, 無→无, 繩→縄, 無→无, 藥→薬, 駐→住

50. 關西別曲(관서별곡)¹⁾ 岐峯 白光弘(기봉 백광홍)

關西(관서) 名勝地(명승지)예 王命(왕명)으로 보내실 지

行裝(행장)을 다스리니 칼 호나 쁜이로다

延恩門(연은문)²⁾ 내드라 무래고개³⁾ 너머가니

歸心(귀심)이 비야거니⁴⁾ 故鄕(고향)을 싱각호랴

延曙驛(연서역)⁵⁾ 구버보고 碧蹄(벽제)예 물을 그라

臨津(임진)에 비을 건너 天壽院(천수원)⁶⁾ 도라드니

松京(송경)⁷⁾은 故國(고국)이라 滿月臺(만월대)⁸⁾도 보기 슬타

---

1) 關西別曲(관서별곡): 岐峯(기봉) 백광홍(白光弘, 1522~1556)이 1555년 봄에 평안도평사가 되어 그곳의 생활상과 자연풍물을 읊은 것이다. 정철(1536~1593)이 지은 가사 〈관동별곡〉보다 25년이나 앞서 지은 작품으로 기행가사의 효시가 되어 후대에 많은 영향을 끼친 작품으로 문학사적 가치가 있다. 백광홍의 문집《기봉집(岐峰集)》권4에 실린 〈관서별곡〉과 전체적인 맥락이 거의 동일하나 표현과 단어가 다소 다르게 쓰인 부분들도 있다. 이의 주해와 번역은 정민 역(2004)을 부분적으로 참고하였음.

2) 延恩門(연은문): 조선시대 중국 사신을 맞아들이던 모화관 앞에 세웠던 일각문.《기봉집》에는 연조문(延詔門)으로 나타나 있는 데 연은문, 연조문 등은 모두 이 문의 다른 이름임.

3) 무래고개: 모화고기의 오기로 보임.

4) 비야거니:『옛말』재촉하다.

5) 延曙驛(연서역): 경기도 오도찰방의 하나인 영서도찰방이 있던 곳. 이곳에서 고양의 벽제, 파주의 마산, 장단의 동파, 개성의 청교 등 각역을 관장했음.

6) 天壽院(천수원): 경기도 장단군 진서면 전체리에 있었던 천수사의 일대. 그곳이 교통의 요충지라는 중요성 때문에 그 일대를 천수원이라 하고 역원을 만들었음.

7) 松京(송경): 개성을 송악산 밑에 있던 서울이라는 뜻으로 일컫는 말.

8) 滿月臺(만월대): 경기도 개성시 송악산에 있는 고려의 궁궐터.

관서 명승지에 왕명으로 보내실 때
행장을 정리하니 칼 하나 뿐이로다
(연은문 나가서 모화관 고개를 넘어가니)
가려는 마음이 재촉하니 고향을 생각하랴
(연서역을 내려다보고 벽제에서 말(馬)을 갈아타)
(임진 나루 배를 건너 천수원에 돌아드니)
개성은 옛 땅이라 만월대도 보기 싫다

●이체자
關→開, 別→别, 岐→歧, 關→関, 延恩門→延恩门, 故→歸, 鄕→郷, 曙→曙
驛→驿, 蹄→蹄, 臨→臨, 壽→寿, 國→国, 滿→満, 臺→全

黃岡(황강)⁹⁾은 戰場(전장)이라 棘城(극성)¹⁰⁾이 기워셰라

山日(산일)이 半斜(반사)흔 제 行鞭(행편)을 다시 미야

駒峴(구현)¹¹⁾ 조븐 길흘 急急(급급)히 너머드니

生陽關(생양관)¹²⁾ 기슬게 버들조차 플로럿다

栽松亭(재송정)¹³⁾ 도라드러 大同江(대동강) 브라보니

十里波光(십리파광)과 萬里煙樹(만리연수)는

上下(상하)에 어릐엿다

---

9) 黃岡(황강): 현재 황해도 황주군(黃州郡).
10) 棘城(극성): 현재 황주군 침촌리에 있던 옛 성터. 고려 시대 가시나무로 둘렀다고 하며 홍건적 침입 때에 격전지였음.
11) 駒峴(구현): 구현원(駒峴院)은 신구 감사가 교대하는 곳이었음. 현재 황주군과 평양시(平壤市) 중화군(中和郡)의 경계에 있는 고개.
12) 生陽館(생양관): 평안도의 객사(客舍) 중 하나. 중화군 서쪽 생양역에 있던 공관(公館)임.
13) 栽松亭(재송정): 평양에 있던 정자.

황강은 전장이라 가시덤불이 우거졌구나
산에 해가 저물 때 채찍을 다시 매어
(구현 좁은 길을 급하게 넘어드니)
생양관 기슭에 버들마저 푸르렀도다
(재송정 돌아들어 대동강을 바라보니)
십리 물결 빛과 만리 연기에 감싸인 나무는
(아래위로 어리었다)

● 이체자
戰場→戰塲, 棘→棘, 斜→斜, 鞭→鞭, 急急→急急, 陽館→陽閃 亭→亭

萬→萬, 煙樹→炟樹

春風(춘풍)이 헌ᄉᆞᄒᆞ야 畵舡(화강)[14]을 빗기 브니

綠黛紅粧(녹대홍장)[15]이 柱棹(주탁)을 지혀[16] 안자

皓齒丹脣(호치단순)으로 採蓮曲(채련곡)을 느리허니

太乙眞人(태을진인)[17]이

蓮葉舟(연엽주) 빗기 타고 玉河(옥하)로 ᄂᆞ리ᄂᆞᆫ듯

현마 王事靡盬(왕사미고)인들 風景(풍경)의 엇지 ᄒᆞ리

練光亭(연광정)[18] ᄂᆞ려와셔 浮碧樓(부벽루)[19] 올나보니

綾羅島(능라도)[20] 芳草(방초)와 錦綉山(금수산) 烟花(연화)ᄂᆞᆫ

제 흥을 못 이긔여 봄빗츨 쟈랑ᄒᆞ다

---

14) 畵舡(화강): 아름다운 그림과 조각으로 화려하게 장식된 배로, 궁중무용인 선유락에서 쓰
    는 배. 채선(彩船), 채방(彩舫)이라고도 불림.
15) 綠黛紅粧(녹대홍장): 푸른 눈썹과 붉은 화장.
16) 지혀:『옛말』의지하다.
17) 太乙眞人(태을진인): 하늘에 있는 신선.
18) 練光亭(연광정): 평양 중구역 대동문동에 있는 조선시대의 정자.
19) 浮碧樓(부벽루): 평양 을밀대 아래에 지어진 누각.
20) 綾羅島(능라도): 평양 대동강 가운데 있는 섬.

봄바람이 야단스러워 화선에 비껴 부니
푸른 옷을 입은 미인이 탁자에 기대 앉아
흰 이와 붉은 입술로 채련곡을 늘어뜨리니
(태을진인이)
연잎 배를 비스듬히 타고 옥하로 내리는 듯
아무리 나랏일에 쉴 틈이 없다 한들 이런 풍경을 어찌 하리
(연광정에서 내려와 부벽루에 올라보니)
능라도의 고운 풀과 금수산 안개꽃은
제 흥을 못 이겨 봄빛을 자랑한다

● 이체자
畵船→畵舡, 綠黛→綠黛, 桂→桂, 丹→丹, 採→採, 眞→真, 葉→葉, 玉→王,
練→練, 樓→楼, 綾→綾, 烟花→炬花

千年箕壤(천년기양)에 太平文物(태평문물)이

어제론 듯 ㅎ얏거든

風月樓(풍월루)[21] 꿈을 씌야 七星門(칠성문)[22] 내두로니

樓臺(누대)도 허다ㅎ고 山水(산수)도 하건마ᄂᆞ

百祥樓(백상루)[23] 올나안자 淸川江(청천강) 구버보니

山川形勢(산천형세)도 장ᄒᆞ미 그지업다

快勝亭(쾌승정) 도라가셔 鐵甕城(철옹성)[24] 드러가니

連雲粉堞(연운분첩)[25]은 百里(백리)의 둘너 잇고

天設重崗(천설중강)은 四面(사면)에 버러 잇다

21) 風月樓(풍월루): 평양부(平壤府)의 영선점(迎仙店) 옛 터에 지어진 누각.
22) 七星門(칠성문): 평양 기림리에 있는 고구려 시대의 성문.
23) 百祥樓(백상루): 평안남도 안주군 안주읍에 있는 고려시대의 누정.
24) 鐵甕城(철옹성): 함경남도 영흥군에 있는 고려시대의 산성.
25) 連雲粉堞(연운분첩): 성 위에 낮게 쌓은 담.

천년 평양 땅에 태평 문물이

어제인 듯 하였거든

(풍월루에서 꿈을 깨어 칠성문에 내달으니)

누대도 매우 허다하고 산수도 많지만은

(백상루에 올라앉아 청천강을 굽어보니)

산천의 형세가 장하기 그지없다

(결승정을 돌아가서 철옹성에 들어가니)

구름에 닿은 성가퀴가 백리에 둘러져 있고

하늘이 만든 겹겹의 산이 사면에 벌여 있다

◉ 이체자

壤→壤, 淸→清, 勢→**势**, 鐵甕→鉄瓮, 雲粉堞→雲 粉 **堞**, 設→設

西方巨鎖(서방거쇄)과 一國雄觀(일국웅관)이

八道(팔도)의 爲首(위수)로다

梨花(이화)는 반만 픠고 杜鵑花(두견화) 못다 진 제

營中(영중)이 無事(무사)커늘 山川(산천)을 보려 ᄒ며

藥山東臺(약산동대)의 술을 싯고 올나가니

眼底天雲(안저천운)은 一望無際(일망무제)[26]로다

長白山(장백산)[27] ᄂᆞ린 믈리 香爐峯(향로봉) 감도라

千里(천리)을 빗기 흘너 臺下(대하)로 지나가니

盤回屈曲(반회굴곡)ᄒ야

老龍(노룡)이 쇼리 치고 海門(해문)으로 나가ᄂᆞᆫ 듯

---

26) 一望無際(일망무제): 아득하게 끝없이 멀어서 눈을 가리는 것이 없음.

27) 長白山(장백산): 백두산.

사방의 큰 진(陳)과 온 나라의 웅장한 경관이

팔도에 으뜸이로다

이화는 반만 피고 진달래 못다 진 때

영중이 일 없거늘 산수를 볼까 하여

약산 동대에 술을 싣고 올라가니

눈 아래의 하늘과 구름은 바라봐도 끝이 없도다

백두산 내린 물이 향로봉을 감돌아

천리를 빗겨 흘러 대 아래로 지나가니

섞여 돌며 굽이쳐서

(늙은 용이 꼬리치며 해문으로 나가는 듯)

● 이체자

雄→雄, 觀→阆, 爲→為, 杜鵑→杜鵑, 營→営, 藥→楽, 臺→墓, 望→望, 爐→爐,

臺→墓, 盤回→盤囬, 老龍→老龍

形勢(형세)도 됴커니와 風景(풍경)인들 업슬소냐

綽約仙娥(작약[28]선아)와 嬋妍玉女(선연옥녀)드리

雲錦端裝(운금단장)으로 左右(좌우)의 버러 이셔

거문고 가약고 鳳笙龍管(봉생룡관)을

블거니 혀거니 이아며[29] 노는 양은

周穆王瑤臺上(주목왕요대상)에 西王母(서왕모) 만나 이셔

白雲曲(백운곡)을 브로는 듯

西山(서산)에 日暮(일모)ᄒ고 東岺(동령)의 吐月(토월)홀 제

綠鬢雲鬟(녹빈운환)이 半含嬌態(반함교태)ᄒ고

잔 자바 드리는 양은

陽臺(양대) 洛浦仙(낙포선)이 楚王(초왕)을 놀뉘는 듯

行樂(행락)도 됴커이와 遠念(원념)[30]인들 업슬손가

甘棠(감당) 召伯(소백)[31]과 細柳將軍(세류장군)[32]이

---

28) 綽約(작약): 몸이 가냘프고 아리따움. 원문에 '婥妁(작작)'으로 되어있는데 오기로 보임.

29) 이아며: 『옛말』흔들다.

30) 遠念(원념): 멀리 떨어져 있는 사람의 신상을 생각함.

31) 甘棠(감당) 召伯(소백): 백성들에게 폐를 끼치지 않기 위해 촌락을 순행할 때 작은 감당 나무 밑에서 쉬었다는 고사에서 유래한 말. 백성들이 그의 덕을 흠모하여 부른 〈감당(甘棠)〉이《시경》에 전함.

32) 細柳將軍(세류장군): 한(漢)나라의 장군 주아부(周亞夫)로 군기를 엄하게 다스리는 명장으로 유명함.

형세가 좋은데 풍경인들 없을 것인가

가냘픈 선녀와 어여쁜 선녀들이

구름과 비단으로 단장하고 양 옆에 늘어앉아

(거문고 가야금과 생황과 피리를)

(불거니 켜거니 흔들며 노는 모습은)

(주나라 목왕이 요대 위에서 서왕모를 만나서)

(백운곡을 부르는 듯)

서산에 해가 지고 동령에 달이 뜰 때

곱고 예쁜 아가씨들이 반쯤 교태를 머금고

잔 잡아 드리는 모습은

양대에서 낙포선녀가 초왕을 놀리는 듯

놀고 즐기는 것도 좋지만 근심인들 없을 것인가

감당나무 아래에서 쉬었던 소백과 세류장군이

●이체자

勢→**勢**, 綽約→婥妁, 嬋姸→**嬋**姸, 裝→装, 鳳→**鳳**, 穆→**穆**, 瑤臺→瑶**金**, 西→西

暮→**暮**, 吐→**吐**, 綠鬢→**綠鬢**, 鬢→**鬢**, 含→**含**, 嬌→**嬌**, 陽臺→陽**金**, 楚→楚

樂→楽, 遠念→遠**念**, 將→将

一時同行(일시동행)ᄒ야 江邊(강변)으로 巡下(순하)ᄒ니

煌煌玉節(황황옥절)과 偃蹇龍旗(언건용기)ᄂᆞᆫ

긴 내을 빗기 건너 碧山(벽산)을 쎨쳐 간다

되너미 너머들러 빅오개 올나안자

雪寒(설한)재[33) 뒤히 두고 長白山(장백산) 구버 보니

重岡復嶺(중강복령)이 가지록 싀롭거든

百二重關(백이중관)과 千里劍閣(천리검각[34))이

이러튼 마던동

八萬貔貅(팔만비휴[35))ᄂᆞᆫ 啓道前行(계도전행) ᄒ고

三千鐵騎(삼천철기)ᄂᆞᆫ 雍後奔騰(옹후분등) ᄒ니

胡人部落(호인부락)드리 望風投降(망풍투항) ᄒᄂᆞ긔야

---

33) 雪寒(설한)재: 평안북도 강계군 용림면과 함경남도 장진군 서한면 사이에 있는 고개.

34) 劍閣(검각): 중국 삼국 시대 이래의 요충지. 험난한 곳을 지칭하기도 함.

35) 貔貅(비휴): 상상 속 맹수의 이름으로 용맹한 무사를 가리킴.

함께 동행하여 강변을 따라 내려가니

옥과 같이 빛나는 절개와 펄럭이는 용기는

(긴 내를 빗겨 건너 푸른 산을 떨치며 간다)

(도남(都南)을 넘어들어 배고개에 올라앉아)

설한령 뒤에 두고 백두산을 굽어보니

겹겹의 산과 고개가 갈수록 새롭거든

백 두겹의 관문과 천리의 검각이

(이렇거나 말거나)

팔만의 용맹한 군사는 길을 열며 앞서 가고

삼천의 철기는 뒤를 감싸 치달으니

(오랑캐 마을들이 풍문을 듣고 투항하여)

●이체자

邊→邊, 節→莭, 塞→寁, 雪→雪, 岡→阅, 重關→祭阅, 劍閣→劍阁, 貔貅→犹休

鐵騎→鉄騎, 投降→授降

白頭山(백두산) ᄂ린 믈이 一塵(일진)도 업서쏘다

長江(장강)³⁶⁾이 天塹(천참)³⁷⁾인들 地勢(지세)로 혼자 ᄒ며

士馬(사마)ㅣ 精强(정강)흔들 人和(인화) 업시 ᄒ듯던가

時平無事(시평무사)흠도 聖君之德化(성군지덕화)로다

韶華(소화)도 수이 가고 山水(산수)도 흔가흔 제

이리 와 단니다가 아니 놀고 어이 ᄒ리

受降亭(수항정) 비을 ᄭ며 鴨綠江(압록강) ᄂ려오니

沿江列鎭(연강열진)이 將棋(장기) 버듯 ᄒ얏거든

胡地山川(호지산천)을 歷歷(역력)히 지니보니

皇城(황성)³⁸⁾은 언제 ᄊ며 皇帝墓(황제묘)³⁹⁾는 뉘 무덤고

---

36) 長江(장강): ① 물줄기가 길고 큰 강, ② 중국의 양자강(揚子江).
37) 天塹(천참): 강 따위로 만들어진 천연으로 된 요새지.
38) 皇城(황성): 금(金)나라가 도읍했다고 하는 황성평(皇城坪)을 가리키는 듯함.
39) 皇帝墓(황제묘): 금나라 황제의 묘. 황성에 있음.

백두산 내린 물에 조금의 티끌도 없었도다

장강이 천하의 요새라 한들 지세로 혼자 하며

군사와 말이 굳세다 한들 인심이 따르지 않고 되던가

좋은 시절에 일이 없음도 성군의 덕분이도다

봄 경치도 쉽게 가고 산수도 한가할 때

(이리 와 다니다가 아니 놀고 어이 하리)

수항정에 배를 꾸며 압록강을 내려오니

(강가에 벌인 진이 장기를 보는 듯 하였거든)

오랑캐 땅 산천을 역력히 지내보니

(황성은 언제 쌓으며 황제묘는 누구의 무덤인가)

◉ 이체자

塵→塵, 勢→勢, 强→强, 德→德, 華→華, 降→降, 鎭→鎭, 棋→棊

感古興懷(감고흥회)ᄒ니 잔 곳쳐 브어스라

比巴串(비파곳) ᄂ리 져어 波渚江(파져강)⁴⁰⁾ 도라드니

層巖絶壁(층암절벽)은 가지록 보기 됴타

九龍(구룡)소 비을 ᄆ고 統軍亭(통군정)⁴¹⁾ 올나보니

臺煌(대황)이 壯麗(장려)ᄒ야 枕夷夏之交(침이하지교)로다

帝鄕(제향)⁴²⁾이 갓갑도다 鳳凰城(봉황성)이 어드메오

歸西(귀서)ᄒ리 이시면 好音(호음)을 브치고져

千杯(천배)의 大醉(대취)ᄒ야 舞袖(무수)을 썰치니

薄暮長寒江天(박모장한강천)의 烏鵲(오작)이 지져괸다

天高地逈(천고지형)ᄒ고 興盡悲來(흥진비래)ᄒ니

이 ᄯ히 어ᄃ메요 思親客淚(사친객루) 절로 난다

江邊(강변)을 다 본 후에 返旆(반패)ᄒ여 還營(환영)ᄒ니

丈夫(장부)의 胸襟(흉금)이 져기나 열니거라

華表(화표) 千年鶴(천년학)⁴³⁾이 늘 ᄀ트니 ᄯ 잇ᄂ가

언졔나 形勢(형세)을 긔록하야 九重(구중)의 알외리라

---

40) 波渚江(파져강): 중국 요녕성(遼寧省) 환인현(桓仁縣)을 흐르는 강.

41) 統軍亭(통군정): 의주군(義州郡)에 위치한 누정.

42) 帝鄕(제향): 황성(皇城).

43) 華表(화표) 千年鶴(천년학): 요동의 정령위(丁令威)가 영허산(靈虛山)에서 선도를 배워
학이 되어 천년 만에 돌아와 화표문에 앉았다는 고사에서 유래한 말로 신선의 경지를 비유
하는 말.

옛 생각에 회포가 이니 잔을 다시 채우자꾸나

(비파곶 내리 저어 파저강을 돌아드니)

층암절벽은 갈수록 보기 좋다

(구룡소에 배를 매고 통군정에 올라보니)

빛나는 대가 장엄하고 화려하며 오랑캐와 중국의 사이를 베고 있도다

황성이 가깝도다 봉황성이 어디인가

서쪽에 갈 이가 있으면 좋은 소식을 부치고 싶구나

천 잔의 술에 크게 취하여 소매를 떨치며 춤을 추니

저물 녘 찬 날씨에 까마귀와 까치가 지저귄다

하늘 높고 땅은 아득하고 흥이 식자 슬픔이 찾아오니

이 땅이 어디인가 부모님 생각에 눈물이 절로 난다

강변을 다 본 후에 깃발을 돌려 돌아오니

대장부의 흉금이 조금은 열리리라

화표주의 천년학이라 한들 나 같은 이 또 있는가

언제나 형세를 기록하여 궁궐에 아뢰리라

● 이체자

興懷→興懷, 渚→渚, 巖→岩, 臺→臺, 壯麗→壯麗, 枕→枕, 鄉→郷, 歸→故
醉→醉, 舞袖→舞袖, 烏鵲→烏鵲, 高→高, 迴→逈, 興→與, 盡→盡, 來→来
淚→淚, 邊→邊, 還營→還営, 胸襟→胷襟, 華→華, 鶴→鶴, 勢→勢

51. 春杵歌(용저가)¹⁾ 退溪(퇴계)

어화 契長(계장)²⁾님늬 이 방하 씨허스라

방하노릭 내 브롬싀 것겨가며 씨어늬소

太古(태고)적 混沌(혼돈)ᄒ야 곡식이 업듯더라

神農氏(신농씨)³⁾ 시험⁴⁾ᄒ야 장기 싸보⁵⁾ 밍그시고

后稷氏(후직씨)⁶⁾ 싸홀 보샤 稼穡(가색)⁷⁾을 ᄀᆞᄅ치니

논밧치 삼겻거든 곡식이 업슬손가

곡식이 삼겨거니 씨허 아니 머글손가

深山(심산)의 도든 남글 도치⁸⁾로 버혀내여

확⁹⁾ 안치고 고¹⁰⁾ 맛초와 거러 내니 방하로다

고리 키 나아 노코 우겨가며 씨어내니

眞珠(진주)을 우희ᄂᆞᆫ 듯¹¹⁾ 白玉(백옥)을 ᄆᆞᄋᆞᄂᆞᆫ 듯

粒粒(입립)히 辛苦(신고)ᄒᆞᆫ 것 힝혀 흣듸¹²⁾ 들닐셰라¹³⁾

우믈에 믈을 깃고 솟 밋틱 블을 일워

일거니 싯거니 지어늬니 밥이로다

이 밥 지어늬야 머그 리도 하도 할샤

---

1) 春杵歌(용저가): 정확한 창작연대는 미상이나 1570년 이전으로 추정됨. 주요 내용은 방
   아 찧기를 통하여 치국안민에서 시작해 부모공양에 이르기까지의 일을 다루고 있다.《고
   금가곡(古今歌曲)》과 필사본《교주가곡집(校註歌曲集)》등에 실려 있으며, 이본으로 필사
   본이 서너 가지 전해져 오는데, 원본에는 퇴계 작이라고 되어있으나 퇴계 이황(退溪 李滉,
   1501~1570)의 〈상저가(相杵歌)〉를 참고한 것으로 보임.

2) 契長(계장): 계의 일을 맡아서 처리하는 책임자.

3) 神農氏(신농씨): 전설상의 제왕.《제왕세기(帝王世紀)》등에 따르면, 백성에게 농경을 가
   르쳤다고 한다. 농업과 의약, 음악, 점서(占筮), 경제의 조신(祖神).

4) 시험: 원문에 '심험'으로 되어있는데 오기로 보임.

5) 싸보: 따보. 돌이 많이 나는 밭 혹은 쟁기나 삽으로 갈 수 없는 논에 쓰는 쟁기의 일종. 15세
   기 이후 변음되어 따비로도 불림.

(아아 계장님네 이 방아 찧는구나)

방아노래 내 부르니 꺾어가며 찧어내소

태고에 혼돈하여 곡식이 없었더라

신농씨 시험하여 쟁기 따보 만드시고

후직씨 땅을 보시어 곡식농사를 가르치니

논밭이 생겼거늘 곡식이 없겠는가

(곡식이 생겼으니 찧어 아니 먹겠는가)

깊은 산에 돋은 나무를 도끼로 베어내어

가마솥 안치고 공이 맞추어 걸어 내니 방아로다

고리 키를 내어 놓고 우겨가며 찧어내니

명주를 움키는 듯 백옥을 모아놓은 듯

알알이 고생한 것 행여 노천에 떨어뜨릴세라

(우물의 물을 긷고 솥 밑에 불을 지펴)

일거니 씻거니 지어내니 밥이로다

이 밥 지어내니 먹을 이도 많고 많네

---

6) 后稷氏(후직씨): 농사를 맡았던 고대 중국의 전설적 관리 이름.

7) 稼穡(가색): 곡식농사.

8) 도최: 도끼.

9) 확: 가마솥.

10) 고: 공이[杵], 옹이, 마디.

11) 우희는듯: 움키는 듯.

12) 한딕: 노천(露天).

13) 들닐셰라: 떨어뜨릴세라.

◉ 이체자

契→契, 農→農, 穡→穡, 眞→真, 闕→闕

九重宮闕(구중궁궐)¹⁴⁾에 우리 님군 계오시니

一國臣民(일국신민)이 뉘 아니 먹글소니

먹은 後(후) 놀일소냐 홀 일이라 잇느니

治國安民(치국안민)은 君王(군왕)의 홀 일이요

燮理調元(섭리조원)은 宰相(재상)의 홀 일이요

面折廷爭(면절정쟁)¹⁵⁾은 臺諫(대간)의 홀 일이요

折衝禦侮(절충어모)¹⁶⁾은 將軍(장군)의 홀 일이요

承諭宣化(승류선화)¹⁷⁾은 方伯(방백)의 홀 일이요

勸農興學(권농흥학)¹⁸⁾은 守令(수령)의 홀 일이요

入孝出悌(입효출제)¹⁹⁾는 션비의 홀 일이요

親將事上(친장사상)²⁰⁾은 軍士(군사)의 홀 일이요

務本力農(무본역농)²¹⁾은 빅셩의 홀 일이요

우리도 이 방하 찌어내야 上典奉養(상전봉양)²²⁾ ᄒ오리라

---

14) 九重宮闕(구중궁궐): 문이 겹겹이 달린 깊은 대궐.

15) 面折廷爭(면절정쟁): 임금의 허물을 임금 앞에서 기탄없이 간(諫)함.

16) 折衝禦侮(절충어모): 외교나 기타 교섭에서 모욕을 막아냄.

17) 承流宣化(승류선화): 왕명을 받아 교화를 폄.

18) 勸農興學(권농흥학): 농사를 권하고 학문을 일으킴.

19) 入孝出悌(입효출제): 안에서는 효를 행하고 밖에서는 어른을 공경함.

20) 親將事上(친장사상): 가족을 지키고 상부의 명령에 복종함.

21) 務本力農(무본역농): 근본에 힘쓰고 농사에 힘씀.

22) 上典奉養(상전봉양): 주인을 봉양함.

구중궁궐에 우리 임금이 계시니
일국 신민이 누가 아니 먹겠는가
먹은 후 놀겠는가 할 일이 있으니
치국안민은 군왕이 할 일이오
섭리조원은 재상이 할 일이오
면절정쟁은 인동이 할 일이오
절충어모는 장군이 할 일이오
승류선화는 방백이 할 일이오
근농흥학은 수령이 할 일이오
입효출제는 선비가 할 일이오
친장사상은 군사가 할 일이오
무본역농은 백성이 할 일이오
우리도 이 방아 찧어내어 상전봉양 하오리라

◉ 이체자
國→国, 民→民, 後→浚, 爕→爕, 調→調, 廷爭→廷争, 臺諫→㙜諫, 將→将

承→承, 勸農興學→勸農与学, 悌→悌, 務本→務本, 養→養

52. 怨婦詞(원부사)[1] 妓 巫玉(기 무옥)

엊그제 절머드니 ᄒ마 어이 다 늙거디

少年行樂(소년행락)을 닐너 쇽절 업거니와

늙게야 셜운 ᄯᅳᆺ을 싱각ᄒᆞ니 목이 멘다

父生母育(부생모육)ᄒᆞ야 이 내 몸 길너낼 제

公侯配匹(공후배필)은 ᄇᆞ라지 못 ᄒᆞ야도

平生(평생)에 願(원)ᄒᆞ오되 君子好逑(군자호구)[2] 되러터니

三生(삼생)[3]에 怨家(원가)잇고 月下(월하)에 緣分(연분)[4]으로

長安花柳(장안화류) 間(간)에 輕薄子(경박자)[5] 거러두고

내 ᄆᆞᄋᆞᆷ 用心(용심)[6]ᄒᆞ미 술어름 드듸온(?) 듯

十五歲(십오세) 갓 너머셔 二十(이십)이 못ᄒᆞᆫ 젼에

天生麗質(천생여질)[7]은 남대되 알거니와

내 얼골 내 튀도로 님을 아니 무이드니[8]

年光[9](연광)이 쉬이 가고 活物(조물)조ᄎᆞ 시옴 발나[10]

---

1) 원부사(怨夫詞): 작자 미상. 〈원부사(怨夫詞)〉 이본 작품들과 허난설헌(許蘭雪軒, 1563~1589)
    의 〈규원가(閨怨歌)〉와 내용이 흡사함. 《해동유요》에서는 허균의 애첩인 '무옥'이라는 이
    름의 기생이 지은 것으로 되어있음. 이에 대해서는 정인숙(2004)에 자세함.
2) 君子好逑(군자호구): 군자의 좋은 배필. 《시경(詩經)》의 〈주남(周南) 관저(關雎)〉편에 '요
    조숙녀는 군자의 좋은 배필이라네(窈窕淑女君子好逑)'라는 구절이 있음.
3) 三生(삼생): 과거, 현재, 미래의 세상이라는 뜻에서, 전생(前生)과 현생(現生)과 후생(後
    生)의 총칭.
4) 月下緣分(월하연분): 남녀의 인연. 중국 전설상의 이야기로, 월하노인(月下老人)이 맺어준
    연분을 뜻함.
5) 輕薄子(경박자): 경거망동하는 사람.
6) 用心(용심): 정성스런 마음을 씀.
7) 天生麗質(천생여질): 하늘에서 내려준 아리따운 자태. 당 시인 백거이(白居易)가 지은 〈장
    한가(長恨歌)〉의 '天生麗質難自棄(천생려질난자기)' 구절에서도 나옴.
8) 무이드니: 흔들리다, 움직이다, 미워하다.

엊그제 젊었더니 벌써 이리 다 늙었나

소년행락을 말해봐야 소용없거니와

늙어서 서러운 뜻을 생각하니 목이 멘다.

부생모육하여 나의 몸 길러내실 때

공후배필은 바라지 못하여도

평생에 원하기를 군자호구 되려 하였더니

삼생의 원수인가 월하의 연분으로

장안 화류 중에 경박자 걸어두고

내 마음 정성스러움이 살얼음을 내딛는 듯

십오 세 갓 지나고 이십이 되기 전에

천생여질은 남들이 알거니와

내 얼굴 내 태도로 임을 아니 미워하니

세월이 쉬이 가고 조물조차 샘을 내어

9)   年光(연광): 세월

10) 싀옴 발나: 샘을 내어

●이체자

樂→楽, 侯→**俟**, 配→**配**, 怨→怨, 緣分→緣**分**, 間→间, 輕薄→輕薄 , 歲→歳

麗→櫻

秋月春風(추월춘풍)은 뵈오리[11)]예 븍[12)]지나듯
雲鬢紅顔(운빈홍안)[13)]을 숨갓치 지닌 후에
내 얼골 늙은 줄은 거을 속에 내보거니
七八月(칠팔월) 三色桃花(삼색도화)[14)] 어늬 나븨 도라오리
젼에 곱든 얼골 님의 눈에 보기 슬코
젼에 됴턴 소릭 님의 귀예 듯기 슬희
靑樓酒肆(청루주사)[15)]에 시스랑 내야 두고
月黃昏(월황혼)[16)] 계여 갈 제 定處(정처)업시 나가더니
白馬金鞍(백마금편)으로 어듸어듸 머무는고
因緣(인연)이 긋쳐거든 닛치지나 닛치되야
긔별을 못 듯거든 그립지나 말녀모나
오늘이나 사름 올가 나일이나 드러올가
셜흔 늘 다 지니고 열두 돌 다 간 후에
玉窓(옥창) 櫻桃花(앵도화)는 몃 번이나 픠여진고

---

11) 뵈오리: 베틀의 베올 사이.
12) 븍: 실꾸러미를 넣는 나무통.
13) 雲鬢紅顔(운빈홍안): 하얀 살쩍(관자놀이와 귀 사이에 난 머리털)과 붉은 얼굴.
14) 七八月 三色桃花(칠팔월삼색도화): 삼색의 도화는 봄에 피기 때문에 칠팔월이면 이미 다 시들어 떨어진 뒤임.
15) 靑樓酒肆(청루주사): 기생집이나 술집을 가리키는 말.
16) 月黃昏(월황혼): 달이 떠오르는 저녁 무렵.

가을 달 봄바람은 뵈오리에 북 지나듯
설빈홍안을 꿈같이 지낸 후에
내 얼굴 늙은 줄은 거울 속에 내어보니
칠팔월의 삼색도화 어느 나비 돌아오리
전에 곱던 얼굴이 임의 눈에 보기 싫고
전에 좋던 소리가 임의 귀에 듣기 싫고
청루주사에 서사랑을 내어 두고
달뜨는 저녁 무렵 정처 없이 나가더니
백마금편으로 어디어디 머무는가
인연이 그치거든 잊혀지거나 잊혀져서
기별을 못 듣거든 그립지나 말려무나
오늘이나 사람 올까 내일이나 들어올까
서른 날 다 지나고 열두 달 다 간 후에
옥창의 앵두화는 몇 번이나 피었다 졌는가

◉ 이체자

秋→秌, 雲鬢→雲鬂, 靑樓酒→靑楼 酒, 黃→黄, 定處→之処, 馬→馬, 鞍→鞍

緣→縁, 窓→窻, 櫻→櫻

겨을 밤 여름 히예 븬 방의 홀노 안즈

三更(삼경)[17] 솔닙히 자최눈[18] 쑤릴 적과

半夜(반야) 梧桐(오동)에 구즌 빗발 훗터질 제

이리 혜고 져리 혜여 잠 업시 안즈시니

아마도 모진 목숨 못 죽어 원쉬로다

도로혀 플쳐 혜니 이리ᄒᆞ야 어이ᄒᆞ리

靑灯(청정)을 도돈 後에 綠綺琴(녹기금)[19] 빗기 안아

蝶戀花(접련화)[20] 흔 곡죠을 한숨조차 섯거 타니

瀟湘夜雨(소상야우)에 뒷소릭 섯도는 듯

華表千年(화표천년)[21]의 別鶴(별학)[22]이 우니는 듯

纖纖玉水(섬섬옥수)에 녯 소릭 잇다만은

芙蓉帳(부용장)[23] 寂寞(적막)ᄒᆞ니 뉘 귀예 들닐소니

九回肝腸(구회간장)[24]에 서리고 서린 쯧들

니로다 다니로며 늘드려 니을소니

내 팔즈 이러ᄒᆞ니 원망홈도 허시로다

져근듯 줌을 드러 이 사름 닛쟈 ᄒᆞ니

---

17) 三夏(삼하): 여름의 석 달 동안, 세 해의 여름.

18) 자최눈: 자국눈, 겨우 발자국이 날 만큼 조금 내린 눈.

19) 綠綺琴(녹기금): 한나라 사마상여(司馬相如)가 쓰던 거문고를 말함. 사마상여는 녹기금으로 〈봉구황곡(鳳求凰曲)〉을 타서 과부인 탁왕손(卓王孫)의 딸 탁문군(卓文君)을 꾀어내었다고 전해짐.

20) 蝶戀花(접련화): 거문고로 연주하는 곡조 중 하나.

21) 華表千年(화표천년): 무덤 앞에 세우는 망주석에 천 년 만에 돌아와 앉음. 옛날 요동(遼東)의 정령위(丁令威)가 영허산(靈虛山)에 들어가서 선도(仙道)를 배워 학이 되어 천 년 만에 돌아와 화표주에 앉아 '내가 집을 떠난 지 천 년이 되어 이제야 돌아오니, 성곽은 여전한데 사람들은 변했구나'라고 말했다는 고사에서 생긴 말.

22) 別鶴(별학): 한나라 상릉(商陵)의 목자(牧子)가 지었다는 칠현금(七絃琴) 곡명.

겨울 밤 여름일 때 빈 방에 홀로 앉아

삼하 솔잎에 자국눈 뿌릴 때와

반야 오동에 궂은 빗발이 흩어질 때

이리 생각하고 저리 생각하다 잠 없이 앉았으니

아마도 모진 목숨 못 죽어 원수로다

도로 헤아려 생각해보니 이리해서 어찌하리

푸른 등 돋은 후에 녹기금 빗겨 안아

접련화 한 곡조를 한숨조차 섞어 타니

소상강 대나무 잎에 밤 비 떨어지는 소리 섞어도는 듯

화표천년의 별학이 울고 있는 듯

섬섬옥수에 옛 소리 있다마는

부용장 적막하니 누구 귀에 들릴 것인가

구곡간장에 서리고 서린 뜻들

이르고 다니면서 나다니며 이르니

내 팔자 이러하니 원망함도 허사로다

잠시 잠을 들어 이 사람 잊자하니

---

23) 芙蓉帳(부용장): 부용꽃을 그려 넣은 휘장.

24) 九回肝腸(구회간장): 간장이 아홉 번 뒤틀리는 듯 마음이 괴롭다는 뜻.

●이체자

更→夏, 綠綺→綠綺, 蝶戀→蝶悥, 瀟→潚, 雨→雨, 華→崋, 別鶴→別鶴

纖纖→纎纎, 玉→玊, 莫→寞, 回→囬

창 밧긔 우는 즘성 므스 일 늘을 믜여

細雨(세우)좃차 섯거치여 줌을 어이 씌오는고

牽牛織女(견우직녀)는 銀河水(은하수) 굴여셔도

一年一度(일년일도)에 만나볼 적 잇건만은

우리 님 가신 데는 무슴 弱水(약수)[25] ᄀ려관듸

오거나 가거나 消息(소식)좃자 긋쳣는고

欄干(난간)에 지혀셔셔 님가신 듸 ᄇ라보니

플긋틔 이슬 믜쳐 夕陽(석양)이 다 지나고

大林(대림) 깁플 골에 새 소릭 더욱 셟다

壽夭貧富(수요빈부)은 내 아니 혜것마는

丈夫(장부)의 虛浪(허랑)ᄒ미 無心(무심)ᄒ 거시로다

紅顔薄命(홍안박명)이 녜붓터 잇것마는

늘갓치 셜운 人生(인생) 天地間(천지간)에 ᄯ 잇는가

아마도 이 님의 지위[26]로 슬픈 의을 셕이로라

---

25) 弱水(약수): 중국의 전설 상의 강으로, 신선의 세계로 들어가기 위해 건너야 한다고
   전해진다. 이 강에서는 아무리 가벼운 물건이라도 다 가라앉기 때문에 건널 수가 없으
   며, 강폭은 삼천리나 된다고 함.

26) 지위: 까닭.

창 밖에 우는 짐승 무슨 일 날을 매어

가는 비조차 더불어 치니 잠을 어찌 깨우는가

견우직녀는 은하수 가려서도

일 년에 한 번 만나볼 적 있건마는

우리 임 가신 데는 무슨 약수 가렸길래

오거나 가거나 소식조차 그쳤는가

난간에 기대서서 임 가신 데 바라보니

풀 끝에 이슬 맺혀 석양이 다 지나고

대림 깊은 골에 새 소리 더욱 서럽다

수명이 많고 적음과 빈부는 내 아니 헤아린다만

장부의 허랑함이 무심한 것이로다

미인은 복이 적다는 말이 옛 부터 있건마는

나같이 서러운 인생 천지간에 또 있는가

아마도 님 때문에 슬픈 애를 썩이노라

● 이체자

度→度, 欄→欗, 陽→陽, 壽→壽, 貧富→貧冨, 虛→虗, 薄→薄, 間→间

53. 富農歌(부농가)¹⁾ 作菴(작암)

鄕(향)²⁾曲(곡)³⁾에 터을 어더 明堂(명당)잡아 집 지으니
背山臨流(배산임류)은 仲長統(중장통)⁴⁾ 사든 덴가
草堂(초당) 八九間(팔구간)은 陶處士(도처사)⁵⁾을 본바든가
뽕나모 八百株(팔백주)⁶⁾을 두로 헤쳐 심거두고
가온대 다숫 이랑 獨樂園(독락원)⁷⁾ 이럿든가
뒷東山(동산) 果木(과목)이요 압밧 쓸 菜蔬田(채소전)이
솔 길너 亭子(정자)ᄒ고 대 심거 울ᄒ 엿늬
울 안히 노젹⁸⁾이오 울 밧긔 벼가리⁹⁾라
사립문 오리쓸¹⁰⁾희 槐花(괴화)¹¹⁾ 아릭 우믈 파고

---

1) 富農歌(부농가): 사족층이 그리는 이상적인 농가의 모습으로, 실제 농부들의 생활상과는 거리가 멀어보이는 내용을 담고 있다. 지은이 作菴(작암)은 본명과 신분, 생몰연대를 알 수 없음.
2) 鄕(향): 일만 이천 호를 기준으로 하는 중국 주대(周代)의 행정 구역 단위.
3) 曲(곡): 굴곡이 많은 산간벽촌. 시골.
4) 仲長統(중장통): 중국 후한(後漢)시대 사람으로 그가 쓴 〈낙지론(樂志論)〉이라는 글에 "使居有良田廣宅(사거유량전광택) 背山臨流(배산임류) 云云(운운)"이라는 구절이 있음.
5) 陶處士(도처사): 중국 진(晉)나라 시인인 도연명(陶淵明)을 가리킴, 그의 〈귀전원거(歸田園居)〉라는 오언시에 "方宅十餘畝(방택십여묘) 草屋八九間(초옥팔구간)"이라는 구가 있음.
6) 八百株(팔백주): 제갈량이 가지고 있었다는 상팔백주(桑八百株)에서 따온 듯함. "初(초), 亮自表後主曰(양자표후주왈), 成部有桑八百株(성부유상팔백주) 薄田十五頃(박전십오경) 子弟衣食(자제의식) 自有餘饒(자유여요)"《삼국지(三國志)》〈제갈량전(諸葛亮傳)〉).
7) 獨樂園(독락원): 중국 송(宋)나라 명재상인 사마온공(司馬溫公)의 농원. 그가 쓴 〈독락원기(獨樂園記)〉에 안빈낙도하는 즐거움을 잘 나타나있으며, "다숫이랑"은 소식의 〈사마온공독락원(司馬溫公獨樂園)〉이라는 오언시에 나오는 구절 "靑山在屋上(청산재옥상) 流水在屋下(유수재옥하) 中有五畝園(중유오묘원) 花竹秀而野(화죽수이야)"에서 나온 말임.
8) 노젹(露積): 곡식을 한데에 쌓아둠.

(향곡에 터를 얻어 명당 잡아 집 지으니)

배산임류는 중장통 살던 데인가

초당 팔구간은 도처사를 본받았나

뽕나무 팔백 그루를 두루 헤쳐 심어두고

가운데 다섯 이랑 독락원을 일구었던가

뒷동산 과목들과 앞밭 뜰의 채소밭이

솔 길러 정자하고 대 심어 울타리 삼았네

울 안에 노적이요 울 밖에 볏가리라

사립문 앞뜰 괴화나무 아래 우물 파고

---

9)   벼가리: '볏가리(벼를 베어서 가려 놓거나 볏단을 차곡차곡 쌓은 더미)'의 북한어.

10) 오리뜰: 대문 앞에 있는 뜰. 문정(門庭).

11) 槐花(괴화): 괴화나무의 준말. 홰나무.

● 이체자

富農→冨農, 鄕→鄉, 臨→**臨**, 流→**流**, 堂→**堂**, 間→间, 陶處→陶処

獨樂園→獨楽園, 荣蔬→荣**蔬**, 亭→**亭**, 槐→槐

문 마조 방하란 집 지어 거러두고

봉당에 뵈틀이오 방구억 술바랑이

부엌 녑 쳠하 기슭 온갓 쟝기 미야들고

庫房(고방)녑 喂養(위양)에은 삿기 가즌 마쇼들과

수업슨 돍개즘싱 다 각각 제기시라¹²⁾

뒷들에 벌통 노코 쟝쏙에 더덕 너코

돌 틈에 기름 틀과 헷간에 두보미¹³⁾라

沈菜(침채)¹⁴⁾쏙에 가게ᄒ고 움¹⁵⁾ 무더 무오 너코

바회 아릭 흙셤 무어 舍廊(사랑)¹⁶⁾이 精灑(정쇄)흔 데

卓子(탁자) 우희 書册(서책)이요 시렁 우희 거문괴라

北窓(북창) 여려 平床(평상) 노하 木枕(목침) 밧쳐 돗글 펏늬

총 환도 화살 연쟝 모모히¹⁷⁾ 거러두고

바독 쟝긔 상뉵¹⁸⁾판는 지늘 손 머무로늬

매방¹⁹⁾ 압 툇마루의 지즑틀²⁰⁾ 노아잇늬

草堂(초당) 압 연못시오 花草(화초) 겻틱 藥欄(약란)²¹⁾이라

집웅 우희 박 올니고 遮陽(차양)²²⁾ 삼아 葡萄架子(포도가자)²³⁾

---

12) 기시라: 깃이라. '깃'은 자기 앞으로 돌아오는 몫을 말함.

13) 두보미: 두부를 만들 때 쓰는 맷돌.

14) 沈菜(침채): 딤채의 어원으로 김치를 나타냄.

15) 움: 땅을 파고 위에 거적 따위를 얹어 비바람이나 추위를 막아 겨울에 화초나 채소를 넣
   어 두는 곳.

16) 舍廊(사랑): 집의 안채와 떨어져 있는, 바깥주인이 거처하며 손님을 접대하는 곳.

17) 모모히: 모(角)마다. 모퉁이마다.

18) 상뉵: 상육(象陸) 또는 쌍륙(雙六). 주사위를 이용한 오락의 한 가지.

19) 매방: 매방아의 준말인 듯함. 마소로 끌어 돌리게 하여 곡식을 찧는 연자매.

20) 지즑틀: 지즑(기직)을 짜는 틀.

21) 藥欄(약란): 목련과에 속하는 낙엽 활엽교목으로 꽃망울은 약재로 씀.

(문 맞은편 방아는 집 지어 걸어두고)

봉당에 베틀이요 방구석 술 담는 그릇

부엌 옆 처마 기슭 온갖 농기구 매어달고

창고 옆 외양에는 새끼 가진 마소들과

수없는 닭, 개, 짐승 다 각각 제 것이라

뒷뜰에 벌통 놓고 장독에 더덕 넣고

돌 틈에 기름틀과 헛간에 맷돌이라

김칫독에 집을 만들어주고 움집 쌓아 무를 넣고

바위 아래 흙섬 닦아 사랑이 고요하고 깨끗한데

탁자 위에 서책이요 시렁 위에 거문고라

북창 열어 평상 놓아 목침 받쳐 돗자리 폈네

총, 환도, 화살, 연장 여기저기 걸어두고

바둑, 장기, 상륙판은 지나는 손님 머물게 하네

매방아 앞 툇마루에 지즐틀 놓여있네

초당 앞 연못이요 화초 곁에 약란이라

지붕 위에 박 올리고 차양 삼아 포도덩굴 시렁 두고

---

22) 遮陽(차양): 볕을 가리거나 비를 막기 위하여 처마 틀에 덧붙이는 넓은 조각.
23) 葡萄架子(포도가자): 포도덩굴을 받쳐 주는 시렁.

● 이체자

養→羪, 沈菜→沉菜, 舍廊→舎廊, 灑→灑, 書→書, 窓→窓, 枕→枕, 草→草

花→花, 藥欄→藥襴, 遮陽→遮陽, 萄→萄

뒷간 밧긔 두험이오 行廊(행랑) 녑희 오즘동희

골 어귀 방튝ᄒ고 길 건너 큰 숩피라

나모 펄기 鳥網(조망)치고 드리 여흘 통발²⁴⁾ 노코

벌길히 수리 노코 긔 안히 빅 미엿다

길 아릭 논흘 갈고 길 우희 밧츨 갈고

짓밧틔²⁵⁾ 棉花(면화)갈고 기슭 조치²⁶⁾ 삼을 갈고

즌 데란 피을 갈고 ᄆᆞ른 딕란 조흘 갈고

밀 보리 거든 결의 콩 팟 녹도 메밀 시

뫼 츨²⁷⁾ 가즌 온갓 곡식 이랑 제금 심거ᄂᆞᆫ딕

슈슈딕 蓖麻子(비마자)로 제울 삼아 심거잇다

며ᄂᆞ리 질삼이며 쌀들노 누에치기

---

24) 통발: 가는 댓조각을 엮어서 통같이 만든 고기잡이 제구의 하나.

25) 짓밧틔: 재[嶺] 부근에 있는 밭에.

26) 조치: 세로

27) 뫼 츨: 메벼 혹은 찰벼 할 때의 메와 찰.

뒷간 밖에 두엄이요 행랑 옆에 오줌동이
골 어귀 방축하고 길 건너 큰 숲이라
나무 포기에 새 그물 치고 다리 여울 통발 놓고
벌판길에 수레 놓고 물가에 배 매었다
길 아래 논을 갈고 길 위에 밭을 갈고
밭에 면화 갈고 기슭에 세로로 삼을 갈고
진 데는 피를 갈고 마른 데는 조를 갈고
밀 보리 거두는 김에 콩, 팥, 녹두, 메밀, 깨
(메, 찰 갖은 온갖 곡식 이랑마다 제각기 심는데)
수숫대 피마자로 울타리 삼아 심어있다
며느리 길쌈이며 딸들로 누에치기

● 이체자
廊 → 廊, 鳥網 → 鳥網, 蓖 → 蓖

씨아질[28] 물릭질[29] 틈틈이 바ᄂ 질과

아들놈 사회 손들 녀롭짓기 나모ᄒ기

그무질 산엽질[30] 노셔 에에로 글 닉는 체

늙근인들 일 업스라 막대집고 건닐면셔

西疇(서주)에 기음보고[31] 東皐(동고)에 파름 ᄒᄂ

압 닉히 고기 잡고 뒷 닉히 게 싀오고

압 뫼히 셩을 잡고 뒷 뫼히 놀늘 잡ᄂ

밤 대쵸 뜻드롤 제 빅 감도 다 닉엇ᄂ

九月(구월)이라 秋收(추수)ᄒ니 今年(금년)도 豊年(풍년)일다

새 곡식 힛果實(과실) 산즘승 믈고기

오려술[32] 묽게 쓰고 ᄌ치밥[33] 조히 ᄌ쳐

家廟薦神(가묘천신) 山所祭祀(산소제사) 祖先(조션)긔 歆饗(흠향)ᄒ고

田結收稅(전결수체) 閑丁(한정) 구실 未收(미수)업시 다 밧첫ᄂ

洞內永葬(동내영장) 親戚婚姻(친척혼인) 다도리 부조ᄒ고

여긔져긔 헛튼 볏못 홀寡婦(과부)의 제깃시라

듕 거사[34] 동영싄지 고로고로 다 ᄒ엿ᄂ

---

28) 씨아질: 목화씨 빼는 기구인 씨아를 돌려 작업하는 것.

29) 물릭질: 물레를 돌려서 고치로 실을 뽑아내는 일.

30) 산엽질(山獵질): 사냥질.

31) 기음: 잡초. 여기서 기음보고는 잡초를 베어낼 때가 되었는가 확인하는 것을 뜻함.

32) 오려술: 올벼의 쌀로 빚은 햅쌀술.

33) ᄌ치밥: 자채쌀로 한 밥.

34) 거사(居士): 출가하지는 않고 산사에서 수행하는 사람.

씨아질 물레질 틈틈이 바느질과

아들·사위·손자들 농사짓기 나무하기

그물질 사냥질 놀고서 '에에'로 글 읽는 체

늙은인들 일 없으랴 막대 짚고 거닐면서

서쪽 밭에 기음 보고 동쪽 언덕에서 휘파람 부네

앞내에서 고기 잡고 뒷내에 게, 새우고

(앞산에서 꿩을 잡고 뒷산에서 노루 잡네)

밤, 대추 떨어질 때 배, 감도 다 익었네

구월이라 추수하니 올해도 풍년이로다

새 곡식 햇과실 산짐승 물고기

오려술 맑게 뜨고 자채밥 좋게 지어

가주천신 산소제사 조상께 먼저 올리고

논밭 세금 빠짐 없이 다 바쳤네

(동네 장례 친척 혼인 돌려가며 부조하고)

여기저기 흩어진 볏단은 홀과부의 몫이라

중, 거사 동냥까지 고루고루 다 하였네

● 이체자

疇→疇, 皐→皐, 收→収, 實→宗, 廟→庙, 饗→享, 內→内, 葬→奘, 姻→姐

寡→寡

納粟(납속)³⁵⁾ᄒᆞ야 堂上(당상)ᄒᆞ고 老職(노직)³⁶⁾으로 金貫子(금관자)³⁷⁾라

榮華(영화)ᄅᆞᆯ 업다ᄒᆞ랴 잔치노리 ᄒᆞ오리라

내 아니 즐겨 놀면 日月(일월)이 흘너가늬

老親(노친)긔 獻壽(헌수)³⁸⁾ᄒᆞ고 朋酒斯饗(붕주사향) ᄒᆞ오리라

아즈미 누우님늬 족하늬 며ᄂᆞ리들

못 오리 업는냐 술 부조³⁹⁾ 흘너든다

개 줍고 ᄃᆞᆰ을 삼고 게 ᄶᆡ고 魚膾(어회)치고

어우리 숑치잡아 ᄉᆞᆷ거니 굽거니

머로 다릐 픗열믜오 더덕 도랏 뫼나믈이

누러흔 인졀미며 벌거흔 슈슈썩이라

썩에란 ᄭᅮᆯ 느르고 술잔의 菊花(국화) 셧늬

먼 뫼히 구름 나셔 屛風(병풍) 삼아 둘너잇고

35) 納粟(납속): 흉년이나 병란 등으로 국가 재정이 어려울 때 곡식을 많이 바치고 벼슬을 받던 일. '납속당상'은 명예로 정삼품 당상관 가자(加資)를 받았을 때를 말함.

36) 老職(노직): 벼슬아치는 여든 살에, 일반인은 아흔 살이 되면 임금이 내려줌.

37) 金貫子(금관자): 관자는 망건에 다는 장식품으로, 종이품 벼슬아치가 달았던 금으로 만든 관자를 뜻함.

38) 獻壽(헌수): 환갑잔치 같은 때 오래 살기를 비는 뜻으로 잔에 술을 부어서 드림.

39) 부조: 扶助. 잔칫집이나 상가(喪家) 따위에 돈이나 물건을 보내어 도와줌. 또는 돈이나 물건.

벼슬하여 당상하고 노직으로 금관자라

영화들 없다하랴 잔치놀이 하오리라

내 아니 즐겨 놀면 세월이 흘러가네

노부모께 헌수하고 벗들과 즐기리라

(아주머니 누님네 조카네 며느리들)

못 올 사람 없느냐 술 부조 흘러든다

(개 잡고 닭을 삶고 게 찌고 어회치고)

어울러 어린 소 잡아 삶거니 굽거니

머루, 다래 풋열매와 더덕, 도라지 산나물이

누런 인절미며 발간 수수떡이라

떡에는 꿀 흐르고 술잔에 국화 떴네

먼 산에 구름 나서 병풍 삼아 둘러있고

● 이체자

納→納, 職→戝, 榮華→荣華, 獻壽→献壽, 酒→酒, 饗→饗, 膾→膾, 屛→屏

절노 우는 묏시소릭 져⁴⁰⁾피리 더을손가⁴¹⁾

계솔노 챠일ᄒ고 ᄆ을 명셕 두로 펴라

鹿鳴(녹명)은 呦呦(유유)ᄒ고 伐木(벌목)은 丁丁(정정)ᄒ니

ᄆ로 너머 成勸農(성권농⁴²⁾) 직 너머 李座首(이좌수⁴³⁾)

申風憲(신풍헌⁴⁴⁾) 趙堂長(조당장⁴⁵⁾)이며 朴約正(박약정⁴⁶⁾) ᄆ자 왓늬

孫同知(손동지⁴⁷⁾) 張僉知(장첨지⁴⁸⁾) 加資(가자)은 놉거이와⁴⁹⁾

---

40) 져: 횡적(橫笛). 가로로 불게 되어 있는 관악기들을 말함.

41) 더을손가: '더하[加]-ㄹ손가'. 더 이상 보탤 필요가 없다는 뜻.

42) 勸農(권농): 지방의 방(坊)이나 면(面)에 속하여 농사를 장려하는 유사(有司).

43) 座首(좌수): 지방의 주(州), 부(府), 군(郡), 현(縣)에 두었던 향청(鄕廳)의 우두머리. 정철 시조에도 '재 너머 성권농', '정좌수 왔다 하여라'라는 구절이 나옴.

44) 風憲(풍헌): 조선시대 향소직(鄕所職)의 하나로 면(面)이나 리(里)의 일을 맡아봄.

45) 堂長(당장): 서원(書院)에 속해 있는 하급관리.

46) 約正(약정): 조선시대 향약(鄕約) 단체의 임원.

47) 同知(동지): 직함이 없는 노인에 대한 존칭.

48) 僉知(첨지): 나이 많은 사람을 가리켜 부담 없이 가볍게 부르는 칭호.

49) 加資(가자)은 놉거이와: 가자(加資)는 정삼품 통정대부(通政大夫) 이상의 품계를 뜻함. 원래 동지(同知)는 중추부(中樞府)에 속하는 정삼품 당상관이고, 첨지(僉知)는 같은 중추부의 종이품 벼슬을 뜻하기 때문에, 여기에서는 일종의 말장난으로 쓰임.

절로 우는 산새소리에 피리를 더할 것인가
큰 소나무로 햇빛가리고 마을 멍석 두루 펴라
사슴 울고 나무하는 소리 나니
(마루 너머 성권농 재 너머 이좌수)
(신풍헌, 조당장이며 박약정 마저 왔네)
(손동지, 장첨지 품계는 높거니와)

● 이제자

鹿鳴 → 鹿鳴, 呦呦 → 呦呦, 勸 → 劝, 座 → 座, 憲 → 憲, 趙 → 趙, 僉 → 佥

鄕黨(향당)은 莫如齒(막여치)라 年次(년차)로 座(좌)을 ᄒ소

遠村(원촌)의 겨릐[50]들과 近村(근촌)의 ᄆᆞ올사름

싀 사돈 녯 벗님늬 다 주서[51] 쳥ᄒ오니

群賢(군현)이 畢至(필지)ᄒ고 少長(소장)이 咸集(함집)이라

아희들 믈쟝고에 女妓妾(여기첩) 거문괴라

婢夫(비부)[52]놈 통져[53] 블고 동놈의 초김[54]이라

雇工(고공)놈 山遊花(산유화)[55]에 洞內總角(동내총각) 메더지[56]라

죡하손 닙타령[57]에 손ᄌ들 츔을 추늬

안히ᄂᆞᆫ 상을 보고 얼아들 잔 부어라

---

50) 겨릐: 혈족(血族). 친척.

51) 다 주서: '줏[拾]+어'. 주워. 여기서는 '빠뜨리지 않고 모두' 정도의 뜻으로 쓰임.

52) 婢夫(비부): 계집종의 지아비.

53) 통져: 통저 또는 동적(洞笛). 퉁소의 별칭.

54) 초김: 초금(草琴). 풀피리.

55) 山遊花(산유화): 농부들이 논에서 일을 하며 부르는 농요(農謠)인 메나리의 일종으로, 조선시대 숙종(肅宗) 때 널리 유행하였다고 함.

56) 메더지: 옛노래의 이름.

57) 닙타령: 입타령(立打令) 혹은 선소리[立唱]를 말하는 듯함.

고향은 나이순이라 나이대로 앉으시오
먼 마을의 친척들과 가까운 마을의 마을사람
(새 사돈 옛 벗님네 모두 청하오니)
여러 어진 이들이 다 도착하고 아이 어른이 모두 모였네
아이들 물장구에 기생은 거문고라
비부는 통소 불고 종은 풀피리를 부네
머슴은 산유화에 동네 총각은 메더지라
조카, 손자 입타령에 손자들 춤을 추네
아내는 상을 보고 아이들 잔 부어라

●이체자

莫→莫, 遠→遠, 村→村, 羣→羣, 畢→畢, 婢→婢, 雇→雇, 遊→遊, 總→總

상 녑희 어린 것들 果實(과실)을 닷토는고

동년아 술 걸너라 질동회 탁쥴만졍

박잔에 ㄱ득 부어 업다말고 니어스라

鄭忠義(정충의[58]) 古調(고조) 노릭 향음이 쳔연ㅎ고

崔(최)션빅 風月(풍월)읇기 콧소릭도 제 흥이라

主人翁(주인옹) 豪華(호화)흔 양 즛어리기 일너 므슴

져 쌘혀 반녑치고[59] 오늘도 됴흘시고

믹양에 오늘이오 晝夜長常(주야장상) 오늘이라

---

58) 忠義(충의): 조선시대에 있었던 군대인 충의위(忠義衛)에 소속된 사람들의 일킨는 말.

59) 져 쌘혀 반녑 치고: 음악적으로 피리에 대응되는 것이 없어서 엽(葉, 음악 단위)이 절반만
연루된다는 의미이거나, 피리가 온전치 못해 반음이 안맞는 등의 상황을 두고 그런 것 치
고도 괜찮다는 맥락으로 보임.

상 옆에 어린 것들 과실을 다투는가

종년아 술 걸러라 질동이 탁주일망정

바가지잔에 가득 부어 없다말고 내오너라

정충의 고조 노래 고향말이 자연스럽구나

최선비 풍월 읊기 콧소리도 제 홍이라

주인옹 호화한 양 하는 짓 어리석기를 일러 무엇하리

피리가 빠져 반음 치고는 오늘도 좋을시고

매일이 오늘이요 밤낮이 오늘이라

● 이체자

豪 → 豪

忘世間之(망세간지) 甲子(갑자)ᄒ고 醉壺裡之(취호리지) 乾坤(건곤)이라

康衢童謠(강구동요)⁶⁰⁾ 뉘 아든가 즉금이 太平(태평)이오

五絃琴(오현금) 南風歌(남풍가)⁶¹⁾을 南薰殿(남훈전)⁶²⁾ ᄒ시는가

擊壤歌(격양가)⁶³⁾ 엇더튼지 帝力(제력)⁶⁴⁾을 내 몰늬라

나믄 술 가지고 미양에 이리ᄒ쇠

어질샤 疏太傅(소태부)⁶⁵⁾야 니어ᄒ 리 뉘 계신고

아마도 人間豪傑(인간호걸)은 主人翁(주인옹)인가 ᄒ노라

---

60) 康衢童謠(강구동요): '강구연월문동요(康衢煙月聞童謠)'의 준말. 중국의 요(堯)임금이 태평스러운 거리에서 동요를 들었다는 고사(故事)에 근거함. 태평세월.

61) 五絃琴(오현금) 南風歌(남풍가): 순(舜)임금이 오현금을 타면서 지어불렀다는 부모의 은혜를 기린 노래. 남풍지훈(南風之薰) 또는 남훈(南薰)이라고도 함. "昔者(석자) 舜作(순작) 五弦之琴以歌南風(오현지금이가남풍)"(《예악기(禮樂記)》). "南風(남풍) 詩名(시명) 是孝子之詩(시효자지시) 南風長養萬物(남풍장양만물) 而孝子歌之(이효자가지) 言己得父母生長(언기득부모생장) 如萬物得南風生也(여만물득남풍생야)"(《예악기(禮樂記)》소(疏)).

62) 南薰殿(남훈전): 당(唐)나라의 궁 이름. 순(舜)의 시가(詩歌) 〈남풍(南風)〉의 유추로 여기서는 순임금의 궁궐 이름으로 쓰이고 있음. "水綠南薰殿(수록남훈전) 花紅北關樓(화홍북관루)"(이백(李白)의 〈궁중행락사(宮中行樂詞)〉).

63) 擊壤歌(격양가): 풍년이 들어 농부들이 태평을 부르는 노래.

64) 帝力(제력): 천자의 힘. 요(堯)임금 때 부르던 격양가에 다음과 같은 구절이 있음. "日出而作(일출이작) 日入而息(일입이식) 鑿井而飮(착정이음) 耕田而食(경전이식) 帝方於我何有哉(제방어아하유재)"(《제왕세기(帝王世紀)》).

65) 疏太傅(소태부): 전한(前漢) 때의 학자 소광(疏廣)을 가리킴. 선제(宣帝) 때 박사태부로 어진 선비를 일컬음.

세간의 세월을 잊고 취하여 보니 선경이라

강구동요 누가 알던가 지금이 태평이오

오현금 남풍가를 남훈전 하시는가

격양가 어떻든지 제력을 나는 모른다

남은 술 가지고 매일 이리하세

어질구나 소태부야 이어할 이 누구 계신가

아마도 인간호걸은 주인옹인가 하노라

● 이체자

忘世間 → 忘世间, 醉壺裏 → 醉壺裡, 衢 → 衢, 謠 → 謡, 絃 → 弦, 歌 → 歌, 殿 → 殿

擊壤 → 擊壤, 疏 → 疏, 傳 → 傳, 豪傑 → 豪傑

54. 丙子亂離歌(병자난리가)[1] 無名氏(무명씨)

天地(천지) 삼긴 後(후)에 太平(태평)이 다 지나고
우리 님군 셔신 후에 맛초아 이훌샤
甲子年(갑자년) 李适變(이괄변)[2]을 계요 구러 지닌 후에
丁卯年(정묘년) 中亂離(중난리)[3]예 거의 망케 되엿드니
龍虎(용호)와 歃血(삽혈)[4]ᄒ야 和議(화의)을 일어시니
이제야 살니로다 무슴 일이 쏘 이시리
國家中興(국가중흥)을 金石(금석)갓치 미더이셔
草屋三間(초옥삼간)을 山水(산수) 間(간)에 지어두고
十年(십년)을 安過(안과)ᄒ야 擊壤歌(격양가)[5]을 싱각드니
廟堂(묘당)에 안즌 분늬 意氣(의기)도 놉플실샤
後事(후사)란 전혀 잇고 斥和(척화)을 믄져 ᄒ니

---

1) 丙子亂離歌(병자난리가): 병자호란을 다룬 전란가사로 1637~1644에 지어진 것으로 추정된다. 작자명은 밝혀져있지 않으나 향촌사족으로 추정되는데 자세한 내용은 이혜화 (1990), 이재준(2015) 참조.

2) 甲子年(갑자년) 李适變(이괄변): 이괄(1587~1624)이 인조 2년(1624)에 일으킨 반란을 말함.

3) 丁卯年 中亂離(정묘년 중난리): 이괄의 변을 전난리(前亂離), 정묘호란(丁卯胡亂)을 중난리(中亂離), 병자호란(丙子胡亂)을 후난리(後亂離)로 구분하여 칭하는 것으로 생각됨.

4) 歃血(삽혈): 맹세하여 굳게 언약할 때 그 표시로 짐승의 피를 서로 먹거나 또는 입가에 바르던 일.

5) 擊壤歌(격양가): 풍년이 들어 태평을 즐기는 내용의 농가.

천지 생긴 후에 태평이 다 지나고
우리 임군 서신 후에 맞추어 이리하시어
(갑자년 이괄의 변을 겨우 지낸 후에)
(정묘년 중난리에 거의 망하게 되었더니)
(용호와 맹세하여 평화를 이루었으니)
이제야 살겠노라 무슨 일이 또 있으리
국가중흥을 금석같이 믿고 있어
초옥삼간을 산수 간에 지어두고
십 년을 편안히 지내며 격양가를 생각더니
종묘에 앉은 분네 의기도 높으시어
뒷일은 전혀 잊고 척화를 먼저 하니

● 이체자

亂→亂, 後→後, 變→變, 亂離→乱雅, 龍虎→龍虎, 猷→猷, 國→国, 興→與

草→草, 間→间, 擊壤歌→擊壤歌, 廟→庙, 氣→氣

범 갓튼 龍馬將軍(용마장군)⁶⁾ 一當百(일당백) 거늘이고

義州(의주) 鴨綠江(압록강)을 呼吸間(호흡간)에 건너오니

烽火(봉화)을 뉘 보니며 擺撥(파발)인들 뉘 젼ᄒ리

八道徵兵(팔도징병)이야 ᄂ라온들 밋츨손가

都元帥(도원수)⁷⁾ 긔뉘런고 將略(장략)도 만흐실샤

京砲手(경포수)⁸⁾ 御營軍(어영군)을 手下(수하)에 거늘이고

山城(산성)⁹⁾에 구지 드러 여어보도 못ᄒᄂ데

---

6) 龍馬將軍(용마장군): 병자호란 당시 청의 용골대(龍骨大)와 마부대(馬夫大)의 군대장.

7) 都元帥(도원수): 여기에서는 김자점(金自點)을 말함. 조선 중기의 문신으로 이귀 등과 인조반정을 성공시키고, 정묘호란 때 왕실을 호종한 공로로 도원수가 되어 서북쪽을 방어하는 책임자가 됨. 그러나 1636년 병자호란(丙子胡亂)이 일어나자 도원수로서 임진강 이북에서 청군을 저지해야 할 총책임을 맡고도 전투를 회피하여 적군의 급속한 남하를 방관하여 병자호란이 끝난 뒤 군율로 처형해야 한다는 간관들의 비난 속에 강화도에 유배되었다가 1년 만에 해배(解配)됨. 효종이 즉위하고 송시열 등 사림 세력의 등용으로 북벌론이 대두되자 위협을 느끼고, 청나라에 누설한 이후 유배되었다가 아들 익의 역모사건이 발생하자 처형됨.

8) 京砲手(경포수): 서울의 각 군영에 속해있던 포수로서 시골에 주둔하였음.

9) 山城(산성): 이후 여기에 나오는 모든 山城(산성)은 남한산성을 가리키는 것임.

범 같은 용마장군 일당 백 거느리고
의주 압록강을 호흡 간에 건너오니
(봉화를 누가 보내며 파발인들 누가 전하리)
팔도징병이야 날아온들 맞출 수 있을 것인가
도원수가 누구인가 지략도 많으시어
(서울의 포수와 군대를 수하에 거느리고)
산성에 굳이 들어 엿보지도 못하는데

◉ 이제자

馬將→**馬将**, 鴨綠→**鴨綠**, 擺撥→**擺撥**, 徵→徵, 都→**都**, 帥→**帥**, 營→営

鐵騎先鋒(철기선봉)[10]이 星火(성화)[11]도곤 급ᄒᆞ거든

長安(장안) 百萬家(백만가)에 밋처ᄂᆞ리 뉘 이시리

一國君王(일국군왕)도 南大門(남대문)을 못 나시니

滿城人民(만성인민)이야 더옥 닐너 므슴ᄒᆞ리

高聲痛哭(고성통곡)ᄒᆞ고 업더지며 졋바지며

坦坦大路(탄탄대로)에 칙칙이 메여이셔

거리거리 반즌이며 눈물 홀일 ᄲᅵᆫ이로다

窮谷山林(궁곡산림)에 어드러로 가잣 말고

어린 子息(자식) 픔에 픔고 ᄌᆞ란 子息(자식) 손목 쥐고

神主箱子(신주상자) 등에 지고 七十雙親(칠십쌍친) 어이ᄒᆞ리

잡ᄶᅥ니 붓들거니 寸寸(촌촌)이 거러가셔

寂寞山村(적막산촌)에 빈 집을 겨요 어더

---

10) 鐵騎先鋒(철기선봉): 용맹한 기병으로 앞장선 군대, 여기서는 청나라 군대를 가리키는 말.

11) 星火(성화): 유성이 떨어질 때의 불빛으로 매우 빠르고 급한 일을 비유적으로 이르는 말.

청나라 군대가 성화보다 급하거든
장안 백만가에 미쳐날 이 누가 있으리
일국군왕도 남대문을 못 나서니
만성인민이야 더욱 일러 무엇 하리
고성통곡하고 엎어지며 자빠지며
탄탄대로에 책책이 매어있어
거리거리 서성이며 눈물 흘릴 뿐이로다
궁곡산림에 어디로 가란 말인가
어린 자식 품에 품고 자란 자식 손목 쥐고
신주상자 등에 지고 칠십 부모 어이하리
잡거니 붙들거니 촌촌이 걸어가서
적막산촌에 빈 집을 겨우 얻어

● 이체자

鐵騎→鉄騎, 萬→萬, 國→国, 門→门, 滿→滿, 民→民, 高聲→高聋, 哭→哭

路→路, 窮→窮, 箱→箱, 雙→雙, 寞→寞, 村→扸

집지즑[12] 춘 ᄌ리에 헌 거적 ᄒ 닙 실고

히 다 져 졈은 늘에 손 블고 안ᄌ시니

혬 업슨 어린 ᄌ식 밥 달나 봇치거늘

行糧(행량)을 쩔쳐닉니 ᄡᆞᆯ ᄒ 되 샨이로다

數多食口(수다식구)에 무엇 먹고 길흘 가리

당즑에 언 밥덩이 수수리 ᄂ화 먹고

코노릭 니 춤으로 긴 밤을 계요 식와

ᄇ룸비 눈서리의 집신에 감발ᄒ고

高山(고산)을 긔여올나 古國(고국)을 ᄇ라보니

長安(장안) 百萬家(백만가)는 煙塵(연진)이 되여잇고

一隅孤城(일우고성)[13]의 우리 님군 싸였ᄂ듸

---

12) 집지즑: 짚기직. 왕골 껍질이나 부들 잎을 짚에 싸서 엮은 돗자리.

13) 一隅孤城(일우고성): 한 모퉁이 있는 외로운 성 혹은 적군에 포위되어 고립된 성. 여기에서
   는 남한산성.

돗자리 찬 자리에 헌 거적 한 잎 깔고
해 다 져 져문 날에 손 불고 앉으시니
생각 없는 어린 자식 밥 달라 보채거늘
식량을 떨쳐내니 쌀 한 되 뿐이로다
(많은 식구에 무엇 먹고 길을 가리)
단단히 언 밥덩이 술술이 나눠먹고
콧노래 이 춤으로 긴 밤을 겨우 새워
바람비 눈서리에 짚신에 발을 감싸고
고산을 기어올라 고국을 바라보니
장안 백만가는 연기먼지가 되어있고
일우고성의 우리 임금 싸였는데

● 이체자
糧 → 粮, 數 → 㪯, 煙塵 → 炬塵, 孤 → 孤

兩道軍兵(양도군병)¹⁴⁾ 陷沒(함몰)ᄒ고 外援兵(외원병)¹⁵⁾이 ᄭᅳᆫ처시니

슬프다 이 시졀 막극다 우리 님군

宗社(종사)와 兩大君(양대군)¹⁶⁾을 江都(강도)로 드리시고

更更(경경)이 니러 안자 時時(시시)로 싱각ᄒ샤

西天(서천)을 ᄇ라시며 눈믈을 흘니시니

將士陪臣(장사배신)이 뉘 아니 슬허ᄒ리

듯거든 목이 메고 싱각거든 이들ᄂ라

江都一路(강도일로)에 有識(유식)ᄒᆫ 져 븐니야

져근덧 니러 안자 이 내 말ᄉᆷ 드러보소

山林(산림)의 깃친 몸이 議論(의논) 아닐 거시로되

나도 國民(국민)이라 慷慨(강개)을 못 니긔여

너희니 ᄒᄂᆫ 일을 大槪(대개)만 니로리라

竭忠盡心(갈충진심)ᄒ야 對敵(대적)을 못 홀진들

酒肉談笑(주육담소)야 홀 일을 ᄒᄂᆫ 것가

山城(산성)곳 싱각ᄒ면 飮食(음식)이 목에 들냐

---

14) 兩道軍(양도군): 여기서의 양도는 南道(경기 이남인 충청·전라·경상도)와 北道(경기 이북인 황해·평안·함경도). 전쟁 시작 이후 이렇다 할 큰 싸움 없이 40여 일이 지났을 즈음 각 도의 관찰사와 병사가 거느리고 올라왔던 관군들은 목적지에 이르기도 전에 무너졌는데, 충청도관찰사 정세규(鄭世規)의 군사는 험천(險川)에서 패해 이성현감(尼城縣監) 김홍익(金弘翼), 남포현감(藍浦縣監) 이경(李慶) 등이 전사했고, 경상좌병사 허완(許完)과 경상우병사 민영(閔泳)의 군사도 광주(廣州) 쌍령(雙嶺)에서 괴멸해 두 병사도 전사함. 전라병사 김준룡(金俊龍)은 경기 용인 광교산(光敎山)에 이르러 적장 액부양고리(額駙揚古利)를 죽이고 승첩을 거두었으나 뒤에 역습을 당해 수원으로 퇴각한 뒤 전군이 무너지고, 평안도관찰사 홍명구(洪命耈)는 금화(金化)에서 전사하고 부원수 신경원(申景瑗)이 맹산(孟山) 철옹(鐵甕)에서 사로잡혔으며 도원수 김자점의 군사가 토산(兎山)에서 패주하고 강원도관찰사 조정호(趙廷虎), 함경남도관찰사 민성휘(閔聖徽)의 군사도 패배해 중도에서 좌절되니, 남한산성은 고립무원(孤立無援)의 절망적인 상태가 됨.

(남북군병 함몰하고 지원병이 끊겼으니)

슬프다 이 시절 망극하다 우리 임금

종묘사직과 봉림, 인평을 강화도로 들이시고

시간마다 일어나 앉아 때때로 생각하시길

서쪽하늘(강화도)을 바라보며 눈물을 흘리시니

장수와 신하들이 누가 아니 슬퍼하리

듣거든 목이 메고 생각거든 애닯구나

강도일로에 유식한 저 분네야

잠시 일어나 앉아 이 내 말씀 들어보소

산림에 깃든 몸이 의논 않을 것이로되

나도 국민이라 슬픔을 못 이기어

너희네 하는 일을 대개만 이르리라

충성을 다하여 대적을 못 할지언정

주육을 먹으며 웃고 떠드는 것이 할 일을 하는 것인가

산성을 생각하면 음식이 목에 들어가랴

---

15) 外援兵(외원병): 외부에서 도와주러 오는 병사. 앞서 명나라에 구원을 청하였으나 국내의
    도적으로 인해 원병을 보낼만한 처지가 못 되었고, 등주총병(登州總兵) 진홍범(陳弘範)에
    명해 수군을 동원하려 했으나 그것도 바람과 파도로 뜻을 이루지 못하였다.

16) 兩大君(양대군): 인조(仁祖)의 둘째아들 봉림대군(鳳林大君)과 셋째아들 인평대군(麟坪
    大君)을 말함. 인조는 이들을 강화도로 피하도록 하였음.

● 이체자

兩→両, 陷沒→陷沒, 更更→更更, 慨→慨, 概→槩, 竭→竭, 盡→盡, 對→對

酒肉→酒肉

國運(국운)이 已盡(이진)ᄒ야 人心(인심)이 失和(실화)ᄒ니

勝敗存亡(승패존망)을 任意(임의)로 못 홀진들

宴樂歌舞(연락가무)야 天命(천명)에 들여시랴

罪狀(죄상) 곳 혜여내면 다 버힐 놈이로다

扁舟(편주)로 드는 도적 제믹으로 더져두니

네 父母(부모) 네 妻子(처자)는 무어시 되단 말고

摩尼山(마니산) 上(상)에는 哭聲(곡성)이 徹天(철천)ᄒ고

摩尼山(마니산) 下(하)에는 流血(유혈)이 成川(성천)ᄒ니

可憐蒼生(가련창생)들은 魚肉(어육)이 되단말가

국운이 이미 다해 인심이 좋지 않으니
승패존망을 임의로 못 할진들
승리야 하늘에 달려있어
(죄상 곧 헤아려내면 다 베어버릴 놈이로다)
조각배로 드는 도적 제멋대로 던져두니
(네 부모 네 처자는 무엇이 된단 말인가)
마니산 위에는 곡소리가 하늘에 사무치고
마니산 아래에는 유혈이 흐르니
불쌍한 백성들은 물고기 밥이 되란 말인가

◉ 이체자

樂歌舞 → 楽歌舞, 狀 → 状, 舟 → 舟, 哭 → 哭, 流 → 流, 肉 → 肉

二百年(이백년) 宗社(종사)¹⁷⁾을 셤뫼히 붓쳐두고

兩大君(양대군)¹⁸⁾ 生擒(생금)ᄒ야 山城(산성)으로 다려올제

갑갑고 망극ᄒ미 天地間(천지간)에 쏘 잇ᄂ가

내 ᄆᄋᆷ 이러커니 上意(상의)야 오즉ᄒ가

明明大義(명명대의)을 다 니저ᄇ리시고

小小私情(소소사정)의 우연히 걸니세여

살곳지 널은 벌¹⁹⁾에 降碑(항비)²⁰⁾을 세우시니

禮義東方(예의동방)이 蠻貊(만맥)²¹⁾이 되단말가

어와 可笑(가소)로다 義州府尹(의주부윤)²²⁾ 可笑(가소)로다

믈나흔 쥐 아니 믈고 政承宅(정승댁) 닭을 므러

---

17) 二百年(이백년) 宗社(종사): 조선 건국(1392)부터 병자년(1636)까지 244년이 되므로, 이를 대략적으로 일컬음.

18) 兩大君(양대군): 봉림대군과 소현세자.

19) 살곳지 널은 벌: 현재의 서울 송파구 송파(送波)에 해당함. 한강변 나루터인 삼전도(三田渡)가 있음. 성동구 사근동 낮은 지대에는 '살곳이다리'라는 돌다리가 세종 때부터 있음.

20) 降碑(항비): 삼전도에서 인조가 청태종에게 신례(臣禮, 신하로서 지켜야 할 예의)로 항복하고, 그 자리에 세운 '大淸皇帝功德碑(대청황제공덕비)'를 말함. 현재 사적(史蹟) 101호.

21) 蠻貊(만맥): 예전에 중국사람이 부르던, 중국의 남쪽과 북쪽에 살던 문명하지 못한 백성들.

22) 義州府尹(의주부윤): 당시의 의주부윤이었던 임경업(林慶業) 장군을 말함.

이백년 종사를 강화도에 부쳐두고

양 대군 사로잡아 산성으로 데려올 때

갑갑하고 망극함이 천지간에 또 있는가

내 마음 이러하니 임금의 뜻이야 오죽할까

밝은 대의를 다 잊어버리시고

(작은 정에 우연히 걸리셔서)

살곶이 너른 벌에 항비를 세우시니

예의동방이 만맥이 되란 말인가

아아 우습도다 의주부윤 우습도다

물라한 쥐 아니 물고 정승댁 닭을 물어

● 이체자

社→社, 擒→擒, 私→私, 降碑→降碑, 禮→礼, 蠻→蠻, 承→承

天朝(천조)에 結冤(결원)ᄒ고 椵島(가도)[23]에 先鋒(선봉)ᄒ니

나 기론 개라셔 발 쒸축을 믈러고야

三百年(삼백년) 사대성(事大誠)[24]을 一朝(일조)에 비반ᄒ고

壬辰年(임진년) 皇恩(황은)[25]을 오늘사 싱각하면

無知愚氓(무지우맹)인들 뉘 아니 늣겨ᄒ리

슬프다 世子大君(세자대군)[26] 宋徽欽(송휘흠)[27] 되건지고

눈믈을 흘니면셔 丹鳳門(단봉문)[28]에 하직ᄒ고

千里關山(천리관산)에 行色(행색)도 쳐량ᄒᆞᆯ샤

내 나라 ᄇ리시고 어듸라코 가시ᄂᆞᆫ고

---

23) 椵島(가도): 평안북도 소재의 섬으로, 명나라의 모문룡(毛文龍)이 여기에 진을 세우고 청나라를 위협하여 명과 청, 조선 사이에 미묘한 외교문제가 벌어지게 됨.

24) 三百年(삼백년) 사대성(事大誠): 3백년 간 명나라를 섬긴 충성. 명의 성립연대인(1368년)를 고려하면 270년이 되므로 대략 300년으로 표현.

25) 壬辰年(임진년) 皇恩(황은): 임진왜란(壬辰倭亂) 때 명나라가 군대를 보내 왜적을 물리쳐준 은혜.

26) 世子大君(세자대군): 소현세자(昭顯世子)와 봉림대군(鳳林大君). 이들은 항복 후 인질이 되어 청에 잡혀갔음.

27) 宋徽欽(송휘흠): 송나라의 휘종(徽宗, 재위 1100~1125)과 흠종(欽宗, 재위 1125~1126) 부자. 흠종 2년에 금나라의 압박으로 변이 일어나, 휘종과 흠종 자는 적의 포로가 되어 끌려감.

28) 丹鳳門(단봉문): 창덕궁에 있는 작은 문.

명나라에 결원하고 가도에 선봉하니
(내 기른 개에게 발뒤축을 물렸구나)
삼백년 사대의 정성을 하루 아침에 배반하고
임진년 황은을 오늘에 생각하면
무지한 백성인들 누가 아니 흐느끼겠는가
슬프다 세자대군 송휘흠 되었구나
눈물을 흘리면서 단봉문에 하직하고
고향 만리 떨어져 행색도 처량하시어
내 나라 버리시고 어디라고 가시는가

● 이체자

冤→寃, 椵島→椵島, 辰→辰, 恩→恩, 岷→岷, 世→世, 徽→徽, 鳳→鳳, 關→関

山城(산성)에 나믄 눈믈 細雨(세우) 섯거 쑤리시니

大同江(대동강) 느린 믈리 萬頃蒼波(만경창파) 되여셰라

그즁에 어엿블손 尹吳洪(윤오홍)[29] 세 사름이

堂堂正論(당당정론)으로 大義(대의)을 붓들다가

먹은 쯧 못 일우고 놀는 피 소사나니

胡天夜月(호천야월)에 義魄(의백)이 우니는 듯

節義貞忠(절의정충)이 萬古(만고)에 불글노다

郭子儀(곽자의)[30] 업써거니 回復(회복)을 뉘 홀소니

林泉(임천)[31]에 자는 븐늬 큰 쑴을 못 다 쑤어

人間紛亂(인간분란)을 씨둣지 못호거든

---

29) 尹吳洪(윤오홍): 삼학사(三學士)로 불리는 조선의 대표적 척화파(斥和派) 윤집(尹集, 1606~1637), 오달제(吳達濟, 1609~1637), 홍익한(洪翼漢, 1586~1637)을 가리킴.

30) 郭子儀(곽자의): 당나라의 명장으로 안녹산(安祿山)의 난을 토벌하는 등 여러 무공을 세움.

31) 林泉(임천): 수풀과 샘물. 여기서는 은사의 거처를 가리키고 있음.

산성에 남은 눈물 가는 비 섞어 뿌리시니
대동강 내린 물이 만경창파 되었네
그 중에 가엾은 것은 윤, 오, 홍 세 사람이
당당정론으로 대의를 붙들다가
먹은 뜻 못 이루고 놀란 피 솟아나니
호천야월에 의로운 혼백이 우니는 듯
절개와 충성이 만고에 밝으리라
곽자의 없었다면 회복을 누가 할 것인가
임천에 자는 분네 큰 꿈을 못 다 꾸어
인간분란을 깨닫지 못하거늘

◉ 이체자

雨→両, 萬→萬, 吳→吳, 魄→魄, 節→節, 郭→郭, 回→囘, 紛亂→紛乱

져근덧 니러 안ᄌ 이 내 말ᄉᆞᆷ 드러보소

龍臥南陽(용와남양)[32]에 躬耕(궁경)[33]도 죠커이와

經綸大志(경륜대지)로 싸부 잘을 노코 나와

龍泉劍(용천검) 드ᄂᆞᆫ 칼로 腥塵(성진)[34]을 쓰리치고

乾坤(건곤)을 整頓(정돈)ᄒᆞ야 天朝(천조)을 다시 셤겨

君臣同樂(군신동락)ᄒᆞ야 太平(태평)으로 누리다가

功成身退(공성신퇴)ᄒᆞ야 故鄕(고향)에 도라와셔

녜 노든 江山風月(강산풍월)과 홈ᄭᅴ 늙다 엇더ᄒᆞ리

잠시 일어나 앉아 이 내 말씀 들어보소
용와남양에 궁경도 좋거니와
천하의 큰 뜻을 품고 쟁기자루를 놓고 나와
용천검 드는 칼로 성진을 쓸어 치고
질서를 정돈하여 천조를 다시 섬겨
임금과 신하가 함께 태평으로 누리다가
공을 이루고 물러나 고향에 돌아와서
옛 놀던 강산풍월과 함께 늙는 것이 어떠하리

● 이체자

龍臥→龍臥, 陽→陽, 經→経, 劍→釖, 塵→塵, 頓→頋, 樂→楽, 鄕→郷, 功→㓛

55. 指路歌(지로가)" 曹南溟(조남명)

이 보오 사름드라 이 내 말슴 드러보오

흔 길란 어듸 두고 小路(소로)로 드러시며

낫즈란 어듸두고 밤으로 단니는다

堯舜(요순)적 닥근 길리 녜붓터 널너거늘

너희는 무슴 일로 小路(소로)로 드러시며

仲尼(중니)²⁾적 놉은 늘리 이제ᄀ지 불ᄀ거늘

너희는 무슴 일로 밤으로 ᄃ니는다

仁義(인의)로 길흘 삼고 五倫(오륜)으로 집을 삼아

이 길흘 일치 말고 져 집으로 이거스라

그러도 모로거든 늘ᄃ려 무러스라

大槪(대개)란 내 일너든 춧기란 네 ᄒ야라

天地(천지) 숨기실 제 五行(오행)³⁾이 가즈시며

---

1) 指路歌(지로가): 남명 조식(南溟 曺植, 1501~1572)이 지은 것으로 알려진 〈권선지로가(勸善指路歌)〉와 내용이 흡사한데, 유가적 윤리 생활 규범을 후학들에게 가르치는 내용의 도덕적 교훈가사.

2) 仲尼(중니): 공자(孔子)의 자(字).

3) 五行(오행): 우주 간에 쉬지 않고 운행하는 다섯 가지 원소. 금(金)·목(木)·수(水)·(화)火·(토)土.

(이보시오 사람들아 이 내 말씀 들어보오)

큰 길은 어디 두고 작은 길로 다니며

낮에는 어디 두고 밤으로 다니는가

요순 때 닦은 길이 예부터 넓었거늘

너희는 무슨 일로 작은 길로 다니며

중니 때 높은 날이 이제까지 밝았거늘

너희는 무슨 일로 밤으로 다니는가

인의로 길을 삼고 오륜으로 집을 삼아

이 길을 잃지 말고 저 집으로 나아가라

그래도 모르거든 나에게 물으시게

대개는 내가 이르니 찾기는 네가 하여라

천지 생겨날 때 오행이 갖췄으며

● 이체자

指路 → 指路, 堯舜 → 堯舜, 槪 → 槩

사름이 일워늘 제 五倫(오륜)이 가즈시니

天地(천지) ㅣ 天地(천지) 아녀 五行(오행)이 天地(천지)오

사름이 사름 아녀 五倫(오륜)이 사름이라

하늘을 모로거든 머리을 믄져 보고

먼 딕을 못 보거든 눈 읇플 살펴스라

天地萬物(천지만물)도 이 몸의 가즈거든

堯舜(요순)[4]과 孔孟(공맹)인들 五倫(오륜) 밧 사름이랴

가다가 쉬지 말고 만나게 니거스라

남 업시 혼ᄌ 갈 제 더욱 操心(조심) ᄒ여스라

내 몸의 어진 일란 젹다고 마지 말고

남의게 슬흔 일란 됴타고 ᄒ지 마라

---

4)　堯舜(요순): 중국 고대의 성천자(聖天子)인 요 임금과 순 임금.

사람이 일어날 때 오륜을 갖췄으니

천지가 천지 아니요 오행이 천지오

사람이 사람 아니요 오륜이 사람이라

하늘을 모르거든 머리를 만져보고

먼 곳을 못 보거든 눈 앞을 살피자꾸나

천지와 만물도 이 몸에 갖췄거든

요순과 공맹인들 오륜 밖 사람이겠느냐

가다가 쉬지 말고 만나게 이르자꾸나

남 없이 혼자 갈 때 더욱 조심하자꾸나

나에게 어진 일은 적은 것이라 마다하지 말고

남에게 싫은 일은 좋다고 하지 말라

◉ 이체자

萬 → 萬

네 모음 精一(정일)ᄒ야 厥中(궐중)⁵⁾을 잡아스라

鷄犬(계견)을 일흔 후의 ᄎᄌᆯ 줄 다 아로되

이 모음 일흔 후의 ᄎᄌᆯ 줄 모로는다

堯舜(요순)과 盜跖(도척)⁶⁾ ᄉ이 萬里(만리) 나 듯 ᄒ것마는

처음의 ᄂᆞ화ᄂᆞᆯ 지 義理(의리)예셔 ᄀᆞᆯ나나며

孔孟(공맹)과 楊墨(양묵)⁷⁾ ᄉ이 方寸(방촌)인 듯 ᄒ건마는

나듕의 어든 거시 楚越(초월)⁸⁾이 되여시니

이 ᄉ이 싱각ᄒ면 긔 아니 두려오냐

孔孟(공맹)의 말을 ᄒ고 孔孟(공맹)의 法(법)을 ᄒ며

孔孟(공맹)이 되려이와

盜跖(도척)의 옷슬 닙고 盜跖(도척)의 말을 ᄒ면

이 아니 盜跖(도척)인가

---

5)　厥中(궐중)을 잡아스라: 《서경(書經)》〈대우모(大禹謨)〉편의 '人心惟危 道心惟微 惟精惟
　　一 允執厥中(사람의 마음은 오직 위태롭고 도심은 오직 미약하니 오직 정성스럽고 오직
　　한결같이 하여 진실로 그 중심을 잡으라)'을 이용한 표현으로 보임.

6)　盜跖(도척): 중국 춘추시대의 큰 도둑으로, 공자와 같은 시대의 노(魯)나라 사람. 도당 9천
　　명과 떼 지어 다니며 전국을 휩쓸었다 함.

7)　楊墨(양묵): 양주(楊朱)와 묵적(墨翟).

8)　楚越(초월): 초나라와 월나라. 비유적으로 차이가 크다는 의미로 쓰임.

네 마음 한결같이 그 중심을 잡자꾸나
닭과 개를 잃은 후에 찾을 줄 다 알아도
내 마음 잃은 후에 찾을 줄 모르는가
요순과 도척 사이 만리 나 듯 하건마는
처음에 나눠질 때 의리에서 갈라나며
공자와 맹자, 양자와 묵자 사이가 한치인 듯 하건마는
나중에 얻은 것이 큰 차이가 되었으니
이 사이 생각하면 그 아니 두려운가
공맹의 말을 하고 공맹의 법을 하며
공맹이 되려니와
도척의 옷을 입고 도척의 말을 하면
이 아니 도척인가

● 이체자

厥 → 厥, 鷄 → 鶏, 盜 → 盜, 楊 → 楊, 楚越 → 楚越

너희도 이을 보와 길 브로 자바스라

남의게 슬흔 일란 됴타고 흐지 마라

네 므음 精一(정일)흐야

茅簷(모첨)⁹⁾ 뿍 길 히예 長者(장자)¹⁰⁾도 오나 가나

陋巷(누항)¹¹⁾의 히 놉픈 제 單瓢飮(단표음)¹²⁾도 잇고 업고

ᄂᆞ믈 먹고 믈 마시고 풀 베고 누어셔도

이 므음 어든 거시 이 ᄀᆞ온디 즐거웨라

千鍾萬駟(천종만사)¹³⁾로 없으니 므음 옴길런가

趙孟(조맹)의 貴(귀)로도¹⁴⁾ 혜거든 혜일리라

진실로 어들션졍 가진 거시 내야 만코

진실로 닷글션졍 귀흔 거시 내야 눕다

---

9) 茅簷(모첨): 초가지붕의 처마.

10) 長者(장자): 윗사람, 덕망이 있는 노성한 사람.

11) 陋巷(누항): 좁고 더러운 거리.

12) 單瓢飮(단표음): '단사표음(簞食瓢飮)'의 준말로 생각됨. 대그릇의 밥과 표주박의 물이라
    는 뜻으로, 좋지 못한 적은 음식 혹은 청빈한 생활을 뜻함.

13) 千鍾萬駟(천종만사): 천종과 만사. '鍾'은 말의 단위로서 여섯 곡(斛)의 말, 또는 여덟 곡,
    열 곡의 세 설(說)이 있음. '駟'는 네 말이 끄는 수레.

14) 趙孟(조맹)의 貴(귀)로도: 《맹자(孟子)》〈고자 상(告子 上)〉의 '人之所貴者 非良貴也 趙孟
    能賤之(사람이 귀한 것은 진실로 귀한 것이 아니다. 조맹이 귀한 것은 조맹이 능히 천하게
    할 수 있다)'라는 구절을 이용한 것으로 보임.

너희도 이를 보아 길을 바로 잡자꾸나
남에게 싫은 일이란 좋다고 하지 마라
네 마음 정일하여
모첨 쪽 길 때에 장자도 오나가나
누항에 해 높은 때 단표도 있고 없고
나물 먹고 물 마시고 풀 베고 누워서도
이 마음 얻은 것이 이 가운데 즐거워라
부귀영화로 이 마음 옮기겠는가
조맹의 귀함으로도 생각거든 헤아리리라
진실로 얻는다면 가진 것이 내가 많고
진실로 닦는다면 귀한 것이 내가 높다

◉ 이체자

簧 → 簧, 者 → 者, 瓢 → 瓢

連城白璧(연성백벽)은 갑시나 헤기려니

公卿大夫(공경대부)는 셰로 나아오리로다

이 ᄆᆞᆷ 이 긔운늘 하늘긔 타나이셔

日月(일월)갓치 달여시니 제 뉘라셔 갑혜길고

秦家(진가) 百萬兵(백만병)이 魯連舌(노련설)[15]에 믈너지니

匹夫(필부)의 가진 뜻들 威武(위무)로도 어렵거다

추리쳐 싱각ᄒᆞ면 腔子(강자) 上(상)의 못 춧던가

프리쳐 혜여ᄒᆞ니 天地間(천지간)의 메여잇다

이 ᄆᆞᆷ 이러커든 둘 듸나 업시되야

---

15) 魯連舌(노련설): '魯連(노련)'은 노중련(魯仲連). 제나라 사람으로 기발한 책략가였는데,
   그의 말 한마디.

옛날의 보화는 값이나 헤아리려니
공경 대부는 새로 나아오리로다
이 마음 이 기운을 하늘에서 타고나서
일월같이 하늘에 달려있으니 그 누가 값을 매기겠는가
진나라의 백만병이 노중련 말 한마디에 무너지니
한 남자의 가진 뜻은 무력으로도 어렵구나
추려내어 생각하면 마음 위에서도 못 찾던가
풀어 생각하니 천지 간에 메여있네
이 마음 이렇거든 둘 곳이 없이 되어

● 이체자

壁→碧, 卿→卿, 秦→秦, 魯→魯, 間→间

丹田(단전)으로 터을 삼고 赤室(적실)로 집을 삼아

三綱領(삼강령)¹⁶⁾ 도리¹⁷⁾호고 八條目(팔조목) 기동 삼아

鳶飛魚躍(연비어약)¹⁸⁾을 다 주서 너허 두고

一事一物(일사일물)이 다 집안 거시로다

孟子(맹자) 浩然章(호연장)¹⁹⁾의 擧大綱(거대강) 일너 잇고

周子(주자) 太極圖(태극도)²⁰⁾의 그러조차 전호시니

사름이 뎡이 업서 勸(권)치 못흔 타시런가

그림이 발리 업써 傳(전)치 못흔 타시런가

무어슬 쏘 낫바서 이 길흘 모로는다

虛靈(허령)²¹⁾흔 이 마음을 사름마다 두어느니

---

16) 三綱領(삼강령): 대학(大學)의 세 강령. 곧 명덕(明德)을 밝히는 '명명덕(明明德)'과 백성 (百姓)을 새롭게 하는 '신민(新民)'과 지선(至善)에 그치게 하는 '지어지선(止於至善)'.

17) 도리: 서까래를 받치기 위하여 기둥 위에 건너지르는 나무.

18) 鳶飛魚躍(연비어약): 하늘에 솔개가 날고 물 속에 고기가 뛰어노는 것이 자연스럽고 조화 로운데, 이는 솔개와 물고기가 저마다 나름대로의 타고난 길을 가기 때문이라는 뜻. 만물 이 저마다의 법칙에 따라 자연스럽게 살아가면, 전체적으로 천지의 조화를 이루게 되는 것 이 자연의 오묘한 도임을 말함.

19) 浩然章(호연장): 사서(四書) 중 하나인 『맹자』에 나오는 호연지기(浩然之氣)를 말한 글.

20) 太極圖(태극도): 태극도설. 주돈이의 학설로, 무극(無極)인 태극에서 음양오행과 만물이 생성하는 발전 과정을 설명한 것임.

21) 虛靈(허령): 잡된 생각이 없이 마음이 신령함, 포착할 수는 없으나 그 영험이 불가사의함.

단전으로 터를 삼고 마음으로 집을 삼아

세 강령을 도리로 삼고 팔조목을 기둥 삼아

연비어약을 다 주어 넣어 두고

일사 일물이 다 집안 것이로다

맹자 호연장에 거기 대강을 일러 있고

주자 태극도에 그림조차 전하시니

사람이 정이 없어 권하지 못한 탓이런가

그림이 달리 없어 전하지 못한 탓이런가

무엇을 또 나빠서 이 길을 모르는가

허령한 이 마음을 사람마다 두었으니

●이체자

室→城, 條→条, 鳶→鸢, 飛→飛, 躍→躍, 然章→然章, 擧→擧, 極→极, 圖→圖

勸→劝, 虛靈→虛灵

至誠(지성)으로 직희여셔 恭敬(공경)으를 가져스라

하늘씌 타는 셩을 쳔챡지 마라스라

어버의게 바든 몸을 毀傷(훼상)치 마라스라

一日三省(일일삼셩)[22] ᄒ야 急務(급무)을 삼아스라

奴婢田地(노비전지)는 듯토리나 잇거니와

仁義禮智(인의예지)는 뉘라셔 말니더니

ᄆᆞ음을 ᄎᆞ자내여 힘ᄉᆞᆼ장 가져스라

一身(일신) 潤德(윤덕)이 남의게도 밋ᄎ려니

平生(평생) 餘澤(여택)이 子孫(자손)에도 흐로리라

輕藏貴寶(경장귀보)는 이 밧게 ᄯᅩ 업거늘

---

22) 一日三省(일일삼성): 하루의 일 세 가지를 살핀다는 뜻으로, 하루에 세 번씩 자신의 행동
을 반성함.

지성으로 지키어서 공경으로 간직하자꾸나
하늘께 받은 성을 천착하지 말자꾸나
어버이께 받은 몸을 훼손하지 말자꾸나
하루에 세 번 반성함을 급한일로 삼자꾸나
노비와 전지는 다툴 이가 있거니와
인의예지는 누구라서 말리겠는가
마음을 찾아내어 힘껏 가지자꾸나
일신의 윤택한 덕이 남에게도 미치리니
평생 남은 덕이 자손에게도 흐르리라
숨겨놓은 귀한 보물은 이 밖에 또 없거늘

●이체자

毀傷 → 毀傷, 急務 → 急務, 婢 → 婢, 禮 → 礼, 潤德 → 润德, 餘澤 → 餘澤, 輕藏 → 輕蔵

너희는 무슴 일로 귀흔 줄 모로는다

네 모음 조히 ㅎ야 下流(하류)의 갓치 마라

堂上(당상)에 올나 안즈 曲直(곡직)을 니르리라

네 모음 믈이 되야 가리가리 흘너 잇다

이 믈을 모로거든 物(물)길흘 아라스라

衆慾(중욕)이 가싀 되야 갈 길을 ㄱ려 잇고

人心(인심)이 棧道(잔도) 되야 갈 길을 긋처 잇다

瀟湘竹(소상죽)[23] 븨여 닉여 가싀을 쓰리치고

孔庭栢(공정백)[24] 베혀 내여 棧道(잔도)을 이어스라

人心(인심)이 洪水(홍수) ㅣ라도 九路(구로)을 여러 잇고

人心(인심)이 蜀途(촉도)라도 伍丁(오정)이 내여시니

---

23) 瀟湘竹(소상죽): 소상반죽(瀟湘斑竹). 소강과 상강의 얼룩진 대나무를 말함. 순임금이 죽
자 강에 빠져 따라 죽은 두 아내의 눈물이 대나무에 얼룩지게 되었다고 함.

24) 孔庭栢(공정백): 공자의 집마당에 있는 잣나무.

너희는 무슨 일로 귀한 줄 모르는가
네 마음 깨끗이 하여 하류와 같지 말아라
당상에 올라 앉아 옳고 그름을 이르리라
내 마음 물이 되어 갈래갈래 흘러가네
이 물을 모르거든 물길을 알자꾸나
여러 욕심이 가시되어 갈 길을 가리고 있고
인심이 험하여 갈 길이 그치고 있다
소상죽 베어 내어 가시를 쓸어 치고
공정백 베어 내어 잔도를 이어내자꾸나
인심이 홍수라도 나아갈 길이 많이 있고
인심이 험한 길이라도 도와줄 사람들을 내려주시니

◉ 이체자

流→流, 直→直, 棧→栈, 瀟→潇, 庭→庭

ᄒᆞ믈며 무근 길을 언마ᄒᆞ야 ᄃᆞ닐소니

坦坦大路(탄탄대로)을 하늘갓치 닷가두고

百萬蒼生(백만창생)을 다 ᄃᆞ니게 밍근 후에

그 ᄌᆞ야 곳쳐 츌혀 大道(대도)을 의논ᄒᆞ쟈

重厚長者(중후장자)[25]ᄂᆞᆫ 일로셔 되련이와

士君子(사군자) 行身大道(행신대도) 이만 가져 못 ᄒᆞ려니

이 ᄆᆞᄋᆞᆷ 잡은 후의 가온대을 일치 마라

이 길에 나션 후의 ᄀᆞ으로 가지마라

東西南北(동서남북)에도 의지 업슨 中(중)이로다

形容聲臭(형용성취)에도 보지 못 ᄒᆞᆯ 中(중)이로다

---

25) 重厚長者(중후장자): 행동을 삼가고 덕이 두터운 노성한 사람.

하물며 묵은 길을 얼마나 다닐소냐
(탄탄 대로를 하늘 같이 닦아 두고)
수많은 백성을 다 다니게 만든 후에
그 때야 고쳐 차려 대도를 의논하자
중후한 장자는 이로써 되려니와
군자의 행할 길을 그만 가지라고 못 하려니
이 마음 잡은 후에 가운데를 잃지 마라
이 길에 나선 후에 가장자리로 가지 마라
동서남북에도 치우치지 않는 중도로다
형태와 소리로도 보지 못할 '중'이로다

◉ 이체자

聲 → 𦤀

堯舜(요순)이 아니시면 四海(사해)을 편케 ᄒᆞ며

孔孟(공맹)이 아니시면 一貫(일관)을 젼ᄒᆞᆯ소냐[26]

禹湯(우탕) 文武(문무)도 어든 거시 中(중)이요

濂洛關閩(염락관민)[27]도 ᄎᆞᆫᄂᆞᆫ 거시 이 中(중)이라

네붓터 이을 가져 大統(대통)[28]을 젼ᄒᆞ시니

生知困學(생지곤학)[29]도 어든 후면 다 ᄒᆞᆫ가지

聖人(성인)도 이 길히요 賢者(현자)도 이 길히라

朱文公(주문공)[30] 업슨 휘니 中道(중도)을 뉘 젼ᄒᆞ리

玄黃(현황) 造化間(조화간)에 알 니 업시 붓쳐시니

至矣中庸(지의중용)[31]을 맛 아른지 오릭도다

---

26) 一貫(일관)을 젼ᄒᆞᆯ소냐:《논어》〈이인(里人)〉편에 공자가 증자에게 한 말로 '吾道一以貫之
(내 도는 하나로 꿰뚫는다)'라고 한 부분을 이용한 표현으로 보임.

27) 濂洛關閩(염락관민): 염계(濂溪)의 주돈이(周敦頤), 낙양(洛陽)의 정호(程顥)와 정이(程
頤), 관중(關中)의 장재(張載), 민중(閩中)의 주희(朱熹), 모두가 송(宋)나라 도학자들의
고향.

28) 大統(대통): 왕위를 계승하는 계통.

29) 生知困學(생지곤학): 생지는 삼지(三知)의 하나. 나면서부터 도(道)를 아는 것을 뜻함. 생
지곤학은 성인의 지식과 학문을 말함.

30) 朱文公(주문공): 송(宋)나라 학자 주희(朱熹)의 시호(諡號).

31) 至矣中庸(지의중용): 다시 없이 완비한 중용.

요순이 이 아니시면 사해를 편하게 하며
공맹이 이 아니시면 한 구절을 전할소냐
우탕의 문무도 얻은 것이 '중'이요
염락관민들도 찾는 것이 이 '중'이라
옛부터 이를 가져 대통을 전하시니
성인의 지식과 학문도 얻은 후면 다 한 가지
성인도 이 길이요 현인도 이 길이라
주희가 없는 후이니 중도를 누가 전하리
하늘 땅의 조화 간에 알 이 없이 부쳤으니
지극한 중용을 맛 안지 오래로다

◉ 이체자

堯→堯, 湯→湯, 武→武, 關閩→開閩, 賢→賢, 黃→黃, 矣→矣

堯舜(요순)은 大聖(대성)이라 비호면 堯舜(요순)이요

曾孟(증맹)[32]은 大賢(대현)이라 내 어이 못 갓트리

이 中(중)을 아ᄅ 이셔 일마다 츌혀스라

百事(백사)를 싱각ᄒ면 輕重(경중)이 다 이시며

萬物(만물)을 혜아리면 長短(장단)이 다 잇ᄂ니

仁義(인의)로 저을 삼고 禮智(예지)로 츄을 ᄒ야

一兩一錢(일량일전)을 ᄀᄂ 대로 노화스라

過門不入(과문불입)[33]은 顏子(안자)[34]라도 ᄒ시려든

不改其樂(불개기락)[35]을 禹稷(우직)[36]인들 못ᄒ올소가

前聖(전성) 後聖(후성)이 易地則皆然(역지즉개연)[37]이라

32) 曾孟(증맹): 증자와 맹자.

33) 過門不入(과문불입): 아는 이의 문전을 지나가면서도 들르지 않음. 우왕(禹王)이 공무에 바빠 십삼 년 동안 집에 들어가지 못했다고 함.

34) 顏子(안자): 공자의 제자인 안회(顏回).

35) 不改其樂(불개기락): 그 낙을 고치지 아니함. 안회가 가난한 삶 속에서 즐거워함을 바꾸지 않았다고 함.

36) 禹稷(우직): 우왕(禹王)과 후직(后稷). 스스로 경작에 힘써 천하를 차지하게 되었음.

37) 易地則皆然(역지즉개연): 처지가 바뀌면 곧 모두 그러함. 사람이 처해 있는 곳에 따라 행동이 달라지니 그 환경을 바꾸면 누구나 다 같아진다는 뜻.

요순은 큰 성인이라 배우면 요순이요
증자와 맹자는 큰 현인이라 내 어이 못 같으리
이 '중'을 알고 있어 일마다 갖추자꾸나
모든일을 생각하면 가볍고 무거움이 다 있으며
만물을 헤아리면 길고 짧음이 다 있으니
인의로 저울 삼고 예지로 추를 하여
한 냥 한 전을 가는 대로 놓아두자꾸나
(과문불입은 안회라도 하시려든)
가난을 즐거워함 우와 후직인들 못하겠는가
전 성인과 후 성인이 처지가 바뀌면 다 같아지리라

● 이체자

堯→尭, 曾→曽, 輕→軽, 錢→戋, 門→门, 樂→楽, 易→昜, 然→然

너희도 이을 보아 길 ㅂ로 잡아스라

ㅁㅇㅁ의 일워잇고 骨髓(골수)의 배여시면

從容(종용)이 어더 이셔 自然(자연)이 마ㅈ 리라

節序(절서)을 일워낼슨 天地(천지)의 中(중)이로다

萬物(만물)을 아라낼슨 이 ㅁㅇㅁ의 中(중)이로다

化育(화육)³⁸⁾을 參贊(참찬)ㅎ다 鬼神(귀신)을 無疑(무의)ㅎ며

聖人(성인)이 곳쳐 나다 이 내 말 밧골손가

千萬人(천만인) 모든 듸도 내 홈ㅈ 가리로다

하늘 쌍 두 사이예 나와 셋 쏜이로다

이 길희 나션 후면 堯舜(요순)에도 가련이다

이 ㅁㅇㅁ 일흔 후면 禽獸(금수)의 거의로다

처음에 이 길 둘 제 네게 ㅎ야 두엇마ᄂᆞᆫ

---

38) 化育(화육): 천지자연의 이치로 만물을 만들어 기름.

너희도 이를 보아 길을 바로 잡자꾸나
마음에 이뤄 있고 골수에 배였으면
조용히 얻어 있어 자연히 맞으리라
절기의 순서를 이뤄낸 건 천지의 '중'이로다
만물을 알아낸 건 이 마음의 '중'이로다
화육에 참여하고 귀와 신을 의심치 말며
성인이 다시 나도 이 내 말 바꿀 것인가
천만인 모인 데도 나 혼자 가리로다
하늘 땅 두 사이에 나와 셋 뿐이로다
이 길에 나선 후면 요순에도 가려니와
이 마음 잃은 후면 짐승에 가깝다
처음에 이 길 둘 때 옛것으로 두었지만

●이체자
從→𢔶, 節→𥘉, 參贊→叅賛, 鬼→𡲤, 疑→𣹄, 堯→尭, 禽獸→𥝖𤞽

人心(인심)이 反覆(반복)³⁹⁾ᄒᆞ야 物慾(물욕)의 뭇쳐 잇다

문 압플 모로거든 먼 듸을 엇지 알니

物慾(물욕)의 거치시려 군 뜻즐 마라스라

酒色(주색)의 沈醉(침취)ᄒᆞ야 스듯지 마라스라

行裝(행장)을 곳쳐 출혀 새 ᄆᆞᆷ 먹어스라

銘心(명심)ᄒᆞ야 싱각ᄒᆞ고 刻骨(각골)ᄒᆞ야 잇지 마라

잘 가노라 듯지 말고 못 가노라 中止(중지)마라

그림ᄌᆞ을 도라보아 물놀 보아 니거스라

홀로ᄂᆞᆫ 믈이 되야 찬 후의 니거스라

샌 약식 다 먹거든 德(덕)으로 니거스라

집픈 막대 다 달커든 義(의)을 집퍼 니거스라

진실로 그리 가면 귀흔 듸 만나리라

---

39) 反覆(반복): 말이나 행동, 일 따위를 이랬다저랬다 하여 자꾸 고침.

인심이 번복하여 물욕에 묻혀 있다
문 앞을 모르거든 먼 데를 어찌 알리
물욕을 가져서 군 뜻을 가지지 말자꾸나
주색에 깊이 빠져 서두르지 말자꾸나
행장을 고쳐 차려 새 마음 먹자꾸나
명심하여 생각하고 각뼈에 새겨 잊지 마라
잘 가노라 달리지 말고 못 가노라 멈추지 마라
그림자를 돌아보아 맑은 날 보아 나아가자꾸나
흐르는 물이 되어 찬 후에 나아가자꾸나
싼 양식 다 먹거든 덕으로 나아가자꾸나
짚은 막대 다 닳거든 의를 짚어 나아가자꾸나
진실로 그리 가면 귀한 데 만나리라

◉ 이체자

酒→酒, 沈醉→沉醉, 德→德

三達德(삼달덕)[40] 모든 길로 誠意關(성의관)[41]을 ᄎᄌ 가셔

伊川(이천)[42]에 비을 씌여 濂溪(염계)[43]로 건너가셔

明道(명도)[44]의 길흘 무러 關山(관산)을 도라드러

가다가 져믈거던 晦菴(회암)[45]에 드러 자고

沂水(기수)[46]에 沐浴(목욕)ᄒ야 春服(춘복)을 썰쳐입고

舞雩(무우)의 ᄇ람 뽀여 曾點(증점) ᄯ라가셔

數仞墻(수인장) 도라들어 杏壇(행단)[47]에 오로리라

나도 첫 길히라 ᄌ셔히 모로면셔

남조ᄎ ᄀ로치기 서진 듯 ᄒ거이와

平生(평생)의 단길 길흘 몰내라 ᄒ랴손가

가다가 아는 이 만나거든 다시 무러 니거스라

---

40) 三達德(삼달덕): 동서고금을 통하여 변하지 않는 세 가지 덕. 곧 지(知)·인(仁)·용(勇).

41) 誠意關(성의관): 뜻을 성실히 하고 마음을 바르게 가지는 관문.

42) 伊川(이천): 송(宋)나라 정이(程頤)가 살던 곳을 말함.

43) 濂溪(염계): 송나라 성리학자 주돈이(周敦頤)의 호.

44) 明道(명도): 송(宋)나라의 대유(大儒)인 정호(程顥).

45) 晦菴(회암): 송(宋)나라의 대유인 주희(朱熹).

46) 沂水(기수): 공자의 제자 증점이 목욕하겠다고 한 강.

47) 杏壇(행단): 공자가 제자들을 가르치던 곳.

세 가지 덕 모든 길로 성의관을 찾아가서

이천에 배를 띄워 염계로 건너가서

명도게 길을 물어 관산을 돌아들어

가다가 저물거든 회암에 들어 자고

기수에 목욕하여 봄옷을 떨쳐입고

무우의 바람 쐬어 증점 따라가서

수인장 돌아들어 행단에 오르리라

나도 첫 길이라 자세히 모르면서

남까지 가르치기 교만한 듯 하거니와

평생에 다닌 길을 모른다 하겠는가

가다가 아는 이 만나거든 다시 물어 익히자꾸나

●이체자

關→関, 溪→溪, 關→関, 服→服, 舞→舞, 數仞墻→數仞墙

56. 漁父詞序(어부사서)[1]

退溪曰 此世所傳漁詞 集古人漁父之詠 間綴以俗語而爲之 長言者凡十二章 而作者名姓無聞焉 (퇴계왈 차세소전어사 집고인어부지영 간철이속어이위지 장언자범십이장 이작자명성무문언)

徃者 安東府有老妓 能唱此詞 叔父松齋先生 時召此妓 使歌之 以助壽席之歡 (왕자 안동부유노기 능창차사 숙부송재선생 시소차기 사가지 이조수석지환)

滉時尙少 心竊喜之 錄得其槪 而猶恨其未爲全調也 (황시상소 심절희지 록득기개 이유한기미위전조야)

厥後存沒推遷 舊聲杳 不可追 而身墮紅塵益遠於江湖之樂 則思欲更聞此詞 以寓興而忘憂也 (궐후존몰추천 구성묘 불가추 이신타홍진익원어강호지락 칙사욕경문차사 이우흥이망우야)

---

1) 漁父詞序(어부사서): 이 글은《농암집(聾巖集)》의〈농암선생연보(聾巖先生年譜)〉에 일부,《퇴계집(退溪集)》에 전체가 실려있다.《퇴계집》에는〈서어부가후(書漁父歌後)〉라고 제목이 붙어있음.

퇴계가 말하기를, 세상에 전하는 어부사는 옛 사람들이 어부의 노래를 모아 우리말로 엮어서 부른 것으로 장가 12장이고, 작자는 성명을 들은 바가 없다.

예전에 안동부에 늙은 기생이 이 노래를 잘 불러 숙부 송재선생이 때때로 이 기생을 불러 그로 하여금 노래하게 하여 장수를 비는 자리의 즐거움을 돕도록 했다.

그때는 내가 아직 어렸는데, 마음으로는 은근히 좋아하여 그 대강을 기록했으나 그 모든 곡조를 기록하지 못함이 한스러웠다.

그 후 (사람들이) 죽거나 다른 곳으로 떠나 아득한 옛 소리는 찾을 수가 없었다. 이 몸은 강호의 즐거움에서 더욱 멀어져 홍진(세속)에 떨어져, 다시 이 노래를 들으며, 흥을 붙여 근심을 잊고자 하였다.

●이체자

溪→溪, 此→此, 傳→傳, 爲→為, 者→者, 凡→凡, 章→章, 作者→作者, 聞→闻

老→老, 能→能, 齋→齋, 召→召, 助壽席→助壽席, 歡→歡, 竊喜→窃喜, 錄→錄

槪→槩, 猶→猶, 厥後→厥後, 沒→沒, 遷→迁, 舊聲杳→應聲查, 墮→墜

益遠於→益远扵, 欲→欲, 忘→忘

在京師遊蓮亭 嘗徧問而歷訪之 雖老伶韻倡 莫有能解此詞者 以是知其好之者鮮矣
(재경사유연정 상편문이력방지 수노령운창 막유능해차사자 이시지기호지자선의)

頃歲有密陽朴浚者 名知衆音 凡係東方之樂 或雅或俗 靡不裒集 爲一部書 刊行于世
此詞與霜花店諸曲 混載其中 然人之聽之於彼則手舞足蹈 於此則倦而思睡者 何哉
(경세유밀양박준자 명지중음 범계동방지악 혹아혹속 미불부집 위일부서 간행우세 차
사여상화점제곡 혼재기중 연인지청지어피칙수무족도 어차칙권이사수자 하재)

非其人 固不知其音 又焉知其樂乎 (비기인 고부지기음 우언지기락호)

서울에 있으면서 연정에 노닐 때마다 항상 두루 물어 하나하나 찾았다. 비록 노련한 악공과 운치 아는 광대라 하더라도 이 노래를 능히 아는 자가 없었으니, 이 때문에 그것을 좋아하는 자가 드문 것을 알았다

요새 밀양박씨 준이라는 자가 여러 음을 아는 것으로 유명한데, 무릇 동방의 음악과 관련해서는 아정한 것과 비속한 것을 막론하고 모두 모으지 않음이 없어 한 부의 책(樂章歌詞)으로 만들어 세상에 간행하였는데, 이 노래에는 쌍화점과 더불어 여러 곡이 섞여서 그 안에 기록되었다. 그러나 사람들이 저기(쌍화점)에서는 그것을 듣고 손과 발을 움직여 춤추는데, 이(어부가)에 있어서는 권태로워하고, 조는 것은 무엇 때문인가?

그만한 사람이 아니면 진실로 그만한 음악을 알지 못하니, 또한 어찌 그 즐거움을 알겠는가.

◉ 이체자

京→京, 師→師, 徧→遍, 雖→雖, 老→老, 韻→韵, 能解→能觧, 鮮矣→鮮矣

歲→歳, 密陽→密陽 , 浚→俊, 樂→楽, 或→或, 麋→麋, 與→興, 霜→霜

諸→諸, 聽→聽, 蹈→蹈, 倦→倦, 睡→睡, 其→其

惟我聾巖李先生 年踰七十 卽投緋高厲 退閒於汾水之曲 屢召不起 等富貴於浮雲 寄雅懷於物外 常以小舟短棹 嘯傲於烟波之裏 徘徊於釣石之上 狎鷗而忘機 觀魚而知樂 則其於江湖之樂 可謂得其眞矣 (유아농암이선생 년유칠십 즉투불고려 퇴한어분수지곡 루소불기 등부귀어부운 기아회어물외 상이소주단도 소오어연파지리 배회어조석지상 압구이망기 관어이지락 칙기어강호지락 가위득기진의)

佐郎黃君仲擧 於先生親且厚 嘗於朴浚書中 取此詞 又得短歌之爲漁父作者十闋 幷以爲獻 先生得以玩之 喜愜其素尙 而猶病其未免於冗長也 於是 刪改補撰 約十二爲九 約十爲五 而付之侍兒 習而歌之 每遇佳賓好景 憑水檻而弄烟艇 必使數兒幷喉而唱詠 聯袂而蹁躚 傍人望之 縹緲若神仙人焉 (좌랑황군중거 어선생친차후 상어박준서중 취차사 우득단가지위어부작자십결 병이위헌 선생득이완지 희협기소상 이유병기미면어용장야 어시 산개보찬 약십이위구 약십위오 이부지시아 습이가지 매우가빈호경 빙수함이롱연정 필사수아병후이창영 연몌이편선 방인망지 표묘약신선인언)

오직 우리 농암 이 선생께서는 나이가 70이 넘자 벼슬을 던지고 고매하게 강호로 물러나와 임금께서 자주 불렀으나 가지 않고, 부귀를 뜬 구름과 같이 여겼으며, 외물에 아정한 마음을 붙여 항상 작은 배와 짧은 노로써 연기같은 물결 속에서 휘파람 불며 마음대로 오가고, 조석(낚시하는 돌)가에 배회하였으며, 갈매기와 친해 세속을 잊고, 물고기를 보며 즐거움을 알았으니, 강호의 즐거움에 있어서 그 참됨을 얻었다고 말할 수 있다.

좌랑 황중거가 선생과 친함이 두터워 일찍이 박준의 책 속에서 이 노래를 취하고, 또 어부가 지은 단가 10편을 얻어 함께 드리니, 선생께서는 얻어 완상하시며, 그 소박하고 고상함을 기쁘게 여겼으나, 오히려 용장(무익함)을 면치 못했음을 병통으로 여겼다. 이에 깎고 고치고 보완하고 편찬하여 12장을 요약해 9장으로 만들고, 10장을 5장으로 만들어, 그것을 시중드는 아이에게 주어 익혀 노래하게 하고, 매번 좋은 손님, 좋은 경치를 만나면 물가 난간에 기대어 작은 배로 노닐며 반드시 여러 아이로 하여금 함께 노래하게 하고, 소매들을 이어 춤추게 하였으니, 옆에 있는 사람들이 그것을 보면 아득한 신선처럼 보였다.

● 이체자

我→我, 聾巖→聾巖, 踰→踰, 投紳高→投紳高, 汾→汾, 屢→屢, 起→起

等→芋, 富→冨, 雲→雲, 寄→寄, 懷→懷, 舟→舟, 嘯→嘯, 裏→裡, 徊→徊

石→石, 鷗→鷗, 機→機, 觀→観, 江湖→魚鳥, 眞→真, 郎→郎, 黃→黃, 擧→擧

嘗→甞, 獻→獻, 玩→翫, 猶→猶, 宂→冗, 改→改, 補撰→補撰, 兒→児, 習→習

并喉→并喉, 詠→咏, 聯→連, 袂→袂, 蹁躚→蹁躚, 望→望, 若→若

噫 先生之於此 旣得其眞樂 宜好其眞聲 豈若世俗之人悅鄭衛而增淫 聞玉樹而蕩志者比耶 (희 선생지어차 기득기진락 의호기진성 기약세속지인열정위이증음 문옥수이 탕지자비야)

先生嘗手寫此本 不辱下示 且責以跋語 滉身效轅駒 盟寒沙鳥 何敢語江湖之樂 而論漁釣之事乎 辭之至再而命之不置不獲已 謹書所感於其尾 以塞勤命之萬一 (선생상수 사차본 불욕하시 차책이발어 황신효원구 맹한사조 하감어강호지락 이론어조지사호 사지지재이명지불치불획이 근서소감어기미 이색근명지만일)

아아 선생의 이와 같음은 이미 진정한 즐거움을 얻은 것이고, 마땅히 진정한 소리를 좋아한 것이다. 어찌 세속의 사람들이 정나라, 위나라의 음악을 좋아해 더욱 음탕해지고, 옥수를 들으며 뜻이 방탕해지는 것과 비교할 수 있겠는가.

선생은 일찍이 이 본(어부가)을 손수 베끼어 아랫사람(이황 자신)에게 보이기를 수치라고 여기지 않으시고, 또한 발문으로써 책임을 주시니, 이 몸은 말 끌채를 본받은 자(벼슬)로 물새(자연)와 맹약을 하며 어찌 감히 강호의 즐거움을 말하고, 고기 잡고 낚시하는 일을 논하겠는가. 사양하였으나 재차 명하시니 하지 않을 수 없었다. 삼가 그 말미에 느낀 바를 쓰니 그 명령의 만분의 일이라도 될까.

●이체자

此→此, 旣→玩, 眞→真, 宜→冝, 好→𡥆, 眞聲→真䍮, 悅鄭→悅鄭, 淫→滛
樹→𣗳, 蕩→蕩, 手→𠂹, 寫此本→寫此本, 辱→辱, 跋→跋, 轅→轅, 盟→盟,
漁釣→魚鳥, 辭→辭, 再→𡕜, 勤→勤, 萬→萬

57. 錦繡煙霞依舊色(금수연하의구색)¹⁾

錦繡煙霞依舊色	(금수연하의구색)
綾羅芳草至今春	(능라방초지금춘)
仙郎去後無消息	(선랑거후무소식)
一曲關西淚滿巾	(일곡관서루만건)

---

1)　錦繡煙霞依舊色(금수연하의구색): 원문에는 제목이 없어, 작품의 첫 행으로 대신함. 최경
창(崔慶昌, 1539~1583)의《고죽유고(孤竹遺稿)》에 실려있는 〈기성문백평사별곡(箕城聞
白評事別曲)〉이 원래의 제목임. 신흠(申欽, 1566~1628)의 시비평집《청창연담(晴窓軟談)
하(下)》에 '백평사 광홍(白評事光弘)의 호는 기봉(岐峯)으로 광훈의 형이다. 서관(西關, 평
양)에서 주색에 빠져 노닐다가 끝내는 그 길로 죽었는데, 그가 지은 관서곡(關西曲)이 세
상에 유행했다. 그 뒤 고죽(孤竹) 최경창(崔慶昌)이 서로(西路)에서 벼슬살이하면서 백
(白)이 돌봐 준 기생에게 시를 지어 주었다.'는 구절이 있음.

대동강 가의 꽃 경치는 예전과 다름이 없고
능라의 무성한 방초 지금도 봄이로다
사랑하는 임은 가신 후 소식이 없는데
관서곡 한 가락이 눈물을 자아내네

●이체자

繡→繡, 煙霞→烟霞, 舊→旧, 郞→郎, 後→浚, 無→无, 關→関, 淚滿→泪滿

58. 浩歌行(호가행)[1]

天長地久無終畢	(천장지구무종필)
昨夜今朝又明日	(작야금조우명일)
鬢髮蒼浪牙齒疏	(빈발창랑아치소)
不覺時年四十七	(불각시년사십칠)
前去五十有幾年	(전거오십유기년)
把鏡照面心茫然	(파경조면심망연)
旣無長繩繫白日	(기무장승계백일)
又無大藥住朱顏	(우무대약주주안)
朱顏日漸不如故	(주안일점불여고)
靑史功名在何處	(청사공명재하처)
欲留年少待富貴	(욕유년소대부귀)

---

1) 浩歌行(호가행): 백거이(白居易, 772~846)의 작품으로 알려짐. 백거이는 중국 중당시대
(中唐時代, 766~826)의 시인으로, 자는 낙천(樂天), 호는 향산거사(香山居士), 시호는 문
(文).

높은 하늘과 넓은 땅은 끝이 없고
어제와 오늘 이어 내일이 있는데
귀밑머리 희어지고 치아까지 빠져서
깨닫지 못하는 사이에 마흔 일곱 되었네
남은 세월 길어봤자 오십하고 몇 년
거울을 들어 보니 마음이 아득해지네
세월 묶어둘 긴 밧줄이 없고
젊은 날 붙잡아둘 금단약도 없는데
나날이 기운 줄어 예전 같지 않고
역사에 남을 공과 이름도 없네
젊음과 부귀 모두 함께하고 싶으나

●**이체자**

歌→歌, 無→無, 畢→畢, 昨→昨, 今→今, 鬢髮→鬢髮, 蒼→滄, 齒疏→齒疎

幾→幾, 照→照, 茫然→茫然, 旣→旣 繫→繫, 藥→藥, 靑→靑, 功→功

處→處, 富→冨

富貴不來年少去　　　　　(부귀불래연소거)

去復去兮如長河　　　　　(거부거혜여장하)

東流赴海無迴波　　　　　(동류부해무회파)

賢愚貴賤同歸盡　　　　　(현우귀천동귀진)

北邙冢墓高嵯峨　　　　　(북망총묘고차아)

古來如此獨非我　　　　　(고래여차독비아)

未死有酒且酣歌　　　　　(미사유주차감가)

顏回短命伯夷餓　　　　　(안회단명백이아)

我今所得亦已多　　　　　(아금소득역이다)

功名富貴須待命　　　　　(공명부귀수대명)

命若不來知奈何　　　　　(명약불래지내하)

부귀는 오지 않고 젊음은 떠나갔네
가고 또 가는 것은 긴 강물과 같아서
동쪽으로 흘러 바다에 이르면 돌아오지 않네
현명하고 어리석은, 귀하고 천한 자 모두 죽어서
북망산에 무덤들 높이 솟아있네
그런 일 나에게만 오는 것은 아니네
살아있고 술 있을 때 큰 소리로 노래하네
단명했던 안회나 굶어 죽은 백이에 비하면
내가 가지고 누린 것은 오히려 많네
부귀와 공명이 운명을 따르는 것이라 하나
그 운명 내게 올지 어찌 알 수 있겠는가

●이체자
來→来, 兮→丂, 流赴→流赴, 廻→迴, 賢→賢, 歸盡→歸盡, 邙→卬, 高→髙,
此→此, 酒→酒, 回→囙, 今所→今所 須→湏, 若→若

59. 寄邊衣(기변의)[1]

深閨乍冷鑒開篋　　　　　(심규사랭감개협)

玉箸微微濕紅頰　　　　　(옥저미미습홍협)

一陣霜風殺柳條　　　　　(일진상풍살류조)

濃煙半夜成黃葉　　　　　(농연반야성황엽)

垂垂白練明如雪　　　　　(수수백련명여설)

獨下閑階轉凄切　　　　　(독하한계전처절)

祇知抱杵搗秋砧　　　　　(기지포저도추침)

不覺高樓已無月　　　　　(불각고루이무월)

時聞寒雁聲相喚　　　　　(시문한안성상환)

紗窓只有燈相伴　　　　　(사창지유등상반)

---

1) 寄邊衣(기변의): 배열(裴說)이 지은 작품으로《全唐詩(전당시)》권(卷) 720에는 〈聞砧(문
침) (一作寄邊衣(일작기변의))〉로 되어 있음.

방이 추워져 음식 담은 상자를 열어두고
옥젓가락질 하다 붉은 뺨에 눈물이 흐르네
한 무리의 서리바람이 버드나무 가지를 죽이고
안개가 짙은 한밤중에 잎이 다 말라버렸네
드리운 흰 비단이 눈과 같이 밝고
홀로 한가히 계단 아래를 처량하게 구르네
다만 방망이를 들어 다듬이돌만 두드리며
이미 높은 다락 위 달도 사라진 걸 깨닫지 못하네
가끔 기러기가 서로 부르는 소리를 듣는데
비단 창에 나와 있는 것은 반 남은 등잔뿐이네

●이체자

閨→闺, 鑑開→香闬, 箸微微濕→筯微微湿, 霜→霜, 殺→殺, 條→枝, 濃煙→濃炤

黃葉→黃葉, 垂垂→重重, 練→練, 明如雪→如霜雪, 獨→獨, 閑→寒, 階→堦

轉→轉, 高樓→高楼, 聞→闻, 雁聲→鴻鮮, 喚→噢, 窓→窻

幾展齊紈又懶裁　　　　　　(기전제환우라재)

離腸恐逐金刀斷　　　　　　(리장공축금도단)

細想儀形執牙尺　　　　　　(세상의형집아척)

回刀剪破澄江色　　　　　　(회도전파징강색)

愁捻銀針信手縫　　　　　　(수년은침신수봉)

惆悵無人試寬窄　　　　　　(추창무인시관착)

時時舉袖勻紅淚　　　　　　(시시거수균홍루)

紅箋謾有千行字　　　　　　(홍전만유천행자)

書中不盡心中事　　　　　　(서중불진심중사)

一片慇懃寄邊使　　　　　　(일편은근기변사)

가지런한 비단을 몇 번 펼치는데 재단하기도 귀찮아
이별의 슬픔이 끊어질까 두렵기 때문이네
손으로 대강 그대의 몸집을 생각해 보고
맑은 물빛을 가진 비단을 가위로 자르네
시름이 얽힌 은침으로 바느질을 하는데
옷이 맞나 확인할 사람이 없어 한스럽도다
항상 소매를 들어 피눈물을 훔치고
빨간 편지 안에 글자가 천자 있어 나를 속이네
마음속 일을 어찌 편지에 다 나타낼 수 있어
변방에 있는 그대에게 살며시 보내네

●이체자

幾→幾, 離腸恐→**離腸恐**, 斷→断, 執→執, 回→囬, 捻→捻, 針→**針**, 寬→**寬**

擧袖勻紅淚→**擧手均殘淚**, 箋→牋, 盡→**盡**, 片→牛, 慇懃→慇懃, 寄→托, 邊→**邊**

60. 太行路(태행로)[1]

太行之路能摧車	(태행지로능최거)
若比人心是坦途	(약비인심시탄도)
巫峽之水能覆舟	(무협지수능복주)
若比君心是安流	(야비군심시안류)
人心好惡苦不常	(인심호오고부상)
好生毛羽惡生瘡	(호생모발오생창)
與君結髮未五載	(여군결발미오재)
豈期牛女爲參商[2]	(개기우녀위참상)
古稱色衰相棄背	(고칭색쇠상기배)
當時美人猶怨悔	(당시미인유원회)
何況女今鸞鏡中	(하황여금란경중)
妾顏未改君心改	(첩안미개군심개)
爲君薰衣裳	(위군훈의상)

---

1) 太行路(태행로): 백거이(白居易)의 작품으로 알려짐.
2) 參商(참상): 참성(參星)과 상성(商星). 참성은 서쪽에, 상성은 동쪽에 있어, 서로 멀리 떨어져 있다는 데서 서로 떨어져 있어 만날 수 없음을 이르는 말.

태행산 험한 길이 수레를 막더라도
그대의 마음에 견주면 평탄한 길이네
무협 속 험한 물길이 배를 뒤집어도
그대의 마음에 견주면 편안한 물길이네
(그대 마음의 좋고 싫음이 일정치 않아 고민이니)
(좋으면 깃털처럼 감싸고 싫으면 부스럼이 되네)
그대와 혼인한 지 오 년도 되지 않았는데
어찌 견우직녀가 참상처럼 되기를 바랐겠는가
옛사람이 늙고 시들면 버림받는다 하였고
당시의 미인들도 여전히 원망하고 후회했었네
하물며 지금과 같이 거울 안에 있는
내 얼굴 아직 변하지 않았는데 그대의 마음은 변하였네
그대를 위해 옷에 향수를 뿌렸는데

◉ 이체자

路→𧿶, 若→若, 坦途→坦途, 流→流, 惡→悪, 羽→髮, 與→學, 髮→髮

爲→為, 參商→参商, 稱→穪, 衰→衰, 棄→弃, 美→美, 猶怨→猶怨, 改→攺

君聞蘭麝不馨香　　　　　　(군문난사부형향)

爲君盛容飾　　　　　　　　(위군성용식)

君看珠翠無顏色　　　　　　(군간주취무안색)

行路難難重陳　　　　　　　(행로난난중진)

人生莫作婦人身　　　　　　(인생막작부인신)

百年苦樂由他人　　　　　　(백년고락유타인)

行路難難於山險於水　　　　(행로난난어산험어수)

不獨人間夫與妻　　　　　　(부독인간부여처)

近代君臣亦如此　　　　　　(근대군신역여차)

君不見左納言³⁾右納史　　　(군부견좌납언우납사)

朝承恩暮賜死　　　　　　　(조승은모사사)

行路難不在水不在山　　　　(행로난부재수부재산)

只在人情反覆間　　　　　　(지재인정반복간)

---

3)　納言(납언): 중국(中國) 순나라 때, 임금의 뜻을 백성(百姓)에게 전(傳)하고 백성(百姓)의
　　뜻을 임금에게 올리던 벼슬.

그대는 난초나 사향의 향을 맡고도 향기롭다 하지 않네

그대를 위해 화장을 하였는데

그대는 진주나 비취를 보고도 아무 표정 없네

인생길 어려워라 어렵다고 다시 말하기도 어렵구나

인생에서 부인이 되지 말아라

백년고락이 남에게 달려 있네

인생길 어려움은 산보다 어렵고 물보다 험하네

인간 부부만 유독 그러한 것은 아니네

근대의 임금과 신하의 사이도 이와 같도다

그대는 보지 못했나 좌 납언, 우 납사가

아침에 승은 받고 저녁에 사약 받는 것을

인생길 어려워라 물길에 있지 않고 산길에 있지 않으니

다만 인정이 뒤집어지고 엎어지는 사이에 있도다

● **이체자**

聞→闻, 蘭麝→蘭香, 馨→馨, 盛→盛, 飾→餙, 看→看, 難難→難 難, 莫→莫

樂→楽, 承恩→承恩, 暮→暮, 賜→賜, 間→间, 納→納

61. 井底引銀甁(정저인은병)[1]

井底引銀甁	(정저인은병)
銀甁欲上絲繩絶	(은병욕상사승절)
石上磨玉簪	(석상마옥잠)
玉簪欲成中央折	(옥잠욕성중앙절)
甁沈簪折知奈何	(병침잠절지나하)
似妾今朝與君別	(사첩금조여군별)
憶昔在家爲女時	(억석재가위녀시)
人言擧動有殊姿	(인언거동유수자)
嬋娟兩鬢秋蟬翼	(선연량빈추선익)
宛轉雙蛾遠山色	(완전쌍아원산색)
妾弄靑梅憑短墻	(첩롱청매빙단장)
君騎白馬傍垂楊	(군기백마방수양)
墻頭馬上遙相見	(장두마상요상견)
一見知君卽斷腸	(일견지군즉단장)

---

1) 井底引銀甁(정저인은병): 백거이(白居易)의 작품으로 알려진 작품이나 《해동유요》본과
    완전히 일치하지는 않음.

우물 바닥에서 은 두레박을 당겨 올리니

은 두레박이 올라올 듯하다 끈 끊어지네

돌 위에 옥비녀를 갈아보니

옥비녀는 갈아질 듯 하다 가운데가 부러지네

두레박은 빠지고 비녀는 부러지니 이를 어찌하리

나의 오늘 아침 님과의 이별과 비슷하도다

떠올려보네 예전 처녀일 적 집에 있을 때

사람들은 내 거동에 특별한 자태 있다 하였네

아리따운 두 살쩍은 매미 날개 같고

둥그스름한 눈썹은 먼 산빛과 같았네

나는 푸른 매실나무를 보며 낮은 담장에 기대어있고

그대는 백마 타고 수양버들 곁에 있었네

담장 머리 말 위에서 서로 멀리 보고

한 번에 그대인 것을 알고 애가 끊어졌네

● 이체자

瓶→甁, 絲繩→**絲繩**, 簪→簪, 沈→沉, 知→無, 今→**今**, 別→別, 爲→為, 擧→舉

嬋娟兩鬢→嬋姸兩鬢, 蟬翼→蟬翼, 宛轉雙蛾→婉轉雙娥, 遠→遠, 弄→弄, 靑→青

騎→**騎**, 遙→遥, 斷腸→斷膓

知君斷腸共君語　　　　　（지군단장공군어）

君指南山松柏樹　　　　　（군지남산송백수）

感君松柏化爲心　　　　　（감군송백화위심）

暗合雙鬟逐君去　　　　　（암합쌍환축군거）

到君家舍五六年　　　　　（도군가사오륙년）

君家大人頻有言　　　　　（군가대인빈유언）

聘則爲妻奔則妾　　　　　（빙즉위처분즉첩）

不堪主祀奉蘋蘩　　　　　（부감주사봉빈번）

終知君家不可住　　　　　（종지군가부가주）

其奈出門無去處　　　　　（기나출문무거처）

豈無父母在高堂　　　　　（개무부모재고당）

亦有親情滿故鄕　　　　　（역유친정만고향）

潛來更不通消息　　　　　（잠내경부통소식）

今日悲羞歸不得　　　　　（금일비수귀부득）

爲君一日恩　　　　　　　（위군일일은）

誤妾百年身　　　　　　　（오첩백년신）

寄言癡小人家女　　　　　（기언치소인가녀）

愼勿將身輕許人　　　　　（신물장신경허인）

그대의 속 타는 심정을 알고 서로 이야기하며
그대는 남산의 송백을 가리켜 맹세했네
그대의 송백같은 굳은 마음에 감격하여
남 몰래 머리 손질하고 마침내 그대를 따랐네
그대 집에 와 산 지 대여섯 해 되었는데
그대 아버님은 내게 자주 말씀하시기를
혼례를 해야 아내가 되지 도망쳐 왔으니 첩이라
조상의 제사상을 차리게 할 수가 없다
이에 끝내 그대 집에서 더는 살 수 없음을 알았네
그러나 문을 나서면 갈 곳도 없음을 어찌하리
어찌 부모가 생존해 계시기는 않았겠냐마는
또한 고향에는 아는 사람이 많이 있었지마는
몰래 집을 나와 소식이 끊겼으니
이제는 슬프고 부끄러워 돌아갈 수가 없네
그대의 하루 은혜(사랑) 때문에
내 백년 신세가 그릇되었네
세상 물정 모르는 어린 여자에게 전하니
삼가 몸을 가볍게 남에게 허락하지 말라

● 이체자

指→指, 柏樹→栢樹, 鬒→鬓, 舍→舍, 五六→六七, 頻→頻, 有→為, 聘→聘

蘋蘩→蘋蘩, 門→门, 處→處, 高→高, 滿→満, 鄉→郷, 潛來更→潜来更

歸→攺, 恩→恩, 誤→誤, 寄→寄, 癡→痴, 小→少, 愼→慎, 將→将, 輕→軽

62. 嶺南歌(영남가) 己酉春(기유춘) 作(작)[1]

春日(춘일)이 彦陽(언양)[2]커늘 金山(김산)[3]에 올나 안ㅈ
醴泉(예천)[4]에 쉽는 술을 延日(연일)[5]ㅎ야 醉(취)ᄒ 後(후)에
潁川(영천)에 귀을 씻고[6] 泗川(사천)[7]을 ᄎ즈가니
知禮(지례)[8] 高風(고풍)[9]이 至今(지금)에 義興(의흥)[10]이라
義城(의성)[11]이 足(족)ᄒ거든 軍威(군위)[12]은 무슴 일고

---

1) 己酉春(기유춘): 기유년의 봄. 기유년은 육십간지의 46번째 해인데 본서의 편저자가 지은 자작 가사로 그 생물연대를 고려하면 1909년으로 추정된다. 이에 대해서는 정소연(2016); 손태도·정소연(2019)참고. 본서의 30번 〈호서가〉와 같이 지명가사이면서 지명이 중의적으로 사용된 방식이 같음.

2) 彦陽(언양): 조선 시대 언양현(彦陽縣), 언양군(彦陽郡)으로 현재 울산광역시(蔚山廣域市) 울주군(蔚州郡) 일원.

3) 金山(김산): 조선 시대 김산군(金山郡), 현재 경상북도 김천시(金泉市) 일원. 김산은 지명과 '금(빛) 산'의 의미로 중의적으로 사용되었음.

4) 醴泉(예천): 조선 시대부터 예천군(醴泉郡). 현재 경상북도 소속. 중국에서, 태평한 때에 단물이 솟는다고 하는 샘. 예천은 지명과 '단술 샘'의 의미로 중의적으로 사용되었음.

5) 延日(연일): 조선 시대 연일현(延日縣)으로 현재 경상북도 포항시(浦項市) 연일읍(延日邑) 일원. 연일은 지명 외에 '해를 끌다' 정도의 의미로 중의적으로 사용되었음.

6) 潁川(영천)에 귀을 씻고: 영수(潁水)에서 귀를 씻었다는 허유(許由)의 고사를 이용한 표현으로 영천군(永川)과 동음이의 효과를 시도한 것으로 보임. 영천은 조선 시대 영천군(永川郡), 현재 경상북도 영천시(永川市) 일원.

7) 泗川(사천): 조선 시대 사천현(泗川縣), 사천군(泗川郡), 현재 경상남도 사천시(泗川市) 일원.

8) 知禮(지례): 조선 시대 지례현(知禮縣), 현재 김천시 지례면(知禮面) 일원. 지례는 지명 외에 '예를 알다'라는 의미로 중의적으로 사용되었음.

9) 高風(고풍): 높은 곳에서 부는 바람, 뛰어난 인덕, 남의 풍채를 높이어 일컫는 말로 고상한 풍채.

10) 義興(의흥): 조선 시대 의흥현(義興縣), 현재 경상북도 군위군(軍威郡) 의흥면(義興面) 일원. 의흥은 지명 외에 '의가 흥하다'라는 의미로 중의적으로 사용되었음.

11) 義城(의성): 조선 시대 의성현(義城縣), 현재 경상북도 의성군(義城郡) 일원. 의성은 지명 외에 '의로운 성'의 의미로 중의적으로 사용되었음.

봄날이 매우 밝거늘 금산에 올라 앉아

맛좋은 샘물에 샘솟는 술을 맞이하여 취한 후에

영천에 귀를 씻고 사천을 찾아가니

예를 아는 고풍이 지금에 이르러 의가 흥하네

의로운 성이 만족스럽거든 군위는 무슨 일인가

---

12) 軍威(군위): 軍威(군위)는 조선 시대 군위현(軍威縣), 군위군(軍威郡), 현재 군위군. 군위
    는 지명 외에 '군대의 위세'라는 의미로 중의적으로 사용되었음.

●이체자

陽→陽, 醉→醉, 後→後, 潁→潁, 高→髙, 今→今

믄믄(읍읍)이 奉化(봉화)¹³⁾ᄒ니 眞寶(진보)¹⁴⁾을 블를소냐
河東(하동)¹⁵⁾ 녯 일음에 汲長孺(급장유)¹⁶⁾ 다시 본 듯
王羲之(왕희지)¹⁷⁾ 업쎠시니 山陰(산음)¹⁸⁾믈이 믈가잇닉
黃河水(황하수) 엇더ᄒ고 淸河(청하)¹⁹⁾을 ᄒ오리라
우리 東方(동방) 比安(비안)²⁰⁾ᄒ니 新寧(신녕)²¹⁾타 ᄒ리로다

---

13) 奉化(봉화): 조선 시대 봉화현(奉化縣), 봉화군(奉化郡), 현재 경상북도 봉화군. 봉화는 지명 외에 '받들어 교화하다' 정도의 의미로 중의적으로 사용되었음.

14) 眞寶(진보): 조선 시대 진보현(眞寶縣), 현재 경상북도 청송군(靑松郡) 진보면(眞寶面) 일원.

15) 河東(하동): 조선 시대 하동현(河東縣), 하동군(河東郡), 현재 경상남도 하동군.

16) 汲長孺(급장유): 중국 한나라 때 회양의 태수로, 누워서 고을을 다스릴 정도로 뛰어난 인물.

17) 王羲之(왕희지): 중국 동진의 뛰어난 서예가. 해서·행서·초서의 각 서체를 완성함으로써 예술로서의 서예의 지위를 확립함.

18) 山陰(산음): 조선 시대 산음현(山陰縣), 1767년 산청현(山淸縣) 개칭, 현재 경상남도 산청군(山淸郡).

19) 淸河(청하): 조선 시대 청하현(淸河縣), 현재 포항시 청하면(淸河面) 일원. 청하는 지명 외에 '맑은 물'이라는 의미로 중의적으로 사용되었음.

20) 比安(비안): 조선 시대 비안현(比安縣), 현재 의성군 비안면(比安面) 일원. 비안은 지명 외에 '견주어 편안하다'라는 의미로 중의적으로 사용되었음.

21) 新寧(신녕): 조선 시대 신녕현(新寧縣), 현재 영천시 신녕면(新寧面) 일원. 신녕은 지명 외에 '새롭고 편안하다'라는 의미로 중의적으로 사용되었음.

읍마다 받들어 교화하니 진귀한 보배를 부를 것인가

하동 옛 이름에 급장유 다시 본 듯

왕희지 없었으니 산음의 물이 맑구나

황하의 물은 어떠한가 청하를 하오리라

우리 동방 평안하니 새로 평안타 하리로다

●이체자

眞寶→真寶, 孺→孺, 陰→陰, 黃→黃, 清→清, 寧→寧

宜寧(의령)²²⁾흔 萬物(만물)이요 昌寧(창녕)²³⁾흔 百姓(백성)이라

丹心(단심)을 미즈니니 爲國(위국)흔 丹城(단성)²⁴⁾일라

慶山(경산)²⁵⁾이 둘너잇고 固城(고성)²⁶⁾이 구더잇니

時時(시시)로 聞慶²⁷⁾(문경)ᄒ니 人物山川(인물산천) 三嘉(삼가)²⁸⁾로다

太平(태평)에 長鬐(장기)²⁹⁾ᄒ니 不老草(불로초) 쓸데업니

---

22) 宜寧(의령): 조선 시대 의령현(宜寧縣), 현재 경상남도 의령군(宜寧郡). 의령은 지명 외에 '마땅히 편안하다' 정도 의미로 중의적으로 사용되었음.

23) 昌寧(창녕): 조선 시대 창녕현(昌寧縣), 현재 경상남도 창녕군(昌寧郡). 창녕은 지명 외에 '창성하고 편안하다'라는 의미로 중의적으로 사용되었음.

24) 丹城(단성): 조선 시대 단성현(丹城縣), 현재 산청군 단성면(丹城面) 일대. 단성은 지명 외에 '붉은 성' 또는 '단심의 성' 정도의 의미로 중의적으로 사용되었음.

25) 慶山(경산): 조선 시대 경산현(慶山縣), 경산군(慶山郡), 현재 경상북도 경산시(慶山市).

26) 固城(고성): 조선 시대 고성현(固城縣), 고성군(固城郡), 현재 경상남도 고성군. 고성은 지명 외에 '굳은 성'이라는 의미로 중의적으로 사용되었음.

27) 聞慶(문경): 조선 시대 문경군(聞慶郡), 현재 경상북도 문경시(聞慶市). 문경은 지명 외에 '경사를 듣다' 정도의 의미로 중의적으로 사용되었음.

28) 三嘉(삼가): 조선 시대 삼가현(三嘉縣), 현재 경상남도 합천군(陜川郡) 삼가면(三嘉面) 일대. 삼가는 지명 외에 '세 가지 아름다움'의 의미로 중의적으로 사용되었음.

29) 長鬐(장기): 조선 시대 장기현(長鬐縣), 현재 포항시 장기면(長鬐面) 일대. 장기는 지명 외에 '긴 수염'의 의미로 중의적으로 사용되었음.

마땅히 평안한 만물과 평안이 창성한 백성이라

단심을 맺어내니 나라 위해 정성스런 성이라

경산이 둘러있고 고성이 굳어있네

때때로 경사를 들으니 인물산천이 셋 다 아름답다

태평하게 오래 사니 불로초 쓸데없어

● 이체자

宜→冝, 萬→萬, 丹→丹, 爲→為, 慶→慶, 草→草

늘갓치 仁同(인동)³⁰⁾ᄒ 면 機張(기장)³¹⁾도 虛事(허사)로다

뭇노라 童男童女(동남동녀) 東萊(동래)³²⁾ 靈山(영산)³³⁾ 여긔로다

可笑(가소) 咸陽(함양)³⁴⁾ 三月紅(삼월홍)³⁵⁾에 興海(흥해)³⁶⁾도 업쏘든가

熊川(웅천)³⁷⁾이 괴이커든 榮川(영천)³⁸⁾이라 닐을손가

昌原(창원)³⁹⁾ 언덕 우희 豊基(풍기)⁴⁰⁾ 어더 집 지으니

---

30) 仁同(인동): 조선 시대 인동부(仁同府), 인동군(仁同郡), 현재 경상북도 구미시(龜尾市) 인동동(仁同洞) 일대. 인동은 지명 외에 '어질고 함께하다' 정도의 의미로 중의적으로 사용되었음.

31) 機張(기장): 조선 시대 기장현(機張縣), 현재 부산광역시(釜山廣域市) 기장군(機張郡) 일대.

32) 東萊(동래): 조선 시대 동래부(東萊府), 현재 부산광역시 동래구(東萊區) 일원.

33) 靈山(영산): 조선 시대 영산현(靈山縣), 현재 창녕군(昌寧郡) 영산면(靈山面) 일대. 영산은 지명 외에 '신령한 산'의 의미로 중의적으로 사용되었음.

34) 咸陽(함양): 조선 시대 함양현(咸陽縣), 함양군(咸陽郡), 현재 경상남도 함양군. 함양은 지명 외에 '다 볕들다' 정도의 의미로 중의적으로 사용되었음.

35) 三月紅(삼월홍):《고문진보》에 있는 증공(曾鞏)의 〈우미인초(虞美人草)〉에 '咸陽宮殿三月紅(함양궁전삼월홍)', 곧 '함양의 궁전을 불살라 석 달이나 붉게 타올라'라는 구절이 있음.

36) 興海(흥해): 조선 시대 흥해현(興海縣), 현재 포항시 흥해면(興海面) 일대. 흥해는 지명 외에 '흥한 바다'의 의미로 중의적으로 사용되었음.

37) 熊川(웅천): 조선 시대 웅천현(熊川縣), 현재 경상남도 창원시(昌原市) 진해구(鎭海區) 일대. 웅천은 지명 외에 '곰내'의 의미로 중의적으로 사용되었음.

38) 榮川(영천): 조선 시대 영천군(榮川郡), 현재 경상북도 영주시(榮州市). 영천은 지명 외에 '영화로운 내'의 의미로 중의적으로 사용되었음.

39) 昌原(창원): 조선 시대 창원부(昌原府), 현재 창원시. 창원은 지명 외에 '창성한 들판'의 의미로 중의적으로 사용되었음.

40) 豊基(풍기): 조선시대 풍기군, 현재 경상북도 영주시 풍기읍 일대. '풍부한 터'라는 의미로 중의적으로 사용되었음.

나와 같이 어질고 화합하면 기교를 부려도 허사로다
묻노라 동남동녀 동래의 영산이 여기로다
우습도다 함양 궁궐의 삼월홍에 가득한 바다도 없었는가
웅천이 괴이하거든 영천이라 이르겠는가
창원 언덕 위에 풍요로운 터 얻어 집 지으니

●이체자

機→襪, 虛→虗, 萊→莱, 靈→霊, 陽→陽, 榮→荣

善山(선산)⁴¹⁾은 靑龍(청룡)이요 陜川(합천)⁴²⁾은 水口(수구)⁴³⁾로다

德(덕)을 심거 치와시니 이 아니 盈德(영덕)⁴⁴⁾인가

風俗(풍속)이 禮安(예안)⁴⁵⁾ᄒ니 開寧(개령)⁴⁶⁾홀 터이로다

草溪(초계)⁴⁷⁾예 믈을 머겨 淸道(청도)⁴⁸⁾에 長驅(장구)⁴⁹⁾ᄒ니

漆谷(칠곡)⁵⁰⁾ 깁픈 골에 密陽(밀양)⁵¹⁾이 다서ᄒ다

漆原(칠원)⁵²⁾에 駐馬(주마)ᄒ고 古迹(고적)을 싱각ᄒ니

金海(김해)⁵³⁾예 몰근 믈은 古今(고금)이 一般(일반)이요

---

41) 善山(선산): 조선 시대 선산군(善山郡), 현재 구미시 선산읍(善山邑) 및 주변 읍면. 선산은 지명 외에 '좋은 산'의 의미로 중의적으로 사용되었음.

42) 陜川(합천): 조선 시대부터 합천군(陜川郡). 원문에 협천(浹川)으로 되어있는데 과거에 사용되던 지명임. 합천은 지명 외에 '좁은 내'라는 의미로 중의적으로 사용되었음.

43) 水口(수구): 저수지의 물이나 하수를 끌어들이거나 흘러 내 보내는 곳, 풍수지리에 있어 득이 흘러드는 곳.

44) 盈德(영덕): 조선 시대 영덕현(盈德縣), 현재 경상북도 영덕군(盈德郡). 영덕은 지명 외에 '가득 찬 덕'의 의미로 중의적으로 사용되었음.

45) 禮安(예안): 조선 시대 예안현(禮安縣), 예안군(禮安郡), 현재 경상북도 안동시(安東市) 예안면(禮安面) 일대. 예안은 지명 외에 '예를 지키고 편안하다' 정도의 의미로 중의적으로 사용되었음.

46) 開寧(개령): 조선 시대 개령현(開寧縣), 현재 김천시 개령면(開寧面) 일대. 개령은 지명 외에 '편안함을 열다' 정도의 의미로 중의적으로 사용되었음.

47) 草溪(초계): 조선 시대 초계군(草溪郡), 현재 합천군 초계면(草溪面) 일대. 초계는 지명 외에 '풀 있는 시내' 정도 의미로 중의적으로 사용되었음.

48) 淸道(청도): 조선 시대부터 청도군(淸道郡). 현재 경상북도 소속. 청도는 지명 외에 '맑은 길'이라는 의미로 중의적으로 사용되었음.

49) 長驅(장구): 멀리 달림. 먼 곳까지 몰아서 쫒아감.

50) 漆谷(칠곡): 조선 시대 칠곡도호부(漆谷都護府), 칠곡군(漆谷郡), 현재 경상북도 칠곡군.

51) 密陽(밀양): 조선 시대 밀양군(密陽郡), 현재 경상남도 밀양시(密陽市). 밀양은 지명 외에 '그윽한 볕'의 의미로 중의적으로 사용되었음.

52) 漆原(칠원): 조선 시대 칠원현(漆原縣), 칠원군(漆原郡), 경상남도 함안군(咸安郡) 일대.

선산은 청룡이요 내천은 수구로다

덕을 심어 채우시니 이 아니 덕이 가득하지 않은가

풍속이 예를 갖추고 평안하니 평안이 열릴 터로다

초원의 시내에서 말을 먹여 청도에 장구하니

칠곡 깊은 골에 촘촘한 볕이 따스하다

칠원에 말을 대고 고적을 생각하니

김해의 맑은 물은 예전이나 지금이나 같고

---

53) 金海(김해): 조선 시대 김해도호부(金海都護府), 김해군(金海郡), 현재 경상남도 김해시 (金海市). 김해는 지명 외에 '금빛 바다'의 의미로 중의적으로 사용되었음.

◉ 이체자

陜→浹, 德→徳, 驅→駈, 漆→柒, 密→窋, 漆→㳬, 迹→跡, 般→般

慶州(경주)⁵⁴⁾ 舊墟(구허)⁵⁵⁾에는 禾黍油油(화서유유)로다

天設金湯地(천설금탕지)은 녜붓터 晉州(진주)⁵⁶⁾로다

禮義(예의)을 崇尙(숭상)ᄒ니 尙州(상주)⁵⁷⁾가 粲然(찬연)하다

별갓치 列邑(열읍)ᄒ니 高靈(고령)⁵⁸⁾ᄒ 星州(성주)⁵⁹⁾로다

居昌(거창)⁶⁰⁾도 됴커이와 南海(남해)⁶¹⁾을 보려ᄒ고

蔚山(울산)⁶²⁾에 靑松(청송)⁶³⁾ 버혀 비을 무어 흘니저어

---

54) 慶州(경주): 조선 시대 경주부(慶州府), 현재 경상북도 경주시(慶州市).

55) 舊墟(구허): 옛날 성이나 건물 따위가 있던 곳

56) 晉州(진주): 조선 시대 진주부(晉州府), 현재 경상남도 진주시(晉州市).

57) 尙州(상주): 조선 시대 상주부(尙州府). 현재 경상북도 상주시(尙州市). 상주는 지명 외에 (예의를) '숭상하는 고을'의 의미로 중의적으로 사용되었음.

58) 高靈(고령): 조선 시대 고령현(高靈縣), 고령군(高靈郡), 현재 경상북도 고령군. 고령은 지명 외에 '높고 신령하다'라는 의미로 중의적으로 사용되었음.

59) 星州(성주): 조선 시대 성주목(星州牧), 현재 경상북도 성주군(星州郡). 성주는 지명 외에 '별 고을'의 의미로 중의적으로 사용되었음.

60) 居昌(거창): 조선 시대 거창현(居昌縣), 거창부(居昌府), 현재 경상남도 거창군(居昌郡). 거창은 지명 외에 '창성한 데에 살다' 정도의 의미로 중의적으로 사용되었음.

61) 南海(남해): 조선 시대 남해현(南海縣), 경상남도 남해군(南海郡), 현재 남해군. 남해는 지명 외에 '남쪽 바다'의 의미로 중의적으로 사용되었음.

62) 蔚山(울산): 조선 시대 울산군(蔚山郡), 울산도호부(蔚山都護府), 현재 울산광역시. 울산은 지명 외에 '우거진 산'의 의미로 중의적으로 사용되었음.

63) 靑松(청송): 조선 시대 청송군(靑松郡), 청송도호부(靑松都護府), 현재 청송군. 청송은 지명 외에 '푸른 소나무'라는 의미로 중의적으로 사용되었음.

경주의 구허에는 벼와 기장 기름지도다

하늘이 내린 좋은 땅은 예로부터 진주로다

예의를 숭상하니 상주가 찬연하다

별 같이 여러 고을이 모여 있으니 높은 정신의 성주로다

거창도 좋거니와 남해를 보려 하고

울창한 산에 푸른 소나무를 베어 배를 만들어 노를 저어

● 이체자

舊墟 → 舊墟, 黍 → 黍, 設 → 設, 湯 → 湯, 晉 → 晉, 然 → 然, 靑 → 靑

寧海(영해)⁶⁴⁾예 中流(중류)ᄒ야 巨濟(거제)⁶⁵⁾로 건너가니

水中(수중) 龍宮(용궁)⁶⁶⁾은 安陰(안음)⁶⁷⁾타 ᄒ리로다

朝日(조일)이 昆陽(곤양)⁶⁸⁾ᄒ야 河陽(하양)⁶⁹⁾이 되거고나

茫茫滄波上(망망창파상)에 玄風(현풍)⁷⁰⁾이 니러나면

鎭海(진해)⁷¹⁾을 뉘 홀손고 梁山(양산)⁷²⁾ 大丘(대구)⁷³⁾ 가쟈스라

聖上(성상)이 慈仁(자인)⁷⁴⁾ 安(안) 東方(동방)⁷⁵⁾ᄒ오시니 萬民(만민)은 咸昌(함창)⁷⁶⁾ 咸安(함안)⁷⁷⁾ ᄒ리로라

夜無眠(야무면) 作此歌(작차가)

64) 寧海(영해): 조선 시대 영해도호부(寧海都護府), 현재 영덕군(盈德郡) 영해면(寧海面) 일대. 영해는 지명 외에 '편안한 바다'의 의미로 중의적으로 사용되었음.

65) 巨濟(거제): 조선 시대 거제현(巨濟縣), 현재 경상남도 거제시(巨濟市). 거제는 지명 외에 '큰 나루'라는 의미로 중의적으로 사용되었음.

66) 龍宮(용궁): 조선 시대 용궁현(龍宮縣), 현재 예천군 용궁면(龍宮面) 일대. 용궁은 지명 외에 (용왕이 사는) 용궁의 중의적 의미로 사용되었음.

67) 安陰(안음): 조선 시대 안음현(安陰縣), 1767년 개명하여 안의현(安義縣), 이후 안의군(安義郡), 현재 함양군 안의면(安義面) 일대. 안음은 지명 외에 '편안한 그늘'의 의미로 중의적으로 사용되었음.

68) 昆陽(곤양): 조선 시대 곤양군(昆陽郡), 현재 사천시 곤양면(昆陽面) 일대. 같은 줄 뒤에도 같음. 곤양은 지명 외에 '먼저 드는 볕' 정도의 중의적 의미로 사용되었음.

69) 河陽(하양): 조선 시대 하양현(河陽縣), 하양군(河陽郡). 현재 경산시 하양읍(河陽邑) 일대. 하양은 지명 외에 '물에 든 볕' 정도의 중의적 의미로 사용되었음.

70) 玄風(현풍): 조선 시대 현풍현(玄風縣), 현풍군(玄風郡), 현재 대구광역시(大丘廣域市) 달성군(達城郡) 현풍면(玄風面) 일대. 현풍은 지명 외에 '검은 바람'의 중의적 의미로 사용되었음.

71) 鎭海(진해): 조선 시대 진해현(鎭海縣), 진해군(鎭海郡), 현재 창원시 진해구(鎭海區) 일대. 진해는 지명 외에 '바다를 진압하다'의 중의적 의미로 사용되었음.

영해에 흘러가서 거제로 건너가니

수중의 용궁은 편안하다 하리로다

아침 해가 환히 빛나 햇살이 냇물처럼 되었구나

드넓은 바다 파도에 현풍이 일어나면

바다 진압을 누가 할 것인가 양산 대구로 가자

임금이 인자하여 동방을 평안케 하시니 만민은 함께 창성하고 평안하리로다

잠 안 오는 밤에 이 노래를 짓다.

---

72) 梁山(양산): 조선 시대 양산군(梁山郡), 현재 경상남도 양산시(梁山市).

73) 大丘(대구): 조선 시대 대구도호부(大丘都護府), 현재 대구광역시.

74) 慈仁(자인): 조선 시대 자인현(慈仁縣), 자인군(慈仁郡), 현재 경산시 자인면(慈仁面) 일대. 자인은 지명 외에 '자애롭고 어질다'라는 의미로 중의적으로 사용되었음.

75) 安東方(안동방): 직역하면 동방을 편안하게 한다는 뜻도 되지만 안동(安東)이 포함된 언어유희임. 안동은 조선 시대 안동도호부(安東都護府), 현재 경상북도 안동시(安東市).

76) 咸昌(함창): 조선 시대 함창현(咸昌縣), 함창군(咸昌郡), 현재 상주시 함창읍(咸昌邑) 일대. 함창은 지명 외에 '다 창성하다'라는 의미로 중의적으로 사용되었음.

77) 咸安(함안): 조선 시대부터 함안군(咸安郡). 현재 경상남도 소속. 함안은 지명 외에 '다 편안하다'라는 의미로 중의적으로 사용되었음.

◉ 이체자

龍→龍, 陰→陰, 茫茫→茳 茳, 鎭→鎭, 梁→梁, 萬→萬, 歌→歌

63. 彙永(휘영)[1]

不知何手而取善作書之(부지하수이취선작서지)[2]

天下名山(천하명산) 五嶽之中(오악지중)에 衡山(형산)이 最高(최고)ᄒᆞ디

蓮花(연화) 滿發(만발)ᄒᆞ고 景槪(경개) 絶勝(절승)ᄒᆞ디

唐時(당시)에 늙근 듕이 結草(결초) 菴峯上(암봉상)ᄒᆞ고

設法敎衆生(설법교중생)홀 제 죠고만 上佐(상좌)[3] 듕이

經文(경문)을 能通(능통)키로 龍宮(용궁)에 出入(출입)다가

春風上石橋邊(춘풍상석교변)에 八仙女(팔선녀) 戲弄(희롱)키로

謫下人間(적하인간)[4]ᄒᆞ니 天地間(천지간) 奇男子(기남자)ㅣ라

활 쏘기 ᄆᆞᆯ 달니기 거문고 퉁쇼불기

文章(문장)은 李杜上(이두상)[5]이요 筆法(필법)은 鍾王(종왕)[6] 間(간)을

---

1) 彙永(휘영): 김만중(金萬重)의 작품인 〈구운몽(九雲夢)〉의 내용을 요약하여 노래 부른 것
   으로 생각됨.

2) 不知何手而取善作書之(부지하수이취선작서지): 누가 지었는지 알지 못하나, 가장 나은 것
   을 택하여 쓴다. 본서의 편저자가 기존에 〈구운몽〉을 노래화한 여러 이본 중 하나를 택해
   서 기록했다고 함.

3) 上佐(상좌): 행자(行者), 사승(師僧)의 대를 이을 여러 제자 가운데서 높은 사람.

4) 謫下(적하): 귀양으로 내려가거나 내려옴, 또는 귀양으로 내려 보냄.

5) 李杜(이두): 이백(李白)과 두보(杜甫)를 아울러 이르는 말.

6) 鍾王(종왕): 종요(鍾繇)와 왕희지.

천하명산 오악지중에 형산이 가장 높아

연꽃이 만발하고 경치가 훌륭한데,

당시의 늙은 중이 은혜를 갚고자 절벽 암자에 올라

설법으로 중생들을 가르칠 때, 조그만 상좌 중이

경문에 능통하여 용궁에 출입하다가

봄바람 바위 위 다리 가에 있는 팔선녀를 희롱하여

인간 세상으로 적하하니 천지 간 기이한 남자라

활쏘기, 말달리기, 거문고, 퉁소불기,

문장은 이백과 두보 이상이요 필법은 종요와 왕희지 사이라

◉ 이체자

彙→彙, 高→髙, 滿發→滿發, 槪→槩, 勝→勝, 說→說, 經→経, 龍宮→龍宮

橋邊→橋邊, 戲弄→戲弄, 奇→竒, 筆→筆

靑年(청년)에 壯元(장원)ᄒ여 出將入相(출장입상)ᄒ여

南蠻北狄(남만북적)을 다 쓸러ᄇ닌 後(후)에

節鉞(절월)[7]을 압셰우고 太史堂(태사당)[8] 감도라들 제

窈窕淑女(요조숙녀) 絶代佳人(절대가인)이 左右(좌우)에 버러시니

蘭英(난영)[9]은 兩公主(양공주)ㅣ요 桂蟾月(계섬월) 秦彩鳳(진채봉)이

賈春雲(가춘운) 狄驚鴻(적경홍)이 沈褭烟(심요연) 白凌波(백능파)로

一生(일생)을 누리다가 三千兵馬(삼천병마) 擁衛(옹위)ᄒ여

冶遊園(야유원)에 山行(산행)ᄒ니

아마도 萬古豪傑(만고호걸)은 楊少游(양소유)ㅣ가 ᄒ로라

---

7) 節鉞(절월): 절월(節鉞), 절부월(節斧鉞)과 같은 말. 지방관으로 부임할 때 임금이 내어주
던 물건으로 권위를 상징함.

8) 太史堂(태사당): 양승상이 손님을 접대하며 공사를 살피는 곳이었음. (其前太史堂禮賢堂,
丞相接賓客聽公事之處也. 기전태사당례현당 승상접빈객청공사지처야)

9) 蘭英(난영): 〈구운몽〉에서 난양공주(蘭陽公主)와 영양공주(英陽公主). 전자는 황제의 여
동생이고 후자는 정경패(鄭瓊貝)로 후에 공주로 봉해졌음.

젊을 때 장원하여 나아가면 장수요, 들어오면 재상이 되어

남쪽의 오랑캐와 북쪽의 오랑캐를 다 쓸어버린 후에

즉성을 앞세우고 태사당을 감아돌 때

요조숙녀 절대가인이 좌우에 널렸으니,

난영은 두 공주요 계섬월, 진채봉,

가춘운, 적경홍, 심요연, 백능파로

일생을 누리다가, 삼천병마를 거느리고

야유원에 산행하니

아마도 만고호걸은 양소유인가 하노라

◉ 이체자

青→青, 壯→壯, 將→将, 後→後, 節→節, 窈→窈, 佳→佳, 兩→両

桂蟾→桂蟾, 秦彩鳳→秦彩鳳, 雲→雲, 烟→烔, 凌→凌, 遊→遊, 豪傑→豪傑

楊→楊

64. 雨歇長堤草色多(우헐장제초색다)[1]

雨歇長堤草色多(우헐장제초색다)   비 갠 긴 강둑에 풀빛이 짙어지고

送君南浦動悲歌(송군남포동비가)   남포로 님을 보내니 슬픈 노래 이는구나

大同江水何時盡(대동강수하시진)   대동강 물은 어느 때 마를까

別淚年年添綠波(별루년년첨록파)   이별의 눈물이 해마다 푸른 물에 보태지니

---

1) 雨歇長堤草色多(우헐장제초색다): 원문에는 제목이 없어, 작품의 첫 행으로 대신함. 고려 중기의 문인 정지상(鄭知常, ?~1135)이 지은 한시 〈송인(送人)〉. 고려 시화집 중에는 정씨 성을 가졌다고만 기록되기도 하는데 서경천도운동으로 죄인이 되어 밝히기를 꺼려한 것으로 보인다. 《해동유요》도 관련 문헌을 참고한 것이 아닌가 짐작된다.

◉ 이체자

雨→𠕒, 浦→湖, 別淚→別淚, 綠→綠

65. 棗面生羞栗角稀(조면생수율각희)[1]

棗頰生羞栗覺笑(조협생수율각소)	대추볼 붉어지니 밤이 웃네
黃鷄啄黍蟹初肥(황계탁서해초비)	누런 닭이 기장을 쪼고 게도 갓 살이 찌네
家家白酒誇新釀(가가백주과신양)	집집마다 백주 새로 빚음을 자랑하니
鄕味年年八月知(향미년년팔월지)	고향 맛은 매년 팔월에 아는구나

---

1) 棗面生羞栗角稀(조면생수율각희): 원문에는 제목이 없어, 작품의 첫 행으로 대신함. 황희 (黃喜, 1363~1452)의 시조 작품을 한역한 것으로 보이는데, 해당 시조는 다음과 같다. "대 쵸볼 불근 골에 밤은 어이 뜻드르며, 벼 뷘 그르헤 게는 어이 느리는고 술 닉쟈 체 쟝스 도 라가니 아니먹고 어이리."

◉ 이체자

棗 → 棗, 黃鷄 → 黃鷄, 蟹 → 蟹, 酒 → 酒, 釀 → 釀, 鄕 → 鄕

참고문헌

자료편

고정옥(1996),『가사집 1·2』, 한국문화사.

국립문화재연구소(2008),『가사』, 민속원.

문현 외(2008),『가사』, 국립문화재연구소.

박을수(1992),『시조문학대사전』, 아세아문화사.

백광홍 저, 정민 역(2004),『국역 岐峰集』, 도서출판 역락.

손태도·정소연(2019),『해동유요 영인본』, 박이정.

이대준 편(1996),『(낭송)가사집』, 세종출판사.

이용기 편, 정재호·김흥규·전경욱 주해(1992),『註解 樂府』, 고려대학교 민족문화연구소.

임기중(2005),『한국 가사문학 주해연구』, 아세아문화사.

정재호 편(1998),『한국잡가전집1~4』, 계명문화사.

최혜진(2009),『계우사 이춘풍전』, 지식을만드는지식.

하문환 엮음, 김규선 역(2013),『역대시화 2: 전당시화』, 소명출판.

황견 엮음, 이장우·우재호·박세욱 역(2003),『고문진보 후집』, 을유문화사.

황견 엮음, 이장우·우재호·장세후 역(2007),『고문진보 전집』(제2판), 을유문화사.

국립국악원(http://www.gugak.go.kr)

국립국어원 표준국어대사전(http://stdweb2.korean.go.kr/main.jsp)

단국대학교 동양학연구원 한국한자어사전(https://hanja.dict.naver.com)

한국고전종합DB(http://db.itkc.or.kr/itkcdb/mainIndexIframe.jsp)

한국민족문화대백과사전(https://encykorea.aks.ac.kr/)

한국역대가사문학집성(http://www.krpia.co.kr)

한국향토문화전자대전(http://www.grandculture.net/)

연구편

강경호(2005),「19세기 가사의 향유 관습과 이본 생성 -〈노처녀가(2)〉와 그 관련
　　　작품을 통해 본 가사 향유의 한 양상」,『반교어문연구』18권, 반교어문학회,
　　　pp.43~81.

강경희(2013),「한국과 중국의〈歸去來圖〉비교연구」,『중국어문학논집』78호,
　　　중국어문학연구회, pp.413~436.

강신아(2011),「삼강행실도의 문자 체계와 표기법 : 대영도서관본을 중심으로」,
　　　연세대학교 석사학위논문.

강창석(2005),「漢字語의 한글 표기에 대하여」,『국어학』45집, 국어학회, pp.243~274.

고상미(2010),「12가사(歌詞)의 창법 연구 : 춘면곡, 백구사, 죽지사를 중심으로」,
　　　서울대학교 석사학위논문.

고영근(1997),『표준 중세국어문법론』, 집문당.

고영근(2011),『중세국어의 시상과 서법』, 집문당.

구사회(2007),「우고 이태로의〈농부가〉와 애국적 형상화」,『국어국문학』147호,
　　　국어국문학회, pp.295~318.

권경순(1973),「漁父詞 研究 : 內容研究를 中心으로」, 서울대학교 석사학위논문.

권오성(1965),「春眠曲의 樂曲形式 : 三竹琴譜와 面琴譜에 基하여」, 서울대학교
　　　석사학위논문.

길진숙(1990),「朝鮮後期 農夫歌類 歌辭 研究」, 이화여자대학교 석사학위논문.

김동억(1996),「국어 의미변화에 대한 연구 : 중세국어 및 근대초기 어휘를 중심으로」,
　　　국민대학교 석사학위논문.

김명순(2008),「조선후기 한시의 가사 수용 양상」,『동방한문학』37집, 동방한문학회,
　　　pp.261~289.

김무림(2012),「중세국어(中世國語) 특이(特異) 한자음(漢字音)의 시대성(時代性)
　　　논의(論議) - 고대국어(古代國語) 차자표기(借字表記)와의 비교(比較)를

통하여-」,『한국어학』54권, 한국어학회, pp.117~136.

김미정(2011),「서포 김만중의「關東別曲」飜辭에 대한 연구」,『어문학』112집,
　　　　한국어문학회, pp.139~172.

김민정(2004),「12가사의 파생관계에 관한 연구 : 상사별곡과 처사가, 양양가를
　　　　中心으로」, 서울대학교 석사학위논문.

김석배(2008),「박인로의 〈권주가〉 연구」,『문학과 언어』30집, 문학과언어학회,
　　　　pp.27~50.

김선기(2011),「兩美人曲에 投影된 杜甫의 詩」,『어문학』114집, 한국어문학회,
　　　　pp.231~251.

김선기(2012),「속미인곡의 네 가지 쟁점에 대하여」,『어문연구』71집, 어문연구학회,
　　　　pp.99~124.

김성수(1996),「鄭澈 [關東別曲]과 許筠 [東征賦]를 통해 본 歌辭와 辭賦의 因緣
　　　　關係 고찰」,『웅진어문학』4호, 웅진어문학회, pp.133~145.

김세환(1989),「長恨歌 硏究」,『인문논총』34집, 부산대학교 인문학연구소,
　　　　pp.123~141.

김은희(2001),「조선후기 〈漁父詞〉 연구 : 연행환경의 변화에 주목하여」,『한국시가
　　　　연구』10집, 한국시가학회, pp.205~227.

김종진(2010),「〈關西別曲〉의 문화지도와 국토·국경 인식」,『국제어문』50집, 국제
　　　　어문학회, pp.31~61.

김종철(1992),「〈무숙이타령〉(왈자타령) 연구」,『한국학보』18권 3호, 일지사,
　　　　pp.62~101.

김창곤(2005),「상사별곡·처사가·양양가의 파생관계」,『한국음악연구』37집, 한국
　　　　국악학회, pp.73~93.

김창원(1993),「朝鮮後期 士族創作 農夫歌類 歌辭의 作家意識 硏究」, 고려대학교
　　　　석사학위논문.

김창진(2009),「한글전용(專用) 체제(體制)에서 한자어(漢字語) 표기(表記)의 문제

(問題)」,『한자한문교육』23집, 한국한자한문교육학회, pp.187~212.

김팔남(1995),「춘면곡 고찰」,『어문연구』26집, 어문연구학회, pp.447~463.

김팔남(2003),「戀情歌辭〈僧歌〉의 實相 考察」,『어문학』81집, 한국어문학회, pp.221~243.

나찬연(2012),『중세국어문법의 이해』, 교학연구사.

류수열(2006),「〈관동별곡(關東別曲)〉의 교재사적 맥락」,『국어교육』120호, 한국어교육학회, pp.435~464.

박덕유(2008),『중세국어문법의 이해』, 제이앤씨.

박덕유(2010),『중세국어문법의 이론과 실제』, 박문사.

박미영(2004),『노래책』소재『湖西歌』의 구성 원리와 의미」,『한민족어문학』45집, 한민족어문학회, pp.281~314.

박수진(2006),「《送女僧答》에 나타난 욕망의 표출양상」,『한국학논총』40집, 한양대학교 한국학연구소, pp.169~193.

박애경(2003),「잡가 연구의 현황과 과제 : 국문학계의 연구를 중심으로」,『열상고전연구』17집, 열상고전연구회, pp.209~233.

박애경(2010),「〈춘면곡〉을 통해 본 19세기 시정문화와 그 주변」,『한국시가연구』29집, 한국시가학회, pp.297~326.

박연호(2003),「조선후기 가사의 장르적 특성」,『한국시가연구』13집, 한국시가학회, pp.231~260.

박연호(2010),「퇴계가사의 퇴계소작 여부 재검토」,『우리어문연구』36집, 우리어문학회, pp.7~32.

박완식(1996),「漁父詞 研究 : 그 類型과 思想的 背景을 中心으로」, 우석대학교 박사학위논문.

성무경(2002),「18·19세기 음악환경의 변화와 가사의 가창전승」,『한국시가연구』11집, 한국시가학회, pp.47~74.

성무경(2003),「복선화음가」류 가사의 이본현황과 텍스트 소통」,『민족문학사연구』

22권, 민족문학사학회, pp.81~110.

성범중(2003),「〈장진주〉 계열 작품의 시적 전승과 변용」,『한국한시연구』11권, 한국
한시학회, pp.381~415.

성원경(1965),「關東別曲과 赤壁賦의 比較研究」, 건국대학교 석사학위논문.

손대현(2011),「〈초한가〉와 〈우미인가〉의『西漢演義』 수용 양상」,『한국민요학』
31집, 한국민요학회, pp.77~111.

손정인(2013),「이세보〈상사별곡〉의 성격과 문학적 형상화 양상」,『한민족어문학』
65집, 한민족어문학회, pp.385~419.

신명주(2007),「〈關東別曲〉과『新增東國輿地勝覽』集錄 한시문과의 관련 양상과
그 의미 연구」, 경성대학교 교육대학원 석사학위논문.

신병주(1999),「朝鮮中期 處士型 士林의 學風 研究 : 南冥學派와 花潭學派를 중
심으로」, 서울대학교 박사학위논문.

신성환(2012),「조선후기 농촌공동체의 운영과 농부가류(農夫歌類) 가사(歌辭)」,
『우리어문연구』44집, 우리어문학회, pp.177~207.

안대회(2009),「연작가사『승가(僧歌)』의 작자와 작품성격」,『한국시가연구』26집,
한국시가학회, pp.307~339.

유근선(2012),「15세기 문헌자료의 한자음 표기 연구」, 연세대학교 석사학위논문.

윤덕진(1999),『가사 읽기』, 태학사.

윤덕진(1999),「가사집『기사총록』의 성격 규명」,『열상고전연구』12집, 열상고전연구
회, pp.283~345.

윤덕진(2001),「여성가사집『가사』(小倉文庫 소장)의 문학사적 의미」,『열상고전연
구』14집, 열상고전연구회, pp.207~243.

윤덕진(2003),「19세기 가사집을 통해 본 가사 향유의 실상」,『한국시가연구』13집,
한국시가학회, pp.261~284.

윤석민(1996),「중세국어 텍스트의 분석 방법과 실제」,『텍스트언어학』29권,
한국텍스트언어학회, pp.279~313.

이격주(1994), 「〈關東別曲〉과 〈思美人曲〉의 飜辭에 關한 一考」, 『웅진어문학』2호, 웅진어문학회, pp.151~176.

이동영(1982), 「退溪의 歌辭所作說 辨正」, 『한국문학논총』5집, 한국문학회, pp.39~57.

이동영(1987), 「〈환산별곡〉 작자에 대하여 - 퇴계의 소작이 아니다」, 『가사문학연구』, 부산대출판부.

이병운(2011), 『중세국어의 음절과 표기법』, 부산대학교 출판부.

이상원(2010), 「조선후기 가사의 유통과 가사집의 생성 : 『가사육종』을 중심으로」, 『한민족어문학』57집, 한민족어문학회, pp.105~130.

이유기(2001), 『(중세국어와 근대국어)문장 종결형식의 연구』, 역락.

이은주(2010), 「申光洙 〈關西樂府〉의 大衆性과 繼承樣相」, 서울대학교 박사학위 논문.

이재준(2015), 「전란가사에 나타난 두 가지 세계인식」, 『온지논총』44권, 온지학회, pp.63~92.

이종석·정소연(2018), 『한국문학사』, 한국문화사.

이지양(2006), 「한문학에 나타난 우리 음악과 무용」, 『한국한문학연구』37집, 한국한문학회, pp.263~283.

이진원(2000), 「단가 호남가 형성과 변화 연구」, 『한국음반학』10호, 한국고음반연구회, pp.187~221.

이혜화(1986), 「海東遺謠 所載 歌辭考」, 『국어국문학』96호, 국어국문학회, pp.85~104.

이혜화(1990), 「《해동유요(海東遺謠)》가사 개별작품고(1) - 병자란리가(丙子亂離歌), 운림처사가(雲林處士歌) - 《해동가요(海東歌謠)》가사 개별작품고(2) - 부농가(富農歌), 사시가(四時歌), 유산곡(遊山曲)」, 『한성어문학』9집, 한성대학교 한성어문학회, pp.85~137.

전보옥(2004), 「중국 고전 서사시의 고사 성립 배경(Ⅳ) - 長恨歌로 본 唐代 서사시의 발전 양상」,『중국어문학논집』 28호, 중국어문학연구회, pp.323 – 357.

전영주(2009), 「〈수심가(愁心歌)〉의 양상과 유성기음반 노랫말 구현(俱現)」,『국어국문학』 153호, 국어국문학회, pp.199~223.

전일환(1995), 「歌辭文學의 漢文學 受容樣態에 關한 硏究」,『국어국문학』 115권, 국어국문학회, pp.83~109.

정경일(2009), 「한자음 표기와 한글의 위상」,『한국어학』 24호, 한국어학회, pp.1~25.

정무룡(2003), 「聾巖 李賢輔의 長·短《漁父歌》硏究(Ⅱ): 解釋과 構造를 中心으로」,『한민족어문학』 43집, 한민족어문학회, pp.223~265.

정소연(2009), 「〈용비어천가〉와 〈월인천강지곡〉 비교연구」,『우리어문연구』 33집, 우리어문학회, pp.187~222.

정소연(2009), 「《악장가사》所在 작품의 표기방식원리 연구(1): 한문가요의 국문매체 倂記 여부를 중심으로」,『어문학』 103집, 한국어문학회, pp.253~280.

정소연(2009), 「한문과 국문의 표기방식 선택과 시적 화자·발화대상의 상관성 연구: 《악학궤범》 및 《악장가사》所在 현토가요와 국문가요를 중심으로」,『어문학』 106집, 한국어문학회, pp.211~240.

정소연(2014),『조선 전·중기 시가의 양층언어문학사』, 새문사.

정소연(2014),『조선 중·후기 시가의 양층언어문학사』, 새문사.

정소연(2016), 「《해동유요(海東遺謠)》에 나타난 19세기 말 20세기 초 시가(詩歌) 수용 태도 고찰 – 노래에서 시문학으로의 시가 향유를 중심으로 –」,『고전문학과 교육』 32권, 한국고전문학교육학회, pp.287~326.

정소연(2019),『조선시대 한시와 국문시가의 상관성』, 한국문화사.

정소연(2019),『20세기 시인의 한시 번역과 수용』, 한국문화사.

정옥자(2002),『우리가 정말 알아야 할 우리선비』, 현암사.

정인숙(2004), 「〈원부사〉군 가사의 전승과 향유에 관한 통시적 고찰」,『국어국문학』 136호, 국어국문학회, pp.263~291.

정인숙(2011), 「12가사 〈권주가〉의 사설 형성과 변화의 맥락」,『국문학연구』 24호,

국문학회, pp.7~36.

정한기(2005), 「〈초한가〉와 〈우미인가〉의 작품내적 특징과 역사적 전개」, 『배달말』 36호, 배달말학회, pp.256~283.

정후수 편(2002), 『중국시인총서: 당전편 201, 시경』, 문이재.

조기형·이상억(2011), 『한자성어·고사명언구사전』, 이담북스.

조해숙(1991), 「농부가에 나타난 후기가사의 창작의식과 장르적 성격 변화」, 서울대학교 석사학위논문.

조해숙(2008), 「한국한시사(韓國漢詩史)의 전개와 국문시가(國文詩歌) : 〈관동별곡(關東別曲)〉 한역의 추이와 그 시가사적 의미 – 유한재(兪漢宰)의 『산뢰관척독(山雷關尺牘)』 소재 한역시 검토를 중심으로」, 『한국한시연구』 16호, 한국한시학회, pp.99~134.

최지연(2004), 「송강가사 향유의 면모」, 『동양고전연구』 21집, 동양고전학회, pp.141~168.

최현재(2000), 「연작가사《승가》의 원형과 구조적 특징」, 『한국문화』 26집, 서울대학교 한국문화연구소, pp.109~136.

허왕욱(2011), 「승가」의 구연 문화적 성격과 작품의 형성 과정」, 『한국시가연구』 30집, 한국시가학회, pp.219~249.

허흥식(1978), 「새로운 가사집의 발굴과 호서가」, 『백제문화』 11집, 공주대학교 백제문화연구소, pp.61~74.

홍현수(1998), 「漁父詞에 대한 연구 : 辭說 및 음악적 특징에 대하여」, 이화여자대학교 석사학위논문.

황충기(2012), 「『女唱歌謠錄』의 傳承過程 考察」, 『시조학논총』 37집, 한국시조학회, pp.159~199.